Elogios a las ventas de

"Acción vertiginosa... entretenida y sumamente actual... Clancy todavía reina".
—*The Washington Post*

"Brillante".
—*Newsweek*

"Nadie puede tocar su don para describir combates".
—*People*

"Muy entretenido".
—*The Wall Street Journal*

"[Clancy] excita, ilumina... un libro que no se puede soltar".
—*Los Angeles Daily News*

"Muy estimulante... Ningún otro novelista está dando una imagen tan completa de los conflictos modernos".
—*The Sunday Times* (London)

"Clancy es un maestro de los detalles —especialmente aquellos que tienen que ver con la acción militar y las armas... Y construye personajes atractivos y de moral fuerte, de esos que nos gustaría emular".
—*Houston Chronicle*

"Clancy cumple las expectativas... Las agallas, la diversión de estos libros, son los dispositivos de alta tecnología, las ingeniosas tramas y la mirada interna a las tácticas militares".
—*The Denver Post*

"Megasuspenso... muy emocionante".
—*The Indianapolis Star*

"Imperdible".
—*The Dallas Morning News*

EN
LA MIRA

TOM CLANCY

con Mark Greaney

BERKLEY BOOKS, NEW YORK

THE BERKLEY PUBLISHING GROUP
Published by the Penguin Group
Penguin Group (USA) Inc.
375 Hudson Street, New York, New York 10014, USA
Penguin Group (Canada), 90 Eglinton Avenue East, Suite 700, Toronto, Ontario M4P 2Y3, Canada
(a division of Pearson Penguin Canada Inc.) • Penguin Books Ltd., 80 Strand, London WC2R 0RL,
England • Penguin Ireland, 25 St. Stephen's Green, Dublin 2, Ireland (a division of Penguin
Books Ltd.) • Penguin Group (Australia), 707 Collins Street, Melbourne, Victoria 3008, Australia
(a division of Pearson Australia Group Pty. Ltd.) • Penguin Books India Pvt. Ltd., 11 Community
Centre, Panchsheel Park, New Delhi—110 017, India • Penguin Group (NZ), 67 Apollo Drive,
Rosedale, Auckland 0632, New Zealand (a division of Pearson New Zealand Ltd.) • Penguin Books,
Rosebank Office Park, 181 Jan Smuts Avenue, Parktown North 2193, South Africa • Penguin China,
B7 Jaiming Center, 27 East Third Ring Road North, Chaoyang District, Beijing 100020, China

Penguin Books Ltd., Registered Offices: 80 Strand, London WC2R 0RL, England

EN LA MIRA

A Berkley Book / published by arrangement with Rubicon, Inc.

PUBLISHING HISTORY
Berkley Español trade paperback edition / December 2012

Copyright © 2011 by Rubicon, Inc.
Interior maps by Jeffrey L. Wark.
Cover design by Richard Hasselberger.

ISBN: 978-0-451-41641-4

BERKLEY®
Berkley Books are published by The Berkley Publishing Group,
a division of Penguin Group (USA) Inc.,
375 Hudson Street, New York, New York 10014.
BERKLEY® is a registered trademark of Penguin Group (USA) Inc.
The "B" design is a trademark of Penguin Group (USA) Inc.

PRINTED IN THE UNITED STATES OF AMERICA

10 9 8 7 6 5 4 3 2 1

ALWAYS LEARNING   PEARSON

EN
LA MIRA

1

Los rusos llaman a su helicóptero de combate Kamov-50 Chernaya Akula (Tiburón Negro). El nombre le viene bien, porque es elegante y rápido, se mueve con astucia y agilidad y, sobre todo, es un asesino de su presa sumamente eficiente.

Un par de Tiburones Negros surgieron de la niebla antes del amanecer y cruzaron como un rayo el cielo sin luna a doscientos nudos, a sólo diez metros sobre la dura tierra del suelo del valle. Juntos volaron a toda velocidad a través de la oscuridad en una formación cerrada y escalonada, con sus luces exteriores apagadas. Volaron a ras de tierra siguiendo el cauce de un río seco a través del valle, bordeándolo treinta kilómetros hacia al noroeste de Argvani, la aldea más cercana aquí en el oeste de Daguestán.

Los rotores coaxiales contra-rotatorios de los KA-50 cortaban el fino aire de la montaña. El diseño de doble rotor único anula la necesidad de un rotor de cola y esto hace que estas aeronaves sean más rápidas, ya que se puede aplicar más potencia del motor a la propulsión, y también que sean menos susceptibles a un ataque desde tierra, ya que la gran máquina tiene un punto menos donde un golpe causaría una falla de funcionamiento devastadora.

Esta característica, junto con otros sistemas redundantes —un tanque de combustible autosellante y un fuselaje construido parcialmente a partir de materiales compuestos, incluyendo Kevlar— hace que el Tiburón Negro sea un arma de combate extraordinariamente robusta, pero así como es fuerte el KA-50, es igualmente mortal. Los dos helicópteros volando como un rayo hacia su destino en el norte del Cáucaso ruso tenían una carga completa de municiones de aire a tierra: cada uno llevaba cuatrocientos cincuenta cartuchos de 30 milímetros para sus cañones en el anclaje central, cuarenta cohetes con aletas no guiados de 80 milímetros cargados en dos contenedores externos y una docena de misiles guiados de aire a tierra AT-16 colgando de dos pilones externos.

Estos dos KA-50 eran modelos Nochny (noche) y se movían cómodamente en la oscuridad. A medida que se acercaban a su objetivo, sólo el equipo de visión nocturna de los pilotos, su sistema de mapa móvil ABRIS y su FLIR[1] (radar

---

1   Por sus siglas en inglés (Forward-Looking Infrared Radar).

infrarrojo de barrido frontal) evitaban que los helicópteros se chocaran entre sí, contra las paredes de roca a ambos lados del valle o contra el ondulante paisaje debajo de ellos.

El piloto que iba a la cabeza revisó el tiempo restante hasta el objetivo y luego habló en el micrófono de su auricular. «*Semi minute*». Siete minutos. «*Ponial*». Entendido, fue la respuesta del Tiburón Negro detrás de él.

En la aldea que se quemaría en siete minutos, los gallos dormían.

Allí, en un establo en el centro del grupo de edificios en la ladera rocosa, Israpil Nabiyev yacía sobre una manta de lana encima de una cama de paja y trataba de dormir. Metió la cabeza en su abrigo, cruzó los brazos fuertemente y los amarró alrededor del equipo atado a su pecho. Su espesa barba protegía sus mejillas del frío, pero la punta de la nariz le ardía; sus guantes mantenían sus dedos calientes, pero una corriente de aire frío a través del establo soplaba por sus mangas hasta los codos.

Nabiyev era de la ciudad, de Majachkalá, en la orilla del Mar Caspio. Había dormido en una buena cantidad de establos y cuevas y tiendas de campaña y trincheras de barro bajo el cielo abierto, pero se había criado en un bloque de apartamentos de hormigón con agua y electricidad y plomería y televisión, y extrañaba esas comodidades en estos momentos. Sin embargo, se guardó sus quejas para sí mismo. Sabía que esta excursión era necesaria. Era parte de su trabajo hacer las rondas y visitar a sus fuerzas cada par de meses, le gustase o no.

Por lo menos no sufría solo. Nabiyev no iba a *ninguna parte* solo. Cinco miembros de su personal de seguridad estaban durmiendo ahí con él en el frío establo. Aunque estaba completamente oscuro, podía oír sus ronquidos y podía oler sus cuerpos y el aceite para armas de sus Kalashnikov. Los otros cinco hombres que lo habían acompañado desde Maja-chkalá estarían afuera haciendo guardia, junto con la mitad de la fuerza local. Cada hombre despierto, con su rifle en su regazo y una taza de té caliente cerca.

Israpil mantenía su propio rifle al alcance de la mano, ya que era su última línea de defensa. Llevaba el AK-74U, una variante de cañón mas corto del venerable pero potente Kalashnikov. Mientras se daba vuelta sobre su costado para protegerse de la corriente de aire, estiró una mano enguantada y la puso sobre la empuñadura plástica del arma y la acercó hacia él. Estuvo quieto por un momento en esa posición y luego se dio vuelta sobre su espalda. Con las botas amarradas en sus pies, el cinturón de su pistola alrededor de la cintura y su arnés de pecho lleno de cargadores de rifle atado a la parte superior de su torso, era muy difícil estar cómodo.

Y no sólo eran las incomodidades del establo y su equipo que lo mantenían despierto. No, era la preocupación constante y atormentante de un ataque.

Israpil sabía muy bien que él era el principal blanco de

los rusos, porque sabía lo que decían de él: que *él* era el futuro de la resistencia. El futuro de su gente. No sólo el futuro de Daguestán islámico, sino el futuro de un califato islámico en el Cáucaso.

Nabiyev era un objetivo de máxima prioridad para Moscú, porque había pasado prácticamente toda su vida en guerra con ellos. Había estado luchando desde que tenía once años. Había matado a su primer ruso en Nagorno-Karabaj en 1993, cuando sólo tenía quince años, y había matado a muchos rusos más desde entonces, en Grozni y en Tiflis y en Tsjinvali y en Majachkalá.

Ahora, sin aún haber cumplido los treinta y cinco años de edad, se desempeñaba como comandante operativo militar de la organización islámica de Daguestán Jamaat Shariat, la «Comunidad de la ley islámica», y comandaba a los combatientes del Mar Caspio en el este de Chechenia y Georgia, y Osetia al oeste, todos luchando por el mismo objetivo: la expulsión de los invasores y el establecimiento de la Sharia.

E, *inshallah* —Alá lo quiera— pronto Israpil Nabiyev uniría a todas las organizaciones del Cáucaso y vería cumplido su sueño.

Como decían los rusos, él *era* el futuro de la resistencia.

Y su propia gente también lo sabía, lo que hacía su dura vida más fácil. Los diez soldados de su fuerza de seguridad, junto con trece militantes de la célula local de Argvani —todos y cada uno de estos hombres con orgullo daría su vida por Israpil.

Giró su cuerpo de nuevo para protegerse de la corriente de aire, moviendo el rifle con él mientras trataba de encontrar algo de esquiva comodidad. Tiró de la manta de lana por encima de su hombro y se quitó una paja de la barba.

Y, bueno, pensó para sí mismo. Esperaba que ninguno de sus hombres tuviera que dar su vida antes del amanecer.

Israpil Nabiyev se fue quedando dormido en la oscuridad en tanto un gallo cantaba en la ladera justo encima de la aldea.

El canto del gallo interrumpió la transmisión del ruso tendido en la maleza a pocos metros del gran ave. Esperó un segundo y un tercer canto del gallo y luego puso sus labios de nuevo en la radio conectada a su arnés de pecho. «Equipo Alfa a vigilancia. Los tenemos a la vista y pasaremos su ubicación en un minuto».

No hubo respuesta verbal. El equipo de vigilancia de francotiradores se había visto obligado a apostarse a casi diez metros del borde de una pequeña casa de bloques de hormigón para poder tener una línea de visión hacia el objetivo, otros cien metros más adelante. No hablarían, ni siquiera en voz baja, tan cerca de los enemigos. El observador sólo presionó el botón de transmisión dos veces, transmitiendo un par de clics como confirmación de que había recibido el mensaje de Alfa en su auricular.

Por encima del observador, más arriba en la empinada ladera, ocho hombres escucharon los dos clics y luego, poco a poco, se acercaron en la oscuridad.

Los ocho hombres, junto con el equipo de francotiradores de dos hombres, eran tropas del Federal'naya Sluzhba

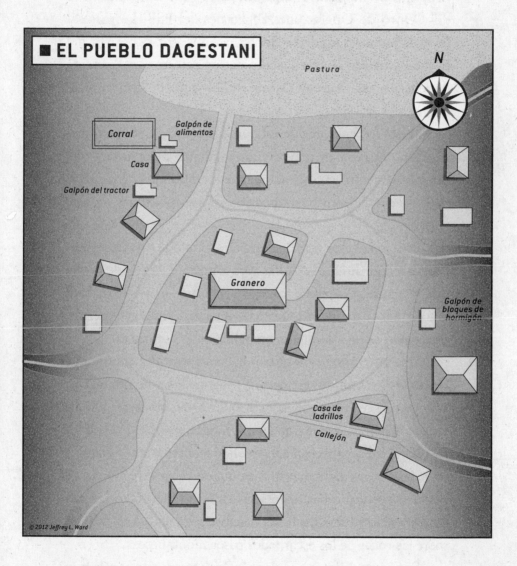

EL PUEBLO DAGESTANI

Pastura

N

Corral

Galpón de alimentos

Casa

Galpón del tractor

Granero

Galpón de bloques de hormigón

Casa de ladrillos

Callejón

© 2012 Jeffrey L. Ward

Bezopasnosti (FSB) ruso, el Servicio de Seguridad Federal. Específicamente, este equipo era parte de la Dirección Alfa del Centro de Operaciones Especiales del FSB. La más selecta de todas las unidades Spetsnaz rusas, el Grupo Alfa del FSB era experto en operaciones de contraterrorismo, rescate de rehenes, asalto urbano y una amplia gama de otras mortales artes.

Todos los hombres de esta unidad también eran alpinistas, aunque poseían mayor entrenamiento de montaña del que necesitaban para este ataque. Las cumbres detrás de ellos, hacia el norte, eran muy superiores a las montañas de este valle.

Pero era el otro tipo de entrenamiento que estos hombres poseían el que los hacía ideales para la misión. Armas de fuego, armas blancas, combate cuerpo a cuerpo, explosivos. Este equipo Alfa estaba compuesto de selectos asesinos expertos. Se movían silenciosamente, operaban en la oscuridad.

Durante la noche, los rusos habían avanzado lentamente, con todos los sentidos en alerta a pesar de las dificultades que sus cuerpos se veían obligados a soportar en el viaje. La infiltración había sido limpia; en las seis horas de inserción al punto de ruta de su objetivo no habían olido nada más que bosque y no habían visto nada más que animales: vacas durmiendo en posición vertical o pastando solas en las praderas, zorros saltando dentro y fuera del follaje, incluso grandes cabras salvajes sobre las rocas de los escarpados pasos montañeses.

El Grupo Alfa no era ajeno a Daguestán, pero tenía más experiencia operativa en las cercanías de Chechenia, porque, francamente, había más terroristas para matar en Chechenia que en Daguestán, a pesar de que Jamaat Shariat parecía estar haciendo su mejor esfuerzo para alcanzar a sus hermanos musulmanes del oeste. Chechenia tenía más montañas y bosques, las zonas de conflicto más importantes de Daguestán eran más urbanas, pero esta ubicación, el Omega de esta noche, o el objetivo, partía la diferencia. Boscosos cerros de roca rodeando un grupo compacto de viviendas bifurcadas por caminos de tierra, cada uno con una zanja en el medio para drenar el agua de lluvia abajo hacia el río.

Los soldados habían dejado sus mochilas de tres días un kilómetro más atrás, quitándose del cuerpo todo excepto las herramientas de guerra. Ahora se movían con supremo sigilo, arrastrándose a través de los pastos justo encima de la aldea y luego saltando en equipos de dos hombres a través de un corral. Pasaron por delante del equipo de francotiradores en el borde de la aldea y comenzaron a lanzarse entre las estructuras: un cobertizo para comida, una edificación externa, una vivienda unifamiliar y luego un cobertizo para tractor hecho de ladrillos cocidos y techo de zinc. A medida que avanzaban, los hombres miraban cada rincón, cada calle, cada oscura ventana, con sus NOD[2] —dispositivos de observación nocturna.

Llevaban rifles AK-105, cientos de cartuchos de 5,45 x 39 milímetros adicionales en chalecos tácticos de bajo perfil que les permitían permanecer acostados en el suelo, ya sea para

---

2 Por sus siglas en inglés (Night Observation Device).

esconderse de los ojos de un centinela o de los disparos de un enemigo. Sus túnicas y chalecos antibalas verdes estaban manchados de barro, cubiertos de manchas de pasto y húmedos con la nieve derretida y el sudor de su esfuerzo, incluso aquí en el frío.

En sus cinturones llevaban fundas con pistolas calibre 40, la Varjag rusa modelo MP-445. Unos pocos también llevaban pistolas calibre .22 silenciadas para acallar a los perros guardianes con un silencioso golpe de punta hueca de 45 granos en la cabeza.

Encontraron la ubicación de su objetivo y vieron movimiento delante del establo. Centinelas. Habría más en los edificios cercanos; algunos estarían despiertos, aunque su estado de alerta estaría disminuido a estas horas de la madrugada.

Los rusos hicieron un amplio arco alrededor del objetivo, sosteniendo sus rifles y arrastrándose sobre los codos durante un minuto antes de levantarse sobre sus manos y rodillas durante dos minutos más. Un burro se agitó, un perro ladró, una cabra baló, pero nada fuera de lo común para una madrugada en una aldea agrícola. Finalmente, los ocho soldados se repartieron alrededor de la parte posterior del edificio, en cuatro grupos de dos, cubriendo campos de fuego predeterminados con sus rifles rusos, cada arma con una mira holográfica láser EOTech americana en la parte superior. Los hombres miraron fijamente el punto de mira láser rojo o, más específicamente, el pedazo de ventana o puerta o pasillo que el punto de mira láser rojo cubría.

Entonces, y sólo entonces, el líder del equipo susurró en su radio: «En posición».

Si esto hubiera sido un ataque común a un bastión terrorista, el Grupo Alfa habría llegado en grandes vehículos blindados y helicópteros, y aviones que hubieran hecho llover cohetes encima de la aldea en tanto los miembros de Alfa saltaban de sus vehículos blindados o descendían a tierra desde los helicópteros.

Pero no se trataba de un ataque común. Habían recibido la orden de intentar tomar a su objetivo con vida.

Las fuentes de inteligencia del FSB habían dicho que el hombre que buscaban sabía los nombres, ubicación y afiliación de casi todos los líderes yihadistas en Daguestán, Chechenia e Ingusetia. Si lo tomaban prisionera y exprimían su valor de inteligencia, el FSB podría asestar un potencial golpe mortal a la causa islámica. Para este fin, los ocho hombres agazapados en la oscuridad a veinticinco metros de la parte trasera del edificio del objetivo eran una fuerza de bloqueo. Los atacantes estaban en camino, también a pie y moviéndose a lo largo del valle desde el oeste. Si el mundo real tenía alguna semejanza con el plan de operaciones, los atacantes llevarían al objetivo a la trampa tendida en la parte trasera del establo.

El plan de operaciones era esperanzador, había decidido el Grupo Alfa, pero estaba basado en el conocimiento de tácticas de militantes aquí en el Cáucaso. Cuando fueran emboscados por una fuerza mayor, el liderazgo correría. No era que los daguestaníes y chechenos fueran cobardes. No, valor poseían en abundancia. Pero sus líderes eran preciados para ellos. Los soldados de a pie entrarían en batalla con los atacantes, ocultos en edificios externos y bunkers cubiertos de bolsas de arena. Desde ahí un solo hombre con una sola arma podría resistir una fuerza de ataque completa en el tiempo que el líder y su personal de escolta tardarían en huir a montañas impenetrables que probablemente conocían tan bien como los contornos de los cuerpos de sus amantes.

Así que los ocho hombres de la fuerza de bloqueo de las Spetsnaz esperaron, controlaron su respiración y los latidos de sus corazones, y se prepararon para capturar a un hombre.

En los bolsillos administrativos de sus portadores de placas balísticas, cada agente en la misión llevaba una tarjeta plastificada de color beige con una fotografía de la cara de Israpil Nabiyev.

Ser capturado por estas Fuerzas Especiales Rusas y tener una cara que coincide con la foto del hombre que buscaban sería un destino poco envidiable.

Pero ser capturado por estas Fuerzas Especiales Rusas y tener una cara que *no coincide* con la foto del hombre que buscaban sería aún peor, ya que estos rusos necesitaban vivo sólo a un hombre en esta aldea.

2

———◆———

Los perros fueron los primeros en reaccionar. El gruñido de un gran perro pastor caucásico inició un coro de otros animales alrededor de la aldea. No los había alertado el olor de los rusos, porque los hombres de las Spetsnaz enmascaraban sus olores con productos químicos y ropa interior forrada con plata, que evita la salida de los olores corporales, sino que los perros habían detectado movimiento y comenzaron a ladrar en cantidades tales que los salvaron de las pistolas calibre .22.

Los centinelas daguestaníes en la parte delantera del establo miraron a su alrededor, unos pocos agitaron sus linternas lentamente en arcos y uno le gritó a los animales que se callaran. Pero cuando los ladridos se convirtieron en un coro sostenido, cuando algunos de los animales comenzaron a aullar, entonces los centinelas se pusieron de pie y se llevaron los rifles a los hombros.

Sólo entonces el ruido sordo de los rotores llenó el valle.

Israpil se había quedado dormido, pero ahora se encontraba levantado, de pie antes de estar totalmente despierto, en movimiento antes de estar plenamente consciente de qué, exactamente, lo había despertado.

—¡Helicópteros rusos! —gritó alguien, lo que estaba suficientemente claro a estas alturas, porque Nabiyev podía escuchar el ruido de los rotores en todo el valle y nadie a excepción de los rusos tenía helicópteros por esta zona. Israpil sabía que tenía segundos para huir y dio la orden de hacer precisamente eso. El líder de su fuerza de seguridad gritó por su radio, ordenó a la célula de Argvani agarrar sus lanzadores de granadas propulsadas por cohetes (RPG)[3] y salir a campo abierto para entrar en combate con la aeronave que se aproximaba, luego le dijo a los dos choferes que trajeran sus camionetas pickup hasta la puerta de entrada del establo.

Israpil ahora estaba totalmente alerta. Bajó con el dedo el seguro de su AK de cañón corto y se dirigió hacia la parte delantera del establo con el arma en su hombro. Sabía que el sonido de los helicópteros resonaría en el valle durante otro

---

3 Por sus siglas en inglés (Rocket-Propelled Granades).

minuto antes de que los rusos realmente estuvieran arriba de ellos. Había pasado las dos últimas décadas esquivando helicópteros rusos y era un experto en sus habilidades y deficiencias.

La primera camioneta llegó frente al establo treinta segundos más tarde. Uno de los guardias que estaba afuera abrió la puerta del pasajero y después saltó a la parte de atrás. Luego, otros dos hombres abrieron la puerta de entrada del establo, a menos de veinte pies de distancia.

Israpil fue el tercer hombre en salir por la puerta; no había dado más de dos pasos hacia el aire de la mañana, cuando los estallidos supersónicos de pequeñas armas de fuego explotaron cerca. Al principio pensó que era uno de sus hombres disparando a ciegas en la oscuridad, pero una bofetada húmeda y caliente de sangre contra su rostro disipó esa noción. Uno de sus guardias había sido herido, su pecho rasgado escupía sangre, mientras se convulsionaba y caía al suelo.

Israpil se agachó y siguió corriendo, pero estallaron más ráfagas de disparos, haciendo trizas el metal y el vidrio de la camioneta. El comandante militar de Jamaat Shariat vio fogonazos en el camino al lado de una casucha de lata a unos veinticinco metros cerro arriba. El hombre de pie en la parte de atrás de la camioneta disparó un solo tiro antes de caer a un lado y hacia abajo a la zanja barrosa en el centro del camino. Los disparos entrantes continuaron y Nabiyev reconoció, por los sonidos que producían, que se trataba de varios Kalashnikov y una sola liviana ametralladora rusa PPM. Mientras se daba la vuelta, fue cubierto por una lluvia de chispas de las balas encamisadas de cobre impactando contra la pared de piedra del establo. Se agachó más bajo y chocó contra su cuadrilla de protección en tanto los empujaba hacia el interior del establo.

Él y otros dos hombres corrieron a través de la oscura estructura, empujando a un lado un par de burros amarrados en el muro occidental, para llegar a una gran ventana, pero una explosión los detuvo en seco. Nabiyev se alejó de sus hombres, corrió hacia la pared de piedra y se asomó a través de la gran grieta que lo había estado torturando con una corriente de aire toda la noche. Por encima de la aldea, colgando sobre el valle, dos helicópteros llegaron al puesto de combate. Sus siluetas eran más negras que el negro cielo, hasta que cada uno disparó otra salva de cohetes desde sus pilones. Entonces las bestias de metal se iluminaron, las ráfaga de fuego corrieron hacia la aldea que estaba adelante de las columnas de humo blanco y, como terremotos, explosiones sacudieron un edificio a cien metros hacia el oeste.

—¡Tiburones Negros! —gritó hacia el establo.

—¡La puerta trasera! —gritó uno de sus hombres mientras corría y Nabiyev lo siguió, aunque ahora sabía que su posición estaría rodeada. Nadie se arrastraría por kilómetros para atacar este lugar, como estaba seguro que habían hecho los rusos, para luego olvidar cortar su ruta de escape. Sin embargo, no había opciones; la próxima salva de cohetes podría alcanzar el establo y convertirlo en mártir a él y a sus hombres sin permitirles la oportunidad de llevarse a algunos infieles con ellos.

· · ·

Los rusos que estaban en la parte trasera del establo se mantuvieron agachados y en silencio en sus cuatro grupos de dos, esperando pacientemente mientras el ataque comenzaba en lo alto del cerro y los Tiburones Negros llegaban al lugar y empezaban a repartir muerte a través de sus contenedores de cohetes.

El Grupo Alfa había colocado a dos de sus hombres para asegurar su posición trasera, para no perder de vista cualquier muyahidín o civil armado que subiera por la colina a través de la aldea, pero el equipo de dos hombres con esa misión no tenía dentro de su campo visual una pequeña choza de bloques de hormigón justo al sureste del par de agentes de las Spetsnaz que estaban más hacia el este. Desde una oscura ventana abierta, la boca del cañón de un rifle de cerrojo salía unas pulgadas, apuntando al ruso más cercano, y justo cuando la puerta de atrás del establo se abría, el rifle de cerrojo ladró. El hombre del Grupo Alfa recibió el disparo en la placa de acero en su espalda y la bala lo tiró hacia adelante sobre su pecho. Su compañero giró hacia la amenaza y abrió fuego contra la choza de bloques de hormigón y los rebeldes que escapaban por la parte trasera del establo se dieron cuenta de que estaban cayendo en una trampa. Los cinco daguestaníes entraron en el espacio abierto detrás del establo con sus dedos en los gatillos, repartiendo balas de Kalashnikov de izquierda a derecha, salpicando todo lo que había delante de ellos en la oscuridad mientras salían a tropiezos a través de la puerta.

Un oficial de las Spetsnaz recibió un trozo de cobre —el fragmento caliente y torcido de una bala de 7,62 milímetros que había rebotado en una piedra delante de él— directamente en su garganta, haciendo pedazos su manzana de Adán y luego cortando su arteria carótida. Cayó hacia atrás, agarrando su cuello y retorciéndose en agonía. Toda pretensión de una misión de captura desapareció en ese momento y sus hombres respondieron a los disparos de los terroristas en el camino mientras más hombres muyahidines armados salían de la puerta del establo de piedra.

El líder del escuadrón de seguridad de Nabiyev lo protegió con su cuerpo cuando los rusos comenzaron a disparar. El hombre fue alcanzado al segundo de hacerlo, su torso fue acribillado con balas calibre 5,45. Más de los hombres de Nabiyev cayeron a su alrededor, pero el equipo mantuvo el fuego en tanto su líder trataba desesperadamente de escapar. Se lanzó a un lado, se arrastró por la tierra lejos de la puerta del establo y luego volvió a ponerse de pie mientras arremetía contra la noche con su AK-74U. Vació su arma mientras corría en paralelo a la pared del establo y luego cayó en un callejón oscuro entre dos grandes barracas de almacenamiento de hojalata. Tenía la sensación de que ahora estaba solo, pero no frenó su vertiginosa carrera para mirar a su alrededor. Siguió corriendo, sorprendido de no haber sido herido en el mismo tiroteo de balas que había barrido a sus hombres.

Mientras huía, se golpeó contra las dos paredes de hojalata y tropezó de nuevo. Sus ojos estaban fijos en la abertura veinte metros más adelante; sus manos luchaban por sacar un nuevo cargador para su rifle de su chaleco táctico. Su rifle, con el cañón hirviendo después de disparar treinta cartuchos automáticamente, humeaba en la mañana fría.

Israpil perdió el equilibrio por tercera vez mientras ponía el cargador y jaló hacia atrás la palanca de carga del Kalashnikov; esta vez cayó hasta sus rodillas y sus manos enguantadas casi soltaron el rifle, pero él lo agarró y se puso de pie. Se detuvo en el borde de las barracas de hojalata, miró alrededor de la esquina y no vio a nadie en su camino. El fuego automático detrás de él continuaba y el sonido de las explosiones de los cohetes de los helicópteros impactando contra la ladera golpeaba las paredes del valle y rebotaba fuera de ellas, cada salva agrediendo sus oídos varias veces, en tanto las ondas de sonido iban y venían por la aldea.

La radio en la correa de su arnés de pecho chilló en tanto los hombres se gritaban unos a otros por toda la zona. Ignoró las comunicaciones y siguió corriendo.

Se hizo paso hasta una casa de ladrillo cocido que se estaba quemando en la parte baja de la colina. Había sido impactada a través del techo por un cohete ruso y el contenido de la casa de una habitación se quemaba y ardía. Habría cuerpos ahí, pero no se detuvo para mirar a su alrededor, se limitó a seguir hacia una ventana trasera abierta y una vez allí, saltó a través de ella.

La pierna trasera de Israpil se atascó en el alféizar de la

ventana y cayó hacia el exterior sobre su cara. Una vez más, hizo un esfuerzo por ponerse de pie; con toda la adrenalina bombeando a través de su cuerpo, ni siquiera registró el hecho de que había tropezado y caído cuatro veces en los últimos treinta segundos.

Hasta que volvió a caer.

Corriendo por un callejón recto de tierra a cien metros del establo de piedra, su pierna derecha cedió, y cayó, dándose una voltereta completa hacia adelante y terminando de espalda. No se le había ocurrido que había sido herido por los rusos en el establo. No sentía dolor. Pero cuando intentó volver a ponerse de pie, su mano enguantada empujó su pierna y la sintió resbalosa. Miró hacia abajo y vio la sangre fluyendo de un agujero irregular en el gastado algodón. Se tomó un momento para mirar la sangre, que brillaba a la luz del fuego de una camioneta en llamas que estaba justo delante. La herida estaba en el muslo, justo encima de la rodilla, y la sangre resplandeciente cubría sus pantalones camuflados hasta su bota.

De alguna manera volvió a ponerse de pie, dio un paso tentativo hacia adelante usando su rifle como muleta y luego se encontró bañado en la más brillante y caliente luz blanca que jamás hubiera visto. El rayo de luz venía del cielo, el foco de un Tiburón Negro doscientos metros más adelante.

Israpil Nabiyev sabía que si el KA-50 tenía una luz fija en él, también tenía un cañón de 30 milímetros fijo en él, y sabía que en cuestión de segundos iba a ser *shahid*. Un mártir.

Esto lo llenó de orgullo.

Dejó escapar un suspiro, se preparó para levantar su rifle hacia el gran Tiburón Negro, pero entonces la culata de un rifle AK-105 lo golpeó en el cráneo directamente desde atrás y todo en el mundo de Israpil Nabiyev quedó a oscuras.

Despertó adolorido. Le dolía la cabeza, sentía un dolor sordo profundo en su cerebro, así como un dolor agudo en la superficie de su cuero cabelludo. Había un torniquete atado firmemente en la parte superior de su pierna derecha; contenía el flujo de sangre de su herida. Sus brazos estaban atados juntos detrás de él; sentía como si sus hombros fueran a romperse. Frías esposas de hierro sujetaban sus muñecas; hombres gritando lo jalaron de aquí para allá mientras lo ponían de pie de un tirón y lo empujaban contra un muro de piedra.

Una linterna brilló en su rostro y él retrocedió de la luz.

—Todos se ven igual —dijo una voz en ruso detrás de la luz—. Pónganlos en línea.

Usando la luz de la linterna, vio que aún estaba en la aldea en la colina. A lo lejos, oyó disparos continuos y esporádicos. Operaciones de limpieza de los rusos.

Otros cuatro miembros de Jamaat Shariat que habían sobrevivido el tiroteo fueron empujados contra la pared a su lado. Israpil Nabiyev sabía exactamente lo que los rusos estaban haciendo. Estos hombres de las Spetsnaz habían recibido la orden de atraparlo con vida, pero con la suciedad, el sudor y la barba en sus rostros, y la baja luz del amanecer, los rusos estaban teniendo problemas para identificar al hombre que estaban buscando. Israpil miró a los demás prisioneros que estaban a su alrededor. Dos eran de su personal de seguridad; otros dos eran miembros de la célula de Argvani que no conocía. Todos llevaban el pelo largo y tupidas barbas negras, igual que él.

Los rusos pararon a los cinco hombres, hombro con hombro, contra la fría pared de piedra y los sostuvieron ahí con las bocas de los rifles. Una mano enguantada agarró al primer daguestaní por el pelo y jaló su cabeza hacia arriba. Otro operador del Grupo Alfa alumbró con una linterna a los muyahidines. Un tercero sostuvo una tarjeta laminada junto a la cara del rebelde. Se veía la foto de un hombre barbudo en la tarjeta.

—*Nyet* —dijo alguien en el grupo.

Sin vacilación, el cañón negro de una pistola Varjag calibre 40 apareció en la luz y disparó. Con un destello y un estallido que hizo eco en el callejón, la cabeza del terrorista barbudo se fue hacia atrás y cayó, dejando sangre y restos de hueso en la pared detrás de él.

Sostuvieron la foto laminada junto al segundo rebelde. Una vez más, jalaron la cabeza del hombre hacia arriba para mostrar su rostro. Éste entrecerró los ojos en el haz de luz blanca de la linterna.

—*Nyet*.

Apareció la pistola automática y le disparó en la frente.

El tercer daguestaní barbudo era Israpil. Una mano enguantada sacó el pelo enmarañado de sus ojos y la suciedad que manchaba sus mejillas.

—*Ny... Mozhet bit* —tal vez, dijo la voz.

Luego:

—Yo creo que sí —una pausa—. ¿Israpil Nabiyev?

Israpil no respondió.

—Sí... es él.

La luz de la linterna descendió y luego un rifle se levantó hacia los dos rebeldes de Jamaat Shariat a la izquierda de Israpil.

¡Bum! ¡Bum!

Los hombres se fueron hacia atrás contra la pared y luego cayeron hacia adelante, en el barro a los pies de Israpil.

Nabiyev se quedó solo contra la pared por un momento y luego fue agarrado por la parte de atrás del cuello y arrastrado hacia un helicóptero que estaba aterrizando en un pastizal de vacas más abajo en el valle.

Los dos Tiburones Negros estaban suspendidos en el aire, sus cañones escupiendo ahora a intervalos irregulares, mientras hacían pedazos edificios y mataban seres humanos y animales por igual. Harían esto por unos minutos más. No los matarían a todos —eso llevaría más tiempo y esfuerzo de los que querían gastar. Pero estaban haciendo todo lo posible para destruir sistemáticamente la aldea que había albergado al líder de la resistencia daguestaní.

Nabiyev fue desvestido hasta quedar en ropa interior y llevado colina abajo, a través de la fuerte y violenta estela del rotor de un helicóptero de transporte Mi-8. Los soldados lo sentaron en un banco y lo esposaron a la pared interior del fuselaje. Se quedó allí sentado entre dos sucios hombres del Grupo Alfa en pasamontañas negros y miró hacia fuera por la puerta abierta. En el exterior, cuando el amanecer comenzaba a aligerar el aire lleno de humo en el valle, los hombres de las Spetsnaz pusieron los cuerpos de los camaradas muertos de Nabiyev en una línea y fotografiaron sus rostros con cámaras digitales. Luego usaron almohadillas de tinta y papel para tomar las huellas dactilares de sus hermanos de armas muertos.

El Mi-8 despegó.

El agente de las Spetsnaz a la derecha de Nabiyev se inclinó hacia su oído y le gritó en ruso:

—Decían que eras el futuro de tu movimiento. Acabas de convertirte en el pasado.

Israpil sonrió. El sargento de las Spetsnaz lo vio y golpeó las costillas del musulmán con su rifle.

—¿Qué es tan gracioso?

—Estoy pensando en todo lo que mi gente va a hacer para traerme de vuelta.

—A lo mejor tienes razón. Tal vez debería matarte ahora mismo.

Israpil sonrió de nuevo.

—Ahora estoy pensando en todas las cosas que mi gente hará en mi memoria. No puedes ganar, soldado ruso. No puedes ganar.

Los iris azules del ruso lo miraron a través de los agujeros del pasamontañas por un largo momento en tanto el Mi-8 ganaba altura. Finalmente, golpeó a Israpil en las costillas de nuevo con su rifle y luego se recostó en el fuselaje con un encogimiento de hombros.

Mientras el helicóptero se elevaba fuera del valle y comenzaba a dirigirse hacia el norte, el pueblo debajo de él ardía.

3

El candidato presidencial John Patrick Ryan estaba parado solo en el camerino de hombres del gimnasio de una secundaria en Carbondale, Illinois. La chaqueta de su traje colgaba de una percha en un perchero móvil junto a él, pero por lo demás estaba bien vestido con una corbata burdeos, una camisa de color crema de puño francés ligeramente almidonada y pantalones de vestir gris marengo.

Bebió un sorbo de agua embotellada y sostuvo un teléfono móvil en su oído.

Se oyó un golpe suave, casi de disculpa, en la puerta, y luego se abrió a medias. Una mujer joven que llevaba un auricular con micrófono se asomó hacia adentro; justo detrás de ella Jack podía ver el hombro izquierdo de su principal agente del Servicio Secreto, Andrea Price-O'Day. Otros pululaban más allá en el pasillo que conducía al gimnasio lleno, donde una alborotadora multitud vitoreaba y aplaudía, y la música amplificada resonaba estridente.

—Estamos listos cuando usted lo esté, señor Presidente —dijo la joven.

Jack sonrió amablemente y asintió.

—Estaré ahí en un momento, Emily.

La cabeza de Emily se retiró y la puerta se cerró. Jack mantuvo el teléfono en su oído, para escuchar la voz grabada de su hijo.

—Hola, te has comunicado con Jack Ryan Jr. Ya sabes qué hacer.

Le siguió un pitido.

Jack padre adoptó un tono liviano y airoso que contrastaba con su estado de ánimo real.

—Hola, campeón. Sólo llamaba para saber de ti. Hablé con tu mamá y me dijo que has estado muy ocupado y tuviste que cancelar tu cita para almorzar con ella hoy. Espero que todo ande bien —hizo una pausa y luego siguió—. Estoy en Carbondale en este momento; esta noche partimos hacia Chicago. Voy a estar allí todo el día y luego tu mamá va a reunirse conmigo mañana por la noche en Cleveland para el debate del miércoles. Bueno... sólo quería hablar contigo. Llámame a mí o a mamá cuando puedas, ¿de acuerdo? Adiós.

Ryan desconectó la llamada y arrojó el teléfono en un sofá que había sido colocado, junto con el perchero y varias otras piezas de mobiliario, en el camerino improvisado. Jack no se atrevería a poner el teléfono en su bolsillo, incluso en modo vibrador, no fuera a pasar que se le olvidara sacarlo antes de entrar al escenario. Si se le llegara a olvidar y alguien lo llamara, estaría en problemas. Esos micrófonos de solapa recogen cada maldito sonido que hay cerca y, sin duda, la prensa que viajaba con él informaría al mundo que sufre de gas incontrolable y por lo tanto no es apto para gobernar.

Jack se miró en un espejo de cuerpo entero situado entre dos banderas de los Estados Unidos y forzó una sonrisa. Le habría dado vergüenza hacer esto delante de los demás, pero Cathy le había estado insistiendo últimamente que estaba perdiendo su usual actitud tranquila cuando hablaba de las políticas de su oponente, el presidente Ed Kealty. Tendría que trabajar en eso antes del debate, donde se sentaría en el escenario junto al mismo Kealty.

Estaba de mal humor esta noche y tenía que quitárselo de encima antes de subir al escenario. No había hablado con su hijo, Jack, en semanas—sólo habían intercambiado un par de cortos y dulces mensajes de correo electrónico. Esto sucedía de vez en cuando; Ryan padre sabía que no era exactamente la persona más fácil de contactar mientras viajaba en campaña electoral. Pero su esposa, Cathy, había mencionado minutos antes que Jack no había sido capaz de salir del trabajo para reunirse con ella en Baltimore esa tarde y eso le preocupaba un poco.

Aunque no había nada inusual en que los padres desearan mantenerse en contacto con su hijo adulto, el candidato presidencial y su esposa tenían motivos para preocuparse porque ambos sabían lo que su hijo hacía para ganarse la vida. *Bueno*, Jack padre pensó para sí mismo, *él* sabía lo que su hijo hacía, más o menos, y su esposa sabía... hasta cierto punto. Varios meses atrás, padre e hijo se habían sentado con Cathy con grandes esperanzas de explicarle. Habían planeado exponer la ocupación de Jack Junior —como lo llamaban— como analista y agente para una agencia de espías «no oficial» formada por el padre mismo y dirigida por el ex senador Gerry Hendley. La conversación había empezado bastante bien, pero luego los dos hombres comenzaron a hablar con evasivas bajo la poderosa mirada de la Dra. Cathy Ryan y al final terminaron balbuceando algo sobre análisis de inteligencia clandestina que hizo parecer como si Jack Junior pasara sus días con los codos apoyados sobre un escritorio leyendo archivos informáticos en busca de financieros buenos para nada y lavadores de dinero, trabajo que no lo exponía a más peligro que el síndrome del túnel carpiano y cortes de papel.

Si tan sólo esa fuera la verdad, Jack padre pensó para sí mismo en tanto un lavado de ácido estomacal le quemaba las entrañas.

No, la conversación con su esposa no había salido muy bien, Jack padre reconoció para sí después. Había abordado el tema un par de veces desde entonces. Esperaba haber sido capaz de pelar otra capa de la cebolla para Cathy; tal vez ella estaba empezando a comprender que su hijo estaba involucrado en verdadero trabajo de campo de inteligencia, pero una vez más, Ryan padre lo había hecho sonar como que Ryan hijo de vez en cuando viajaba a las capitales europeas, cenaba con políticos y burócratas, y luego escribía informes en su computadora portátil acerca de sus conversaciones mientras disfrutaba de un vino de Borgoña y veía CNN.

Bueno, pensó Jack. *Lo que ella no sabe no le hará daño.* ¿Y si ella lo sabía? *Jesús.* Con Kyle y Katie todavía viviendo en casa, ella tenía suficiente para además tener que preocuparse por su hijo de veintiséis años, ¿no?

Jack padre se dijo a sí mismo que la preocupación sobre la profesión de Jack Junior iba a ser *su* carga, no de Cathy, y era una carga que tenía que quitarse de encima por el momento.

Tenía una elección que ganar.

El estado de ánimo de Ryan mejoró un poco. Las cosas se veían bien con su campaña. La última encuesta de Pew señalaba que la intención de voto por Ryan había aumentado en un trece por ciento; algo similar con Gallup, con un once por ciento. Las redes de televisión habían hecho sus propio sondeos y los tres eran ligeramente más bajos, probablemente debido a un sesgo de selección que su jefe de campaña, Arnold van Damm, y su gente no se habían molestado en investigar todavía porque Ryan estaba muy adelantado.

La carrera por los votos en el colegio electoral era más estrecha, Jack lo sabía, pero siempre era así. Él y Arnie sentían que necesitaba una buena presentación en el próximo debate para mantener algo de impulso para la recta final de la campaña, o por lo menos hasta el último debate. La mayoría de las carreras se estrechaba en el último mes y algo. Los encuestadores lo llaman el margen diferencial del Día del Trabajo[4], ya que el estrechamiento en las encuestas suele comenzar en torno al Día del Trabajo y continúa hasta el día de las elecciones en el primer martes de noviembre.

Los estadísticos y expertos difieren sobre las razones de este fenómeno. ¿Era que los posibles votantes que se habían cambiado de bando se estaban arrepintiendo y regresando a su candidato original? ¿Podía ser que hubiera más pensamiento independiente en el verano de lo que había en noviembre, ya más cerca del momento en que responder a las preguntas de una encuesta tenía consecuencias reales? ¿Era la cobertura de prensa casi a página completa sobre el favorito en tanto el día de las elecciones se acercaba que tendía a dar más luz a las meteduras de pata del principal candidato?

Ryan solía estar de acuerdo con Arnie en este tema, ya que había poca gente en la tierra que sabía más acerca de asuntos relacionados con las campañas y las elecciones que Arnie van Damm.

Arnie lo explicaba como matemática simple. El principal candidato de la carrera electoral tenía mayor número de personas votando a su favor en las encuestas que el candidato que le seguía. Por lo tanto, si el diez por ciento de los votantes de ambos cambiaba de lealtad en el último mes de la carrera, el candidato con más votantes iniciales perdería más votos.

Simple matemática, Ryan sospechaba, nada más. Pero las

---

4 En los Estados Unidos, el Día del Trabajo se celebra el primer lunes de septiembre (N. del T.).

matemáticas simples no mantenían las cabezas parlantes en la televisión hablando o los blogs políticos que funcionaban sin parar blogeando, por lo que la clase parlanchina de los Estados Unidos montaba teorías y conspiraciones.

Ryan dejó la botella de agua, cogió su chaqueta, se la puso y luego se dirigió hacia la puerta. Se sentía un poco mejor, pero la ansiedad acerca de su hijo mantuvo un nudo en su estómago.

Tal vez, pensó Ryan esperanzado, Jack Junior simplemente había salido esa noche, estaba pasándolo bien, tal vez en una cita con alguien especial.

Sí, Jack padre se dijo a sí mismo. *Sin duda es eso.*

Jack Ryan Jr., de veintiséis años de edad, sintió un movimiento a su derecha y giró lejos de él, torciendo el cuerpo para escapar de la hoja del cuchillo que trataba de hundirse en su pecho. Mientras continuaba su rotación levantó su antebrazo izquierdo, golpeó la mano de su atacante lejos en tanto agarraba la muñeca del hombre con su mano derecha. Entonces Ryan lanzó su cuerpo hacia delante, contra el pecho de su atacante y esto lanzó al hombre hacia atrás, al suelo.

Jack trató inmediatamente de coger su arma, pero el hombre que estaba cayendo le agarró la camiseta y lo llevó al suelo con él. Jack Junior perdió el espacio que había creado con su enemigo y que necesitaba para sacar su pistola de la funda al interior de la pretina de su pantalón y ahora, mientras se estrellaban contra el suelo juntos, sabía que había perdido la oportunidad.

Tendría que luchar esta batalla cuerpo a cuerpo.

El atacante fue a la garganta de Jack, clavándole las uñas en su piel y otra vez Jack tuvo que recurrir a un violento golpe del brazo para desviar la amenaza lejos de él. Desde una posición sentada el agresor se puso de un salto de rodillas y luego saltó de nuevo a sus pies. Ryan ahora estaba debajo de él y vulnerable. Sin ninguna otra opción, Jack trató de coger su pistola, pero tenía que girar hacia la cadera izquierda para liberar el arma de su funda.

En el tiempo que tardó en ejecutar este movimiento, su atacante ya había sacado su propia arma de la parte baja de la espalda y le disparó a Ryan cinco veces en el pecho.

Un dolor punzante atravesó el cuerpo de Jack con el impacto de los proyectiles.

—¡Maldita sea! —gritó.

Ryan estaba gritando de dolor, sí. Pero más que esto, gritaba por la frustración de haber perdido la lucha.

Una vez más.

Ryan se sacó los anteojos protectores de los ojos y se sentó. Una mano se extendió para ayudarlo y la tomó, se puso de pie y enfundó su arma —una versión Airsoft[5] de la Glock 19, que utiliza aire comprimido para disparar proyectiles de plástico que dolían como el demonio, pero no hacían daño.

---

5 Airsoft es un juego de estrategia de simulación militar (N. del T.).

Su «atacante» se quitó su propia protección para los ojos y luego recogió el cuchillo de goma del suelo.

—Perdón por los arañazos, viejo —dijo el hombre, con un acento galés evidente, incluso escondido detrás de su pesada respiración.

Jack no estaba prestando atención. «¡Demasiado lento!», gritó para sí mismo, con la adrenalina de la lucha cuerpo a cuerpo mezclada con su frustración.

Sin embargo, el galés, en marcado contraste con su estudiante estadounidense, estaba en calma, como si acabara de ponerse de pie después de estar sentado en un banco del parque alimentando palomas.

—No te preocupes. Anda a atender tus heridas y luego regresa para que pueda decirte lo que hiciste mal.

Ryan negó con la cabeza.

—Dímelo ahora.

Estaba enojado consigo mismo; los cortes en su cuello, así como los rasguños y las contusiones en todo su cuerpo, eran la menor de sus preocupaciones.

James Buck se limpió una delgada línea de sudor de la frente y asintió.

—Está bien. En primer lugar, tu suposición está equivocada. No hay nada malo con tus reflejos, que es de lo que estás hablando cuando dices que eres demasiado lento. Tu rapidez de acción es buena. Más que buena, en realidad. Tu cuerpo se puede mover tan rápido como quieras, y tu destreza y agilidad y atletismo son bastante impresionantes. El problema, muchacho, es tu velocidad de pensamiento.

Estás indeciso, inseguro. Estás pensando en tu próximo movimiento, cuando tienes que estar actuando a toda velocidad. Estás dando sutiles pequeñas pistas con tus pensamientos y estás transmitiendo tu próximo movimiento con antelación.

Ryan ladeó la cabeza y el sudor cayó por su rostro.

—¿Puedes darme un ejemplo? —dijo.

—Sí. Mira este último enfrentamiento. Tu lenguaje corporal te acabó. Tu mano se movió hacia tu cadera dos veces durante la lucha. Tu arma estaba bien escondida en tu cintura y debajo de tu camiseta, pero revelaste su existencia por el pensamiento de cogerla y luego cambiar de opinión. Si tu asaltante no hubiera sabido que tenías un arma, habría acabado de caer al suelo y luego vuelto a levantarse. Pero yo ya sabía lo de la pistola porque tu me lo habías «dicho» con tus acciones. Así que cuando empecé a caer, yo sabía que tenía que tirarte hacia abajo conmigo para que no tuvieras el espacio que necesitabas para cogerla. ¿Tiene sentido?

Ryan suspiró. Tenía sentido, aunque, en realidad, James Buck sabía de la pistola bajo la camiseta de Ryan porque James Buck se le había dado a Ryan antes del ejercicio. Sin embargo, admitió Jack, un enemigo muy inteligente podría discernir el pensamiento de Ryan sobre hacer un movimiento para coger un arma oculta en su cadera.

Mierda, pensó Ryan. Su enemigo tendría que ser casi psíquico para captar eso. Pero es por eso que Ryan había pasado la mayor parte de sus noches y fines de semana con los entrenadores contratados por el Campus. Para aprender a hacer frente a enemigos increíblemente inteligentes.

James Buck era un ex SAS y ex Rainbow, un experto en combate cuerpo a cuerpo y armas blancas, entre otras crueles especialidades. Había sido contratado por el director del Campus, Gerry Hendley, para trabajar con Ryan en sus habilidades marciales.

Un año antes, Ryan le había a dicho a Gerry Hendley que quería más trabajo de campo además de su rol de análisis en el Campus. Había conseguido más trabajo de campo, casi más de lo que había pedido, y lo había hecho bien, pero no tenía el mismo nivel de entrenamiento que los demás agentes en su organización.

Él lo sabía y Hendley lo sabía, y también sabían que sus opciones de entrenamiento eran un tanto limitadas. El Campus no existía oficialmente, no pertenecía al gobierno de los Estados Unidos, por lo que cualquier entrenamiento formal por parte del FBI, la CIA o el ejército estaban absolutamente fuera de discusión.

Así que Jack y Gerry y Sam Granger, el jefe operaciones del Campus, decidieron buscar otras vías de instrucción. Fueron donde los veteranos del grupo de agentes del Campus, John Clark y Domingo Chávez, y esbozaron un plan para el joven Ryan, un régimen de entrenamiento al que se sometería en sus horas libres durante el próximo año o más.

Y todo este duro trabajo había dado sus frutos. Jack Junior era un mejor agente por todo el entrenamiento al que se había sometido, aunque el entrenamiento en sí era humillante. Buck, y otros como él, había estado haciendo esto toda su vida adulta y su experiencia se notaba. Ryan estaba mejorando, sin duda, pero mejorar contra hombres como James Buck no quería decir derrotarlos, simplemente quería decir «morir» con menos frecuencia y obligar a Buck y a los otros a trabajar más duro para poder derrotarlo.

Buck debe haber visto la frustración en el rostro de Ryan, porque le dio una palmada en el hombro, en un gesto de comprensión. El galés podía ser malvado y cruel a veces, pero en otras ocasiones era paternal, incluso simpático. Jack no sabía cuál de las dos personalidades era la «fingida» o si ambos eran aspectos necesarios de su entrenamiento, una especie de enfoque de la zanahoria y el garrote.

—Ánimo, muchacho—dijo Buck—. Estás mucho mejor que cuando empezaste. Tienes los activos físicos que necesitas para manejarte y tienes la inteligencia para aprender. Sólo tenemos que seguir trabajando contigo, seguir construyendo tu capacidad técnica y modo de pensar. Ya estás más preparado que el noventa y nueve por ciento de los tipos ahí fuera. Pero los que componen el uno por ciento restante son unos hijos de puta, así que sigamos hasta que estés preparado para ellos, ¿de acuerdo?

Jack asintió. La humildad no era su fuerte, pero aprender y mejorar sí. Era lo suficientemente inteligente como para saber que James Buck tenía razón, a pesar de que a Jack no lo volvía loco la posibilidad de que lo hicieran pedazos unas cuantas miles de veces más en la búsqueda de la excelencia.

Jack se puso la protección para los ojos de nuevo. James

Buck golpeó el costado de la cabeza de Ryan con la mano abierta de manera juguetona.

—Eso es, muchacho. ¿Estás listo para empezar de nuevo?

Jack asintió de nuevo, esta vez con más énfasis.

—¡Absolutamente!

4

Bajo el calor del sol de mediodía en Egipto, el mercado Khan el-Khalili de El Cairo estaba repleto de comensales en su hora de almuerzo y compradores de gangas. Los vendedores de comida asaban carne a la parrilla y el pesado aroma flotaba en el aire; se mezclaba con otros olores, en tanto los cafés ventilaban los aromas de sus granos recién preparados y el humo de las pipas de narguile en las callejuelas estrechas y sinuosas que formaban un laberinto de tiendas y puestos de venta. Las calles, callejones y estrechos pasajes cubiertos del mercado envolvían los alrededores de las mezquitas y las escaleras y las paredes de piedra de antiguos edificios y se extendía a través de una vasta porción de la Ciudad Vieja.

Este zoco había comenzado su vida en el siglo XIV como
un caravasar, un patio abierto que servía de posada para las
caravanas que pasaban por El Cairo en la Ruta de la Seda.
Ahora, lo antiguo y lo moderno se mezclaban en un mareador
escenario en el Khan el-Khalili. Los vendedores regateaban
en medio de las estrechas calles vestidos con *salwar kameez*
junto con otros comerciantes en jeans y camisetas. Los finos
latidos metálicos de la música egipcia tradicional salían de los
cafés y cafeterías y se mezclaban con la música techno que
sonaba en los espacios de venta de música y computadoras,
creando una melodía como la del zumbido de un insecto,
salvo por los tambores de arcilla y piel de cabra y los sinteti-
zados *backbeats*.

Los vendedores vendían de todo, desde artículos de plata
y cobre hechos a mano, joyas y alfombras hasta papel mata-
moscas, sandalias de goma y camisetas de «I ♥ Egypt».

La multitud que se movía a través de los callejones estaba compuesta de jóvenes y viejos, blancos y negros, árabes,
occidentales y asiáticos. Un grupo de tres hombres del Medio
Oriente se paseaba por el mercado, un hombre corpulento
de cabello plateado en el centro y dos musculosos hombres
más jóvenes escoltándolo a cada lado. Su ritmo era pausado
y relajado. No se destacaban, pero cualquier persona en el
mercado que les prestara atención durante cualquier periodo
de tiempo bien podría notar que sus ojos iban de izquierda
a derecha con mucho más frecuencia que los de los otros
compradores. De vez en cuando, uno de los hombres más

jóvenes miraba hacia atrás por encima de su hombro mientras caminaban.

Justo en ese momento, el hombre de la derecha se volvió rápidamente e inspeccionó la multitud en el callejón detrás de ellos. Se tomó su tiempo en mirar las caras y las manos y los gestos de cada persona a la vista. Después de más de diez segundos, el corpulento hombre de Medio Oriente concluyó el escaneo de lo que estaba a sus espaldas, se dio la vuelta y apuró el paso para alcanzar a los demás.

—Sólo tres buenos amigos haciendo un paseo de hora de almuerzo.

La transmisión llegó a través de un pequeño auricular, casi invisible escondido en la oreja derecha de un hombre veinticinco metros más atrás de los tres hombres de Medio Oriente, un hombre occidental en jeans sucios y una camisa de lino azul holgada que se encontraba afuera de un restaurante, fingiendo leer el menú en francés escrito a mano que estaba puesto junto a la puerta. Era americano, de unos treinta años, con el pelo corto y oscuro y una barba mal arreglada. Al escuchar la transmisión de radio, apartó la vista del menú, pasó a los tres hombres delante de él, y siguió más allá hacia un empolvado arco que conducía fuera del zoco. Allí, tan inserto en la penumbra fresca que era sólo una forma oscura, un hombre estaba apoyado contra una pared de piedra arenisca. El joven americano se llevó el puño de su camisa de lino azul a la boca mientras espantaba una mosca imaginaria de su cara. Habló en un pequeño micrófono escondido ahí.

—Tú lo has dicho. Malditos pilares de la comunidad. No hay nada que ver aquí.

El hombre merodeando en las sombras se apartó de la pared, comenzó a caminar hacia el callejón y los tres hombres del Medio Oriente, quienes ahora pasaban por delante de él. Mientras caminaba, se llevó la mano a la cara. En la segunda transmisión que recibió en su auricular, el americano en la camisa de lino azul oyó:

— Ok, Dom, los tengo. Muévete a la calle paralela, sobrepasa al objetivo y sigue avanzando hasta el siguiente cuello de botella. Te avisaré si se detiene.

—Es todo tuyo, Sam —dijo Dominic Caruso mientras giraba a la izquierda, saliendo del callejón a través de un pasillo lateral que conducía a una escalera que acababa en la calle al-Badistand.

Una vez que salió a la calle principal, Dom giró a la derecha y se movió rápidamente a través de peatones y bicicletas y *rickshaws* motorizados mientras intentaba sobrepasar a su objetivo.

Dominic Caruso era joven, estaba en forma y tenía la tez relativamente oscura. Todos estos rasgos le había servido en estos últimos días de vigilancia aquí en El Cairo. Esto último, el color de su piel y pelo, lo ayudaba a mezclarse con una población que era predominantemente de pelo oscuro y piel oliva. Y lo primero, su estado físico y relativa juventud, era útil en esta operación porque el objeto de vigilancia era lo que se conoce, en línea de trabajo de Dominic Caruso, como un objetivo difícil. Mustafa el Daboussi, el hombre canoso de cincuenta y ocho años con los dos musculosos de guarda-espaldas, era el foco de la misión de Dom en El Cairo, y Mustafa el Daboussi era un terrorista.

Y, no era necesario que se lo recordaran a Dominic, los terroristas no suelen cumplir cincuenta y ocho años en esta tierra ignorando a los hombres que los siguen. El Daboussi conocía todos los trucos de contravigilancia existentes, conocía estas calles como la palma de su mano y tenía amigos en el gobierno y la policía y las agencias de inteligencia.

Un objetivo difícil, por cierto.

En cuanto a Caruso, no era precisamente un debutante en este mismo juego. Dom había seguido uno que otro desgraciado la mayor parte de la última década. Había pasado varios años como agente especial del FBI antes de ser reclutado por el Campus junto con su hermano gemelo, Brian. Brian había sido asesinado el año anterior en una operación encubierta del Campus en Libia. Dom había estado allí, había sostenido a su hermano en sus brazos mientras moría y luego había regresado al Campus empeñado en hacer el trabajo duro y peligroso en el que creía.

Dom pasó por el lado a un joven vendiendo té de una gran jarra colgando de una correa de cuero de su cuello y aceleró el ritmo, ansioso por llegar al siguiente punto decisivo para su objetivo: una intersección de cuatro vías a unas cien yardas hacia el sur.

Atrás en el callejón, el compañero de Caruso, Sam Driscoll, seguía a los tres hombres a través de los sinuosos pasillos, cuidando mantener su distancia. Sam había decidido que si perdía contacto con su objetivo, que así fuera; Dom Caruso se estaba haciendo camino hacia un cuello de botella más adelante. Si el Daboussi desaparecía entre las posiciones de Sam y Dom, lo buscarían, pero si lo perdían hoy, retomarían la vigilancia más tarde, cuando estuviera de regreso en su casa alquilada. Los dos norteamericanos habían determinado que era mejor arriesgarse a perder el objetivo en lugar de forzar su suerte y correr el riesgo de revelarle su presencia a él o su personal de seguridad.

El Daboussi se detuvo en una tienda de joyas; algo le había llamado la atención en una polvorienta vitrina de vidrio justo adentro de la amplia entrada. Sam siguió adelante unos metros y luego entró en la sombra de una carpa de lona, bajo la cual jóvenes vendedoras vendían juguetes de plástico baratos y otros chiches turísticos. Mientras esperaba que su objetivo siguiera adelante, se adentró más en la sombra. Sentía que se mezclaba bien con el paisaje, pero una adolescente en un chador lo vio y se acercó con una sonrisa.

—Señor, ¿quiere anteojos de sol?

Mierda.

Negó con la cabeza y la muchacha entendió el mensaje y siguió adelante.

Sam Driscoll tenía la capacidad de intimidar con la mirada. Ex Ranger con múltiples periodos de servicio en Medio Oriente y más allá, había sido reclutado por el Campus después de que Jack Ryan padre lo hubiera presentado. Driscoll había sido expulsado del ejército por abogados del Departamento de Justicia siguiendo los antojos de la administración de Kealty, sediento por la sangre de Sam después de una incursión transfronteriza en Pakistán que dejó demasiados tipos malos muertos para el gusto de Kealty.

Driscoll habría sido el primero en estar de acuerdo que se habían violado los derechos civiles de esas mierdas terroristas al dispararles una bala de punta hueca calibre 40 en cada uno de sus cráneos. Pero en lo que a él concernía, había hecho su trabajo y no más de lo necesario para su misión.

La vida es una mierda y luego mueres.

La publicidad que hizo Jack padre del asunto Driscoll fue suficiente para que el Departamento de Justicia olvidara el asunto, pero la recomendación de Ryan, junto con la petición personal de John Clark a Gerry Hendley, habían hecho que Sam fuera contratado en el Campus.

A los treinta y ocho años, Sam Driscoll era varios años mayor que Dom Caruso, su compañero en esta operación, y a pesar de que Sam estaba en excelente condición física, llevaba su kilometraje extra con él, el que se manifestaba en una barba canosa, profundas arrugas alrededor de los ojos y una vieja y persistente herida en el hombro, con la que se despertaba todas las mañanas. La lesión había sucedido en un tiroteo en la exfiltración durante su misión en Pakistán; el cartucho del AK de un yihadista había hecho pedazos una roca frente a la posición de disparo de Driscoll, lanzando metralla natural sobre y a través de la parte superior del cuerpo del Ranger.

El hombro no le molestaba tanto en ese momento, la rigidez y el dolor se desvanecían con movimiento y ejercicio, y un par de horas de «seguimiento a pie» por el casco antiguo de El Cairo le habían dado suficiente de ambas cosas hoy.

Y Driscoll estaba a punto de hacer un poco más de ejercicio. Levantó la vista y se dio cuenta de que el Daboussi se había puesto de nuevo en marcha. Sam esperó un momento y luego salió al callejón para reanudar el seguimiento del terrorista de cabellos plateados.

Un minuto más tarde, Sam se detuvo de nuevo en tanto su objetivo entraba en una concurrida *kahwah*, una bulliciosa cafetería de barrio omnipresente en El Cairo. Los hombres estaban sentados alrededor de pequeñas mesas derramadas hasta el centro del callejón; jugaban *backgammon* y ajedrez y fumaban pipas hookah y cigarrillos, mientras bebían espeso café turco o fragante té verde. El Daboussi y sus hombres pasaron caminando más allá de estas mesas al aire libre y continuaron hacia adentro en el oscuro cuarto.

Sam habló en voz baja en el micrófono en su puño.

—Dom, ¿vuelve?

—Sí— fue la respuesta en el auricular de Driscoll.

—Los sujetos se han detenido. Están en un café en el...

Sam examinó las paredes y las esquinas de la callejuela del mercado impenetrable buscando algún signo. Hacia arriba y hacia abajo del zoco vio puestos y kioscos con cubiertas de lona, pero ningún signo que hiciera referencia a su ubicación exacta. Sam había tenido un mejor sentido de dirección a través de las montañas de Pakistán de lo que tenía aquí en el casco antiguo de El Cairo. Se arriesgó de echar una mirada furtiva a su mapa para orientarse.

—Ok, acabamos de girar a la izquierda desde Midan Hussein. Creo que todavía estamos justo al norte de al-Badistand. Digamos cincuenta metros de tu ubicación. Parece que nuestro muchacho y sus secuaces van a sentarse y charlar. ¿Qué tal si vienes aquí y dividimos la cobertura?

—En camino.

Mientras que Sam esperaba a su apoyo, se acercó a una tienda de candelabros y miró con admiración una lámpara de vidrio. En el reflejo de un gran adorno de cristal podía ver la parte frontal de la *kahwah* lo suficientemente bien como para ver en caso de que su objetivo se fuera. Pero en lugar de que alguien saliera, vio a otros tres hombres entrar en la *kahwah* desde la dirección opuesta. Algo en la mirada del líder de este pequeño grupo le dio que pensar. Driscoll se arriesgó a pasar por la entrada y miró en el interior como si estuviera buscando a un amigo.

Allí, en la parte trasera contra un muro de piedra, Mustafa el Daboussi y sus hombres estaban sentados en una mesa justo al lado del recién llegado y sus hombres.

«Interesante», se dijo Sam a sí mismo mientras se alejaba unos metros de la entrada de la cafetería.

Dom llegó al callejón un minuto más tarde y alcanzó a Sam mientras ambos hombres escarbaban a través de las mercancías de otro pequeño kiosco. Driscoll se inclinó sobre una mesa y sacó un par de jeans de un montón como para mirarlos bien. Le susurró a su compañero.

—Nuestro muchacho está teniendo un encuentro clandestino con un sujeto desconocido.

Dom no reaccionó, sino que se dirigió a un maniquí barato en la parte delantera de la tienda y fingió mirar la etiqueta en el chaleco que llevaba puesto. Al hacerlo, miró más allá de la figura de plástico de tamaño natural hacia el café de enfrente. Driscoll pasó detrás de él muy de cerca. Dom susurró:

—Ya era hora. Hemos estado esperando durante días.

—Lo sé. Vamos a conseguir una mesa en la cafetería de enfrente, tal vez tomar algunas fotos de estos payasos. Se las podemos enviar a Rick y ver si sus *geeks* logran identificarlos. El que está atrás parece estar a cargo.

Un minuto más tarde, los dos norteamericanos se sentaron a la sombra bajo un paraguas en el café al aire libre que daba a la *kahwah*. Una camarera en un chador se acercó a la mesa. Dom tomó la iniciativa con la orden, para sorpresa de Sam Driscoll.

—*Kahwaziyada*—dijo con una sonrisa cortés y luego hizo un gesto para indicarse a sí mismo y a Sam.

La mujer asintió y se alejó.

—¿Quiero saber lo que acabas de ordenar?

—Dos cafés turcos con azúcar adicional.

Sam se encogió de hombros y extendió el tejido de la cicatriz de su herida en el hombro con un largo y lento movimiento del cuello.

—Suena bastante bien. No me vendría mal la cafeína.

El café llegó y se lo bebieron. No miraron hacia su objetivo. Si su personal de seguridad era bueno, estaría evaluando a los occidentales sentados al otro lado del callejón, pero probablemente sólo por un par de minutos. Si Sam y Dom tenían el cuidado de ignorarlos por completo, entonces el Daboussi, sus hombres y los tres recién llegados quedarían satisfechos con que los occidentales eran sólo un par de turistas sentados esperando mientras sus esposas compraban alfombras en el zoco y no había nada de qué preocuparse.

A pesar de que Sam y Dom estaban en medio de un operación y en un peligro no menor aquí espiando a un terrorista, disfrutaron de estar al aire libre, tomando café a la luz del sol. Durante los últimos días habían salido sólo de noche y sólo en turnos. El resto del tiempo realizaban sus operaciones desde un estudio frente a una lujosa residencia amurallada alquilada por el Daboussi en el exclusivo barrio de Zamalek. Habían pasado largos días y noches mirando a través de miras telescópicas, fotografiando a los visitantes y comiendo arroz y carne de cordero en cantidades que hicieron que los dos hombres dejaran de ser grandes fans del arroz o el cordero.

Pero Sam y Dom, así como su equipo de apoyo en el Campus, sabían que este trabajo era importante.

Si bien Mustafa el Daboussi era egipcio de nacimiento, había estado viviendo en Pakistán y Yemen durante los últimos quince años, trabajando para el Consejo Omeya Revolucionario. Ahora que el COR estaba en desorden total debido a la desaparición de su líder y una serie de éxitos de inteligencia recientes atribuibles a la CIA y otras agencias, el Daboussi estaba de vuelta en casa, supuestamente trabajando para el nuevo gobierno en algún trabajo de papeleo en Alejandría.

Pero el Campus se había enterado de que había algo más en esta historia. Jack Ryan hijo había estado examinando la lista de los más conocidos miembros del COR, tratando de averiguar dónde estaban y qué estaban haciendo ahora, usando tanto inteligencia clasificada como de fuente abierta. Era un trabajo difícil, pero había culminado con el descubrimiento de que los miembros de la Hermandad Musulmana que llevaban las riendas del poder en ciertas partes de Egipto le habían asignado a MED, como se conocía a Mustafa el Daboussi en el Campus, un «trabajo pantalla». Investigaciones posteriores indicaron que MED había sido puesto a cargo de la creación de un par de campos de entrenamiento cerca de la frontera de Egipto con Libia. De acuerdo a documentos clasificados de la CIA, aparentemente el plan consistía en que la inteligencia de Egipto entrenara a la milicia civil de Libia para convertirla en una real fuerza de defensa nacional.

Sin embargo, algunos miembros de la CIA, y *todo el mundo* en el Campus, pensaban que eso era una mentira. La historia de MED mostraba que él tenía interés solamente en apoyar el terrorismo contra los infieles; no parecía una buena opción para entrenar a una guardia local en el norte de África.

Así que cuando un correo electrónico codificado desde la cuenta de un socio de MED fue recogido por el Campus diciendo que el Daboussi iba a pasar una semana en El Cairo reuniéndose con contactos extranjeros que lo ayudarían con su nueva «empresa», Sam Granger, el jefe de operaciones, inmediatamente envió a Sam Driscoll y Dominic Caruso a obtener imágenes de quien fuera a ver a MED a su casa alquilada, con la esperanza de conseguir tener una mejor idea del verdadero objetivo de estos nuevos campos.

Mientras los estadounidenses permanecían sentados en su mesa y fingían ser nada más que turistas aburridos, hablaban sobre el café turco que estaban bebiendo. Estuvieron de acuerdo en que era muy bueno, a pesar de que ambos tenían historias idénticas sobre haber tomado accidentalmente un bocado de los amargos granos que quedan en el fondo de la taza la primera vez que lo probaron.

Cuando ya habían bebido más de la mitad de su café, volvieron a su misión. Uno a la vez, se turnaron para mirar hacia el salón en penumbra al otro lado del callejón. Al principio, sólo hicieron unos barridos visuales indiferentes. Después de un minuto de esto, reconocieron que estaban fuera de peligro—ninguno de los seis hombres en la mesa les prestaba ninguna atención no deseada.

Dom sacó el estuche de sus anteojos de sol de sus pantalones y lo puso sobre la mesa. Abrió la parte superior y luego quitó el relleno y la tela del interior de la tapa. Esto reveló una pequeña pantalla LCD que proyectaba la imagen que iba a ser capturada por la cámara de doce megapíxeles escondida en la base del estuche. Haciendo uso de su teléfono móvil, transmitió una señal de Bluetooth a la cámara oculta. Con la señal pudo aumentar el zoom de la cámara hasta que la pantalla LCD mostró una imagen perfectamente enmarcada de los seis hombres en las dos mesas. Mientras el Daboussi y sus secuaces fumaban *shisha* y hablaban con los tres hombres en la mesa de al lado, Caruso tomó docenas de imágenes digitales a través de la cámara secreta en la mesa usando el botón de foto en su teléfono móvil.

Mientras Dom se concentraba en su trabajo, cuidadoso de no *parecer* como si estuviera concentrado, Sam dijo:

—Esos tipos nuevos son militares. El tipo grande en el medio, el que tiene la espalda contra la pared, es un oficial de alto rango.

—¿Cómo lo sabes?

—Porque yo era militar y yo *no* era un oficial de alto rango.

—Claro.

Driscoll continuó.

—No puedo explicar cómo lo sé, exactamente, pero es por lo menos un coronel, tal vez incluso un general. Apostaría mi vida.

—No es egipcio, eso es seguro —dijo Dom, mientras guardaba la cámara en su bolsillo.

Driscoll no movió la cabeza. En vez, estudió los gruesos y húmedos granos en la parte inferior de su taza de café.

—Es paquistaní.

—Esa fue mi suposición.

—Tenemos imágenes, no forcemos nuestra suerte —dijo Sam.

—De acuerdo —respondió Dom—. Estoy cansado de ver a otras personas comer. Vamos a buscar algo de comida.

—¿Arroz y cordero? —preguntó Sam con aire taciturno.

—Algo mejor. Vi a un McDonald's junto al metro.

—McCordero será entonces.

5

Jack Ryan hijo estacionó su Hummer en el espacio reservado para él en el estacionamiento de Hendley Asociados a las 5:10 a.m. Se bajó con esfuerzo del enorme vehículo. Le dolían los músculos; sus brazos y piernas estaban cubiertas de cortes y contusiones.

Entró cojeando por la puerta trasera del edificio. No le gustaba llegar tan temprano, sobre todo teniendo en cuenta lo aporreado que estaba esta mañana. Pero tenía un importante trabajo que hacer que no podía esperar. En ese momento había cuatro agentes haciendo trabajo de campo y, a pesar de que en verdad deseaba estar allí con ellos, Ryan sabía que era su responsabilidad proporcionarles la mejor inteligencia en tiempo real que fuera posible para poder hacer su duro trabajo, si no más fácil, al menos no más duro de lo que tenía que ser.

Pasó junto a un guardia de seguridad en la recepción en el vestíbulo. Por lo que Jack pudo ver, el guardia estaba sorprendentemente despierto y alerta a esta dura hora.

—Buenos días, Sr. Ryan.

—Hola, Bill.

Normalmente, Ryan no llegaba hasta las ocho y para entonces Bill, un sargento mayor jubilado de las Fuerzas de Seguridad de la Fuerza Aérea, le había pasado su puesto a Ernie. Ryan había visto a Bill sólo un par de veces, pero parecía como si hubiera nacido para hacer su trabajo.

Jack Junior tomó el ascensor, arrastró los pies por el oscuro pasillo, dejó caer su bolso de mensajero de cuero en su cubículo y se dirigió a la cocina. Allí comenzó a hacer café y luego metió la mano en el congelador y sacó una bolsa de hielo que había estado usando mucho últimamente.

De vuelta en su escritorio, mientras el café se estaba preparando, prendió su computadora y encendió la lámpara. Aparte de la presencia de Jack, algunos chicos de informática que trabajan las veinticuatro horas, el tercer turno de una unidad de análisis/traducción y los hombres de seguridad en el primer piso, el edificio estaría muerto por lo menos durante una hora. Jack se sentó, sostuvo la bolsa de hielo contra su mandíbula y puso la cabeza sobre su escritorio.

—Mierda —murmuró.

Cinco minutos más tarde, la cafetera goteaba la última gota en el jarro al mismo tiempo que Ryan sacaba una taza del mueble de la cocina; vertió el líquido negro humeante en ella y cojeó de vuelta a su escritorio.

Quería volver a casa y acostarse, pero esa no era una opción. El entrenamiento fuera de horario al que Ryan se había estado sometiendo lo estaba haciendo pedazos, pero sabía que no estaba expuesto a ningún peligro real. Sus colegas haciendo trabajo de campo eran los que estaban en peligro y era su trabajo ayudarlos a salir.

Y su herramienta para ayudarlos era su computadora. Más específicamente, eran los datos que las antenas parabólicas en el tejado y el campo de antenas de Hendley Asociados extraían del éter, los datos que los decodificadores y una supercomputadora principal decodificaban de la casi constante recolección de información codificada. La diaria expedición de pesca matutina de Jack obtenía sus peces del tráfico de datos de la CIA en Langley, de la Agencia de Seguridad Nacional en Fort Mead, del Centro Nacional Contra el Terrorismo de Liberty Crossing en McLean, del FBI en Washington D.C. y de una serie de otras agencias. Vio que hoy tenía una cantidad particularmente grande de material para revisar, incluso a estas horas de la mañana. Gran parte era tráfico que llegaba a Langley de las naciones aliadas en el extranjero y por eso había llegado tan temprano, para revisarlo detenidamente.

Jack se conectó al Resumen Ejecutivo de Transcripción de Mensajes Interceptados de la NSA[6] primero. El XITS, o «zits», lo alertaría de cualquier gran evento que estuviera pasando y que se hubiera perdido desde que se había ido del

---

6 Por sus siglas en inglés (National Security Agency).

trabajo a las seis de la tarde del día anterior. Mientras su pantalla comenzaba a llenarse de información, hizo un balance mental de lo que pasaba hoy. El ritmo de las operaciones, u OPTEMPO, aquí en el Campus había estado subiendo vertiginosamente en las últimas semanas, así que Jack encontraba más y más difícil cada mañana decidir sobre un punto de partida para los quehaceres de su día.

Los cuatro agentes del Campus haciendo trabajo de campo estaban divididos en dos equipos. El primo de Jack, Dominic Caruso, estaba haciendo equipo con el ex Ranger del Ejército Sam Driscoll. Ellos estaban en El Cairo, siguiendo a un agente de la Hermandad Musulmana que, Jack y sus compañeros analistas en el Campus tenían razones para sospechar, estaba haciendo todo lo posible por armar un infierno. Según la CIA, el hombre había estado montando campos de entrenamiento en el oeste de Egipto y estaba comprando armas y municiones de una fuente en el ejército egipcio. Después de eso... Bueno, ese era el problema. Nadie había sido capaz de averiguar lo que estaba haciendo con los campos y las armas y la experiencia que había obtenido trabajando para el COR y otros grupos durante las últimas dos décadas. Todo lo que sabían era que él y sus campos y sus armas estaban en Egipto.

Jack suspiró. Egipto, post-Mubarak. ¿Zona libre de fuego jodida de antemano?

Los medios de comunicación estadounidenses habían declarado como un hecho que los cambios en el Medio Oriente promoverían la paz y la tranquilidad, pero Ryan, el

Campus y un montón de gente con conocimiento de causa alrededor del mundo pensaba que era probable que los cambios en el Medio Oriente no trajeran moderación, sino más bien extremismo.

Para muchos en los medios de comunicación estadounidenses, la gente que pensaba esas cosas era en el mejor de los casos pesimista, y en el peor, fanática. Ryan se consideraba realista y por esta razón no corrió a la calle a alabar el rápido cambio.

Los extremistas estaban bajos de fuerzas. Con la desaparición del Emir casi un año antes, en todo el mapa los terroristas estaban cambiando de refugios, lealtades, ocupaciones e incluso de países anfitriones.

Sin embargo, una cosa no había cambiado. La zona cero para todo el movimiento yihadista seguía siendo Pakistán. Hace treinta años, todos los yihadistas en ciernes del mundo se reunieron ahí para luchar contra los rusos. A todos los niños varones en el mundo islámico pasada la pubertad se les ofreció una pistola y un boleto expreso al paraíso. A cada niño menor que eso se le ofreció un lugar en una madraza, una escuela religiosa que los alimentaba y los vestía y les daba una comunidad, pero las madrazas establecidas en Pakistán enseñaban sólo creencias extremistas y habilidades de combate bélico. Estas habilidades eran útiles para los estudiantes, ya que estos niños sólo estaban siendo preparados para ser enviados a Afganistán a luchar contra los rusos, pero el conjunto de habilidades que habían aprendido, junto con la promoción que las madrazas hacían de la yihad, no les dejaron muchas opciones cuando los rusos se fueron.

Era inevitable que cuando los soviéticos salieran de Afganistán, los cientos de miles de yihadistas armados y furiosos en Pakistán se convirtieran en una increíble espina en el costado del gobierno de ese país. Y era igualmente inevitable que estos yihadistas armados y furiosos fueran empujados al vacío que era Afganistán post-soviético.

Y así comenzó la historia de los talibanes, quienes crearon el refugio seguro para Al Qaeda, que trajo a las fuerzas occidentales de la coalición hace más de una década.

Ryan tomó un sorbo de café, trató de enfocar sus pensamientos de nuevo en sus funciones y lejos de los grandes problemas geopolíticos que todo lo rigen. Cuando su padre volviera a la Casa Blanca, su padre tendría que preocuparse de todo eso. Junior, por su parte, tenía que lidiar con las comparativamente pequeñas ramificaciones diarias de todos esos grandes problemas. Pequeñas cosas, como identificar a un tipo para Sam y Dom. Le habían enviado otro lote de fotos por correo electrónico para que las revisara. Fotos que incluían a algunos de los paquistaníes desconocidos que se habían reunido con el Daboussi el día anterior.

Ryan le reenvió el correo electrónico a Tony Wills, el analista que trabajaba en el cubículo de al lado de Jack. Tony se dedicaría a identificar a los sujetos. Por el momento, Jack sabía que tenía que concentrarse en el otro equipo en el campo, John Clark y Domingo Chávez.

Ding y John estaban en Europa en este momento, en Fráncfort, y estaban reflexionando sobre sus opciones. Habían pasado los últimos dos días preparando una operación de vigilancia para monitorear a un banquero de Al Qaeda que debía viajar a Luxemburgo para algunas reuniones, pero el hombre había cancelado su viaje desde Islamabad en el último minuto. Los hombres estaban vestidos y listos sin ningún lugar adonde ir, así que Jack decidió que pasaría algún tiempo esta mañana investigando más profundamente los antecedentes de los banqueros europeos con que el hombre del COR planeaba reunirse, con la esperanza de conseguir alguna nueva información para que sus colegas en Europa revisaran antes de hacer las maletas y volver a casa.

Por esa razón Jack había venido a trabajar mucho antes de lo habitual. No quería que regresaran con las manos vacías de su viaje; era su responsabilidad darles la inteligencia que necesitaban para encontrar a los tipos malos y pasaría las próximas horas tratando de encontrarles algunos tipos malos.

Le echó un vistazo al XITS y al software propietario creado por Gavin Biery, el director de TI del Campus. El programa receptor de Gavin buscaba cadenas de datos siguiendo los deseos de los analistas aquí en el Campus. Les permitía filtrar gran parte de la información que no era relevante para sus proyectos actuales y para Jack este software había sido un regalo del cielo.

Ryan abrió una serie de archivos haciendo clics en su *mouse*. Mientras hacía esto, se maravilló del número de pedacitos de inteligencia que llegaban en un sentido único de los aliados de los Estados Unidos en estos días.

Lo deprimía un poco, no porque no quisiera que los aliados de los Estados Unidos compartieran inteligencia, sino porque le molestaba que en estos días no fuera en ambos sentidos.

Para la mayoría de la comunidad de inteligencia de los Estados Unidos, era un escándalo vergonzoso que el presidente Edward Kealty y sus asignados políticos en los altos puestos de inteligencia hubieran pasado los últimos cuatro años degradando la capacidad de los Estados Unidos de espiar de manera unilateral a otros países. Kealty y su gente habían cambiado el foco de la recolección de inteligencia, confiando no en los robustos servicios de espionaje propios de los Estados Unidos para proporcionar información a la CIA, sino en los servicios de inteligencia de las naciones extranjeras. Esto era más seguro desde el punto de vista político y diplomático, Kealty había determinado de manera correcta, aunque la disminución de los servicios de espionaje de los Estados Unidos no era seguro en todos los demás sentidos. El gobierno había hecho todo excepto impedir a los agentes encubiertos no oficiales trabajar en naciones aliadas y las personas de los servicios clandestinos de la CIA que trabajaban en las embajadas en el extranjero se vieron paralizadas con aún más normas y regulaciones, lo que hizo su ya difícil trabajo casi imposible.

La administración de Kealty había prometido más «apertura» y «transparencia» en la clandestina CIA. El padre de

Jack Junior había escrito un artículo de opinión en *The Washington Post* que sugería, de una manera aún respetuosa con la presidencia, que Ed Kealty posiblemente debería buscar la palabra *clandestina* en el diccionario.

Los designados a los puestos de inteligencia de Kealty habían evitado la inteligencia humana, poniendo énfasis en vez en la inteligencia de señales e inteligencia electrónica. Los satélites espías y los aviones no tripulados eran mucho, mucho más seguros desde el punto de vista diplomático, por lo que estas tecnologías se habían implementado más que nunca. Sobra decir que los veteranos especialistas en Inteligencia Humana (o HUMINT[7]) de la CIA se quejaron, con razón, diciendo que a pesar de que los aviones no tripulados hacen un trabajo espectacular mostrándonos la parte superior de la cabeza de un enemigo, eran inferiores a los recursos humanos, que a menudo podían decirnos lo que había adentro de la cabeza del enemigo. Sin embargo, estos defensores de la HUMINT fueron vistos por muchos como dinosaurios y sus argumentos fueron ignorados.

Bueno, pensó Ryan. *Papá estará a cargo dentro de unos meses,* estaba seguro de ello, y esperaba que la mayor parte o la totalidad de los daños causados pudieran revertirse durante el período de cuatro años de su padre.

Sacó estos pensamientos de su cabeza para poder concentrarse y tomó un gran trago del café que se estaba en-

---

7 Por su abreviatura en inglés (Human Intelligence).

friando rápidamente para ayudar a enfocar su mente aún dormida. Siguió haciendo clic en el montón de inteligencia que había llegado desde el exterior durante la noche, prestando especial atención en Europa, ya que ahí era donde estaban Chávez y Clark ahora.

Espera. Aquí había algo nuevo. Ryan abrió un expediente que estaba en la bandeja de entrada de un analista de la Oficina de Análisis de Rusia y Europa (OREA) de la CIA. Jack lo revisó rápidamente, pero algo despertó su interés, por lo que volvió atrás y lo leyó palabra por palabra. Al parecer, alguien en la DCRI[8], el organismo de seguridad interna francés, le estaba informando a un colega de la CIA que habían recibido un dato de que una «persona de interés» llegaría a Charles de Gaulle esa tarde. No era gran cosa en sí misma, y ciertamente no era algo que hubiera ameritado que Jack lo investigara más a fondo, a excepción de un nombre. La fuente de inteligencia francesa, no descrita en el mensaje a la CIA, pero probablemente algún tipo de SIGINT[9] o HUMINT, les daba motivos para sospechar que el POI[10], un hombre sólo conocido por los franceses como Omar 8, era un reclutador para el Consejo Omeya Revolucionario. La DCRI oyó que aterrizaría en el aeropuerto Charles de Gaulle a la 1:10 esa tarde en un vuelo de Air France procedente de Túnez y luego

---

8 Por su nombre en francés: Direction Centrale du Renseignement Intérieur

9 Por su abreviatura en inglés (Signals Intelligence).

10 Por sus siglas en inglés (Person of Interest).

sería recogido por asociados locales y trasladado a un apartamento en Seine-Saint-Denis, no muy lejos del aeropuerto.

A Jack le pareció que los franceses no sabían mucho acerca de este Omar 8. Sospechaban que era del COR, pero no era alguien en el que estaban particularmente interesados. La CIA tampoco sabía mucho sobre él —tan poco, que el analista de la OREA ni siquiera había respondido o enviado el mensaje a la estación de París aún.

Ni la CIA ni la DCRI tenían mucha información sobre este POI, pero Jack Ryan hijo sabía todo acerca de Omar 8. Ryan había conseguido su inteligencia directamente de primera mano.

Saif Rahman Yasin, también conocido como el Emir, había «revelado» la identidad de Omar 8 la primavera pasada, durante un interrogatorio hecho por el Campus.

Jack pensó en eso por un segundo. ¿Interrogatorio? No... era tortura. No tenía sentido llamarlo de otra manera. Sin embargo, en este caso al menos, había sido eficaz. Lo suficientemente eficaz para enterarse de que el verdadero nombre de Omar 8 era Hosni Iheb Rokki. Lo suficientemente eficaz como para enterarse de que era un tunecino de treinta y tres años de edad y no era un reclutador del COR. Era un teniente en su ala operativa.

A Jack de inmediato le pareció extraño que este hombre estuviera en Francia. Jack había leído el expediente de Rokki muchas veces, así como había leído los expedientes de todos los jugadores más conocidos en todas las organizaciones terroristas más importantes. Se sabía que el tipo jamás dejaba

Yemen o Pakistán, a excepción de viajes poco comunes a casa, a Túnez. Pero allí estaba, volando a París bajo un alias conocido.

Raro.

Jack estaba emocionado por esta joyita de inteligencia. No, Hosni Rokki no era un pez grande en el mundo del terrorismo internacional. En estos días, después de la increíble degradación que le había causado el Campus al COR, sólo había un agente del COR que podía ser considerado como un jugador serio en el ámbito internacional. El nombre de ese hombre era Abdul bin Mohammed al Qahtani y era el comandante del ala operativa de la organización.

Ryan daría *cualquier cosa* por dispararle a al Qahtani.

Rokki no era al Qahtani, pero, paseando por Francia, tan lejos de su usual área de operaciones, era sin duda interesante.

En un antojo, Jack abrió una carpeta en su escritorio que contenía una subcarpeta de cada uno de los terroristas, sospechados terroristas, intermediarios, etc. Esta no era la base de datos utilizada por la comunidad de inteligencia en general. Prácticamente todas las agencias federales utilizaban el TIDE[11], el repositorio central de información sobre terroristas internacionales. Ryan tenía acceso a este sistema de expedientes masivo, pero le resultaba difícil de manejar y lleno de demasiados don nadie que pudieran ser de alguna utilidad para él. Recurría al TIDE cuando estaba armando su propia

---

11 Por sus siglas en inglés (Terrorist Identities Datamart Environment). Es una base de datos de presuntos terroristas.

carpeta o Galería de Sinvergüenzas, como él la llamaba, pero sólo para información específica sobre temas específicos. La mayor parte del resto de la información de su Galería de Sinvergüenzas era producto de su propia investigación, con uno que otro aporte de sus compañeros analistas aquí en el Campus. Era una enorme cantidad de trabajo, pero el esfuerzo en sí mismo ya había pagado dividendos. A menudo, Jack no necesitaba revisar su carpeta, ya que en la elaboración de los expedientes había retenido la gran mayoría de esta información en la memoria y sólo se permitía olvidar un pedacito de inteligencia cuando se había confirmado que el hombre o la mujer estaban muertos por múltiples fuentes confiables.

Pero como Rokki no era una estrella de rock, Ryan no recordaba todas las especificaciones del hombre, por lo que hizo clic en la carpeta de Hosni Rokki, echó un vistazo a la foto de su cara, se desplazó hacia abajo en la hoja de datos y confirmó lo que ya sabía. Hasta donde cualquier agencia de inteligencia occidental estaba enterada, Rokki nunca había estado en Europa.

Jack entonces abrió la carpeta de Abdul bin Mohammed al Qahtani. Sólo había una imagen en archivo; tenía un par de años, pero la resolución era buena. Jack no se molestó en leer la hoja de datos de este tipo, porque Jack mismo la había escrito. Ninguna agencia de inteligencia occidental sabía nada sobre al Qahtani hasta después de la captura y el interrogatorio del Emir. Una vez que el nombre del hombre y la ocupación escapó de los labios del Emir, Ryan y los otros analistas en el Campus trabajaron para reconstruir la historia del hombre. Jack tomó el liderazgo del proyecto y era algo de lo que no podía estar demasiado orgulloso, ya que la información que habían logrado compilar después de un año de trabajo era muy poca.

Al Qahtani había sido siempre tímido con las cámaras y los medios de comunicación, pero se había puesto increíblemente escurridizo después de la desaparición del Emir. Una vez que supieron quién era él, parecía que hubiera desaparecido del mapa. Se había mantenido en la oscuridad durante el último año hasta la semana pasada, es decir, cuando su compañero analista del Campus Tony Wills había descubierto una publicación codificada en una página web yihadista diciendo que al Qahtani había llamado a represalias en contra de las naciones europeas—a saber, Francia— por haber pasado leyes que prohíben el uso de burkas y pañuelos en la cabeza.

El Campus distribuyó esa información —de forma encubierta, por supuesto— a la comunidad de inteligencia en general.

Ryan conectó los puntos, tal como estaban. El jefe de operaciones del COR quiere atacar Francia y una semana después un subalterno de la organización aparece en el país, por lo visto para reunirse con otra gente.

Poco convincente. Poco convincente en el mejor de los casos. Ciertamente no era algo por lo que Ryan normalmente haría que agentes se trasladaran a la zona. En circunstancias normales, después de este avistamiento, él y sus compañeros de trabajo simplemente tomarían nota de hacerle seguimiento al material que venía de la inteligencia francesa y de la estación de París de la CIA para ver si pasaba algo más durante las vacaciones en Europa de Hosni Rokki.

Pero Ryan sabía que Clark y Chávez estaban en Fráncfort, a sólo un salto de distancia. Además, estaban preparados y listos para una operación de vigilancia.

¿Debería enviarlos a París para tratar de averiguar algo de los movimientos o contactos de Rokki? *Sí*. Diablos, era una obviedad. ¿Un matón del COR, al aire libre? El Campus bien debía averiguar lo que estaba haciendo.

Jack agarró su teléfono y pulsó un código de dos dígitos. Sería poco después del mediodía en Fráncfort.

Mientras esperaba la conexión, Jack cogió el paquete de hielo que se estaba derritiendo y lo sostuvo contra la parte de atrás de su adolorido cuello.

John Clark contestó al primer timbrazo.

—Hola, John, es Jack. Apareció algo. No te va a dejar con la boca abierta, pero se ve semi-prometedor. ¿Qué te parece hacer un viaje a París?

6

A cien millas al sur de Denver, Colorado, en la carretera 67, un complejo de edificios, torres y cercos de 640 acres se extiende a través de las llanuras en las sombras de las Montañas Rocosas.

Su nombre oficial es el Complejo Correccional Federal Florence y su designación en la nomenclatura de la Oficina de Prisiones es Penitenciaría de Máxima Seguridad de los Estados Unidos, ADX Florence.

La Oficina de Prisiones clasifica sus 114 cárceles en cinco niveles de seguridad y ADX Florence está sola en la parte superior de esta lista. También está en el Record Mundial Guinness como la prisión más segura del mundo. Es la cárcel de «máxima seguridad» más estricta de los Estados Unidos, donde los prisioneros más peligrosos, más mortales y más difíciles de retener están encerrados.

Entre las medidas de seguridad están los cables-trampa láser, detectores de movimiento, cámaras con capacidad de visión nocturna, puertas y cercos automáticos, perros guardianes y guardias armados. Nadie jamás ha escapado de ADX Florence. Es poco probable que alguien haya siquiera escapado de una celda en ADX Florence.

Pero igualmente difícil que salir del «Alcatraz de las Rocosas», es entrar. Hay menos de 500 presos en Florence, de una población carcelaria federal de los Estados Unidos de más de 210.000. A la mayoría de los presos federales comunes les sería más fácil ser aceptados en la Universidad de Harvard que en Florence.

El noventa por ciento de los convictos de ADX Florence son hombres que han sido sacados de la población de otras cárceles porque representaban un peligro para los demás. El otro diez por ciento son presos de alto perfil o de especial riesgo. Se encuentran alojados, principalmente, en unidades de población general que mantienen a los reos en régimen de aislamiento durante veintitrés horas al día, pero permiten un cierto nivel de contacto no físico entre los internos y —a través de visitas, correo y llamadas telefónicas— con el mundo exterior.

Ted Kaczynski, el Unabomber, se encuentra en la Unidad de población general D, junto con el conspirador de la ciudad de Oklahoma, Terry Nichols, y el terrorista olímpico Eric Robert Rudolph.

El narcotraficante mexicano Francisco «El Titi» Arellano también se encuentra en Florence, en la sección de población general, así, como el subjefe de la mafiosa familia Lucchese, Anthony «Gaspipe» Casso, y Robert Philip Hanssen, el traidor del FBI que vendió secretos estadounidenses a la Unión Soviética y luego Rusia durante dos décadas.

La Unidad H es más restrictiva, más solitaria y aquí los internos se enfrentan a Medidas Administrativa Especiales (MAEs), el lenguaje de la Oficina de Prisiones para las normas para el trato de los casos especialmente difíciles. En todo el sistema penitenciario federal, hay menos de sesenta reclusos bajo MAEs y más de cuarenta de ellos son terroristas. Richard Reid, el terrorista del zapato, pasó muchos años en la unidad H hasta que lo trasladaron a la D por buena conducta y tras demandas de alto perfil. Omar Abdel-Rahman, «el jeque ciego», está en la H, al igual que Zacarias Moussaoui, el «secuestrador número veinte». Ramzi Yousef, el líder de la célula que hizo estallar la bomba en el World Trade Center en 1993, divide su tiempo entre la H y sectores aún más restrictivos, dependiendo de sus cambiantes estados de ánimo y comportamiento.

A los hombres aquí se les permite sólo una visita de una hora a un patio de concreto para una persona que parece una piscina vacía, y sólo después de someterse a un registro exhaustivo al desnudo y de un paseo con esposas en los puños y grilletes en las piernas, escoltado por dos guardias.

Uno para sujetar las cadenas y el otro para sostener un bastón de mando.

Sin embargo, la Unidad H no es el ala de mayor seguridad. Esa es la Unidad Z, la unidad disciplinaria de «ultra máxima seguridad», donde van los tipos malos a pensar sobre sus transgresiones, en caso de que violen cualquiera de sus MAEs. Aquí no hay actividades recreativas o visitantes, y hay un mínimo contacto incluso con los guardias.

Sorprendentemente, incluso la Unidad Z tiene una sección especial, donde sólo los peores de lo peores son enviados. Se llama Range 13 y en este momento sólo tres reclusos están alojados allí.

Ramzi Yousef fue puesto ahí por haber violado sus MAEs mientras estaba en la Unidad Z, donde se alojaba, debido a violaciones de sus MAEs en la Unidad H.

Tommy Silverstein, un preso de profesión de sesenta años de edad que fue declarado culpable de robo a mano armada en 1977, fue puesto aquí hace mucho tiempo por matar a dos reclusos y un guardia en otra cárcel de máxima seguridad.

Y un tercer prisionero, un hombre que fue traído aquí por agentes del FBI enmascarados unos meses antes, sólo después de que una celda Range 13 ya existente fuera especialmente aislada del resto de la subunidad de ultra seguridad, haciéndola aún más restrictiva. Sólo el personal de Range 13 conoce la nueva celda y sólo dos han visto la cara del nuevo residente. No está custodiado por oficiales de la Oficina de Prisiones, sino por una unidad especial ad hoc del Equipo de Rescate de Rehenes (HRT)[12] del FBI, oficiales paramilitares

---

12 Por sus siglas en inglés (Hostage Rescue Team).

completamente armados y blindados que observan a su prisionero a través de una mampara de vidrio las veinticuatro horas del día.

Los hombres del HRT conocen la verdadera identidad del preso, pero no lo hablan. Ellos, y los pocos de Range 13 que estén conscientes de este extraño arreglo, se refieren al hombre detrás del vidrio sólo como Número de Registro 09341-000.

El prisionero 09341-000 no tiene la televisión en blanco y negro de doce pulgadas que se le permite a la mayoría de los reclusos. No se le permite salir de la habitación para ir al patio de recreo de hormigón.

Jamás.

A la mayoría de los reclusos se les permite una llamada telefónica de un cuarto de hora a la semana, siempre que la paguen de su propia cuenta de fideicomiso, un sistema bancario penitenciario.

El prisionero 09341-000 no tiene ni privilegios telefónicos ni una cuenta de fideicomiso.

No tiene visitantes ni privilegios de correo, tampoco acceso a los servicios psicológicos o de educación que se ofrecen a los otros prisioneros.

Su habitación, todo su mundo, tiene ochenta y cuatro pies cuadrados, siete por doce pies. La cama, el escritorio y el banco inamovible frente al escritorio son de hormigón, y aparte del combo lavatorio-inodoro diseñado para apagarse automáticamente si es tapado intencionalmente, no hay otros muebles en la celda.

Una ventana de cuatro pulgadas de ancho en la pared trasera de la celda ha sido tapiada para que el preso no tenga ni vista al exterior ni luz natural.

El prisionero 09341-000 es el prisionero más solitario en los Estados Unidos, tal vez en el mundo.

Él es Saif Rahman Yasin, el Emir. El líder del Consejo Omeya Revolucionario, y el cerebro terrorista responsable de la muerte de cientos de personas en una serie de ataques en los Estados Unidos y otras naciones occidentales, y también el autor de un ataque en Occidente que fácilmente podría haber matado a cien veces ese número.

El Emir se levantó de su alfombra de oración después de su *salat* de la mañana y se sentó en el delgado colchón sobre su cama de hormigón. Miró el calendario blanco en su escritorio junto a su codo izquierdo y vio que era martes. Le habían dado el calendario para que pudiera entregar su ropa sucia a través de la escotilla de acero de accionamiento eléctrico para que fuera lavada en los momentos adecuados. El martes, sabía Yasin, era el día que su manta de lana tenía que pasar a través de la escotilla para ser lavada. Obedientemente la enrolló en una bola, pasó por delante de su lavatorio-inodoro de acero, dio otro paso y pasó junto a una ducha que funcionaba con un temporizador para que él no pudiera cubrir el drenaje e inundar la celda.

Un paso más lo llevó a la ventana con la escotilla. Ahí, dos hombres vestidos con uniformes negros, chalecos antibalas negros y pasamontañas negros lo miraban de manera inexpresiva a través del plexiglás. Del pecho les colgaban metralletas MP5 listas para disparar en cualquier momento.

No llevaban placas o insignias.

Sólo sus ojos eran visibles.

El Emir sostuvo sus miradas, una tras la otra, durante un largo instante, su rostro a no más de dos pies de ellos, a pesar de que ambos hombres eran varias pulgadas más altos. Los tres pares de ojos transmitían odio y malevolencia. Uno de los hombres enmascarados debe haber dicho algo al otro lado del vidrio insonorizado, ya que otros dos hombres armados y enmascarados sentados en un escritorio en la parte de atrás de la sala giraron la cabeza hacia el prisionero y uno oprimió un botón en una consola. Un fuerte pitido resonó en la celda del Emir y luego la pequeña escotilla de acceso se abrió debajo de la ventana. El Emir hizo caso omiso de esto y siguió con el concurso de miradas con sus guardias. Después de unos segundos oyó otro pitido y luego la voz amplificada del hombre en el escritorio salió de un altavoz empotrado en el techo de la celda sobre la cama del Emir.

El guardia enmascarado habló en inglés.

—Pon tu manta en la escotilla.

El Emir no se movió.

Una vez más:

—Pon tu manta en la escotilla.

No hubo respuesta del prisionero.

—Última oportunidad.

Entonces Yasin cumplió con la orden. Había hecho una

pequeña muestra de resistencia y aquí esa era una victoria. Los hombres que lo habían mantenido cautivo durante las primeras semanas después de su captura se habían ido hace mucho y Yasin había estado probando el fervor y la determinación de sus captores desde entonces. Asintió lentamente con la cabeza, dejó caer su manta en la escotilla y luego la escotilla se cerró. Al otro lado, uno de los dos guardias cerca de la ventana la tomó, la abrió y la miró, y luego se dirigió hacia la canasta de la ropa sucia. Pasó junto a la canasta y tiró la manta de lana en un basurero de plástico.

El hombre en el escritorio habló por el micrófono otra vez:

—Acabas de perder tu manta, 09341. Siga poniéndonos a prueba, imbécil. Nos encanta este juego y podemos jugarlo todos y cada maldito día.

El micrófono se apagó con un fuerte chasquido y el corpulento guardia regresó hasta el vidrio para pararse junto a su compañero. Juntos se quedaron inmóviles como piedras, mirando a través de los agujeros en sus máscaras al hombre al otro lado de la ventana.

El Emir dio media vuelta y regresó a su cama de hormigón.

Echaría de menos la manta.

7

Melanie Kraft estaba teniendo una semana excepcionalmente mala. Oficial de informes de inteligencia en la Agencia Central de Inteligencia, Melanie había salido hace sólo dos años de la American University, donde había recibido su licenciatura en estudios internacionales y su maestría en política exterior estadounidense. Esto, además de haber pasado cinco años durante su adolescencia en Egipto como hija de un agregado de la Fuerza Aérea, la hacía una buena candidata para la CIA. Trabajaba en la Dirección de Inteligencia —más específicamente en la Oficina de Análisis de Medio Oriente y África del Norte. Especialista en Egipto, principalmente, la joven Srta. Kraft era lista y ávida, por lo que ocasionalmente se salía un poco de sus deberes diarios para trabajar en otros proyectos.

Era esta voluntad de destacarse que ahora amenazaba con descarrilar una carrera de apenas dos años.

Melanie estaba acostumbrada a ganar. En clases de idiomas en Egipto, como estrella de fútbol en la secundaria y luego durante sus años de pregrado, y con perfectas calificaciones en la escuela. Su duro trabajo se ganó la halagadora apreciación de sus profesores y ejemplares comentarios de desempeño aquí en la Agencia. Pero todo su éxito intelectual y profesional había llegado a un alto hace una semana, cuando ella se asomó a la oficina de su supervisor con un documento que había elaborado en su tiempo libre.

Se titulaba «Una evaluación de la retórica política de la Hermandad Musulmana en inglés y en masri». Había revisado minuciosamente sitios web en inglés y árabe egipcio (masri) para dar cuenta de la creciente desvinculación entre las relaciones publicas de la Hermandad Musulmana con Occidente y su retórica interna. Era un documento contundente, pero bien fundamentado. Había pasado meses de largas noches y fines de semana creando y usando perfiles falsos de hombres árabes para acceder a los foros islamistas protegidos con contraseñas. Se había ganado la confianza de los egipcios en estas «cafeterías cibernéticas» y estos hombres la habían dejado entrar, discutido con ella discursos de la Hermandad Musulmana en madrazas a lo largo de Egipto, incluso le habían hablado de diplomáticos de la Hermandad Musulmana que iban a otras naciones del mundo musulmán para compartir información con conocidos radicales.

Contrastó todo lo que aprendió con la fachada benévola que la Hermandad estaba proyectando hacia Occidente.

Terminó el artículo y se lo entregó a su supervisor inmediato. Él la envió donde Phyllis Stark, jefa de su departamento. Phyllis leyó el título, asintió de manera cortante y luego arrojó el documento sobre el escritorio.

Esto frustró a Melanie; esperaba alguna demostración de entusiasmo de su jefa. Mientras caminaba de vuelta a su escritorio, esperaba por lo menos que hicieran circular su trabajo en el piso de arriba.

Dos días más tarde, su deseo se cumplió. La señora Stark lo *había* pasado, alguien lo *había* leído y Melanie Kraft fue llamada a la sala de conferencias del cuarto piso. Su supervisor, la jefa de su departamento y un par de tipos en traje del séptimo piso que no reconocía ya estaban allí cuando ella entró.

No había fingimiento alguno en la reunión. Por las miradas y los gestos de los hombres en la mesa de conferencias, Melanie Kraft supo que estaba en problemas incluso antes de sentarse.

—Señorita Kraft, ¿qué es lo que pensó que iba a lograr con su trabajo extracurricular? ¿Qué es lo que quiere?—le preguntó un asignado político del séptimo piso llamado Petit.

—¿Qué quiero?

—¿Está tratando de conseguir un nuevo trabajo por aquí con su documentito, o simplemente quiere que circule de modo que, si gana Ryan y trae a su propia gente usted sea el sabor del mes?

—No.

Eso no se le había ocurrido en lo más mínimo. En teoría, un cambio de administración no tendría nada que ver con alguien de su nivel en la Agencia.

—Yo sólo he estado leyendo lo que hemos estado informando sobre la Hermandad y pensé que podía necesitar algunos datos compensatorios. Hay inteligencia de fuente abierta, verán en el informe que he citado todo, que apunta a una mucho más siniestra...

—Señorita Kraft. Esta no es la escuela de posgrado. No voy a revisar sus notas al pie.

Melanie no respondió a eso, pero no se molestó en continuar defendiendo su artículo tampoco.

Petit continuó:

—Usted ha sobrepasado sus límites en un momento en que esta agencia está muy polarizada.

Kraft no creía que la Agencia estuviera polarizada en absoluto, a menos que la polarización fuera entre los canosos del séptimo piso que podían perder sus puestos con una derrota de Kealty y los canosos del séptimo piso que iban a tener una mejor posición con una victoria de Ryan. Ese mundo estaba muy lejos del suyo y ella habría pensado que Petit se podría haber dado cuenta de eso.

—Señor, no fue mi intención causar ninguna división aquí en el edificio. Mi atención se centró en la realidad en Egipto y la información que...

—¿Preparó este documento mientras se suponía que estaba trabajando en los informes diarios?

—No, señor. Hice esto en casa.

—Podemos abrir una investigación sobre usted, para ver si ha utilizado recursos clasificados para crear...

—El cien por ciento de la información en ese documento es de fuente abierta. Mis identidades ficticias de Internet no fueron creadas a partir de leyendas reales de la Agencia. Honestamente, no hay nada a lo cual tenga acceso de manera diaria que me hubiera sido de ninguna ayuda en la preparación de mi artículo.

—Usted tiene la fuerte opinión de que la Hermandad no es más que una pandilla de terroristas.

—No, señor. Esa no es la conclusión de mi artículo. La conclusión de mi trabajo es que la retórica en el mundo de habla inglesa es contraria a la retórica masri difundida por la misma organización. Sólo creo que debemos hacer un seguimiento de algunos de estos sitios web.

—¿Así lo piensa?

—Sí, señor.

—Y usted cree que debemos hacer esto porque ha habido algún hallazgo oficial de algún tipo, o cree que debemos hacer esto porque... porque usted simplemente piensa que deberíamos hacer esto.

Ella no sabía qué contestar.

—Señorita, la CIA no es una organización para la creación de políticas.

Melanie sabía esto y el artículo no tenía la intención de

dirigir la política exterior de los Estados Unidos hacia Egipto en ninguna dirección en particular, sino ofrecer una opinión disidente a la sabiduría convencional.

Petit continuó:

—Su trabajo consiste en generar el producto de inteligencia que se le pide que genere. Usted no es un oficial de Servicios Clandestinos. Usted se ha pasado de la línea y lo ha hecho de una manera que parece muy sospechosa.

—¿Sospechosa?

Petit se encogió de hombros. Era un político y los políticos asumen que todos los demás sólo piensan en política.

—Ryan está a la delantera en las encuestas. A Melanie Kraft se le ocurre, en su tiempo libre, nada menos, crear su propia operación encubierta e irse por una tangente que le serviría a la doctrina de Ryan.

—Yo... Yo ni siquiera sé cual es la doctrina de Ryan. No estoy interesada en...

—Gracias, señorita Kraft. Eso es todo.

Había vuelto a su oficina humillada, pero aún demasiado confundida y enojada como para llorar. Pero lloró esa noche en su pequeño apartamento en Alexandria y allí se preguntó por qué había hecho lo que había hecho.

Podía ver, incluso en su bajo nivel en la organización y con su limitada visión del panorama general, que los cargos políticos en la CIA estaban moldeando el producto de inteligencia para adaptarse a los deseos de la Casa Blanca. ¿Era su artículo su propia, pequeña, obstinada forma de resistirse a eso? En ese momento de reflexión, la noche de su reunión en el cuarto piso, admitió que probablemente lo era.

El padre de Melanie había sido un coronel del Ejército que le había inculcado el sentido del deber, así como un sentido de individualidad. Había crecido leyendo las biografías de grandes hombres y mujeres, en su mayoría hombres y mujeres en el ejército y el gobierno, y reconoció a través de sus lecturas que nadie lograba una grandeza excepcional siendo «un buen soldado» exclusivamente. No, esos pocos hombres y mujeres que iban en contra del sistema de vez en cuando, sólo cuando era necesario, eran los que finalmente hacían grande a los Estados Unidos.

Melanie Kraft no tenía otra gran ambición que no fuera destacarse del montón como una ganadora.

Ahora estaba aprendiendo sobre otro fenómeno acerca de destacarse. Las uñas que se asomaban a menudo eran puestas en su lugar.

Ahora estaba sentada en su cubículo, bebiendo un café helado y mirando su pantalla. Su supervisor le había dicho el día anterior que su artículo había sido aplastado y destruido por Petit y otros en el séptimo piso. Phyllis Stark le había dicho enojada que el subdirector de la CIA, el mismo Charles Alden, había leído una cuarta parte de él antes de tirarlo a la basura y preguntar por qué demonios la mujer que lo había escrito todavía tenía trabajo. Sus amigos ahí en la Oficina de Análisis de Medio Oriente y África del Norte se compadecían de ella, pero no querían que sus propias carreras fueran dejadas de lado por lo que a su parecer era un intento de su colega de saltar delante de ellos trabajando en inteligencia en su propio tiempo. Así que se convirtió en la paria de la oficina.

Ahora ella, a los veinticinco años, estaba pensando en dejar la Agencia. Encontrar un trabajo en ventas en algún lugar que pagara un poco más que su salario gubernamental y conseguir salir corriendo de una organización que ella amaba, pero que claramente no la amaba a ella en ese momento.

El teléfono en el escritorio de Melanie sonó y vio que era un número externo.

Dejó el café helado y levantó el auricular.

—Melanie Kraft.

—Hola, Melanie. Es Mary Pat Foley de NCTC[13]. ¿Te pillo en un mal momento?

Melanie casi escupió su último trago de café sobre su teclado. Mary Pat Foley era una leyenda en la comunidad de inteligencia de los Estados Unidos; era imposible exagerar su reputación y el impacto que su carrera había tenido en las relaciones exteriores y en las mujeres en la CIA.

Melanie nunca había conocido a la señora Foley, a pesar de que la había visto hablar más de una docena de veces, desde sus días de estudiante de pregrado en la American University. Más recientemente, Melanie había estado en un seminario que Mary Pat había dado a analistas de la CIA sobre el trabajo del Centro Nacional Antiterrorista.

---

13 Por sus siglas en inglés (National Counterterrorism Center).

Melanie balbuceó una respuesta:

—Sí, señora.

—¿Te pillo en un mal momento?

—No, discúlpeme. No es un mal momento.

La joven analista mantuvo su voz más profesional que sus emociones.

—¿Cómo la puedo ayudar, señora Foley?

—Quería llamarla. Me pasé la mañana leyendo su artículo.

—Oh.

—Muy interesante.

—Gra... ¿Cómo es eso?

—¿Qué clase de respuesta estás recibiendo de los canosos en el séptimo piso?

—Bueno —dijo ella, mientras buscaba frenéticamente las palabras adecuadas—. Honestamente, tendría que decir que ha habido una cierta resistencia.

Mary Pat repitió la palabra lentamente.

—Resistencia.

—Sí, señora. Esperaba cierta reticencia por parte de...

—¿Puedo tomar eso como que recibiste un patada en el culo por allá?

La boca de Melanie Kraft quedó abierta por un momento. Luego la cerró tímidamente, como si la señora Foley estuviera sentada en su cubículo con ella. Finalmente, balbuceó una respuesta.

—Yo... yo diría que me han llevado a la hoguera por mi trabajo.

Hubo una breve pausa.

—Bueno, Srta. Kraft, yo pienso que su iniciativa fue brillante.

Otra pausa de Melanie. Luego:

—Gracias.

—Tengo a un equipo revisando su informe, sus conclusiones, sus citas, en busca de información relevante para el trabajo que hacemos aquí. De hecho, estoy pensando en hacerlo lectura obligatoria para mi personal. Más allá del ángulo de Egipto, muestra cómo alguien puede enfocar un problema desde un punto de vista diferente y arrojar nueva luz sobre él. Animo a mi gente a hacer eso por aquí, por lo que cualquier ejemplo del mundo real que pueda encontrar me es de mucha utilidad.

—Me siento muy honrada.

—Phyllis Stark tiene suerte de tenerte trabajando para ella.

—Gracias.

Melanie se dio cuenta de que estaba diciendo «gracias» una y otra vez, pero estaba tan concentrada en no decir nada que pudiera lamentar, que era todo lo que le salía.

—Si alguna vez está buscando un cambio de ritmo, venga a hablar conmigo. Siempre estamos en la búsqueda de analistas que no tengan miedo de revolver el gallinero entregando la fría y dura verdad.

De repente, a Melanie Kraft se le ocurrió decir algo más.

—¿Estaría disponible para verme en algún momento esta semana?

Mary Pat se echó a reír.

—Oh, Dios. ¿Tan mal está la cosa por allá?

—Es como si tuviera lepra, aunque supongo que si tuviera lepra al menos recibiría tarjetas de buenos deseos.

—Maldita sea. La gente de Kealty por allá es un desastre.

Melanie Kraft no respondió. Podría haber divagado sobre
el comentario de Foley durante una hora, pero se mordió la
lengua. Eso no sería profesional y ella se consideraba a sí
misma apolítica.

—Está bien. Me encantaría conocerte. ¿Sabes dónde estamos? —dijo Mary Pat.

—Sí, señora.

—Llama a mi secretaria. Estoy bastante ocupada esta
semana, pero ven a almorzar conmigo la próxima semana.

—Gracias —dijo otra vez.

Melanie colgó el teléfono y, por primera vez en una semana, no quiso ni llorar ni pegar un puñetazo a través de una
pared.

8

———◆———

John Clark y Domingo Chávez estaban sentados en su minivan Ford y observaban el edificio de apartamentos a través de la lluviosa noche. Ambos hombres tenían una pistola SIG Sauer en la mano derecha, descansando sobre sus muslos. Mantenían las armas bajas en las sombras, pero listas para ser usadas rápidamente. En la mano izquierda, Clark tenía unos binoculares térmicos y Chávez una cámara con un lente de largo alcance. Había una bolsa plástica llena de vasos de café plásticos triturados y envoltorios de chicle en el piso debajo del asiento del pasajero.

A pesar de que sus armas estaban desenfundadas y listas, harían todo lo posible por evitar usarlas. Cualquier tiroteo que pudiera ser necesario esa noche, sería de naturaleza defensiva y probablemente los problemas no vinieran del asesino terrorista y sus amigos que estaban más adelante en la calle en su refugio, que, en realidad, era un apartamento sin ascensor en el cuarto piso de una casa de vecindad. No, el peligro inmediato era el propio barrio. Por quinta vez en las últimas cuatro horas, un grupo de al menos doce jóvenes con mirada dura pasaba por la acera junto a su vehículo.

Chávez se tomó un descanso de la tarea de vigilar la entrada iluminada del apartamento a través del teleobjetivo de su Canon para ver pasar los hombres. Tanto él como Clark observaron al grupo por el espejo retrovisor, hasta que desaparecieron en la lluviosa noche. Cuando se hubieron marchado, Chávez se frotó los ojos y miró a su alrededor.

—Este claramente no es el París de las postales.

Clark sonrió, guardando su pistola en la funda sobaquera bajo su chaqueta de lona engrasada.

—Estamos muy lejos del museo del Louvre.

Estaban en los *banlieues*, los suburbios periféricos. El refugio se encontraba en un complejo de vivienda social en la comuna acertadamente llamada Stains[14], en Seine-Saint-Denis, un *banlieue* de residentes de bajos ingresos, inmigrantes pobres, muchos de ellos procedentes de Marruecos, Argelia y Túnez, las naciones del Norte de África de las que Francia había importado millones de trabajadores en el siglo XX.

Había complejos de vivienda social en todo Seine-Saint-Denis, pero los dos norteamericanos tenían la mala suerte

---

14   Juego de palabras en inglés. *Stain* en inglés significa mancha (N. del T.).

esta noche de encontrase en las afueras de uno de los más peligrosos. Destartalados edificios de apartamentos de hormigón cubiertos de grafitis se alineaban a ambos lados de la calle. Pandillas de jóvenes daban vueltas por la vecindad. Autos con música rap del norte de África a todo volumen pasaban lentamente, mientras las ratas corrían por las cunetas llenas de basura al lado de la minivan y desaparecían por el alcantarillado.

Durante la tarde y noche que llevaban sentados en la minivan, los dos norteamericanos habían notado que el cartero del barrio usaba un casco, por los objetos que le tiraban de los edificios sólo por diversión.

Y también notaron que no habían visto un auto de policía en el barrio.

Esta parte de la ciudad era demasiado peligrosa para patrullarla.

La Ford Galaxy en la que estaban sentados Clark y Chávez tenía varias molduras rotas y un cuerpo oxidado y abollado, pero sus ventanas y el parabrisas estaban intactos y bien polarizados, oscureciendo todo excepto el interior de la minivan. Cualquier par de extraños que se hubieran quedado sentados en sus autos durante mucho tiempo en esta calle hubieran sido acosados por los residentes locales, pero Clark había elegido este vehículo de un lote de gangas en Fráncfort, ya que, en su opinión, les daría la mejor oportunidad de pasar desapercibidos.

Dicho esto, se necesitaba sólo un par de ojos curiosos para notar este vehículo, pasar algún tiempo mirándolo de arriba a abajo, y darse cuenta de que no era de por aquí. Entonces los matones del vecindario lo rodearían, romperían las ventanas, y luego lo destruirían y quemarían. Chávez y Clark arrancarían a toda velocidad antes de permitir que eso sucediera, pero ciertamente no querían dejar sus actividades de vigilancia de la casa de seguridad que estaba doscientos metros más adelante en la calle.

Los norteamericanos se habían ubicado en la avenida que estaba en la parte trasera del edificio, asumiendo que incluso con el mínimo de competencia técnica la célula sabría no entrar y salir del edificio por el otro lado, donde había un bulevar de alto tráfico y, en consecuencia, muchos más ojos que podrían verlos mientras iban y venían.

Clark y Chávez sabían que con un solo vehículo no había manera de vigilar adecuadamente la ubicación de su objetivo. En vez, decidieron sólo intentar obtener imágenes de quienes iban y venían, y para eso Chávez tenía una cámara Canon EOS Mark II, con un enorme súper teleobjetivo de 600 milímetros que le permitía, con el monopié adjunto, obtener desde la distancia fotografías muy detalladas de cualquier persona que pasara por la puerta iluminada en la parte trasera del edificio.

Las fotos serían de gran ayuda, pero aparte de eso, no había mucho que realmente pudieran lograr aquí. Un grupo de vigilancia de al menos cuatro vehículos y ocho observadores sería necesario para hacer cualquier tipo de esfuerzo respetable para cubrir todos los puntos de acceso de esta ubicación del objetivo, y una flota de seis vehículos, con tripulación de dos hombres cada uno, sería el protocolo mínimo para vigilancia móvil en un área urbana como París cuando se trabaja con un objetivo con entrenamiento en contra-vigilancia, que Hosni Iheb Rokki ciertamente tenía.

Chávez y Clark aún no habían visto a Hosni Rokki, pero las probabilidades de que, de hecho, estuviera aquí eran buenas. Esta era la dirección que Ryan les había pasado de la información que tenía de la seguridad interna francesa y habían notado unos matones jóvenes dando vueltas por fuera del edificio, como un cordón de seguridad, tal vez hombres del COR, pero más probablemente una pandilla local contratada por el objetivo para actuar como cable-trampa, en caso de que la policía u otras fuerzas vinieran a husmear.

Y a principios de la noche, justo después del anochecer, Chávez se había puesto la capucha de su sudadera por encima de su corto y oscuro cabello, había salido de la minivan y realizado media hora de reconocimiento a pie. Había hecho un amplio círculo alrededor del edificio y paseado a través de un par de estacionamientos, un parque que en estos días parecía ser utilizado mayormente por aspiradores de pegamento y heroinómanos, y a través de la planta baja de un edificio de estacionamientos de cuatro pisos. Luego volvió a la Ford Galaxy negra.

Inmediatamente después de subir al automóvil, Clark le había preguntado:

—¿Qué está pasando?

—Los mismos tres o cuatro tipos de la planta baja en la

parte de atrás del edificio. Cuatro tipos en la puerta de entrada, también.

—¿Algo más?

—Sí. Nosotros no somos los únicos interesados en ese apartamento.

—¿No?

—Citroën beige de cuatro puertas. A este lado del camino, en el estacionamiento al otro lado de ese edificio que esta ahí a la izquierda. Conductor hombre. Pasajero mujer. Ambos negros, de unos treinta y tantos.

—Vigilancia —dijo Clark. Chávez no los habría mencionado si no lo fueran.

—Sí. Eran lo suficientemente sutiles, pero tienen línea de visión al apartamento de Rokki y nosotros tenemos visión a la entrada de ese estacionamiento y no vimos llegar el auto, lo que significa que han estado ahí desde antes de que llegáramos. Así que, sí, definitivamente son vigilantes. ¿Quiénes crees que son?

—Mi primera suposición sería que son de la DCRI. Si estoy en lo cierto, entonces hay más autos por aquí, es probable que tengan un sector de vigilancia establecido, pero dudo que estemos dentro de él. Probablemente estén más cerca de lo que estamos nosotros porque no todos tienen que tener los ojos puestos en el objetivo. Simplemente tendrían que meterse en los estacionamientos y mantenerse comunicados entre ellos. Me alegro de que los franceses estén vigilando a estos tipos, pero sin duda me gustaría que tuvieran medidas más fuertes. Sería lindo que agarraran a Rokki, le dieran una sacudida y vieran qué cae.

—Sigue soñando, John. Los franceses jamás. La CIA solía hacer un poco de eso, antes de que Kealty prohibiera ofender a los terroristas.

—Atención, Ding—dijo John de repente.

Un par de matones jóvenes venían caminando desde atrás, por la izquierda. Ambos hombres desaceleraron y miraron hacia dentro de la minivan. John y Ding estaban de algún modo ocultos detrás del los oscuros vidrios, pero no invisibles. Clark le devolvió la mirada a los dos jóvenes inmigrantes africanos por un largo rato.

Entonces los hombres siguieron caminando.

La dura mirada de Clark había ganado el encuentro, pero estaban preparados en caso de que tuvieran que hablar con los locales. Los dos espías estadounidenses nunca trabajaban en ninguna operación sin una coartada creíble, una razón para estar en un lugar que no fuera el motivo real. Ambos hombres habían trabajado de encubierto tantas veces durante los últimos años, a menudo preparándose sobre la marcha, que tenían las mismas habilidades de actores muy bien entrenados.

La coartada de esta operación, en caso de que fueran bajados del vehículo por la policía o seguridad interna o incluso una bien armada pandilla de drogas del barrio, era inteligente tanto en su sencillez y verosimilitud. Clark y Chávez eran, si alguien quería saberlo, investigadores privados norteamericanos que vigilaban el apartamento de una mujer que limpiaba la casa de un acaudalado estadounidense que vivía en el Barrio Latino. De acuerdo con su historia, su empleador sospechaba que la señora de la limpieza le estaba robando sus objetos de valor y luego los estaba vendiendo desde su apartamento.

Sólo resistiría un corto escrutinio, pero nueve de cada diez veces eso era suficiente.

Las luces en el cuarto piso del edificio en ruinas a unas doscientas yardas más allá en la calle se apagaron una por una. Clark miró a través de sus binoculares a través de la lluvia.

—Son las diez y media. ¿Es hora de dormir? —le preguntó Clark a Chávez.

—Tal vez sí.

Momentos después, una furgoneta Renault pasó la posición de Clark y de Chávez; desaceleró en el edificio del objetivo y luego siguió hasta la puerta principal y se detuvo.

—Tal vez no —dijo Chávez y preparó su cámara en el monopié, enfocándola en el área de luz cerca de la puerta de atrás.

Un minuto después, un hombre salió del vestíbulo del edificio, se dirigió directamente a la luz en la pared junto a la puerta y desenroscó la bombilla. Toda la escena se oscureció.

—Hijo de puta —murmuró Chávez.

Clark mantuvo sus ojos en los binoculares térmicos y éstos captaron la silueta al rojo vivo del hombre que había desenroscado la bombilla mientras caminaba hacia la calle y estrechaba la mano del conductor de la Renault. A continuación, habló por un teléfono móvil y pronto otras cuatro siluetas etéreas aparecieron por la puerta trasera del oscuro edificio.

Chávez había dejado a un lado su cámara, por ahora, y en vez sostenía un monocular térmico en su ojo. Vio las fantasmales figuras blancas saliendo del edificio y pudo distinguir que eran cuatro hombres y que tiraban de maletas con ruedas y llevaban maletines.

—¿Puedes identificar a Rokki?—le preguntó Chávez.

—No de manera segura a través de estos lentes térmicos—dijo Clark. Lo que podía discernir, aunque a duras penas, era que los cuatro hombres con el equipaje vestían traje y corbata.

El conductor de la furgoneta y el hombre que había desenroscado la bombilla ayudaron a los cuatro viajeros a meter sus maletas en la parte posterior del vehículo. La luz interior se encendió cuando abrieron la puerta trasera. No había luz suficiente para que la cámara de largo alcance pudiera hacer su trabajo, pero los dos estadounidenses fueron capaces de tener una mejor visión de los hombres y de sus equipajes.

—¿Es eso Louis Vuitton?—preguntó Chávez, con los ojos mirando a través del lente de alta potencia de su cámara.

—No lo sé—admitió Clark.

—Patsy me hizo mirar bolsos durante dos horas en Londres una vez. Estoy bastante seguro de que es el mismo diseño. Incluso las carteras Louis Vuitton pueden costar más de mil dólares, no puedo imaginar cuánto cuestan esas grandes maletas con ruedas.

Los cuatro hombres se subieron ordenadamente a la furgoneta. Se movían como un equipo mientras encontraban sus asientos y cerraban la puerta, apagando las luces.

—El tipo más alto se ve que podría ser Hosni Rokki, pero no puedo estar seguro—dijo Clark.

—Sean quienes sean, se ve como que se dirigieran de vuelta a Charles de Gaulle.

—Tal vez—dijo Clark—. Pero parece extraño que Hosni haya volado a la ciudad sólo para reunirse con tres tipos y luego volar de regreso. Creo que está sucediendo algo más.

—A esta hora de la noche no hay manera de que podamos seguirlos sin que nos veamos comprometidos. Si estos payasos son algo de buenos, nos van a descubrir. Es una lástima que no tengamos más vehículos para dividir la cobertura.

Clark miró hacia delante a la entrada del estacionamiento donde Chávez había notado el equipo de vigilancia durante su reconocimiento.

—Tal vez lo tenemos. Si los franceses tienen una operación de vigilancia fija alrededor del objetivo, entonces puedo apostar que tienen una operación de vigilancia móvil lista para entrar en movimiento. Tal vez podamos seguirles la cola a ellos.

—¿Qué quieres decir?

—Estoy pensando que podemos quedarnos atrás, lejos del objetivo, y hacer todo lo posible para distinguir los vehículos que lo van siguiendo. Si logramos quedarnos detrás del vehículo de apoyo de la DCRI, podemos seguir al objetivo sin ser vistos.

—Seguir a quienes lo siguen.

—Exacto. ¿Te parece?

Ding Chávez se limitó a asentir.

—Suena divertido.

La furgoneta Renault con el conductor y los cuatro hombres de traje dio la vuelta en la calle y comenzaron a andar en dirección a Chávez y Clark. Los norteamericanos se mantuvieron sentados pacientemente mientras el vehículo los pasaba. No encendieron su vehículo, sino que simplemente empacaron su equipo y esperaron a que la furgoneta girara a la izquierda a unas setenta y cinco yardas detrás de ellos.

Ambos hombres sabían qué pasaría después.

—Aquí vamos —dijo Chávez con calma—. Vamos a ver quién está trabajando el turno de noche en la DCRI.

Por un momento todo estuvo quieto en la oscura calle, hasta que una por una las luces delanteras de tres vehículos iluminaron la noche. Un viejo Toyota de cuatro puertas en el estacionamiento del edificio de enfrente y a la derecha de la posición de Clark y Chávez, una camioneta familiar Subaru negra frente a su posición pero en el otro lado de la calle y unas cien yardas pasado el edificio abandonado de Rokki, y un mini-camión Citroën blanco que enfrentaba el apartamento cuarenta yardas pasados Clark y Chávez. Uno tras otro, los tres vehículos salieron a la calle y avanzaron por tres caminos diferentes, todos hacia el sur.

Segundos después de esto, apareció el Citroën beige donde estaba la pareja de color, giró a la izquierda y luego a la derecha, y avanzó en la misma dirección que todos los otros coches.

Cuando estaba oscuro y tranquilo de nuevo, Clark aún no encendió la Ford; tamborileó los dedos sobre el volante por un momento.

Ding al principio estaba confundido por esto, pero luego cayó en la cuenta de lo que sucedía.

—Eso parecía bastante de ligas menores para la inteligencia francesa. No hubieran salido todos juntos, a menos que estuvieran tratando de poner al descubierto contra-vigilancia. Hay uno más por aquí en alguna parte.

—Sí —dijo Clark—. Hay un vehículo señuelo. Alguien que tiene los ojos puestos en esta calle ahora mismo.

Hizo una pausa.

—¿Dónde estarías *tú*, Ding?

—Fácil. Me gusta ese edificio de estacionamientos que atravesé. Si pudiera entrar y salir sin mucho alboroto, plantaría mi vehículo señuelo en el segundo nivel, así podría ver la calle y el edificio de Rokki.

Justo en ese momento, unos treinta segundos después de que el último vehículo de vigilancia desapareciera de la oscura calle, las luces delanteras de un automóvil iluminaron el segundo nivel del estacionamiento, justo hacia donde Ding y John estaban mirando. Era un sedán de cuatro puertas; ninguno de los estadounidenses podían ver más que el capó, el parabrisas y las luces brillantes mientras el auto retrocedía, daba la vuelta y luego se dirigía por la rampa hasta la salida que daba al bulevar.

John Clark encendió su motor y luego salió a la calle.

—Buena idea —dijo Chávez.

—Incluso una ardilla ciega encuentra una nuez de vez en cuando.

—De acuerdo.

9

Alcanzaron al Citroën beige y se quedaron a varios vehículos de distancia detrás de él después de determinar que era el auto de apoyo, el vehículo que iba detrás del que lideraba la unidad de vigilancia móvil. El Citroën estaría en contacto por radio con el resto del equipo y todos los vehículos que lo siguieran se moverían dentro y fuera de la formación para cambiar el vehículo de mando, el nombre dado al vehículo que va siguiendo directamente al objetivo. Otros autos y camiones se adelantarían por las calles laterales para poder llenar naturalmente los vacíos en el cuadro de vigilancia en movimiento.

Mientras conducían, los dos estadounidenses mantuvieron sus ojos bien abiertos, por si acaso había más unidades en el equipo de seguridad francesa alrededor o detrás de ellos que no hubieran identificado en la ubicación del objetivo.

Por varias cuadras tuvieron la sospecha de que un camión panadero negro estaba involucrado en el seguimiento. Se movía a través del tráfico y parecía copiar los movimientos del Citroën beige, pero John y Ding finalmente lo descartaron cuando se detuvo en una gran panadería comercial y se estacionó en la plataforma de carga y descarga.

También tenían sus ojos puestos en una motocicleta Suzuki negra conducida por un hombre con traje de cuero negro y casco negro. Las motocicletas eran geniales para el trabajo de vigilancia en calles congestionadas y aunque había otras motos en la carretera, notaron por primera vez esta Suzuki pocos minutos después de salir de la ubicación del objetivo. No estaban seguros, pero ambos decidieron no perder de vista la motocicleta negra.

Después de no más de cinco minutos en la carretera, Chávez y Clark tuvieron su respuesta a la pregunta de si el objetivo se dirigía al aeropuerto Charles de Gaulle cuando el auto que estaba siendo seguido continuó hacia el sur más allá de la Autoroute du Nord.

—Charles de Gaulle es en la otra dirección —dijo Clark—. Nos dirigimos a la ciudad.

—Lo estás haciendo muy bien para ser una ardilla ciega.

Clark asintió con la cabeza y luego se dio cuenta de que el sedán Citroën tomaba la delantera.

—Parece que el auto de apoyo se está moviendo hacia adelante.

Segundos después, el mini-camión blanco apareció delante de ellos desde una calle lateral. Ahora era el vehículo de apoyo de la flota móvil, por lo que Clark y Chávez lo siguieron.

La Suzuki negra no se movió en torno a la formación de vigilancia, sólo se mantuvo un poco más adelante que John y Ding en dirección a París. Esto la descartó como parte de la unidad de la DCRI.

Una lluvia constante empezó a caer mientras la procesión llegaba a la ciudad misma, pasando en el Decimoctavo *Arrondissement*. Doblaron hacia el este una vez, luego dieron otra vuelta que los puso en dirección al sur. Clark encendió los limpiaparabrisas de la Ford Galaxy a máxima potencia para que él y Chávez pudieran tener la mejor visión posible a través de la lluviosa noche de las luces traseras del vehículo de adelante. En cuestión de minutos el mini-camión aumentó su velocidad y desapareció en la noche, pero no antes de que un Honda negro de cuatro puertas saliera del estacionamiento de un restaurante de comida rápida y se dirigiera en la misma dirección que Clark y Chávez.

—Debe ser el auto que estaba en el edificio de estacionamientos —dijo Chávez.

Clark asintió con admiración.

—Este equipo es muy bueno. Si no supiéramos que están aquí, nunca los hubiéramos detectado.

—Sí, pero se va a poner más duro para ellos y para nosotros a medida que nos insertemos dentro de la ciudad. Ojalá tuviéramos alguna idea de a dónde se dirige Rokki.

Justo en ese momento, como si le hubieran dado el pie,

el Honda de cuatro puertas desaceleró y se puso detrás de un Mercedes que salió de un garaje privado debajo de un edificio de apartamentos de lujo. John estaba en la pista de la izquierda y estaba despejado delante de él, excepto por la Suzuki negra, así que con calma cambió de pista para ponerse a unos cuantos autos de distancia directamente detrás del Honda, para no tener que pasarlo. Pero al hacer esto, se dio cuenta de que la Suzuki negra había adelantado en el tráfico y se había puesto detrás del Honda también. Era un movimiento obvio para permanecer detrás del vehículo de apoyo de la DCRI.

Los dos hombres, con la mente programadas para percibir competencias técnicas mucho más sutiles que una maniobra como esa, se dieron cuenta del movimiento de la Suzuki.

—Mierda, esa moto *está* con el equipo de seguimiento —dijo Chávez.

—Y el tipo no es ni la mitad de hábil que sus compañeros —dijo Clark—. ¿Crees que nos ha visto?

—No. Puede estar buscando tipos detrás Rokki para ver si Rokki dispone de vehículos de contra-vigilancia, pero debemos estar a un cuarto de milla más atrás. Deberíamos estar bien.

Entraron en el Noveno *Arrondissement* y el auto de apoyo del equipo de vigilancia cambió tres veces en una rápida sucesión. Tal como Chávez había dicho, con más cruces y discos PARE reduciendo la distancia entre el equipo de seguimiento y el objetivo, y más edificios y vehículos obstruyendo la línea de visión del equipo de seguimiento, la unidad de vigilancia tenía que trabajar más y más duro para mantenerse en posición detrás de su objetivo sin ser descubierta. Parecía que todos los vehículos en la persecución estaban en una carrera, con la excepción de la Suzuki. Se quedó justo delante de Clark y Chávez como si estuviera fija detrás de los autos de apoyo.

Hay tres tipos de contra-vigilancia: técnica, pasiva y activa. La contra-vigilancia técnica significa, por lo general, medios electrónicos como, por ejemplo, cuando el objetivo utiliza escáneres de radio para escuchar el tráfico radial de corto alcance de un equipo de vigilancia. Era la forma más poco común de contra-vigilancia, ya que las radios digitales encriptadas eran la norma en estos días y recoger sus transmisiones era casi imposible sin un equipo especial y una buena cantidad de tiempo.

La contra-vigilancia pasiva es la más fácil de aplicar, ya que no requiere nada más que los ojos del objetivo y su conocimiento de qué tipo de vehículos y métodos se utilizarían en su contra. El vehículo-objetivo, el Renault, estaría empleando medidas pasivas de contra-vigilancia, porque sin duda estaba lleno de hombres con los ojos bien abiertos por si alguien los seguía. Pero la pasiva era también la más fácil de derrotar, porque una flota de vigilancia numerosa podía mover sus vehículos en torno a un patrón en el que ningún vehículo pasaría suficiente tiempo cerca del objetivo como para ser visto.

La contra-vigilancia activa significa justamente eso: la

realización de alguna acción para exponer cualquier auto que los viniera siguiendo. Si la Renault parara a un lado de la carretera rápidamente, sus perseguidores tendrían que detenerse o pasarlo, posiblemente poniendo en peligro su misión. Si el Renault empezara a andar por calles tranquilas o callejones o a través de plazas de estacionamientos, los seguidores tendrían que revelarse para mantenerse cerca del objetivo.

Pero ninguna de estas medidas activas era el peor de los escenarios para un equipo de seguimiento. No, el peor de los escenarios fue exactamente lo que le sucedió a la unidad de la DCRI que Clark y Chávez iban siguiendo justo al entrar al Octavo *Arrondissement*.

—¡Atención! —gritó Chávez cuando vio a la camioneta familiar Subaru de la DCRI salir demasiado rápido hacia el lado de la carretera y luego girar por un callejón estrecho.

No había ninguna razón para que el auto de apoyo hiciera esa maniobra, a menos que le acabaran de avisar por la radio que el vehículo objetivo había dado una vuelta en U y ahora estaba andando hacia los vehículos de seguimiento del equipo de vigilancia.

Era un barrido de seguridad dramático que no era poco común para un equipo que iba camino a una misión encubierta, pero la Renault había engañado a la DCRI al no utilizar ninguna medida activa antes de su vuelta en U, bajando la guardia de los seguidores al pensar que el objetivo no intentaría algo tan extremo.

Clark y Chávez no pararon a un lado de la carretera, no

había forma de que pudieran hacer eso sin revelarse a sí mismos frente al equipo de la DCRI, si no frente al vehículo objetivo en sí, cuyas luces delanteras podían ver ahora a unas cien yardas más adelante.

—Simplemente vamos a tener que seguir —dijo Clark, y fue precisamente lo que hizo, mantenerse en el mismo carril, a la misma velocidad.

No giró la cabeza cuando pasó el vehículo objetivo, sino que simplemente siguió su camino, llegando a la Avenida Hoche y continuando hacia el suroeste.

—Mira quién más siguió su camino —dijo Chávez.

La motocicleta Suzuki negra continuó, todavía delante de Clark y Chávez.

—Tuvo un montón de tiempo para hacerse a un lado de la carretera antes de que Rokki llegara hasta acá si tiene comunicación con el resto del equipo.

Clark asintió con la cabeza.

—A menos de que él no esté con los franceses. Él está con Rokki. Estaba vigilando si alguien los seguía.

—¿Es del COR?

—Así parece.

—No hay manera de que no haya visto el auto de apoyo haciéndose a un lado.

—De ninguna manera. La DCRI fue descubierta.

—¿Crees que la DCRI continuará el seguimiento?

—Tienen al menos cinco vehículos en la formación, probablemente más.

Van a meter uno o dos que la Renault no haya pasado e intentarán seguirlo con eso. Tendríamos que asumir que Rokki y sus muchachos están a punto de llegar a su destino.

Un minuto después, Clark y Chávez pararon en una intersección en el amplio Bulevar Champs-Élysées. Se las habían arreglado para que la furgoneta Renault avanzara delante de ellos con la suerte de un pequeño accidente de tráfico que redujo el flujo en el bulevar y un par de luces rojas que lo paró en seco. Evitaron mirar por los espejos retrovisores para buscar a la DCRI; sabían que dos hombres en un vehículo mirando constantemente por el retrovisor probablemente serían descubiertos por profesionales de vigilancia entrenados.

La Renault dobló por Champs-Élysées, dio unas cuantas vueltas más y luego se metió a la arbolada Avenida George V. Mientras el vehículo objetivo desaceleraba frente a ellos, Clark dijo:

—Parece que ya llegamos.

Chávez miró el GPS de su iPhone.

—Un poco más adelante a la derecha está el hotel Four Seasons.

Clark lanzó un silbido.

—¿Four Seasons? Eso es bastante elegante para un teniente del COR y sus tres amigos.

—¿Lo es, no?

La furgoneta Renault, de hecho, se detuvo tan sólo a unos pocos autos de distancia de la parte frontal del hotel de lujo. Clark pasó conduciendo por el lado en tanto un hombre bajaba de la furgoneta, abría su paraguas y luego comenzaba a caminar hacia la entrada.

Clark dobló a la derecha en la esquina y luego se detuvo rápidamente junto a la acera.

—Ve a echar un vistazo.

—Voy —dijo Ding mientras se deslizaba fuera del asiento del pasajero de la minivan Galaxy.

Entró al hotel a través de una entrada para empleados.

Clark dio una vuelta a la manzana y cuando regresó, Chávez estaba de pie bajo la lluvia en la entrada de los empleados. Subió de nuevo a la Galaxy.

—Uno de ellos acaba de hacer el check-in en una habitación. Reserva bajo el nombre de Ibrahim. Dos noches. No conseguí el número de habitación, pero oí a la recepcionista llamar a un portero y decirle que lo llevara a su suite. El resto del equipo está entrando en estos momentos. Tienen todo el equipaje que vimos cuando se subieron en la furgoneta.

—¿Fuiste capaz de identificar a Rokki?

—Claro que sí. Era él con el paraguas. Hablaba francés. Mal francés, pero ese es el único que conozco.

Clark y Chávez se marcharon hacia el oeste por la Avenida Pierre 1er de Serbie. Clark sacudió la cabeza con asombro.

—Así que un pistolero del COR recoge a tres tipos y un montón de equipaje en el gueto y los traslada directamente a una suite en el Four Seasons.

Chávez se limitó a sacudir la cabeza.

—Una suite aquí debe costar cinco mil dólares por noche. No puedo creer que el COR se aloje aquí a menos que...

Clark estaba asintiendo; su respuesta fue distante:

—A menos que sea parte de una operación.

Chávez lanzó un suspiro.

—Estos muchachos están a punto de meter ruido.

—Dentro de un día. La casa de seguridad de Seine-Saint-Denis era un área de ensayo. El Four Seasons *es* la misión. No tenemos mucho tiempo.

—Ojalá tuviéramos una mejor idea de cuál es su objetivo.

—Pueden atacar cualquier cosa en París desde aquí. Los podemos vigilar hasta el momento que empiecen a actuar, pero es demasiado arriesgado. Dependiendo de lo que hay en esas maletas, Hosni Rokki podría estar planeando asesinar a un VIP de alto perfil durante su estancia en el Four Seasons, barrer el consulado de los Estados Unidos con ametralladoras o hacer estallar Notre Dame.

—Podemos avisar a los franceses.

—Ding, si tuviéramos alguna idea de quién o cuál es el objetivo, entonces podríamos alertar a las personas adecuada y hacer que el objetivo sea trasladado o el lugar cerrado. ¿Pe simplemente decirle a los policías franceses que un grupo sospechosos hijos de puta están en una suite particular Four Seasons? No... piénsalo. Ellos no querrían un inci que no se violen los derechos de nadie, por lo que har gunas gentiles averiguaciones con el hotel.

Ding terminó el pensamiento.

—Mientras tanto, estos tipos salen corriendo con un poco de cuerda detonante y Semtex y vuelan la Torre Eiffel y todo el mundo en ella.

—Exacto. La DCRI ya los está siguiendo. Tenemos que trabajar bajo el supuesto de que eso es todo lo que esta célula de enemigos va a recibir por ahora.

—Entonces, ¿los eliminamos?

Clark se lo pensó.

—No hemos tenido una oportunidad como esta desde el Emir. Ryan dice que Rokki no es gran cosa por sí mismo, pero si él está aquí haciendo un trabajo para al Qahtani, puedes apostar que sabe más acerca de al Qahtani que nosotros.

—¿Quieres atraparlo?

—No estaría mal. Podemos poner fin a su ataque, matar a los otros tipos de su célula y luego tomarlo prisionero para charlar un rato.

Chávez asintió.

—Me gusta. Dudo que tengamos tiempo para esperar.

—No hay tiempo para nada. Voy a hacer la llamada. Vamos a necesitar algo de ayuda para sacar esto adelante.

10

Jack Ryan hijo sostuvo una bolsa de hielo contra su cara. Acababa de recibir un codazo en el labio superior. Le siguió un «Lo siento, viejo» de James Buck, una disculpa no muy sincera que no hizo nada para mejorar el ambiente en la sala de entrenamiento espartana. Jack sabía que el «accidental» codazo había sido a propósito.

Buck estaba actuando una versión de un solo hombre de la rutina policía bueno/policía malo. Esta era una estrategia para mantener a Jack Junior alerta; Jack mismo lo reconoció. Y estaba funcionando. Un minuto Buck le estaba diciendo a Ryan lo bien que lo estaba haciendo y al siguiente lo estaba estrangulando por la espalda.

Jesús, pensó Jack. *Esto es una mierda*. Pero se dio cuenta de lo increíble que era este entrenamiento desde el punto de vista de la transmisión de información y de educar su mente y su cuerpo para reaccionar frente a amenazas impredecibles. Era lo suficientemente inteligente para darse cuenta de que algún día, un día *mucho* después de que los moretones hubieran sanado, apreciaría muchísimo a James Buck y su doble personalidad. La filosofía de enseñanza de Buck promovía el control mental tanto como ponía énfasis en sus tácticas. «No hay tal cosa como una lucha justa, muchacho. Si uno de los combatientes está dando una lucha ‹justa›, entonces la pelea no durará mucho tiempo. El hijo de puta más sucio siempre va a ganar».

Ryan comenzó a ver cómo se transformaba bajo el peso de las «sucias» tácticas del ex hombre del SAS. Hace unas semanas hubiera forcejeado y lanzado golpes rectos y ganchos. Ahora, la mitad de las veces utilizaba la ropa de su oponente en su contra, lo torcía con una insoportable llave de brazos e incluso lo golpeaba en la manzana de Adán.

El cuerpo de Ryan estaba cubierto de moretones de pies a cabeza, sus articulaciones habían sido torcidas y dislocadas, y su rostro y torso estaban llenos de arañazos.

No podía decir que había ganado más que unos pocos de los ciento y tantos encuentros que había tenido contra Buck, pero reconoció su increíble mejoría en el último mes.

Ryan era lo suficientemente maduro e inteligente como para reconocer que Buck no tenía nada personal contra él. Él sólo estaba haciendo su trabajo y su trabajo consistía en, antes que nada, quebrar a Ryan.

Y estaba haciendo un gran trabajo, Jack confesó.

—¡Una vez más!—gritó Buck y empezó a cruzar el suelo de teca, acercándose a su alumno.

Ryan rápidamente puso la bolsa de hielo sobre una mesa y se preparó para otro encuentro.

Alguien llamó de la oficina del dojo.

—¿James? Llamada telefónica para Ryan.

Los ojos de Buck se habían achicado en la concentración para el inminente ataque. Al oír la distracción se detuvo y se volvió hacia el hombre en la oficina.

—¿Qué demonios te dije sobre las llamadas mientras estamos en entrenamiento?

El cuerpo de Jack se puso tenso. Su entrenador estaba a diez pies de distancia; dos pasos rápidos y estaría al alcance de la mano. Ryan pensó en lanzarse hacia su entrenador en ese momento, cuando sus ojos se habían desviado. Sería una movida sucia, pero Buck lo alentaba exactamente a eso.

—Es Hendley —dijo la voz de la oficina.

El galés lanzó un suspiro.

—De acuerdo. Adelante, Ryan, anda —dijo mientras se volvía de nuevo al joven estadounidense.

El cuerpo listo para la acción de Ryan se relajó. *Maldita sea*. Podría totalmente haber asaltado a Buck y por la mirada que Buck le estaba dando ahora, el instructor de combate cuerpo-a-cuerpo y armas blancas también lo sabía. Sus ojos sorprendidos daban cuenta de que había estado a medio segundo de conseguir que su joven estudiante lo hiciera pedazos.

James Buck sonrió agradecido.

Ryan se recuperó y se limpió un poco la sangre de la nariz con el dorso de su mano. Se dirigió hacia la oficina y el teléfono, cuidando ocultar el hecho de que la última patada de Buck en el interior de su rodilla había dejado un dolor residual, no fuera que Buck viera la lesión de Jack y se aprovechara de eso en su siguiente enfrentamiento.

—Ryan.

—Jack, es Gerry.

—Hola, Gerry.

—Tenemos una situación en París. El Gulfstream está abasteciéndose de gasolina en BWI[15] en este mismo momento. Habrá bolsos con equipo a bordo, una carpeta sobre la mesa con tus documentos, algunas tarjetas de crédito y dinero en efectivo, e instrucciones adicionales. Anda tan rápido como puedas.

Ryan mantuvo el rostro impasible, aunque se sentía como un niño de escuela que acababa de salir de vacaciones de verano en febrero.

—Vale.

—Chávez te llamará en el camino y te hará revisar algunos equipos que pidió que estarán a bordo.

---

15 Aeropuerto Baltimore Washington International.

—Entendido.

París, pensó Jack. *¿No es fantástico?*

—Y, ¿Jack?

—¿Sí, Gerry?

—Esto podría ponerse difícil. *No* vas a proveer de análisis. Clark te va a utilizar como mejor le parezca.

Jack rápidamente se reprendió a sí mismo por pensar en chicas hermosas y cafés al aire libre. *Pon tu cabeza en el juego.*

—Entiendo —dijo.

Le pasó el teléfono a Buck. El británico lo tomó y escuchó. Jack pensó que el hombre parecía un león mirando cómo se le escapaba una gacela.

—Volveré —dijo Ryan mientras se daba la vuelta y caminaba hacia el camerino.

—Y yo te voy a estar esperando, muchacho. Te convendría mejorarte de esa rodilla mientras estás de vacaciones, porque mi bota estará a la caza de ese punto débil a tu regreso.

—Fantástico —murmuró Jack y desapareció por la puerta.

Dom Caruso y Sam Driscoll estaban sentados en un par de catres que habían puesto junto a la ventana de su apartamento en el barrio de Zamalek en El Cairo. Bebían café turco que Sam había hecho en una olla de metal en la cocina y observaban la propiedad que estaba en una ladera adyacente a pocas cuadras de distancia. .

A lo largo de la noche, el Daboussi sólo había recibido un visitante. Caruso había tomado unas cuantas fotos del auto, un Mercedes Clase S, y había capturado la matrícula. Había enviado las imágenes por correo electrónico a los analistas del Campus y ellos habían informado en cuestión de minutos que el vehículo estaba registrado a nombre de un parlamentario egipcio de alto nivel que, hasta hace apenas nueve meses, era un miembro de la Hermandad Musulmana viviendo en el exilio en Arabia Saudita. Ahora estaba de vuelta en casa y ayudando a dirigir el país. Esto no tenía nada de malo, Dom pensó, hasta que había empezado a coquetear con un conocido ex entrenador del COR con experiencia en los campos de Al Qaeda de Afganistán, Pakistán, Yemen y Somalia.

Mierda, Caruso se dijo a sí mismo, y luego, en voz alta:

—Oye, Sam. Yo veo la televisión estadounidense. Dicen que la Hermandad Musulmana sólo quiere democracia e igualdad de derechos para las mujeres. ¿Qué hay con sus reuniones nocturnas con los yihadistas?

Estaba haciéndose el gracioso, por supuesto.

—Sí —dijo Sam, siguiendo con la falsa ingenuidad—. Pensé que los Hermanos Musulmanes eran los buenos.

—Correcto —dijo Dom—. Vi a unos chiflados en MSNBC decir que la Hermandad Musulmana solían ser terroristas, pero que ahora son tan benignos como el Ejército de Salvación en los Estados Unidos. Otra organización con base religiosa que sólo quiere hacer el bien.

Sam no dijo nada.

—¿No tienes opinión?

—Te dejé de escuchar cuando dijiste MSNBC.

Dom se echó a reír.

El teléfono satelital Thuraya Hughes de Caruso comenzó a sonar y miró su reloj mientras lo contestaba.

—¿Sí?

—Dom, es Gerry. Te vamos a tener que sacar de ahí. Clark y Chávez necesitan un poco de ayuda en París de inmediato.

Caruso se sorprendió. Sabía que Clark y Chávez estaban trabajando en una operación en Europa, pero lo último que había sabido era que su objetivo había volado de regreso a Islamabad.

—¿Y qué pasará con Sam? —preguntó Dom. Driscoll lo miró desde el catre al otro lado de la oscura y pequeña habitación.

—Sam también. La situación en París es del tipo que va a necesitar la ayuda que tú y Driscoll pueden proporcionar. Ryan ya va en camino en el jet. Tiene todo lo que puedan necesitar.

Caruso odiaba tener que dejar esta operación, el tipo que había visto en la reunión en el mercado con MED, el que Driscoll creía era un general paquistaní, aún no había sido identificado. Le encantaría quedarse hasta que los nerds de inteligencia en el Campus hubieran dado con la identidad del hombre. Pero a pesar de sus grandes esperanzas para esta misión, no dijo nada. Si John Clark y Ding Chávez necesitaban ayuda, entonces, Dom sabía, algo definitivamente serio estaba pasando en Europa.

—Vamos en camino.

11

—◆—

Jack Ryan hijo estaba sentado en el asiento del director del jet corporativo que volaba a 547 millas náuticas por hora a través del aire a 47.000 pies de altura y 41 millas al sureste de Gander, Terranova.

Él era el único pasajero de la aeronave. Los tres miembros de la tripulación —piloto, primer oficial y asistente de vuelo— se había mantenido en lo suyo con el fin de que Ryan pudiera leer una gruesa carpeta que habían dejado para él en una de las sillas de cuero de la cabina.

Mientras leía, tomaba una copa de cabernet de California y comía distraídamente de un plato de salchichas.

Su computadora portátil estaba abierta delante de él y había mantenido el auricular del teléfono de su asiento en el cuello la mayor parte de la última hora, hablando con Clark en París y diversos hombres de operaciones e inteligencia del Campus en Maryland. También habló brevemente con Driscoll, quien, junto con Caruso, estaban en ese momento abordando un vuelo desde El Cairo a París.

Ryan terminaría con esta parte del trabajo nocturno dentro de un par de horas, pero ya sabía que no conseguiría dormir en este vuelo transatlántico. Había una gran cantidad de equipo a bordo que iba a tener que revisar mientras Clark y Chávez le daban indicaciones por teléfono para asegurarse de que todo estaría listo tan pronto como aterrizara en Francia.

Y una vez que hiciera todo eso, si no era demasiado tarde, tenía que llamar a sus padres. Había estado tan ocupado últimamente que había cancelado un almuerzo con su mamá y su hermano y hermana, Kyle y Katie, cuando su mamá había vuelto a casa de la campaña.

En realidad, pensó mientras tomaba un sorbo de cabernet, ese día no había estado realmente tan ocupado como para salir a almorzar. No, había sido un gran corte en el puente de su nariz, cortesía de James Buck, lo que lo había llevado a cancelar la reunión en el último minuto. Desde entonces, sin embargo, había estado trabajando diez horas al día en la oficina y luego de tres a cuatro horas en el dojo antes de irse tambaleándose a casa, meterse en una tina llena de sales de Epsom y tomar unos tragos de Budweiser, antes de desmoronarse en el sofá de su apartamento en Columbia, Maryland.

A medida que el jet volaba sobre la costa este de Terranova a toda velocidad, en un rumbo que lo llevaría a través del Atlántico y al continente antes del amanecer allí, Ryan terminó una intensa sesión de estudio de veinte minutos de un mapa del barrio del Octavo *Arrondissement* donde estaba ubicado el Four Seasons George V. Le tomaría varios días memorizar correctamente los callejones de un solo sentido y los grandes y amplios bulevares y avenidas, pero tenía que hacer su mejor esfuerzo, llegar a estar tan familiarizado como fuera posible con el área antes de que el equipo fuera a trabajar allá. Clark le había informado que él sería el «hombre al volante», el conductor, aunque Clark también le advirtió que eran un equipo tan pequeño que, sin duda, le pedirían hacer otras cosas.

Tal vez incluso cosas que requerían el uso de la pistola Glock 23 calibre 40 que habían dejado en el avión para él.

Jack iba a coger un mapa de distribución impreso del mismo hotel Four Seasons para estudiar la planta del edificio, pero se dio la vuelta y miró por un momento el mapa en movimiento en la pantalla de alta definición en la pared de la cabina para comprobar su hora de llegada. Vio que iba a aterrizar en París a las 5:22 a.m.

Jack bebió un sorbo de vino y se tomó un momento más para apreciar la cabina bellamente decorada. Este jet era todavía nuevo y todavía no se había acostumbrado a sentarse en él.

Era el juguete nuevo del Campus, un jet corporativo Gulfstream G550 de ultra largo alcance, el cual cubría un par de necesidades muy importantes para la incipiente organización de inteligencia no oficial. Desde la captura e interrogatorio del Emir, el ritmo operacional de su trabajo estaba por el cielo, en tanto se habían convertido más en una fuerza de recopilación de inteligencia y menos en un escuadrón asesino. Los cinco agentes, así como la plana mayor y algunos del equipo de análisis, se encontraban cada vez más regularmente viajando a todas partes del mundo para hacer trabajo de vigilancia sobre los objetivos o realizar un seguimiento de los cables u otras tareas necesarias.

Los vuelos comerciales funcionaban bien el noventa por ciento de las veces, pero en ocasiones Hendley y su jefe de operaciones, Sam Granger, necesitaban mover un hombre o varios muy rápidamente de la zona de Washington D.C./Baltimore hasta algún punto lejano, por lo general para poner los ojos en un objetivo que estaría en un lugar sólo durante un corto período de tiempo. Las aerolíneas comerciales que volaban desde los aeropuertos Washington Dulles, Ronald Reagan Washington National y Baltimore Washington International tenían docenas de vuelos internacionales diarios y directos, y era posible acceder a cientos de otras localidades desde estos aeropuertos con una sola conexión, pero en ocasiones las tres o hasta doce horas adicionales de tiempo necesario para pasar por seguridad y aduanas, esperar vuelos retrasados, hacer conexiones y cualquier otra cosa a la que los pasajeros de vuelos comerciales están sujetos simplemente no permitían que el Campus cumpliera su misión. Así que Gerry Hendley comenzó a buscar un jet privado que se adaptara a las necesidades de su organización. Estableció un comité ad hoc de personal interno para conocer y decidir sobre los requisitos exactos que se ajustaran al presupuesto. El dinero no era un problema, pero era el trabajo de Hendley quejarse con el comité de aeronaves para mantener un presupuesto razonable y no gastar un céntimo más de lo que fuera necesario para encontrar lo que necesitaban.

El grupo informó a Gerry sus conclusiones después de varias exhaustivas semanas de investigación y reuniones. La velocidad, el tamaño y el alcance que requerían podía obtenerse mediante varios jet corporativos de ultra largo alcance fabricados por las compañías Dassault, Bombardier Aerospace, Embraer y Gulfstream Aerospace. De estos, se determinó que el avión perfecto para sus necesidades sería el nuevo Gulfstream 650.

A Hendley no se le escapó el hecho de que el 650 también era el avión más caro de los seleccionados, pero las estadísticas a su favor fueron convincentes. Hendley comenzó a buscar un 650, pero de inmediato se dio cuenta de que las opciones eran escasas. El Campus quería mantener la compra del jet lo más discreta posible y las ventas de los nuevos 650 simplemente estaban generando demasiado interés en la comunidad de aviones corporativos. Volvió a convocar al comité y se conformaron, si se le puede llamar *conformarse* a elegir el segundo avión más lujoso y avanzado de la categoría, con el Gulfstream Aerospace G550, un modelo que todavía no tenía diez años y aún era de los mejores del mercado. Inmediatamente, Hendley y otros ejecutivos en el Campus tantearon terreno silenciosamente en el mercado.

Demoró cerca de dos meses, pero el avión adecuado apareció. Era un G550 de siete años de edad que había sido propiedad de un financiero de Texas que había sido enviado a la cárcel por trabajar a sabiendas con el cartel de Juárez en México. El gobierno había liquidado los activos del financiero, Gerry había recibido una llamada de un amigo en el Departamento de Justicia que estaba involucrado en la subasta y Hendley se alegró al enterarse de que podría conseguir el avión a un precio mucho más bajo de lo que la aeronave habría costado en una venta abierta.

El Campus luego había organizado la compra a través de una empresa fantasma con sede en las Islas Caimán y el avión había sido entregado a un operador de base fija (OBF) en un aeropuerto regional cerca de Baltimore.

Cuando Gerry y sus ejecutivos fueron a ver el avión en persona por primera vez, todos estuvieron de acuerdo en que habían conseguido un excelente jet a un excelente precio.

Con un rango de 6.750 millas náuticas, su G550 podía volar a cualquier lugar en la tierra con una sola parada de reabastecimiento, transportar hasta catorce personas cómodamente en tanto los dos motores Rolls-Royce de la aeronave los impulsaban a una velocidad de 0,85 mach.

Durante vuelos de larga distancia, aquellos en la cabina tenían acceso a seis asientos de cuero que se extendían para convertirse en camas, un par de largos sillones detrás de las sillas y todo tipo de comunicaciones de alta tecnología en todas partes. Había televisores satelitales de pantalla plana, cobertura de banda ancha de múltiples enlaces sobre América del Norte, el Atlántico y Europa, así como dos sistemas de radio Honeywell y un radioteléfono Magnastar C2000 para aquellos en la cabina.

Incluso había varias características integradas en la aeronave para reducir el *jet lag* de los pasajeros, un factor crítico para Hendley, teniendo en cuenta que estaría transportando hombres rápidamente hacia el peligro, sin darles tiempo para aclimatarse a su nuevo entorno. Las grandes y altas ventanas dejaban entrar mucha más luz natural que los aviones comerciales comunes e incluso que otros jets comerciales de lujo en el mercado, y esto ayudaba a reducir los efectos fisiológicos de un largo vuelo. Además, los sistemas ambientales de Honeywell Avionics renovaban cien por ciento del oxígeno cada noventa segundos, reduciendo el riesgo de bacterias en el aire que pudieran enlentecer a sus hombres durante sus misiones. Los sistemas ambientales también mantenían la presurización en la cabina tres mil pies por debajo de un avión comercial que volaba a la misma altura, y esto reducía el *jet lag* al momento de la llegada también.

El amigo de Hendley del Departamento de Justicia había mencionado algo más en sus conversaciones sobre el avión. El propietario original, el deshonesto financiero, había volado a Ciudad de México en su jet y escondido bolsas llenas de dólares americanos en compartimentos ocultos construidos a lo largo de la nave por ingenieros colombianos, para luego cruzarlos por la frontera hasta Houston. De ahí, el dinero fue distribuido a operativos de menor jerarquía en el cártel de Juárez, que llevaban el dinero en efectivo, menos un pequeño porcentaje, a los locales de Western Union en todo el estado de Texas. Estos mexicanos lavaban el dinero transfiriéndolo de vuelta a cuentas en bancos mexicanos. Los bancos mexicanos a su vez lo transferían a cualquier parte del mundo donde los narcos lo quisieran; compraban medicamentos en Sudamérica, sobornaban a funcionarios de gobierno y la policía en todo el mundo, compraban armas de los militares y se concedían a sí mismos los mejores artículos de lujo.

Gerry había escuchado educadamente esta explicación del proceso de lavado de dinero a pesar de que entendía el movimiento del dinero mundial, tanto legal como ilegal, mejor que la mayoría. Pero lo que realmente llamó su atención fue la existencia de estos compartimentos secretos en su nuevo jet. Una vez que el avión fue entregado al operador de base fija en BWI, una docena de empleados del Campus y un equipo de mantenimiento en el OBF pasó un día y medio en busca de los escondites secretos.

Encontraron alijos de diversos tamaños en todo el avión. Aunque la mayoría de la gente piensa que el área de carga de todos los jets está por debajo del piso, en la mayoría de las aeronaves privadas más pequeñas como el Gulfstream G550 el compartimento de carga está en la parte trasera debajo de la cola. Debajo del piso de la cabina hay un gran espacio ocupado parcialmente por el cableado, pero los ingenieros colombianos habían creado compartimentos ocultos debajo de los paneles de control en el suelo que eran lo suficientemente grandes como para ocultar hasta cuatro pequeñas mochilas llenas de equipo. Otro espacio vacío fue encontrado en el baño, bajo el panel superior que sostenía el asiento del inodoro. En sesenta segundos y con un destornillador era posible quitar el panel para revelar un gran espacio cuadrado vacío. Los colombianos habían añadido un pequeño tubo para que pasaran los residuos, dejando un escondite lo suficientemente grande para una mochila, afortunadamente sin afectar la función del baño. El personal de mantenimiento también encontró otros diez espacios más pequeños escondidos detrás de los paneles de control y las puertas de acceso de servicio a lo largo de la aeronave. Algunos de estos escondites permitían guardar no más que una pistola, mientras que otros eran más grandes, tal vez del tamaño de una metralleta con la culata doblada y algunos cargadores adicionales.

Con todo, el personal de mantenimiento encontró cerca de diez pies cúbicos de escondites casi perfectos, lo suficiente como para transportar una buena cantidad de equipo de forma encubierta donde y cuando el Campus necesitara mover los elementos clandestinamente. Pistolas, rifles, explosivos, equipo de vigilancia que le hubieran provocado convulsiones a los agentes de aduanas extranjeras, documentos, dinero. Cualquier cosa que los hombres de Gerry Hendley necesitaran para hacer su trabajo.

Hendley contrató una tripulación de tres, todos ex militares y bien preparados para las operaciones del Campus. La piloto principal era de la Fuerza Aérea, lo que no hubiera sorprendido a nadie. El hecho de que fuera mujer no debería sorprender a nadie tampoco. La capitana Helen Reid tenía cincuenta años de edad y era una ex piloto de B1-B que había dado un salto a la industria de los aviones corporativos aceptando un trabajo en Gulfstream. Había estado en el proyecto G650 como piloto de pruebas, pero no parecía importarle «bajar de nivel» volando el G550. Su primer oficial era Chester Hicks, pero todo el mundo todavía lo llamaba por su indicativo de radio, «Country», a causa de su pronunciado acento sureño. Era de Kentucky, ex-aviador de la Infantería de Marina, donde había volado aeronaves de alas fijas y giratorias. Había pasado los últimos seis años de su carrera entrenando jóvenes pilotos en la Estación Aérea Naval de Corpus Christi, piloteando aviones Huron B-12 de múltiples motores, antes de retirarse y entrar en la aviación comercial. Había volado G500s y G550s durante una década.

Hendley había sorprendido a los cinco agentes del Campus en junio llevándolos a dar su primer paseo en el G550. Habían volado a BWI, a través de la puerta de un OBF llamado Greater Maryland Charter Aviation Services, que era dirigido por un amigo de Gerry Hendley. El amigo de Gerry propietario del OBF permitió al avión y los empleados de Henley evitarse prácticamente todo escrutinio.

En ese primer vuelo, los seis hombres habían abordado su nuevo avión y Gerry les había presentado a la capitana Reid y a Country a todos, y luego Hendley les había presentado a su asistente de vuelo.

Adara Sherman era una atractiva mujer de treinta y cinco años, de pelo rubio corto y brillantes ojos grises que ella guardaba detrás de unos serios anteojos. Llevaba un uniforme azul, sin insignias, y siempre mantenía puesta su chaqueta.

Sherman había pasado nueve años en la Armada y parecía que no había dejado aflojar su entrenamiento físico en lo más mínimo desde que había dejado el servicio.

Fue amable y profesional mientras les mostraba a los hombres la cabina para el vuelo de una hora que los tendría sobrevolando la zona, para luego hacer una maniobra de toma y despegue en Manassas, antes de regresar a BWI.

Mientras Jack bebía un sorbo de vino sobre el Atlántico, pensó de nuevo en ese día y esto lo hizo reír. Durante el despegue, mientras Adara Sherman estaba fuera del alcance del oído, Gerry Hendley se había dirigido a los tres hombres solteros en la cabina.

—Vamos a jugar un juego de asociación de palabras, señores. Nuestra asistente de vuelo es Adara Sherman. Quiero que piensen en ella como el *general* Sherman y piensen en sí mismos como Atlanta. ¿Entienden?

—Mantengámoslo profesional—Sam les había dicho con una leve sonrisa.

—Exacto.

Caruso asintió obediente, pero Jack tomó la palabra.

—Tú me conoces, Gerry.

—Te conozco y eres un buen hombre. Pero también sé lo que es tener veintiséis años. Voy a dejarlo ahí.

—Entiendo. La asistente de vuelo es una zona de exclusión aérea.

Todos los hombres se habían reído, al tiempo que Adara se sacaba el cinturón de seguridad y volvía a ofrecerles café a los pasajeros. Inmediatamente Dom, Sam y Jack Junior habían apartado la mirada, manteniendo los ojos bajos, un poco nerviosos. Clark, Chávez y Hendley simplemente se rieron.

Adara no había participado de la broma, pero la entendió bastante rápido. Le habían dicho a los hombres solteros que ella estaba fuera de límites y era lo mejor para todos. Un minuto después ella se había inclinado sobre la mesa para agarrar una toalla y su chaqueta se había levantado cuando extendió los brazos. Jack y Dom echaron un breve vistazo —lo tenían en su ADN, después de todo— y los dos hombres vieron a una Smith and Wesson pequeña pero de aspecto serio con una corredera de acero inoxidable y un cargador de repuesto metida en una funda que desaparecía en su falda en la parte baja de la espalda.

—Está armada —Caruso había dicho con admiración cuando ella regresó a la cocina en la parte delantera.

Hendley se limitó a asentir.

—Provee seguridad para la aeronave. Tiene un par de armas para ayudarla a hacer eso.

Jack volvió a sonreír pensando en Sherman y sus armas. Bajó la mirada a su reloj y vio que eran las diez y media de la noche en la Costa Este. Tomó el teléfono y llamó al móvil de su madre.

—Tenía la esperanza de oír tu voz hoy —dijo ella al responder.

—Hola, mamá. Perdona que llame tan tarde.

Cathy Ryan se echó a reír.

—No tengo rondas matutinas mañana. Estoy con tu padre en Cleveland.

—Lo que significa que igual tendrás que levantarte, prepararte y caminar a través de un restaurante dándole la mano a todo el mundo a la hora pico de la mañana, ¿no?

Ahora ella se echó a reír a carcajadas.

—Algo muy similar a eso. Vamos a una fábrica de cinta transportadora, pero primero tenemos un desayuno rápido con los medios de comunicación aquí en el hotel.

—Divertido.

—No me importa. Y no le digas que te dije, pero creo que tu padre lo disfruta más de lo que admite. Bueno, algunas partes por lo menos.

—Creo que tienes razón. ¿Cómo están Katie y Kyle?

—Todo el mundo está bien. Están de vuelta en casa, Sally los está cuidando por un par de días. Deberías ir a verlos si consigues alejarte del trabajo. Me gustaría poder pasarle el teléfono a tu padre para que lo pudieras saludar, pero está reunido con Arnie en la sala de conferencias en una planta baja. ¿Puedes esperar unos minutos?

—Eh, no. Voy a tener que ponerme al día con él más tarde.

—¿Dónde estás?

Jack exhaló lentamente y luego dijo:

—En realidad, estoy en un avión en estos momentos. Volando sobre el Atlántico.

Eso tuvo una respuesta rápida.

—¿A dónde vas?

—A ningún lugar emocionante. Es sólo trabajo.

—¿Sabes cuántas veces tu padre me ha dado esa misma respuesta?

—Probablemente porque es verdad la mayor parte del tiempo. No tienes nada de qué preocuparte.

—¿Estás seguro?

Jack hijo empezó a decir «lo prometo», pero se contuvo. Se había dicho que no le iba a mentir a su madre. Decirle que no tenía nada de qué preocuparse estaba muy cerca de una falsedad absoluta, pero sin duda no iba a inclinar la balanza a su favor en el reino de la mentira prometiendo nada. No tenía idea en lo que estaba a punto de meterse, aparte del hecho de que estaría en un equipo de cinco hombres armados que planeaban matar a otros tres hombres armados y capturar a uno más.

—Estoy preocupada, Jack. Soy madre, es mi trabajo preocuparme —dijo Cathy.

—Estoy bien.

Luego cambió de tema rápidamente.

—¿Papá está listo para el debate de mañana por la noche?

No tenía ninguna duda de que su madre sabía lo que estaba haciendo. Su padre le había dicho que sería capaz de ver los «trucos» que él tratara de jugar con ella a una milla de distancia y, hasta ahora, su padre había tenido razón acerca de eso.

Sin embargo, lo dejó pasar.

—Yo creo que sí. Tiene los hechos y las cifras totalmente correctos. Sólo espero que pueda mantener las manos en su lugar y no trate de darle una cachetada a Ed Kealty. Este es el debate en el que los dos candidatos se sientan uno al lado del otro en una mesa. Se supone que es menos formal, más como una charla amistosa.

—Recuerdo que papá habló de esto. Kealty no quería hacer este formato en un principio, pero desde que está abajo en las encuestas cambió de opinión.

—Exacto. Arnie piensa que ésta será la mejor oportunidad para que tu padre muestre su lado cálido y cariñoso.

Ambos se rieron de eso.

Adara Sherman apareció sobre Jack con una pequeña jarra de agua. Jack sacudió la cabeza con una sonrisa cortés, pero se aseguró de no mantener contacto visual durante mucho tiempo, no fuera a ser que Gerry se enterara más adelante. Ella se dio la vuelta para regresar a la cocina y él quería verla caminar, pero sabía que la cabina estaba llena de superficies reflectantes y no quería ser descubierto observándola, por lo que sólo miró hacia abajo a su computadora portátil.

—Bueno, mamá. Tengo que irme. Ándate a dormir para que estés hermosa para la prensa mañana en la mañana.

—Lo haré. Y por favor ten cuidado, ¿Ok?

—Te lo prometo.

Esa era una promesa que sentía que podía mantener. Tenía toda la intención de hacer lo posible para evitar recibir un disparo en la mañana.

Madre e hijo colgaron y Jack Junior volvió a su trabajo. Estaba corriendo para reunirse con un amanecer que estaba corriendo para reunirse con él, y eso le dejaba muy poco tiempo.

12

La capitana Helen Reid ladeó la aeronave hacia el acercamiento final en el aeropuerto Paris-Le Bourget justo después de las cinco de la mañana y puso la nariz del Gulfstream en posición hacia la pista 25, justo detrás de otro jet ejecutivo, un Falcon 900EX. El Falcon aterrizó y luego avanzó sobre la pista de rodaje y el G550 le siguió noventa segundos más tarde.

La capitana Reid llevó la aeronave hasta una gran caja amarilla en la rampa que era la zona designada de aduanas. Una vez allí, el avión se quedó parado con la puerta cerrada, de acuerdo con los requisitos aduaneros, y Jack Junior arregló su equipaje en los asientos para que el inspector de aduanas les echara un vistazo. Adara había dispuesto que un funcio-

nario de aduanas los estuviera esperando de modo que pudieran ser liberados inmediatamente y a los pocos minutos se
oyó un golpe en la puerta. Adara abrió la puerta y saludó a
un hombre de aspecto extremadamente dormido. El hombre
abordó, les dio la mano a Jack y a la tripulación, y le echó un
somero vistazo a una de las bolsas de Ryan. Con todo, pasó un
total de dos minutos a bordo haciendo eso, además de timbrar
pasaportes y mirar la información del registro de la aeronave,
antes de decirle a la capitana que podía estacionar la aeronave
en un OBF cercano.

El oficial de aduana de aspecto cansado les dijo a todos
a bordo *bienvenu*, *bonjour* y *adieu*, y luego bajó por las escaleras y desapareció en la oscuridad que envolvía la rampa.

Cinco minutos más tarde, la capitana Reid y Country
apagaron la aeronave en el OBF y Adara abrió la puerta de la
cabina una vez más. Dominic Caruso, él mismo recién llegado a Francia, recibió a la Srta. Sherman en el otro lado de
la puerta y luego él y Jack descargaron las cuatro mochilas
llenas de equipo del avión y las pusieron en la parte trasera
de la Ford Galaxy.

La tripulación del Gulfstream se dirigió hacia el salón
del OFB para organizar que el avión fuera reabastecido de
combustible y para que se repusieran las reservas de oxígeno.
Después esperarían en el avión hasta que llegara el momento
de salir de Francia, ya sea que ese momento fuera en tres
horas o tres días más.

Dominic y Jack se alejaron de los terrenos del aeropuerto

en la Galaxy sin ningún tipo de control de seguridad de su equipo o sus documentos.

Cuando se transportaba contrabando alrededor del mundo, la única manera de volar era, de hecho, en un avión privado.

A esta hora de la mañana, eran sólo quince minutos en auto de París-Le Bourget a la casa de seguridad en París. Jack Junior mismo había asegurado este apartamento el día anterior, justo después de mandar a Ding y John de Fráncfort a París. En ese momento, no podría haber imaginado que él mismo estaría en la puerta tan sólo diecinueve horas más tarde.

Los hombres estacionaron la minivan en la calle frente al apartamento. Comenzaron a descargar las mochilas por sí mismos, pero luego Driscoll y Chávez aparecieron a su lado en la oscuridad y los cuatro hombres descargaron sin hablar. Una vez que estuvieron de vuelta en el interior del pequeño apartamento amoblado, con las mochilas en el piso y la puerta cerrada, sólo entonces encendieron la luz del techo.

Bajo la iluminación de una simple lámpara araña de acero, John Clark le dio una taza de café a Ryan. Clark asintió con una sonrisa torcida.

—Te ves como la mierda, chico. El sargento Buck te ha estado exprimiendo, ¿no?

—Sí. He aprendido mucho —dijo Jack aceptando la cafeína caliente.

—Excelente. Hay una caja con algunos croissants de hace un día y jamón y queso en una bandeja de plástico en el refrigerador.

—Estoy bien por ahora.

—¿Bebiste y cenaste en el avión?

—Beneficios del trabajo.

—Muy cierto. Pues bien, entonces pongámonos a trabajar.

Clark se dirigió a los que estaban en la habitación:

—Todos al frente.

Se puso de pie delante de la televisión, mientras que los otros cuatro buscaron un asiento en la moderna sala de estar.

Clark se remitía a un bloc de notas mientras hablaba.

—Vamos a organizar el equipo en un momento, pero por ahora repasemos la operación. El plan, en definitiva, es el siguiente: conseguí la habitación justo encima de Rokki y una habitación justo al lado de la suya. Vamos a pegarles duro y rápido, y desde múltiples puntos de entrada, todo mientras se beben su café de la mañana.

—¿Conseguiste dos habitaciones en el Four Seasons George V? A Gerry le va a encantar esa factura —dijo Ryan con una sonrisa.

Clark sonrió.

—Él sabe y no estamos pagando por ellas. Las habitaciones ya estaban reservadas para esta noche, así que Gavin Biery entró al sistema de reservas del hotel y trasladó las reservas existentes a otras habitaciones. Hizo nuestra reserva con un número de tarjeta de crédito que tenemos, que está vinculado a un tipo en Islamabad que mueve dinero entre peces gordos saudíes y cuentas de AQ. Será, según Gavin, como si alguien hubiera cambiado las reservas de una de las terminales de la recepción en el vestíbulo. El Campus está limpio en esta operación, y el único vago vínculo que encontrarán los investigadores después de los hechos será la tarjeta de crédito, que los llevará a un miembro de AQ en el Medio Oriente. Cuando ataquemos el COR, se verá como una especie de pelea de amantes entre los dos grupos.

—Bonito —dijo Dom de manera apreciativa.

John sonrió.

—Al final del día, señores, somos creadores de problemas profesionales.

El comentario sacó una ronda de risas cansadas de la habitación.

—Biery también va a desconectar las cámaras de seguridad del Four Seasons cuando entremos por la puerta principal. Dice que se verá como si hubieran sido desconectadas desde el interior.

—Increíble —dijo Jack.

—Sí, lo es y él lo sabe.

Entonces Clark se puso serio.

—Ding y yo les explicaremos exactamente cómo daremos este golpe en un minuto, pero primero hay una complicación importante de la que tenemos que hablar.

Los tres hombres que acababan de llegar se inclinaron hacia delante o se enderezaron.

Chávez tomó la palabra entonces, poniéndose de pie y al frente de la habitación.

—La DCRI, la seguridad interna francesa, ha estado siguiendo al tipo al que sólo conocen como Omar 8 desde que llegó de Túnez ayer. Cuando él y sus compañeros dejaron su refugio en Seine-Saint-Denis ayer en la noche, el equipo de vigilancia los siguió hasta acá, al centro de París, pero se toparon con algo de mala suerte. Rokki y sus chicos tenían a un tipo en una moto haciendo un barrido de detección de vigilancia detrás de ellos y estamos noventa por ciento seguros de que el hombre en la motocicleta vio el auto de apoyo.

Jack hizo un gesto de dolor.

—Entonces... ¿la seguridad francesa fue descubierta?

—Eso parece, pero la seguridad francesa no parece saberlo. Completaron su seguimiento hasta el Four Seasons y ahora un equipo de vigilancia estática de la DCRI está instalada a la vuelta de la esquina del sitio de Rokki, en el Hôtel de Sers. Tienen una habitación con línea de visión a la suite de Rokki. Voy a adivinar que tienen que estar tan cerca porque están usando un sistema de micrófonos láser hasta que puedan instalar un micrófono oculto en el lugar.

Sam miró un mapa del Octavo *Arrondissement*.

—Guau, la DCRI está justo encima de la acción. Muy cerca, la verdad.

—Pensamos que demasiado cerca —dijo Clark—. Si tienen línea de visión a Rokki y Rokki sabe que está siendo monitoreado... bueno, tenemos que partir del supuesto que la célula del COR ha visto a los oficiales franceses en su habitación en el otro hotel.

—¿Qué sabemos acerca de la DCRI? ¿Son buenos? —preguntó Sam.

—Muy buenos —dijo Clark—. Nos pusimos en contacto con ellos en Rainbow en múltiples ocasiones. Pero ellos son como los investigadores de nuestro FBI. Si necesitas detectives, hombres de vigilancia, cazadores de hombres en cualquier lugar en Francia, los llamas a ellos. Pero si estás sentado sobre un equipo de asesinos en el corazón de París que parece estar a punto de hacer algo grande... entonces el tiempo para la vigilancia ha terminado y estos tipos están fuera de su liga. Por lo general, ni siquiera están armados.

—¿Hay alguna posibilidad de que el COR se retire? ¿Que cancele lo que estaba planeando hacer y deje la ciudad? —preguntó Sam.

Jack Ryan respondió.

—En circunstancias normales, sí. Eso es lo que se esperaría que hicieran. Pero estos son tiempos desesperados para el COR. Los hemos visto tomar algunos riesgos descabezados desde que la desaparición del Emir fue reconocida. Recuerden, nosotros pensamos que Rokki está ahí porque su jefe, al Qahtani, está enojado con el gobierno francés por políticas que él interpreta como anti-musulmanas. Rokki no quiere fallarle a su jefe, así que si él ha asociado a la DCRI sólo como una habitación de hotel llena de tipos vigilando con cámaras y micrófonos, el que es, de hecho, el caso... bueno, eso simplemente podría no asustar a Rokki y sus secuaces.

—¿Hemos podido deducir cuál es el plan Rokki?

—No tenemos la más mínima idea. Todo lo que podemos decir con seguridad es que será en algún lugar por aquí en la zona y que va a llevarse a cabo hoy si no hacemos algo para detenerlo.

Dom habló entonces.

—Tú me conoces, yo estoy a favor de una buena pelea con estos pendejos, pero ¿por qué no alertamos a las autoridades locales que el COR está aquí y que saben que los están vigilando? Podemos pagarle veinte euros a un chico para que vaya a tocar a la puerta de la DCRI y les diga que han sido descubiertos.

—Porque nosotros cinco tenemos la mejor posibilidad para detener a Rokki, aquí y ahora —dijo Clark—. Además, francamente, lo necesitamos vivo y bajo nuestra custodia. Esta es nuestra oportunidad de obtener información sobre Abdul bin Mohammed al Qahtani. Al Qahtani es el último líder real del COR.

Todos en la sala asintieron con la cabeza.

Clark continuó:

—Está bien. Ahora el plan de operación. Chicos, hemos pasado la mayoría del año sin derramar sangre. —Miró su reloj de pulsera—. En unas tres horas, eso va a cambiar.

El corazón de Ryan estaba bombeando a mil por hora. Miró alrededor de la habitación del hotel y se preguntó qué estaban sintiendo los otros hombres. Dom parecía algo excitado, pero no mucho. Driscoll, Chávez y Clark se veían como si estuvieran sentados en un Starbucks, tomando una taza de café y haciendo el crucigrama del *Sunday Times*.

Chávez pasó los siguientes veinte minutos explicando a cada uno sus tareas durante la operación que estaba por suceder. Usó su cuaderno con mapas garabateados a mano. Él y Caruso entrarían en la suite que estaba encima de la de Hosni Iheb Rokki en el tercer piso y amarrarían tres largas cuerdas a un punto de anclaje, probablemente las tuberías de fierro que conducían al inodoro en el baño principal. Dom y Ding se engancharían a dos de las cuerdas y llevarían la otra por el balcón y luego hacia abajo hasta Sam, que estaría esperando en la habitación de al lado de Rokki.

Clark entraría al hotel después de enviar un mensaje de texto a Gavin Biery en Maryland, dándole la orden de desactivar las cámaras. Entonces Clark se dirigiría rápida y tranquilamente al pasillo afuera de la puerta de Rokki. Cuando todos los elementos estuvieran preparados, Sam Driscoll, enganchado a un arnés de nylon, se columpiaría hasta la ventana del baño de la suite. Si el baño estuviera desocupado, trataría la entrada por ahí; si alguien estuviera usando el baño, se haría camino por la pared hasta el balcón de la habitación y entraría por ahí. Estaría armado con una Glock 23 con silenciador, pero su misión sería tomar a Hosni Iheb Rokki vivo administrándole un inyector sin aguja de anestesia que lo noquearía.

Cuando Sam se encontrara en posición, colgando sobre el patio, Chávez y Caruso rapelearían desde el balcón de su suite hasta el balcón de la sala de estar de Rokki y usarían sus metralletas MP7A1 de cañón corto con silenciador para acabar con los cómplices de Hosni Rokki. John Clark atacaría en el mismo momento por la puerta principal. Él también tendría un inyector de CO_2 de anestesia, junto con una pistola SIG Sauer con silenciador.

Ryan tendría el rol de conductor abajo en la calle, pero también tendría la tarea de estar atento a cualquier signo de la policía y si alguno de los cuatro enemigos escapaba de la emboscada, bien podrían pedirle que fuera tras él.

Después de que hubieran acabado con los matones de Rokki y Rokki estuviera inconsciente, lo pondrían en una gran maleta con ruedas y lo sacarían por la puerta principal del hotel. Ryan los recogería a todos y volverían a la casa de seguridad. Si tenían suerte, estarían rumbo a París-Le Bourget noventa minutos después de que Clark les diera a los hombres el vamos para ejecutar la operación.

Finalmente, cuando terminó, Clark se puso de nuevo de pie y preguntó:

—¿Alguna pregunta? ¿Comentarios? ¿Preocupaciones?

Jack estaba confundido con algo.

—Si la DCRI está observando la suite, van a ver cada segundo de esto.

Chávez negó con la cabeza.

—No, es una unidad de esquina y tienen línea de visión a la ventana del lado sur, y nosotros estamos atacando desde los balcones sobre el patio en el norte. Sam, Dom y Ding estarán protegidos de ser vistos, pero si los franceses están usando un micrófono láser para tener audio, sin duda escucharán ruido. Nos comunicaremos con señales de mano mientras estemos en la suite.

Caruso se encogió de hombros y luego tomó la palabra:

—Hay una gran cantidad de piezas móviles en esta operación, Sr. C., un montón de cosas que pueden salir mal.

Clark asintió, con una expresión severa en su rostro.

—Dímelo a mí, chico. Es la naturaleza de la bestia con este tipo de golpe urbano. Atacar a los tipos va a ser duro, pero tomar a uno de ellos con vida hace que el peligro aumente exponencialmente. ¿Hay algo específico que no te guste?

Dom negó con la cabeza.

—No. Me gusta el plan. Vamos a hacerlo.

Clark asintió.

—Bien. Rokki y sus hombres han pedido que una cafetera y una tetera de té sean llevadas a su habitación a las ocho y media. Los atacaremos a las ocho cuarenta y cinco. Salimos en una hora.

Y con eso, la reunión se disolvió de manera que cada hombre pudiera tomarse unos minutos para organizar su equipo de acuerdo con el plan de operaciones que Chávez acababa de exponer. Sam y Ryan revisaron sus pistolas Glock calibre 40 y sus silenciadores; Dom y Ding le hicieron controles de funcionamiento a sus metralletas. Pusieron sus silenciadores en los cañones, casi doblando la longitud de las armas, pero aún así las encontraron compactas, ligeras y bien equilibradas.

También revisaron el otro equipo. Cuerdas para rapelear, teléfonos móviles encriptados con auriculares Bluetooth de activación de voz. Granadas lumínicas de aturdimiento, granadas de humo, pequeñas cargas explosivas para derribar o hacer puertas, cualquiera fuera el caso.

No planeaban utilizar granadas de humo o granadas lumínicas de aturdimiento, y no tenían planes de derribar los muros del Four Seasons. La lista de artículos de Chávez que Ryan había traído de los Estados Unidos había sido diseñada para la misión que tenían en mente, pero él también había añadido algunas cosas en caso de que todo se «fuera al demonio».

Clark fue a la cocina y sacó algunos objetos de otro bolso que Ryan había traído de los Estados Unidos. Después de darle tiempo a sus hombres para preparar su equipo, los llamó.

En la mesa el grupo vio que había puesto lo que parecían cinco pequeños pedazos de goma esponjosa.

—¿Qué es eso?—preguntó Sam.

Alargó el brazo y agarró una de las «bolsas». Se sentía como una pequeña bola de pegamento gomoso seco.

Clark levantó uno de ellos.

—No tenemos tiempo para un tutorial largo, así que voy a hacerles una demostración.

Con eso, se alejó de la sala, jugó con el objeto durante

varios segundos y luego se inclinó. Driscoll miró a sus colegas sentados alrededor de él para tener alguna idea de lo que estaba pasando. Todos estaban simplemente observando.

Clark volvió a enderezarse, se volteó hacia sus hombres y Sam Driscoll soltó un audible grito ahogado. La cara de John había cambiado por completo sus características. Sus pómulos eran más pronunciados, su nariz parecía haber adquirido un perfil más anguloso, su mandíbula cuadrada se había redondeado notablemente y las profundas arrugas alrededor de la boca y los ojos se habían llenado. Después de mirarlo fijamente durante varios segundos, Sam pudo discernir que la cara no parecía natural —era un poco alienígena, francamente—, pero si acabara de pasar junto a él en la calle, no hubiera notado nada fuera de lugar ni hubiera sido capaz de reconocer a John Clark, que era lo importante.

—Jesús —dijo Driscoll, y los otros hombres expresaron su sorpresa también.

—Hay uno de estos para cada uno de ustedes. Como se puede oír, no altera la voz o la capacidad de hablar en absoluto. Simplemente rellena ciertas zonas superficiales y reestructura los tejidos blandos en tu cara para hacerte irreconocible. Es un tubo, hay agujeros en ambos extremos para que tu pelo no quede cubierto. Además, los oídos quedan expuestos, así que podemos usar nuestros auriculares Bluetooth. Vamos, pruébenlos.

Para entonces el resto de los hombres se estaban poniendo sus máscaras como niños jugando con juguetes nuevos. Todos tuvieron dificultad para orientar los agujeros para los ojos y para ponerse los tubos sobre la cabeza. Mientras trabajaban y luchaban con ellos, Clark siguió hablando.

—Estas cosas no son perfectas. Son incómodas de llevar y difíciles de poner, y como pueden ver, te hacen ver tenebroso, como si te hubieras sometido a demasiada cirugía plástica o vinieras de otro planeta. Primeramente, son para frustrar software de reconocimiento facial, para cambiar nuestros rostros para que no podamos ser reconocidos después de los hechos y para confundir a cualquier testigo de nuestras acciones.

Clark miró alrededor de la habitación. Se rió entre dientes.

—Jack, todavía te ves guapísimo. ¿Ding? Amigo, siento decir que esto no te ayuda en nada.

Los hombres se miraron y se rieron, un momento de liviandad en lo que seguro sería un día muy tenso. Luego se pararon el uno junto al otro frente a un espejo de pared.

—Sin duda logran su objetivo —dijo Dom—, pero voy a necesitar un montón de práctica para lograr ponerme esta cosa. Si tengo que hacerlo sobre la marcha, por alguna razón, el resultado no va a ser bonito.

—Lo mismo corre para todos nosotros —dijo Clark—. Vamos a mantener estas cosas con nosotros durante la operación por si acaso, pero tendremos pasamontañas normales para que podamos utilizar si tenemos que ponernos algo a la rápida. Si nos metemos en problemas y tenemos la necesidad de salir de allí a escondidas, entonces usaremos estos para la exfiltración. Además, es muy importante usar anteojos de sol también. La mayoría de los algoritmos de los software de reconocimiento facial utilizan la distancia entre los ojos como una medida de identidad clave. Los anteojos arruinan su capacidad para determinar la identidad más que ninguna otra cosa. De hecho, cuando salgan de esta casa, quiero que usen anteojos oscuros. Pueden ponerse las máscaras más adelante si lo necesitan.

13

A las ocho y media de la mañana Ryan estaba sentado al volante de la Ford Galaxy. Estaba solo en el vehículo; se había estacionado en un espacio en la Avenida George V al otro lado de la amplia avenida donde estaba el hotel Four Seasons. No miraba hacia el hotel, pero sus tres sus espejos estaban colocados de modo que cubrían la entrada principal, la calle y las aceras que daban a la entrada desde cualquier dirección.

Era una mañana clara y brillante, por lo que sus anteojos de sol oscuros no parecerían tan fuera de lugar si tenía que salir del auto. También llevaba una parka liviana con cierre y un pasamontañas negro recogido en la cabeza como gorro para poder ponérselo encima de los ojos rápidamente si tuviera que hacerlo.

El resto del grupo había salido del vehículo cinco minutos antes. Clark estaba en la calle, a una cuadra al norte de la ubicación de Ryan. Llevaba puestos sus anteojos de sol, un auricular de teléfono móvil y un traje gris oscuro, y llevaba un maletín. Parecía un hombre de mediana edad cualquiera, que iba o venía de un desayuno de trabajo en el Octavo *Arrondissement*.

Pero no era como cualquiera. Su maletín contenía una chaqueta deportiva ligera color camello y una peluca oscura que podía ponerse en segundos. En el bolsillo trasero derecho del pantalón llevaba su máscara de distorsión facial y un par de anteojos de montura metálica. El pequeño auricular en su oído derecho estaba conectado a un teléfono móvil encriptado que estaba en su bolsillo delantero derecho, y el sistema estaba en modo de activación por voz lo que le permitía transmitir sin necesidad de pulsar un botón. También podía, pulsando los botones en la parte frontal del teléfono móvil, hablar con un miembro de su equipo de manera individual o bien transmitir en todos los canales simultáneamente.

En el bolsillo interior de su chaqueta llevaba un inyector sin aguja que contenía suficiente ketamina para dejar a un hombre adulto inconsciente en cuestión de segundos.

Y en una funda de cuero escondida en la pretina de sus pantalones gris oscuro llevaba una pistola SIG Sauer modelo P220 SAS compacta calibre 45. El arma tenía un cilindro roscado para permitir la adición del silenciador que llevaba en el bolsillo delantero izquierdo.

No, John Clark no era un hombre cualquiera paseando por el Octavo *Arrondissment* esa mañana.

Ni remotamente.

—Ding a John —se oyó la voz de Chávez a través del auricular de Clark.

—Adelante Ding.

—Dom y yo estamos en la suite encima de Rokki, no hubo problema para entrar. Estaremos listos en cinco minutos.

—Bien.

—Sam a John.

—Adelante Sam.

—Estoy en posición en la habitación contigua al objetivo. Me engancharé una vez que Chávez tire la cuerda hacia abajo.

—Copiado.

—Jack a John.

—Adelante Jack.

—Todo despejado en el frente. Negativo para policía en la acera o patrullas en la calle. Nos vemos bien.

—Ok.

Jack revisó sus espejos retrovisores de nuevo y dejó escapar un largo, tranquilizador suspiro. Había hecho este tipo de cosas lo suficiente como para saber que los próximos cinco minutos se sentirían como una eternidad. Mantuvo la parte posterior de su cabeza apoyada en la cabecera del asiento de conductor, trató de parecer relajado, pero no podía dejar de revisar los espejos con sus ojos que se movían a mil por hora. Sabía que las ventanas de la Galaxy estaban polarizadas, así que no estaba muy preocupado por que lo descubrieran, pero quería evitar movimientos furtivos que pudieran transmitir sus intenciones, sólo ante la remota posibilidad de que alguien le estuviera prestando atención.

Una pequeña patrulla blanca de la Prefectura de Policía francesa pasó de largo. Jack evitó el impulso de alertar a Clark; sabía que la policía patrullaría por la zona como cosa natural y aunque hacía que se le acelerara el corazón, sabía que no había nada de qué preocuparse.

La patrulla siguió avanzando, siguiendo el pesado tráfico de la mañana hacia el norte. Ryan siguió con la mirada el auto de la policía hasta que desapareció de su vista.

Jack miró a su izquierda justo cuando una gran furgoneta Mercedes Sprinter negra pasaba al otro lado de donde él estaba, bloqueando su visión de la parte delantera del Four Seasons. Un momento más tarde, la furgoneta avanzó y luego siguió a través de la intersección de la Avenida George V y la Avenida Pierre 1er de Serbie. Salió del tráfico y se detuvo junto a una peluquería en la esquina, y Ryan miró hacia el otro lado para revisar qué estaba pasando en la acera de enfrente. Podía ver a John Clark al otro extremo de la calle ahora, moviéndose junto con un gran grupo de peatones mientras se dirigía hacia la entrada del Four Seasons.

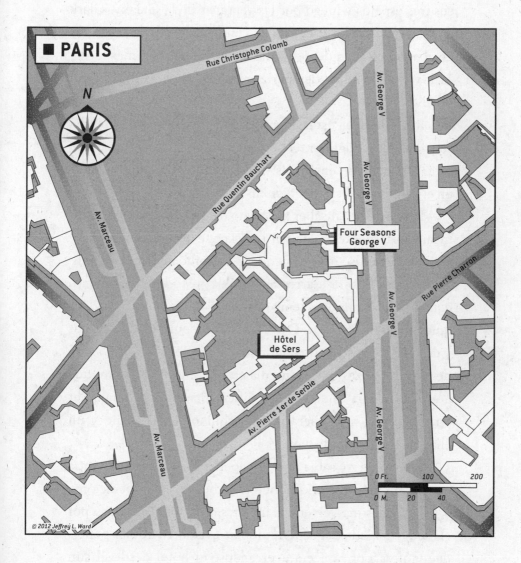

PARIS

Rue Christophe Colomb

N

Av. George V

Rue Quentin Bauchart

Av. George V

Av. Marceau

Four Seasons
George V

Rue Pierre Charron

Hôtel
de Sers

Av. George V

Av. Pierre 1er de Serbie

Av. George V

Av. Marceau

0 Ft.   100   200
0 M.   20   40

© 2012 Jeffrey L. Ward

Ryan escuchó las transmisiones entre los otros hombres de su equipo mientras seguía vigilando los alrededores con sus tres espejos y luego por las ventanas de la Galaxy. Clark anunció que Gavin Biery había confirmado que las cámaras en el hotel estaban desactivadas y luego, segundos más tarde, Jack vio al hombre desaparecer en el lujoso vestíbulo del hotel.

Ryan deseaba estar adentro con los otros, pero entendía su papel aquí. Alguien tenía que conducir, alguien tenía que estar al acecho de enemigos y amigos que pudieran cruzarse en el camino de esta operación.

Pero era difícil saber al acecho de qué, exactamente, estaba. Ciertamente, cualquier policía que llegara al hotel. Él y Clark habían discutido la pequeña posibilidad de que la policía francesa llegara a arrestar a Rokki justo en el momento equivocado. Y también tenía que tener un ojo puesto en cualquier obvio matón del COR. Jack había memorizado decenas y decenas de rostros de terroristas de las fotos en la Galería de Sinvergüenzas que mantenía en su computadora, aunque a esta distancia le sería muy difícil identificar a cualquier terrorista que no tuviera un Kalashnikov en la mano y un chaleco-bomba atado a él.

Sin embargo, sabía que su papel era vital, aunque sentía que no era más que el conductor del bus en esta operación.

Por vigésima vez en los últimos minutos, Jack miró por el espejo del lado del conductor para avistar cualquier policía que viniera por la acera acercándose al hotel desde el sur. *Nada*. Luego repitió el ejercicio con el espejo del lado del pasajero, que había ajustado a tener visión a la acera en el lado más lejano de la intersección.

Esa también estaba libre de policías.

—Tres minutos —dijo Clark—. Todas las unidades repórtense a los noventa segundos.

Ryan comenzó a girar los ojos hacia el espejo retrovisor. *Espera*. Se volvió hacia el espejo del lado del conductor. Un segundo después se dio vuelta y miró por la ventana trasera de la camioneta.

La gran furgoneta Mercedes negra que lo había pasado hace un momento todavía estaba ahí junto al salón de belleza, pero su puerta lateral estaba abierta y varios hombres habían salido de ella.

Tres, cuatro... cinco hombres, todos de pelo y tez oscura. Uno de ellos cerró la puerta y la furgoneta se alejó de la acera, hizo una rápida vuelta en U durante una pausa en el tráfico y giró a la izquierda en la Avenida Pierre 1er de Serbie.

Los cinco hombres en el pavimento vestían overoles azul oscuro y llevaban una pequeña bolsa de herramientas; parecía que podían ser limpiadores de ventanas o plomeros o algún otro tipo de trabajador. Juntos cruzaron la calle en la intersección. Al principio Jack pensó que se dirigían a la puerta de entrada del Four Seasons detrás de él, pero una vez que cruzaron la Avenida Pierre 1er de Serbie, se dirigieron en la dirección opuesta. Allí, justo fuera del campo visual de Ryan, estaba la entrada de empleados del Four Seasons.

Jack sabía que no podía permitir que un equipo de sujetos desconocidos entrara al hotel sin asegurarse de que no estaban ahí para hacer algo nefasto. Saltó de la minivan, corrió por el lado y miró calle arriba. Sólo vio la espalda del último hombre mientras desaparecía... no por la entrada de empleados del Four Seasons, sino por la entrada principal del Hôtel de Sers.

Ese era el hotel donde el equipo de vigilancia de la seguridad interna francesa se había instalado para monitorear la suite de Rokki en el hotel de al lado.

—Noventa segundos —dijo Clark a través de las comunicaciones, y luego los otros agentes comenzaron a reportarse.

—Sam en posición. Voy a balancearme sobre el patio en quince.

—Domingo y Dominic en posición.

Ryan comenzó a cruzar la Avenida George V. Quería ver hacia dónde se dirigían los hombres con overoles azules. Algo no calzaba, su aspecto, su paso decidido, las acciones del conductor de su vehículo.

La voz de Clark llegó a través de su auricular.

—¿Estas con nosotros, Ryan?

—Eh... sí. Ryan en posición.

En realidad no, pero no iba a detener el golpe en el Four Seasons porque estaba revisando algo en el hotel de al lado.

—Clark en posición.

Ryan prácticamente corrió al Hôtel de Sers entre la multitud de peatones en la acera. Cuando llegó, entró por la puerta, miró hacia el vestíbulo oscuro y vio a los cinco hombres esperando en grupo junto al mostrador de la recepción con sus bolsas de herramientas encima de los hombros. Les estaban entregado algún tipo de tarjeta, que se pusieron en sus overoles.

Mierda, pensó Ryan. Tal vez no había nada malo con ellos. ¿Estaban aquí simplemente para limpiar las ventanas?

—Cuarenta y cinco segundos.

La cuenta regresiva cortada de Clark llegó a través de su auricular.

Ryan comenzó a dirigirse al exterior, pero se detuvo a mitad de vuelta.

Sus zapatos de cuero sonaron en el piso de mármol al darse la vuelta.

Miró de nuevo a los cinco hombres. Se centró en uno en particular.

Sus ojos se abrieron.

—Hijo de puta —dijo en voz baja para sí mismo.

Poco a poco, Jack Ryan hijo se dio la vuelta de nuevo y se dirigió a la puerta, para salir de nuevo a la calle. Cogió su móvil del bolsillo de su chaqueta y cambió el canal de transmisión para que sus palabras las escuchara Clark solamente.

—Treinta segundos —susurró Clark en la red abierta.

En este momento estaría en el pasillo afuera de la habitación de Rokki.

—John.

—¿Sí? —le susurró Clark a Ryan, ahora solo.

—Abdul al Qahtani está aquí.

Hubo una breve pausa tensa y luego:

—¿Aquí *dónde*?

—Hôtel de Sers. Está con otros cuatro hombres en el

vestíbulo. Tienen bolsos y están recibiendo tarjetas de identificación de empleados.

Ryan entonces miró a través de la calle. Vio la gran furgoneta Mercedes Sprinter estacionada en doble fila treinta
metros al oeste del hotel, con el conductor detrás del volante.

—Más uno en la camioneta afuera.

—¿Van tras la unidad de la DCRI? —preguntó Clark.

—Yo... no lo sé —respondió Ryan.

Quería sentarse y pensarlo, para analizar la situación
como si estuviera en su escritorio en la oficina. Pero no estaba
en su oficina, estaba en el campo y aquí no tenía tiempo para
hacer nada más que actuar basándose en nada más que su
mejor presunción.

—Sí —dijo ahora. *¿Qué otra cosa podrían estar haciendo?*

Clark no dudó. Cuando Ryan recibió su siguiente transmisión fue por todos los canales. John habló con rapidez pero
con calma, un profesional consumado, incluso bajo extrema
tensión.

—Todas las unidades, aborten. Necesito a Dom y Ding a
paso acelerado hacia el Hôtel de Sers a la vuelta de la esquina.
Ryan tiene los ojos puestos en el propio al Qahtani con un
posible equipo de asesinos dirigiéndose al tercer piso, teniendo como objetivo el equipo de la DCRI en la habitación
301. Tomen lo que puedan y vayan para allá rápidamente.
Ryan tiene los ojos puestos en los enemigos.

—Vamos —dijo Chávez—. ¿Cuántos tipos nuevos?

—Ryan dice que cinco, además de un conductor aún en

el vehículo en la calle. Me estoy dirigiendo allá ahora, mi ETA[16] es tres minutos.

—Nosotros vamos a necesitar cuatro minutos. Cinco, como mucho.

Entonces Sam apareció en la red. Su voz era tensa. En este momento él estaría colgado de un arnés a cuatro pisos sobre el patio del Four Seasons, a unos quince pies de distancia de su balcón y sin otra forma de volver a su habitación que escalando por la pared con la punta de los dedos.

—John, me va a tomar algún tiempo...

—Lo sé, Sam. Simplemente sal de la pared y limpia las dos habitaciones. Lleva todo el equipo a la minivan.

—Entendido —dijo Sam.

No había nada que pudiera hacer al respecto, pero sentía como si estuviera defraudando a su equipo. Y después de una mínima pausa, dijo:

—Buena suerte.

Chávez y Caruso se pusieron cuidadosamente sus máscaras de goma en la cara, se colocaron de nuevo sus auriculares y luego se movieron silenciosamente en una imagen borrosa mientras se colgaban sobre la cabeza rollos de cuerdas

---

16 Tiempo estimado de llegada, por sus siglas en inglés (Estimated Time of Arrival).

que colgaban de un lado de sus cuerpos y luego sus rifles Heckler & Koch MP7 que colgaban del otro lado. Cada hombre se puso una parka para lluvia sobre todo este equipo, un bolso de mensajero con municiones extra, una pistola y granadas de humo y de fragmentación, y luego salieron aceleradamente de la habitación.

La cama en la habitación estaba cubierta con más equipo y la cuerda tensa de Driscoll aún estaba afuera y sobre el balcón, pero no había tiempo para preocuparse por eso ahora. Tenían apenas unos instantes para bajar cuatro plantas de escaleras, cruzar la calle y volver a subir cuatro plantas a la suite de la DCRI en el tercer piso del hotel.

Salieron de la habitación, corrieron por el pasillo vacío y luego se movieron por las escaleras lo más rápido posible sin levantar sospechas.

—En ruta —dijo Chávez.

14

Ryan estaba de vuelta dentro del Hôtel de Sers. Los cinco terroristas habían hablado con el gerente y ahora estaban siendo conducidos a través de una puerta de acceso para empleados.

Ryan pasó cerca de ellos mientras se dirigía a la escalera principal. Subió las escaleras a un ritmo parejo hasta dar la vuelta en el primer descanso y quedar protegido del vestíbulo. Entonces empezó a correr a saltos hasta el tercer piso, que estaba, en el sistema europeo, a cuatro plantas de escaleras desde el nivel del suelo.

A medida que subía hablaba por su auricular:

—John... ¿quieres que llame a la policía local?

La voz de Clark se escuchó de inmediato; sonaba como si estuviera en el vestíbulo del Four Seasons.

—No habrá tiempo para juntar un equipo SWAT[17], lo que significa que los primeros policías que lleguen a la escena van a ser masacrados, así como cualquier transeúnte si la lucha llega hasta el vestíbulo.

—Correcto —dijo Ryan mientras pasaba el segundo piso en una carrera hacia al tercero.

Ryan sacó su Glock de la pretina debajo de su chaqueta al llegar al tercer piso. Atornilló el silenciador en el cañón de su pistola y luego entreabrió la puerta de la escalera hacia el pasillo. El pasillo estaba en penumbra y era más estrecho de lo que esperaba. Dio un paso entero hacia afuera para ver el número de la habitación más cercana a él. 312.

Mierda.

—Tengo los ojos puestos en el pasillo —susurró—. El ascensor de servicio está directamente delante a unos cien pies. La habitación de la DCRI está al final del pasillo junto al ascensor. No hay rastro de ellos. Voy a alertar a la DCRI.

—Negativo, Ryan —dijo Clark—. Si te encuentran en ese pasillo, estás muerto.

—Lo haré rápido.

—Escúchame, Jack. Tú *no* vas a enfrentarte a al Qahtani y sus hombres. Quédate donde estás.

---

17 Equipo de armas y tácticas especiales, por sus siglas en inglés (Special Weapons and Tactics team).

Ryan no respondió.

—Ryan, confirma mi última transmisión.

—John, la DCRI no lleva armas. No puedo simplemente dejar que al Qahtani mate a todos en esa habitación.

Entonces la voz de Caruso se escuchó en la red. Por como sonaba, estaba abajo en la acera y caminaba rápidamente. Mantuvo la voz baja.

—Escucha a Clark, primo. Cinco contra uno no va a terminar bien para ti. Tu Glock se va a sentir como una pistola de agua si esos cabrones salen del ascensor con rifles de asalto. Quédate en el hueco de la escalera y espera a la caballería.

Sin embargo, en el hueco de la escalera, las fosas nasales de Ryan se abrían mientras se preparaba para la acción. No podía quedarse ahí y ver cómo se desplegaba una masacre ante él.

La campana del ascensor sonó al otro extremo del pasillo.

Dentro de la habitación 301, seis funcionarios de la *Direction Central du Renseignement Intérieur* estaban apostados en dos equipos. Tres hombres descansaban en dos camas, leyendo el periódico de la mañana, tomando café y fumando cigarrillos. Y tres más estaban de pie o sentados alrededor de una mesa que había sido puesta al frente de las puertas abiertas del balcón, aunque estaba a unos doce pies del balcón. Sobre la mesa había dos computadoras portátiles y un micrófono de escucha Laser-3000 montado en un trípode de mesa. El rayo láser semiconductor que se emitía desde el mecanismo en forma de caja pasaba a través de una pequeña abertura en las puertas correderas de vidrio del balcón, brillaba a través del espacio abierto entre los dos hoteles, se reflejaba en una ventana panorámica de la suite de la esquina en el Four Seasons, al lado, y luego volvía a la habitación de la DCRI en el Hôtel de Sers. Ahí, el rayo se proyectaba sobre un receptor en el dispositivo Laser-3000, este interpretaba las fluctuaciones en el rayo causadas por las vibraciones en la ventana y traducía estas fluctuaciones en idioma reconocible.

Esta no era una operación de vigilancia perfecta bajo ninguna circunstancia. Dado que las cortinas en la ventana de Omar 8 estaban cerradas, no podían ver dentro de la suite y sólo podían recoger débiles voces de forma intermitente. Sin embargo, el dispositivo sí confirmaba que Omar 8 y sus asociados estaban todavía allí y eso era importante. Tan pronto se fueran, uno de los equipos de tres personas de la DCRI se dirigiría hacia el Four Seasons y pondría varios micrófonos ocultos más eficaces mientras el otro monitoreaba desde esta posición de vigilancia.

Mientras tanto, todos bebían café y fumaban y se quejaban del gobierno estadounidense. Hace unos años, hubieran recibido el apoyo de la CIA para una operación como ésta. Omar 8 era supuestamente del COR; los Estados Unidos estaba sin duda interesado en los agentes del COR, sobre todo cuando se movían a través de las capitales occidentales con asociados en edad de combate y más o menos cien libras de equipaje. Claro, el COR había hecho muchas amenazas contra Francia, una recién la semana anterior. Pero nunca había atacado Francia, mientras que había atacado los Estados Unidos varias veces, matando a cientos de personas ahí y en el extranjero. El maldito consulado de los Estados Unidos estaba sólo a una milla de distancia —¿por qué *les americains* no estaban ahí ahora mismo, proporcionando inteligencia, equipos y recursos humanos para esta operación?

Les americains, dijeron entre dientes los hombres de la DCRI mientras monitoreaban la suite de la esquina de al lado. Todos estuvieron de acuerdo en que sin duda no eran lo que solían ser.

La puerta del ascensor se abrió en el tercer piso del Hôtel de Sers. A unos cien pies de distancia, oculto por la puerta entreabierta de la escalera y la luz tenue detrás de él, Jack Ryan hijo apuntó su Glock con silenciador hacia el movimiento.

Una mucama sola empujó un carrito lleno de toallas y tarros de basura fuera del ascensor de servicio y hacia el pasillo. No había nadie detrás de ella. Jack bajó la pistola antes de que ella pudiera verla, o verlo a él, y cuidadosamente cerró la puerta de la escalera hasta que sólo la punta de su zapato la mantuvo abierta.

Dejó escapar un inaudible suspiro de alivio. La mucama

había retrasado la llegada de los terroristas, pero sólo por un minuto. Estarían aquí muy pronto. Ella avanzó lentamente con su carro por el pasillo, completamente ajena a cualquier peligro.

Justo en ese momento, el sonido de alguien corriendo por las escaleras hacia arriba hizo que Ryan se volteara. Antes de que tuviera tiempo de hacer mucho más que registrar que estaba oyendo las pisadas de dos hombres, Chávez transmitió por la red.

—Venimos hacia ti, Ryan. Alto el fuego.

—Copiado.

Luego transmitió Clark.

—Ding, estoy en el ascensor principal. ETA sesenta segundos. ¿Pueden tú y Dom entrar al balcón de la 301 por la 401?

Chávez y Dom pasaron corriendo junto a Ryan a toda velocidad con sus rostros distorsionados e irreconocibles debido a las máscaras de goma. Chávez habló mientras subía:

—Me gusta la idea. Vamos a hacer una versión apurada del trabajo que habíamos planeado hacer al lado.

—Van a tener que hacerlo rápido —dijo Ryan.

Clark respondió:

—Ryan. Te necesito en el vestíbulo.

Jack no podía creer lo que estaba oyendo.

—¿Qué?

—Tienes que estar listo para ir a buscar la minivan y traerla hacia acá. Sam no tiene las llaves. Tú las tienes. No podemos quedarnos esperando cuando esto termine. Además, aún tenemos un enemigo en la calle. Si viene, quiero que estés listo para detenerlo.

Ryan empezó a protestar; tenía que susurrar porque la mucama estaba a tan sólo unos pies de distancia. Ella abrió la puerta a una habitación después de tocar la puerta y desapareció en su interior.

—John, tienes que estar bromeando. Tengo los ojos puestos en el pasillo, puedo cubrir...

—Ryan, ¡no voy a discutir contigo! ¡Anda al vestíbulo!

—Sí, señor —dijo Jack, giró lejos de la puerta y comenzó a bajar por las escaleras—. Maldita sea.

Ding Chávez adelantó un poco a Dominic mientras corrían hacia el pasillo del cuarto piso. Ambos hombres se quitaron las parkas para lluvia y las dejaron caer en la carrera, pusieron sus manos en sus metralletas y se descolgaron las cuerdas del cuello. Cuando llegaron a la puerta de la habitación 401, Chávez la abrió de un golpe con el hombro, rompiendo el cerrojo y enviando la puerta hacia adentro de un vuelo. Cayó al suelo y Caruso saltó sobre él con su HK apuntando hacia el movimiento en el cama.

Una pareja de mediana edad estaba comiendo su desayuno en la cama y viendo televisión.

—¿Qué demonios? —gritó el hombre con un marcado acento inglés.

La mujer gritó.

Caruso ignoró a la pareja; simplemente corrió hacia el balcón y abrió la puerta. Chávez estaba ahora con él; juntos, dejaron caer sus cuerdas a toda prisa, tomaron los mosquetones de metal atados a un extremo de ellas y luego los engancharon a la pesada baranda de fierro de la terraza.

En ese momento Clark transmitió en un susurro. Su voz sonaba agradable y feliz, y hablaba con acento británico.

—Me retrasé un poco subiendo, cariño. Estaré ahí en medio minuto. Siéntete con la libertad de empezar a desayunar sin mí.

Los hombres en el balcón sabían que estaban por su cuenta. Clark aún estaba en el ascensor. Obviamente, rodeado de civiles. No tenían tiempo para esperarlo.

Dom y Domingo treparon por encima de la baranda del cuarto piso, agarrando sus metralletas HK con una mano y sus cuerdas con la otra. Se voltearon hacia la habitación del hotel y se dieron cuenta de que la pareja inglesa había salido a tropezones por la puerta de entrada, sin duda aterrorizada por lo que acababa de presenciar.

Se miraron mutuamente un segundo y con un gesto de asentimiento de Chávez, él y Dom se inclinaron hacia atrás, lejos de la baranda del balcón. Cinco pisos más abajo estaba la Avenida Pierre 1er de Serbie; el tráfico pasaba sin cuidado. Los dos estadounidenses muy por encima del tráfico se impulsaron con las piernas. Pasaron poco más de un segundo en el aire antes de columpiarse hasta el balcón de abajo.

Directamente frente a ellos, detrás del resplandor de la luz del sol reflejada en las puertas del balcón ligeramente abiertas, pudieron ver a tres de los seis hombres de la DCRI en la habitación. Uno estaba justo al otro lado del vidrio, a seis pies de distancia de las narices de los norteamericanos, con una taza de café y un cigarrillo en la mano. Dos más estaban sentados detrás de una mesa en el centro de la habitación. Delante y a la izquierda de Chávez y Caruso estaban la cama y el baño, lejos de la terraza. Y detrás de la mesa con el equipo de vigilancia había un estrecho vestíbulo delante de la puerta.

De más está decir que los tres franceses reaccionaron con sorpresa al ver a los hombres armados rapeleando hasta su balcón. Más aún cuando los dos hombres soltaron sus cuerdas y se llevaron las cortas culatas de sus armas a los hombros.

Caruso y Chávez dieron un paso adelante a posición de disparo medio agachados. Chávez gritó:

— *Dégagez*! —¡Muévanse! justo cuando, directamente detrás de los franceses con los ojos abiertos, la puerta de la habitación se abrió de golpe detrás del hombro de uno de los asesinos del Medio Oriente.

15

John Clark se había visto obligado a empujar, literalmente, a dos hombres de negocios chinos para que salieran del ascensor en el segundo piso. Lo habían ignorado cuando les pidió que tomaran otra cabina, le habían gritado enojados cuando les exigió que salieran e incluso cuando recurrió a sacar la pistola ellos se habían limitado a mirarlo confundidos. Finalmente, los empujó y apretó el botón de cierre de puerta antes de continuar subiendo solo.

Ahora estaba llegando al tercer piso, con su pistola SIG desfundada y lista, con el silenciador puesto. Sabía que al Qahtani y sus hombres estarían en el pasillo en ese momento, si no estaban ya en la habitación 301, y también sabía que su propia llegada al piso se anunciaría por adelantado con la campanilla de llegada y el destello de luz encima de las puertas del ascensor.

No era exactamente una entrada encubierta dinámica.

Cuando se abrieron las puertas, se inclinó hacia fuera y hacia la derecha con su pistola a la altura de los ojos. Inmediatamente se tiró de vuelta al suelo del ascensor. Apenas había sacado la cabeza hacia el pasillo cuando el fuego automático de pistolas ametralladoras no silenciadas hizo pedazos su cabina del ascensor. Pegó su cuerpo al suelo y luego extendió la punta de su silenciador hacia arriba y pulsó el botón para mantener las puertas abiertas, bloqueando las puertas abiertas aquí en el radio de alcance de los enemigos.

Había visto a los hombres armados justo cuando abrían de una patada la puerta de la habitación 301. Llevaban pistolas ametralladoras Škorpion, un arma pequeña que disparaba balas calibre 32 a una velocidad de 850 disparos por minuto. Sólo un hombre estaba mirando en la dirección de Clark, pero ese enemigo había estado listo para disparar a cualquiera que saliera del ascensor. John había sentido la sobrepresión de los balazos supersónicos y no le habían dado en la cara por unas pulgadas, y ahora estaba arrinconado en el interior del ascensor.

Otra ráfaga de disparos atravesó la cabina de aluminio mientras él apretaba su rostro contra el piso frío, el ruido en el pasillo era como si estuvieran rasgando papel en un micrófono conectado al montón de amplificadores de una banda de heavy-metal.

. . .

Al Qahtani y sus hombres dispararon primero; Ding oyó el sonido de los disparos de las armas automáticas justo cuando ponía el dedo sobre el gatillo de su HK. Los franceses en la habitación del hotel reaccionaron con sorprendente rapidez. Los dos hombres en el escritorio se tiraron al suelo y el hombre de pie con el café y el cigarrillo giró lejos de los hombres armados en el balcón y se agachó al escuchar la puerta abrirse de un golpe y los disparos detrás de él. Ding tuvo en la mira a un enemigo armado en la puerta y disparó un tiro doble a través del vidrio de las puertas corredizas del balcón, dándole en el pecho al primer terrorista. El hombre giró 180 grados, su Škorpion salió volando de sus manos, recibiendo un latigazo de la correa alrededor de su cuello mientras caía sobre su espalda.

El vidrio de la puerta del balcón se hizo pedazos con los impactos. Dominic Caruso disparó un par de tiros dobles contra los enemigos a través de la habitación y luego pateó un fragmento de vidrio a la altura de la entrepierna fuera del marco de la puerta mientras entraba a través de ella. El segundo terrorista que entró por la puerta había fijado la mira de su pistola ametralladora en el primer agente de la DCRI, pero Dom lo liquidó con un doble tiro en la frente.

El cráneo del hombre explotó y la sangre empapó la pared de la entrada.

Entonces Dom y Ding entraron en la habitación; el tercer asesino se tiró al piso del pasillo usando los cuerpos caídos de sus dos compañeros muertos para cubrirse. Los franceses en la habitación se apresuraron a salir de la línea de fuego. Se tiraron al suelo al lado de la cama o se arrastraron hasta el baño. Ninguno de ellos comprendía claramente lo que estaba sucediendo, pero los dos hombres que habían rapeleado hasta el balcón habían dejado claro con sus gritos y acciones que estaban ahí para ayudar.

El tercer hombre armado en la puerta vació su Škorpion con una larga y descontrolada lluvia de disparos. Giró sobre su costado para recargarlo y sus compañeros en el pasillo lo cubrieron disparando indiscriminadamente hacia el interior de la habitación. Dom y Ding habían avanzado más adelante en la habitación para salir de la línea de fuego. Chávez guió a los seis franceses hacia el baño; uno de los hombres había sido herido en la mano. Con la puerta cerrada del baño, Caruso se echó al suelo delante de la cama y giró sobre su hombro derecho para obtener un estrecho campo de fuego sobre los enemigos. Disparó ráfagas cortas y controladas con su HK, hiriendo a uno de los hombres en el pasillo en ambas piernas, derribándolo en la entrada.

Dom entonces le disparó al hombre herido en la cara con su última bala.

—¡Recargando! —le gritó a Chávez.

Ding pasó por encima de él, se inclinó por la esquina hacia la entrada y disparó balas de 4,6 milímetros hacia la fuerza enemiga. Tres de sus balas le destrozaron la cara y el cuello al terrorista que estaba en el piso de la entrada, lanzando al hombre hacia atrás y haciendo que la sangre saltara por el aire como un aspersor.

Había un enemigo más, pero estaba en el pasillo. Chávez no podía dispararle a menos que el hombre asomara la cabeza por la puerta.

Dom había recargado su arma y cubrió la entrada, mientras Chávez se tomaba un momento para poner un nuevo cargador en la empuñadura de su arma. Mientras Chávez cargaba otra bala en su HK, habló en su auricular.

—Hay uno por ahí contigo, John.

—¿John?

John Clark no le respondió a Chávez, cuidando no hacer ruido mientras se asomaba por la puerta abierta de la cabina del ascensor. Miró por el pasillo hacia la fuente de todos los disparos. Aún en cuclillas, sostuvo su pistola SIG Sauer con los brazos extendidos a la altura de los ojos.

Aparte de dos cadáveres mitad adentro y mitad afuera de la habitación 301, el pasillo estaba vacío. *¿Dónde mierda se había metido el último hombre?*

La puerta de la suite que estaba inmediatamente a la derecha de Clark se abrió y un hombre asiático asomó la cabeza. Clark giró su arma hacia el movimiento, pero reconoció rápidamente que no era una amenaza. Retiró su mano izquierda de la pistola para hacerle un gesto al huésped para que volviera a entrar a su habitación y cerrara la puerta, y el hombre asiático estuvo muy feliz de cumplir con la solicitud.

Pero cuando John se volteó de nuevo hacia el pasillo delante de él vio movimiento y provenía de una puerta a la izquierda, en el lado opuesto y sólo un poco más cerca de la habitación de la DCRI. La puerta estaba abierta y una mujer de pelo rubio salió lentamente. El antebrazo de un hombre estaba enrollado con fuerza alrededor de su cuello.

Entonces ella salió completamente al pasillo y no estaba sola. Sosteniéndola por la espalda estaba Abdul bin Mohammed al Qahtani, el comandante de operaciones del Consejo Omeya Revolucionario. Llevaba una pistola ametralladora Škorpion negra en su mano derecha y presionaba la punta del cañón fuertemente debajo de la barbilla de la mujer.

La mujer tenía unos cincuenta y tantos años. Clark adivinó que podría ser sueca, pero no tenía manera de saberlo con certeza. Sollozaba y el rímel caía por sus mejillas mientras cerraba los ojos.

Entonces Clark salió totalmente al pasillo, manteniendo su arma apuntando al enemigo delante de él y sus ojos en su objetivo a través de su alza y punto de mira. Con calma habló en voz baja por el micrófono del auricular.

—Quédense en la habitación y prepárense para irse. Estaré ahí en un momento.

—Entendido —dijo Dominic.

Los ojos de la mujer rubia se abrieron, lágrimas negras

corrían por sus mejillas. Parpadeó para limpiar la humedad de sus ojos y vio al hombre armado en el pasillo, veinte pies más adelante. Sus ojos se agrandaron y su rostro enrojeció aún más.

Por su parte, al Qahtani se veía un poco más relajado que su rehén, pero no mucho.

—No te acerques o la mato —gritó en árabe.

Dio un paso hacia atrás, tirando a la rubia con él.

—Por supuesto—respondió Clark en árabe, sorprendiendo a al Qahtani al hablar en su lengua nativa—. Me quedaré atrás. ¿Qué quieres?

El árabe no contestó, se limitó a observar la figura de rostro distorsionado con asombro. ¿Quién era este hombre? ¿Cómo llegó hasta aquí? ¿Estaba él con los otros que acababan de matar a todos sus hombres y frustrado su operación?

—Te escucho —dijo Clark con calma—. Te estoy escuchando, amigo. Sólo dime tus demandas y por favor no le hagas daño a la mujer.

Mantuvo el arma apuntada hacia el comandante del COR mientras hablaba.

Al Qahtani se recuperó un poco al darse cuenta de que mantenía cierto control sobre la situación. Jaló a la rubia más hacia él con el antebrazo; con esta acción literalmente pegó los dos rostros juntos, mejilla con mejilla. Mantuvo la pistola ametralladora apretada debajo de la barbilla de la mujer. No sabía quién era este hombre, pero hablaba como si su principal preocupación fuera la seguridad de la mujer.

—¡Quiero que todos se retiren! ¡Fuera de mi camino! —gritó al Qahtani.

Comenzó a tirar a la rubia hacia atrás al ascensor de servicio y la fricción de la alfombra contra sus zapatos de taco alto se los arrancó de los pies.

—Quiero que todos los policías salgan del hotel y que despejen la escalera, y que traigan un auto hasta la entrada.

Clark asintió con la cabeza, pero mantuvo su arma firme.

—¡Por supuesto! Por supuesto. Eso no es problema. Simplemente no le hagas daño. No es necesario. Te voy a conseguir un auto. Pero, ¿a dónde te llevará el auto? ¿Necesitas un helicóptero o un avión? Podemos organizar que te lleven al aeropuerto o a la estación de trenes, o, si quieres, puede ir a...

John Clark apretó el suave gatillo de su SIG 220 y le disparó a Abdul bin Mohammed al Qahtani a través de la órbita del ojo derecho, cercenando el bulbo raquídeo del hombre y lanzándolo hacia atrás dentro del ascensor de servicio.

El cuerpo golpeó el piso de metal frío incluso antes de que la carcasa calibre 45 de Clark aterrizara en la alfombra del pasillo.

La pistola ametralladora Škorpion rebotó con un ruido metálico contra la pared y cayó a los pies de al Qahtani.

La mujer miró a Clark durante un largo rato antes de poner su mano en la pared a su lado. Dio un solo paso lento hacia adelante.

Clark bajó la pistola, se apresuró hacia ella y la tomó en sus brazos mientras se desmayaba. La tendió sobre la alfombra suavemente y luego dio media vuelta para correr hacia la habitación 301.

Durante toda la acción anterior, Jack Ryan había estado en el descanso de la escalera entre la planta baja y el primer piso. Debajo de él, podía ver una parte del vestíbulo, pero permaneció oculto de los empleados del hotel que estaban en el mostrador de la recepción.

Cuando empezó el tiroteo, la gente corrió junto a él hacia abajo desde los pisos de los huéspedes que estaban más arriba. Algunos gritaban, otros se mantenían en calma, pero todos iban bajando a empujones hacia el vestíbulo o incluso hasta la calle.

Ryan se quedó ahí en el descansillo, con las manos vacías.

Había estado escuchando las transmisiones de sus tres compañeros de equipo arriba de él y a partir de eso entendía lo que estaba pasando. Había calculado que habían eliminado a todos los enemigos. Asumió que Clark lo mandaría a buscar la minivan con su próxima transmisión.

Sin embargo, la siguiente transmisión no vino de Clark, síno de Driscoll.

—Sam a Ryan, ¿me copias?

—Te copio.

—Estoy en la minivan.

—Ok, voy a salir.

—Escucha. La furgoneta Mercedes negra se acaba de detener en la esquina. El conductor se dirige hacia el interior con mucho apuro.

Rápidamente, Jack se volteó hacia el vestíbulo. La escalera ahora estaba despejada, no había más rezagados bajando, pasando por su lado. Retrocedió por las escaleras hacia arriba hasta el primer piso y luego fijó la mirada en el descanso de donde había venido. Sacó su Glock y la protegió entre su cadera derecha y la pared.

La voz de Clark se escuchó en la red.

—Jack, ese objetivo es tuyo.

—Entendido.

Se preparó para que el hombre apareciera en la escalera, pero entonces un pensamiento entró en su sobrexcitado cerebro. ¿Qué pasa si el tipo corría directamente hacia el ascensor de huéspedes en el vestíbulo? ¿O en el área de empleados, donde podría tomar el ascensor de servicio? *Mierda.* Jack lo perdería y el enemigo atacaría a su equipo arriba y los cogería desprevenidos.

Jack empezó a correr escaleras abajo; tenía que tener los ojos en el vestíbulo para poder determinar dónde estaba el...

Un hombre grande con barba apareció desde el vestíbulo, corriendo rápido escalera arriba y se estrelló contra Ryan. Los dos hombres perdieron el equilibrio y cayeron. Al caer, Jack sintió que sus costillas rozaban la empuñadura de una pistola en la mano del hombre barbudo, al mismo tiempo que su propia pistola se le escapaba de la punta de los dedos.

Juntos, los dos hombres rodaron hasta el vestíbulo.

Ryan reconoció al otro hombre como el conductor de la furgoneta Mercedes de al Qahtani. El terrorista acabó de rodar encima de Jack y se inclinó hacia atrás para golpear al americano en la cara, pero Ryan empujó la palma de su mano fuertemente contra el mentón del hombre barbudo y luego lo echó hacia un lado, sacándoselo de encima y tirándolo al suelo de mármol.

Ryan trató de alcanzar su pistola, podía ver dónde se había deslizado después de golpear el piso del vestíbulo, pero el conductor de al Qahtani se puso rápidamente de rodillas y luego lo atacó desde una posición de tres puntos. Ryan no tenía cómo escapar del ataque, por lo que se dejó caer hacia atrás, extendió las manos y agarró al hombre por la chaqueta y le dio un vuelco que lo llevó de regreso al suelo.

El enorme hombre se estrelló contra el suelo, pero rodó para ponerse de rodillas rápidamente, luego se dio vuelta y atacó a Ryan de nuevo. Esta vez, Jack se puso de pie, esquivó el ataque y golpeó la cabeza del conductor con la palma de su mano derecha mientras éste se tropezaba por delante de él.

El terrorista del COR cayó al suelo, aturdido por el golpe en el cráneo.

Jack ahora tenía la ventaja y saltó sobre el hombre, lo agarró por el pelo y golpeó su cabeza violentamente contra el suelo de baldosas de mármol, una, dos y hasta tres veces, cuando ya no hubo resistencia de los músculos del cuello del terrorista y su cráneo se rompió de forma audible, haciendo eco en el vestíbulo vacío.

Ryan dudó por un momento, trató de recobrar el aliento y luego lo soltó. Todavía al borde de la hiperventilación, salió de encima del terrorista muerto y agarró su pistola del suelo. La enfundó y luego revisó su auricular. Milagrosamente seguía en su sitio en la oreja.

—Aquí Ryan. Enemigo caído.

—Copiado. ¿Estás bien?

Era Clark.

Ryan asintió para sí mismo, contuvo la respiración por un segundo para recuperar el aliento y luego dijo:

—Voy a traer la minivan. Dos minutos.

Ryan cruzó el ancho suelo, en dirección a la salida, pero se encontró con la policía uniformada entrando por las puertas con pistolas en sus manos. Jack se hizo a un lado, levantó las manos y luego, fingiendo pánico, se puso en cuclillas como si fuera un turista aterrorizado. Afuera en la calle, junto a la furgoneta Mercedes negra, vio varios autos de policía. Los vehículos estaban vacíos; sus ocupantes acababan de pasar junto a él en su camino hacia las escaleras. Después de que la policía pasó corriendo a través del vestíbulo, Ryan se apresuró hacia la puerta y habló por su auricular.

—Muchachos, escuchen. Ocho policías van subiendo por la escalera principal. Van a tener que encontrar otra salida.

—Está bien.

Era la voz de Clark.

—Estoy con Ding y Dom. Vamos a idear algo. Estate preparado para recogernos.

16

Noventa segundos más tarde, Domingo Chávez disparó ráfagas de su Heckler & Koch MP7 a través de las bisagras de una puerta metálica cerrada en la azotea del hotel. Los tres hombres salieron a un cielo brillante, en tanto a su alrededor los sonidos de las sirenas hacían eco en los edificios. Se encontraron en un techo plano, pero para poder alejarse de la entrada al hotel se vieron obligados a dirigirse al noroeste, cruzando dos grandes edificios de apartamentos de estilo moderno. Los techos de los edificios colindantes eran empinados, con mampostería de ladrillo vitrificado. Los techos eran todos de diferentes alturas y pendientes, con sólo unos pocos pasillos estrechos. El edificio de al lado era un piso entero más alto que aquel en el que ellos estaban, por lo que se vieron obligados a subir los estrechos escalones de mampostería para comenzar su escape de la policía.

Y la policía estaba cerca. Chávez lideró el camino y le dijo a Dom y John que se pusieran sus pasamontañas negros. Ya no tenía sentido siquiera mantener las máscaras de distorsión facial, por lo que al menos tratarían de ocultar el color de su piel.

Mientras corrían, escalaban y se deslizaban cinco y seis pisos por encima de las calles de París, oyeron gritos en el techo detrás de ellos en el Hôtel de Sers. Por el tono de los gritos, supieron que habían sido descubiertos.

Clark llamó por encima del hombro a Caruso:

—Lanza humo para cubrirnos.

Dom metió la mano en el bolso de mensajero que traía en la espalda, sacó una granada de humo y tiró de la clavija. Empezó a arrojar humo de color rojo brillante desde un extremo y Dom la puso junto al lado vertical de vidrio de un techo de diente de sierra. Siguió corriendo. La nube de humo se hizo más grande con la brisa en el techo y obstruyó la retirada de los americanos.

Después de deslizarse sobre sus espaldas por el empinado costado del techo de una mansarda que terminaba en un tabique de separación con el edificio de al lado, pasaron por encima de la baja pared y se encontraron mirando cinco pisos hacia abajo a un hermoso jardín rodeado por un edificio *art nouveau* de piedra lleno de oficinas de lujo. Las caras en las ventanas de las oficinas se quedaron mirando a los hombres armados en pasamontañas. Algunos dieron media vuelta rápidamente y salieron corriendo, mientras que otros sólo miraban, con los ojos muy abiertos, como si estuvieran viendo un drama policial en la televisión.

Chávez, Clark y Caruso continuaron hacia el noroeste. A los treinta segundos comenzaron a escuchar el ruido sordo constante de un helicóptero. No se molestaron en parar y mirar dónde estaba. Ya sea que se tratara de un helicóptero policial o el de una estación de televisión de tráfico, no importaba. Tenían que bajar del techo.

Finalmente se deslizaron hasta el final de la parte plana del techo de dos aguas de una mansarda. Más allá de eso, se encontraron mirando hacia abajo, cinco pisos hacia abajo, a la Rue Quentin Bauchart, una calle de dos vías que indicaba el final de la cuadra. No había manera obvia de bajar, no había un desagüe bien anclado ni una manera fácil de bajar el ornamento arquitectónico de la fachada. Sólo un gran ventanal diez pies más abajo que sobresalía del techo abruptamente anguloso.

Estaban atrapados. Los gritos que venían de atrás crecieron en volumen.

Los tres hombres se arrodillaron en el borde del techo. El chillido de las sirenas en la Avenida George V era irreal. Debía de haber cincuenta vehículos de emergencia en el área ahora. No parecía haber presencia policial directamente debajo de ellos en la calle, pero de todos modos, como la Rue Quentin Bauchart no era realmente la parte trasera del hotel en sí, los norteamericanos habían logrado llegar a esta posición abriéndose camino por tabiques entre los edificios y a través de pequeñas paredes de acceso que conectaban los edificios de la cuadra. Aún así, con tantos vehículos y hombres sin duda no le tomaría mucho más tiempo a la policía francesa diversificarse a nivel del suelo y una vez que eso sucediera, esta calle estaría bloqueada por las autoridades.

—¿Qué hay debajo de nosotros, Ding? —preguntó John, ya que Chávez tenía la mejor vista sobre el borde.

—Parece residencial. Podría haber civiles bajo el techo, no hay manera de saberlo.

Caruso y Clark sabían lo que eso quería decir. Tenían pequeños explosivos en el bolso de Dom. Podían hacer un agujero en el techo, bajar al edificio y luego utilizar las escaleras para salir. Pero no volarían el techo sin saber a ciencia cierta que no había un apartamento ocupado, una guardería o una residencia de ancianos directamente debajo de ellos. Y sólo había una manera de averiguarlo.

Dom se puso de pie rápidamente.

—Yo voy. John, retrocede y ponte detrás de esa chimenea.

Caruso se sacó el HK de alrededor del cuello y desabrochó la correa de nylon sujeta a él. Se tomó un momento para estirar la correa en toda su longitud y se enrolló un extremo en la mano derecha varias veces, luego le dio el otro extremo a Ding. Chávez se sujetó firmemente y luego agarró la baranda de hierro con la otra mano. Clark se movió hacia atrás y cuando Ding se arrodilló en el borde del techo, Dom Caruso trepó por el costado del edificio, se deslizó por el inclinado techo, con sus zapatos rayando la mampostería mientras Chávez lo bajaba. Consiguió bajar lo suficiente como para llegar al ventanal. Mientras colgaba de su correa, los hombres en el techo oyeron el vidrio de la ventana romperse en tanto Caruso utilizaba su rifle para quebrar el panel. Ding estaba luchando con la correa, que se le enterraba en la mano, la muñeca y el antebrazo, pero se mantuvo firme. Después de escuchar el vidrio romperse a golpes un par de veces, sintió que la correa se movió fuertemente hacia la izquierda. Y luego, de repente, no hubo más peso en la correa.

Caruso estaba en el apartamento debajo de ellos. Era un avance, pero en realidad eso no ayudaba demasiado a Clark o a Chávez. Caruso no se había tomado el tiempo para explicarles lo que estaba haciendo y esto confundió a los dos hombres en el techo por un momento. Pero a los diez segundos de su desaparición del costado del edificio, los agentes del Campus en el techo oyeron a Dom en sus auriculares.

—Bueno, estoy en el ático. Está vacío. Voy a usar estas cargas para hacerles un agujero. Ding, retrocede hasta donde está John y ambos mantengan sus cabezas bajas.

Clark asintió agradecido, incluso mientras miraba por encima de su hombro. Oyó voces en el techo; la policía se había abierto camino a través del humo y se estaban acercando rápidamente, probablemente siguiendo el camino de mampostería y tejas rotas. Todavía estaban en el edificio *art nouveau* de al lado, pero estarían ahí en un minuto.

Segundos más tarde una fuerte explosión lanzó humo, material de techo y madera por los aires al otro lado de la chimenea de ladrillo. Mientras los últimos pedazos de escombros caían, Clark y Chávez corrieron por el techo hacia la apertura recién hecha y miraron hacia adentro. Tan pronto como el humo se disipó, vieron a Caruso empujando una cómoda a través del piso de madera del ático debajo de ellos. Cuando la tuvo debajo del agujero, Clark ayudó a Domingo a bajar hasta la parte superior de la misma. Chávez se volteó rápidamente para ayudar a su compañero a bajar.

El estallido de una pistola a unos cincuenta pies detrás de Clark hizo que Chávez se agachara instintivamente, mientras tomaba el brazo de Clark. Sintió una sacudida a través del cuerpo del otro hombre y John Clark dio un giro y luego cayó dentro del agujero en el techo. Chávez y Clark cayeron de la cómoda sobre Dominic Caruso.

—Mierda! —gritó Chávez—. ¿Te dieron, John?

Clark ya estaba luchando por ponerse de pie. Hizo una mueca de dolor y levantó un brazo para mostrar que su sucia chaqueta deportiva estaba cubierta de sangre.

—No es nada grave. Estoy bien —dijo, pero Caruso y Chávez tenían suficiente experiencia en armas de fuego como para reconocer que Clark no estaba en condiciones de saber qué tan gravemente había sido herido.

A pesar de esto, Caruso tuvo la claridad mental para preocuparse por la policía que estaba encima de ellos en el techo. Rápidamente metió la mano en su mochila y sacó una granada lumínica, le quitó el seguro y la lanzó hacia fuera en dirección a los hombres que se acercaban. Pensó que era probable que los agentes de la policía francesa no reconocieran el dispositivo, por lo menos no de inmediato, y tuvieran que contemplar la posibilidad de que estaban siendo atacados por los hombres armados que huían.

Los estadounidenses necesitaban ganar unos segundos para hacerse camino escaleras abajo y la granada hizo exactamente eso. El artefacto explotó junto a la chimenea con un estallido ensordecedor.

Clark lideró el camino para salir del ático, hacia abajo por un tramo de escaleras y luego por una escalera de caracol que llegaba a la planta baja.

Chávez habló brevemente por el micrófono:

—Jack, estamos saliendo, planta baja de un edificio de apartamentos, a unas cien yardas al noroeste del Hôtel de Sers. Treinta segundos.

—Entendido. Allí estaré. Sirenas acercándose desde la Avenida Marceau detrás de mí y George V está que arde.

—Lo que sea —dijo Chávez mientras él y sus dos colegas corrían escalera abajo.

Ese era un problema para dentro de sesenta segundos, no podía preocuparse por eso en ese momento.

Los tres americanos salieron volando por la puerta del apartamento hacia la calle. Jack y Sam estaban ahí en la Galaxy burdeos con la puerta lateral abierta. Los tres cayeron en el interior del vehículo al mismo tiempo que las primeras patrullas de la policía doblaban patinando la esquina hacia la calle detrás de ellos. Driscoll ayudó a Clark a sentarse en un asiento y de inmediato comenzó a evaluar la herida en su brazo ensangrentado.

A pesar de que la policía estaba cincuenta yardas más atrás, Ryan no aceleró a toda velocidad; tuvo la claridad mental para conducir normalmente mientras se dirigía hacia la Avenida George V. Pasaron junto a una escuela de idiomas y un restaurante donde los camareros estaban recién poniendo las mesas en la acera para el servicio de almuerzo. Varios hombres y mujeres en la acera observaron su auto al pasar; tal vez habían salido al exterior a investigar el origen de las sirenas y luego habían escuchado o visto el alboroto en el techo y después a los hombres saliendo del apartamento. Pero hasta ahora, nadie en la calle había dado la voz de alarma.

Jack sabía que no podía conducir por la Avenida George V frente a él; estaba plagada de policías y probablemente ya habían establecido una barricada. En vez, condujo lentamente hacia ella, vio por el espejo retrovisor hasta que las patrullas de policía detrás de él comenzaron a parar en la calle en frente del apartamento y sólo cuando no pudo esperar más, giró el volante a la izquierda y dobló hacia el tráfico de un solo sentido que venía por la Rue Magellan.

Seguro de que al menos algunas de las patrullas de policía estacionadas lo habían visto, aceleró y se inclinó hacia el parabrisas para poder ver el máximo posible de la calle frente a él. Los autos en la calle se lanzaban hacia él; zigzagueó a la izquierda y luego a la derecha para esquivar el tráfico. En cuestión de segundos dobló a la derecha en la Rue de Bassano y se encontró a sí mismo viajando en la dirección equivocada por una segunda calle, pero siguió su camino, cada vez más rápido. Una reacción de último segundo para evitar un taxi envió a Ryan y el resto del equipo sobre la estrecha acera; rasparon un par de autos estacionados, mientras esquivaban a los transeúntes que saltaban hacia las puertas de entrada de los edificios o hacia la calle para evadir la abollada camioneta. En una intersección Ryan esquivó a un grupo de empleados parados delante de su restaurante ruso y se metió de nuevo a la calle, chocando con un grupo de bicicletas de alquiler ordenadas en una línea perfecta y pasando una tienda insignia de Louis Vuitton mientras salía de la calle para meterse a los amplios Campos Elíseos.

Por primera vez en un minuto y medio, se encontró conduciendo en la misma dirección del tráfico. También por primera vez en varios minutos, los hombres no oyeron el sonido estridente de las sirenas de la policía detrás de ellos.

Jack intentó limpiarse el sudor de la frente, pero su máscara de goma se lo impidió. Su oscuro cabello estaba empapado de sudor, así que lo peinó hacia atrás para apartarlo de su rostro.

—¿Y ahora a dónde? —Ryan le preguntó a los hombres detrás de él.

La voz de Clark era áspera, transmitiendo al resto del vehículo el dolor que el ex Navy SEAL sentía en este momento, pero seguía siendo fuerte.

—Casa de seguridad —dijo—. Vamos a necesitar un nuevo vehículo. No podemos entrar al aeropuerto en el auto más buscado de Francia.

—Entendido —dijo Ryan, y pulsó un botón en el GPS que lo llevaría a la casa de seguridad—. ¿Cómo te sientes?

—Estoy bien —dijo Clark.

Pero Sam Driscoll había estado revisando a Clark y aplicó presión a la herida mientras se inclinaba hacia el asiento delantero.

—Conduce tan rápido como puedas.

Adara Sherman estaba en el interior de la puerta del Gulfstream con una ametralladora HK UMP calibre 45 en una mano detrás de su espalda. Vio un sedán de cuatro puertas detenerse en la pista, a los cinco hombres salir y acercarse. Cuatro de ellos llevaban mochilas, pero John Clark llevaba su brazo en un improvisado cabestrillo debajo de su chaqueta deportiva azul. Incluso desde la distancia podía ver que su rostro estaba pálido.

Rápidamente exploró con los ojos la zona del aeropuerto, determinó que no había moros en la costa y luego se apresuró a regresar dentro de la aeronave para agarrar suministros médicos.

A bordo, vendó a Clark rápidamente, sabiendo que un funcionario de aduanas estaría en camino para despedirlos. Mientras lo ayudaba a ponerse una chaqueta limpia, los otros hombres se cambiaron a trajes limpios y corbatas que habían estado listas para ellos en el armario del Gulfstream, pero sólo después de esconder su ropa y equipo en el compartimiento secreto debajo de un panel de inspección en el suelo.

A los pocos minutos una agente de aduanas subió a bordo. Abrió dos de los maletines de los empresarios y miró en su interior, y luego le preguntó el caballero con barba si no le importaría abrir su maleta. Así lo hizo, pero ella no miró más allá de los calcetines y la ropa deportiva. El caballero mayor recostado en el sofá en la parte trasera no se sentía bien, así que no lo molestó más que para ver que su rostro coincidía con el pasaporte que le había entregado uno de sus empleados más jóvenes.

La funcionaria de aduanas finalmente revisó la documentación de la piloto, dio las gracias a todo el mundo y fue acompañada a la puerta por la asistente de vuelo. La puerta se cerró detrás de ella y en cuestión de segundos el avión avanzaba fuera del cubo amarillo de aduanas en la rampa.

La capitana Reid y el primer oficial Hicks tuvieron las ruedas en el aire en cinco minutos. Mientras aún seguían en la escalada de despegue fuera del espacio aéreo de París, Sherman había detenido la hemorragia en el brazo de Clark. Antes de que el avión alcanzara los tres mil pies, le había puesto una vía intravenosa en la parte superior de la mano y un antibiótico por goteo se movía lentamente dentro de su torrente sanguíneo para evitar cualquier infección.

Tan pronto como Country apagó la luz de cinturón de seguridad en la cabina, Chávez se apresuró a ver a su amigo.

—¿Cómo está? —preguntó Chávez, con un tono de preocupación en su voz.

Sherman ahora estaba echándole antiséptico en la herida, examinando los orificios mientras el líquido claro limpiaba la sangre.

—Ha perdido una buena cantidad de sangre, tiene que permanecer acostado durante el vuelo, pero la bala lo atravesó y está moviendo bien su mano.

Miró a su paciente.

—Va a estar bien, Sr. Clark.

John Clark le sonrió. Con una voz débil, dijo:

—Tenía el presentimiento de que Gerry no la había contratado para repartir maní.

Sherman se echó a reír.

—Fui miembro del cuerpo médico de la Armada nueve años.

—Ese es un trabajo duro. ¿La desplegaron con la Infantería de Marina?

—Cuatro años en Medio Oriente. Vi un montón de heridas peores que la suya.

—Apuesto a que sí —dijo John con un gesto de comprensión.

Caruso se había dirigido a la cocina. Regresó y se paró junto a todos los que estaban de rodillas junto a Clark. En su mano sostenía un vaso de cristal de Johnnie Walker Etiqueta Negra. Se dirigió a Sherman.

—¿Qué le parece, doctora? ¿Puedo darle una dosis de esto?

Ella miró a Clark y asintió.

—En mi opinión profesional, el Sr. C. parece necesitar un trago.

El Gulfstream voló sobre el Canal de la Mancha, saliendo del espacio aéreo francés justo después de las once de la mañana a una altitud de crucero de treinta y seis mil pies de altura.

17

A pesar de representar cada segundo de sus sesenta y nueve años, Nigel Embling no era ningún pelele. Con seis pies, cuatro pulgadas de altura y doscientos cincuenta libras de peso, mantenía una considerable fuerza física para hacerle juego a su fértil cerebro. Sin embargo, al segundo de abrir los ojos reconoció que estaba en apuros y levantó las manos para indicar que no pondría ninguna resistencia.

Se había despertado con armas apuntándole a la cara, luces de linternas en los ojos y gritos en los oídos. Aunque estaba sorprendido y preocupado, no entró en pánico. Como residente de Peshawar, Pakistán, sabía bien que vivía en una ciudad plagada de delincuencia, terrorismo y bandidaje por parte del gobierno y la policía, por lo que incluso antes de que las telarañas del sueño salieran completamente de su mente ya estaba pensando con cuál de esos tres estaba despertando esta mañana.

Le arrojaron ropas y con dificultad se sacó su camisa de dormir y se puso el conjunto ofrecido por los hombres armados. Luego lo empujaron escaleras abajo y hacia la puerta principal.

Mahmood, el joven criado huérfano de Embling, se arrodilló en el suelo con la cara contra la pared. Había cometido el error de embestir a uno de los hombres armados que habían entrado a patadas por la puerta de entrada. Por su valentía Mahmood recibió una patada en la barbilla y la culata de un rifle en la espalda. Entonces se le ordenó ponerse de rodillas y de cara a la pared, mientras iban a buscar a Embling a su dormitorio y le permitían vestirse. Embling les gritó a los jóvenes armados en urdu mezclado con un fingido acento holandés, reprendiéndolos como si fueran niños por cómo habían tratado al muchacho. En el siguiente respiro, con palabras tranquilizadoras, le dijo a Mahmood que corriera donde un vecino para que le revisaran los moretones y rasguños, y le prometió al aterrorizado niño que no había nada para alarmarse y que volvería enseguida.

Una vez afuera en la calle oscura, tuvo una mejor idea de lo que estaba pasando. Dos camionetas SUV negras de la misma marca y modelo comúnmente usado por los agentes de la Dirección de Inteligencia Inter-Servicios de Pakistán estaban estacionadas en la acera y otros cuatro hombres vestidos de civil estaban parados en la calle con grandes rifles

HK G3, un arma militar estándar de la Fuerza de Defensa de Pakistán.

Sí, Embling ahora estaba seguro, estaba siendo recogido por la ISI[18], la agencia nacional de espionaje. No era una buena noticia desde ningún punto de vista. Sabía lo suficiente acerca de su modus operandi como para reconocer que despertar de madrugada a punta de pistola probablemente significaba que lo que seguía era una celda subterránea y un poco de brutalidad, por lo bajo. Pero ser recogido por la organización de inteligencia del Ejército era mucho mejor que haber sido secuestrado por Tehrik-i-Taliban, la red Haqqani, Al Qaeda, el COR, Lashkar-e-Omar, los talibanes de Quetta Shura, el Nadeem Commando, o cualquiera de los grupos terroristas que andaban dando vueltas armados y enojados en estas peligrosas calles de Peshawar.

Nigel Embling era ex miembro de la inteligencia exterior británica y sabía cómo hablar con otros oficiales de inteligencia. El hecho de que podría verse obligado a hacerlo mientras le rompían los nudillos o le sumergían la cabeza en un balde de agua fría difícilmente le apetecía, pero sabía que eso era preferible a hacer frente a una sala llena de yihadistas que acabarían rápida y desordenadamente por cortarle la cabeza con una espada mal afilada.

Los hombres armados vestidos de civil a ambos lados de Embling en el asiento trasero de la camioneta no dijeron nada

---

18   Por sus siglas en inglés (Inter-Services Intelligence).

mientras conducían por las calles desiertas de la ciudad. Embling no se molestó en preguntarles nada. Sabía que tendría su única oportunidad de obtener respuestas cuando llegara a dondequiera que se dirigía. Estos hombres eran simplemente el equipo encargado de recogerlo. Estos hombres habían sido provistos de un nombre, una foto y una dirección, y luego habían sido enviados en esta misión, como si hubieran sido enviados al mercado de la esquina a comprar té y pasteles. Estaban aquí por su capacidad para apretar gatillos y patear culos... no habían sido enviados con las respuestas para ninguna de las preguntas de Embling.

Por lo tanto, se mantuvo callado y concentrado en la ruta.

La sede principal de la ISI en Peshawar está justo al lado de Khyber Road en los suburbios del oeste de Peshawar, lo que habría requerido que la camioneta girara a la izquierda hacia Grand Trunk, pero en vez continuaron hacia los suburbios del norte. Embling se imaginó que lo estaban llevando a uno de las Dios-sabe-cuantas sedes ubicadas en las afueras. La ISI tenía una serie de casas de seguridad, simples apartamentos residenciales y oficinas comerciales, por toda la ciudad, para causar más daño no oficial de lo que podían durante una visita oficial a la sede. Las sospechas del expatriando británico fueron confirmadas cuando se detuvieron delante de un edificio de oficinas en penumbra y dos hombres con radios en sus chalecos y metralletas Uzi colgando de sus hombros salieron de detrás de la puerta de vidrio para recibir a los vehículos.

Sin decir una palabra, unos seis hombres escoltaron a Nigel Embling por el pavimento, a través de la puerta y luego por una estrecha escalera hacia arriba. Fue llevado en una habitación oscura —él esperaba que fuera una fría e inhóspita celda de interrogación, pero cuando alguien encendió la luz fluorescente, vio que era una pequeña oficina bien utilizada, con un escritorio y sillas, una computadora de escritorio, un teléfono y una pared llena de banderas y emblemas militares paquistaníes, e incluso fotografías enmarcadas de jugadores de cricket del equipo nacional de Pakistán.

Los hombres armados sentaron a Embling en la silla, le soltaron las esposas y luego salieron de la habitación.

Embling miró a su alrededor, sorprendido de que lo dejaran solo en esta pequeña, pero cómoda oficina. Segundos después, un hombre entró por atrás de Embling, caminó alrededor de su silla y se sentó detrás del escritorio. Llevaba el uniforme marrón del ejército paquistaní, pero su sweater verde cubría cualquier insignia que podría haber revelado alguna información respecto a él. Todo lo que Embling podía distinguir era que el hombre tenía unos treinta y tantos años, una barba corta y bigote, y una tez rubicunda. Llevaba estrechas gafas sin marco sostenidas en la mitad de su nariz angular.

—Mi nombre es Mohammed al Darkur. Soy mayor en la Dirección de Inteligencia de Inter-Servicios.

Nigel abrió la boca para preguntarle al mayor por qué había sido sacado de su cama y conducido a través de la ciudad para esta presentación, pero al Darkur volvió a hablar.

—Y usted, Nigel Embling. *Usted* es un espía británico.

Nigel se echó a reír.

—Felicitaciones por ir directamente al grano, incluso si su información es incorrecta. Yo soy holandés. Es cierto, mi madre era de Escocia, que técnicamente es parte del Imperio Británico, aunque su familia prefería pensar que eran...

—Su madre era de Inglaterra, de Sussex —interrumpió al Darkur—. Su nombre era Sally y murió en 1988. El nombre de su padre era Harold y era de Londres, y su muerte precedió a la de su madre por nueve años.

Las pobladas cejas de Embling se elevaron, pero no habló.

—No sirve de nada que mienta. Sabemos todo sobre usted. En diferentes oportunidades en el pasado lo hemos tenido bajo vigilancia y estamos muy conscientes de su relación con el Servicio Secreto Británico.

Embling se compuso y se echó a reír otra vez.

—Realmente está haciendo todo mal, mayor al Darkur. Por supuesto que no le diré cómo hacer su trabajo, pero esto no tiene mucho de interrogatorio. Creo que usted necesita tomar lecciones de algunos de sus colegas. He estado sentado en algunas mazmorras de la ISI en el tiempo que he estado aquí como invitado de su encantadora nación; apostaría a que he sido considerado sospechoso de esto o aquello por su organización desde que usted estaba en pañales. Así es como se hace. Primero, debiera comenzar con alguna privación, tal vez...

—¿Le parece esta una mazmorra de la ISI? —preguntó al Darkur.

Embling miró otra vez a su alrededor.

—No. De hecho, es posible que sus jefes quieran enviarlo a un entrenamiento de refuerzo; ni siquiera logra el entorno tenebroso. ¿No tiene la ISI decoradores que lo puedan ayudar a crear ese perfecto, claustrofóbico look de «horror moderno»?

—Sr. Embling, este no es un cuarto de interrogación. Esta es mi oficina.

Nigel miró al hombre durante varios segundos. Meneó la cabeza lentamente.

—Entonces realmente no tiene la más mínima idea de cómo hacer su trabajo, ¿no, mayor al Darkur?

El mayor pakistaní sonrió, indulgente de los insultos del hombre mayor.

—Usted fue recogido esta mañana debido a que otra dirección de la ISI ha pedido que usted, y otros expatriados sospechosos como usted, sean recogidos para ser interrogados. Después del interrogatorio, tengo la orden de iniciar el proceso para que sea expulsado del país.

Guau, pensó Embling. *¿Qué diablos está pasando?*

—¿No sólo yo? ¿Todos los expatriados?

—Muchos. No todos, pero muchos de ellos.

—¿Por qué motivos se nos está echando?

—Sin fundamento alguno. Bueno... supongo que tengo que inventar algo.

Embling no respondió. Aún estaba atónito con esta información y más aún por la manera franca en que este hombre la estaba entregando.

Al Darkur continuó:

—Hay elementos en mi organización, y en el Ejército como un todo, que han promulgado una orden secreta de inteligencia militar que sólo debe ser utilizada en momentos de gran conflicto interno o guerra, con el fin de disminuir el riesgo de espías extranjeros o agentes provocadores en nuestro país. Aquí siempre estamos en tiempos de alto conflicto interno, eso no es nada nuevo. Y no estamos en guerra. Por lo tanto, sus fundamentos legales son deficientes. Sin embargo, ellos se están saliendo con la suya. Nuestro gobierno civil no tiene conocimiento del alcance o la atención que se le ha dado a esta operación, y eso me da que pensar.

Al Darkur dudó por un largo momento. Dos veces empezó a hablar, pero se detuvo. Finalmente dijo:

—Este nuevo decreto, y otras cosas que han estado ocurriendo en mi organización en los últimos meses, me han dado motivos para sospechar que algunos de mis colegas de alto rango están planeando un golpe de estado contra nuestro liderazgo civil.

Embling no tenía idea de por qué este oficial militar, un desconocido, le estaba diciendo todo esto. Sobre todo si él realmente creía que era un espía británico.

—Yo mismo seleccioné su caso, Sr. Embling, me aseguré de que mis hombres lo recogieran y lo trajeran hasta mí.

—¿Y para qué diablos?

—Porque me gustaría ofrecerle mis servicios a su nación. Es un momento difícil en mi país. Y hay fuerzas en mi organización que lo están haciendo más difícil. Creo que el Reino Unido puede ayudar a aquellos de nosotros que...

digamos, no quieren el tipo de cambio que muchos en la ISI están buscando.

Embling miró al hombre al otro lado de la mesa por un largo rato. Luego dijo:

—Si esto es legítimo, entonces debo preguntar. De todos los lugares posibles, ¿por qué estamos haciendo esto aquí?

Al Darkur sonrió con una apuesta sonrisa. Habló en una atractiva cadencia.

—Señor Embling. Mi oficina es el único lugar en este país donde puedo estar absolutamente seguro de que nadie está escuchando nuestra conversación. No es que esta sala no tenga micrófonos ocultos, por supuesto que los tiene. Sin embargo, son para mi beneficio y yo puedo controlar la función de borrado de la grabadora.

Embling sonrió. Nada le gustaba más que el pragmatismo inteligente.

—¿Para qué división trabaja?

—JIB[19].

—Lo siento, no reconozco la sigla.

—Claro que sí, Sr. Embling. Le puedo mostrar mi expediente en sus asociaciones con otros miembros de la ISI en el pasado.

El británico se encogió de hombros. Decidió abandonar la pretensión de ignorancia.

—Oficina de Inteligencia Conjunta —dijo—. Muy bien.

---

19 Por sus siglas en inglés (Joint Intelligence Bureau).

—Mis obligaciones me llevan a las ATAF.

Las Áreas Tribales bajo Administración Federal, una especie de tierra de nadie de territorios a lo largo de la frontera con Afganistán e Irán, donde los talibanes y otras organizaciones proveían de la única verdadera ley.

—Yo trabajo con la mayor parte de las milicias patrocinadas por el gobierno allí. Los Rifles de Khyber. Los Scouts de Chitral, la Milicia de Kurram.

—Ya veo. ¿Y el departamento que está trabajando para que yo sea expulsado del país?

—La orden ha llegado a través de los canales normales, pero yo creo que esta acción fue iniciada por el general Riaz Rehan, el jefe de la División de Misceláneos de Inteligencia Conjunta. La JIM[20] es responsable de las operaciones de espionaje extranjero.

Embling sabía de lo que la JIM era responsable, pero dejó que al Darkur se lo dijera. El fértil cerebro del inglés no paraba de pensar en las posibilidades de este encuentro. No quería admitir nada, pero sin duda quería más información de inteligencia sobre la situación.

—Mayor. Estoy algo confundido. Yo no soy un agente inglés, pero si *fuera* un agente inglés, dudosamente querría meterme en medio de la desagradable lucha interna que sucede, como cuestión de rutina, en la comunidad de inteligencia paquistaní. Si usted tiene alguna disputa con la División

---

20   Por sus siglas en inglés (Joint Intelligence Miscellaneaous).

de Misceláneos de Inteligencia Conjunta, ese es su problema, no de Gran Bretaña.

—*Es* su problema, porque su país ha elegido bando y ha elegido mal. Misceláneos de Inteligencia Conjunta, la dirección de Rehan, ha recibido gran apoyo por parte del Reino Unido, así como también de los americanos. Ellos han encantado y engañado a sus políticos y se lo puedo demostrar. Si usted me puede proporcionar un canal de acceso extraoficial a su liderazgo, entonces expondré mi caso y su agencia aprenderá una valiosa lección acerca de confiar en alguien de la JIM.

—Mayor al Darkur, por favor recuerde. Yo nunca dije que trabajara con la inteligencia británica.

—No, no lo hizo. *Yo* lo dije.

—En efecto. Soy un hombre viejo. Retirado del negocio de importación/exportación.

Al Darkur sonrió.

—Entonces creo que tiene que salir de su retiro, tal vez exportar algo de inteligencia de Pakistán que podría ser útil para su país. Usted puede importar un poco de ayuda del MI6 que pueda ser útil para mi país. Le aseguro que su nación nunca ha tenido un activo en la inteligencia paquistaní tan bien situado como yo, con tantos incentivos para trabajar por nuestros intereses comunes.

—¿Y qué hay de mí? Si me expulsan de Pakistán, no seré de mucha ayuda.

—Puedo retrasar su salida por meses. Hoy simplemente

era la primera entrevista. Voy a arrastrar los pies a través de cada fase del proceso después de esto.

Embling asintió.

—Mayor, sólo tengo que preguntar. Si está tan seguro de que su organización está plagada de informantes del general Rehan, ¿cómo es que puede confiar en todos estos hombres que trabajan para usted?

Al Darkur sonrió de nuevo.

—Antes de estar en la ISI estaba en el SSG[21], Grupo de Servicios Especiales. Estos hombres también son del SSG. Comandos de la Compañía Zarrar, agentes de contraterrorismo. Mi antigua unidad.

—¿Y ellos le son leales a usted?

Al Darkur se encogió de hombros.

—Ellos son leales a la idea de no ser volados en pedazos por una bomba al borde del camino. Yo mismo comparto su lealtad a ese concepto.

—Al igual que yo, mayor.

Embling extendió su mano y la estrechó con la del mayor.

—Es un placer encontrar terreno común con un nuevo amigo.

Fue un acto de cortesía, pero ninguno de los dos en la sala confiaba en el otro tan pronto en una relación de tanto riesgo.

---

21 Por sus siglas en inglés (Special Services Group).

. . .

Dos horas más tarde, Nigel Embling estaba sentado en su casa, tomaba té en su escritorio y tamborileaba los dedos sobre una carpeta de cuero muy gastado.

Su mañana había sido más que interesante. De un sueño profundo a un contacto con un activo de inteligencia de alto rango. Era suficiente para que su cabeza diera vueltas.

El criado Mahmood, con un feo corte púrpura y rojo en la cabeza, le trajo a su empleador un plato con trozos de *suji ka*, un budín a base de harina de coco, yogur y sémola. Lo había traído de la casa del vecino cuando Embling había sido traído de vuelta por las camionetas SUV de la ISI. Embling tomó un pedazo del dulce pastel y le dio un mordisco, pero permaneció perdido en sus pensamientos.

—Gracias, muchacho. ¿Por qué no te vas a jugar fútbol con tus amigos esta tarde? Ya has tenido un largo día.

—Gracias, Sr. Nigel.

—Gracias *a ti*, mi joven amigo, por ser valiente esta mañana. Tú y tus amigos van a heredar este país algún día, pronto, y pienso que ellos van a necesitar un hombre bueno y valiente como lo serás tú.

Mahmood no entendía de lo que su empleador estaba hablando, pero entendía que tenía la tarde libre para patear la pelota de fútbol en la calle con sus amigos.

Luego de que su criado lo dejara solo en su estudio, Embling se comió sus pasteles y bebió su té, con la mente llena de preocupaciones. Preocupación por la posibilidad de ser expulsado, por los peligros de las luchas internas en los altos mandos del servicio de espionaje del ejército paquistaní, por el trabajo que tendría que hacer para verificar si este mayor al Darkur era, de hecho, quien decía ser y no estaba afiliado con ninguno de los malos elementos que andaban deambulando.

Por más inquietante que fuera todo esto, la principal preocupación de Embling en estos momentos era sumamente práctica. Le parecía como si acabara de reclutar a un agente para espiar en nombre de una nación que no representaba.

No tenía una relación de trabajo directa con Londres desde hacía años, aunque algunos de los canosos que trabajaban en Legoland, el apodo de la sede del SIS de Londres en el Támesis, lo llamaban de vez en cuando para consultar por esto o por lo otro.

Una vez, el año anterior, incluso le habían pasado su nombre a una organización estadounidense a la que había ayudado con un pequeño problema aquí, en Peshawar. Los yankees que habían llegado habían sido de primera categoría, algunos de los agentes de campo más astutos con los que hubiera trabajado nunca. ¿Cuáles eran sus nombres? Sí, John Clark y Ding Chávez.

Mientras Embling terminaba el último de sus bocadillos de media mañana y se limpiaba los dedos con una servilleta, decidió que podría, si este tipo al Darkur era quien decía ser, ejecutar una versión muy inusual de la «bandera falsa». Podría manejar a al Darkur como un agente sin revelar que no tenía a nadie más arriba en la cadena jerárquica, oficialmente hablando, a quien pasarle su inteligencia.

Y luego, cuando Embling tuviera algo importante, algo sólido, encontraría un cliente para su producto.

El corpulento inglés se tomó el resto de su té y sonrió ante la audacia de su nuevo plan. Era ridículo, la verdad.

Pero ¿por qué no?

18

Jack Ryan padre se acercó a un espejo de cuerpo entero en la pared entre dos hileras de casilleros. El debate presidencial de esta noche en la Universidad Case Western Reserve de Cleveland se estaba llevando a cabo en el Centro de Educación Física Emerson para dar cabida a la multitud. También era conocido como el Centro Veale, y Ryan no tuvo problemas para imaginarse un partido de básquetbol en el lugar. A su alrededor, en los muros del camerino que había sido convertido en un vestidor para el candidato presidencial, grandes siluetas espartanas le devolvían la mirada. El cuarto de baño adyacente separado para uso de Ryan tenía una docena de duchas.

No necesitaba una. Se había duchado en el hotel.

El debate de esta noche era el segundo de tres programados entre Kealty y él, y este era en el que Jack más había insistido de los tres. Sólo un moderador haciéndole preguntas a los dos hombres, sentados en una mesa. Casi como una conversación amistosa. Iba a ser menos formal, menos rígido. Kealty se había opuesto en un principio, diciendo que también era menos presidencial, pero Jack se había mantenido firme y la negociación de trastienda del jefe de campaña de Jack, Arnie van Damm, había sido exitosa.

El tema de debate de esta noche sería la política exterior y Jack sabía que había vencido a Kealty en este asunto. Así lo decían las encuestas, por lo que Arnie también estaba de acuerdo. Pero Jack no estaba relajado. Se miró en el espejo de nuevo y tomó otro sorbo de agua.

Le gustaban estos tan breves momentos de soledad. Cathy acababa de salir del vestidor, ahora estaría encontrando su asiento en la primera fila. Las últimas palabras que le había dicho antes de salir resonaban en sus oídos mientras se miraba en el espejo.

—Buena suerte, Jack. Y no te olvides de tu cara feliz.

Junto con Arnie y su redactor de discursos, Callie Weston, Cathy había sido su confidente más cercana en esta campaña. Ella no entraba en debates políticos muy a menudo, a menos que surgiera el tema de la salud, pero había observado a su marido muy de cerca durante sus cientos de apariciones en televisión y le daba sus opiniones sobre la forma como se comunicaba con el público.

Cathy se consideraba sumamente calificada para el rol.

Nadie en el mundo conocía mejor a Jack Ryan que ella. Podía mirarlo a los ojos o escuchar el sonido de su voz y saber todo acerca de su estado de ánimo, su energía, incluso si había tomado una taza de café a escondidas por la tarde, cosa que ella no permitía cuando viajaban juntos.

Normalmente, Jack era muy bueno frente a las cámaras. Era natural, para nada tieso; se veía igual que el hombre que era. Un tipo decente e inteligente que era al mismo tiempo de carácter fuerte y motivado.

Pero de vez en cuando Cathy veía cosas que creía no le ayudaban a transmitir su punto de vista. Era de particular preocupación para ella el hecho de que, en su opinión, cada vez que hablaba de una de las políticas o comentarios de Kealty con los que él no estaba de acuerdo —que era esencialmente todo lo que salía de la Casa Blanca de Kealty— el rostro de Jack tendía a ensombrecerse.

Cathy se había sentado recientemente en la cama con su marido, en una de las casi inexistentes noches que estaba en casa tomándose un pequeño descanso de la campaña. Durante casi una hora ella había tenido en sus manos el control remoto del televisor de pantalla plana colgado en la pared. Eso habría sido infierno suficiente para Jack Ryan, aunque la imagen de su cara no hubiera estado en todos los programas que ella había grabado y mirado. Eso era mortal para un tipo al que nunca le gustaba ver su rostro o escuchar su voz en la televisión. Pero Cathy era implacable; utilizaba su TiVo, iba de una conferencia de prensa a la otra, desde relajadas entrevistas sentadas con los principales presentadores hasta intercambios espontáneos con periodistas de escuelas secundarias mientras caminaba a través de los centros comerciales.

En cada clip que le mostraba, cada vez que se mencionaba una política de Kealty, la cara de Jack Ryan cambiaba. No era una expresión despectiva y Jack sentía que deberían darle una maldita medalla por eso, por lo enfurecido que estaba por, literalmente, cada una de las últimas decisiones de importancia tomadas por la administración de Kealty. Pero Cathy estaba en lo cierto, Jack no podía negarlo. Cada vez que un periodista mencionaba una política de Kealty, los ojos de Jack se cerraban ligeramente, la mandíbula se le apretada apenas perceptiblemente y muchas veces movía la cabeza hacia atrás y hacia adelante, sólo una vez, como para decir: «¡No!».

Cathy había retrocedido el video por un momento para mostrar a Jack en una barbacoa en Fort Worth, con un plato de papel con carne de pecho y mazorca de maíz en una mano y un té helado en la otra. Un equipo de cámaras de C-SPAN que lo estaba siguiendo captó un intercambio donde una mujer de mediana edad mencionaba la reciente presión de Kealty para una mayor regulación de las industrias del petróleo y el gas.

Mientras la mujer le relataba las dificultades que su familia estaba sufriendo, Jack había apretado la mandíbula y negado con la cabeza. Su lenguaje corporal transmitía empatía, pero sólo después de su reacción inicial de ira. Su primera reacción, ese primer destello de ira, encerrado en un marco congelado cuando Cathy había presionado el botón de pausa, era inconfundible.

Sentados juntos en la cama, Jack Ryan trató de aligerar el momento.

—Creo que merezco algún crédito parcial en esa por no escupir los frijoles cocidos que acababa de comerme. Quiero decir, *estábamos* hablando sobre aumentar el papeleo y la burocracia para las empresas en *esta* economía.

Cathy sonrió y sacudió la cabeza.

—El crédito parcial no te va a conseguir el cargo más alto en el país en esta ocasión, Jack. Estás ganando, pero no has ganado aún.

Jack asintió con la cabeza. Estaba siendo escarmentado.

—Lo sé. Voy a mejorar, te lo prometo.

Y ahora, en el camerino de la Case Western Reserve, Jack estaba tratando de mejorar. Practicó su cara feliz en la habitación vacía mientras pensaba de nuevo en la familia de esa pobre mujer que no lograba encontrar trabajo en un ambiente que estaba sofocando toda la industria en la que buscaba empleo.

Barbilla arriba, una ligera inclinación de cabeza, los ojos relajados, sin entrecerrarlos.

Uf, pensó Jack. *Se siente poco natural.*

Suspiró. Se dio cuenta, no por primera vez, de que si no se sentía natural, eso significaba que Cathy tenía razón y había estado haciendo caras desde que se había presentado como candidato.

Lo que le preocupaba ahora era que un debate en persona sobre política exterior con Ed Kealty sería un tremendo desafío para su autocontrol.

Jack pasó un momento más practicando su cara feliz. Pensó en Cathy observando el debate desde la audiencia.

Sonrió de manera poco natural en el espejo. Lo hizo de nuevo. Luego una tercera vez.

La cuarta sonrisa en sus labios fue real. Casi se echó a reír. No podía evitarlo. Un hombre adulto haciendo caras en un espejo.

Resopló una carcajada. La política, cuando se iba a lo más profundo de ella, era en última instancia tan condenadamente ridícula.

Jack Ryan padre sacudió la cabeza y se acercó a la puerta. Dio un largo suspiro más, se reafirmó a sí mismo que sería capaz de hacer la cara feliz y luego giró la perilla de la puerta.

Afuera en el pasillo su gente comenzó a moverse. Andrea Price-O'Day se paró junto a él. El resto de su equipo de seguridad formó un diamante en torno a él para la caminata hacia el escenario.

—El espadachín se está moviendo —dijo Price-O'Day en el micrófono en su puño.

19

Ed Kealty y Jack Ryan salieron de alas opuestas hacia un escenario inundado de luces de televisión. Hubo corteses aplausos de una multitud de estudiantes, medios de comunicación y ciudadanos de Cleveland que habían logrado conseguir entradas. Se reunieron en el centro. Jack tuvo una rápida imagen mental de los dos hombres chocando guantes, pero en vez simplemente se dieron la mano. Ryan sonrió y asintió con la cabeza, diciendo: «Señor Presidente», y Kealty mismo asintió, extendió la mano detrás de Ryan y le dio una palmada en la espalda con su mano derecha mientras los dos hombres se acercaban a la mesa redonda.

Ryan sabía que Ed Kealty deseaba tener una navaja en esa mano.

Los dos hombres se sentaron en la pequeña mesa de

conferencias. Delante de ellos se sentó el presentador de *CBS Evening News*, Joshua Ramírez, un tipo de cincuenta años de edad de aspecto joven, que llevaba el pelo peinado hacia atrás y unos estilosos anteojos que, con el resplandor de la iluminación del escenario, creaban un brillo distractor en los ojos de Ryan. A Jack le gustaba Ramírez en general; era inteligente, lo suficientemente afable cuando la cámara estaba apagada y lo suficientemente profesional cuando la cámara estaba encendida. CBS no había sido amiga de la primera presidencia de Ryan y sin duda parecían continuar su sesgo a favor de Kealty durante esta campaña, pero Josh Ramírez sólo era un soldado en su ejército, un trabajador, y Ryan no lo culpaba.

Ryan había sido apaleado en los medios de comunicación lo suficiente como para no tomarlo como algo personal. Algunas de las cosas que los medios de comunicación decían y escribían sobre él, prácticamente acusándolo de todo, desde robar dinero de personas mayores hasta tomar los almuerzos de las bocas de niños escolares, no eran si no muy personales.

Jack Ryan, *eres un ser humano vil... no es nada personal. Seguro.*

Sin embargo, Ramírez no era tan malo como algunos de los otros. La colusión de los medios en general en la campaña de reelección de Kealty era común. Un par de semanas atrás, en una sesión de preguntas y respuestas de Kealty en Denver, un tipo tuvo la osadía de preguntarle al Presidente de los Estados Unidos cuándo pensaba él que los precios de la gasolina bajarían de nuevo al nivel donde él podría permitirse un viaje de placer en auto con su familia. Kealty, en un momento que debe haber hecho gruñir a sus guardaespaldas, meneó la cabeza ante la pregunta del trabajador y sugirió que el hombre viera la situación como una oportunidad para comprar un vehículo híbrido.

Ni uno de los principales medios de comunicación o agencias de noticias publicaron la cita. Ryan mismo lo mencionó a la mañana siguiente en una fábrica de motores eléctricos en Allegheny, Pensilvania, haciendo la observación obvia, por lo visto no tan obvia para Kealty, de que una familia que tiene problemas para llenar su tanque podría tener problemas para comprar un auto nuevo.

Cinco minutos después de hacer el chiste, mientras Jack se subía a su camioneta SUV para salir de la fábrica de motores, Arnie van Damm se limitó a sacudir la cabeza.

—Jack, acabas de decir una gran frase que nadie excepto las personas que estaban en esa planta oirán.

Arnie tenía razón. Ninguno de los grandes medios de comunicación la publicó. Van Damm le advirtió a Ryan que no podía esperar ningún tipo de jugada sucia de los principales medios de comunicación contra Ed Kealty. No, todos los intentos de desprestigio serían en contra de Jack Ryan.

El sesgo liberal en los medios de comunicación era un hecho de la naturaleza. Como la lluvia y el frío, Ryan simplemente lo asumía y seguía adelante.

Ramírez abrió el debate con una explicación acerca de las reglas, a continuación, una alegre historia sobre las discusiones entre sus hijos de escuela primaria, terminando con una broma diciendo que esperaba que los dos hombres delante de él «jugaran limpio». Ryan sonrió como si el comentario no fuera indignantemente condescendiente y luego el moderador comenzó con las preguntas.

La línea de preguntas de Ramírez empezó en Rusia, se trasladó a China, a América Central y luego a las relaciones de los Estados Unidos con la OTAN y sus aliados de todo el mundo. Tanto Ryan como Kealty se dirigieron al presentador de CBS directamente con sus respuestas y evitaron cualquier roce entre ellos, incluso estando de acuerdo en alguno que otro tema.

El terrorismo internacional fue prácticamente evitado hasta la segunda mitad del debate de noventa minutos. Ramírez introdujo el tema haciéndole una pregunta suave a Kealty, con una pregunta acerca del reciente ataque de un avión no tripulado a un recinto en Yemen que había acabado con un operador de Al Qaeda buscado por el bombardeo de un club nocturno en Bali.

Kealty le aseguró a los Estados Unidos que una vez que fuera reelegido, continuaría con su política del palo y la zanahoria de un alto nivel de compromiso con cualquiera, amigo o enemigo, que viniera a la mesa de negociación con los Estados Unidos, mientras que al mismo tiempo eliminaría a los enemigos de los Estados Unidos cuando se negaran a negociar.

Ramírez se dirigió a Ryan.

—Su campaña ha intentado posicionarlo como el candidato que es la mejor opción en la lucha de los Estados Unidos contra aquellos que quieren hacernos daño, pero cuando usted era presidente hubo menos asesinatos direccionados exitosos de terroristas de alto nivel que bajo el primer mandato del presidente Kealty. ¿Está usted dispuesto a aceptar que ya no puede reclamar el título de cazador de terroristas?

Ryan tomó un sorbo de agua. A su izquierda, podía sentir a Kealty inclinándose ligeramente, como mostrando exagerado interés en escuchar a Ryan contestar esta pregunta. Jack mantuvo su atención en Joshua Ramírez mientras hablaba.

—Me gustaría sugerir que los ataques con aviones no tripulados del Presidente Kealty, si bien sin duda sacaron a algunos de los líderes terroristas de la mesa, hacen poco por combatir una guerra exitosa en el largo plazo.

Kealty se reclinó en su silla, dejando el comentario pasar como si fuera absurdo.

—¿Y eso por qué? —preguntó Ramírez.

—Porque si yo he aprendido una cosa en mis treinta y cinco años de servicio público, es que la buena inteligencia es la clave para tomar buenas decisiones. Y cuando nos tomamos la molestia de identificar a alguien, algún líder terrorista que tiene un absoluto tesoro en términos de recursos de inteligencia en su cabeza, sólo como último recurso deberíamos volarlo en pedazos. Un vehículo aéreo no tripulado es un activo importante, pero es sólo uno de los activos. Es sólo una herramienta. Y es una herramienta, en mi opinión, que estamos usando excesivamente. Debemos aprovechar el duro trabajo realizado por nuestras fuerzas armadas y la gente de inteligencia para identificar el objetivo en primer lugar y tenemos que hacer nuestro mejor esfuerzo para explotar el objetivo.

—¿Explotarlo? —preguntó Ramírez. Realmente no esperaba que Ryan cuestionara el alza de asesinatos con vehículos aéreos no tripulados.

—Sí. Explotar. En lugar de matar al hombre que estamos buscando, tenemos que tratar de descubrir lo que sabe, a quién conoce, dónde ha estado, a dónde se dirige, lo que planea, ese tipo de cosas.

—¿Y cómo hará eso el presidente Jack Ryan?

—Se le debería permitir a nuestra comunidad de inteligencia y fuerzas armadas, cuando sea posible, detener a estas personas, o debemos presionar a los gobiernos que acogen a estas personas a apresar a estos hombres en su terreno y entregárnoslos a nosotros. Tenemos que dar a nuestras fuerzas y a las fuerzas de nuestros aliados, de nuestros *verdaderos* aliados, los recursos y la cobertura política para hacerlo. Eso no está ocurriendo bajo la presidencia de Ed Kealty.

—¿Y una vez que los tengamos?

Por primera vez en el debate de esta noche, Kealty había interrumpido, dirigiendo su comentario hacia Ryan.

—¿Qué es lo que sugiere? ¿Clavarles brotes de bambú en las uñas de las manos?

Joshua Ramírez levantó un dedo de la mesa en un movimiento extremadamente suave, una forma débil e ineficaz de reprender a Kealty para que siguiera las reglas acordadas en el debate.

Jack ignoró a Kealty, pero respondió la pregunta:

—Mucha gente dice que no se puede obtener inteligencia con otros medios que la tortura. Mi experiencia me dice que no es cierto. A veces es difícil animar a nuestros enemigos para que sean comunicativos; no sólo están altamente motivados, sino que también están muy conscientes de que vamos a extenderles privilegios y derechos que ellos nunca le darían a ninguno de sus prisioneros. No importa qué tan suave y amablemente tratemos a estos prisioneros, ellos van a matar y torturar a nuestra gente cada vez que los tomen prisioneros.

El presentador de CBS dijo:

—Usted habla de estos 'medios' que tenemos a nuestra disposición para sacarle información a nuestros enemigos. Pero, ¿qué tan efectivos son?

—Una pregunta muy justa, Josh. No puedo entrar en detalle sobre los procedimientos que se encontraban en funcionamiento cuando yo estaba en la CIA o cuando yo era presidente, pero te prometo que nuestra tasa de éxito consiguiendo inteligencia de los terroristas era mucho mejor que la táctica de mi oponente de volar a las personas en pedazos desde una altura de veinte mil pies. Los muertos no hablan, como se suele decir.

Ramírez no terminó de volverse hacia Kealty antes de que el Presidente comenzara su refutación.

—Josh, mi oponente pondría en riesgo la vida de estadounidenses innecesariamente enviando a nuestros niños en el ejército a los lugares más peligrosos del mundo sólo por la oportunidad de interrogar a un combatiente enemigo. Le aseguro, los interrogatorios bajo la presidencia de Jack Ryan estarán más allá de lo permitido en los Convenios de Ginebra.

TOM CLANCY

Era el turno de Ryan para refutar. Olvidó su cara feliz, pero tuvo cuidado de no mirar a Kealty y en vez mantener el foco en el molesto reflejo en los cristales de Joshua Ramírez.

—En primer lugar, considero que nuestros hombres y mujeres en combate son precisamente eso, hombres y mujeres. Muchos de ellos son jóvenes, mucho más jóvenes que el Presidente Kealty y yo, pero me eriza la descripción de ellos como niños. En segundo lugar, los hombres y mujeres que trabajan en las unidades de élite de las fuerzas armadas y comunidades de inteligencia que están encargados de la tarea ciertamente difícil y peligrosa de capturar a nuestros enemigos en el campo son profesionales y actualmente se enfrentan a situaciones peligrosas con regularidad. A menudo, por las políticas de mi oponente, que, creo, no nos están llevando a ninguna parte.

Ahora miró a Kealty con un gesto cortés.

—Tiene usted toda la razón en eso, Sr. Presidente, es una tarea muy, muy difícil de darle a nadie —luego se volvió a Ramírez—, pero estos hombres y mujeres son los mejores en el mundo en este tipo de trabajo. Y hasta el último hombre, y la última mujer, realmente creo que ellos saben que su trabajo salva vidas estadounidenses. Ellos entienden su deber, un deber para el que se ofrecieron voluntariamente y un deber en el que creen. No tengo más que el más tremendo respeto hacia nuestros equipos VANT.

Hizo una pausa.

—Perdón, nuestros vehículos aéreos no tripulados. Se trata de un recurso increíble operado por gente increíble.

Simplemente siento que a nivel estratégico deberíamos estar haciendo un mejor trabajo dirigiendo nuestros recursos para aprovechar nuestros éxitos de inteligencia en el mayor grado posible y no creo que lo estemos haciendo bajo la administración de Ed Kealty.

Ramírez empezó a decir algo más, pero Ryan continuó:

—Joshua, tu red de televisión informó el otro día acerca de la captura en Rusia del líder de uno de los grupos rebeldes más mortíferos en la región del Cáucaso por el FSB ruso. Ahora, no voy a sorprender a nadie en el público de esta noche cuando digo que no soy un gran fan de muchas de las recientes decisiones y políticas de Rusia.

Ryan sonrió cuando dijo esto, pero su rostro no fue menos intenso cuando estuvo sonriendo.

—Especialmente cuando se trata de algunas de las formas que han sido reportadas en que tratan a su propio pueblo en el Cáucaso. Sin embargo, al capturar a este hombre, Israpil Nabiyev, en vez de matarlo, potencialmente pueden aprender mucho acerca de su organización. Esto podría ser un elemento de cambio en la región.

Jack Ryan hizo una pausa y se encogió de hombros.

—Nos vendría bien un elemento de cambio o dos en el Medio Oriente, creo que todos podemos admitir eso.

Muchos en la multitud aplaudieron.

Ramírez se volvió hacia Kealty.

—Treinta segundos para refutar sobre este tema, señor Presidente, y luego tendremos que seguir adelante.

Ed Kealty asintió, luego se recostó en su silla.

—Aquí hay algo que no se oye demasiado, Josh. De hecho estoy de acuerdo con mi oponente. Necesitamos, como él lo dijo, un elemento de cambio por allá. Yo no tenía intención de revelar esto esta noche, pero acabo de recibir el visto bueno del Departamento de Justicia para hacerlo. Voy a aprovechar esta oportunidad para anunciar la reciente captura, por las agencias federales para el orden público estadounidenses trabajando con mi gobierno, del señor Saif Rahman Yasin, más conocido como el Emir.

Kealty esperó a que los gritos de asombro en el público disminuyeran. Finalmente lo hicieron y entonces continuó.

—Yasin ha matado a decenas de estadounidenses aquí en casa y ha asesinado a cientos de estadounidenses y otros alrededor del mundo. Ahora está en territorio americano, bajo la custodia de los Estados Unidos y creo que vamos a tener una fotografía a disposición para confirmar esto en las próximas horas. Pido disculpas por no hacer público esto hasta ahora, pero como puedes imaginar, hay un montón de temas de seguridad implicados, un montón de cosas a tener en cuenta, por lo que hemos esperado...

Los treinta segundos se habían acabado, pero Ed Kealty apenas comenzaba.

—... para anunciar esto al público. Ahora, Josh, no podré hacer comentarios sobre los detalles de la captura de Yasin o de su detención o su paradero, todo esto es para proteger a los valientes hombres y mujeres que participaron en la operación, pero puedo decir que he hablado con el Fiscal General largo y tendido sobre el caso y tenemos la intención de llevar a juicio al Sr. Yasin tan pronto como sea posible. Él será procesado por los incidentes aquí en los Estados Unidos en los que ha estado involucrado. En Colorado, en Utah, en Iowa y en Virginia. El Fiscal General Brannigan determinará donde se llevará a cabo el juicio, pero está claro que será en uno de estos lugares.

Jack Ryan no perdió la calma, incluso esbozó una sonrisa y asintió con la cabeza gratamente. *Cara feliz, Jack*, se dijo a sí mismo una y otra vez. Sabía que este día llegaría. Sabía que el Emir estaba en custodia. Al principio pensó que su captura había sido mantenida en secreto por razones de seguridad, como Ed Kealty acababa de decir. Sin embargo, Arnie van Damm había insistido desde el principio que Kealty mantenía al Emir en secreto hasta poder «usarlo» para su máximo beneficio en la campaña. En ese momento, muchos meses antes, antes de que la batalla entre Ryan y Kealty siquiera hubiera empezado en serio, Jack no le creyó a su jefe de campaña. Pensó que Arnie estaba siendo incluso más cínico de lo habitual.

Pero ya no. Van Damm había predicho a la perfección que Ed Kealty tiraría la «carta» del Emir sobre la mesa en uno de los debates; incluso había dicho que sería en el segundo o el tercero.

Jack quería girar la cabeza en este momento y hacer contacto visual con Van Damm, y le tomó cada gramo de fuerza de voluntad no hacerlo. Pero sabía que esa «mirada» sería capitalizada por los medios de comunicación en la esquina de Kealty. La primera página de *The New York Times* de mañana leería «Ryan busca una salida».

A menos que ya hubieran usado ese titular alguna vez. Era tan difícil recordarlo.

Así que Ryan se quedó sentado ahí; se había vuelto hacia el Presidente Kealty, como si estuviera escuchando esto por primera vez. Había gruñido para sus adentros ante la afirmación de que la administración de Ed había tenido algo que ver con la captura del hombre más buscado del mundo. Ryan no tenía ninguna duda de que la inferencia que Kealty había hecho de improviso había sido a propósito.

Ryan se concentró en su cara de póquer mientras pensaba en la captura del Emir. ¿Cuánto hacía ahora, diez meses desde que el Campus lo había capturado en Nevada? Qué papel había jugado su hijo en la captura de Yasin, Ryan no tenía idea. Sin duda, no había estado en el campo de operación. No, ese hubiera sido Chávez, Clark sin duda, incluso el sobrino de Jack, Dominic. Jesús, el pobre chico tuvo que lidiar con todo eso justo después de la muerte de su propio hermano.

Pero Jack padre no podía sacar la cabeza del hecho de que su hijo había estado involucrado en la captura del Emir.

Es cierto, su hijo mayor estaba cambiando, había cambiado. Había crecido para convertirse en un hombre. Eso era de esperarse, a pesar de que a Jack padre eso no le gustaba ni un poco. Sin embargo, su rol en los acontecimientos de la captura de...

—Algo que quisiera decir para concluir, señor Presidente?

Ryan volvió de un golpe a la realidad y se reprendió a sí mismo por dejar que su mente divagara en el momento equivocado. Jack captó una sonrisa pícara en el rostro de Josh Ramírez, pero sabía que las cámaras no la habían captado. Todas las cámaras en el edificio estaba enfocadas en Ryan. Demonios, probablemente había una toma del interior de su nariz; estaban tan firmemente enfocadas en él ahora. Se preguntó si tenía mirada de «ciervo encandilado». Los medios de comunicación lo acusarían de ello; usarían esto en su contra a menos que diera vuelta la situación de inmediato.

Cara feliz, Jack.

—Bueno, esta es sin duda una noticia fantástica. Me gustaría aprovechar esta oportunidad para expresar mis sinceras y profundas felicitaciones...

Ed Kealty se enderezó en su silla al lado de Ryan.

—... a los grandes hombres y mujeres de nuestras fuerzas armadas, inteligencia y organizaciones de orden público, y también me gustaría dar las gracias a toda nación o servicio extranjero implicado en traer a este terrible ser humano ante la justicia.

Kealty fulminó con la mirada a Ryan, Jack podía verlo en los anteojos de Ramírez.

—Este es un gran día en los Estados Unidos, pero también veo esto como una encrucijada importante para nosotros. Porque, como ustedes acaban de escuchar, el Presidente Kealty y su administración planean procesar al Emir en nuestro sistema judicial federal y yo no podría estar más en desacuerdo con esto. Con todo el respeto que le tengo a nuestro sistema legal, creo debería estar reservado para nuestros ciudadanos y para aquellos que no han hecho el trabajo de toda su vida hacerle la guerra a los Estados Unidos de América. Poner a Yasin en el banquillo de los acusados no es justicia, sino que sería la más grande injusticia.

»Este momento es una bifurcación en el camino en nuestra guerra contra el terrorismo. Si el presidente Kealty gana las elecciones en noviembre, por el próximo par de años el Consejo Omeya Revolucionario, todos sus seguidores y sus organizaciones afiliadas tendrán la oportunidad de poseer el púlpito. El Emir utilizará los tribunales para promover su marca de odio, va a usar los tribunales para revelar las fuentes y métodos de inteligencia de nuestros servicios, y va a usar los tribunales para crear un teatro que sólo concentrará la atención en él y su causa. Y todos ustedes, señoras y señores contribuyentes, todos pagarán la factura de millones o decenas de millones de dólares de aumento de la seguridad en nuestros tribunales federales.

»Si ustedes piensan que es una buena idea... si piensan que darle al Emir esta oportunidad es la decisión correcta... bueno, entonces siento decir esto, pero es mejor que sigan adelante y voten por mi oponente.

»Pero si ustedes piensan que es una mala idea, si ustedes piensan que el Emir debe tener su día en el tribunal, pero en un tribunal militar, donde tendrá más derechos que cualquier preso que él u otros como él han tenido bajo su custodia, pero no el mismo conjunto de derechos de cada ciudadano estadounidense respetuoso de la ley, que paga sus impuestos, entonces espero que voten por mí.

Ryan se encogió ligeramente de hombros y miró directamente a Josh Ramírez.

—Josh, no hago muchas promesas de campaña. Un montón de periódicos y programas de noticias, incluyendo el tuyo, se me echan encima por el hecho de que hago campaña en base a mi experiencia y mi carácter, pero no en lo que prometo hacer en una fecha posterior.

Ryan sonrió.

—Creo que la mayoría de los estadounidenses son muy inteligentes y han visto demasiadas promesas de campaña que no se han cumplido. Siempre he sido del pensamiento que si tan sólo le muestro a los Estados Unidos lo que soy, lo que defiendo y en lo que creo, y si puedo mostrarles ser un tipo en el que pueden confiar, entonces algunas personas van a votar por mí. Si eso es suficiente para ganar, muy bien. Pero si no es así, bueno... Estados Unidos elegirá a quien piensa que es mejor y estoy de acuerdo con eso.

»Pero *voy* a hacer una promesa de campaña aquí y ahora.

Se volvió hacia la cámara.

—Si a ustedes les parece bien ponerme en la Casa Blanca, lo primero que voy a hacer, *literalmente*, lo primero que voy a hacer cuando llegue de nuevo al 1600 de la Avenida Pensilvania desde las escaleras del Capitolio, es sentarme en mi mesa y firmar los papeles para poner a Saif Yasin bajo custodia militar —suspiró—. Ustedes nunca verán su rostro en la televisión o escucharán su voz en la radio, ni la voz de su abogado. Su juicio será justo, tendrá una sólida defensa, pero será detrás de una pared. Algunas personas pueden no estar de acuerdo con eso, pero tengo seis semanas antes de las elecciones y espero que ustedes me extiendan la cortesía de tratar de convencerlos de que este es el procedimiento correcto para los Estados Unidos de América.

Muchos en la multitud aplaudieron. Muchos no lo hicieron.

El debate terminó poco después, Kealty y Ryan se dieron la mano ante las cámaras y luego besaron a sus esposas en la parte frontal del escenario.

Jack se inclinó al oído de Cathy.

—¿Cómo estuve?

La Dra. Cathy Ryan mantuvo una amplia sonrisa en su cara mientras le susurraba:

—Estoy orgullosa de ti. Mantuviste tu cara feliz durante todo eso.

Ella lo besó otra vez y luego le dijo con una sonrisa:

—Me encanta cuando me escuchas.

20

Newport, Rhode Island, se encuentra en el extremo sur de la isla de Aquidneck, unas treinta millas al sur de Providence. Además de ser el hogar de la Estación Naval de Newport y más edificios coloniales que cualquier otra ciudad en los Estados Unidos, también mantiene una serie de enormes mansiones del siglo XIX y principios del siglo XX construidas por muchos de los magnates industriales y financieros más ricos de los Estados Unidos de ese período. John Jacob Astor IV, William y Cornelius Vanderbilt, Oliver Belmont y Peter Widener de U.S. Steel y American Tobacco, así como otros, todos construyeron palaciegas casas de veraneo en la elegante isla durante la Edad de Oro del período post-Reconstrucción[22].

La mayoría de los multimillonarios se ha ido; sus casas ahora son propiedad de fideicomisos o patrimonios familiares, museos o fundaciones, pero unas cuantas personas súper-ricas todavía llaman a Newport su hogar. Y el habitante más adinerado en la isla vivía en una enorme propiedad junto al mar en la Avenida Bellevue, a sólo tres cuadras de la Catedral St. Mary, de importancia histórica por ser el lugar donde se celebró la boda de John F. Kennedy y Jacqueline Bouvier en 1953.

El nombre del propietario era Paul Laska, tenía setenta años, era actualmente el número cuatro en la lista de *Forbes* de los estadounidenses más ricos y era de la opinión de que un segundo mandato presidencial de John Patrick Ryan significaría, probablemente, dentro de un par de años, el fin del mundo.

Sentado solo en la biblioteca de su opulenta mansión, Paul Laska observó a Jack Ryan besar a su esposa al final del debate. Entonces Laska se puso de pie, apagó la televisión y se dirigió solo a su dormitorio. Su rostro pálido y envejecido estaba rojo de ira y sus hombros caídos reflejaban su mal humor.

Tenía la esperanza de que el debate de esta noche fuera el momento en que la fortuna volviera a Ed Kealty. Laska había esperado esto, estaba prácticamente contando con esto,

---

22 Periodo tras la Guerra de Secesión y la Reconstrucción, en las dos últimas décadas del 1800 (N. del T.).

porque sabía algo que casi nadie en el mundo sabía hasta
hacía media hora.

El multimillonario de edad ya sabía que el Emir estaba
bajo custodia de los Estados Unidos. Ese pedacito de información le había mantenido arriba el ánimo mientras Ryan
seguía a la delantera en las encuestas durante todo el verano
y principios del otoño. Se había dicho a sí mismo que cuando
Ed hiciera la «gran revelación» en el segundo debate presidencial echaría por tierra ese agotado adagio sobre Jack Ryan que
decía que era el candidato «duro contra el terrorismo». Luego,
con un par de semanas de intensa campaña en estados clave,
Kealty pasaría adelante para la recta final.

Ahora, mientras Laska se quitaba las pantuflas y se metía
a la cama, se dio cuenta de que sus esperanzas habían sido
ilusorias.

De alguna manera Jack Ryan había ganado el condenado
debate, incluso con el conejo que Kealty había sacado de su
sombrero.

«¡*Hovno*!», gritó en la fría y oscura casa. Significaba
«mierda» en checo y Paul Laska siempre recurría a su lengua
materna cuando maldecía.

Paul Laska había nacido Pavel Laska en Brno, en la actual
República Checa. Había crecido detrás de la cortina de hierro, pero no había sufrido particularmente por este infortu-
nio. Su padre había sido un miembro del partido en buena
posición, lo que permitió al joven Pavel asistir a buenas escuelas en Brno y Praga, y luego a la universidad en Budapest
y Moscú.

Después de obtener títulos avanzados en Matemáticas, regresó a Checoslovaquia para seguir los pasos de su padre en la banca. Siendo un buen comunista, a Laska le había ido bien en la nación satélite soviética, pero en 1968 salió en apoyo de las reformas liberales del primer secretario del partido Alexander Dubček.

Por unos pocos meses en 1968, Laska y otros partidarios de Dubček sintieron las reformas de la descentralización checoslovaca de Moscú. Todavía eran comunistas, pero comunistas nacionalizados; su plan consistía en romper con los soviéticos y aplicar soluciones checas para los problemas checos. Sobra decir que a los soviéticos no les gustó el plan y agentes del KGB inundaron Praga para disolver el partido.

Pavel Laska y una novia radical fueron detenidos junto a una docena de personas en una protesta y retenidos para ser interrogados por el KGB. Ambos fueron golpeados; la novia fue enviada a prisión, pero de alguna manera Laska volvió a trabajar con los líderes de la rebelión y se quedó con ellos hasta una noche en agosto, cuando los tanques del Pacto de Varsovia entraron a Praga y la incipiente rebelión fue aplastada bajo órdenes de Moscú.

A diferencia de la mayoría de los dirigentes, Laska no fue asesinado o encarcelado. Volvió a su banco, pero pronto emigró a los Estados Unidos, llevando consigo, según él había contado la historia miles de veces, sólo la ropa que llevaba puesta y un sueño.

Y para los estándares de casi cualquier persona, su sueño se había cumplido.

Se trasladó a Nueva York en 1969 para asistir a NYU. Al graduarse, se dedicó a la banca y las finanzas. Primero tuvo un par de años buenos, luego tuvo un par de años muy buenos y para los años ochenta era uno de los hombres más ricos de Wall Street.

A pesar de que compró propiedades, incluyendo sus casas en Rhode Island, Los Ángeles, Aspen y Manhattan, en la década de 1980 él y su esposa utilizaron gran parte de su dinero en filantropía, destinando sus enormes recursos financieros para apoyar a los reformistas de Europa del Este, en un intento por concretar los cambios que no se habían materializado durante la Primavera de Praga. Después de la caída del comunismo mundial, Paul fundó el Instituto de Naciones Progresistas para ayudar a realizar cambios de raíz en los países oprimidos de todo el mundo y financió proyectos de desarrollo alrededor del mundo, desde iniciativas de agua potable en América Central hasta esfuerzos para la erradicación de minas en Laos.

A finales de 1990 Laska dirigió su mirada hacia adentro, hacia su nación adoptada. Siempre había sentido que los Estados Unidos de la época posterior a la Guerra Fría no era mejor que la Unión Soviética durante la Guerra Fría; para él los Estados Unidos era un bruto opresivo en los asuntos globales y un bastión del racismo y la intolerancia. Ahora que la Unión Soviética ya no existía, derramó miles de millones de dólares en causas para luchar contra los males de América como él los percibía y, junto con gastar suficiente esfuerzo participando en el santuario capitalista conocido como la

Bolsa de Nueva York para beneficio propio, Laska pasó el resto de su tiempo y dinero apoyando a los enemigos del capitalismo.

En 2000 formó la Iniciativa para una Constitución Progresista, una organización liberal de acción política y firma de abogados, y la dotó con los mejores y más brillantes abogados radicales de la ACLU, la academia y la práctica privada. Además de enfrentarse a estados y municipios, la función principal de la organización era demandar al gobierno de los Estados Unidos por lo que consideraba extralimitaciones de poder. También defendía a los procesados por los Estados Unidos y trabajaba contra cualquier y todos los casos de pena capital estatales o federales, así como muchas otras causas célebres.

Desde la muerte de su esposa siete años atrás Laska vivía solo, salvo por un grupo de empleados y un equipo de seguridad, pero sus casas rara vez eran lugares solitarios. Lanzaba grandes fiestas a las que asistían políticos liberales, activistas, artistas, y personajes influyentes y agitadores extranjeros. El Instituto de Naciones Progresistas era manejado desde el centro de Manhattan y la Iniciativa para una Constitución Progresista desde D.C., pero la zona cero para el sistema de creencias sin límite de Paul Laska era su casa en Newport. No era broma cuando la gente decía que se había discutido más ideología progresista en la terraza de la piscina de Paul Laska que en la mayoría de los grupos de expertos liberales.

Pero su influencia no terminaba en sus organizaciones o sus fiestas en el jardín. Su fundación también financiaba muchos sitios web y medios de comunicación de izquierda, e incluso un repositorio confidencial en línea para periodistas liberales para reunir y transmitir ideas de historias y ponerse de acuerdo en un mensaje progresista coherente. Paul financiaba, a veces de manera encubierta, a veces no, muchos programas de radio y televisión en todo el país, siempre con un quid pro quo que a él y sus causas se les daría una cobertura positiva. Más de alguna vez se le cortó el aporte financiero a una organización, temporal o permanentemente, debido a que su reporteo no coincidía con las convicciones políticas del hombre que financiaba toda la operación tras bambalinas.

Él había contribuido a las campañas de Ed Kealty durante quince años y muchos adictos a la política daban a Paul Laska gran parte del crédito por el éxito de Kealty. En las entrevistas Paul se encogía de hombros frente a estas afirmaciones, pero en privado echaba chispas. No se merecía gran parte del crédito por el éxito de Kealty. No, él sentía que se merecía *todo* el crédito. Laska pensaba que Kealty era un completo imbécil, pero un imbécil con las ideas correctas y suficientes conexiones correctas, por lo que Laska le había dado su extenso apoyo al hombre años atrás.

Sería injusto resumir las creencias políticas del millonario inmigrante en un titular, pero el *New York Post* lo había hecho recientemente después de un discurso de Laska en un evento para recaudar fondos para Kealty. A la manera típica del *Post*, llenaron las pulgadas por encima de la tapa con «Laska a Ryan: ¡Apestas!». Apenas unas horas después de que el periódico saliera de las prensas, Ryan fue fotografiado posando para las cámaras, sonriendo y sosteniendo el periódico en una pose tipo «Dewey Derrota a Truman».

Laska, para no ser menos, también fue mostrado sosteniendo el periódico pero, en el estilo típico sin sentido del humor de Laska, no estaba sonriendo. Lo sostenía en alto para las cámaras, sus ojos enmarcados por anteojos cuadrados sobre una cabeza cuadrada y estaba mirando fijo sin expresión hacia el lente.

De más está decir que esta imagen no transmitía el desenfadado momento que transmitía la foto de Ryan.

Era cierto, Laska odiaba a Jack Ryan, no había otra manera de describir los sentimientos que tenía por el hombre. Para Laska, Ryan era la encarnación perfecta de todo lo malo y lo que estaba mal con los Estados Unidos. Ex oficial del ejército, ex jefe de la temida CIA, él mismo ex agente cuyas malvadas acciones alrededor del mundo habían sido barridas bajo la alfombra y reemplazadas con una leyenda que lo hacía aparecer como una especie de fuerte y apuesto paladín a los tontos en la zona central del país.

A la manera de pensar de Laska, Ryan era un hombre malvado que había tenido una suerte increíble. Para Laska, el accidente de avión en el Capitolio justo cuando se le estaba concediendo la vicepresidencia había sido evidencia de un Dios cruel.

Paul había sufrido durante la primera presidencia de Ryan y había apoyado a Ed Kealty en su campaña contra el subalterno de Ryan, Robby Jackson. Cuando Jackson prácticamente había conseguido la victoria y había sido asesinado, haciendo que Kealty ganara la elección por defecto, Laska comenzó a tener esperanzas en Dios después de todo, aunque nunca dijo tal cosa en otro lugar que no fuera su terraza de la piscina.

Kealty no había sido el salvador que los progresistas habían esperado que fuera. Sí, había tenido algunas victorias en el Congreso sobre temas muy queridos para aquellos en la izquierda, pero en la principal preocupación de Laska, la proyección del poder del gobierno estadounidense tanto en casa como en el mundo entero, Kealty había demostrado no ser mucho mejor que su predecesor. Había lanzado más misiles contra países con los que los Estados Unidos no estaban en guerra que cualquier otro presidente en la historia y había hecho sólo cambios cosméticos en las leyes federales en contra de los hábeas corpus, registros e incautaciones ilegales, las escuchas telefónicas y otras cuestiones que a Paul Laska le preocupaban.

No, el checo-estadounidense no estaba satisfecho con Ed Kealty, pero era muchísimo mejor que cualquier republicano que compitiera contra él, así que Laska había comenzado a invertir fuertemente en la reelección de Kealty tan pronto como había asumido la presidencia.

Y esta inversión había estado en peligro desde que Ryan se había presentado como candidato. Las cosas se veían tan sombrías a principios del verano, cuando Ryan apareció con fuerza después de la convención republicana, que Laska le había hecho saber al director de la campaña de Kealty que iba a reducir la recaudación de fondos para el acuciado titular demócrata.

No fue y lo dijo directamente, pero la inferencia había sido clara. Ed era una causa perdida.

Esto provocó una respuesta inmediata de Kealty y su gente. A la mañana siguiente, Laska iba en su jet desde Santa Bárbara con una invitación a una cena privada en la Casa Blanca. Fue conducido a la «casa del pueblo» silenciosamente, no hubo registro de su visita y Kealty se sentó con el venerado hacedor de reyes liberal para una cena privada.

—Paul, las cosas pueden parecer sombrías en este momento —dijo el Presidente entre sorbo y sorbo de Pinot Noir—, pero tengo la madre de todas las cartas de triunfo.

—¿Se planea otro asesinato?

Kealty sabía que Laska no tenía sentido del humor, así que esa era, de hecho, una pregunta seria.

—¡Jesús, Paul! —Kealty sacudió la cabeza violentamente—. ¡No! Yo no tuve nada que ver con... digo... ni siquiera...

Kealty hizo una pausa, suspiró y luego lo dejó pasar.

—El Emir está bajo mi custodia y cuando llegue el momento voy a revelarlo y acabar con esa afirmación estúpida de Jack Ryan de que soy débil contra el terrorismo.

Las pobladas cejas de Laska se levantaron.

—¿Cómo lo capturaste?

—No importa cómo lo capturé. Lo que importa es que lo tengo.

Paul asintió lenta y cuidadosamente.

—¿Qué vas a hacer con el Emir?

—Te acabo de decir. Hacia el final de las elecciones, mi director de campaña, Benton Thayer, dice que debería hacerlo en el segundo o tercer debate, voy a anunciar al país que yo...

—No, Ed. Me refiero a su juicio. ¿Cómo vas a proceder a hacerlo responsable por sus supuestas acciones?

—Oh.

Kealty alzó un brazo en el aire mientras deslizaba otro delicioso bocado de costilla en el tenedor de plata.

—Brannigan del Departamento de Justicia quiere juzgarlo en Nueva York; probablemente voy a dejar que lo haga.

Laska asintió con la cabeza.

—Creo que deberías hacer exactamente eso. Y deberías enviar un mensaje al mundo.

Kealty ladeó la cabeza.

—¿Qué mensaje?

—Que Estados Unidos es, una vez más, la tierra de la justicia y la paz. No de los juicios amañados.

Kealty asintió lentamente.

—Quieres que tu fundación lo defienda.

—Es la única manera.

Kealty asintió y tomó un sorbo de vino. Tenía algo que Laska quería. Un caso de alto perfil contra el gobierno de los Estados Unidos.

—Puedo hacer que eso suceda, Paul. Voy a recibir críticas de la derecha, pero ¿a quién le importa? Y probablemente más ambivalencia de la izquierda de lo que quisiera, pero nadie de nuestro lado del pasillo chillará demasiado al respecto.

—Excelente —dijo Laska.

—Por supuesto —dijo Kealty, su tono cambió un poco ahora que ya no estaba sentado frente a Laska con la mano estirada pidiendo limosna—, sabes lo que una victoria de Ryan le haría al juicio. Tu Iniciativa para una Constitución Progresista no tendría ningún rol en un tribunal militar en Guantánamo.

—Entiendo.

—Sólo puedo hacer que esto suceda si gano. E incluso con esta gran revelación que pienso hacer en el debate presidencial, sólo voy a ganar con tu continuo apoyo. ¿Puedo contar contigo, Paul?

—Dale a mi gente el caso del Emir y tendrás mi continuo apoyo.

Kealty sonrió como el gato de Cheshire.

—Maravilloso.

Mientras Paul Laska yacía en su cama, pensó en esa conversación en la Casa Blanca. El equipo legal de la ICP de Laska había resuelto todos los detalles secretos complicados con el Departamento de Justicia en los meses transcurridos desde entonces y ahora que la noticia de su captura era pública, la gente de Laska comenzaría a preparar la defensa del Emir a la mañana siguiente.

Mientras Paul escuchaba el tic tac del reloj de pie en la esquina de su dormitorio a oscuras, lo único en lo que podía pensar era en cómo Ryan desharía todo cuando se convirtiera en Presidente de los Estados Unidos.

Cuando, no *si*, Laska se dijo a sí mismo.

Hovno. Maldito Ed Kealty. Kealty ni siquiera pudo ganar un debate donde tenía la mejor noticia que el país hubiera oído en un año.

Hijo de puta.

Paul Laska decidió, en ese mismo momento, que no iba a gastar un centavo más en ese maldito perdedor de Ed Kealty.

No, desviaría sus fondos, su poder, hacia una sola cosa.

La destrucción de John Patrick Ryan, ya fuera antes de que asumiera su inevitable cargo en la Oficina Oval o durante su administración.

21

Un día completo después de la operación de París, todos los agentes del Campus, John Clark incluido, estaban sentados en la sala de conferencias en el noveno piso de Hendley Asociados en el oeste de Odenton, Maryland. Los cinco hombres aún estaban cansados y adoloridos de la operación, pero cada uno había tenido la oportunidad de ir a su casa y dormir unas pocas horas antes de dirigirse a la oficina para rendir informe después de la acción.

Clark había dormido más que los otros, pero sólo debido a los medicamentos. En el avión, Adara Sherman le había administrado analgésicos que lo habían noqueado hasta el momento del aterrizaje y luego había sido recogido por Gerry Hendley y Sam Granger y conducido a la oficina privada de un cirujano que Hendley había contratado en Baltimore para una eventualidad como esa. Al final, Clark no había necesitado cirugía y el doctor se había mostrado muy efusivo en sus elogios a la labor de la persona o personas que le habían limpiado y vendado la herida inicialmente.

Él no tenía cómo saber que la persona que había tratado al herido tenía una buena cuota de experiencia con heridas por arma de fuego en Irak y Afganistán, y la mayoría de esas heridas eran mucho más graves que el hueco que había dejado la bala de 9 milímetros que había atravesado el cúbito de Clark. Aparte de sacarle una radiografía que reveló una fractura del hueso, entregarle un yeso removible, un cabestrillo y antibióticos, el cirujano de Hendley tenía poco más que hacer que recordar guardar silencio sobre todo el asunto.

Hendley y Granger luego llevaron a Clark a su casa. Tanto la mujer de John, Sandy, una enfermera jubilada, como su hija Patsy, ella misma médica, estaban allí esperándolo. Revisaron su herida una vez más, haciendo caso omiso de sus protestas de que estaba bien y sus quejas sobre el constante tironeo y cambio de la cinta médica que sostenía su vendaje. Finalmente John logró dormir un par de horas antes de conducirse a sí mismo al trabajo para el informe post-acción de la mañana.

Gerry comenzó la sesión entrando en la habitación, quitándose el abrigo y doblándolo encima de la silla en la cabecera de la mesa. Dejó escapar un largo suspiro y dijo:

—Señores, yo, por mi parte, echo de menos los días de las lapiceras envenenadas.

En las primeras misiones de asesinato que el Campus

había realizado, los agentes habían empleado lapiceras inyectoras de succinilcolina que eran un medio eficaz para matar a alguien. Una vuelta rápida de la punta de la lapicera para revelar la punta de la jeringa, luego un paseo cerca del objetivo y finalmente un golpe rápido en su culo. El asesino, en todos salvo un par de casos, seguía caminando desapercibido, mientras que el mismo objetivo continuaba caminando por la calle, preguntándose qué lo acababa de pinchar o picar.

Hasta momentos más tarde, cuando el objetivo sucumbía a un repentino ataque al corazón y moría allí, con sus colegas de pie junto a él sin tener idea de lo que estaba pasando ni que el hombre que se estaba ahogando acababa de ser asesinado ante sus ojos.

Era rápido y limpio, y ese fue el punto de Gerry. Nadie se resistía en un ataque al corazón. Nadie sacaba su pistola o su cuchillo, porque nadie se daba cuenta de que estaba siendo atacado.

—Ojalá siempre funcionara así —dijo Gerry.

A continuación cada uno de los agentes habló de lo que hizo, lo que vio, y lo que pensaba sobre lo que había hecho y visto. Los hombres alrededor de la habitación dieron informe así durante gran parte de la mañana y con excepción de algunas autocríticas sobre cosas pequeñas, el consenso general era que todos habían reaccionado y respondido extremadamente bien al drástico cambio de, literalmente, último minuto en la operación.

Y también coincidieron en que habían tenido mucha suerte, a pesar del antebrazo de John Clark.

El jefe de operaciones del Campus, Sam Granger, había guardado silencio durante la mayor parte de la discusión. Él no había estado en la escena, después de todo. Después de que los cinco agentes hubieron terminado, se levantó y se dirigió a todos los sentados a la mesa.

—Hemos repasado lo que pasó, pero ahora es el momento para hablar de las consecuencias. Represalias. Porque aunque ustedes salvaron a los oficiales de la DCRI y acabaron con un conocido líder terrorista y cinco de sus cómplices, eso no significa que el FBI no le va a echar encima a Hendley Asociados si se llega a saber que estuvimos involucrados.

Una sonrisa de Dom y Sam Driscoll, los dos agentes más «relajados» de la unidad. Los otros hombres estaban un poco más serios acerca de las implicaciones. Granger dijo:

—He estado monitoreando los informes de los medios sobre el incidente y ya se especula que se trata de una especie de pelea de gatas entre terroristas en la que la seguridad francesa se vio metida. No se ha informado que los de la DCRI fueran rescatados de ser asesinados por individuos desconocidos armados. Por desagradable que fuera para ustedes en ese momento que este haya sido un golpe tan complicado, fue aún más confuso para la DCRI. Sólo vieron hombres entrando a golpes en su habitación y disparándose unos a otros. No me puedo imaginar lo que estaban pensando.

Sam le hizo una seña a Rick Bell, el jefe de análisis en el Campus.

—Afortunadamente, no tengo que hacerlo. Rick le ha encargado a sus analistas de abajo investigar lo que las autoridades francesas saben, o creen saber, acerca de lo que está pasando.

Rick se levantó y se dirigió a los presentes en la sala de reuniones.

—La DCRI y la policía judicial están investigando esto, pero la DCRI no le ha concedido entrevistas de su gente en la escena a los investigadores de la policía, por lo que la policía judicial no está llegando a ninguna parte con su investigación. La DCRI reconoce que hubo dos grupos diferentes de actores y no una sola célula que se volvió loca y comenzó a dispararse unos a otros. No han llegado mucho más lejos que eso todavía, pero van a cavar mucho más profundo.

»El hecho de que seguirán investigando es la mala noticia, pero no es algo que no esperáramos. La buena noticia es que, en cuanto a las pruebas de video, ustedes parecen estar fuera de peligro. Hay un par de tomas granuladas lejanas de las cámaras de la calle. Jack cruzando la Avenida George V en su camino alrededor de la esquina del Hôtel de Sers y una de John entrando por la parte delantera del Four Seasons y luego volviendo a salir. También Ding y Dom doblando la esquina con el equipo bajo sus chaquetas. Pero el mejor software de reconocimiento facial del mundo no tiene algoritmos que puedan resolver la distorsión de las máscaras y los anteojos de sol que todos ustedes usaron durante las operaciones.

Rick se sentó de nuevo y Sam Granger volvió a dirigirse a la sala:

—Eso no quiere decir que no haya habido un turista que

haya logrado una toma cercana de alguno de ustedes con la cámara de su teléfono celular. Pero si eso sucedió, hasta el momento no ha salido a la luz.

Algunos asintieron en la habitación, pero nadie dijo nada.

—Está bien —dijo Rick—. Ahora hablemos de lo que ustedes ayudaron a evitar. De acuerdo con las comunicaciones interceptadas por los oficiales de seguridad franceses, al Qahtani y sus hombres tenían más de quinientos cartuchos de municiones entre ellos. No había silenciadores en sus pistolas automáticas. Esos hijos de puta iban a entrar a punta de disparos y luego salir a punta de disparos. Ustedes salvaron seis oficiales de seguridad, pero probablemente salvaron a otros veinte policías y civiles también.

—¿Qué pasó con Rokki? —preguntó Chávez.

—Se ha ido. Un centenar de sirenas en la calle se hicieron cargo de eso.

Granger dijo:

—Yo soy de la opinión de que Hosni Rokki y sus hombres eran simples MacGuffins. No estaban allí para cometer ningún tipo de acto terrorista. No estaban allí porque estaban molestos por la prohibición de la burka. En vez, creo que Rokki acababa de llegar a la ciudad bajo las órdenes de al Qahtani para captar la atención de los oficiales de seguridad franceses, de modo que al Qahtani y el auténtico equipo de terroristas, que ya estaban en posición, pudieran identificarlos y asesinarlos.

—Maldita sea —dijo Ryan—. Nos llevé directo a una trampa al enviar a John y Ding detrás de Rokki en primer lugar.

—Me alegro de que hicieras lo que hiciste —dijo Clark—. Si no hubiéramos estado en la escena, habría sido muy malo. En el corto plazo, salvaste algunas vidas inocentes. En el largo plazo... demonios, esos agentes de vigilancia de la DCRI podrían salvar al mundo algún día. Me alegro de que todavía estén vivos para hacerlo.

—Sí —dijo Ryan con un encogimiento de hombros. Eso tenía sentido.

Gerry Hendley se volvió hacia Granger.

—¿Conclusiones, Sam?

Sam Granger se puso de pie.

—Mi conclusión es... ustedes chicos lo hicieron bien. Pero no podemos dejar que algo como esto vuelva a suceder. ¿Un tiroteo corriendo por las calles de una capital europea? ¿Con cámaras, testigos, policías, civiles en el camino? Esto no es para lo que se creó el Campus. Jesús, esto podría haber sido un desastre.

Jack Ryan hijo había estado en la cresta de la ola durante las últimas veinticuatro horas. Aparte de la lesión de Clark, sentía como si todo hubiera sido perfecto, excepto por el hecho de que Rokki y sus hombres habían escapado. Incluso todos habían determinado tempranamente que la herida en el brazo de John no había sido muy grave. Pero de alguna manera Sam Granger acababa de poner todo en perspectiva y ahora Jack no estaba tan seguro de qué tan grandiosos eran él y su equipo. En vez, se preguntó cuánto, de hecho, podía ser atribuido a la suerte. Habían estado corriendo al filo de la navaja durante la operación y no habían caído. La suerte existe, Jack se dio cuenta. Esta vez había terminado bien. La próxima vez, podría terminar mal.

La reunión se interrumpió para el almuerzo, pero Gerry Hendley le pidió a Ryan que se quedara por un segundo. Chávez y Clark se quedaron en la sala de conferencias también.

Jack Junior pensó que estaba a punto de ser reprendido por discutir con Clark en la mitad de la operación acerca de dejar la lucha inminente y en vez partir hacia el vestíbulo. Había estado esperando esto desde entonces y estaba seguro de que si John no hubiera sido herido y sedado durante el vuelo a casa, lo hubiera regañado severamente en el avión.

Pero en lugar de un sermón acerca de seguir órdenes durante una operación, Gerry fue en una dirección diferente.

—Jack, todos estamos muy impresionados contigo por todo el entrenamiento que has estado haciendo durante estos últimos meses. Dicho esto, somos un negocio pequeño y con el incremento en OPTEMPO, no puedo arriesgarme a que pierdas un día de trabajo en estos momentos. Voy a sacarte del entrenamiento por un rato.

—Gerry, sé que... .

Gerry levantó una mano para detener el argumento de Ryan, pero Chávez intervino.

—Gerry tiene razón. Si se tratase de una operación más grande, podríamos mantener la rotación de hombres entrando y saliendo de entrenamiento todo el tiempo. Respetamos lo que estás haciendo y yo sé que te ha ayudado mucho, pero en París nos mostraste que ya eres absolutamente parte del equipo y cada uno de nosotros te necesita ahí afuera con nosotros.

La opinión de Chávez era todo para Jack Junior, pero aún así, sentía que necesitaba más experiencia y, con tan sólo veintiséis años de edad, no creía que fuera posible que pudiera lesionarse durante su entrenamiento.

—Amigos, se los agradezco. En serio. Sólo pienso...

Ahora Clark tomó la palabra:

—Vas a conseguir el resto de tu entrenamiento en el trabajo.

Ryan dejó de hablar. En vez, asintió con la cabeza.

—Está bien.

Cuando los cuatro hombres salieron de la sala de conferencias para su descanso, Ryan alcanzó a Clark en el pasillo.

—Ey, John. ¿Tienes un segundo?

—Por supuesto. ¿Qué pasa?

—¿Te importa si vamos a tu oficina?

—No si primero nos traes un poco de café.

—Incluso revolveré tu azúcar para que no lo derrames sobre tu escritorio revolviéndolo con una sola mano.

Cinco minutos más tarde, ambos hombres tomaban un café en la oficina de Clark. El hombre mayor se sentó con su brazo lesionado fuera del cabestrillo y apoyado sobre su escritorio por el codo del yeso.

—John —dijo Ryan—, cuando me dijiste que fuera hacia

el vestíbulo, no debí haber cuestionado eso. Estaba equivocado y lo siento.

Clark asintió con la cabeza.

—He estado haciendo esto por un buen rato, Jack. Sé lo que estoy haciendo.

—Por supuesto. Sólo pensé...

El hombre mayor lo interrumpió.

—Pensar es bueno. Fue tu forma de pensar lo que nos puso en posición de ayudar al enviarnos tras Rokki y fue tu forma de pensar cuando viste la camioneta con los tipos sospechosos la que nos envió a la ubicación correcta. Tu pensamiento le salvó la vida a un montón de personas. Yo nunca te voy a decir que dejes de pensar. Pero sí te diré cuándo es el momento de callar y escuchar órdenes. Si cada uno hace lo que *piensa* que es correcto cuando las balas están a punto de empezar a volar, entonces no funcionaríamos como una unidad cohesiva. A veces puede no gustarte la orden que recibes, a veces puede que no tenga sentido para ti, pero tienes que hacer lo que te dicen. Si hubieras pasado algún tiempo en el ejército, esto sería algo automático para ti. Pero no lo has hecho, por lo que simplemente vas a tener que confiar en mí.

Ryan se limitó a asentir.

—Tienes razón. Dejé que mis emociones se cruzaran en el camino. No volverá a suceder.

Clark se limitó a asentir. Sonrió.

—¿Qué? —preguntó Jack.

—Tú y tu papá.

—¿Qué pasa con mi papá?

—Las similitudes. Las historias que podría contarte.

—Adelante.

Sin embargo, el hombre mayor sacudió la cabeza.

—Todo a su debido tiempo muchacho. Todo a su debido tiempo.

Jack se sonrió.

—De alguna manera, algún día, voy a sacarles todas esas historias ya sea a ti o a mi papá.

—Tu mejor oportunidad fue en el Gulfstream cuando volvíamos cruzando sobre el Atlántico. La Srta. Sherman me tenía bastante chiflado con medicamentos para el dolor.

Ryan sonrió.

—Perdí mi oportunidad. Espero tener otra oportunidad que no implique que tu recibas un disparo.

—Yo también, muchacho —Clark sacudió la cabeza y se rió entre dientes—. He recibido disparos peores que este, pero esta es la primera vez que he recibo una bala de un policía tratando de hacer su trabajo. Es difícil estar enojado con nadie excepto conmigo mismo.

El teléfono de Clark sonó en su escritorio. Lo agarró.

—¿Sí? Claro, lo mandaré para abajo. ¿Yo también? Bueno, estaré ahí enseguida.

Clark miró a Ryan mientras colgaba el teléfono.

—Tony Wills nos necesita en tu escritorio.

22

Jack encontró a Tony Wills sentado en su cubículo, que estaba al lado del de Ryan. Gavin Biery, el jefe de TI de la compañía, estaba sentado con Tony. En la silla de Ryan estaba sentado su primo Dom Caruso esperando por él. Sam Driscoll estaba apoyado en la separación del cubículo. Sam Granger y Rick Bell, los jefes de operaciones y análisis, respectivamente, también estaban allí de pie.

—¿Es esto una fiesta sorpresa?—preguntó Ryan. Dom y Sam se encogieron de hombros. No sabían por qué Tony los había llamado tampoco.

Pero Willis tenía una sonrisa de satisfacción en su rostro. Llamó a todos para que se acercaran a su monitor.

—Tomó un poco de tiempo, sobre todo porque la operación de París se cruzó en el camino, pero también por la calidad de las fotos, sin embargo el software de reconocimiento facial finalmente dio algunos resultados sobre el tipo que Sam y Dom vieron reuniéndose con Mustafa el Daboussi en El Cairo el otro día.

—Genial —dijo Dom—. ¿Quién es él?

—Gavin —dijo Wills—. Tú tienes el control.

—Bueno —Gavin Biery se abrió camino a través de los hombres amontonados en el cubículo y se sentó en la silla de Wills—. El software ha reducido al hombre de El Cairo a dos probables personas.

Trabajó en el teclado por un momento y una de las imágenes tomadas por la cámara secreta de Dom en el caravasar en El Cairo apareció en una mitad del monitor de veintidós pulgadas.

Gavin dijo:

—El reconocimiento facial dice que hay una posibilidad de noventa y tres por ciento de que este tipo sea... —hizo clic en su *mouse*—. Este tipo.

Apareció una imagen junto a la foto que Dom había tomado del hombre. Era la foto de un pasaporte paquistaní de un hombre llamado Khalid Mir. El hombre llevaba anteojos con marcos redondos, tenía una barba recortada y parecía ser varios años más joven que lo que se veía en la foto de El Cairo.

—Ha cambiado mucho, pero creo que es el mismo hombre —dijo inmediatamente Caruso.

—¿Sí? —dijo Wills—. Pues bien, tu chico es Mir Khalid, alias Abu Kashmiri, un conocido operativo de Lashkar-e-

Taiba en Pakistán. Son peligrosos y Khalid solía ser uno de sus peces gordos.

—¿Solía ser?

Ryan contestó antes que Willis:

—Uno de los ataques con aviones no tripulados de Kealty supuestamente lo liquidó en Pakistán hace unos tres años. Eso fue casi al mismo tiempo que LeT comenzó a expandirse y enviar a sus operativos contra objetivos occidentales. Antes de eso habían sido casi exclusivamente un grupo terrorista con sede en Cachemira, que atacaba a la India y la India solamente.

Dom Caruso se dio la vuelta y miró a Ryan.

—Sin ánimo de ofender, Junior, pero no se supone que tienes que conocer de vista a todos estos tipos?

Jack se encogió de hombros.

—Si este hombre era un miembro de LeT que luchaba contra la India y murió hace tres años, no estaba exactamente en mi matriz de amenazas terroristas peligrosas para Occidente.

—Tiene sentido. Lo siento.

—No hay problema.

Granger entonces miró a Driscoll.

—¿Sam? No has dicho nada. Dom piensa que este es el tipo que vieron en El Cairo.

Dom respondió por su compañero:

—Sam en ese momento vinculó al tipo como un oficial del ejército.

Driscoll asintió con la cabeza.

—Estaba seguro de ello, pero esta foto se ve como que podría ser la misma persona.

Gavin Biery sonrió.

—¿Pensaste que era un oficial militar, eh? Bueno, el software de reconocimiento dice que hay noventa y seis por ciento de posibilidades de que tengas razón.

Hizo un par de clics más con su mouse. La foto del pasaporte de Khalid Mir desapareció y fue reemplazada por una foto granulosa de un hombre en un uniforme verde oliva cruzando una calle, llevando un maletín y papeles bajo el brazo. Este hombre parecía más viejo y de cara más rellena que la foto del pasaporte de Khalid Mir.

Driscoll asintió enérgicamente.

—*Ese* es el tipo de El Cairo.

—Maldición —murmuró Sam Granger—. ¿Quién es él, Tony?

—Él es el general de brigada Riaz Rehan.

—¿General de qué?

—Está en la Fuerza de Defensa paquistaní. También el actual director de Misceláneos de Inteligencia Conjunta de la ISI. Una figura oscura, a pesar de que es jefe de departamento y general. No hay más fotos conocidas del hombre que esta.

—Pero, espera —dijo Clark—. Si este es el tipo de El Cairo, puede Mir Khalid ser el tipo de El Cairo también?

—Podría ser —dijo Biery, pero no aclaró.

Tony Wills lo reprendió.

—Gavin, ya hablamos de esto. Sin dramatismo, por favor.

Biery se encogió de hombros.

—Maldita sea. Los chicos de TI nunca podemos divertirnos. Bueno, ésta es la cosa: ambas imágenes, la del tipo de la ISI y la del tipo de LeT, han estado en la base de datos que utiliza la CIA para reconocimiento facial durante mucho tiempo, pero nunca fueron coincididas entre sí.

—¿Por qué no? —preguntó Clark.

Gavin parecía contento de que le hicieran esa pregunta.

—Porque los algoritmos de reconocimiento facial no son perfectos. Funcionan mejor cuando las caras que se comparan son fotografiadas desde el mismo ángulo con los mismos valores de luminosidad. Mediante el uso de métricas faciales, es decir, la distancia entre puntos clave, como los ojos y los oídos y tal, el software determina una probabilidad estadística de que está viendo la misma cara. Si hay demasiadas anomalías, ya sea porque las caras no coinciden muy bien o porque las fotografías se tomaron a diferentes resoluciones o una de las imágenes registra algún movimiento del sujeto, entonces la probabilidad de coincidencia se reduce precipitadamente. Podemos resolver estas discrepancias externas un poco mediante el uso de algo que se llama el modelo de apariencia activa, que elimina la forma de la cara y sólo utiliza la textura como comparación.

Dom Caruso dijo:

—Perdona, Gavin, pero tenemos que estar de vuelta arriba en diez minutos. ¿Puedes ir al grano?

—Dom, démosle el gusto un minuto más, ¿de acuerdo? —dijo John.

Dom asintió y Biery Clark ahora se dirigió directamente a John, como si el otro hombre no estuviera en la habitación.

—De todos modos, la foto de Mir Khalid en su pasaporte y la imagen de Riaz Rehan cruzando la calle en Peshawar son demasiado diferentes para que los actuales softwares de reconocimiento facial puedan conectarlos, ya que hay demasiadas variaciones en el ángulo, la iluminación, el tipo de equipo utilizado para sacar la fotografía y por supuesto Rehan está usando anteojos de sol, lo que no es tanto un problema como lo solía ser antes que se comenzara a utilizar un diseño de software más reciente, pero sin duda no ayuda. Así que estas dos imágenes —movió su cursor de un lado a otro entre las dos imágenes más antiguas en la pantalla—, no coinciden.

Luego movió el cursor sobre la imagen de El Cairo tomada tres días antes.

—Sin embargo, estas dos imágenes coinciden con esta imagen, ya que mantiene suficientes características de las otras dos. Está en el medio, por así decirlo.

—¿Así que las tres tomas son sin duda la misma persona? —preguntó Chávez.

Biery se encogió de hombros.

—¿Definitivamente? No. No nos gusta usar ese término cuando hablamos de probabilidades matemáticas.

—Está bien, ¿cuál es la probabilidad?

—Hay una probabilidad de noventa y un por ciento de que el tipo de El Cairo, el general y el tipo muerto sean el mismo tipo.

Todas las cejas en la habitación se levantaron. Ryan habló por el grupo:

—¡Qué demonios!

—Demonios, sin duda —dijo Wills—. Acabamos de enterarnos de que un conocido terrorista de LeT no sólo no está muerto, sino que ahora es jefe de departamento de la inteligencia paquistaní.

Y Granger agregó:

—Y este jefe de departamento para la ISI, que es, o era, un agente de LeT, ahora se reúne con un conocido hombre peligroso en El Cairo.

—No me gusta decir lo obvio —dijo Dominic—, pero tenemos que saber más acerca de este tipo Rehan.

Granger miró su reloj.

—Bueno, esa fue la hora del almuerzo más productiva que hemos tenido en mucho tiempo. Volvamos a la sala de conferencias.

De vuelta arriba, Granger puso al día a Hendley sobre los acontecimientos. De inmediato, el descubrimiento de Tony Wills y Gavin Biery desplazó a la operación de París como el foco principal de la reunión.

—Esto es grande —dijo Hendley—, pero también todo es muy preliminar. No quiero adelantarme a los hechos y filtrar inteligencia hacia la CIA o MI6 o cualquier otra persona que no sea cien por ciento sólida. Necesitamos saber más acerca de este general en la ISI.

Todos estuvieron de acuerdo.

—¿Cómo podemos comprobar esto?—preguntó Henley.
Ryan habló primero.

—Mary Pat Foley. El Centro Nacional Antiterrorista sabe más de Lashkar que cualquiera. Si podemos saber más acerca de Mir Khalid, antes de convertirse en Riaz Rehan, tal vez podamos usar eso para conectar a los dos tipos.

Hendley asintió.

—No le hemos hecho una visita a Mary Pat por un buen tiempo. Jack, ¿por qué no la llamas y la invitas a almorzar? Puedes ir a Liberty Crossing y mostrarle la conexión Mir-Rehan. Apuesto a que lo va a encontrar muy interesante.

—La llamaré hoy mismo.

—Bien. Pero guárdate nuestras fuentes y métodos.

—Entendido.

—Y ¿Jack? Hagas lo que hagas, no menciones que acabas de regresar de París.

La sala de conferencias se llenó en cansadas risas.

23

El auto alquilado por Judith Cochrane, de sesenta y un años, venía con GPS incluido en el tablero, pero ella no lo utilizó para la ruta de cuarenta millas desde Colorado Springs. Conocía el camino hacia el número 5880 en la Carretera Estatal 67, ya que había estado ahí muchas veces para visitar a sus clientes.

Su Chrysler alquilado salió por la Avenida South Robinson y se detuvo en la primera entrada de ADX Florence. Los guardias la conocían de vista, pero de todos modos revisaron sus documentos e identificación con cuidado antes de dejarla pasar.

No era fácil para un abogado ver a un cliente en Florence; era aún más difícil para un abogado ver a un cliente ubicado en la Unidad H y un cliente en Range 13 era casi imposible de ver cara a cara. Cochrane y la Iniciativa para una Constitución Progresista se encontraban en las últimas etapas de la redacción de una demanda judicial para solucionar este problema, pero por el momento tenía que jugar con las reglas de máxima seguridad.

Como uno de los visitantes más asiduos a ADX Florence, Judith había venido preparada. Llevaba una cartera que no traía nada de valor, porque tendría que dejarla en un casillero, y no se molestaría en entrar con su computadora portátil o teléfono celular, ya que se los quitarían de inmediato si los llevara con ella. Llevaba un calzado cómodo porque tendría que caminar de la unidad de administración hasta la celda de su prisionero, un trayecto de cientos de pies de pasillos y pasarelas techadas al aire libre, y se aseguró de vestir en un traje de pantalón particularmente conservador, para que el director no le negara la entrada con la acusación absurda de que su vestimenta era provocativa.

También sabía que iba a tener que pasar por máquinas de rayos X y escáneres de cuerpo entero, así que siguió las reglas de la prisión para los visitantes y llevaba un sostén sin aros.

Siguió conduciendo, pasando la caseta de seguridad, más allá de un largo y alto muro. Dio la vuelta hacia el sur y pasó por más puertas remotas, y mientras conducía lentamente se encontró con más torres de vigilancia, escopetas, rifles de asalto, pastores alemanes y cámaras de seguridad de las que pudiera contar. Finalmente, se detuvo en un gran parque de estacionamientos medio vacío fuera del ala administrativa.

Detrás de ella, en la entrada al estacionamiento, una hilera de puntas de color amarillo brillante de accionamiento hidráulico se levantaba desde el suelo de concreto. No se iría de aquí hasta que el personal de guardia estuviera listo para que se fuera.

Una guardia mujer recibió a Judith Cochrane en la puerta de su auto y juntas caminaron a través de una serie de puertas de seguridad y pasillos en el ala administrativa de la prisión. No hubo conversación entre las dos y la guardia no le ofreció ayuda a la mujer de más edad para llevar su maletín o tirar del bolso de su computadora portátil.

—Preciosa mañana —dijo Judith Cochrane mientras marchaban por un pasillo blanco y limpio.

La guardia ignoró su comentario, pero siguió liderando el camino con profesionalismo.

La mayoría de los guardias en ADX Florence no tenía una buena opinión de la mayor parte de los abogados que defendían a los presos encarcelados aquí.

A Cochrane no le importaba, podía arrastrar sus propias bolsas y hace mucho tiempo había decidido que prefería la compañía de los reclusos en las prisiones de máxima seguridad que del personal de guardia, quienes eran, en su opinión, simplemente matones sin educación.

Su visión del mundo era tan sombría y cruel como sencilla. Los guardias de las prisiones eran como soldados, que eran como la policía, que eran como cualquier otro agente federal que empuñaba un arma de fuego. Ellos eran los malos.

Después de graduarse y pasar el *bar*[23] de California, Judith Cochrane había sido contratada por el Centro de Derechos Constitucionales, un grupo de defensa legal que se centraba en casos de derechos civiles. Después de algunos años de eso, se había ido a la práctica privada y había trabajado en algunos casos de alto perfil, incluyendo su trabajo como abogado principiante en el equipo jurídico que defendió a Patty Hearst en las acusaciones de robo de banco.

Después de eso, trabajó para la ACLU una docena de años y luego en Human Rights Watch por varios más. Cuando Paul Laska aportó los fondos para el desarrollo de la Iniciativa para una Constitución Progresista, él mismo la había reclutado personalmente para unirse al bien financiado grupo liberal de defensa judicial. No había tenido que hacer un gran esfuerzo para conseguir que aceptara; Cochrane estaba encantada de tener un trabajo que le permitiera elegir sus casos. Casi inmediatamente después de la puesta en marcha de la organización, sucedieron los ataques del 11 de septiembre de 2001, y para Judith Cochrane y sus compañeros de trabajo eso significaba algo verdaderamente terrible. Ella sabía que se venía una caza de brujas por delante por parte del gobierno norteamericano: cristianos y judíos contra musulmanes.

Durante más de media década se le había pedido a Cochrane aparecer en cientos de programas de televisión para hablar de los males del gobierno de los Estados Unidos. Ella

---

23   El *bar* es el examen para practicar la abogacía en los Estados Unidos (N. del T.).

había hecho el máximo de apariciones que pudo sin dejar de defender a sus clientes.

Sin embargo, cuando Ed Kealty fue elegido presidente, Judith Cochrane se encontró de pronto en la lista negra. Le sorprendió que las redes de televisión no estuvieran tan interesadas en los derechos civiles cuando Kealty y sus hombres manejaban el FBI, la CIA y el Pentágono como lo habían estado haciendo durante los años de Ryan.

En estos días, con Kealty en la Casa Blanca, Cochrane tenía tanto tiempo como fuera necesario para trabajar en sus casos. Ella era soltera y sin hijos, y su trabajo era su vida. Había desarrollado muchas relaciones personales cercanas con sus clientes. Relaciones que nunca podrían dar lugar a algo más que la cercanía emocional, ya que prácticamente todos sus clientes estaban separados de ella por ventanas de plexiglás o barras de hierro.

Ella estaba casada también, en sentido figurado, con sus convicciones, una historia de amor de toda la vida con sus creencias.

Y eran esas convicciones las que la traían aquí a la cárcel de máxima seguridad para conocer a Saif Yasin.

Fue conducida a la oficina del director, donde el director le dio la mano y le presentó a un hombre negro de gran tamaño en un uniforme azul almidonado.

—Este es el comandante de la unidad H. Él la llevará al

Range 13 y hasta el personal del FBI a cargo de su prisionero. No tenemos la custodia efectiva del prisionero 09341-000. En esencia, sólo somos el centro de detención.

—Entiendo. Gracias —dijo mientras estrechaba la mano del hombre uniformado—. Nos vamos a estar viendo mucho.

El comandante de la unidad respondió profesionalmente:

—Srta. Cochrane, esta es sólo una formalidad, pero tenemos nuestras reglas. ¿Puedo ver su tarjeta de *bar* estatal?

Ella metió la mano en su bolso y se la entregó. El comandante de la unidad la miró y se la devolvió.

—Este prisionero será tratado de manera diferente —dijo el director—. ¿Asumo que usted tiene una copia de sus Medidas Administrativas Especiales, así como las directrices para sus reuniones con él?

—Tengo ambos documentos. De hecho, tengo un equipo de abogados preparando nuestra respuesta a ellos.

—¿Su respuesta?

—Sí. Vamos a demandarlos pronto, pero usted ya debe saber eso.

—Bueno... yo...

Cochrane esbozó una sonrisa.

—No se preocupe. Por hoy, me comprometo a cumplir con sus MAE ilegales.

El comandante de la unidad estaba desconcertado, pero el director intervino. Conocía a Judith Cochrane hacía suficiente tiempo como para permanecer imperturbable, no importaba lo que ella dijera o de qué lo acusara.

—Se lo agradecemos. Originalmente habíamos planeado que usted se reuniera con él a través de una «visita por video», al igual que nuestros otros presos de la Unidad de Residencia Especial, pero la Fiscalía dijo que usted se negó rotundamente.

—Lo hice. Este hombre está en una jaula, eso lo entiendo. Pero necesito tener alguna comunicación cercana con él para hacer mi trabajo. No puedo comunicarme con él a través de una pantalla de televisión.

El comandante de la unidad dijo:

—La llevaremos a su celda. Usted se comunicará con el preso a través de una línea telefónica directa. No está monitoreada; eso ha sido ordenado por el fiscal general mismo.

—Muy bien.

—Tenemos un escritorio para usted afuera de su celda. Hay una división de vidrio a prueba de balas, lo que servirá como cabina de visita abogado/cliente, igual que si se reuniera con uno de sus otros clientes en el centro de visitas.

Ella firmó papeles en la oficina del director, poniendo su nombre en acuerdos que habían sido desarrollados por el Departamento de Justicia y la Oficina de Prisiones en relación con lo que podía y no podía decirle al prisionero y lo que él podía y no podía decirle a ella. En su opinión era todo una mierda, pero los firmó para poder empezar a trabajar en la defensa del hombre.

Se preocuparía por eso más tarde y violaría su acuerdo si era para beneficio de su cliente. Al demonio, había demandado a la Oficina de Prisiones muchas veces antes. No iba a dejar que le dijeran cómo iba a representar a su cliente.

Juntos, ella y el comandante de la unidad salieron del edificio administrativo y caminaron por una pasarela cubierta a otra ala de la prisión. Fue escoltada a través de más puertas cerradas y al otro lado caminó a través de un escáner de rayos X similar a los que hay en el área de seguridad de los aeropuertos. Al otro lado del escáner un conjunto de puertas se abrieron y ahí se encontró con dos hombres en chalecos antibalas negros y pasamontañas negros, con rifles.

—Oh, Dios —dijo—. ¿Es todo esto realmente necesario?

El comandante de la unidad se detuvo en la puerta.

—Tengo mis responsabilidades —dijo— y terminan aquí mismo, en el umbral de Range 13. Ahora usted se encuentra bajo el cuidado del FBI, quienes están operando el anexo que alberga a su prisionero.

El comandante de la unidad extendió una mano amable y ella la estrechó sin realmente mirarlo. Luego se dio vuelta, dispuesta a seguir a los oficiales federales.

Los hombres del FBI la escoltaron al interior y ahí pusieron su bolso en un casillero en la pared de la inhóspita habitación blanca y luego la hicieron caminar a través de un escáner de cuerpo entero. Al otro lado se le entregó un bloc de notas tamaño legal y un marcador de punta suave, y luego la condujeron a través de dos conjuntos de puertas de seguridad monitoreadas por cámaras de circuito cerrado. Una vez que pasó a través de ellas, se encontró en una antesala afuera de la celda recientemente modificada. Delante de ella había cuatro hombres armados más del HRT[24].

El principal oficial de SWAT del FBI habló con un marcado acento de Brooklyn:

—Usted entiende las reglas, Srta. Cochrane. Se sienta en la silla en el escritorio y habla por teléfono con su cliente. Sus conversaciones serán privadas. Nosotros estaremos justo detrás de esa puerta y podremos verla en circuito cerrado de televisión, pero no hay ningún micrófono en esta sala o en la celda del prisionero.

Le dio un pequeño botón que se parecía a su abridor de la puerta del garaje.

—Botón de pánico —explicó—. El prisionero no podría pasar a través de ese vidrio con una ametralladora, así que no hay nada de qué preocuparse, pero si él hace algo que la hace sentir incómoda, basta con pulsar ese botón.

Cochrane asintió con la cabeza. Odiaba a estos hombres petulantes con sus reglas inhumanas, sus atroces armas de odio y sus cobardes máscaras. Sin embargo, era lo suficientemente profesional como para fingir amabilidad.

—Maravilloso. Gracias por su ayuda. Estoy segura de que voy a estar bien.

Se apartó del guardia y miró a su alrededor en la habitación. Vio la ventana que daba a la celda y vio que una mesa

---

24 Equipo de Rescate de Rehenes, por sus siglas en inglés (Hostage Rescue Team).

con ruedas había sido puesta allí, a este lado, para su beneficio. Había un teléfono sobre ella. Pero no estaba satisfecha.

—Oficiales, debería haber una ranura en el plexiglás para poder pasarle documentos en caso de que necesite que él vea o firme algo.

El oficial del HRT a cargo negó con la cabeza.

—Lo siento, señora. Hay una escotilla para que nosotros le pasemos su comida y ropa, pero está cerrada para su visita. Tendrá que hablar con el director acerca de eso para la próxima vez.

Y con eso, los cuatro hombres del HRT salieron por la puerta y la cerraron con un fuerte golpe.

Judith Cochrane se acercó a la mesita junto al vidrio y se sentó, puso el bloc de notas con la lapicera en su regazo y sólo entonces miró hacia la celda.

Saif Rahman Yasin estaba sentado en su cama de hormigón, mirando hacia el portal. Había estado leyendo un ejemplar del Corán que colocó suavemente sobre la mesa a los pies de la cama. Cuando Cochrane lo miró, él se quitó los anteojos emitidos por la prisión y se frotó los ojos, y Judith pensó inmediatamente en un joven Omar Sharif. Se puso de pie y cruzó la pequeña celda hacia ella, se sentó en un taburete de tres patas que había sido puesto junto a un teléfono en el suelo. Judith notó que el teléfono rojo no tenía botones o diales; lo conectaría sólo con el auricular en la mano. Yasin levantó el teléfono fuera de la base y lo acercó a su oído tentativamente. Mantuvo el rostro impasible y miró a la mujer a los ojos, como si esperara que ella hablara.

—Buenos días, señor Yasin. Mi nombre es Judith Cochrane. Me han dicho que usted habla excelente inglés, es mi información correcta?

El prisionero no dijo nada, pero Cochrane se dio cuenta de que la entendía. Ella había trabajado casi exclusivamente con personas cuya lengua materna era otra que la suya y no tenía problemas para discernir bien el reconocimiento o la perplejidad. Continuó:

—Yo soy un abogado de la Iniciativa para una Constitución Progresista. El Fiscal General de los Estado Unidos, Michael Brannigan, ha decidido que su caso será procesado en los Tribunales de Distrito de los Estados Unidos para el Distrito Oeste de Virginia. La oficina del Fiscal General preparará la acusación en su contra y mi organización ha sido contratada para proveer su defensa. ¿Me ha entendido hasta ahora?

Ella esperó un momento por una respuesta, pero el hombre conocido como el prisionero 09341-000 sólo le devolvía la mirada.

—Podemos esperar que este sea un proceso largo, sin duda de más de un año de duración, probablemente más cerca de dos años. Antes de que eso siquiera comience, hay varios pasos preliminares que tenemos que...

—Me gustaría hablar con alguien de Amnistía Internacional acerca de mi detención ilegal.

Cochrane asintió con empatía, pero dijo:

—Me temo que no estoy en condiciones de hacer que eso suceda. Le aseguro que *estoy* trabajando por sus intereses y la primera orden del día será la de evaluar las condiciones de su reclusión, para que goce de la atención y tratamiento adecuados.

El Emir sólo repetía.

—Me gustaría hablar con alguien de Amnistía Internacional acerca de mi detención ilegal.

—Señor, usted es afortunado de estar siquiera hablando con alguien.

—Me gustaría hablar con alguien de Amnistía Internacional acerca de mi...

Cochrane suspiró.

—Señor Yasin. Conozco su libro de jugadas. Uno de sus manuales fue recogido por soldados de fuerzas especiales estadounidenses en Kandahar hace unos pocos años. Explicaba, en detalle, las instrucciones para saber qué hacer en caso de captura y cautiverio.

»Sabía que iba a pedir un representante de Amnistía Internacional. Yo no estoy con Amnistía Internacional, es cierto, pero estoy con una organización que será mucho más beneficiosa para usted en el largo plazo.

Yasin se quedó mirándola durante un buen rato, sosteniendo el auricular en su oreja. Luego volvió a hablar, alterando el guión.

—Usted ha dado ese discurso antes.

—En efecto. He representado a muchos hombres y una o dos mujeres que los Estados Unidos ha calificado como combatientes enemigos. Todos y cada uno de ustedes ha leído el manual. Usted puede ser la primera persona con la que he hablado que probablemente escribió parte del manual.

Ella sonrió cuando dijo esto.

Yasin no respondió.

Cochrane siguió:

—Entiendo cómo debe sentirse. No hable por ahora. Sólo escuche lo que tengo que decir. El Presidente de los Estados Unidos y el Fiscal General han hablado personalmente con el director de la Oficina de Prisiones haciendo hincapié en lo importante que es que usted tenga conversaciones confidenciales con su equipo legal.

—¿Mi... mi *qué*?

—Su equipo legal. Yo y otros abogados de la ICP, eso es la Iniciativa para una Constitución Progresista, con quienes se reunirá en los próximos meses.

El Emir no habló.

—Lo siento. ¿Tiene problemas para entenderme? ¿Debo contratar un traductor?

El Emir entendía perfectamente a la mujer. No era el idioma inglés lo que estaba retardando su parte de la conversación, era más bien su asombro de que los americanos, después de todo este tiempo, fueran a llevarlo a juicio. Miró a la mujer gorda de pelo corto y gris. Para él se veía como un hombre, un hombre muy feo que se vestía con ropas de mujer.

Le sonrió lentamente. Saif Rahman Yasin hace tiempo sabía que era sólo la suerte de la geografía lo que hacía que los Estados Unidos de América hubieran sobrevivido doscientos años y más en esta tierra. Si el país de estos imbéciles fuera levantado de su hemisferio y dejado caer en el centro del Medio Oriente, con su aquiescencia infantil con aquellos que les harían daño, no sobrevivirían un solo año.

—Señorita, ¿está usted diciendo que no hay nadie escuchando lo que decimos?

—Nadie, señor Yasin.

El Emir meneó la cabeza y soltó un gruñido.

—Ridículo.

—Yo le aseguro que puede hablar libremente conmigo.

—Eso sería una locura.

—Tenemos una Constitución que le permite algunos derechos, Sr. Yasin. Es lo que hace grande a mi país. Desafortunadamente, el clima en mi país está en contra de la gente de color, de otras razas y creencias religiosas. Por esta razón, no goza de todos los beneficios de nuestra Constitución. Pero aún así... tiene algunos. Usted tiene derecho a reuniones confidenciales con su asesor legal.

Vio ahora que ella estaba diciendo la verdad. Y luchó para no sonreír.

Sí... eso es lo que hace que tu país sea grandioso.

Está poblado de tontos como tú.

—Muy bien —dijo—.¿De qué le gustaría hablar?

—Hoy día, sólo de las condiciones de su confinamiento. El director y el equipo del FBI a cargo de su custodia me han mostrado las Medidas Administrativas Especiales bajo las que se encuentra. Me dicen que cuando usted llegó aquí le fueron explicadas todas las reglas.

—Ha sido peor en otros lugares —dijo el Emir.

Cochrane levantó una mano pequeña y arrugada.

—Bien, ahora probablemente es un buen momento para revisar algunas de nuestras reglas básicas. Puedo entrar en más detalles cuando comencemos realmente a trabajar en su caso, pero por ahora me limitaré a decir que no se me permite grabar ningún detalle de su captura o detención antes de que llegara aquí, a ADX Florence, hace tres meses. De hecho, tengo la obligación de informarle que no se le está permitido hablarme de nada de lo que sucedió antes de que se lo transfiriera a la custodia federal desde —eligió sus siguientes palabras cuidadosamente—, desde donde vino antes.

—¿No se me permite?

—Me temo que no.

Yasin movió lentamente la cabeza, incrédulo.

—¿Y cuál será mi castigo si no cumplo con ese acuerdo? —le hizo un guiño a la mujer delante de él—. ¿Me meterán a la cárcel?

Judith Cochrane se echó a reír. Rápidamente se contuvo.

—Puedo entender que se trata de una situación única. El gobierno está inventando sobre la marcha. Están tratando de decidir cómo manejar su situación y eso les está resultando algo... difícil. Sin embargo, tienen un historial de procesamiento de llamados combatientes enemigos en la corte federal, y le puedo asegurar que mi organización exigirá a la oficina del Fiscal General los máximos estándares durante su juicio.

—¿ADX Florence? ¿Así se llama este lugar?

—Sí. Lo siento, debería haber sabido que eso no estaba claro para usted. Usted está en una prisión federal en Colorado. En cualquier caso... cuénteme acerca de cómo lo han tratado aquí.

Él la miró a los ojos mientras decía:

—Aquí me han tratado mejor que en los otros lugares.

Cochrane asintió empáticamente de nuevo, un gesto que había hecho un millón de veces en su larga carrera de defender lo indefendible.

—Lo siento, Sr. Yasin. Esa parte de su terrible experiencia no será nunca una parte de nuestras discusiones.

—¿Y eso por qué?

—Tuvimos que aceptar esa condición para poder tener acceso a usted. Su tiempo bajo custodia de los Estados Unidos está dividido y la línea divisoria es el momento en que llegó aquí, el momento en que entró en el sistema federal. Todo lo que sucedió antes de eso, supongo, involucró a las fuerzas armadas de los Estados Unidos y la comunidad de inteligencia y no será parte de su defensa. Si impusiéramos este asunto en lo más mínimo, el Departamento de Justicia simplemente lo devolvería a la custodia militar y se le enviaría a la bahía de Guantánamo y sepa Dios qué le sucedería a usted allí.

El Emir pensó esto durante unos instantes y luego dijo:

—Muy bien.

—Ahora, pues. ¿Con qué frecuencia se le permite tomar un baño?

—¿Un... baño?

¿Qué locura es ésta? pensó el Emir. Si una mujer le preguntara esto en las regiones tribales de Pakistán, donde había pasado gran parte de los últimos años, sería azotada hasta la muerte rodeada de una multitud de jubilosos espectadores.

—Sí. Necesito saber acerca de su higiene. Si sus necesidades físicas están siendo respetadas. Las instalaciones sanitarias, ¿son aceptables para usted?

—En mi cultura, Judith Cochrane, no es apropiado para un hombre discutir esto con una mujer.

Ella asintió con la cabeza.

—Entiendo. Esto no es cómodo para usted. Es incómodo para mí. Pero le aseguro, Sr. Yasin, estoy trabajando por sus intereses.

—No hay ninguna razón para que usted esté interesada en mis hábitos de aseo. Quiero saber qué es lo que va a hacer con mi juicio.

Cochrane sonrió.

—Como ya he dicho, es un proceso lento. Inmediatamente vamos a solicitar un recurso de habeas corpus. Esta es una demanda para que usted sea presentado ante el juez, quien determinará si el sistema penitenciario tiene la autoridad para retenerlo. El recurso será negado, no irá a ninguna parte, nunca lo hace, pero pone al sistema sobre aviso de que usted se ocupará de su caso vigorosamente.

—Señorita Cochrane, si usted fuera a defenderme vigorosamente, escucharía mi explicación de cómo fui capturado. Fue completamente ilegal.

—Se lo dije. Eso está fuera de los límites por el acuerdo con el Departamento de Justicia.

—¿Por qué harían eso? ¿Debido a que tienen algo que ocultar?

—Por supuesto que tienen algo que ocultar. No hay justificación legal para que los Estados Unidos lo haya secuestrado. Yo lo sé y usted lo sabe. Pero esto es lo que pasa —suspiró—. Si voy a representarlo, usted va a tener que confiar en mí. ¿Puede por favor hacer eso por mí?

El Emir la miró a la cara. Era suplicante, sincera, seria. Ridículo. Le seguiría el juego por ahora.

—Me gustaría tener un papel y un lápiz. Me gustaría hacer algunos bocetos.

—¿Bocetos? ¿Por qué?

—Sólo para pasar el tiempo.

Ella asintió con la cabeza y miró a su alrededor.

—Creo que puedo persuadir al Departamento de Justicia de que esa es una petición razonable. Voy a tener que trabajar en eso tan pronto como regrese a mi hotel.

—Gracias.

—De nada. Ahora... recreación. Me gustaría escuchar en qué consiste su recreación. ¿Le importaría hablar de eso?

—Preferiría hablar de la tortura que sufrí a manos de los espías estadounidenses.

Cochrane dobló su bloc de notas con otro largo suspiro.

—Voy a estar de vuelta en tres días. Esperemos que para

entonces usted tenga algo con qué dibujar y papel; yo debería ser capaz de lograr eso con una carta al Fiscal General. Mientras tanto, piense en lo que le he dicho hoy. Piense acerca de nuestras reglas básicas, pero también por favor piense en maneras en que usted puede beneficiarse de un juicio. Usted necesita considerar esto como una oportunidad para usted y para su... su causa. Usted puede, con mi ayuda, meterle el dedo en el ojo al gobierno estadounidense. ¿No le gustaría eso?

—¿Y usted ha ayudado a otros a meter los dedos en el ojo de los Estados Unidos?

Cochrane sonrió con orgullo.

—Muchas veces, Sr. Yasin. Ya le dije que tengo mucha experiencia en esto.

—Usted me dijo que tiene muchos clientes en prisión. Esa no es una experiencia que me parezca particularmente impresionante en un abogado.

Ahora ella habló a la defensiva.

—Esos clientes están en la cárcel, pero no están condenados a muerte. Y no se encuentran en una prisión militar, a diferencia de muchos otros. La cárcel de máxima seguridad no es el peor destino.

—Es preferible el martirio.

—Bueno, yo no voy a ayudarlo con eso. Si usted desea ser arrastrado a un rincón oscuro de este lugar y recibir una inyección letal, tendrá que hacerlo por su cuenta. Pero yo conozco a los hombres como usted, Sr. Yasin. Eso no es lo que usted quiere.

El Emir mantuvo una ligera sonrisa en sus labios, pero

era sólo para aparentar. En su cabeza estaba pensando, *no, Judith Cochrane, no conoce a ningún hombre como yo.*

Pero cuando habló, dijo:

—Siento no haber sido más agradable. He olvidado mis modales en los muchos meses desde mi última conversación con un alma generosa.

La mujer estadounidense de sesenta y un años de edad se derritió frente a él. Incluso se inclinó hacia la mampara de vidrio, acortando la distancia entre los dos.

—Voy a mejorar las cosas para usted, Saif Rahman Yasin. Sólo confíe en mí. Voy a trabajar en lo del papel y el lápiz; tal vez pueda conseguirle un poco de privacidad o un poco más de espacio. Como les digo a mis clientes, esta siempre será una prisión, no el paraíso, pero yo la puedo mejorar.

—Lo entiendo. El paraíso me espera, esta no es más que la sala de espera. Yo elegiría una más lujosa, pero el sufrimiento que soporto ahora sólo me servirá en el paraíso.

—Esa es una manera de verlo —sonrió Judith Cochrane—. Lo veré en tres días.

—Gracias, señorita Cochrane —el Emir ladeó la cabeza y sonrió—. Lo siento. Qué grosero soy. ¿Es señora o señorita?

—Soy soltera —dijo Judith, con una repentina calidez llenando sus mejillas carnosas y su papada.

Yasin sonrió.

—Ya veo.

24

Jack Ryan hijo llegó a Liberty Crossing, el nombre que recibe el campus del Centro Nacional Antiterrorista, justo después de las once de la mañana. Tenía una cita para almorzar con Mary Pat Foley, pero Mary Pat le pidió que llegara temprano para hacer un recorrido personalizado por el edificio.

Al principio Mary Pat había sugerido que ella y Jack comieran en el restaurante que estaba ahí en el NCTC después del recorrido. Sin embargo, Junior había dejado claro que se hablaría de negocios en la comida y por eso prefería que fueran a algún lugar tranquilo fuera de las instalaciones donde pudieran hablar. Mary Pat Foley era la única persona en Liberty Crossing que sabía de la existencia del Campus y Jack quería que siguiera siendo así.

Jack se detuvo en la entrada principal en su H3 amarillo; le mostró su identificación a un guardia de aspecto rudo que comprobó que su nombre estuviera en la lista de visitantes aprobados en su computadora. El guardia le hizo un gesto al Hummer para que siguiera y Jack siguió hacia su reunión con el ejecutivo número dos del NCTC.

Ella se reunió con él en el vestíbulo, lo ayudó a conseguir sus credenciales y juntos subieron por un ascensor hacia el centro de operaciones. Este era el reino de Mary Pat y se aseguraba de pasar una parte de cada día caminando entre los analistas que trabajaban ahí, poniéndose a sí misma a disposición de cualquier persona que necesitara un momento del tiempo de la subdirectora.

La sala era impresionante; había docenas de estaciones de trabajo frente a varias pantallas de muro de gran tamaño. El enorme espacio abierto dejó sorprendido a Ryan; no podía dejar de compararlo con su propia oficina, que, a pesar de poseer la más avanzada tecnología de punta, no se veía ni remotamente tan *cool* como las instalaciones del NCTC. Sin embargo, Jack se dio cuenta, él y sus compañeros analistas estaban al tanto de prácticamente todos los fragmentos de inteligencia que destellaban a través de los monitores a su alrededor.

Mary Pat disfrutaba el papel de guía turística con el joven Ryan y le explicó que más de dieciséis agencias trabajaban juntas aquí en el Centro Nacional Antiterrorista, compilando, priorizando y analizando información que llegaba de fuentes de inteligencia a través de la comunidad de inteligencia de los Estados Unidos, así como también directamente de aliados extranjeros.

Este centro de operaciones, explicó, funcionaba activamente las veinticuatro horas, todos los días de la semana, y estaba orgullosa de su impresionante hazaña de coordinación en una burocracia como el gobierno federal de los Estados Unidos.

Mary Pat no molestó a ninguno de los analistas que trabajan en sus escritorios mientras ella y Jack recorrían el activo centro de operaciones —si cada persona en la habitación tuviera que dejar de hacer lo que estaba haciendo cada vez que se le hacía un recorrido a alguien importante, se haría muy poco trabajo significativo— pero sí llevó a Jack hasta una estación de trabajo cerca del pasillo que conducía a su oficina. Aquí Jack notó una preciosa joven de su edad con el pelo oscuro de mediana longitud recogido en una cola de caballo.

La señora Foley terminó su charla sobre las virtudes de la cooperación interagencias con un encogimiento de hombros.

—Así es como debería funcionar, en todo caso. Lo hacemos bastante bien, la mayor parte del tiempo, pero como todo lo demás, somos tan buenos como los datos que analizamos. Un mejor producto significa mejores conclusiones.

Jack asintió con la cabeza. A él le pasaba lo mismo. Tenía muchas ganas de salir del edificio para poder compartir con Mary Pat el excelente producto que había traído con él.

—Gracias por el recorrido.

—De nada. Vamos a comer. Pero primero, me gustaría que conozcas a alguien.

—Genial —dijo Jack y se encontró a sí mismo esperando que fuera la chica guapa ocupada en su escritorio al lado de ellos.

—Melanie, ¿tienes un segundo?

Para el placer de Ryan, la chica de pelo castaño se levantó y dio vuelta. Llevaba una blusa abotonada azul claro y una falda ajustada azul marino hasta la rodilla. Jack vio una chaqueta azul marino sobre el respaldo de su silla giratoria.

—Jack Ryan hijo, te presento a Melanie Kraft. Ella es mi más nueva estrella aquí en el centro de operaciones.

Los dos se dieron la mano con una sonrisa.

Melanie dijo:

—Mary Pat, cuando me incorporé no me dijiste que conocería a celebridades.

—Junior no es una celebridad. Él es de la familia.

Ryan gimió para sus adentros al ser llamado Junior frente a esta chica. Jack pensó que era despampanante; tenía dificultades para dejar de mirar sus ojos claros y amistosos.

Melanie asintió con la cabeza y dijo:

—Eres más alto de lo que te ves en la televisión.

Jack sonrió.

—No he estado en la televisión en años. He crecido un poco, supongo.

—Jack, secuestré a Melanie de su escritorio en Langley —dijo Mary Pat.

—Gracias a Dios por eso —dijo Melanie.

—No se podría trabajar para una jefa mejor —dijo Jack

con una sonrisa—, o hacer un trabajo más importante que en el NCTC.

—Gracias. ¿Estás aquí porque planeas seguir los pasos de tu padre en la administración pública?

Jack se rió entre dientes.

—No, Mary Pat y yo tenemos una cita para almorzar. No estoy aquí en busca de trabajo. Agradezco lo que ustedes hacen, pero soy un tipo al que le gusta el dinero. Un capitalista codicioso, se podría decir.

—No hay nada malo con eso, siempre y cuando pagues tus impuestos. Mi sueldo tiene que salir de alguna parte.

Los tres se rieron.

—Bueno, será mejor que vuelva al trabajo —dijo Melanie—. Fue un placer conocerte. La mejor de las suertes a tu padre el próximo mes. Estamos haciendo campaña por él.

—Gracias. Sé que él aprecia lo que todos ustedes hacen aquí.

Mary Pat acababa de cerrar la puerta del Hummer de Ryan, él ni siquiera había echado a andar el motor, cuando ella se volvió hacia él y sonrió. Él le devolvió la sonrisa.

—¿Tienes algo en mente, Mary Pat?

—Es soltera.

Jack se echó a reír. Con una leve afectación en su voz, dijo:

—No tengo ni idea de lo que estás hablando.

Mary Pat Foley se limitó a sonreír.

—Te gustaría, es muy inteligente. No, inteligente no. Creo que ella es brillante. Ed y yo la tuvimos cenando en casa y Ed está loco por ella.

—Genial —dijo Jack. No se sentía avergonzado muy fácilmente, pero estaba empezando a ruborizarse. Conocía a Mary Pat desde que estaba en pañales y ella nunca siquiera le había preguntado sobre su vida amorosa y mucho menos tratado de juntarlo con alguien.

—Ella es de Texas, si no te diste cuenta por su acento. No tiene muchos amigos en la ciudad. Vive en una pequeña casa-cochera en Alexandria.

—Todo esto es interesante, Mary Pat, y ella parece agradable y todo, pero en realidad vine por otra razón. Algo un poco más importante que mi vida amorosa.

Ella se echó a reír.

—Lo dudo.

—Sólo espera.

Se detuvieron en un pequeño sushi bar de un centro comercial en Old Dominion. El pequeño restaurante era tan insustancial como cualquier restaurante de la ciudad, encajado entre una tintorería y una tienda de *bagels*, pero Mary Pat prometió que el sashimi era lo mejor que Ryan jamás comería a este lado de Osaka. Siendo los primeros clientes del día pudieron seleccionar su mesa, por lo que Ryan eligió una mesa con bancos aislada en la esquina trasera del restaurante.

Conversaron acerca de sus familias por un rato, ordenaron el almuerzo y luego Ryan sacó las dos fotografías de su bolso Tumi y las puso una al lado de la otra.

—¿Qué es lo que estoy viendo aquí, Junior?

—El hombre de la derecha es de la ISI. Jefe de Misceláneos de Inteligencia Conjunta.

Foley asintió con la cabeza y luego dijo:

—Y ese también es él a la izquierda, más joven y sin uniforme.

Jack asintió con la cabeza.

—Un agente de LeT llamado Khaled Mir, también conocido como...

Mary Pat miró a Jack con sorpresa.

—¿Abu Kashmiri?

—Eso es correcto.

—Estaba equivocada, Jack.

—¿Acerca de qué?

—Acerca de que tu vida amorosa es más interesante que de lo que me querías hablar. Kashmiri fue asesinado hace tres años.

—¿Lo fue? —preguntó Ryan—. Rehan es Khalid Mir. Y Khalid Mir es también conocido como Abu Kashmiri. Si Rehan está vivo, entonces, parafraseando a Mark Twain...

Mary Pat dijo:

—Los rumores de su muerte han sido muy exagerados.

—Exactamente.

—Vi una imagen digital de un cuerpo, pero fue después de un incendio infernal, por lo que podría haber sido cualquiera. Ese es uno de los problemas de los ataques con misiles.

A menos que vayas y obtengas ADN tú mismo, nunca sabes si le diste a la persona correcta.

—Creo que no tenemos *CSI Waziristán* por allá, listos para correr a cada escena y sacar muestras para evidencia.

Mary Pat se echó a reír.

—Te voy a robar esa frase.

Luego se puso seria.

—Jack, ¿por qué no sé acerca de esta conexión Kasmiri-ISI?

Ryan se encogió de hombros. Gerry le había ordenado mantener los detalles de las operaciones del Campus fuera de la conversación, así que no podía decirle que Dom y Driscoll habían visto a este tipo en El Cairo y que su fotografía había hecho la conexión en el software de reconocimiento.

—¿Jack?

Ryan se dio cuenta de que estaba allí sentado sin decir más.

Mary Pat dijo:

—Déjame adivinar. El senador Hendley te dijo que me mostraras las fotos, pero no revelaras las fuentes o métodos con los que descubrieron la conexión.

—Lo siento.

—No hay necesidad de disculparse. Ese es el negocio en el que estamos. Lo respeto. Pero estás aquí por otra razón más allá de mostrarme que han hecho la conexión, ¿verdad?

—Sí. Este hombre, el general de brigada Riaz Rehan. Se lo vio hace unos días en El Cairo.

—¿Y?

—Fue en una reunión con Mustafa el Daboussi.

Foley levantó las cejas.

—Bueno, eso no es bueno. Y tampoco tiene mucho sentido. El Daboussi ya tiene un benefactor; él es de la Hermandad Musulmana. No necesita a la ISI. Y la ISI tiene organizaciones militantes haciendo sus caprichos allá mismo, en Pakistán. ¿Por qué Rehan tendría que ir a El Cairo?

Jack sabía lo que Mary Pat Foley estaba pensando, pero no diciendo. Ella no iba a directamente mencionar la labor de el Daboussi en los campos de entrenamiento en el oeste de Libia. Esa era información clasificada. También era algo que el Campus había interceptado del tráfico de la CIA hacia el NCTC, que era como Jack se había enterado de esto en primer lugar.

—No lo sé. También estamos sorprendidos por lo mismo.

Cuando llegó la comida, comieron en silencio por un momento, mientras que Mary Pat Foley a la vez usaba su iPad para mirar algún tipo de base de datos. Jack supuso que era información de inteligencia clasificada, pero no preguntó. Se sentía un poco incómodo sabiendo que él y su organización estaban, de algún modo, espiando al NCTC y el trabajo que hacían, pero no le dio muchas vueltas. Sólo tenía que mirar esta conversación aquí, donde Jack y sus colegas habían explotado inteligencia derivada de fuentes de la comunidad de inteligencia de los Estados Unidos, la habían mejorado con su propio trabajo y ahora le daban el nuevo y mejorado producto de nuevo a ellos, libre de cargo.

El Campus había estado haciendo esto durante gran

parte del año pasado y era una buena relación, incluso si uno de los involucrados no estaba al tanto del otro.

Mary Pat miró a Ryan de vuelta.

—Bueno, ahora sé por qué este general Rehan no estaba en mi radar. No es un barba.

—¿Un barba?

—Un islamista en la Fuerza de Defensa paquistaní. Sabes que están divididos por la mitad en el Ejército por allá, entre los que impulsan el régimen teocrático y los que siguen siendo musulmanes pero quieren una nación gobernada en una democracia secular. Ha habido dos campos en Pakistán durante los últimos sesenta años. Los 'Barbas' es el término que utilizamos para los que proponen un gobierno teocrático en la FDP.

—¿Así que Rehan es secularista?

—La CIA pensaba que lo era, basándose en lo poco que se sabía del hombre. Aparte del nombre y la foto, literalmente no hay biografía del hombre, aparte del hecho de que fue ascendido de coronel a general de brigada hace más o menos un año. Ahora que me has mostrado que también es Abu Kashmiri, voy a arriesgarme y decir que la CIA estaba equivocada. Kasmiri no es ningún secularista.

Jack tomó un sorbo de Coca-Cola Light. No estaba seguro de qué tan importante era esta información, pero Mary Pat parecía entusiasmada.

—Jack, estoy muy contenta de saber que ustedes han estado trabajando en esto.

—¿En serio? ¿Por qué?

—Porque estaba un poco preocupada de que estuvieran involucrados en ese tiroteo en París el otro día. No tú, personalmente, por supuesto, pero Chávez y Clark. Supongo que si tu oficina está trabajando en El Cairo, entonces no estaban operando en París al mismo tiempo.

Ryan se limitó a sonreír.

—Ey, no puedo hablar de en qué estamos y no estamos involucrados. Fuentes y métodos, ¿no?

Mary Pat Foley ladeó la cabeza un poco. Jack sabía que estaba tratando de leerlo en este momento.

Rápidamente cambió de tema.

—Así que... Melanie es soltera y vive en Alexandria, ¿eh?

25

J udith Cochrane se sentó en el pequeño escritorio frente a la ventana que daba a la celda de Saif Rahman Yasin. Él seguía sentado en su cama. Sostenía un bloc de notas y un lápiz en su regazo. Al ver a su abogada, se acercó a la ventana y se sentó en su taburete, trayendo su lápiz y bloc de notas con él.

Con una sonrisa y una inclinación de cabeza, levantó el auricular del teléfono rojo en el suelo.

—Buenos días —dijo Cochrane.

—Muchas gracias por conseguirme un poco de papel y un lápiz.

—No fue nada. Es una petición razonable.

—Igual, para mí fue muy agradable. Estoy muy agradecido.

Cochrane dijo:

—Su recurso de hábeas corpus fue negado. Sabíamos que eso iba a suceder, pero era una petición que teníamos que hacer.

—No tiene ninguna consecuencia. No esperaba que me dejaran ir.

—A continuación, voy a solicitar a los tribunales que le permitan...

—Señorita Cochrane, ¿tiene alguna habilidad para dibujar?

Ella no estaba segura de haberlo escuchado correctamente.

—¿Para dibujar?

—Sí.

—Bueno... no. En realidad no.

—A mí me gusta mucho. Estudié arte durante un breve período en Inglaterra en la universidad y he continuado haciéndolo como un pasatiempo. Normalmente dibujo arquitectura. Me fascina mucho el diseño de edificios en todo el mundo.

Judith no sabía hacia dónde iba todo eso, si es que iba a alguna parte.

—Puedo conseguir tal vez un poco de papel de mejor calidad si usted lo quisiera o...

Pero Yasin negó con la cabeza.

—Este papel está bien. En mi religión, es pecado fotografiar o dibujar el rostro de cualquier ser vivo.

Alzó el lápiz que tenía en la mano, como para aclarar el punto.

—*Si* usted lo hace sin ninguna razón. No es pecado si lo está haciendo para recordar una cara, por alguna razón importante.

—Ya veo —dijo Cochrane, pero no veía el punto en esta conversación.

—Me gustaría mostrarle algunos de mis trabajos y entonces, quizás, le puedo enseñar un poco sobre el arte.

El Emir buscó en su bloc de notas y sacó cuatro hojas que ya había arrancado. Las levantó, una a la vez, contra el grueso vidrio a prueba de balas.

—Judith Cochrane —dijo—, si usted quisiera ayudarme con mi caso, si su organización tiene interés en hacer que su país se haga responsable de sus propias leyes, entonces usted tendrá que copiar estas imágenes. Si usted trabaja lentamente sobre la mesa allí con su lapicera, puedo observarla y ayudarla. Podemos tener una clase de arte aquí mismo.

Judith Cochrane examinó cuidadosamente los dibujos. Eran bocetos de cuatro hombres. No los reconoció, pero los retratos eran tan detallados y cuidadosos que no tenía ninguna duda de que eran personas reales que serían reconocidas por cualquier persona que los conociera.

—¿Quiénes son? —preguntó ella, aunque temía que ya sabía la respuesta.

—Estos son los norteamericanos que me secuestraron. Yo iba caminando por la calle en Riad. Salieron de la nada. El joven, este hombre con el pelo oscuro, me disparó. El hombre mayor, éste, era el líder.

Cochrane sabía que los hombres del FBI podían verla a

través de la cámara de circuito cerrado a sus espaldas. Si estuvieran observando en este momento, y ella estaba segura de que lo estaban, entonces verían al Emir mostrándole unas páginas de su bloc. No había ninguna razón para que eso levantara ningún tipo de bandera roja, pero ella esperó nerviosamente a oír la puerta detrás de ella abrirse.

—Hemos hablado de esto una y otra vez. No puedo hablar de nada de eso con usted.

—Usted es mi abogada, ¿no?

—Lo soy, pero...

—Judith Cochrane, no tengo ningún interés en ayudar al gobierno de los Estados Unidos en una farsa para convencer al mundo de que soy culpable. Si no puedo decirle a mi propio abogado lo que me ha sucedido, entonces yo...

—Tenemos reglas que debemos obedecer

—Las reglas impuestas a usted por su oponente. Es evidente que están... ¿cómo es el término que se utiliza en los Estados Unidos?... arreglando la baraja.

—Hablemos acerca de su nutrición.

—No voy a hablar de mi nutrición. Es *halal*, es aceptable para un musulmán comerla. Aparte de eso, no me importa.

Cochrane suspiró, pero se dio cuenta de que él seguía sosteniendo las imágenes y que ella seguía mirándolas. A pesar de sí misma, le preguntó:

—¿Son de la CIA? ¿Militares? ¿Le dijeron para quién trabajaban?

—No me lo dijeron. Asumo que están en su Agencia Central de Inteligencia, pero necesito que usted lo averigüe.

—No puedo hacerlo.

—Usted puede mostrarle estos dibujos a la gente. Había otros, pero estos cuatro son los que recuerdo mejor. El viejo que era el líder, el joven que me disparó, el hombre extranjero de baja estatura con la mirada dura y el joven con el pelo corto. Había otro hombre, un hombre con barba, pero no quedé satisfecho con mis dibujos de él.

»Con todas las otras personas con las que tuve contacto después de estos hombres, yo llevaba una capucha o ellos llevaban máscaras. No he visto ninguna cara desde que vi estas caras. Hasta que vi la suya.

Él sostuvo los bocetos de nuevo.

—Estos hombres quedaron fijos en mi memoria. Nunca los olvidaré.

Cochrane quería su información. Maldito sea el acuerdo que tenía con el Departamento de Justicia.

—Muy bien —dijo—. Escuche con atención. Estoy trabajando en conseguir una escotilla a través del vidrio para que podamos intercambiar documentos. No voy a poder salir con ninguna cosa, por lo que tal vez pueda traer un poco de papel de calco en el bolsillo o algo así. Puedo trazar sus dibujos y luego devolvérselos.

El Emir dijo:

—Voy a trabajarlos un poco más y voy a añadir algunos detalles por escrito debajo de las imágenes. Altura, edad, cualquier cosa que se me ocurra.

—Bueno. No sé lo que voy a hacer con esta información, pero hay alguien a quien le puedo preguntar.

—Usted es mi única esperanza, Judith.

—Por favor, llámeme Judy.

—Judy. Me gusta.

Judy Cochrane observó los cuatro pedazos de papel blanco de nuevo. Ella no tenía forma de saber que estaba mirando los rostros de Jack Ryan hijo, Dominic Caruso, Domingo Chávez y John Clark.

La vida en Hendley Asociados estaba volviendo a la normalidad después de la operación en París. La mayoría de los empleados entraba a las ocho. Había una reunión rápida en la sala de conferencias a las nueve y luego todos volvían a sus escritorios para un día de investigación, análisis y pesca en las turbias aguas del mundo cibernético para encontrar a los enemigos del Estado que se escondía allí.

Los analistas examinaban minuciosamente el trafico de información y aplicaban análisis de patrones y análisis de enlaces a los datos, con la esperanza de descubrir alguna pieza fundamental de información que las comunidades de inteligencia oficiales de los Estados Unidos no hubieran visto, o explotar alguna información encontrada por la inteligencia estadounidense de una forma en que los organismos excesivamente burocráticos no podían.

Los agentes de campo pasaban sus días probando equipo para las operaciones de campo, entrenando y escudriñando a través del análisis en busca de posibles operaciones.

Dos semanas después de la operación de París, Gerry Hendley entró en la sala de conferencias con quince minutos de retraso. Sus agentes y analistas clave ya estaban allí, así como Sam Granger, director de operaciones. Todos los hombres estaban tomando café y charlando cuando él llegó.

—Ha habido un nuevo acontecimiento interesante. Acabo de recibir una llamada de la nada de Nigel Embling.

—¿Quién? —preguntó Driscoll.

—Ex MI6 en Peshawar, Pakistán —dijo Chávez.

Entonces Driscoll recordó.

—Verdad. Él te ayudó a ti y a John el año pasado cuando estaban siguiendo al Emir.

—Correcto —dijo Clark—. Mary Pat Foley nos pasó el dato.

Hendley asintió.

—Pero ahora ha venido directamente a nosotros y trae una pista interesante. Tiene una fuente en la ISI. Un mayor que sospecha que se está preparando un golpe de Estado. Él quiere ayudar a las potencias occidentales a detenerlo.

—Joder —murmuró Caruso.

—¿Y quién cree el mayor que está detrás de este golpe de Estado?

Los hombres en la mesa se miraron entre sí. Finalmente Jack dijo:

—¿Rehan?

—Exacto.

Chávez lanzó un silbido.

—¿Y por qué este mayor le dijo a Embling acerca de esto? Obviamente, él sabe que Nigel es un espía.

—Sabe o sospecha. El problema de Nigel es que *no es* un espía. Ya no. MI6 no lo está escuchando y él teme que la CIA esté paralizada por las políticas de la administración Kealty.

—Bienvenido a nuestro mundo —murmuró Dom Caruso.

Gerry sonrió, pero dijo:

—Así que Nigel fue donde Mary Pat y le dijo: «Quiero hablar con esos tipos que conocí el año pasado».

—¿Cuándo nos vamos? —preguntó Clark.

Gerry negó con la cabeza.

—John, quiero que te tomes otro par de semanas antes de regresar al trabajo de campo.

Clark se encogió de hombros.

—Es tu decisión, obviamente, pero yo estoy listo para ir.

Chávez no estuvo de acuerdo.

—Te estás curando bien, pero hay que ser cuidadoso con una herida de bala. Mejor te quedas por aquí. Una infección en la herida te dejaría fuera de la lista de activos rápidamente.

Clark dijo:

—Chicos, estoy demasiado viejo para darles toda la mierda machista acerca de cómo estoy cien por ciento bien. Estoy tieso y adolorido. Pero les aseguro que estoy lo suficientemente en forma para volar a Peshawar y beber un poco de té con Embling y su nuevo amigo.

Pero Sam Granger dejó claro que el asunto no era tema de debate.

—No voy a mandarte esta vez, John. Te puedo usar por aquí. Tenemos algunos nuevos artefactos para probar. Anoche llegaron algunas cámaras de vigilancia remota y me gustaría saber tu opinión.

Clark se encogió de hombros, pero asintió. Estaba subordinado a Granger y como la mayoría de los veteranos militares, comprendía la necesidad de una estructura de mando, estuviera o no de acuerdo con la decisión.

—Este tipo Embling, ¿qué sabe él del Campus? —preguntó Driscoll.

—Nada, excepto que no somos «canales oficiales». Sus compañeros del MI6 confían en Mary Pat y Mary Pat confía en nosotros. También John y Ding le dieron una buena impresión el año pasado.

Ding sonrió.

—Nos comportamos muy bien.

Los hombres se rieron.

Granger dijo:

—Voy a enviar a Sam en esta ocasión. Esta es una operación de un solo hombre; simplemente tienes que ir y reunirte con este mayor de la ISI, tener una idea de él y de su historia. No te comprometas a nada, sólo ve lo que tiene que ofrecer. En este negocio no confiamos en nadie, pero Embling es un tipo de lo más sólido. También ha estado en el juego casi medio siglo, por lo que tengo que asumir que él sabe cómo reconocer desinformación. Me gustan nuestras posibilidades en esto y cuanto más podamos aprender acerca de Rehan, mejor.

La reunión se disolvió poco después, pero Hendley y Granger le pidieron a Driscoll que se quedara un momento.

—¿Estas de acuerdo con esto? —preguntó Granger.

—Absolutamente.

—Anda abajo a la mesa de apoyo y saca tus documentos, tarjetas y dinero en efectivo.

Granger le dio la mano a Driscoll y le dijo:

—Escucha. No voy a decirte nada que no sepas, pero Peshawar es un lugar peligroso y se está poniendo más peligroso por día. Quiero tu cabeza atenta a todo las veinticuatro horas, ¿de acuerdo?

No, Sam Granger *no* le estaba diciendo a Sam Driscoll nada que él no supiera, pero apreció la preocupación.

—Estamos de acuerdo, jefe. La última vez que tomé unas pequeñas vacaciones en Pakistán, se armó la grande. No es algo que quiera repetir en esta vuelta.

Driscoll había cruzado la frontera hacía más de un año y había regresado con una grave herida en el hombro y un montón de cartas que escribir a los padres de sus hombres que no regresaron con él.

Granger asintió, pensativo.

—Si la ISI está planeando un golpe de estado, un americano investigando demasiado va a llamar mucho la atención. Interroga a Embling y su activo, y luego regresa, ¿vale?

—Me parece bien —dijo Sam.

26

El general de brigada Riaz Rehan de la División de Misceláneos de Inteligencia Conjunta de la Dirección de Inteligencia Inter-Servicios de Pakistán se veía muy imponente en la parte de atrás de su Mercedes Benz plateado. Rehan, un esbelto y saludable hombre de cuarenta y seis años de edad, medía casi seis pies y dos pulgadas, y su cara redonda estaba adornada con un impresionante bigote y una barba bien recortada. Llevaba su uniforme militar en la mayoría de las ocasiones cuando estaba en Pakistán y se veía intimidante, pero aquí en Dubai no parecía menos poderoso vestido con un traje occidental y corbata.

La propiedad de Rehan aquí era una lujosa villa amurallada de dos pisos con jardín, cuatro dormitorios y una gran piscina. Estaba ubicada al final de un largo camino curvo en

Palm Jumeirah, uno de los cinco archipiélagos hechos por el hombre frente a la costa de Dubai.

Las propiedades costeras en Dubai solían ser considerablemente más escasas, ya que la naturaleza bendijo al Emirato con sólo treinta y siete millas de playas, pero el líder de Dubai no vio las realidades geográficas de su nación como limitaciones geográficas, por lo que comenzó a elaborar sus propios cambios a la costa a través de la recuperación de tierras del mar. Cuando los cinco archipiélagos previstos estuvieron terminados, se sumaron más de quinientas cincuenta millas de la costa a la nación.

Mientras el vehículo de lujo del general Rehan doblaba hacia al Khisab, una calle residencial de casas señoriales que también, cuando se veía desde gran altura, hacia las veces de la fronda superior izquierda de la isla artificial con forma de palmera, recibió una llamada en su móvil. El que llamaba era su segundo al mando, el coronel Saddiq Khan.

—Buenos días, coronel.

—Buenos días, mi general. El anciano de Daguestán está aquí ahora.

—Extiéndale mis disculpas por el retraso. Estaré allí en cuestión de minutos. ¿Cómo es él?

—Es como mi viejo abuelo loco.

—¿Cómo sabes que no habla urdu?

Khan se rió.

—Está en el comedor principal. Yo estoy en el piso de arriba. Pero dudo que hable urdu.

—Muy bien, Saddiq. Me reuniré con él y luego lo despacharé. Tengo demasiado que hacer para escuchar a un anciano de las montañas de Rusia gritarme.

Rehan colgó y miró su reloj. Su Mercedes desaceleró en la pequeña calle para dejar un vehículo del destacamento de seguridad que lo venía siguiendo pasar y adelantarse a la casa.

Rehan siempre viajaba al extranjero con un destacamento de seguridad de doce hombres. Todos eran ex comandos del Grupo de Servicios Especiales especialmente entrenados para el trabajo de guardaespaldas por una empresa sudafricana. Sin embargo, incluso con este gran séquito, Rehan encontraba la forma de moverse manteniendo relativamente un bajo perfil. Le ordenaba a sus hombres no llenar su auto de hombres; su chofer y su agente de protección personal viajaban con él, sólo tres hombres en su camioneta SUV. Los otros diez normalmente se mantenían con ellos en el tráfico, moviéndose alrededor de ellos como los rayos de una rueda conectados a su centro en sus automóviles particulares sin blindaje.

Un general de la Fuerza de Defensa paquistaní, incluso uno adscrito a la Dirección de Inteligencia Inter-Servicios, normalmente no operaría desde una casa de seguridad en el extranjero, especialmente una con una dirección tan opulenta como Palm Jumeirah, Dubai, Emiratos Árabes Unidos.

Pero no había nada en la vida o la carrera de Riaz Rehan que podría considerarse, de ninguna manera, normal. Vivía y trabajaba en la propiedad en Palm Island porque tenía ricos benefactores en el Golfo Pérsico que lo habían apoyado desde la década de 1980, y tenía estos benefactores porque, durante treinta años, Riaz Rehan había sido una especie de niño prodigio en el mundo de las operaciones terroristas.

Rehan nació en Punjab, Pakistán, de una madre cachemira y un padre afgano. Su padre tenía un negocio mediano de camiones en Pakistán, pero también era un islamista devoto. En 1980, poco después de que los soldados rusos de las Spetsnaz cayeran en paracaídas sobre Kabul y las tropas terrestres rusas rodaran sobre la ciudad para comenzar su ocupación en Afganistán, Riaz, de catorce años de edad, viajó con su padre a Peshawar para ayudar a organizar convoyes para reabastecer a los muyahidines luchando en la frontera. El padre de Rehan utilizó sus propios recursos y personalidad para montar un convoy de armas ligeras, arroz y medicinas para los rebeldes afganos. Dejó a su hijo atrás en Peshawar y se fue para regresar a su país de nacimiento con su carga.

A los pocos días, el padre de Rehan estaba muerto, volado en pedazos durante un ataque aéreo ruso contra su convoy en el paso Khyber.

El joven Riaz se enteró de la muerte de su padre y se puso a trabajar. Él mismo organizó, reunió y dirigió el próximo envío de armas por la frontera en una caravana de burros que evitó la carretera de la muerte en que se había convertido el paso Khyber y en vez se dirigió hacia el norte por las montañas del Hindu Kush hacia Afganistán. Fue sólo la arrogancia del joven y su fe en Alá lo que lo envió a través de las montañas en febrero, pero su caravana llegó ilesa. Y a pesar de que no entregó más que viejos rifles Lee-Enfield del ejército británico y mantas de invierno a los dirigentes muyahidín, los líderes de la ISI pronto se enteraron de las audaces acciones del joven.

Para su tercer viaje a través de las montañas, la ISI lo estaba ayudando con información de inteligencia sobre las fuerzas rusas en su área y en pocos meses ricos y poderosos árabes wahabíes de estados del Golfo ricos en petróleo estaban pagando sus envíos.

Para cuando tuvo dieciséis años, Riaz estaba llevando enormes convoyes con rifles Kalashnikov y municiones de 7,62 milímetros a través de la frontera a los rebeldes, y en 1986, cuando la CIA entregó el primer lote de misiles Stinger de hombro a Peshawar a la ISI, la ISI le encargó al agente de veinte años de Cachemira llevar las armas de alta tecnología a través de la frontera a las manos de los equipos de misiles que ya habían sido entrenados y ahora estaban a la espera de sus lanzadores.

Para cuando terminó la guerra, la ISI había catalogado a Rehan como principal candidato para ser un agente internacional de alto alcance, así que lo mandaron a la escuela en Arabia Saudita para mejorar su árabe, y luego a Londres para que se occidentalizara adecuadamente y estudiara ingeniería. Después de Londres se unió al cuerpo de oficiales de la Fuerza de Defensa de Pakistán, alcanzó el rango de capitán y luego dejó el ejército para convertirse en un agente, pero no un empleado, de la ISI.

Rehan fue utilizado por la inteligencia paquistaní para reclutar, organizar y orquestar las operaciones de los grupos terroristas más pequeños que operaban en suelo pakistaní. Sirvió como una especie de enlace entre los líderes de la ISI y los grupos criminales e ideológicos que luchaban contra la India, Occidente en general, e incluso el gobierno secular de Pakistán.

Riaz Rehan no era miembro de ninguna de las organizaciones yihadistas con las que trabajaba, ni del Consejo Omeya Revolucionario, ni de Al Qaeda, ni de Lashkar-e-Taiba, ni de Jaish-e-Mohammed. No, él era un profesional independiente, un empleado a contrato, y era el hombre que traducía los intereses y los objetivos generales de los líderes islamistas paquistaníes en acciones sobre el terreno, en las trincheras.

Trabajaba con veinticuatro grupos militantes islamistas diferentes, todos con sede en Pakistán. Y para eso adoptó veinticuatro identidades diferentes. Para Lashkar-e-Taiba, él era Abu Kashmiri, para Jaish-e-Mohammed era Khalid Mir. Eran, en efecto, veinticinco personas, incluyendo su nombre de pila, y esto hacía que fuera prácticamente imposible para las agencias de inteligencia indias y occidentales seguirle la pista. Su seguridad personal se veía también favorecida por el hecho de que no era ni una cosa ni la otra: no era miembro de un grupo terrorista y tampoco de los servicios de inteligencia paquistaníes.

Las células terroristas que actuaban bajo su patrocinio ejecutaban misiones en Bali, Yakarta, Mumbai, Nueva Delhi, Bagdad, Kabul, Tel Aviv, Tanzania, Mogadiscio, Chittagong y en todo Pakistán.

En diciembre de 2007 en Rawalpindi, Riaz Rehan llevó a

cabo su mayor operación, aunque no más que un puñado de oficiales de alto nivel de la ISI y generales de la FDP lo sabían. Rehan mismo había seleccionado, entrenado y manejado al asesino de la primera ministra pakistaní Benazir Bhutto en nombre del Ministerio de Defensa y la ISI. Y en el más frío y calculador estilo Rehan, también había seleccionado al hombre que estaba detrás del asesino, el hombre que voló en pedazos al asesino, junto con una porción considerable de la multitud, con un chaleco suicida, justo después de que la primer ministro hubiera recibido el disparo, para asegurarse de que estos muertos de hecho no contaran cuentos.

Era crucial para los líderes de la inteligencia paquistaní que utilizaban a los grupos yihadistas y las bandas criminales como combatientes tener las manos limpias, y Rehan era el intermediario que los ayudaba a hacer precisamente eso. Para que el propio Rehan se mantuviera limpio como intermediario, invirtieron grandes recursos en su seguridad personal y operativa. Los contactos de Rehan en el mundo árabe, ricos jeques petroleros de Qatar y los Emiratos Árabes Unidos a quienes conocía desde la guerra con Rusia en Afganistán, comenzaron a patrocinarlo para aislarlo y protegerlo aún más. Fue financiado por estos ricos wahabíes y luego, en 2010, regresó al Ejército paquistaní con el rango de general de brigada, simplemente porque sus poderosos amigos árabes le exigieron a la ISI que Rehan tuviera un rol operativo de alto nivel en la estructura de inteligencia de la nación. Los generales islamistas lo pusieron a cargo de Misceláneos de Inteligencia Conjunta, un cargo que normalmente se le concedía a un general de rango superior. Este le entregaba a Rehan la responsabilidad de todos los activos y las operaciones de espionaje internacional.

Sus benefactores en los EAU, los que lo conocían (o más precisamente sabían de él) desde sus días cuando era un adolescente llevando caravanas de mulas a través de las montañas, solidificaron su relación especial con Rehan dándole acceso a un recinto amurallado en Palm Islands de Dubai. Esta se convirtió, para todos los efectos, en su oficina. Sí, tenía una oficina en Islamabad en la sede muy bien cuidada de la Dirección de Inteligencia Inter-Servicios de Aabpara, pero con la misma frecuencia estaba en Dubai, lejos de aquellos en el gobierno de Pakistán que no sabían que existía o en el Ejército de Pakistán que no apoyaban su meta de un califato.

Y lejos de esos pocos en la ISI que buscaban activamente derribarlo.

El general Rehan llegó a su residencia poco después de su llamada con el coronel Khan y unos minutos después de eso se sentó a la mesa con Suleiman Murshidov, el venerable líder espiritual de Jamaat Shariat de Daguestán. El anciano debe haber tenido ochenta años, pensó Rehan, mientras miraba los ojos lechosos de cataratas y la piel como la arena de playa llena de pliegues soplados por el viento. Era de las montañas del Cáucaso y Riaz asumió que nunca había estado en Dubai, nunca había visto rascacielos más altos que los achaparrados monolitos de hormigón de la era soviética en Majachkalá y nunca había conocido a una persona en el poder en una organización de inteligencia extranjera.

Algunos de los oficiales y guardias de Rehan estaban parados alrededor del comedor y el anciano se encontraba en compañía de otros cuatro hombres, todos menores, algunos mucho más. No parecían ser de seguridad, se veían más como hijos y nietos. También parecía como si estuvieran aquí por la fuerza. El sudor brillaba en sus frentes y observaban a su alrededor a los hombres de seguridad armados que caminaban por las instalaciones y la casa como si en cualquier momento pudieran ser tomados prisioneros por esos hombres de piel oscura.

El líder espiritual de Daguestán había solicitado esta reunión hacía unos días y Rehan sabía por qué. El general pensó que era infantil, de verdad. Rehan había estado viajando por el mundo en los últimos meses, reuniéndose con grupos insurgentes y organizaciones de terrorismo internacional en Egipto, Indonesia, Arabia Saudita, Irán, Chechenia y Yemen.

Pero había pasado por alto Daguestán. Jamaat Shariat, el principal grupo islámico de Daguestán, ocupaba un lugar secundario a los chechenos a los ojos de Rehan y sus hombres. Más ahora que Jamaat Shariat había perdido al comandante de su brazo armado, Israpil Nabiyev. Pero incluso antes de que Nabiyev hubiera sido capturado por los rusos, Riaz Rehan no se había molestado en incluir a los daguestaníes en sus reuniones. Los chechenos trabajaban con los daguestaníes, por lo que sólo se había reunido con los chechenos.

Y ahora, Rehan suponía, los daguestaníes estaban enojados. Ofendidos por el desaire. Habían enviado a su líder espiritual aquí para explicar que aún eran viables y que sólo Jamaat Shariat hablaba en nombre de Daguestán, bla, bla, bla.

Rehan miró al anciano al otro lado de la mesa. El general paquistaní estaba seguro de que iba a ser sermoneado por este hombre santo de las montañas.

Todos en la sala hablaban árabe. Rehan saludó al contingente de Daguestán, le preguntó por sus necesidades y acerca de su viaje.

Con las sutilezas fuera del camino, Rehan estaba ansioso por terminar su sesión de la mañana.

—¿En qué puedo servirle hoy?

Murshidov dijo:

—Me han dicho mis amigos en Chechenia que usted es un hombre de Dios.

Rehan sonrió.

—Soy un humilde seguidor.

—Mi pueblo ha sufrido un duro golpe con la captura de Israpil Nabiyev.

—Así he visto. Sé que era un valiente comandante de sus tropas.

En realidad, Rehan no pensaba gran cosa de los daguestaníes. Conocía a los chechenos mejor, tenía más respeto por sus habilidades como combatientes. Sin embargo, este hombre Nabiyev había impresionado a los chechenos. Decían que estaba supuestamente por encima de los otros combatientes daguestaníes que habían sido, en la opinión de Rehan, poco más que carne de cañón para los rusos.

Murshidov asintió con la cabeza, agradecido por las amables palabras.

—Él era mi gran esperanza para el futuro de mi pueblo. Pero sin él, creo que ahora debemos mirar hacia el exterior para obtener ayuda.

Ah, así que hoy haremos un negocio. Rehan estaba contento. Si este anciano necesitaba algo, entonces tal vez no tendría que sentarse a escuchar una reprimenda.

—Estoy a su servicio. ¿Cómo puedo ayudarlo?

—Los chechenos dicen que usted pronto liderará Pakistán.

El rostro de Rehan permaneció impasible, pero dentro de él su sangre comenzó a hervir. Él había hecho jurar a todos los asistentes a sus reuniones guardar secreto.

—Eso es prematuro. En este momento, la situación es difícil para...

Pero el viejo siguió hablando, casi como si estuviera conversando consigo mismo y no supiera que Rehan estaba en la habitación con él.

—Usted le ha dicho a los chechenos que obtendrá el control de armas nucleares y les ha ofrecido estas armas a los chechenos. Ellos las han rechazado, porque tienen miedo de que si poseen armas nucleares ellos mismos se convertirán en un objetivo nuclear.

Rehan no habló. Los músculos de su cara se flexionaron bajo su barba recortada. Miró a Khan y los otros coroneles en la habitación con él. Les dio una mirada que él sabía les indicaría que no volvería a trabajar con esos tontos chechenos si no podían guardar una conversación como esa para ellos mismos.

Rehan casi se puso de pie y salió de la habitación. Estaba a punto de hacer precisamente eso, pero Murshidov siguió hablando. El anciano parecía estar casi en trance, sin preocuparse por la impropiedad de las palabras que salían de su boca.

—Yo sé que usted desea darle las bombas a una organización fuera de Pakistán. Cuando usted haga eso, cuando el mundo se entere de que las armas nucleares han sido robadas, entonces su débil gobierno civil caerá y usted tomará el poder en un golpe de Estado. Mis hombres, general, pueden tomar sus bombas.

Ahora Rehan forzó una sonrisa.

—No tengo bombas. Y si las tuviera, no necesitaría a sus hombres. Yo lo respeto, anciano. Respeto su sacrificio y su sumisión a Alá, y la sabiduría que ha adquirido por el solo hecho de ser viejo. Pero ¿usted viene aquí a mi casa y dice cosas como esta?

—Necesitamos las bombas. Y no tenemos miedo.

Rehan entonces se puso de pie. Enfadado y cansado del anciano de Rusia.

—¿Qué bombas? ¿De qué bombas está hablando? Sí, mi

país tiene armas nucleares. Eso es de conocimiento público. Fueron diseñadas y fabricadas bajo la dirección de A.Q. Khan, un patriota paquistaní y un buen musulmán. Pero yo soy un general del Ejército y un miembro de la inteligencia externa. No puedo llevar un camión hasta un almacén y pedir a los hombres allí que carguen misiles nucleares en la parte trasera del camión. ¡Eso es una locura!

Murshidov miró a Rehan a través de sus ojos nublados por cataratas.

—Su plan me ha sido explicado en gran detalle. Es notable y puede funcionar. Sin embargo, usted ha fallado en un aspecto. Usted ha hecho su oferta a las personas equivocadas. Los otros a quienes usted invitó a su plan se han negado y ahora no puede hacer nada. Yo estoy aquí para demostrarle que Jamaat Shariat es el camino correcto para usted. Nosotros lo ayudaremos y usted nos ayudará.

Rehan miró a Khan. Khan se encogió de hombros. *Qué diablos.*

El general Rehan volvió a sentarse en el sofá.

—Usted cree saber cosas que no son verdad, anciano. Pero me da curiosidad. ¿Qué harán usted y sus pobres hombres de las montañas con bombas nucleares?

Los ojos vidriosos de Murshidov parecieron aclararse de pronto. Sonrió, dejando al descubierto sus delgados y quebradizos dientes.

—Le diré exactamente lo que vamos a hacer con bombas nucleares.

· · ·

Noventa minutos después, Rehan se precipitó hacia el helipuerto detrás de su casa y saltó dentro de su Eurocopter EC135. Los rotores de la aeronave ya estaban girando, su inclinación aumentó tan pronto como la puerta estuvo cerrada y en cuestión de segundos el helicóptero se levantó sobre la casa, descendió un poco mientras salía por encima del golfo y luego se ladeó hacia el increíble horizonte de Dubai.

Khan estaba sentado junto a él en la parte posterior del helicóptero de seis plazas. El coronel habló en su audífono, le dijo a su general que había hecho la conexión vía satélite segura con Islamabad y Rehan sólo necesitaba hablar en su micrófono.

—Escúchame, hermano —dijo Rehan, casi frenético de emoción—. Ahora voy saliendo para Volgogrado.

Escuchó.

—Rusia. Sí, ¡Rusia!

El Eurocopter se dirigió hacia los rascacielos del centro de Dubai. Justo al otro lado de éstos estaba el Aeropuerto Internacional de Dubai. Allí, la tripulación de un jet Rockwell Sabreliner estaba tratando de preparar el avión para el vuelo inmediato.

—Lo sabré mañana, pero creo que estamos en condiciones de iniciar la Operación Sacre. Sí. Prepáralos a todos para que estén listos para moverse en cualquier momento. Iré a

Rawalpindi e informaré al comité yo mismo tan pronto como haya terminado.

Escuchó al otro hombre por un momento y luego dijo:

—Una cosa más. El mes pasado me reuní con un contingente de cuatro chechenos en Grozni. Quiero que elabores un plan para eliminar a esos cuatro hombres, rápida y silenciosamente. Uno de ellos habla demasiado. Me alegro de que lo haya hecho en este caso, pero no puedo tenerlo hablando con otras personas. Los quiero a todos fuera del camino para asegurarse de que tapamos esta fuga antes de que toda el agua pase a través de la represa.

Rehan asintió a su segundo al mando y Khan entonces desconectó la llamada.

—¿Es demasiado pedir? —le preguntó Rehan a Khan.

—Alá es bueno, mi general.

El general de brigada Riaz Rehan sonrió y quiso que su helicóptero volara más rápido, porque no tenía tiempo que perder.

Si todas las encuestas en los Estados Unidos eran correctas, entonces Jack Ryan sería Presidente de los Estados Unidos una vez más pronto, y una vez que Ryan estuviera de regreso en la Casa Blanca, la Operación Sacre no tendría ninguna posibilidad.

27

Charles Sumner Alden, subdirector de la Agencia Central de Inteligencia, estaba sentado en la parte trasera de un Lincoln Town Car que avanzó a través de las puertas de entrada de la propiedad en Newport, Rhode Island, de Paul Laska. El subdirector de la CIA estaba vestido para cenar, pero esperaba que esta tarde incluyera negocios al igual que placer.

Había estado en la casa de Laska en Rhode Island en varias ocasiones. Una hermosa boda en el jardín para un congresista demócrata, una recaudación de fondos para la campaña de Ed Kealty contra Robby Jackson, intelectuales comidas al aire libre y fiestas en la piscina, y una velada de Navidad unos años atrás. Pero cuando Laska lo llamó y lo invitó a cenar esa noche, el anciano le aclaró que sólo serían ellos dos.

Esa era una gran cosa, incluso para alguien con información política privilegiada como Charles Sumner Alden.

Alden asumió —no, él sabía— que le iba a ofrecer una posición en uno de los *think tanks* de Laska, dependiendo de lo obvio: que la administración de Kealty dejara de existir el 20 de enero del próximo año.

El Lincoln condujo a través del hermoso jardín y se estacionó en un círculo de estacionamiento junto a la casa que miraba hacia el mar. El perímetro del terreno era patrullado por seguridad armada y cada centímetro de la propiedad estaba conectado con cámaras, iluminación de seguridad y sensores de movimiento. El conductor y guardaespaldas de Alden estaban armados, por supuesto, pero nadie esperaba un problema mayor aquí a que el subdirector de la CIA potencialmente se quemara el paladar con la sopa de langosta.

El personal les sirvió bebidas a Alden y Laska en la biblioteca y luego cenaron en una terraza trasera con ventanas que los protegían del aire frío, pero que igual les daban una increíble vista de la luna sobre Sheep Point Cove. La conversación nunca se alejó de los asuntos financieros, la política y cuestiones sociales. Alden sabía lo suficiente acerca de Laska para darse cuenta de que no habría muchas bromas. Pero fue una buena conversación entre hombres que estaban de acuerdo en general el uno con el otro, realzada en parte por una dosis suave de adulaciones por parte de Charles Alden hacia su futuro presunto empleador.

Después de la cena salieron a la intemperie por un momento, bebiendo coñac y discutiendo los acontecimientos en

Hungría y Rusia y Turquía y Letonia. Alden sintió que estaba siendo puesto a prueba en sus conocimientos y sus puntos de vista, y no le importó. Esta era una entrevista de trabajo, o al menos eso se había dicho a sí mismo.

Se trasladaron a la biblioteca. Alden comentó sobre la gran colección de libros encuadernados en cuero del hombre y mientras se sentaban uno frente al otro en antiguos sofás de cuero, el asignado político de la CIA elogió la magnífica casa. Laska se encogió de hombros, le explicó al hombre más joven que esta era su casa de verano, o al menos así la llamaba frente a aquellos con los que no mantenía la fachada de ser un populista. Le dijo a Alden que también era dueño de un penthouse de veintidós habitaciones en el Upper West Side de Nueva York, una casa de playa en Santa Bárbara que era la más grande del condado y una de las propiedades más grandes frente al mar en California, así como un refugio en Aspen, donde todos los años se realizaba un retiro político que albergaba a 400 personas.

Alden había estado en el retiro de Aspen, dos veces, pero no quería avergonzar a su anfitrión recordándoselo.

Laska llenó las copas de los dos hombres con otro poco de impecable coñac Denis-Mounié de la década de 1930.

—¿Alguna idea de por qué te he pedido venir aquí hoy, Charles?

Alden sonrió, inclinó la cabeza.

—Espero que se trate de un puesto de trabajo, en caso de que el Presidente Kealty no gane las reelecciones.

Laska miró por encima de los anteojos apoyados en la mitad de su nariz. Sonrió.

—Estaría orgulloso de tenerte a bordo. Se me vienen a la cabeza un par de posiciones clave donde te podríamos utilizar.

—Genial.

—Pero es descortés empezar a vender los muebles del salón mientras el abuelo todavía está arriba en su lecho de muerte. ¿No te parece?

Alden no dijo nada por un momento.

—Entonces... ¿no estoy aquí para hablar de mis opciones para el próximo enero?

Laska se encogió de hombros. Su suéter de cachemira apenas se movió mientras sus estrechos hombros subían y bajaban en su interior.

—Estarás bien cuidado en una América post-Kealty. No te preocupes. Pero no, esa no es la razón por la que estás aquí.

Alden estaba a la vez emocionado y confuso.

—Bueno, entonces. ¿Por qué me has hecho venir?

Laska agarró una carpeta con tapa de cuero apoyada en la mesita junto al sofá. Sacó un fajo de papeles y los puso en su regazo.

—Judy Cochrane se ha reunido con el Emir.

Las piernas cruzadas de Alden se descruzaron con rapidez y se sentó con la espalda recta.

—Ok. Tengo que tener cuidado con ese asunto, estoy seguro de que lo entiendes. No te puedo dar ninguna información con respecto a...

—Yo no te estoy pidiendo nada —dijo Laska, luego esbozó una sonrisa—. *Aún*. Simplemente escucha.

Alden asintió rígidamente.

—El señor Yasin ha accedido a permitir que la ICP lo represente en el Distrito Oeste de Virginia por el ataque en Charlottesville hace tres años.

Alden no dijo nada.

—Como parte de nuestro acuerdo con el Departamento de Justicia, a Judy y su equipo no se les está permitido hablar de los detalles de la captura del Emir ni su encarcelamiento hasta el día en que fue entregado por el FBI a la Oficina de Prisiones.

—Lo siento, Paul, pero ya te estás metiendo en aguas que son demasiado profundas para mí.

Laska siguió hablando como si Alden no hubiera protestado.

—Pero la historia que cuenta es bastante increíble.

Alden le dio el gusto al anciano, quien, muy posiblemente, tenía la llave de su futuro. Explicó:

—El Fiscal General me interrogó largo y tendido sobre cualquier participación de la CIA en el caso del Emir. No tuvimos ningún tipo de participación y eso se lo comuniqué a él. Eso ya es más de lo que debería decirle a alguien que no tiene la autorización adecuada.

Laska negó con la cabeza y habló sobre la última parte de las palabras de Charles Alden.

—Él dice que fue atacado en la calle en Riad por cinco hombres, le dispararon cuando se resistió, luego fue secuestrado, traído a un lugar en los Estados Unidos y torturado durante varios días, antes de ser entregado al FBI.

—Paul, no quiero escuchar...

—Y luego el FBI lo envió a otro lugar por varios meses, un llamado centro clandestino de detención, antes de entregarlo a Florence, Colorado.

Alden enarcó las cejas.

—Francamente, Paul, esto está empezando a sonar como una mala película. Pura fantasía.

Pero Laska transmitió las afirmaciones del Emir como un hecho.

—Él pudo ver bien a cuatro de los hombres que lo secuestraron y torturaron. Y aunque el Emir es, si crees las acusaciones contra él, un terrorista, también es todo un artista.

Laska tomó cuatro páginas de la carpeta en su regazo y se las ofreció a Alden.

El subdirector de la CIA no se movió para tomarlas.

—Lo siento —fue todo lo que pudo decir.

—Dijiste que no había sido la CIA, así que no conocerás a estos hombres. ¿Cuál es el daño?

—Francamente, estoy muy decepcionado de que tu verdadera motivación para invitarme aquí esta noche, no fuera más que...

—Si no los conoces, Charles, simplemente devuélveme las páginas y no pasarás los próximos años testificando como el ex jefe de Servicios Clandestinos de la Agencia Central de Inteligencia. El hombre al mando cuando se realizó una entrega ilegal en una nación aliada en contra de las órdenes directas del Presidente de los Estados Unidos.

Alden emitió un largo suspiro. En verdad, no conocía a

muchos de los soldados de infantería de la CIA, ya que rara vez salía del séptimo piso en Langley. ¿Pensaba Laska que los hombres paramilitares de la Agencia se juntaban junto a un dispensador de agua en el piso superior, cubiertos de pintura y equipo de guerra, a la espera para su próxima misión? Ciertamente, Alden se dijo a sí mismo, no sería capaz de reconocer un dibujo de ningún hombre que hiciera trabajo de campo de la División de Actividades Especiales, el brazo paramilitar de la CIA y los agentes que tenían el entrenamiento para hacer algo como esto. Después de hablar con el Fiscal General Brannigan sobre la captura del Emir un año antes, había tenido la impresión de que el Departamento de Justicia pensaba que el Emir había sido capturado por alguna agencia de inteligencia de Medio Oriente por sus propias razones y luego se habían colado en los Estados Unidos y lo habían arrojado en la puerta del FBI para ganarse el favor en una fecha posterior. Era un misterio, sí, pero no era algo de lo que Alden tuviera que preocuparse.

Decidió que le echaría un vistazo a los dibujos, sacudiría la cabeza y se los devolvería. Si eso era todo lo que necesitaba para asegurarse un puesto en una fundación de Laska después de que acabara su tiempo en la CIA, entonces que así fuera.

Se encogió de hombros.

—Te voy a complacer y miraré las fotos. Pero no voy a discutir más este asunto contigo.

Laska sonrió. Su rostro cuadrado se ensanchó.

—Trato hecho.

Alden tomó las páginas, cruzó las piernas y miró a Laska. El asignado político de la CIA mantuvo una apariencia un poco molesta al hacer esto.

Laska dijo:

—Lo que tienes ahí son fotocopias de algunos trazados que Judy hizo de los dibujos originales del Emir. La calidad no es perfecta, pero creo que dan una buena idea del aspecto de los hombres.

La primera imagen, tal como lo esperaba, era un boceto detallado, pero no particularmente realista de la cara de un hombre, una cara que Charles Alden no reconoció. El hombre era joven, blanco y su cabello estaba ensombrecido con un lápiz, posiblemente para indicar que era de color negro o castaño oscuro. Llevaba una especie de vendaje en la barbilla. Debajo de la imagen había algunas notas escritas a mano. «Secuestrador 1. Estadounidense, 25 a 30 años de edad. 183cms. Este hombre me disparó en la calle. Fue herido levemente en la cara, por eso el vendaje».

Era un dibujo bastante bueno de un tipo bien parecido de unos veinte años, pero aparte de eso Alden no encontró muy notable la imagen.

Charles negó con la cabeza para beneficio de Laska y siguió.

El dibujo número dos era de otro joven. Llevaba el pelo más corto que el primer hombre y era oscuro. Era indescriptible en cualquier otro aspecto. El texto bajo el dibujo decía: «Secuestrador 2. 28 a 35 años de edad. Más bajo que el #1».

Aún así, Alden no conocía al hombre.

Otra sacudida de la cabeza y siguió con el próximo.

Los ojos de Alden se abrieron, luego se achicaron, e inmediatamente se preocupó de que su anfitrión hubiera visto el cambio en su expresión. Este dibujo era de un hombre mayor, mucho mayor que los otros. Rápidamente bajó la vista hasta las notas que Saif Yasin había escrito sobre el Secuestrador 3: «Tal vez sesenta años de edad. Saludable. Delgado. Muy fuerte y enojado. Ojos fríos. Habla buen árabe del Golfo».

Oh, Dios mío, Alden pensó para sí mismo, pero fue cuidadoso de no demostrarle sus emociones a Paul Laska. Sus ojos se movieron de nuevo a la imagen. El pelo corto, ligeramente sombreado como para indicar que era gris. Características profundamente cinceladas. Los años grabados en su piel. Una mandíbula cuadrada.

¿Podía ser? ¿Un hombre de sesenta años de edad todavía en el filo de la acción? Había unos pocos, pero sin duda eso reducía las posibilidades. Un hombre sí se destacaba, sin embargo, y tenía un parecido no menor con el dibujo.

Alden creyó reconocer a este hombre, pero no estaba seguro.

Hasta que siguió a la página siguiente.

Un boceto de un hombre hispano, de cuarenta y tantos años, con el pelo corto. La leyenda debajo de su nombre decía que era el «Secuestrador 4: bajo pero muy poderoso».

¡Carajo! Alden gritó internamente. *John Clark y su compañero. ¿El tipo mexicano de Rainbow? ¿Cómo se llamaba? ¿Carlos Domínguez? No... no era ese.*

Alden ahora no trató de ocultar su asombro. Dejó caer

las otras páginas al suelo de la biblioteca y sostuvo cada foto-
copia en una mano. Clark en la izquierda, el tipo hispano en
la derecha.

Estos dos hombres habían estado sentados en la oficina
de Alden un año antes. Los había mandado a empacar, desti-
tuidos de la Agencia Central de Inteligencia.

Y ahora había pruebas creíbles que los vinculaban con
una operación de secuestro que se había infiltrado en Arabia
Saudita y capturado al hombre más buscado del mundo.
¿Para quién diablos podían estar trabajando? ¿JSOC[25]? No, el
ejército tenía su propia unidad para hacer ese tipo de cosas.
¿DIA[26], la NSA? De ninguna manera, este no era su tipo de
misión.

—¿Conoces a estos hombres? ¿Son de la CIA? —preguntó
Laska. Su voz sonaba tan esperanzada.

Alden apartó la vista de las imágenes hacia el anciano en
el otro sofá de cuero. Laska sostuvo una copa de coñac y se
inclinó hacia adelante con entusiasmo.

Alden se tomó un momento para serenarse. Suavemente
preguntó:

—¿Qué puedes hacer con esta información?

—Mis opciones son limitadas, al igual que las tuyas. Sin

---

25 Mando Conjunto de Operaciones Especiales, por sus siglas en inglés
(Joint Special Operations Command).
26 Agencia de Inteligencia de Defensa, por sus siglas en inglés (Defense
Intelligence Agency).

embargo, tú puedes ordenar una investigación interna de los hombres, usar otras pruebas para sacar esto a la luz.

—Ellos no son de la CIA.

Laska ladeó su cabeza cuadrada y sus pobladas cejas se levantaron.

—Pero... claramente los reconoces.

—Sí. Se fueron de la Agencia hace un año. Yo... no sé lo que se supone que están haciendo ahora, pero se han ido de la CIA hace rato. Basta con decir que dondequiera que estén trabajando, estaban actuando de manera clandestina cuando se fueron a cazar terroristas.

—¿Quiénes son?

—John Clark es el hombre blanco. El otro... no puedo recordar su nombre. Puede ser Domínguez. Algo hispano de todos modos. Puerto Rico, México, algo así.

Laska tomó un sorbo de coñac.

—Bueno, está claro que si no están trabajando para la CIA, están trabajando para alguien. Y no tenían autoridad alguna para detener a Saif Yasin.

Alden se dio cuenta de que Laska no comprendía el alcance de esto. El hombre simplemente estaba tratando de sacar a esa mierda del Emir de prisión.

—Hay mucho más aquí que eso. John Clark no se limitó a trabajar para Jack Ryan en la CIA. Él era el conductor de Ryan y un amigo cercano de Ryan. Me imagino que todavía lo es. Trabajaron juntos en operaciones encubiertas antes de que Ryan ascendiera de rango. Su historia se remonta a treinta años. Esa fue una de las razones por las que mandé al carajo al viejo hijo de puta en lugar de dejarlo quedarse ahí como entrenador por unos pocos años.

Laska se enderezó en su sillón. Incluso sonrió un poco, una rara ocurrencia.

—Interesante.

—Clark tiene mucha sangre en sus manos. Él era todo lo que estaba mal con las operaciones de la CIA. No sé muchos de los detalles, pero sí sé una cosa.

—¿Qué cosa, Charles?

—Yo sé que el propio Presidente Ryan Clark le dio la Medalla de Honor por sus acciones en Vietnam y luego lo perdonó por sus asesinatos de la CIA.

—¿Un indulto presidencial secreto?

—Sí.

Alden seguía moviendo la cabeza asombrado ante su revelación, pero poco a poco recuperó el control. De pronto, su trabajo con una fundación de Laska quedó en el olvido. Poco menos y reprendió al hombre mayor con su tono de voz.

—No sé qué reglas básicas le ha dado el Departamento de Justicia a tu organización, pero me resulta muy difícil creer que a los abogados se les permita pasarte esta información a ti. No eres abogado, ni parte del equipo legal.

—Eso es muy cierto. Yo soy más una figura decorativa. Pero, como sea, tengo esta información.

—Sabes que no puedo hacer nada al respecto, Paul. No puedo llegar a mi oficina mañana y empezar a hacer preguntas acerca de qué ocurrió con Clark y Domínguez, sin que la gente quiera saber por qué. Tú y yo podríamos meternos en un montón de problemas por andar pasando por ahí esta información debido a la naturaleza de la fuente. Me has implicado en un delito grave.

Con eso, Alden tomó su copa de la mesa y la vació en su boca. Laska tomó la vieja botella y le rellenó la copa.

Laska entonces sonrió.

—No es necesario que le digas a nadie sobre esto. Sin embargo, esta información tiene que salir a la luz de alguna manera. Estos hombres deben ser capturados y hechos responsables.

Laska pensó durante unos segundos.

—El problema con esta información es la fuente, el modo en que fue derivada. ¿Qué pasa si cambio la fuente?

—¿Qué quieres decir?

—¿Me puedes conseguir más información sobre la carrera de Clark con la CIA? No estoy hablando acerca de esto, del incidente del Emir. Estoy hablando de todo lo que ha hecho que está en el expediente.

Alden asintió con la cabeza.

—Recuerdo que el almirante James Greer tenía un expediente sobre él. Eso fue hace mucho tiempo atrás, podría cavar un poco más por mi cuenta para ver si hay detalles desde entonces. Sé que él manejó Rainbow en el Reino Unido durante varios años.

—Hombres de Negro —dijo Laska con desdén, usando el apodo del traje del equipo secreto antiterrorista de la OTAN.

—Sí. Pero, ¿por qué quieres esa información?

—Creo que lo podría ayudar a Ed.

Alden miró a Laska durante un buen rato. Sabía que no había una maldita cosa que pudiera ayudar a Ed Kealty y sabía que Paul Laska era lo suficientemente inteligente como para saber eso también. No, había algún juego dando vueltas en la cabeza de Laska.

Alden no impugnó al viejo checo.

—Veré qué puedo hacer.

—Sólo tráeme lo que puedas y sacaré esto de tus manos, Charles. Has sido de gran ayuda y no olvidaré eso en enero.

28

El horizonte de una ciudad tan grande y tan desarrollada como Volgogrado, Rusia, debería haber sido visible desde muchas, muchas millas en todas direcciones. Pero mientras Georgi Safronov conducía a toda velocidad hacia el sureste en la carretera M6, a sólo una docena de millas de los límites de la ciudad, la vista frente a él eran ondulantes pastizales bajos que desaparecían rápidamente en la espesa niebla gris y no daba indicios de la gran metrópoli industrial que se encontraba justo por delante. Eran las diez de la mañana y había estado conduciendo toda la noche por la autopista del Mar Caspio, pero incluso después de ocho horas detrás del volante el hombre de cuarenta y seis años continuó acelerando su BMW Z4 cupé, desesperado por llegar a su destino lo más pronto posible. El hombre que le había pedido conducir quinientas setenta millas hoy no lo hubiera convocado a esta reunión sin una buena razón, y Georgi luchó contra el sueño y el hambre para no hacer esperar al anciano.

El acaudalado ruso era de mediana edad, pero aparte de un poco de gris en su cabello rojo, no lo parecía. La mayoría de los hombres rusos bebían y esto tendía a envejecer sus caras antes de tiempo, pero Georgi no había tocado el vodka o el vino o la cerveza desde hacía años; su único desliz era el consumo de té dulce que a los rusos les gusta tanto. No era atlético en absoluto, pero era delgado y tenía el pelo un poco largo para un hombre de su edad. Un mechón le caía sobre la frente, justo encima de sus ojos, razón por la cual ajustó los ventiladores de la calefacción del BMW para que lo soplaran hacia atrás mientras conducía.

No tenía instrucciones de ir a Volgogrado misma y era una lástima, porque a Safronov le gustaba la ciudad. Volgogrado había sido Stalingrado y eso la hacía interesante para él. En la Segunda Guerra Mundial, Stalingrado había sido el epicentro de quizás la más increíble resistencia contra la invasión de una fuerza poderosa en la historia de la guerra.

Y Georgi Safronov tenía un interés personal en el fenómeno de la resistencia, aunque mantenía este interés para sí mismo.

Sus ojos miraron rápidamente el mapa del GPS en el tablero central del bien equipado cupé. El aeropuerto estaba ahora hacia el sur; se saldría de la autopista M6 en cuestión de minutos y luego seguiría la ruta preprogramada hacia la casa de seguridad justo fuera de los terrenos del aeropuerto.

Sabía que tenía que tener cuidado para evitar llamar la atención. Había venido solo, dejando a sus guardaespaldas en Moscú, diciéndoles solamente que tenía asuntos personales qué atender. Su fuerza de protección no estaba compuesta por rusos, sino finlandeses, y eran proxenetas, así que Georgi utilizó su imaginación en contra de ellos dando a entender que su cita secreta de hoy tenía que ver con una mujer.

Safronov pensó que después de la reunión podría continuar hacia Volgogrado y encontrar un hotel. Podría caminar por las calles solo y pensar en la batalla de Stalingrado, y eso le daría fuerza.

Pero se estaba adelantando. Tal vez el hombre que lo había invitado a venir aquí hoy, Suleiman Murshidov, querría que se fuera de la casa de seguridad de inmediato, se subiera a un avión y regresara con él a Majachkalá.

Murshidov diría a Georgi qué hacer, y Georgi escucharía.

Georgi Safronov no era su nombre real en el sentido de que sus verdaderos padres no lo habían llamado Georgi y *ellos* no se llamaban Safronov. Pero este había sido su nombre desde que tenía memoria y desde que tenía memoria todos a su alrededor le habían dicho que era ruso.

Pero en su corazón estaba seguro de que siempre había sabido que su nombre y su origen eran mentiras.

En realidad, Georgi Safronov había nacido Magomed Sagikov en Derben, Daguestán, en el año 1966, época en que era sólo una vasta y obediente región montañosa costera de la Unión Soviética. Sus padres biológicos eran campesinos de las montañas, pero se trasladaron a Majachkalá, en el Mar Caspio, poco después de su nacimiento.

Allí, la madre y el padre del joven Magomed murieron en un año de alguna enfermedad y su hijo fue llevado a un orfanato. Un joven capitán de la Armada rusa de Moscú, llamado Mikhail Safronov, y su esposa, Marina, eligieron al niño de una sala llena de ofrendas, porque la ascendencia mixta azarlezguina de Magomed fue más atractiva para la señora Safronov que los otros niños de su edad que eran azares puro.

Ellos llamaron a su nuevo bebé Georgi.

El capitán Safronov estaba en Daguestán con la flotilla del Caspio, pero pronto fue ascendido a la flota del Mar Negro y enviado a Sebastopol, y luego a Leningrado a la Academia Naval Mariscal Grenchko. Durante los próximos quince años Georgi creció en Sebastopol (donde su padre se reincorporó a la flota del Mar Negro) y luego en Moscú (donde su padre trabajó en la oficina del comandante en jefe).

La madre y el padre de Safronov nunca lo engañaron sobre el hecho de que había sido adoptado, pero le dijeron que había llegado de un orfanato en Moscú. Nunca mencionaron sus verdaderas raíces, ni el hecho de que sus padres habían sido musulmanes.

El joven Safronov era un niño brillante, pero era pequeño, débil y le faltaba coordinación al punto que era inútil en los deportes. A pesar de eso, o debido a eso, se destacó en su trabajo escolar. Desde que era un niño muy joven desarrolló una fascinación por los cosmonautas de su país. Esto derivó en una fascinación infantil con los misiles, los satélites y el mundo aeroespacial. Cuando se graduó de la escuela, fue aceptado en la Academia Militar Felix Dzerzhinsky de Fuerzas de Misiles.

Después de graduarse, pasó cinco años como oficial en las Fuerzas Estratégicas de Misiles Soviéticos y luego regresó a la universidad en el Instituto de Moscú de Física y Tecnología.

A la edad de treinta años entró en el sector privado. Fue contratado como gerente de proyectos por la Corporación Kosmos de Vuelos Espaciales (KSFC), una compañía en ciernes de motores de cohetes y de lanzamiento espacial. Georgi jugó un papel decisivo en la compra por parte de su empresa de misiles balísticos intercontinentales de la era soviética y dirigió un proyecto de reingeniería de los misiles balísticos intercontinentales, convirtiéndolos en vehículos espaciales de carga. Su liderazgo de estilo militar, sus ideas audaces, sus conocimientos técnicos y su habilidad política se combinaron para hacer que, para la década de 1990, KSFC fuera el principal contratista de las operaciones de entrega espacial rusas.

En 1999 Mikhail Safronov, el padre de Georgi, se encontraba de visita en la agradable casa de su hijo en Moscú. Fue poco después de la primera invasión rusa de Daguestán y el oficial naval retirado hizo una serie de comentarios despectivos sobre los musulmanes de Daguestán. Cuando Georgi le preguntó a su padre qué sabía de los daguestaníes, o de los musulmanes, para el caso, Mikhail inadvertidamente mencionó que una vez había estado estacionado en Majachkalá.

Georgi se preguntó por qué ni su padre ni su madre habían mencionado nunca su estadía en Daguestán. Unas semanas más tarde, llamó a algunos amigos influyentes en la Marina y buscaron en los registros para proporcionarle al hijo las fechas de servicio de su padre en la flota del Mar Caspio.

Tan pronto como Safronov fue a Majachkalá, se encontró con el orfanato y logró que le revelaran que él, de hecho, había nacido de padres musulmanes daguestaníes.

Georgi Safronov supo entonces lo que él diría más tarde que siempre había sabido. Que él no era como cualquier otro ruso con el que había crecido.

Él era musulmán.

En un principio esto no tuvo un gran efecto en su vida. Su compañía era tan exitosa —sobre todo después de que las misiones de transbordador espacial estadounidenses fueran suspendidas debido a la tragedia del *Columbia* en febrero de 2003— que la vida de Safronov era su trabajo. La Corporación Kosmos de Vuelos Espaciales estaba perfectamente posicionada en ese momento para hacerse cargo de los contratos de transbordadores estadunidenses. A la edad de treinta y seis años, Georgi acababa de asumir como presidente de la compañía y su talento, dedicación y conexiones en la Fuerza Aérea de Rusia, junto con su poderosa personalidad, ayudaron a su empresa a aprovechar al máximo esta oportunidad.

Inicialmente, el gobierno ruso no había tenido ningún interés financiero en la empresa y había sido privatizada con éxito. Sin embargo, cuando Safronov la convirtió en, literalmente, una máquina de hacer dinero impulsada por un cohete, el presidente ruso y sus amigotes comenzaron a introducir medidas gubernamentales para hacerse cargo de la empresa. Pero Safronov se reunió con sus nuevos adversarios en persona y les hizo una contraoferta. Él les daría el treinta y ocho por ciento de su negocio, los hombres en la reunión podrían hacer lo que quisieran con eso, y Safronov mantendría el resto. Y él continuaría trabajando por su éxito los 365 días del año.

Pero, Georgi le había dicho a los hombres en la reunión, si el gobierno ruso quería hacerla una empresa de propiedad estatal, al igual que en los viejos tiempos, entonces podían esperar los resultados de los viejos tiempos. Safronov se sentaría en su escritorio y miraría la pared, o podían echarlo y reemplazarlo por un viejo *apparátchik* que podría pretender ser un capitalista, pero que, si acaso un siglo de historia servía como evidencia, arruinaría el negocio en un año.

El presidente de Rusia y sus hombres estaban nerviosos. Su intento de extorsión había sido repelido con alguna confusa forma de... ¿qué? ¿extorsión inversa? El gobierno cedió, Safronov conservó el sesenta y dos por ciento de participación y KSFC floreció.

Un año más tarde Kosmos fue presentado con la Orden de Lenin, en nombre de un país agradecido, y Safronov mismo recibió el reconocimiento de Héroe de la Federación Rusa.

Con su fortuna personal sobrepasando los cien millones de dólares invirtió en empresas rusas de primera categoría y lo hizo con un ojo agudo hacia las conexiones de los propietarios. Entendía el lubricante de éxito en su país adoptivo; los hombres de negocios que alzaban la cabeza sólo la mantenían si eran amigos del Kremlin. Se hizo muy fácil para alguien con acceso a información privilegiada discernir quién tenía a los ex hombres del KGB que ahora gobernaban en Moscú a su favor, y Safronov cubrió todas sus apuestas de manera que, siempre y cuando el actual líder y sus hombres estuvieran en el poder, a él le iría bien.

Y esta táctica había funcionado para él. Su fortuna personal se estimaba en más de mil millones de dólares, lo que, a pesar de no ponerlo en la lista de *Forbes*, le permitía tener todo lo que quería.

Pero en verdad, su riqueza no le importaba nada en absoluto.

Porque era imposible para él olvidarse de que su nombre no era realmente Georgi y no era ruso.

Todo cambió para Georgi Safronov en su cuadragésimo segundo cumpleaños. Él había estado conduciendo su nuevo Lamborghini Reventón 2008 desde Moscú a una de sus dachas en el campo. Llevó el velocímetro de su vehículo a unos veinte kilómetros menos de velocidad máxima, llegando a aproximadamente 200 millas por hora en un camino recto.

Si se trató de aceite o agua, o simplemente un desplazamiento de los neumáticos traseros, Georgi nunca lo sabría. Pero por alguna razón sintió un leve deslizamiento, perdió el control y estuvo seguro de que ése era el fin. En la mitad de segundo desde que empezó a comprender que él no era más que un pasajero en el vehículo fuera de control hasta que el capó plateado brillante del Lamborghini delante del parabrisas apuntó fuera de la carretera, la vida de Georgi no pasó frente a sus ojos; fue más bien la vida que no había vivido la que vio frente a él. Fue la causa a la que le había dado la espalda. Fue la revolución en la que él no había participado. Fue su potencial del que no se había dado cuenta.

El Lamborghini se dio vuelta, el cuello de la bailarina de veintiún años de edad sentada al lado de Safronov se rompió con el primer impacto contra el nevado terreno —durante años después del accidente, Georgi estuvo seguro de que había oído el sonido en medio de la cacofonía de la explosión de metal y fibra de vidrio.

El empresario espacial pasó meses en el hospital con su Corán ruso; lo mantuvo oculto en el interior de las sobrecubiertas de los manuales técnicos. Su fe se profundizó, su sentido de pertenencia en este mundo y el próximo se solidificó, y se dijo a sí mismo que su vida tomaría un nuevo rumbo.

Él renunciaría a todo para ser *shahid*. Para ser mártir de la causa en la que había nacido y por la cual daba cada respiro. Entendió que los Lamborghinis y los aviones y el poder y las mujeres no eran el paraíso, por muy embriagadores que fueran para su carne humana. Supo que no había futuro real en su forma humana. No, su futuro, su futuro eterno, sería en la otra vida, y buscó eso.

Pero no vendería barato su cuerpo a su causa. No, Georgi reconoció que se había convertido en quizás el activo más importante en la causa de una república islámica en el Cáucaso. Él era un espía en el mundo del enemigo.

Cuando se recuperó, se trasladó secretamente a una simple casa de campo en Daguestán. Vivió en completa austeridad, muy lejos de la vida que había llevado antes de su accidente. Buscó a Suleiman Murshidov, el líder espiritual de Jamaat Shariat, el grupo de resistencia de Daguestán. Murshidov tenía sospechas en un principio, pero el viejo era sorprendentemente astuto e inteligente, y con el tiempo comenzó a reconocer la herramienta, el arma, que era Georgi Safronov.

Georgi ofreció todo su dinero a la causa, pero el líder espiritual rechazó la oferta. De hecho, le prohibió a Safronov cualquier filantropía hacia Daguestán o el Cáucaso. El anciano de las montañas de alguna manera se dio cuenta de que Georgi era su «infiltrado» en los pasillos del poder ruso y no permitiría que nada amenazara eso. Ni nuevas escuelas, ni nuevos hospitales, ni ningún beneficio para su causa.

Por el contrario, Murshidov le dio instrucciones a Safronov de volver a Moscú y apoyar la postura de línea dura en contra de las repúblicas. Durante muchos años a Georgi le había enfermado sentarse con los amigos de su padre adoptivo y discutir sobre la erradicación de los grupos insurgentes en el Cáucaso. Pero estas eran sus órdenes. Él vivía en el vientre de la bestia.

Hasta el día en que Murshidov solicitó su regreso, su ayuda y, *inshallah* —Alá lo quiera— su martirio.

Safronov hizo lo que se le pidió. Regresó brevemente y en secreto una vez al año para reunirse con Suleiman y en una de esas reuniones había pedido que le presentaran al famoso guerrero Israpil Nabiyev. El viejo líder espiritual prohibió la reunión y esto enfadó mucho a Safronov.

Pero Georgi ahora sabía que su líder había estado en lo correcto todo el tiempo. Si Nabiyev hubiera sabido de Safronov, siquiera un indicio de que había un hombre en los altos rangos de los servicios espaciales privados de Rusia, Safronov ahora estaría muerto o en prisión.

Safronov ahora sabía que su propia vanidad se había apoderado de él cuando le había insistido a Suleiman que le presentara a Nabiyev el año pasado en Majachkalá. Y había sido la mano del mismo Alá, a través de Suleiman, la que había actuado cuando Suleiman se había negado a presentarlos.

Así que Safronov se mantuvo lejos de Jamaat Shariat. Estaba bien también, porque la fortuna de su empresa había seguido aumentando a través de los años y se encontraba muy ocupado en Moscú. KSFC se beneficiaba con el ocaso del Programa de Transbordador Espacial de los Estados Unidos. Los contratos de la KSFC aumentaron aún más, ya que se convirtió en uno de los principales actores en la entrega espacial. Sí, había otros vehículos de lanzamiento, a cargo de otras compañías, lanzando satélites y suministros y hombres. Soyuz, Protón, Rokot, por citar tres. Pero Safronov y su vehículo Dnepr-1 estaban expandiendo sus operaciones a un ritmo más rápido que los demás. En 2011, la compañía de Safronov lanzó con éxito más de veinte cohetes desde sus tres plataformas de lanzamiento en el Cosmódromo de Baikonur en las planas estepas pastosas de Kazajstán y los contratos de 2012 avanzaban para superar eso.

Él era un hombre muy ocupado, sin duda, pero no tan ocupado como para no poder dejarlo todo y dirigirse hacia el sur por la carretera del Mar Caspio cuando el mensaje venía de Murshidov, Abu Daguestani —Padre de Daguestán.

Georgi Safronov miró su Rolex y se alegró al darse cuenta de que llegaría a la reunión justo a tiempo. Él era científico espacial, después de todo. Aborrecía la imprecisión.

29

Jamaat Shariat utilizaba la granja al oeste de Volgogrado de vez en cuando, cuando tenía negocios al norte de su área de influencia. La propiedad estaba cerca del aeropuerto, pero alejada del bullicio y ajetreo de la ciudad misma, por lo que no necesitaban más que unos pocos centinelas patrullando las calles de tierra y un auto lleno de hombres daguestaníes armados cerca del desvío a la carretera para mantener esas reuniones o pasar la noche dentro de la propiedad a salvo de la policía rusa o de las fuerzas de seguridad interna.

Georgi Safronov pasó a través del mínimo cordón de seguridad sometiéndose a un cacheo y la revisión de su identificación, luego fue llevado dentro de la granja tenuemente iluminada. Las mujeres en la cocina evitaron sus ojos cuando las saludó, pero los centinelas lo llevaron a la gran sala de la casa, donde fue recibido por su líder espiritual, Suleiman Murshidov, al que él denominaba Abu Daguestani.

Había una mesa baja adornada con un mantel de encaje. Las mujeres pusieron un plato de uvas, un pocillo de caramelos envueltos individualmente y una botella de dos litros de Fanta delante de los hombres y luego desaparecieron.

Safronov sonrió con orgullo, como hacía siempre en la presencia del líder espiritual de la organización que luchaba por los derechos y el futuro de su propio pueblo. Sabía que no se le habría pedido venir aquí, de esta manera, si no fuera de la máxima importancia. La captura de Israpil Nabiyev el mes pasado —las autoridades rusas no habían dicho que habían capturado al hombre vivo, pero los sobrevivientes del ataque contra la aldea daguestaní habían visto cómo se lo llevaban en un helicóptero— debía tener algo que ver con que se lo hubiera llamado aquí.

El empresario espacial ruso pensaba que Suleiman Murshidov le iba a pedir dinero. Tal vez una gran suma para tratar de llevar a cabo la liberación de Israpil. Georgi estaba emocionado ante la perspectiva de jugar, por primera vez, un papel tangible en la lucha de su pueblo.

El viejo estaba sentado en el suelo al otro lado de la mesa. Detrás de él, dos de sus hijos estaban sentados en sillas, pero quedaban fuera de esta conversación por el ancho de la habitación. Murshidov había pasado los últimos minutos preguntando sobre el viaje de Georgi, acerca de su trabajo y contándole al ruso/daguestaní acerca de los acontecimientos en el Cáucaso. Safronov sentía mucho más amor por este anciano que el que había sentido por su propio padre, el hombre que lo traicionó, que lo alejó de su pueblo, que trató de convertirlo en algo que no era. Abu Daguestani, en cambio, le había devuelto su identidad.

El anciano barbudo, dijo:

—Hijo mío, hijo de Daguestán, Alá apoya nuestra resistencia frente a Moscú.

—Yo sé que eso es cierto, Abu Daguestani.

—Me he enterado de una oportunidad que, con tu ayuda, puede hacer más por nuestra causa que todo lo que ha sucedido en todos los días anteriores. Más que la guerra, más que lo que el hermano Israpil fue capaz de lograr con todas sus tropas.

—Sólo dígame lo que usted necesita. Usted sabe que yo le he rogado para que me deje hacer algo, para jugar algún papel en nuestra lucha.

—¿Te acuerdas de lo que me dijiste cuando estuviste aquí el año pasado?

Safronov trató de recordar. Había dicho muchas, muchas cosas, todas las ideas que tenía que le permitirían ayudar a la causa de Jamaat Shariat. Georgi se quedaba despierto por las noches ideando planes para promover la causa y durante sus visitas anuales a Majachkalá le ofrecía sus mejores ideas a Murshidov. No sabía a cuál de los planes se refería su líder.

—Yo... ¿Qué cosa, padre de Daguestán?

El delgado pliegue de una sonrisa se extendió por los labios del anciano.

—Tú me dijiste que eras un hombre poderoso. Que controlabas los cohetes que iban al espacio. Que podías redirigir tus cohetes para atacar Moscú.

Safronov sonrió con entusiasmo al mismo tiempo que su mente se llenó de preocupación y consternación. Le había contado al anciano acerca de sus muchas ideas de represalias contra los rusos con los que vivía y trabajaba. Cambiar la ruta de uno de sus vehículos de carga espacial para que no alcanzara la órbita, sino que enviara su carga hacia un concurrido centro urbano fue, por lejos, la más extravagante de las ideas que le contó a Murshidov. Había un centenar o más de problemas con ese plan suyo, pero sí, no estaba fuera del ámbito de las posibilidades.

Safronov sabía que ahora no era el momento de demostrar duda.

—¡Sí! Le juro que lo puedo hacer. Sólo deme la señal y obligaré a los rusos a devolvernos a nuestro líder militar o sufrir por este crimen.

Murshidov comenzó a hablar, pero Safronov, acelerado por la excitación, dijo:

—Tengo que decir que tal ataque sería mejor utilizado contra una refinería de petróleo, incluso si está fuera de la ciudad. La propia cápsula no es explosiva, por lo que aunque se estrellaría a una alta velocidad, tendría que chocar contra algo inflamable o explosivo para hacer la mayor cantidad de daño.

A Georgi le preocupó que el anciano estuviera decepcionado con esto; él probablemente no le había dado una explicación realista de lo que un misil de energía cinética podría lograr cuando había hecho su alarde el año anterior.

Pero Murshidov planteó una pregunta:

—¿Serían tus armas más poderosas si tuvieran bombas nucleares en la punta?

La cabeza de Safronov se ladeó. Balbuceó brevemente.

—Bueno... sí. Por supuesto. Pero eso no es posible, e incluso sin ellas aún pueden ser poderosas armas convencionales. Le prometo que si pongo como objetivo un lugar de almacenamiento de combustible o...

—¿Por qué no es posible?

—Porque no *tengo* bombas, Padre.

—Si las tuvieras, ¿procederías a hacerlo? ¿O tu corazón se entristece ante el pensamiento de la muerte de cientos de miles de tus compatriotas adoptivos?

Safronov levantó la barbilla. Esta era una prueba. Algo hipotético.

—Si yo tuviera las bombas, actuaría con aún *más* pasión. No hay dudas en mi corazón.

—Hay un hombre aquí que quiero que conozcas. Un extranjero.

Safronov no había visto a ningún extranjero. ¿Era esto hipotético también?

—¿Qué hombre?

—Voy a dejar que él te diga quién es. Habla con él. Confío en él. Es muy respetado por nuestros hermanos en Chechenia.

—Por supuesto, Abu Daguestani. Voy a hablar con él.

Suleiman Murshidov le hizo una seña a uno de sus hijos, quien le dijo a Safronov que lo siguiera. Georgi se puso de pie, confundido por lo que estaba sucediendo, pero siguió al hombre hacia el pasillo y por las escaleras hacia arriba, y luego dentro de un gran dormitorio. Aquí tres hombres en ropa casual estaban de pie con rifles de asalto colgando de sus hombros. No eran daguestaníes; no eran árabes tampoco. Un hombre era muy alto y tenía la edad de Georgi; los otros dos eran más jóvenes.

—*As salam aleikum* —dijo el hombre mayor. Así que hablaban árabe de todos modos.

—*Wa aleikum as salam* —respondió Safronov.

—Levante los brazos, por favor.

—¿Perdón?

—Por favor, amigo.

Safronov lo hizo, inseguro. Los dos jóvenes se acercaron y lo registraron a fondo, pero sin intenciones evidentes de falta de respeto.

Una vez que terminaron, el hombre mayor le pidió a Safronov que se sentara en un desgastado sofá que estaba contra la pared. Ambos hombres se sentaron y les pusieron vasos de bebida gaseosa de naranja sobre una mesa delante de ellos.

—Señor Safronov, puede llamarme general Ijaz. Soy un general de la Fuerza de Defensa de Pakistán.

Georgi estrechó la mano del hombre. *¿Pakistán? Intere-*

sante. Poco a poco las palabras de Suleiman Murshidov en la planta baja comenzaron a tener un poco de contexto.

—¿Es usted daguestaní? ¿Y un musulmán fiel? —preguntó Rehan.

—Soy ambas cosas, general.

—Suleiman me prometió que usted era exactamente el hombre con el que necesito hablar.

—Espero poder ser de utilidad.

—¿Usted está a cargo de las operaciones espaciales rusas?

Safronov empezó a menear la cabeza. Esa fue una tremenda simplificación de su papel como presidente y principal accionista de la Corporación Kosmos de Vuelos Espaciales. Pero se contuvo. Ahora no era el momento de andarse por las ramas, aunque sí dio más explicaciones.

—Eso es casi cierto, general Ijaz. Soy presidente de la compañía que posee y opera una de las mejores lanzaderas espaciales de Rusia.

—¿Qué es lo que transporta al espacio?

—Ponemos satélites en órbita, principalmente. Hicimos veintiún lanzamientos con éxito el año pasado y esperamos hacer veinticuatro el año que viene.

—¿Usted tiene acceso a los misiles para lanzar los vehículos?

Safronov asintió, orgulloso de sí mismo y de la compañía que había hecho crecer en los últimos quince años.

—Nuestro principal vehículo de carga espacial es el

Sistema de Lanzamiento Espacial Dnepr-1. Es un RM-36 convertido.

Rehan se limitó a mirar al ruso. No le gustaba admitir que no sabía de algo. Esperaría en silencio hasta que este pequeño hombre se explicara.

—La RM-36, general, es un misil balístico intercontinental. Rusia... mejor diría la Unión Soviética, lo utilizó para transportar misiles nucleares. No fue sino hasta la década de 1990 que mi compañía reconfiguró el sistema para convertirlo en un cohete espacial civil.

Rehan asintió pensativo, fingiendo sólo un leve interés cuando, en realidad, esta era una noticia increíble.

—¿Qué se puede poner dentro de este misil, Sr. Safronov?

Georgi sonrió con complicidad. Entendió a partir de las preguntas de Murshidov lo que estaba pasando aquí. También entendió que era su trabajo venderle esta idea a este paquistaní de expresión dura frente a él.

—General, podemos poner en él todo lo que usted tenga para nosotros que quepa dentro de la envoltura de carga útil.

—Los dispositivos que estoy considerando son de 3,83 metros por 0,46 metros.

—¿Y el peso?

—Un poco más de mil kilogramos.

El ruso asintió alegremente.

—Se puede hacer.

—Excelente.

—¿Está usted listo para decirme qué es este dispositivo?

El hombre que Safronov conocía como el general Ijaz simplemente lo miró a los ojos.

—Bombas nucleares. Veinte kilotones de rendimiento.

—¿Bombas? ¿No ojivas de un misil?

—No. Estas son bombas que se lanzan desde el aire. ¿Es eso un problema?

—Sé muy poco acerca de bombas, más acerca de ojivas de misiles rusos de mi tiempo en el ejército. Pero sí sé que las bombas pueden ser removidas de sus cascos para ser más pequeñas y ligeras. Esto no afectará el rendimiento de la explosión. Tendremos que hacer eso para ponerlas en contenedores de carga para nuestros misiles.

—Ya veo —dijo Rehan—. Dígame una cosa. Sus misiles... ¿adónde pueden ir?

Safronov adquirió una expresión de cautela. Empezó a hablar, pero se detuvo. Tartamudeó un poco.

Rehan dijo:

—Simplemente soy curioso, amigo. Si decido darle estos dispositivos a su organización, entonces ellos son suyos para hacer lo que quiera.

Rehan sonrió más ampliamente.

—Aunque preferiría que no apuntara a Islamabad.

Safronov se relajó un poco. Por un momento le preocupó que esta operación fuera una especie de trabajo para los paquistaníes. Safronov no haría esto por dinero. Sólo lo haría por su causa.

—General Ijaz, mis misiles pueden ir a cualquier parte

que yo les diga que vayan. Pero no habrá debate. Uno de ellos caerá en la Plaza Roja.

Rehan asintió con la cabeza.

—Excelente —dijo—. Finalmente Moscú rogará a sus pies por misericordia. Usted y su gente podrán tener lo que han deseado durante mucho tiempo. Un califato islámico en el Cáucaso.

El delgado ruso con el infantil mechón de pelo sobre la frente sonrió, los bordes de sus ojos se enrojecieron y humedecieron, y los dos hombres se abrazaron allí en la habitación del frío ático.

Mientras Riaz Rehan abrazaba al hombre más pequeño, el mismo general pakistaní sonrió. Había estado formando fanáticos y criminales desde que era un muchacho de catorce años y era muy, muy bueno en eso.

Después del emotivo abrazo, Rehan regresó al negocio en cuestión.

—Señor Safronov. Es posible que, en los próximos días, oiga débiles rumores sobre desconocidos haciendo preguntas sobre usted, su historia, sus antecedentes, su educación, su fe.

—¿Y eso por qué?

—En primer lugar, voy a tener que averiguar sobre usted con mucho cuidado.

—General Ijaz. Entiendo por completo. Usted y su servicio de seguridad pueden averiguar sobre mí todo lo que quieran, pero por favor no tome demasiado tiempo, señor. Hay un lanzamiento previsto para fines de año. Tres cohetes Dnepr-1 portadores de tres satélites de empresas de los Estados Unidos, Gran Bretaña y Japón serán lanzados en tres días consecutivos.

—Ya veo —dijo Rehan—. ¿Y usted estará ahí?

—Tenía planeado estar —Safronov sonrió—. Pero usted me da un incentivo adicional.

Los dos hombres hablaron sobre los detalles del asunto el resto de la tarde y entrada la noche. Oraron juntos. Para cuando regresó al aeropuerto de Volgogrado, Rehan estaba listo para entregarle las bombas al enérgico partisano daguestaní.

Pero primero tenía que adquirir las bombas y para esto tenía un plan, sí. Pero también había mucho trabajo por hacer. La Operación Sacre, un plan en el que había estado trabajando durante años y pensando durante más de una década, tenía que comenzar tan pronto como regresara a Pakistán.

30

Jack Ryan hijo exhaló un largo y lento respiro, y con él una pequeña parte de su ansiedad.

Marcó el número. Con cada timbrazo, mitad de él esperaba que no hubiera respuesta en el otro extremo. Le había subido la presión arterial y las palmas de sus manos sudaban ligeramente.

Había conseguido el número de teléfono de Mary Pat Foley. Le había escrito varios correos electrónicos durante los últimos días, pero había eliminado cada uno de ellos antes de presionar la irrevocable tecla «enviar». Finalmente, en quizás su cuarto o quinto intento, le había escrito a Mary Pat un breve pero amistoso mensaje agradeciéndole el recorrido alrededor de la oficina el otro día y, ah, por cierto, se preguntaba si le podía dar el número de teléfono de Melanie Kraft.

Lanzó un gruñido cuando leyó su mensaje, se sentía más que un poco absurdo, pero se tragó la vergüenza y pulsó enviar.

Veinte minutos más tarde llegó un amistoso mensaje de Mary Pat. Decía que había disfrutado ir a comer sushi y que había encontrado su conversación sumamente interesante. Esperaba poder contribuir a la conversación pronto. Y al final, después de un simple «Aquí tienes», Jack vio el código de área 703, Alexandria, Virginia, seguido de un número de siete dígitos.

—¡Bien! —gritó en su escritorio.

Detrás de él, Tony Wills se dio la vuelta, esperando una explicación.

—Lo siento —dijo Jack.

Pero todo esto había sido ayer. El entusiasmo inicial de Jack se había convertido en mariposas y estaba haciendo todo lo posible para luchar contra ellas mientras el teléfono de Melanie seguía sonando.

Joder, pensó Jack para sí mismo. No era exactamente un tiroteo en el centro de París al que se enfrentaba aquí en este momento. ¿Por qué los nervios?

Un clic indicó que alguien había contestado. *Mierda. Muy bien, Jack. Haz como que no pasa nada.*

—Melanie Kraft.

—Hola, Melanie. Es Jack Ryan.

Una breve pausa.

—Es un honor, señor Presidente.

—No... no es... es Jack hijo. Nos conocimos el otro día.

—Estoy bromeando. Hola, Jack.

—Ah. Caí. ¿Cómo estás?

—Estoy muy bien. ¿Y tú?

El ritmo de la conversación se desaceleró.

—Estoy bien.

—Qué bien.

Jack no hablaba.

—¿Puedo ayudarte en algo?

—Eh —*lánzala de una vez, Jack*—. Sí. De hecho, un pajarito me contó que vives en Alexandria.

—¿Puede ser que ese pajarito trabaje como director asociado en el Centro Nacional Antiterrorista?

—De hecho, sí.

—Me lo imaginaba.

Jack pudo oír una sonrisa en la voz de Melanie y supo inmediatamente que todo iba a estar bien.

—De todos modos, eso me hizo pensar... hay un restaurante allí en la calle King. Vermillion. Tiene el mejor lomo que he probado jamás. Me preguntaba si podía llevarte a cenar allá el sábado.

—Suena muy bien. ¿Sólo vendrás tú o tu servicio secreto vendrá con nosotros?

—No tengo protección.

—Está bien, sólo estaba chequeando.

Ella se estaba burlando de él y le gustó. Él dijo:

—Eso no significa que no tendré al destacamento de mi padre investigándote a fondo antes de nuestra cita.

Ella se echó a reír.

—Adelante. No puede ser peor que pasar por el proceso TS-SCI[27].

Ella se refería al proceso de investigación de antecedentes de la CIA, que tomaba meses y consistía en entrevistas con todo el mundo, desde vecinos hasta profesores de escuela primaria.

—¿Te recojo a las siete?

—A las siete está bien. De hecho podemos ir caminando desde mi casa.

—Perfecto. Nos vemos entonces.

—Esperaré ansiosa —dijo Melanie.

Jack colgó el teléfono, se levantó y le sonrió a Wills. Tony se puso de pie y chocó la mano con su joven compañero de trabajo.

Paul Laska se paró en el largo balcón de la Suite Real del Hotel Mandarin Oriental en Londres y miró hacia Hyde Park debajo de él.

Era una mañana fresca en octubre, pero sin duda no más fría de lo que sería en Newport. Paul había venido solo, con su asistente personal Stuart, su secretaria Carmela, su dietista Luc y un par de oficiales de seguridad de origen checo que viajaban con él dondequiera que fuera.

---

27 Por sus siglas en inglés (Top Secret-Sensitive Compartmented Information).

Eso es lo que significaba «solo» en la vida de un multimillonario de alto perfil.

El otro hombre en el balcón realmente había venido solo. Sí, hubo un tiempo, años antes, cuando Oleg Kovalenko habría sido escoltado por guardias a todas partes. Había sido del KGB después de todo. Un oficial de casos especiales en varios satélites soviéticos en los años sesenta y setenta. No era un cargo especialmente alto en el KGB, pero se había retirado como *rezident*, el equivalente del KGB a un jefe de estación de la CIA, a pesar de que era sólo *rezident* de Dinamarca.

Después de jubilarse, Oleg Kovalenko había regresado a su hogar en Rusia a vivir una vida tranquila en Moscú. Rara vez había viajado fuera del país desde entonces, pero una insistente llamada telefónica el día anterior lo puso en un avión a Londres y ahora aquí estaba sentado, con los pies sobre una *chaise longue*, su grueso y suave cuerpo cansado por el viaje, pero disfrutando la primera de lo que esperaba fueran muchas excelentes mimosas.

Laska observaba a los transeúntes de la mañana en Knightsbridge desfilar debajo de él y esperó a que el viejo ruso rompiera el hielo.

No pasó mucho tiempo. Kovalenko siempre había odiado el silencio incómodo.

—Es bueno volver a verte, Pavel Ivanovich —dijo Kovalenko.

La única respuesta de Laska fue una tranquila sonrisa sardónica hacia el parque en frente de él y no hacia el gran hombre a su derecha.

El pesado ruso continuó:

—Me sorprendió que quisieras encontrarte de esta manera. No es tan público aquí la verdad, pero otros podrían estar observando.

Ahora Laska se volvió hacia el hombre en la *chaise longue*.

—Otros me están mirando *a mí*, Oleg. Pero nadie te está mirando a ti. A nadie le importa un viejo jubilado ruso, incluso si alguna vez tuviste algún poder. Tus delirios de grandeza son bastante infantiles, la verdad.

Kovalenko sonrió, tomó un sorbo de su bebida matutina. Si se sintió ofendido por el insulto, no lo demostró.

—Entonces, ¿cómo puedo ayudarte? ¿Esto se trata, estoy adivinando, de nuestros buenos viejos tiempos juntos? ¿Sientes la necesidad de resolver algo de nuestro pasado?

Laska se encogió de hombros.

—Dejé atrás el pasado. Si tú no lo has hecho todavía, eres un viejo tonto.

—Ja. Así no es como funcionó para nosotros, los rusos. El pasado *nos* dejó atrás. Estábamos más que dispuestos a permanecer allí.

Se encogió de hombros, vació la copa de mimosa y de inmediato comenzó a mirar a su alrededor por otra nueva.

—*Tempus fugit*, como se suele decir.

—Necesito un favor —dijo Laska.

Kovalenko dejó de buscar una bebida. En su lugar, miró al multimillonario checo, luego salió de un salto de la larga silla y se quedó parado con las manos en sus anchas caderas.

—¿Qué podría tener yo que tú necesites, Pavel?

—Paul, no Pavel. No ha sido Pavel durante cuarenta años.

—Cuarenta años. Sí. Nos diste la espalda a nosotros hace mucho tiempo.

—Yo nunca te di la espalda, Oleg. Nunca estuve *contigo* en primer lugar. Nunca fui un devoto.

Kovalenko sonrió. Entendía completamente, pero siguió presionando.

—Entonces, ¿por qué nos ayudaste con tanto entusiasmo?

—Estaba ansioso por salir de ahí. Eso es todo. Ya lo sabes.

—Nos diste la espalda a nosotros, del mismo modo que le diste la espalda a tu propia gente. Algunos sugieren que lo has hecho una vez más, alejándote del capitalismo que te hizo quien eres en Occidente. Ahora apoyas todo lo que no es el capitalismo. Eres un buen bailarín para ser un anciano. Igual que cuando eras joven.

Laska volvió a pensar en cuando era joven, en Praga. Volvió a pensar en sus amigos en el movimiento, su apoyo inicial a Alexander Dubček. Laska también pensó en su novia, Ilonka, y en sus planes de casarse después de la revolución.

Pero entonces se acordó de cuando fue arrestado por la policía secreta, la visita a su celda de un funcionario grande, poderoso y dominante del KGB llamado Oleg. Los golpes, las amenazas de prisión y la promesa de una visa de salida si el joven banquero tan sólo denunciaba a algunos de sus compañeros agitadores en el movimiento.

Pavel Laska había accedido. Lo vio como una oportunidad para ir a Occidente, a la ciudad de Nueva York, cotizar en la Bolsa de Nueva York y ganar una gran cantidad de dinero. Kovalenko lo convenció con ese incentivo y Laska había ayudado a cambiar el curso de las cosas contra la Primavera de Praga.

Y en dos años, el traidor estaba en Nueva York.

Paul Laska sacó a Pavel Laska de su mente. Era historia del pasado.

—Oleg. No estoy aquí para verte. Necesito algo más.

—Voy a dejar que pagues la cuenta de mi preciosa habitación abajo, voy a dejar que reembolses mi vuelo, me voy a beber tu champán y voy a dejarte hablar.

—Tu hijo, Valentín, es del SVR[28]. De alto nivel, más alto de lo que alguna vez fuiste tú en el KGB.

—No se compara. Tiempos muy distintos. Una industria muy diferente.

—No pareces sorprendido de que yo sepa sobre Valentín.

—No, en absoluto. Todo se puede comprar. La información también. Y tú tienes el dinero para comprarlo todo.

—También sé que él es *rezident* asistente en el Reino Unido.

Oleg se encogió de hombros.

—Pensarías que él habría llamado a su anciano padre cuando supo que estaría aquí. Pero no. Está demasiado

---

28 Servicio de Inteligencia Extranjera ruso. Transliterado como Sluzhba Vneshney Razvedki.

ocupado —Kovalenko sonrió un poco—. Sin embargo, yo recuerdo esa vida y yo estaba demasiado ocupado para *mi* padre.

—Quiero conocer a Valentín. Esta noche. Debe ser en completo secreto. No puede decirle a nadie de nuestra cita.

Oleg se encogió de hombros.

—Si no puedo conseguir que me vea a mí, su querido padre, ¿cómo puedo convencerlo de que te vea a ti?

Laska simplemente miró al viejo, el oficial del KGB que lo venció en Praga en 1968, y dio su propio golpe.

—No se compara, Oleg Petrovich. Él me verá.

31

⬥

El general Riaz Rehan inició su Operación Sacre con una llamada telefónica a través de una línea de voz-sobre-IP con un hombre en la India.

El hombre tenía muchos alias, pero para siempre sería conocido como Abdul Ibrahim. Tenía treinta y un años, era delgado y alto, con un rostro alargado y ojos hundidos. Era también el jefe de operaciones de Lashkar-e-Taiba en el sur de la India y el 15 de octubre sería el último día de su vida.

Sus órdenes habían llegado en una llamada telefónica de Majid sólo tres noches antes. Había estado con Majid varias veces antes en un campo de entrenamiento en Muzaffarabad, Pakistán, y sabía que el hombre era un miembro de alto rango del Ejército paquistaní y comandante en la ISI. El hecho de que Ibrahim no supiera que el nombre real de Majid era Riaz

Rehan no era importante, tan poco importante como el hecho de que los otros cuatro hombres que irían en esta misión no conocían los otros alias de Abdul Ibrahim.

Ibrahim y su célula habían estado operando en la región de Karnataka de la India durante algún tiempo. No eran durmientes; habían bombardeado una terminal de ferrocarriles, cuatro centrales eléctricas y una instalación de tratamiento de agua, y le habían disparado a un policía y atacado vehículos con bombas incendiarias frente a una estación de televisión. Para LeT eran cosas de poca monta, pero Majid le había ordenado a Abdul Ibrahim realizar operaciones de hostigamiento contra la población de una manera que no pusiera demasiado en peligro su célula. Había asumido hace mucho tiempo que se lo mantenía a salvo y en posición para una operación de gran envergadura, y cuando Majid lo llamó por su línea de voz-sobre-IP tres días antes, había sido el momento más orgulloso en la vida de Abdul Ibrahim.

Siguiendo las órdenes recibidas durante la llamada telefónica, Abdul Ibrahim había elegido a sus cinco mejores agentes y todos se reunieron en su casa de seguridad en Mysore. Ibrahim nombró a uno de los hombres su sucesor como jefe de operaciones. El joven se sorprendió al ser informado de que estaría a cargo de las operaciones de Lashkar-e-Taiba en el sur de la India en dos días. Los otros cuatro hombres se sintieron afortunados de que se les dijera que irían con Abdul a una operación mártir en Bangalore.

Ellos tomaron las mejores armas del alijo: cuatro granadas, diez bombas de tubo hechas en casa y una pistola y un rifle para cada uno de los cinco hombres. Esto, junto con casi dos mil cartuchos de munición que empacaron en mochilas y maletas, además de una muda de ropa. A las pocas horas estaban en un tren hacia el noreste y llegaron a Bangalore temprano en la mañana de su penúltimo día.

Un hombre local con raíces paquistaníes les salió al encuentro, los llevó a su casa y les entregó las llaves de tres motocicletas.

Riaz Rehan mismo había escogido el objetivo. A menudo se hace referencia a Bangalore como el Silicon Valley de la India. Con una población de seis millones de habitantes, posee muchas de las más grandes empresas de tecnología en la gran nación, muchas ubicadas en Electronics City, un parque industrial de 330 acres en los suburbios al oeste de Bangalore —más precisamente en Doddathogur y Agrahara, antiguas aldeas que habían sido tragadas por la explosión de la población y el progreso.

Rehan sintió que Abdul Ibrahim y sus cuatro hombres serían sacrificados de manera relativamente rápida si atacaban este objetivo. Electronics City tenía buena seguridad para ser una instalación no gubernamental. Pero aún así, cualquier éxito de Abdul Ibrahim y sus hombres enviaría un mensaje simbólico. Electronics City era un importante centro de externalización de la India y las operaciones ejecutadas desde oficinas allí involucraban a cientos de empresas, grandes y pequeñas, de todo el mundo. Volar en pedazos a las personas y los bienes que se encontraban aquí afectaría, en mayor o menor grado, a muchas de las compañías *Fortune 500* y de este modo estaría garantizado que el ataque tendría una enorme cobertura en los medios de comunicación occidentales. Rehan razonó que una sola muerte aquí causada por la célula de LeT del sur de India tendría el mismo valor que la muerte de veinte campesinos en un pueblo de Cachemira. Tenía la intención de que el golpe de Abdul Ibrahim en Bangalore creara un trueno de terror que resonaría en todo el mundo y asustaría a Occidente, asegurando que la India no pudiera restar importancia a un ataque tal.

Más ataques le seguirían, y con cada ataque el conflicto entre India y Pakistán se agravaría.

Riaz Rehan entendía todo esto porque él era un yihadista occidentalizado, un general del ejército y un jefe de inteligencia. Todos estos títulos atribuidos a un solo hombre le daban otra identidad aún más siniestra —Riaz Rehan, también conocido como Majid, era, sobre todo, un maestro del terrorismo.

Cuando Abdul Ibrahim y sus cuatro hombres llegaron a Bangalore y llenaron los tanques de gasolina de sus motos, de inmediato comenzaron el reconocimiento de su objetivo, porque no tenían tiempo que perder. Encontraron que el parque industrial estaba cubierto de seguridad fuertemente armada, tanto guardias privados como policía. Además, la Fuerza de Seguridad Industrial Central (CISF), la fuerza paramilitar de la India a cargo de las instalaciones industriales del gobierno, aeropuertos y la seguridad de sitios nucleares, estaba trabajando bajo contrato para algunas adineradas empresas privadas en Electronics City. La CISF incluso había establecido puestos de control en la entrada al parque industrial. Ibrahim estaba seguro de que él y sus hombres no serían capaces de colarse en ninguno de los edificios más importantes. Estaba desalentado, pero sin embargo decidió pasar la mayor parte del tiempo que le quedaba hasta el ataque conduciendo alrededor del perímetro de Electronics City buscando una manera de entrar.

No la encontró, pero en la mañana del último día, pocas horas antes de su planeado ataque, decidió pasar por su objetivo una vez más a la luz del día. Viajó solo en su motocicleta por la carretera principal Hosur, tomó la enorme y moderna autopista de peaje elevada Bangalore, un paso elevado de diez kilómetros que corría entre Madiwala y Electronics City, y de inmediato se vio rodeado por decenas de autobuses repletos de trabajadores rumbo a sus trabajos desde Bangalore.

Al instante vio su misión ante él. Abdul Ibrahim regresó a la casa de seguridad en la ciudad y le dijo a sus hombres que los planes habían cambiado.

No atacaron esa noche, como le había prometido a Majid. Sabía que su oficial de caso se pondría furioso con él por desobedecer una orden directa, pero obedeció su otra orden y no hizo ningún contacto con él, ni ningún otro operador de LeT. En vez, destruyó su teléfono móvil, oró y se fue a dormir.

Él y sus hombres se despertaron a las seis de la mañana. Oraron de nuevo, tomaron té en silencio y luego se subieron a las tres motocicletas.

Llegaron al paso elevado a las ocho de la mañana. Abdul

condujo su propia motocicleta doscientos metros detrás de la segunda, que a su vez iba a doscientos metros detrás de la primera. Llevaba las bombas caseras y las granadas en su mochila colgada sobre su pecho, donde podía meter la mano y sacarlas mientras conducía.

La primera moto se detuvo al lado de un autobús articulado con cincuenta pasajeros en el interior. A medida que el conductor de la motocicleta avanzaba lentamente a lo largo del vehículo de dos secciones, el pasajero sacó un AK-47 de un bolso en su regazo, su culata de alambre doblada para acortar su longitud. El hombre armado alineó sus miras con calma y cuidadosamente en el lado de la cabeza del conductor del autobús y apretó el gatillo. Con un estallido corto y una ráfaga de humo gris, la ventana del conductor del autobús se hizo trizas, el hombre cayó de su asiento y el autobús viró bruscamente a la derecha y luego se coleó en un efecto tijera. Chocó a varios otros autos mientras patinaba a toda velocidad y luego se estrelló contra el muro de hormigón del paso elevado, golpeando más automóviles que habían salido rápidamente de la autopista en un intento de apartarse de su camino.

Algunos de los pasajeros en el autobús murieron en el choque, pero la mayoría fueron heridos luego de haber sido arrojados de sus asientos. La primera motocicleta siguió adelante, dejando atrás el dañado autobús mientras continuaba por la autopista, atacando más vehículos a su paso.

Sin embargo, la segunda motocicleta, que también llevaba un conductor y un hombre armado de pasajero, pasó junto al accidente treinta segundos más tarde. La AK del pasajero ladró y su tambor de setenta y cinco cartuchos giró, lanzando sus balas supersónicas a través del cañón. Las balas arremetieron contra el autobús y los heridos, matando a los hombres y mujeres mientras trataban en vano de liberarse de los restos del autobús y a aquellos de otros vehículos que se habían detenido para ayudar.

La segunda moto también siguió adelante, dejando atrás la carnicería mientras el hombre en la parte trasera recargaba su arma y se preparaba para atacar la siguiente escena de horror en el paso elevado.

Pero Abdul Ibrahim llegó al autobús articulado y a los restos a su alrededor momentos más tarde. Se detuvo en medio de la masacre, al igual que lo habían hecho decenas de otros autos, furgonetas y motocicletas. El delgado operativo de Lashkar-e-Taiba sacó una bomba de tubo de su mochila, la encendió con un encendedor y la hizo rodar debajo de un pequeño autobús Volkswagen que estaba estacionado en el medio del atasco y luego se alejó conduciendo rápidamente.

Segundos después, el VW explotó, el metal caliente y los cristales rotos volaron a través del embotellamiento de tráfico y se encendió una fuga de gasolina del autobús articulado. Hombres y mujeres se quemaban vivos en las dos pistas que iban en dirección al sur del paso elevado en tanto la célula Lashkar seguía adelante, un ataque móvil de tres etapas desplazándose a lo largo de la autopista elevada.

Continuaron así durante varios kilómetros; las dos primeras motos vertiendo disparos de sus armas automáticas sobre autobuses en movimiento, los vehículos se detenían bruscamente, salían hacia la izquierda o la derecha, muchos se estrellaban contra otros automóviles y camiones. Ibrahim pasaba lentamente y con calma a través de los restos dejados por sus compañeros, paraba junto a un autobús tras otro, sonreía amargamente ante los gritos y gemidos desde el interior de los restos, y arrojaba granadas y bombas caseras.

Kiron Yadava, de veinticuatro años, iba manejando al trabajo esa mañana porque había perdido su transporte compartido. *Jawan* (soldado alistado) con la Fuerza de Seguridad Industrial Central, trabajaba el turno de día como oficial de patrulla en Electronics City, una tarea fácil después de dos años de servicio desplegado en una unidad paramilitar. Normalmente se metía en una furgoneta con seis de sus compañeros en una parada de autobús delante del templo de Meenakshi para el recorrido a través de la ciudad hacia el trabajo, pero hoy se había atrasado y, en consecuencia, viajaba solo.

Acababa de pagar el peaje para entrar al paso elevado y apretó el acelerador de su pequeño Tata de dos plazas casi hasta el piso para subir la rampa de la autopista de acceso restringido que llevaba a Electronics City. Mientras conducía escuchaba un CD en su equipo de música, los riffs de Bombay Bassment sonaban a máximo volumen y él *rapeaba* junto con el MC a todo pulmón.

La canción terminó cuando Kiron se fundía con el espeso tráfico y la siguiente canción acababa de empezar, un ritmo dance electrónico con influencias de reggae. Cuando el joven oyó un bajo *wump wump* que parecía desafiar el ritmo, miró su equipo de música. Pero cuando lo oyó de nuevo, más fuerte que la música que salía de sus altavoces, miró por el espejo retrovisor y vio humo negro saliendo de una docena de fuentes en el paso elevado detrás de él. La columna más cercana estaba a sólo cien yardas más atrás y vio un minibús en llamas en el extremo derecho de la pista.

El oficial Yadava vio la motocicleta un momento después. A tan sólo cuarenta metros de distancia, dos hombres conducían una Suzuki amarilla. El pasajero trasero sostenía un Kalashnikov y lo disparaba desde la cadera hacia un sedán de cuatro puertas que luego chocó un autobús por el costado al virar bruscamente para escapar del plomo caliente.

Yadava no podía creer las imágenes en su espejo retrovisor. La motocicleta se acercaba más y más a su pequeño auto, pero el oficial Yadava simplemente siguió conduciendo, como si estuviera viendo un programa de acción en la televisión.

La moto Suzuki pasó su coche. El pasajero estaba poniendo un nuevo cargador en su AK e incluso hizo contacto visual con Yadava en su pequeño auto de dos plazas, antes de que el par de terroristas se abriera camino en frente de otros autos y fuera de su vista.

El *jawan* de la CISF escuchó más disparos detrás de él y, finalmente, reaccionó ante la acción. El Tata salió de la autopista hacia la izquierda y se detuvo, justo delante de otro auto que había hecho lo mismo. Yadava salió del vehículo de un salto y luego se metió de nuevo para agarrar su bolso de trabajo. Después de abrir el cierre del bolso buscó con sus dedos, más allá de su recipiente plástico de comida y su suéter, hasta que se envolvieron alrededor de la metralleta Heckler & Koch MP5 que llevaba cuando estaba en servicio. Tomó su arma mientras los disparos de rifle cercanos y el ruido incesante de las bocinas atacaban a sus oídos.

Con la metralleta y su único cargador de reserva de treinta cartuchos, Yadava corrió hacia el tráfico, buscando un objetivo. Hombres en motocicletas y hombres y mujeres en automóviles privados lo pasaban a toda velocidad. Todos en el paso elevado sabían que estaban siendo atacados, pero no había por donde salir hasta la próxima rampa de salida a más de un kilómetro. Los vehículos chocaban unos a otros mientras luchaban para salir de la masacre y Yadava, actuando en una parte de entrenamiento y tres partes de adrenalina, simplemente corrió hacia el centro de toda esa locura.

Cincuenta metros más atrás, vio una camioneta SUV Mazda amarilla golpearse fuerte contra la barrera de protección de medio cuerpo de altura en el borde de la autopista. Se estrelló con tal velocidad que luego se dio vuelta hacia un costado y giró por el aire, casi como en cámara lenta, antes de precipitarse unos cuarenta pies hacia el denso tráfico en la vía de servicio debajo del paso elevado.

Una motocicleta se acercó a Yadava. Era casi idéntica a la que lo había pasado un minuto antes y el hombre detrás del conductor sostenía un rifle con un cargador de tambor de gran tamaño.

El conductor vio al uniformado oficial de la CISF con la metralleta negra de pie en medio del tráfico, pero no pudo advertirle a su pasajero armado, así que cuando Yadava levantó la MP5 para disparar, el motorista deslizó su Suzuki hacia el suelo. Salió rodando de ella y luego se deslizó con su compañero.

Yadava levantó su anillo de mira sobre el hombre con el Kalashnikov y disparó. Ahora su entrenamiento con los paramilitares estaba siendo puesto a buen uso. Sus disparos destrozaron el asfalto y luego al hombre, la sangre saliendo a manantiales del *salwar kameez* del terrorista. El hombre en la calle dejó caer su AK y luego se quedó quieto, y Yadava movió su punto de mira hacia el conductor.

La CISF advertía a sus *jawans* que los terroristas paquistaníes, que este hombre sin duda era, a menudo llevaban chalecos suicidas con explosivos que detonarían si se enfrentaban a ser capturados y por lo tanto la CISF instruía a sus hombres a no dar cuartel a un agente terrorista cuando lo atraparan en el acto.

El joven Kiron Yadava no sopesó los pros y los contras de dispararle a un hombre desarmado. Mientras el islamista viviera en esta tierra era un peligro para la India, el país que el oficial había jurado proteger hasta su último aliento.

Kiron Yadava vació su arma sobre el hombre tirado en la calle.

Mientras recargába su MP5, se dio media vuelta para empezar a correr detrás de la otra motocicleta, pero oyó la detonación de una granada de mano en el tráfico detrás de él.

Supo al instante que había una tercera motocicleta aún detrás. Se acercaría en unos momentos y dependía de él detener el ataque.

Abdul Ibrahim disparó su pistola Makarov en el pecho del conductor de una furgoneta de pasajeros. El conductor se desplomó al suelo, su pie se desprendió del freno y esto provocó que el vehículo chocara contra la parte trasera de un Fiat con un hombre y su mujer muertos en la parte delantera. En las tres filas traseras de la furgoneta, ocho europeos en trajes de negocios se recuperaron del choque y luego se encogieron de miedo al ver al terrorista bajar de su moto y luego, con una increíble expresión de paz en su rostro, sacar una bomba de tubo de un bolso que colgaba de su pecho.

Ibrahim miró hacia abajo a su encendedor, cuidadoso de poner la llama en la punta de la corta mecha de su bomba, no fuera que se hiciera a sí mismo mártir accidentalmente. Encendió la mecha, volvió a guardar el encendedor en el bolsillo y luego se volteó para tirar la bomba debajo de la furgoneta.

En ese momento oyó el *rat-a-tat* de una metralleta disparando por la calle. Se dio vuelta para ver cuál era la fuente de los disparos, sabía que sus hombres llevaban fusiles pesados. Vio al hombre indio de la CISF, vio el destello de fuego de su arma y luego sintió su cuerpo torcerse y convulsionarse con el impacto de las balas. Recibió dos disparos en la pelvis y la ingle, y cayó al suelo, sobre su improvisado dispositivo explosivo.

Abdul Ibrahim gritó «¡*Allahu Akbar*!» justo antes de que su bomba casera explotara en su pecho, volándolo en pedazos.

El oficial Kiron Yadava se encontró con los cuerpos acribillados de los dos últimos hombres de la célula terrorista unos minutos más tarde. El par había tratado de conducir su motocicleta Suzuki a través de un precipitada barricada de la CISF justo antes de la última rampa de salida antes de Electronics City. Los ocho oficiales estaban parados junto a los hombres muertos, pero Yadava les gritó. Les dijo que dejaran de admirar su obra y lo ayudaran a atender las dos docenas o más de sangrientas escenas desparramadas por toda la pista sur de la franja de diez kilómetros de la autopista de peaje elevada Bangalore.

Juntos, estos hombres, pronto seguidos por otros cientos de socorristas, pasaron todo el día asistiendo a los sobrevivientes de la masacre.

Riaz Rehan estaba en su oficina en la sede de la ISI en el distrito de Aabpara de Islamabad, cuando por su televisión informaron de un enorme accidente de tráfico en Bangalore. Al principio, no significó nada para él, pero cuando el tamaño de la carnicería fue transmitida por el presentador de noticias, Rehan dejó lo que estaba haciendo y se sentó en su escritorio a mirar la televisión con embelesada atención. En cuestión de minutos se confirmó que se había producido un tiroteo y pocos minutos después se culpaba a terroristas por la masacre.

Rehan había despertado furioso con la célula de LeT por el incumplimiento de la noche anterior, pero ahora estaba en éxtasis. No podía creer estos informes de Bangalore. Había esperado un número de bajas de veinte con al menos diez muertos, tal vez algunas imágenes en las noticias de un puesto de guardia ardiendo o de un cráter al lado de un edificio. En cambio, su célula de cinco hombres, con sólo cinco rifles y unos pocos explosivos pequeños, había logrado una masacre de sesenta y una personas, y lesionado el increíble numero de ciento cuarenta y cuatro.

Rehan sonrió con orgullo e hizo una nota mental de que cuando se convirtiera en presidente de Pakistán, haría que se construyera una estatua en honor a Abdul Ibrahim, pero también se dio cuenta de que el ataque había hecho más daño de lo que quería. LeT sería perseguido con renovado vigor no sólo por los indios, sino también por los americanos. La presión sobre el gobierno de Pakistán para erradicar a LeT sería el doble de lo que había esperado. Rehan sabía que el Centro de Fusión de Inteligencia de los Estados Unidos/Pakistán estaría trabajando horas extras ahora y enfocando su carga de trabajo hacia LeT.

Rehan no entró en pánico. En vez, se comunicó con sus contactos en LeT y les dijo que se haría cargo como director de proyecto de la siguiente operación y tendría que adelantarse en el calendario. Las fuerzas de oposición a LeT en su gobierno, fuerzas que estaban aliadas con los Estados Unidos, comenzarían a reunir a los sospechosos de siempre después de este ataque y Rehan sabía que cada día antes de la segunda fase de su plan para llevar a India y Pakistán al borde de la guerra aumentaría la posibilidad de que la Operación Sacre se viera de alguna manera comprometida.

32

Valentín Kovalenko no se parecía en nada a su padre. Mientras que Oleg había sido grande y gordo, Valentín, de treinta y cinco años, parecía un adicto al gimnasio. Era delgado pero musculoso; llevaba un hermoso traje a medida, que Laska no tenía ninguna duda costaba más que el auto que Oleg manejaba en Moscú. Laska sabía lo suficiente sobre artículos de lujo para reconocer que los estilosos anteojos Moss Lipow de Valentín costaban más de tres mil dólares.

Otra marcada diferencia con el comportamiento de su padre, en especial la versión de su padre que Laska recordaba de Praga, era que Valentín parecía bastante agradable. A su llegada a la suite de Laska justo después de las diez de la noche, había felicitado al checo por su incansable filantropía y apoyo a las causas de los oprimidos, luego se había sentado en una silla junto a la chimenea después de rechazar cortésmente una copa de brandy.

Cuando ambos hombres estuvieron instalados frente al fuego, Valentín dijo:

—Mi padre dice que lo conoce desde sus días en Praga. Eso es todo lo que ha dicho y he insistido en no pedirle más información que esa.

Hablaba inglés con un perceptible acento británico.

Laska se encogió de hombros. Valentín estaba siendo cortés e incluso podía ser verdad, pero si el plan de Laska iba a avanzar, no había ninguna posibilidad en el mundo de que Valentín Kovalenko no investigara el pasado del famoso checo. Y no había posibilidad de que no se enterara de los deberes de Laska como topo. No tenía sentido ocultarlo.

—Yo trabajaba para tu padre. Lo sepas o no, lo harás muy pronto. Yo era informante y tu padre fue mi instructor.

Valentín sonrió un poco.

—Mi padre me impresiona a veces. Después de tragarse diez mil botellas de vodka el viejo aún puede mantener secretos. Eso es realmente impresionante.

—Puede —Laska estuvo de acuerdo—. No me dijo nada de ti. Mis otras fuentes en el Este, a través de mi Instituto de Naciones Progresistas, fueron las que me hablaron de tu posición en el SVR.

Valentín asintió con la cabeza.

—En tiempos de mi padre mandábamos a hombres y mujeres al *gulag* por revelar esa información. Ahora sólo le enviaré un correo electrónico a seguridad interna del Estado mencionando la fuga y ellos lo archivarán y no harán nada.

Los dos hombres observaron la chimenea de la enorme suite por un momento. Finalmente, Paul dijo:

—Tengo una oportunidad que creo le interesará mucho a tu gobierno. Me gustaría sugerirte una operación. Si tu agencia está de acuerdo, sólo voy a trabajar contigo. Nadie más.

—¿Tiene que ver con el Reino Unido?

—Involucra a los Estados Unidos.

—Lo siento, Sr. Laska, pero esa no es mi área de operaciones y estoy muy ocupado.

—Sí, es *rezident* asistente. Pero mi propuesta te hará *rezident* en las naciones de tu elección. Lo que estoy ofreciendo es así de importante.

Valentín sonrió. Un gesto de fingida diversión, pero Laska podía ver un brillo en los ojos del muchacho que le recordaba a su padre en su juventud.

Valentín Kovalenko preguntó:

—¿Qué es lo que propone, Sr. Laska?

—Nada menos que la destrucción del presidente de los Estados Unidos, Jack Ryan.

La cabeza de Valentín se levantó.

—¿Ha perdido la esperanza en su amigo Edward Kealty?

—Completamente. Ryan será elegido. Pero tengo la esperanza de que no va a poner un pie en la Oficina Oval para comenzar su segundo mandato.

—Esa es una gran esperanza la que usted tiene. Deme una razón para compartir esa esperanza.

—Tengo un expediente adquirido de forma privada... un dosier, si se quiere, de un hombre llamado John Clark. Estoy seguro de que sabe quién es.

Valentín ladeó la cabeza y Laska trató pero no pudo leer el gesto. El ruso dijo:

—Puede ser que conozca ese nombre.

—Eres igual que tu padre. No confías.

—Yo soy como la mayoría de los rusos en ese sentido, Sr. Laska.

Paul Laska asintió reconociendo la verdad del comentario. En respuesta, dijo:

—Este ejercicio no requiere de tu confianza. John Clark es un confidente íntimo de Jack Ryan. Han trabajado juntos y son amigos.

—Está bien. Por favor, continúe. ¿Qué dice el expediente?

—Clark era un asesino de la CIA. Él trabajaba al antojo de Jack Ryan. Ryan firmó un indulto por esto. ¿Sabes lo que es el indulto?

—Sí, lo sé.

—Pero creo que Clark ha hecho otras cosas. Cosas que, si salen a la luz, implicarían directamente a Ryan.

—¿Qué cosas?

—Tienes que conseguir el expediente que tu servicio tiene de Clark y juntarlo con mi expediente de Clark.

—Si ya tuviéramos tal documento, es decir, un expe-

diente sobre este John Clark que tuviera pruebas incrimina-
torias, ¿no cree que ya lo habríamos explotado? ¿Durante la
primera presidencia de Ryan, tal vez?

Laska hizo a un lado el comentario.

—Muy rápida y silenciosamente, tu servicio debe volver
a entrevistar a cualquier persona, en cualquier lugar, con conocimiento del hombre o de sus operaciones. Haz un dosier
grande, con toda verdad, verdad a medias, e insinuaciones
que encuentres.

—¿Y luego?

—Y luego quiero que se lo des a la campaña de Kealty.

—¿Por qué?

—Porque no podemos dejar que se sepa quién es mi
fuente de esta información. El archivo debe venir de otra
persona. Alguien fuera de los Estados Unidos. Quiero que tu
gente lo disfrace con lo que tenga para ocultar el origen.

—Las insinuaciones no condenan a las personas en su
país adoptivo, Sr. Laska.

—Son capaces de destruir una carrera política. Y más
que eso, es lo que Clark está haciendo en este momento lo
que debe ser revelado. Tengo razones para creer que está operando para alguna organización extrajudicial. Cometiendo
delitos alrededor del mundo. Y no estaría cometiendo estos
crímenes si no fuera por el indulto total que le dio John Patrick Ryan. Si le damos a Kealty suficiente material sobre
Clark, Kealty obligará al Departamento de Justicia a que in-
vestigue a Clark. Kealty lo hará por sus propias egoístas razo-

nes, no hay duda. Pero no importa. Lo que importa es que la investigación encontrará una casa de los horrores.

Valentín Kovalenko contemplaba el fuego. Paul Laska lo observaba. Observaba la luz del fuego parpadeando en los cristales de sus anteojos Moss Lipow.

—Esto suena como una operación fácil por mi lado. Un hojeo rápido de un viejo y polvoriento expediente, una investigación rápida usando hombres de un grupo externo como intermediario, no del SVR o el FSB. Más intermediarios para pasar los resultados a alguien en la campaña de Kealty. No nos veríamos sobreexpuestos. Pero no sé si hay muchas posibilidades de éxito de la operación.

—No puedo creer que tu país tenga interés en una fuerte administración de Ryan.

Kovalenko había intentado revelar el mínimo en todo momento de esta conversación, pero al último comentario de Laska meneó la cabeza lentamente, mirando al hombre mayor a los ojos.

—En lo absoluto, Sr. Laska. Pero... ¿Habrá suficiente para acabarlo a través de Clark?

—¿A tiempo para salvar Ed Kealty? No. Tal vez ni siquiera a tiempo para impedir que asuma el mando. Sin embargo, el caso Watergate de Richard Nixon tomó muchos meses para germinar en algo tan grande y abundante que dio lugar a su dimisión.

—Muy cierto.

—Y lo que sé acerca de las acciones de John Clark hace

que los acontecimientos de Watergate se vean como una especie de broma de fraternidad.

Kovalenko asintió con la cabeza. Una leve sonrisa cruzó sus labios.

—Sr. Laska, creo que tomaré una copa de brandy mientras seguimos conversando.

33

En una fría noche de octubre en Majachkalá, Daguestán, cincuenta y cinco combatientes de Jamaat Shariat se reunieron en un sótano de techo bajo con Suleiman Murshidov, el anciano líder espiritual de su organización. Los hombres tenían entre diecisiete y cuarenta y siete años, y juntos poseían cientos de años de experiencia en guerras urbanas.

Estos hombres habían sido cuidadosamente seleccionados por los comandantes de operaciones y cinco de ellos eran en sí mismos líderes de célula. Se les había explicado que serían enviados a una base extranjera para entrenamiento y luego se embarcarían en una operación que cambiaría el curso de la historia.

Todos ellos pensaban que su operación implicaría una situación de rehenes, probablemente en Moscú, con el objetivo final de la repatriación de su comandante, Israpil Nabiyev.

Sólo estaban en lo cierto a medias.

Ninguno de estos barbudos combatientes conocía al hombre bien afeitado que estaba con Murshidov y sus hijos. A ellos les parecía un político, no un rebelde, así que cuando Abu Daguestani les explicó que iba a ser el líder de su operación, se quedaron atónitos.

Georgi Safronov les habló apasionadamente a los cincuenta y cinco hombres que estaban en el sótano; les explicó que su objetivo final sería revelado a su debido tiempo, pero que por ahora todos iban a volar en un avión de carga a Quetta, Pakistán, desde donde se aventurarían hacia el norte a un campamento de entrenamiento. Ahí, explicó, se someterían a tres semanas de intenso entrenamiento con los mejores combatientes musulmanes en el mundo, hombres con más experiencia operativa en la última década que sus hermanos en la vecina Chechenia.

Los cincuenta y cinco hombres estuvieron complacidos de saber esto, pero les era difícil ver a Safronov como su líder.

Suleiman Murshidov se dio cuenta de esto, y lo esperaba, por lo que volvió a hablarle al grupo, les prometió que Georgi era daguestaní y que su plan y su sacrificio harían más por el Cáucaso del Norte en los próximos dos meses que lo que Jamaat Shariat podría hacer sin él en los próximos cincuenta años.

Después de una oración final, los cincuenta y cinco hombres se subieron a mini-buses y se dirigieron hacia el aeropuerto.

Georgi Safronov quería viajar con ellos, pero eso era considerado demasiado peligroso por el general Ijaz, su compañero paquistaní en este esfuerzo. No, Safronov viajaría en un vuelo comercial a Peshawar, con documentos preparados por la inteligencia paquistaní, y ahí sería recogido por Ijaz y sus hombres y llevado por aire directamente al campamento de entrenamiento cerca de Miran Shah.

En el campamento, se esperaba que Georgi entrenara con los otros hombres. No sería tan hábil con un arma, no estaría en tan buena forma física o aguerrido en su corazón. Pero iba a aprender, se fortalecería y se haría más duro.

Esperaba ganarse el respeto de los hombres que habían vivido toda su vida adulta resistiendo a los rusos en los alrededores y dentro de Majachkalá. No, nunca lo mirarían como miraban a Israpil Nabiyev. Pero obedecerían Abu Daguestani y seguirían las órdenes de Safronov. Y si podía aprender las habilidades marciales en Pakistán que serían necesarias en las luchas por venir, Safronov pensó que tal vez lo verían como un verdadero comandante, no sólo como un simpatizante de su causa con un plan.

Jack Ryan hijo estacionó su Hummer amarillo en frente de la dirección de Melanie Kraft unos minutos después de las siete. Vivía en la calle Princess, en Alexandria, un poco más arriba en la calle donde estaba la casa de la infancia de Robert E. Lee, cerca de la antigua casa de George y Martha Washington, en una parte de la calle que aún estaba pavimentada con adoquines de antes de la Guerra Revolucionaria. Ryan miró a su alrededor las antiguas y hermosas casas, sorprendido de que una empleada del gobierno de veintitantos años pudiera darse el lujo de vivir ahí.

Encontró su puerta y comprendió. Melanie vivía en la dirección de una hermosa casa georgiana de ladrillo, sí, pero ella vivía en una casa-cochera en la parte de atrás a través del jardín. Aun así era un lugar bastante agradable, pero se dio cuenta desde el exterior que no era más grande que un garaje para un auto.

Ella lo invitó a entrar y él confirmó que el apartamento era, de hecho, pequeño, pero ella lo mantenía bien arreglado.

—Me gusta mucho tu casa.

Melanie sonrió.

—Gracias. A mí me encanta también. Nunca sería capaz de pagarlo sin ayuda.

—¿Ayuda?

—Una vieja profesora mía de la AU está casada con un tipo que trabaja en bienes raíces; son dueños de la casa. Fue construida en 1794. Me alquila la casa-cochera por lo que yo pagaría por un apartamento normal por aquí. Es pequeña, pero es todo lo que necesito.

Jack miró hacia una mesa de juego en la esquina. Encima de ella había una MacBook Pro y una pila enorme de libros, cuadernos y páginas impresas sueltas. Algunos de los libros, Ryan notó, estaban impresos en alfabeto árabe.

—¿Es eso NCTC sur? —preguntó con una sonrisa.

Ella se echó a reír, pero rápidamente tomó su abrigo y su bolso y se dirigió hacia la puerta.

—¿Vamos?

Jack pensó que ese era el fin del gran recorrido, pero aparte del baño, podía ver todo desde donde estaba de todos modos. La siguió hasta la puerta y hacia la fresca noche.

Era una caminata de diez minutos hasta la calle King y conversaron sobre los viejos edificios mientras caminaban. Había muchas otras personas afuera, caminando y volviendo de cenar a esta hora de un sábado por la noche.

Entraron en el restaurante y los llevaron a una romántica mesa para dos que miraba hacia la calle. Mientras se acomodaban, Jack le preguntó:

—¿Has estado aquí antes?

—Honestamente, no. Odio admitirlo, pero no como fuera mucho. Una noche de alas de pollo a veinticinco centavos en Murphy es un gran derroche para mí.

—No hay nada malo con las alas de pollo.

Jack pidió una botella de Pinot Noir y examinaron el menú mientras conversaban.

—Así que estuviste en Georgetown —Melanie dijo como una declaración.

Ryan sonrió.

—¿Sabes eso porque Mary Pat te lo dijo, porque me buscaste en Google o porque estás en la CIA y lo sabes todo?

Ella se sonrojó un poco.

—Yo fui a la AU. Te vi un par de veces en cosas alrededor de la ciudad. Estabas un año más arriba que yo, creo. Eras difícil de pasar por alto con ese enorme tipo del Servicio Secreto a tu alrededor todo el tiempo.

—Mike Brennan. Él era un segundo padre para mí. Gran tipo, pero asustó a mucha gente. Es mi excusa para haber tenido una vida social aburrida en la universidad.

—Buena excusa. Estoy segura de que ser una celebridad tiene sus inconvenientes.

—No soy una celebridad. Nadie me reconoce. Mis padres tienen dinero, pero te aseguro que no me criaron con una cuchara de plata en la boca. Yo tenía un trabajo de verano durante la escuela secundaria y la universidad, incluso trabajé en construcción por un tiempo.

—Yo sólo estaba hablando de la parafernalia asociada con ser famoso —dijo Melanie—. No estaba sugiriendo que no merezcas tener éxito.

—Lo siento —dijo Jack—. He tenido que defenderme más de una vez en ese frente.

—Entiendo. Quieres ser aceptado por tus propios méritos, no por quiénes son tus padres.

—Eres muy perspicaz —dijo Jack.

—Soy analista —sonrió—. Analizo.

—Tal vez ambos deberíamos analizar el menú antes de que el mesero vuelva a aparecer.

La sonrisa de Melanie se ensanchó.

—Oh-oh. Alguien está tratando de cambiar el tema.

—Sí, maldita sea —ahora los dos se rieron.

Llegó el vino, Jack lo probó y el mesero les sirvió a ambos.

—Por Mary Pat.

—Por Mary Pat.

Chocaron sus copas de vino y se sonrieron.

—Entonces —dijo Jack—, cuéntame acerca de la CIA.

—¿Qué quieres saber?

—Más de lo que puedes decirme.

Pensó por un momento.

—¿Has pasado algún tiempo en el extranjero?

—¿Quieres decir con la Agencia?

—Sí.

—Sí, lo he hecho.

—¿Dónde? —pero se contuvo—. Lo siento. No puedes decirme dónde ¿verdad?

—Lo siento —dijo ella encogiéndose de hombros. Jack vio que a pesar de que había vivido la vida de una analista de inteligencia por sólo un par de años, se sentía cómoda con los secretos.

—¿Hablas un idioma extranjero?

—Sí.

Jack iba a preguntarle si eso también era clasificado, pero ella completó la frase.

—Nivel tres de masri, árabe egipcio, nivel dos de francés, nivel uno de español. Nada del otro mundo.

—¿Cuántos niveles hay?

—Lo siento, Jack. No salgo mucho.

Se rió de ella misma.

—No tengo muchas conversaciones con personas ajenas a la administración pública. Se llama la escala del ILR[29]. La Mesa Redonda de Idiomas Interagencias. Hay cinco niveles de competencia. El nivel tres significa, básicamente, que tengo una tasa normal de función del habla en la lengua, pero que cometo pequeños errores que no afectan la comprensión de un nativo del idioma que hablo si me escucha.

—¿Y el nivel uno?

—Significa que soy desprolija.

Ella se echó a reír otra vez.

—¿Qué puedo decir? Aprendí árabe viviendo en El Cairo y aprendí español en la universidad. No hay nada como tener que hablar un idioma para poder comer para promover su aprendizaje.

—¿El Cairo?

—Sí. Papá era agregado de la Fuerza Aérea; pasamos cinco años en Egipto cuando yo estaba en la escuela secundaria y dos más en Pakistán.

—¿Y qué tal estuvo eso?

—Me encantó. Era difícil moverse de un lado a otro cuando era niña, pero no lo cambiaría por nada del mundo. Además aprendí árabe, que ha demostrado ser muy útil.

Jack asintió con la cabeza.

—Supongo que en tu línea de trabajo lo es.

---

29 Por sus siglas en inglés (Interagency Language Roundtable).

Le gustaba esta chica. No se daba aires, ni trataba de ser demasiado sexy o una sabelotodo. Era evidente que era muy inteligente, pero también era autocrítica al respecto.

Y era muy sexy, y era todo natural.

Se dio cuenta más de una vez de que ella parecía dirigir el foco de la conversación hacia él.

—Entonces —dijo con una sonrisa juguetona—. Voy a arriesgarme y asumir que tú no vives en una casa-cochera de cuatrocientos pies cuadrados, subvencionada por tu ex-profesor.

—Tengo un apartamento en Columbia. Es cerca del trabajo. Y cerca de mis padres en Baltimore. ¿Qué hay de tu familia?

El mesero trajo sus ensaladas y Melanie comenzó a hablar sobre el restaurante. Jack se preguntó si ella poseía una de esas mentes que tenían la tendencia a ramificarse en diversos temas durante las conversaciones o si estaba tratando de evitar el tema de su familia. No podía decir cuál de las dos era, pero no insistió.

Volvieron al tema del trabajo de Jack. Él le explicó su trabajo en Hendley Asociados en los términos generales más aburridos imaginables, no era del todo mentira, pero su explicación estaba llena de agujeros y secretos.

—Entonces —preguntó ella—, cuando tu padre se convierta en el Presidente una vez más, tendrás un equipo del Servicio Secreto siguiéndote a donde quiera que vayas. ¿Eso no va a causar problemas alrededor de tu oficina?

No tienes ni idea, Jack pensó para sí mismo. Sonrió.

—Nada a lo que no esté acostumbrado. Me hice muy amigo de los tipos de mi equipo de seguridad.

—Aún así. ¿No era agobiante?

Jack quiso hacer un mueca como para desestimar la pregunta, pero se contuvo. Ella le estaba haciendo una pregunta honesta. Se merecía una respuesta directa.

—La verdad, sí. Fue muy duro. No tengo ganas de volver a eso. Si mi padre se convierte en Presidente, voy a hablar con él y con mi madre. Vivo una vida de muy bajo perfil. Voy a rechazar la protección.

—¿Y eso es seguro?

—Sí, claro. No me preocupa.

Él sonrió por encima de su vaso de vino.

—¿No les enseñan a ustedes los de la CIA cómo matar a un hombre con una cuchara?

—Algo así.

—Perfecto. Tú me puedes cuidar las espaldas.

—Soy demasiado costosa para ti —dijo ella con una sonrisa.

La cena estaba excelente; la conversación estaba muy entretenida y fluida a excepción de cuando Jack trató de preguntarle a Melanie una vez más acerca de su familia. Ella se mantuvo con los labios sellados respecto de su familia, tanto como sobre la CIA.

Caminaron juntos a casa después de las diez; ya no había tanta gente en las calles y un viento frío soplaba desde el río Potomac.

Jack la acompañó por el camino de entrada hacia la puerta de su pequeño apartamento.

—Me divertí mucho —dijo Melanie.

—Yo también. ¿Podemos hacerlo de nuevo pronto?

—Por supuesto.

Llegaron hasta la puerta.

—Escucha, Jack. Prefiero decir esto de una vez. Yo no beso en la primera cita.

Ryan sonrió.

—Yo tampoco.

Él extendió la mano, que ella tomó lentamente, cuidando no demostrar el asombro y la vergüenza de su cara.

—Que tengas una gran noche. Tendrás noticias mías pronto.

—Así lo espero.

La casa de Nigel Embling estaba en el centro de Peshawar, no lejos de la enorme y antigua fortaleza de Bala Hisar que, con sus murallas de noventa pies de altura, se impone sobre los terrenos altos de la ciudad y las tierras alrededor de ella.

La ciudad bullía de actividad, pero la casa de Embling era tranquila y limpia, un idílico oasis de plantas y flores, con el sonido tintineante de las fuentes en el patio y el olor a libros viejos y cera para muebles del muy británico estudio en el segundo piso.

Embling estaba sentado junto a Driscoll en una amplia mesa en su estudio. Frente a ellos, el mayor Mohammed al Darkur, de treinta y cinco años, vestía ropa de civil occidental, un par de pantalones marrones con una camisa abotonada negra. Al Darkur había venido solo a la casa de Embling a conocer a un hombre que él creía era un oficial de la CIA. Había hecho todo lo posible para determinar la buena fe del hombre que le había sido presentado como «Sam», pero Driscoll había evadido sus preguntas acerca de otros agentes de la CIA con los que al Darkur se había topado mientras trabajaba con la ISI.

Esto funcionó en beneficio de Driscoll. La CIA, hasta donde al Darkur sabía, apoyaba demasiado ciertos elementos de la inteligencia paquistaní. Elementos que al Darkur sabía que estaban trabajando activamente en contra de ellos. Encontraba que la CIA y los Estados Unidos, por añadidura, eran muy ingenuos y demasiado dispuestos también a poner su confianza en aquellos que apoyaban de la boca para afuera los valores compartidos por las dos organizaciones.

El hecho de que Sam parecía estar trabajando fuera de las líneas de la inteligencia estadounidense ya atrincheradas en Pakistán y el que además tuviera sospechas respecto del mismo al Darkur, sólo acentuó la opinión que el mayor pakistaní tenía del hombre.

Embling dijo:

—He hecho mi mejor esfuerzo por investigar a este hombre Rehan. Es un maldito misterio.

Sam estuvo de acuerdo.

—Por nuestra parte, también estamos tratando. Ha hecho un gran trabajo cubriéndose las huellas en su carrera. Pareciera que recién se hubiera materializado como oficial de alto rango de la FDP trabajando para la ISI.

—Algo no fácil de hacer en la FDP. Ellos aman sus ceremonias, siempre están siendo fotografiados y premiados con esto o lo otro por una cosa u otra. Aprendieron la pompa y la circunstancia de nosotros los ingleses, y puedo decir con algo de orgullo que nosotros hacemos alarde de nuestros militares como nadie.

—¿Pero no hay fotos de Rehan?

—Unas pocas, pero de hace muchos años atrás, cuando era un joven oficial. Aparte de eso, es una maldita sombra.

—Pero ya no. ¿Qué ha cambiado?

—Eso es lo que Mohammed y yo estamos tratando de averiguar.

Al Darkur dijo:

—La única razón que se me viene a la cabeza es que se está preparando para algo. Teniente general, jefe de la ISI, tal vez jefe de la FDP algún día. Yo creo que está trabajando en un golpe de Estado, pero ciertamente es demasiado desconocido para tomar las riendas del gobierno él mismo. Parece haber pasado toda su carrera como espía, lo cual no es común en los oficiales militares. La mayoría que trabaja en la ISI simplemente son enviados allí por algunos años. No son espías profesionales, sino soldados profesionales. Yo mismo fui un comando con el Séptimo Batallón del Grupo de Servicios Especiales, antes de llegar a la ISI. Sin embargo, Riaz Rehan parece ser exactamente lo contrario. Pasó unos cuantos años como teniente y capitán en la FDP convencional, en el Regimiento Azad Kashmir, pero desde entonces parece haber tenido algún rol en la Inteligencia Inter-Servicios, a pesar de que ellos han mantenido eso muy en secreto, incluso del resto de la ISI.

—¿Es un barba? —preguntó Driscoll, refiriéndose a un islamista dentro de sus filas.

—Sólo por asociación sé que eso es verdad. Sus benefactores a la cabeza del Ejército y los servicios de inteligencia son definitivamente islamistas, aunque Rehan nunca se presenta en ninguna mezquita o en ninguna lista de asistentes de las reuniones secretas que los barbas siempre tienen. He tenido prisioneros de grupos yihadistas hostiles en mi custodia y les he preguntado, de forma muy agresiva debo admitir, si conocían a Rehan de JIM. Estoy convencido de que ninguno de ellos lo conoce.

Driscoll suspiró.

—Entonces. ¿Cuál es el próximo paso?

Ahora al Darkur se animó un poco.

—Tengo dos piezas de información, con una de las cuales su gente me puede ayudar.

—Genial.

—En primer lugar, mis fuentes han descubierto que el general Rehan, además de su oficina en nuestra sede en Islamabad, también está trabajando desde una casa de seguridad en Dubai.

Driscoll ladeó su cabeza.

—¿Dubai?

—Sí. Es el centro financiero de Medio Oriente y es muy probable que su departamento haga sus trámites bancarios para sus operaciones en el extranjero ahí, pero esa en sí misma no sería una razón para que él trabaje allí. Creo que él y su equipo de empleados de alto nivel van ahí a conspirar contra Pakistán.

—Interesante.

—En mi posición en la Oficina de Inteligencia Conjunta no tengo el alcance o los recursos para investigarlo fuera de nuestras fronteras. Pensé que tal vez a su organización, con su alcance casi infinito, le gustaría investigar lo que está haciendo en Dubai.

—Voy a pasar esta información a mis superiores en la cadena de mando, pero estoy casi seguro de que querrán investigar esta casa de seguridad que tiene.

—Excelente.

—¿Y la otra pieza de información?

—Esa voy a ser capaz de investigarla con mis propios recursos. Hay una operación de la que me he enterado recientemente que involucra al departamento de Rehan y la red Haqqani. ¿Usted está familiarizado con Haqqani?

Driscoll asintió.

—Jalaluddin Haqqani. Sus fuerzas manejan grandes áreas de la frontera de Pakistán y Afganistán. Está ligado con los talibanes, dirige una red de muchos miles y ha matado a cientos de nuestros soldados en Afganistán, así como cientos de habitantes de la zona en bombardeos, ataques con cohetes y morteros, secuestros por recompensa, etcétera, etcétera.

Al Darkur asintió.

—Jalaluddin es un hombre viejo, por lo que su hijo, Siraj, está liderando la organización ahora, pero aparte de eso está en lo correcto. Tengo un prisionero en custodia, un mensajero en la red Haqqani, a quien capturé en Peshawar después de que se reunió con un teniente de la ISI que es un conocido partidario de los islamistas. Le ha dicho a mis interrogadores que la ISI está trabajando con combatientes de la red Haqqani en uno de sus campamentos cerca de Miran Shah.

—¿Trabajando en qué?

—Este mensajero no lo sabe, pero sabe que están esperando una fuerza extranjera ahí en el campamento, y los hombres de la ISI y Haqqani entrenarán a estos forasteros.

—¿COR? ¿Al Qaeda?

—No lo sabe. Yo, sin embargo, tengo la intención de averiguar quiénes son y qué están haciendo.

—¿Cómo va a hacer eso?

—Voy a ir yo mismo, pasado mañana, y voy a vigilar el camino hacia el campamento. Tenemos una base en Miran Shah, por supuesto, pero la gente de Haqqani no lo sabe. Lanzan un proyectil de mortero de vez en cuando, pero aparte de eso andan metidos en sus propios asuntos. Pero también tenemos algunas casas de seguridad alrededor de la ciudad, la mayor parte hacia el sur. Las fuerzas de Siraj Haqqani saben de la existencia de algunas de ellas, así que ya no las utilizamos, pero mis agentes han asegurado un lugar en la carretera Boya-Miran Shah y resulta estar cerca de donde el prisionero dice que se encuentra este campamento de entrenamiento.

—Genial. ¿Cuándo nos vamos?

—¿*Nos*, Sam? —preguntó al Darkur levantando las cejas.

Embling interrumpió:

—¡No seas tonto, muchacho!

Sam se encogió de hombros.

—Me gustaría ver esto por mí mismo. Sin ánimo de ofender. Le diré a mi oficina acerca de Dubai, pero yo estoy aquí. Bien podría ir con usted, si me lleva.

—No será seguro. Se trata de Miran Shah; no hay estadounidenses allí, se lo prometo. Voy a ir con un equipo de comandos de los Servicios Especiales Zarrar seleccionado cuidadosamente, hombres en los que confío plenamente. Si viene, le puedo asegurar que yo y mis hombres estaremos en igual peligro que usted, por lo que se beneficiará de nuestro deseo de autoprotección.

Esto hizo sonreír a Driscoll.

—Está bien para mí.

A Embling no le gustó la idea en absoluto, pero Sam había tomado una decisión.

Veinte minutos más tarde, Driscoll estaba sentado en la fresca terraza en el techo de la casa de Embling, bebiendo té con una mano y sosteniendo un teléfono satelital con la otra. El dispositivo, al igual que todos los teléfonos satelitales de Hendley Asociados, estaba equipado con un chip que contenía un paquete de codificación de la NSA tipo-1 que lo hacía seguro. Sólo la persona en el otro extremo de la línea sería capaz de oír a Driscoll.

Sam Granger respondió en el otro extremo.

—Sam, es Sam.

—¿Qué hay de nuevo?

—El contacto de la ISI parece sólido. No voy a prometer nada, pero puede que tengamos una pista sobre Rehan y sus actividades.

Driscoll le contó a Granger sobre la casa de seguridad en Dubai.

—Eso es increíble, si es cierto.

—Podría valer la pena enviar a los chicos para allá —sugirió Sam Driscoll.

—¿No quieres ir tú mismo? —preguntó Granger, un poco sorprendido.

—Me voy con el mayor y un equipo de sus muchachos del SSG a Waziristán del Norte para un poco de RE.

—¿RE?

—Reconocimiento estratégico.

—¿En territorio Haqqani?

—Te entiendo. Pero voy a estar con amigos. Debería estar bien.

Hubo una pausa en la conexión.

—Sam, es tu pellejo el que estás arriesgando y yo sé que no eres imprudente. Pero aún así... estarás en el vientre de la bestia, por decirlo así, ¿no?

—Voy a estar tan a salvo como los hombres del SSG a mi alrededor. Parecen tener la cabeza bien puesta. Además, tenemos que saber lo que la ISI está haciendo en este campamento. Cualquier prueba de Rehan o su gente ahí va a ser muy importante si tenemos que filtrar a este tipo a la comunidad de inteligencia en una fecha posterior. Yo voy a hacer lo posible por obtener imágenes y mandártelas.

—Yo no sé si esto le va a gustar a Hendley —dijo Granger.

—Pidamos perdón en vez de permiso.

—Como te dije, es tu pellejo.

—Entendido. Estaré en contacto cuando vuelva a Pesh. No te estreses si no sabes de mí por un rato, puede ser una semana o dos.

—Entiendo. Buena suerte.

La ciudad de Miran Shah es la capital de Waziristán del Norte, que se encuentra dentro de las Áreas Tribales bajo Administración Federal de Pakistán occidental, no lejos de la frontera con Afganistán. La zona no está bajo el control del gobierno paquistaní en Islamabad, aunque hay una pequeña, y a menudo acosada, base de la Fuerza de Defensa de Pakistán ahí.

La ciudad y la región, incluyendo áreas que van mucho más allá de la irrelevante frontera afgana al oeste, se encuentran bajo el control de la red Haqqani, un numeroso grupo insurgente que está estrechamente vinculado con los talibanes.

Jalaluddin Haqqani luchó contra los rusos en Afganistán en la década de 1980 y se convirtió en un caudillo de un poder y un alcance cada vez mayores. Sus hijos siguieron los pasos de su padre y estaban metidos en prácticamente todos los aspectos de la vida aquí en Waziristán del Norte que no fueran sofocados por vehículos aéreos no tripulados estadounidenses que patrullaban el cielo, esperando ser autorizados para lanzar un misil.

Su alcance internacional, sus docenas de campamentos insurgentes encubiertos y sus estrechos vínculos con el servicio de inteligencia paquistaní, hacían de la familia Haqqani un socio natural de Riaz Rehan a lo largo de los años. Había usado su territorio y sus instalaciones para entrenar combatientes y agentes para misiones en la India y Afganistán, y los había contactado de nuevo recientemente, pidiendo su ayuda en el entrenamiento de una gran célula de combatientes extranjeros para una misión.

El liderazgo Haqqani aceptó la solicitud de Misceláneos de Inteligencia Conjunta para enviar a los hombres y Rehan mismo vino a supervisar las fases iniciales del entrenamiento.

A pesar de que no tenía ningún entrenamiento militar o insurgente, el empresario de cohetes ruso Georgi Safronov era el líder de la unidad de combatientes de Jamaat Shariat que llegó al campamento Haqqani cerca de Boya, al oeste de Miran Shah, en la tercera semana de octubre. Con él estaba el hombre que conocía como el General Ijaz, así como su unidad de cincuenta y cinco rebeldes daguestaníes. La enorme fuerza de extranjeros fue equipada por las fuerzas Haqqani y alojada en un gran complejo de cuevas excavado en las paredes de la ladera de una colina.

Gran parte del entrenamiento en sí se llevó a cabo dentro de las cuevas hechas por el hombre y bajo techos de zinc corrugado pintado para parecer polvo y tierras de cultivo a fin de no atraer la atención de los aviones no tripulados estadounidenses, pero algunas tácticas de entrenamiento en equipo se realizaron en los campos y las laderas. Los VANT no eran invisibles; vigilantes especialmente entrenados estaban apostados para mantener un ojo en los «ojos en el cielo» de los Estados Unidos. Pero los VANT eran lo suficientemente sigilosos como para que Rehan le ordenara a la red Haqqani dar prioridad absoluta no a la calidad del entrenamiento sino a mantener la operación segura.

A Rehan no le importaba si los insurgentes daguestaníes tenían el talento necesario para asumir el control y mantener una instalación de lanzamiento espacial en Kazajstán. No, a él sólo le interesaba su capacidad para tener éxito en una misión aquí en Pakistán que tendrían que llevar a cabo para obtener el control de las dos armas nucleares. Si perdían a la mitad de ellos durante la ejecución de esta misión, a Rehan no le preocupaba demasiado.

Su única preocupación era que el mundo se enterara de que las bombas nucleares habían sido robadas frente a las narices de los paquistaníes por terroristas extranjeros. Estaba seguro de que esto llevaría a la desintegración del gobierno de Pakistán en cuestión de días o semanas.

La red Haqqani se tomó en serio la orden de Rehan de redoblar la seguridad. Enviaron espías a los pueblos y barrios entre Miran Shah y Boya, para vigilar a cualquier persona interesada en el movimiento de hombres y material. No pasaba mucho en Waziristán del Norte sin que Haqqani lo supiera, pero ahora no había prácticamente nada que pudiera evitar ser detectado por el poderoso grupo.

Los combatientes pastunes encontraron que los combatientes daguestaníes eran bastante buenos con sus armas y personas muy motivadas. Pero carecían de cohesión como unidad y esto era algo que la gente de Haqqani había desarrollado por necesidad en la década que llevaba luchando contra fuerzas de la coalición en la frontera.

El único miembro de la unidad que no sabía cómo manejar un arma o manejarse a sí mismo en un sentido físico era su líder. Safronov había adoptado el nombre de guerra Magomed Daguestani, Mohammed el Daguestán, pero a pesar de que ahora poseía un nombre que transmitía su intención, carecía de las habilidades marciales para respaldarlo. Pero era muy listo y motivado en aprender, así que poco a poco los talibanes en el complejo de cuevas le enseñaron a utilizar pistolas y rifles y lanzagranadas y cuchillos, y al final de la primera semana había avanzado mucho.

Rehan entraba y salía del campamento, dividiendo el tiempo entre su casa en Dubai, su oficina en Islamabad y el complejo de cuevas. Durante todo el tiempo, Rehan animaba a los daguestaníes a mantenerse motivados para el duro trabajo que tenían por delante y a Safronov a mantenerse fuerte y comprometido con la acción.

34

El tercer y último debate presidencial se llevaba a cabo en Los Ángeles, en el Edwin W. Pauley Pavilion en el campus de UCLA. Era un encuentro más formal que el anterior; esta vez los dos hombres estarían en atriles delante de un panel de entrevistadores, reporteros de los grandes medios de comunicación, así como una de las agencias de noticias.

Se trataba de un foro abierto; no había ningún tema en particular para el evento, con la idea de que los principales asuntos críticos tratados en las últimas tres semanas de la campaña se discutieran naturalmente. En teoría, esto daría lugar a un par de temas que recibirían la apasionada atención de los candidatos, pero en realidad, aparte de unas cuantas preguntas sobre el rescate económico de naciones extranjeras, el aumento masivo del gasto militar en China y el incremento de los precios de la gasolina, un tema sobresalía.

La decisión del Presidente de procesar a Saif Yasin en el sistema federal se llevó toda la atención, así como la vocalizada oposición del candidato Jack Ryan.

Con el tema del Emir naturalmente salió el tema de Pakistán. El gobierno de Islamabad había pasado la última década recibiendo miles de millones de dólares anuales de los Estados Unidos al mismo tiempo que trabajaba con propósitos cruzados con el ejército estadounidense y los esfuerzos de inteligencia, y el refugio en el que se había convertido el oeste de Pakistán le había dado mucha ayuda y comodidad a las organizaciones que cometían atrocidades terroristas en todo el mundo. El plan de Kealty de influenciar a Pakistán para rehabilitar y proporcionar un apoyo real a los intereses de los Estados Unidos era, en esencia, una doble apuesta. Mientras amenazaba con cortar la ayuda a Islamabad a menos que la situación mejorara, el financiamiento encubierto y el apoyo a la ISI y la FDP en realidad aumentaban en tanto la Casa Blanca trataba de sobornar a comandantes y departamentos que mantenían influencia sobre las estrategias.

El plan de Ryan, como la mayoría de sus ideas en comparación con las de Kealty, contrastaba fuertemente. Cuando el reportero de la AP en el panel le preguntó qué haría con los niveles de financiamiento de la inteligencia y los servicios militares paquistaníes, respondió sucintamente:

—Cortarlo. Cortarlo y utilizar parte de ese dinero para apoyar a nuestro gran amigo y aliado en la región, la India.

Había estado diciendo esto durante la campaña desde hacía algún tiempo y había sido duramente criticado en los medios de comunicación por ello. La prensa estadounidense cuestionaba su apoyo a la India sobre Pakistán diciendo que estaba removiendo un viejo conflicto, poniendo la fuerza de los Estados Unidos en un poder sobre otro, a pesar de que Ryan insistía con que Pakistán apoyaba el terrorismo contra los Estados Unidos, mientras que la India no.

—Por supuesto que queremos poner nuestra fuerza en nuestros amigos y retirar el apoyo a nuestros enemigos. Pakistán no tiene que ser nuestro enemigo —dijo dirigiéndose a las cámaras en el Pauley Pavillion—, pero esa ha sido su elección. Cuando regrese a Washington, voy a cortar la ayuda hasta que Islamabad nos muestre que puede controlar sus impulsos y combatir el terrorismo islámico en la India y Occidente.

La corresponsal de CBS de Washington fue la siguiente y le preguntó a Ryan cómo podía castigar a toda la nación de Pakistán por las acciones de unos pocos agentes deshonestos en la ISI.

Ryan asintió antes de responder.

—La ISI no tiene agentes deshonestos. Es una *agencia* deshonesta. Mi oponente dice que ciertos individuos o unidades individuales son el problema. No estoy de acuerdo. Los elementos corruptos de la ISI, francamente, son los que están de nuestro lado. La ISI y el Ejército son nuestros enemigos, a excepción de un número limitado de hombres, un número limitado de unidades, que son nuestros amigos. Tenemos que encontrar esos elementos deshonestos y hacer lo que podamos para apoyarlos de otra forma que no sea simplemente el envío de miles de millones de dólares sin control a las arcas del gobierno paquistaní. Es un cheque de asistencia social para los partidarios del terrorismo, y esa, señoras y señores, es una estrategia que ha durado una década y no ha producido los resultados deseados.

La réplica de Kealty fue breve.

—El presidente Ryan apoyó Pakistán con una suma de varios miles de millones de dólares cuando era presidente.

A lo que Jack, hablando fuera de turno, pero hablando de todos modos, respondió:

—Y estaba equivocado. Todos lo estábamos, y no me gusta admitirlo, pero no voy a seguir con una política fallida sólo para ocultar el hecho de que cometí un error.

Los periodistas del panel se quedaron sentados mirando fijo a Ryan. Un candidato presidencial admitiendo un error era algo ajeno a ellos.

La siguiente reportera era de CNN y le preguntó a ambos candidatos sobre el juicio del Emir. Kealty reiteró su apoyo al proceso y desafió a Ryan a decirle por qué, exactamente, sentía que el Departamento de Justicia no sería capaz de procesar agresivamente al Sr. Yasin.

Ryan miró a la cámara con las cejas levantadas.

—Presidente Kealty, acepto el reto. Hemos llevado a varios terroristas a juicio en el sistema federal en los últimos veinte años. Algunos de esos procesos fueron más exitosos que otros. Muchos de los casos en los que el Fiscal General no pudo conseguir una condena involucraron acusados que estuvieron representados por un poderoso equipo legal que, en opinión de muchos juristas, torcieron las reglas en la defensa de sus clientes. Ahora, el sistema estadounidense de justicia no podría sobrevivir sin una vigorosa defensa, pero muchos de estos abogados defensores se pasaron de la raya.

»Esto sucedió bajo mi guardia, así que conocí de cerca el trabajo de mi Fiscal General y vi lo que esos abogados defensores hicieron, y me sentí asqueado.

»El Emir no tendrá a muchos de esos abogados defensores y ustedes pueden pensar que esa es una buena cosa, señoras y señores, pero no lo es, ya que nueve de esos abogados que defendían a terroristas que mataron a miles de estadounidenses en el país y en los campos de batalla están ahora trabajando para el Departamento de Justicia. Si estas personas, todos descarados defensores de terroristas, son parte de la acción legal del gobierno y los abogados de los propios terroristas son descarados defensores de los terroristas, ¿quién es el defensor del pueblo estadounidense?

La fosas nasales de Kealty se ensancharon durante su refutación.

—Bueno, Sr. Ryan. Usted sigue llamando a estos acusados «terroristas». Se los presume terroristas hasta que sean condenados. Yo no sé si alguno de estos hombres es culpable y usted tampoco.

Ryan contestó, de nuevo convirtiendo el moderado debate en una conversación no tan moderada:

—Uno de los hombres que fue defendido por personas que ahora representan a los Estados Unidos en el caso del

Departamento de Justicia contra el Emir dijo desde el estrado, lo gritó en realidad, y esta fue la cita de la transcripción del juicio, «Espero que la yihad continúe y golpee el corazón de América y se use todo tipo de armas de destrucción masiva». ¿No podemos tomarle la palabra a este hombre de que es un enemigo de nuestra nación? ¿Un terrorista?

Kealty lo ignoró y respondió. El moderador había perdido totalmente el control.

—No eres abogado, Jack. A veces la gente dice cosas que son intemperantes; eso no los hace culpables del delito por el cual están siendo juzgados.

—¿«Intemperantes»? ¿Gritar que deseas que América sea destruida es «intemperante», señor Presidente? Cierto, usted *es* abogado.

La multitud se echó a reír.

Jack levantó su mano con rapidez.

—No tengo nada contra los abogados. Algunos de mis mejores amigos son abogados. Pero incluso ellos cuentan los más mordaces chistes sobre abogados.

Más risas.

Ryan añadió:

—Ahora, señoras y señores, se les perdona no saber acerca de este terrorista, su arrebato y el hecho de que nueve de sus abogados defensores ahora trabajan en la administración Kealty. Se los perdona porque hubo muy poca mención de esto en los medios de comunicación en su momento.

»Pero me preocupa, señor Presidente, que nueve miembros de su administración hayan trabajado en la defensa de terroristas. Ahora están en posiciones de influencia en nuestro gobierno y llevan esa misma retorcida sensibilidad a sus puestos de trabajo que, en última instancia, es la seguridad nacional de los Estados Unidos. Y luego, cuando se sugieren las comisiones militares, usted y su gente dicen que estos acusados sólo pueden tener un juicio justo en un tribunal federal. Creo que a la mayoría de los estadounidenses esto les preocuparía —miró al panel de periodistas sentados frente a él—, si tan sólo estuvieran enterados de ello.

Jack también quiso hacerle un guiño a Arnie van Damm, que en ese mismo momento estaría buscando un antiácido. Arnie le había dicho a Jack una y otra vez que no se enemistara con la prensa, debido a que no se veía presidencial.

Al carajo cómo se ve, Jack decidió. *Ellos se lo merecen.*

—El Fiscal General del Presidente Kealty hizo el comentario recientemente, de nuevo, no fue reportado por la prensa por alguna razón, de que el FBI puso a Capone en la cárcel por evasión de impuestos y tal vez deberíamos buscar medios similares para procesar a los terroristas que capturamos en el campo de batalla, debido a que su captura claramente no estaba dentro del marco de la ley. ¿Está de acuerdo con esto Presidente Kealty? ¿Usted o su Departamento de Justicia saben cuántos terroristas capturados hicieron su declaración de impuestos a la renta en los Estados Unidos el año pasado?

Kealty hizo todo lo posible para controlar su ira, pero su rostro enrojeció bajo su maquillaje. Respondió:

—Mi oponente cree que hay un tipo de justicia para «nosotros» y otro tipo de justicia para «ellos».

—Si por «ellos» usted está hablando de Al Qaeda o el Consejo Omeya Revolucionario o cualquiera de una serie de grupos que quieren destruirnos... entonces sí, eso es lo que creo. Merecen su día en la corte, la oportunidad de defenderse, pero no se merecen todos y cada uno los derechos reconocidos a los ciudadanos de los Estados Unidos.

Mohammed al Darkur, Sam Driscoll, tres capitanes de la ISI y una docena de comandos Zarrar salieron de la base aérea de Peshawar a las cuatro de la mañana en un avión de transporte Y-12 de turbohélice de la Fuerza Aérea paquistaní. El piloto los llevó hacia el sureste, sobre las montañas de Khyber y la agencia de Kurram, y finalmente a Waziristán del Norte.

Aterrizaron en la única pista útil de Miran Shah y fueron inmediatamente llevados por las fuerzas locales a un vehículo blindado para el recorrido desde la oscura ciudad al fuerte militar.

A los pocos segundos de entrar por la puerta principal de la base, al Darkur, Driscoll, los tres capitanes y dos secciones de soldados se metieron en cuatro camiones industriales de reparto cuyas partes traseras estaban cubiertas con lona y salieron por la puerta trasera del recinto. Si los espías de la red Haqqani estaban vigilando las idas y venidas de la FDP en la ciudad, esto los despistaría. Habría espías cerca del fuerte y la ISI había desarrollado ciertas tácticas para librarse de cualquier tipo de vigilancia que recogieran antes de salir hacia una de sus casas de seguridad.

Los cuatro camiones de reparto volvieron a la ciudad en la madrugada, pasaron el aeropuerto hacia el oeste y se separaron en diferentes caminos. Cada camión se detuvo en un pequeño recinto amurallado diferente en una parte distinta de la ciudad y los hombres en el interior de los vehículos bajaron y luego se subieron a nuevos camiones. Los observadores en los techos de los recintos miraron para ver si sus visitantes estaban siendo seguidos y cuando consideraron las calles libres de vigilantes Haqqani les dieron la señal de que estaba «todo despejado» por radio a los nuevos camiones. Las puertas fueron reabiertas por hombres apostados con anticipación en la casa de seguridad y los nuevos camiones se fueron.

Los cuatro vehículos condujeron individualmente a través del tráfico de la madrugada hacia el sur y luego cada camión, espaciado uno del otro con cinco minutos más o menos de distancia, salió de Miran Shah. Driscoll estaba en la parte posterior del tercer camión; había sido envuelto con un chal para cubrir sus rasgos occidentales, pero se asomó fuera de él y vio a hombres armados caminando por las calles, montados en motocicletas y mirando a través de edificios amurallados. Eran combatientes Haqqani exclusivamente, había miles, y a pesar de que la FDP tenía un puesto pequeño aquí y la ISI mantenía unas pocas casas de seguridad, el pueblo de Miran Shah era de Haqqani.

Mientras se dirigían hacia el sur, dejando atrás la ciudad y entrando en campos de cultivo, Sam creyó oír disparos de armas automáticas detrás de él. Le hizo una seña a uno de los soldados que estaban en el camión con él, tratando de averiguar si sabía cuál era la fuente de los disparos. Sin embargo, el joven soldado se encogió de hombros como diciendo, «Alguien está disparando, ¿y qué?».

El camión de Driscoll dobló hacia el oeste por la carretera Miran Shah-Boya y siguió a lo largo de unos escarpados acantilados, dio giros y vueltas, y subió con un estruendo en el motor que le dio a entender al agente estadounidense que el vehículo estaba haciendo un gran esfuerzo para lograrlo. Finalmente, justo después de las siete de la mañana, el camión salió de la carretera, subió por un empinado sendero rocoso que llevaba a un recinto en una planicie en una ladera empinada, y luego entró por la puerta principal abierta.

Dos de los otros camiones ya estaban allí, estacionados en un garaje para dos vehículos frente a la puerta principal. Al Darkur, dos capitanes y uno de los dos escuadrones de seguridad se reunieron en el polvoriento patio y empezaron a hablar animadamente en urdu. Driscoll no tenía idea de cuál era el problema hasta que el propio Mohammed se acercó a él.

—El otro camión no llegó. Fueron atacados en el centro de la ciudad. Uno de mis capitanes recibió un disparo en la muñeca y un soldado fue herido en el estómago. Volvieron a la base, pero no creen que el soldado vaya a sobrevivir.

—Lo siento.

Al Darkur le dio unas palmaditas en el hombro a Driscoll.

—Nosotros lo logramos. Felicidades. Antes, sólo iba a

dejar que usted se sentara y mirara mientras hacíamos el trabajo. Pero ahora necesito que ayude.

—Sólo dígame lo que necesita.

—Vamos a establecer vigilancia en el camino. El campamento de entrenamiento se encuentra a sólo tres kilómetros
al oeste y todos los que van allí desde el aeropuerto o la
ciudad de Miran Shah deben pasar por el camino debajo de
nosotros.

Los seis soldados se reunieron con los seis hombres que
ya estaban allí en el recinto y se formaron en un cordón de
seguridad de bajo perfil, mientras que al Darkur, Driscoll y
los dos capitanes de la ISI usaron una ventana en un pasillo
del segundo piso como punto de observación. Instalaron un
par de cámaras de largo alcance y sacaron los colchones de las
camas que había en otras habitaciones para poder mantener
la vigilancia con el mínimo de interrupciones.

Al Darkur hizo que uno de sus capitanes trajera un gran
baúl al pasillo y lo pusiera cerca del colchón de Driscoll.

—Señor Sam —dijo al Darkur con su cantarín acento
pakistaní—. ¿Estoy en lo correcto al asumir que tuvo una
carrera militar antes de la CIA?

—Estuve en el Ejército, sí.

—¿Fuerzas Especiales, tal vez?

—Tal vez.

Al Darkur sonrió.

—A pesar de que usted es mi huésped, me sentiría mejor
si se pusiera el equipo que mi capitán tiene aquí para usted.

Driscoll miró dentro del baúl y se encontró un rifle

M4 americano con una mira Trijicon ACOG de 3.5 de potencia, un arnés de pecho del Equipo Original de Operaciones Especiales con Kevlar, armadura de acero y ocho cargadores adicionales para el rifle, un casco y un cinturón de herramientas con una pistola Glock de 9 milímetros y cargadores adicionales.

Levantó la vista hacia el mayor con un guiño.

—Yo también me sentiría mejor.

Driscoll se puso el equipo de combate. Se sentía bien llevando lo que era esencialmente el mismo equipo que había utilizado en los Rangers. Una vez equipado, levantó los ojos hacia al Darkur y le hizo una seña de aprobación con el pulgar.

Al Darkur dijo:

—Ahora tomamos té y esperamos.

35

El domingo después del debate, Benton Thayer caminaba solo por el estacionamiento del Chevy Chase Club, uno de los clubes de campo más antiguos y refinados en el área metropolitana de D.C. A pesar de que aún no era mediodía y que estaba vestido para un día en los campos de golf con pantalones a cuadros grandes Hollas, tejido de punto y una boina escocesa Ian Poulter que desentonaba fuertemente, Benton acababa de abandonar al resto de su cuarteto después de sólo nueve hoyos. Con el último debate fuera del camino, se había tomado la primera mitad de su domingo libre para pasar algún tiempo al aire libre en este fresco día de otoño, pero necesitaba volver a la ciudad y al trabajo. Como jefe de campaña del presidente Edward Kealty, tendría que esperar hasta después del 6 de noviembre para conseguir algo de descanso y relajación.

Y mientras Benton se dirigía a su camioneta SUV Lexus blanca se dijo a sí mismo que probablemente tendría mucho tiempo libre después del 6 de noviembre. No sólo porque la elección habría terminado, sino porque su hombre perdería, lo que significaba que sus perspectivas en el sector público en Washington D.C. se reducirían a cero y sus oportunidades en el sector privado por aquí estarían matizadas por su incapacidad para retener la Oficina Oval para su jefe.

Ningún jefe de campaña que se precie de tal tira la toalla públicamente tres semanas antes del día de las elecciones y Thayer tenía cinco spots de radio y nueve entrevistas de televisión previstas para el lunes, cuando declararía con confianza todo lo contrario a lo que él sabía que era verdad, pero el hombre de cuarenta y tres años caminando solo en el estacionamiento no era ningún idiota. A no ser que Jack Ryan fuera atrapado con los pantalones en los tobillos afuera de una guardería, el resultado ya estaba escrito y la elección había terminado.

Sin embargo, él se consideraba un buen soldado y allí estaban las apariciones en los medios a la mañana siguiente para las que necesitaba prepararse, por lo que se fue a trabajar.

Cuando se estaba subiendo a su Lexus, se dio cuenta de que había un pequeño sobre de papel manila metido bajo su limpiaparabrisas. Se inclinó hacia afuera, tomó el paquete y se sentó en el auto. Pensando que alguien que pertenecía al club lo habría dejado para él —los terrenos de la propiedad estaban cercados y vigilados, después de todo— rompió el paquete para abrirlo sin pensarlo.

En el interior no había ninguna nota, ningún indicio de quién había dejado el paquete. Pero lo que sí encontró fue una pequeña unidad de memoria.

Si hubiera estado en cualquier otro lugar, en el centro comercial, en la entrada de su casa, volviendo a su auto desde su oficina en la sede de campaña, Benton Thayer hubiera tomado un paquete desconocido y no solicitado como este y lo hubiera tirado en la calle.

Pero esto era diferente. Decidió echarle un vistazo cuando llegara al trabajo.

Dos horas después, Thayer se había cambiado de ropa a unos pantalones caqui, una camisa de cuello abierto, una chaqueta azul marino perfectamente planchada y mocasines, sin calcetines, y estaba sentado en el escritorio de su oficina. Se había olvidado de la unidad de memoria por un momento, pero ahora la tenía en sus manos y le daba vueltas en busca de alguna pista de quién se la habría pasado. Después de vacilar un momento, se enderezó y comenzó a conectar la unidad de memoria a su computadora portátil, pero se detuvo, dudando de nuevo. Le preocupaba que la misteriosa unidad contuviera un virus que podría dañar su máquina o de alguna manera robarle datos.

Segundos después, Thayer entró en el gran *loft* abierto

que servía como «cuarto de guerra» en la oficina de la campaña en Washington. A su alrededor, decenas de hombres y mujeres manejaban computadoras, teléfonos, impresoras y máquinas de fax. Un zumbido de actividad exacerbado por una larga fila de grandes termos de café sobre mesas cubiertas con manteles contra la pared a su izquierda. Ahí, en la mesa más cercana, una chica de edad universitaria estaba llenando su tazón eco-amigable con café caliente.

Thayer no conocía a la muchacha, no se molestaba en aprender los nombres de más del cinco por ciento de su personal.

—Tú —dijo, apuntándola con el dedo.

La joven se sobresaltó cuando se dio cuenta de que le estaba hablando a ella. El café salpicó fuera de su taza.

—¿Sí, señor? —respondió nerviosamente.

—¿Tienes una computadora portátil?

Ella asintió.

—En mi escritorio.

—Ve a buscarla. Tráela aquí.

Él desapareció de nuevo en su oficina y la chica se apresuró a hacer lo que le habían dicho. La tercera parte de la habitación que estaba al alcance del oído del intercambio de palabras dejó de trabajar y se quedó mirando, viendo cómo la mujer tomaba su Mac y volvía corriendo a la oficina de Thayer como si fuera un criminal condenado camino a la horca.

Benton Thayer no le preguntó a la chica su nombre o lo que hacía. En vez, le dio instrucciones de poner la unidad de memoria en su MacBook Pro y abrir la carpeta. Ella hizo esto con dedos temblorosos, dedos aún pegajosos del azucarado café derramado. Mientras se abría la única carpeta, revelando varios archivos, Thayer le dijo que esperara afuera.

La joven estuvo feliz de obedecerle.

Satisfecho de saber que su propia máquina no se dañaría con una unidad de memoria corrupta, Benton Thayer comenzó a revisar los archivos que le habían sido entregados clandestinamente.

No había ninguna explicación, ninguna versión electrónica de una carta de presentación. Sin embargo, el archivo estaba titulado «John Clark». Thayer conocía un par de tipos llamados John Clark, era un nombre común, pero cuando abrió el archivo y vio una serie de fotos, se dio cuenta de que no conocía a este hombre.

Entonces empezó a hacer clic en páginas y páginas de información sobre el hombre. Una suerte de dosier. Una historia personal. Marina de los Estados Unidos. Equipo SEAL[30]. Comando de Asistencia Militar, Vietnam—Grupo de Estudios y Observaciones. Thayer no tenía idea de lo que era eso, pero sonaba tremendamente turbio.

Entonces leyó CIA. División de Actividades Especiales (SAD)[31].

Asesinatos selectivos. Operaciones denegadas sancionadas.

---

30 Equipo Mar, Aire y Tierra de la Marina de los Estados Unidos, por sus siglas en inglés (United States Navy's Sea, Air and Land).

31 Por sus siglas en inglés (Special Activities Division).

Thayer se encogió de hombros. *Ok, este tipo es un agente secreto, y un agente secreto tenebroso, pero ¿por qué me tendría que importar?*

A continuación, se presentaban las operaciones específicas. Las hojeó rápidamente. Pudo darse cuenta de que no se trataba de documentos de la CIA, pero parecían contener información detallada sobre la carrera de Clark en la Agencia.

Era un complejo desorden de información. Información que podría ser interesante para alguien. ¿Human Rights Watch? ¿Amnistía Internacional? Pero, ¿Benton Thayer? Se estaba empezando a aburrir de revisarla. Empezó a tener un diálogo interno con la misteriosa persona que le había entregado esta unidad de memoria. *Jesús. Como si me importa un carajo. Ve al grano.*

Entonces se detuvo. *¿Eh? ¿Es este el grano?*

Fotos de Clark con un joven John Patrick Ryan. Detalles de su relación, que abarcaba un cuarto de siglo.

Así que el tipo es viejo y es ex agente de la CIA. Ryan es viejo y ex agente de la CIA. ¿Se conocían? ¿Eso es todo lo que tienes, hombre misterioso?

Y luego, después de un resumen de los años de John Clark en Rainbow, había un documento solo que parecía fuera de lugar. Una acusación de un asesinato cometido por Clark en Alemania hacía treinta años.

¿Por qué esto no está en su lugar en la línea de tiempo? Thayer lo leyó cuidadosamente. De toda la información presente, tuvo la impresión de que esta venía de una fuente fuera de los Estados Unidos.

Pasó a la siguiente página.

Un documento que detallaba un indulto presidencial dado en secreto a Clark por los asesinatos llevados a cabo en la CIA.

«Así que... », Thayer murmuró para sí mismo. «El Jefe de la CIA Ryan le ordena a Clark matar gente y luego el Presidente Ryan tapa los crímenes después de los hechos. ¡Qué mierda!».

Thayer cogió el teléfono y pulsó un par de botones.

—Es Thayer. Tengo que verlo esta noche, tan pronto como salga de Marine One y esté de regreso en la Casa Blanca.

36

El tráfico en la carretera Boya-Miran Shah había sido escaso durante todo el día y casi inexistente en la noche. Algunos vehículos de transporte, talibanes en motocicletas y algunos autobuses de colores brillantes, con pequeños espejos colgando de los costados como adornos de Navidad. Pero los hombres en el puesto de observación no veían nada que pareciera fuera de lo común. Mohammed al Darkur dijo que su prisionero había mencionado que los agentes de la ISI llegarían a la zona por vía aérea, lo que significaba que tenían que aterrizar en Miran Shah y recorrer este camino para llegar al campamento.

Pero en las primeras treinta y seis horas de vigilancia, Driscoll y los demás tenían las manos vacías.

De todos modos, al Darkur fotografió todos y cada uno de

los vehículos que pasaban. No tenía manera de saber si algún oficial de alto rango de la ISI, incluso el mismo general Riaz Rehan, se habría vestido como pastor de cabras para hacerse camino a los campamentos de entrenamiento Haqqani, así que después de que cada vehículo pasaba su posición, al Darkur y sus hombres revisaban las imágenes de alta resolución.

Pero hasta ahora no habían visto ninguna indicación de que la ISI, o incluso alguna fuerza extranjera, estuviera operando en la zona.

Justo después de la medianoche, Driscoll se encontraba vigilando con una cámara de visión nocturna en un trípode mirando hacia la carretera, mientras que los otros tres hombres yacían en sus camastros en el pasillo detrás de él. Un autobús decorado había pasado hacía un momento; el polvo que había levantado todavía flotaba en el aire por encima de la carretera Miran Shah-Boya.

Sam se frotó los ojos por un momento y luego volvió a mirar.

Al instante, apretó más la cara contra el visor de la cámara. Allí, en la carretera debajo de él, cuatro camionetas oscuras se habían detenido y hombres salían de la parte trasera. Llevaban rifles, estaban vestidos de negro y se movían sigilosamente por la ladera rocosa hacia arriba, directamente hacia la casa de seguridad de la ISI.

—¡Nos están atacando! —gritó Driscoll. Mohammed estaba a su lado con su radio en la mano un instante después. Usando sus binoculares, vio a más o menos una docena de hombres a unas cien yardas debajo de ellos y se volteó hacia uno de sus capitanes.

—Póngase en contacto con la base. ¡Dígales que necesitamos una exfiltración prioritaria, ahora!

Su subordinado se dirigió a su radio y al Darkur se volvió hacia Driscoll.

—Si usamos los camiones, nos destruirán con esos lanzacohetes en el camino.

Pero Sam no estaba escuchando... estaba pensando.

—Mohammed. ¿Por qué están atacando de esa manera?

—¿Qué quieres decir?

—Tienen que saber que estamos vigilando la carretera. ¿Por qué ir a la carretera, a tierra baja, y no a las tierras altas detrás de nosotros?

Al Darkur lo pensó, pero sólo por un momento.

—Ya estamos rodeados.

—Exactamente. Esa es una fuerza de bloqueo debajo de nosotros; el ataque vendrá de...

Una explosión sacudió la pared posterior del recinto. Fue a treinta yardas de donde estaban al Darkur y Driscoll en el pasillo, pero aún así los tiró al suelo.

El mayor de la ISI comenzó a gritar órdenes por su radio y se puso de nuevo de pie. Sam tomó su M4 y corrió hacia las escaleras, saltando de tres escalones a la vez mientras se apresuraba al encuentro del enemigo, que estaría tratando de romper la muralla trasera.

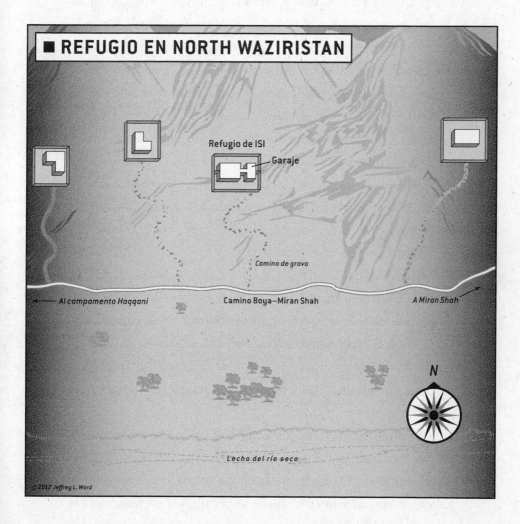

REFUGIO EN NORTH WAZIRISTAN

Refugio de ISI

Garaje

Camino de grava

← Al campamento Haqqani

Camino Boya–Miran Shah

A Miran Shah →

N

Lecho del río seco

© 2012 Jeffrey L. Ward

Sam llegó a la planta baja y siguió corriendo hacia la parte de atrás del edificio. Pasó dos hombres del 7° Comando que estaban en una habitación a la izquierda. Apuntaban las luces de sus armas por una ventana de la planta baja, cubriendo la parte oriental del recinto con luz blanca, desesperados por encontrar objetivos. Driscoll continuó hacia la salida a los terrenos traseros, esperando que los centinelas apostados en la puerta de atrás se encontraran todavía en la lucha, manteniendo a los hombres Haqqani arrinconados en la maleza y las colinas circundantes.

Se escuchaba el sonido de disparos provenientes de la parte delantera de la casa de seguridad en tanto el enemigo se movía a través de las rocas de la colina hacia la entrada principal.

Mientras Sam corría a toda velocidad hacia la puerta trasera abierta, preparado para disparar a través de la oscuridad absoluta de los terrenos hacia la puerta, se escuchó la voz de al Darkur en el *walkie-talkie* de Sam. Habló en inglés.

—¡Sam! Nuestros centinelas de la muralla trasera no están reportándose. ¡El enemigo ya debe estar dentro del recinto!

El impulso que traía Driscoll lo hizo atravesar la puerta de entrada al tiempo que procesaba esta información. No había salido cinco pies hacia la noche, cuando brillantes destellos de luz parpadearon desde el portón veinte metros más adelante y los disparos retumbantes de los Kalashnikov resonaron en las paredes exteriores de la casa. Driscoll tropezó en el polvo, dio media vuelta y se retiró de regreso a la puerta en cuclillas.

El marco de la puerta se convirtió en astillas con las balas de los combatientes Haqqani, pero Sam logró volver a entrar a la casa y llegar hasta el pasillo sin ser herido. Al Darkur se reunió con él ahí; seguía gritando por su *walkie-talkie*. Ambos hombres se inclinaron desde la esquina y dispararon unas cuantas balas hacia la oscura noche. Ninguno pensó que podría acabar con el ataque con un par de ráfagas de un rifle de asalto, pero tenían la esperanza de impresionar a todo aquel que creyera que podía simplemente entrar por la puerta de atrás abierta y hacerse camino por el pasillo sin obstáculos.

Al Darkur le gritó al oído a Sam después de disparar un par de ráfagas más en el estrecho pasillo.

—He llamado a un helicóptero de la base de Miran Shah, pero la fuerza de reacción rápida no estará lista hasta dentro de quince minutos.

—No es lo suficientemente rápido —dijo Sam mientras caía de rodillas, se inclinaba por la esquina y le disparaba a las luces del pasillo para apagarlas.

—Serán treinta minutos o más antes de que lleguen.

Driscoll liberó el cargador vacío del pozo de su rifle y luego lo reemplazó con uno nuevo de su chaleco táctico. Ahora llegaban disparos de todos lados y los gritos a través de las comunicaciones, a pesar de que Driscoll no podía entender lo que decían, daban la impresión de que el mismo edificio estaba a punto de ser invadido.

—Por como suena, no tenemos treinta minutos. ¿Cuántos hombres te quedan?

Al Darkur volvió al *walkie-talkie* para averiguarlo y Driscoll se echó boca abajo en la esquina del pasillo y luego rodó lentamente sobre su hombro derecho, quedando agachado en el pasillo mirando hacia la puerta de atrás, con el cañón de su arma en busca de amenazas. No podía ver nada en la oscuridad, por lo que accionó la luz en el riel lateral del M4. Al instante 200 lúmenes de luz blanca brillante llenaron el pasillo, iluminando a dos combatientes Haqqani caminando en silencio hacia la posición de Sam. Estaban cegados por la luz, pero levantaron sus armas de todos modos.

Driscoll apretó el gatillo de su rifle M4, barriendo una docena de disparos automáticos de un lado a otro entre los dos hombres. Murieron antes de que ninguno de ellos pudiera disparar.

Más destellos de los disparos que venían de la oscura noche afuera obligaron a Sam a retroceder de vuelta hacia la esquina, donde cargó su arma de nuevo.

—Tengo seis hombres vivos —dijo Mohammed.

Sam asintió mientras recargaba.

—Está bien. ¿Alguna posibilidad de que podamos llegar a los camiones en el garaje en la zona este?

—Tenemos que intentarlo, pero el camino estará cubierto con los hombres de Haqqani.

—¿Quién necesita un camino?

Driscoll agarró una granada de fragmentación de su arnés de pecho, quitó el seguro y luego la arrojó por el pasillo como una pequeña bola de boliche. Mohammed al Darkur y Sam Driscoll se marcharon rápidamente hacia donde estaban los hombres que luchaban en la ventana del este mientras la explosión destrozaba la puerta.

Dos minutos más tarde, un grupo de ocho combatientes Haqqani atacando desde abajo se había abierto paso a través de la puerta y el camino de entrada en el lado sureste del recinto. Habían dejado a cuatro de sus compañeros atrás, uno muerto, abatido en el estómago por un tiro desde una ventana del segundo piso de la casa de seguridad del enemigo, y tres más heridos: uno por arma de fuego y dos por una granada de mano lanzada colina abajo por un centinela en la puerta de entrada que había sido fatalmente herido a tiros un segundo más tarde.

Pero ahora los ocho sobrevivientes estaban a veinte metros del garaje. La puerta estaba abierta y adentro estaba oscuro, por lo que los hombres se acercaron silenciosa y lentamente, mientras que sus compañeros disparaban contra el edificio en los otros lados. Si lograban entrar en el edificio por esta puerta aquí en el garaje podrían, permaneciendo agachados para evitar los disparos de sus propias fuerzas, deslizarse a través de la estructura y destruir todas las fuerzas enemigas que aún quedaban allí.

Cuando los hombres estuvieron a unas diez yardas de la entrada del garaje, su líder fue capaz de distinguir dos grandes camiones estacionados en el interior. Su visión nocturna había sido prácticamente arruinada tras haber disparado varios cargadores de su Kalashnikov, por lo que a medida que avanzaba tuvo que entrecerrar los ojos para buscar una puerta hacia el interior.

Los ocho hombres pasaron los dos camiones, encontraron la puerta que les daba acceso al edificio y entraron en una fila, en cuclillas y a la escucha de cualquier amenaza.

Tan pronto como los ocho hombres Haqqani desaparecieron del garaje, Sam Driscoll, Mohammed al Darkur, dos oficiales de la ISI y cuatro comandos Zarrar salieron silenciosamente de debajo del camión que estaba más lejos de la puerta. Un conductor, al Darkur y otros tres subieron en la parte delantera del vehículo, mientras que Sam y otros dos hombres permanecieron en la parte de atrás del garaje. Una vez que Sam escuchó al conductor soltar silenciosamente el freno de mano, él y dos hombres empujaron el camión desde atrás con todas sus fuerzas. La nariz del vehículo ya estaba mirando hacia abajo, por lo que una vez que hubieron empujado el camión fuera del garaje, empezó a ganar velocidad rápidamente. Sam y los dos hombres le dieron un último empujón fuerte y luego saltaron a la parte trasera cubierta.

El conductor no encendió el motor, ni tampoco las luces. El único sonido emitido por el oscuro vehículo era el crujido de las ruedas sobre la entrada rocosa mientras se movía más y más rápido cuesta abajo. El conductor sólo tenía una luz muy tenue del cielo nublado para guiarlo hacia el portón de entrada y si se desviaba unos pies a la derecha o a la izquierda, el camión se estrellaría contra la pared y entonces tendrían que encender el motor, revelándole a todos los que estaban en la ladera o abajo en la carretera exactamente dónde se encontraban.

Sin embargo, el conductor llegó hasta el portón, el camión rodaba más rápido ahora, y tuvo que forzar las ruedas para que giraran a la izquierda y a la derecha usando toda la fuerza de la parte superior de su cuerpo. Todavía faltaban cien yardas de grava empinada y sinuosa hasta la carretera y la vía se retorcía y giraba todo el camino hasta abajo.

Lograron salir del recinto mismo, que era donde estaba concentrada la mayoría de los cañones enemigos ahora, pero alguien en la ladera escuchó o vio el camión cuando este estaba sólo veinte yardas fuera del portón. Un grito, luego una serie de gritos y finalmente una erupción de fuego pusieron fin a la parte sigilosa del plan de Sam Driscoll. Le gritó desde la parte trasera del vehículo al conductor, le dijo que se olvidara de tratar de mantenerse en el camino de grava, ahora había que alejarse de las armas lo más rápido posible, sin importar dónde fuera a parar el camión o en qué condiciones se encontrara cuando llegara allí. El conductor se salió del camino, usó la velocidad que había cogido su enorme y pesado vehículo para impulsarlos a él y a sus pasajeros a través de la oscuridad.

Había hombres Haqqani a todos los lados del camión

pasando a toda velocidad, pero la mayoría de ellos no podía disparar sin herir a sus compañeros militantes. Algunos hombres abrieron fuego y la posición de Sam en la parte trasera del camión fue barrida con balas de 7,62 milímetros. Un hombre que estaba con él recibió un disparo en la cabeza, otro recibió dos disparos en su bíceps y hombro izquierdo, y Sam recibió una bala en la parte superior de su placa de protección de acero SAPI[32] en su chaleco antibalas. El impacto lo derribó, tirándolo al suelo, al mismo tiempo que el enorme camión cubierto golpeaba con fuerza una gran roca y se elevaba en el aire varios pies. El cuerpo del soldado Zarrar casi decapitado rodó con Sam en la parte trasera del vehículo. El camión continuó tomando peligrosas curvas por la ladera, rebotó una y otra vez, y el conductor tenía que concentrar todas sus habilidades en mantener el camión mirando hacia abajo para que no se desviara hacia un lado y se diera vuelta.

Faltaban sólo unas veinte yardas más o menos hasta la carretera cuando Mohammed vio más combatientes de la red Haqqani salir de la oscuridad y abrir fuego contra el camión que iba a toda velocidad. Un hombre sostenía un lanzacohetes.

No había manera de embestirlo desde el centro de la cabina del camión; habría sido imposible incluso si no estuvieran siendo aporreados y sacudidos en todas direcciones rodando por la ladera rocosa hacia abajo, pero como lo esta-

---

32 Inserto protector de armas pequeñas, por sus siglas en inglés (Small Arms Protective Insert).

ban no tenía sentido siquiera intentar apuntarle al hombre con un arma.

En vez, gritó hacia la parte trasera:

—¡Sam! Lanzacohetes, a la derecha, a veinte metros!

—¡Lo tengo!

Mohammed al Darkur no podía ver al estadounidense detrás de él, así que no tuvo forma de saber que Driscoll levantó su M4, se paró en la parte trasera cubierta y se aferró a una barra antivuelco. Mientras el vehículo salía a la carretera principal y se desviaba bruscamente hacia la izquierda para evitar una camioneta pickup Haqqani estacionada, Sam se columpió fuera de la parte trasera del vehículo, sostuvo con una mano su rifle y descargó un cargador de treinta balas completo hacia cualquier y todo movimiento que vio en la oscuridad. Una granada propulsada por cohete se encendió y avanzó en su dirección, pero la brillante granada explotó en lo alto del cielo nocturno sin causar daños.

Los disparos de ametralladoras desde el otro lado de la carretera chocaron contra las partes metálicas del enorme camión mientras doblaba hacia el este y se dirigía a Miran Shah. Sam trató de volver al interior del camión para reducir las posibilidades de ser tomado como objetivo. Sus pies resbalaban y se encontró colgando de la barra antivuelco, agarrando la pared de lona del camión. Soltó el rifle para tomar la barra con ambas manos y su arma quedó colgando de la correa alrededor de su cuello. Mientras luchaba para conseguir meter sus botas de vuelta en el vehículo, el comando que había sobrevivido y estaba en la parte trasera con él disparó su M4 hacia la ladera de donde habían venido. El fuego del enemigo parpadeaba como luciérnagas desde la colina rocosa.

Justo en ese momento, en la cabina del vehículo, una gran lluvia de balas trazadoras de 7,62 milímetros atravesó el parabrisas, rompiendo el cristal de la izquierda a la derecha del mayor. Balas ardientes se estrellaron contra la placa en el pecho del capitán de la ISI a la izquierda de al Darkur, luego resonaron en el acero de su propio chaleco antibalas y, finalmente, barrieron el cuello del conductor. El hombre no murió al instante. Con un gorgoteo y un silbido de aire, agarró su herida en el cuello y se retorció de dolor. Con estos movimientos, el enorme camión de inmediato giró hacia la derecha y se salió de la carretera, rebotando por la colina hacia el cauce seco del río que estaba más abajo.

Sam había recién metido ambos pies dentro de la parte trasera del camión cuando el vehículo giró bruscamente hacia la derecha y saltó en el aire antes de volver a iniciar un violento descenso a toda velocidad. El movimiento sacudió a Sam hacia los lados, lo arrojó con fuerza contra el costado del vehículo e hizo que soltara sus manos de la barra de metal.

El estadounidense cayó del camión a unas veinte yardas del camino y el enorme vehículo siguió colina abajo.

37

Mohammed al Darkur hizo todo lo posible por controlar el camión a toda velocidad extendiéndose por encima del conductor muerto y agarrando el volante. Era más fácil decirlo que hacerlo, ya que Mohammed había perdido su casco y ahora todos y cada uno de los golpes que daban los neumáticos debajo de él hacían que su cabeza se golpeara contra el techo metálico de la cabina. Sintió sangre chorreando por su cara, pero no pudo quitársela antes de que le llegara a los ojos porque necesitaba las dos manos en el volante.

Finalmente, se estabilizaron en el fondo del río seco. Incluso había logrado hacer girar el volante lo suficiente como para esquivar la mayoría de las rocas de piedra caliza que se habían juntado allí tras miles de estaciones de lluvias. Todavía podía oír disparos en la distancia, pero se tomó el tiempo para poner un pie sobre el freno y esperar a que su capitán saliera del lado izquierdo del camión y, mientras seguía recibiendo disparos desde arriba, subiera por la derecha, empujando al hombre muerto hacia el asiento del medio. El capitán se puso al volante y al Darkur se movió hacia la ventana de la izquierda, encontró su rifle en el piso y disparó contra los destellos de luz en la colina mientras el camión avanzaba a toda velocidad hacia el este.

Al Darkur estaba muy consciente de que no oía a ninguno de los hombres en la parte trasera del camión. Se preocupó por sus hombres y se preocupó por el estadounidense al que había prometido proteger con su vida, pero no habría vuelta atrás. Tenían que llegar a la base y sólo entonces podrían hacer algo para ayudar a los heridos o a quien hubiera quedado atrás.

Sam se despertó lentamente. Su cuerpo estaba tirado como un bulto en el suelo y yacía junto a una pequeña roca. No sentía ningún dolor inmediato, pero llevaba en esto el tiempo suficiente para saber que definitivamente estaba herido. La caída de un camión que se mueve a esa velocidad lo hubiera lastimado, aunque la adrenalina que corría en ese momento por su sangre lo ocultara.

Se quedó quieto donde estaba y vio el enorme camión continuar ladera abajo. Los hombres por encima de él en el camino le seguían disparando; no habían visto todavía a Driscoll y esperaba poder quedarse aquí tendido en la oscuridad por ahora, esperar a que los hombres Haqqani se fueran y luego sentarse y evaluar sus lesiones.

Por encima de él en el camino, el fuego se calmó cuando el camión se alejaba a toda velocidad y desaparecía por el lecho del río seco. Oyó que algunos hombres subían a los camiones y se iban, y oyó a otros hombres, combatientes Haqqani probablemente, gimiendo de dolor. No tenía idea de cuántos sobrevivientes había en la colina por encima de él, pero no tenía ninguna duda de que el área alrededor del recinto, más arriba en la colina, todavía tendría tiradores enemigos activos.

Las manos de Driscoll se movieron por encima de su cuerpo; sintió sangre en sus brazos y en su rostro, pero era capaz de moverse sin dolor. A continuación, levantó las piernas lentamente, una a la vez, y las encontró operativas. Extendió la mano en la tierra seca y la maleza, buscando su rifle con la punta de los dedos, pero el arma se había desprendido de su cuerpo cuando cayó del camión. Sin embargo, todavía tenía su pistola en la cadera. Lo sabía porque el arma se le estaba clavando en las costillas inferiores.

Una vez que tuvo la certeza de que era capaz de moverse, miró a su alrededor en la oscuridad. Había un bosquecillo de árboles bajos a unas cincuenta yardas más abajo en la colina hacia el oeste y pensó que podría intentar arrastrarse hasta ahí para encontrar un lugar para refugiarse antes del amanecer.

Justo en ese momento, desde arriba en la carretera, la luz de una linterna iluminó los árboles. Otra luz rastreó hacia el este, a la izquierda de Driscoll. Las luces rastreaban en la ladera azarosamente, buscando tal vez a cualquier persona que se hubiera caído del camión que acababa de escapar.

Sam no se movió; no había mucho que pudiera hacer, excepto esperar que la luz no se posara en él mientras se quedaba ahí quieto. Quería poner su mano en la empuñadura de su pistola Glock 17, pero incluso llevar a cabo esa hazaña implicaría más movimiento del que estaba dispuesto a hacer.

Las luces pasaron sobre él y luego se detuvieron en un punto en la colina a su izquierda, a unas veinte yardas más allá. Los hombres en el camino comenzaron a gritar, no había duda de que habían visto algo.

Mierda, pensó Sam. Si los tiradores Haqqani empezaban a bajar por la colina, no tendría más remedio que...

Y entonces, hubo movimiento justo donde las luces de las linternas se habían posado. Un solo comando del SSG, el hombre que había estado en la parte trasera del camión con Driscoll cuando se salió de la carretera, se levantó y abrió fuego con su M16. Debió haber sido expulsado del vehículo también, pero ahora había sido visto, él lo sabía, y no tenía más remedio que arremeter con todo. Driscoll vio que el hombre estaba herido; su ropa y equipo estaban cubiertos de sangre, que brillaba en la luz blanca posada sobre él.

Sam se podría haber quedado donde estaba, pero ni siquiera lo consideró. Se puso de rodillas, sacó su pistola Glock de 9 milímetros y abrió fuego contra los hombres que estaban arriba. Al hacer esto sabía que se estaba poniendo en peligro ante la posibilidad de que el soldado Zarrar le disparara por la espalda en su sorpresa por el repentino movimiento y ruido, pero decidió poner su confianza en el entrenamiento y los instintos del comando y se concentró en matar el mayor número posible de combatientes Haqqani.

Con su pistola, botó a los dos hombres con linternas, alcanzando a uno en el muslo y al otro en el centro del pecho. Otros hombres en el camino se lanzaron al suelo para cubrirse, dándole a Driscoll un segundo para voltearse hacia su colega del SSG.

—¡Ve hacia esos árboles, diez yardas a la vez! —gritó y el joven soldado miró por encima del hombro, vio el bosquecillo a mitad de camino colina abajo y luego dio media vuelta y corrió diez yardas. Mientras hacía esto, Sam disparó algunos tiros hacia arriba de la colina, y luego, cuando el hombre del SSG hubo establecido fuego de supresión, Driscoll se puso de pie y comenzó a correr hacia los árboles abajo.

Se movían dando grandes saltos, avanzando diez yardas y luego proporcionando fuego de apoyo para el otro, mientras se apresuraban para llegar a la relativa protección de los árboles más abajo de ellos. Más de una vez Sam o el sargento del SSG cayeron durante el descenso, retardando el proceso y dándoles a los hombres que estaban más arriba un blanco casi estacionario al que dispararle.

Habían logrado llegar a una distancia de veinte yardas de los árboles cuando la corredera de la Glock de Driscoll se abrió después de disparar el último cartucho. El comando

Zarrar estaba pasando a saltos junto a él en ese preciso instante. Sam sacó su último cargador completo de su cinturón y lo metió en la empuñadura de la pistola y luego cerró la corredera, cargando una bala.

Junto a él oyó al soldado soltar un fuerte gruñido, luego el hombre cayó hacia delante y al suelo. El estadounidense disparó siete tiros hacia la carretera arriba, luego giró y corrió a ayudar a su compañero herido. Se dejó caer al suelo junto al cuerpo quieto del comando y se encontró con la parte posterior de la cabeza del soldado completamente destrozada por una bala de un AK bien colocada.

El hombre había muerto al instante.

—¡Mierda! —gritó Sam con frustración y angustia, pero no podía quedarse aquí. Las chispas lanzadas al aire por el impacto de las balas encamisadas en las rocas a su alrededor lo animaron a moverse. Driscoll agarró el rifle del hombre muerto y luego se arrastró, rodó y se deslizó el resto del camino hasta los árboles.

Los combatientes de la red Haqqani no perdieron tiempo y apuntaron hacia el bosque donde Driscoll había buscado refugio. Las balas de los Kalashnikov rompieron los troncos y las ramas de las moreras y los abetos y desataron una lluvia de hojas y agujas como una fuerte nevada de montaña. Esto obligó a Sam a tenderse sobre su vientre y arrastrarse lo más rápido posible hasta el otro lado del bosquecillo. Tenía sólo treinta yardas de ancho y treinta yardas de profundidad, así que sabía que no podría ocultarse aquí por mucho tiempo.

Sam encontró un lugar para protegerse detrás del tronco

de un grueso árbol y se tomó un momento para revisar las lesiones en su cuerpo. Estaba empapado en sangre; sin duda había cogido metralla de las rocas que se habían levantado en la ladera y debía tener cortes de la cabeza a los pies al caer de la camioneta y arrastrarse hasta su actual refugio.

También revisó su equipo o lo que quedaba de él.

El rifle que había confiscado del soldado muerto era un M16 más antiguo. Una buena arma con un cañón largo, ideal para derribar blancos a distancia, aunque hubiera preferido su M4 que había perdido en la colina. Los tres cargadores restantes para su M4 que tenía en su chaleco táctico funcionarían en el M16 y estaba agradecido por eso. Recargó su rifle nuevo con un viejo cargador y luego se trasladó a otra posición, justo en el extremo sur de la arboleda.

Aquí analizó sus opciones. Podía rendirse, podía correr o podía luchar.

No consideró rendirse ni por un momento, lo que le dejó dos opciones, correr o luchar.

Driscoll era un hombre valiente, pero era pragmático. No tenía ningún problema en salir corriendo si esa era su mejor opción de supervivencia. Se asomó fuera de los árboles para ver si había alguna vía de escape posible.

Una granada, posiblemente disparada desde un lanzacohetes, explotó a unas treinta yardas detrás de él.

Mierda.

Entonces miró hacia el valle; un rayo de luz de luna brillaba a través de una apertura en las nubes, proyectando un débil resplandor en el lecho de piedra caliza del río seco que corría hacia el este y el oeste. El campo de roca tenía cincuenta yardas de ancho en el fondo del valle, cualquiera que saliera del bosque donde había buscado refugio se vería expuesto a las armas de fuego por encima de él en el camino durante varios minutos antes de poder cubrirse otra vez.

No había manera de que Sam escapara hacia la noche. No podía correr a la orilla del río y tratar de huir. Sería un suicidio.

Driscoll decidió ahí mismo que no iba a morir con una bala en la espalda. Estos árboles serían su Álamo[33]. Se enfrentaría a su enemigo y lucharía contra él, haría pagar al mayor numero de ellos antes de que la superioridad numérica lo acabara. Lentamente, y con cierta renuencia, levantó su M16, se puso de pie y se dirigió hacia arriba a través de los bosques.

No había caminado diez yardas cuando el ruidoso fuego de los AK lanzó más hojas sobre él. Cayó de rodillas y disparó a ciegas a través del bosque, vaciando medio cargador para eliminar un par de cabezas y luego volvió a ponerse de pie y corrió hacia arriba, arremetiendo contra el enemigo.

Un grupo de seis hombres Haqqani había llegado a mitad de camino ladera abajo desde la carretera. Habían sido enviados por sus líderes para buscar al soldado que sin duda se escondía debajo de una roca en los árboles. Sam sabía que los había sorprendido saliendo de los árboles frente a ellos, con su rifle al hombro arrojando llamas y humo. Mientras devol-

---

33 Referencia a la batalla de El Álamo durante la Revolución de Texas (N. del T.).

vían el fuego, junto con el fuego de los hombres en el camino más arriba, Driscoll se dejó caer sobre su agitado pecho, fijó la mira en los destellos de sus Kalashnikov y disparó ráfagas de tres tiros hasta que su cargador estuvo vacío. Sabía que había eliminado a al menos dos de los hombres y quedaban cuatro, por lo que rodó sobre su cadera, sacó un cargador de su arnés de pecho y empezó a recargar su arma.

Justo en ese momento vio un destello de luz más grande al borde de la carretera. Al instante reconoció el ancho relámpago de una granada propulsada a cohete tomar vuelo y al siguiente instante se dio cuenta de que el misil iba a caer justo donde estaba.

Sin tiempo para pensar, se paró rápidamente, dio media vuelta y saltó hacia los árboles.

La granada cayó al suelo justo detrás de él, explotó en fuego y luz, y lanzó al agente estadounidense Sam Driscoll dando vueltas por los aires, llenando su cuerpo de metralla caliente y tirándolo a los bosques como una muñeca de trapo.

Allí quedó tirado boca abajo e inmóvil mientras que los Haqqani descendían hasta su posición.

38

El presidente Ed Kealty había pasado prácticamente las últimas dos semanas completas en campaña electoral. Había cinco estados indecisos que Benton Thayer consideraba que podían ir en cualquier dirección, por lo que Kealty los recorrió en el Air Force One haciendo propaganda electoral. Esta mañana había ido a una iglesia en Grand Rapids, Michigan, y luego a una planta de turbinas eólicas, donde almorzó e hizo una visita rápida. Después había ido a Youngstown, Ohio, para un mitin político antes de volar hacia el este para una cena de gala en Richmond, Virginia.

Eran pasadas las diez y media de la noche cuando Kealty bajó de Marine One en el jardín trasero de la Casa Blanca. Durante el corto vuelo en helicóptero desde la Base Aérea Andrews su jefe de gabinete, Wesley McMullen, le había informado que Benton Thayer necesitaba reunirse con él en la Oficina Oval. Thayer también había pedido que Mike Brannigan estuviera allí. Era extraño que el director de campaña solicitara que el Fiscal General estuviera presente en una reunión, pero Wes los tenía a todos reunidos y esperando al Presidente.

Kealty fue directamente a la oficina sin pasar antes por la residencia. Todavía llevaba el esmoquin, no habiéndose cambiado durante el vuelo de veinte minutos desde Richmond.

—¿Podemos hacer esto rápido, muchachos? Ha sido un día largo.

Thayer se sentó en uno de los dos sofás, Wes McMullen se sentó junto a él y Brannigan frente a ellos, junto a Kealty.

El director de campaña fue directo al grano.

—Señor Presidente. Algo llegó a mis manos hoy. Una unidad de memoria. La dejaron en mi auto en el club, no tengo idea quién la dejó o por qué me eligió.

—¿Qué contiene?

—Se trata de un dossier sobre un ex SEAL de la Marina y ex oficial de operaciones paramilitares de la CIA llamado John Clark. Es receptor de la Medalla de Honor.

—Ya estoy aburrido, Benton.

—No lo estará por mucho tiempo Sr. Presidente. El Sr. Clark es amigo íntimo de Jack Ryan; trabajaron juntos en algunas operaciones. Algunas operaciones de tipo clandestino.

Kealty se inclinó hacia delante.

—Continúa.

—Alguien ha dejado caer una unidad de memoria en

nuestras manos que contiene pruebas de cierta conducta criminal de este Sr. Clark. Asesinatos de la CIA.

Kealty asintió.

—¿Asesinatos?

—Así como escuchas telefónicas, violación de domicilio, etcétera, etcétera.

—¿Este archivo viene de alguien de la CIA?

—No lo parece. La unidad de memoria tiene información de fuentes de la CIA, eso es seguro. Debe haber una filtración ahí. Sin embargo, la información pareciera venir posiblemente de China, o Rusia, o incluso un gobierno amigo que no quiere a Ryan de vuelta en la presidencia.

Kealty asintió de nuevo. Miró a Brannigan. El Fiscal General oía hablar de esto por primera vez. Tenía una expresión en su rostro como si supiera que tenía una larga noche por delante para comprobar todo lo que estaba escuchando.

Thayer continuó:

—Pero todas estas cosas que Clark, el amigo de Ryan, hizo, cada asesinato, cada violación de domicilio, todas las escuchas telefónicas ilegales, todo es inadmisible en los tribunales.

—¿Y eso por qué?

—Porque hace varios años, el presidente Ryan le dio el indulto total por todos y cada uno de los actos que realizó mientras trabajaba para la CIA.

Kealty sonrió mientras se levantaba lentamente.

—No fue capaz...

—Sí, fue capaz. Algunos en el Departamento de Justicia lo saben, pero no muchos.

Kealty se dirigió a Mike Brannigan.

—Mike. Dime que no lo sabías.

—No tenía idea, señor. Debe de haber sido de acceso restringido. Quien nos haya dado esta información, si es que es cierta, debe haberla conseguido de manera ilegal a través de...

—¿Puede hacerlo? —preguntó Kealty—. ¿Fue legal, simplemente agitar una varita mágica sobre un agente de operaciones negras de la CIA y decir, «aquí no ha pasado nada»?

Brannigan entonces habló con cierta autoridad.

—Un indulto presidencial puede borrar casi cualquier delito federal. Los cargos civiles, estatales y locales no se ven afectados, aunque supongo que con un agente de la CIA, eso no sería un problema.

El pecho de Kealty palpitaba de entusiasmo, pero luego se calmó.

—Está bien. Entonces... si Ryan le dio el indulto a este idiota, seguro podríamos filtrarlo, si lo hacemos con cuidado. Eso será vergonzoso para Ryan, pero no seremos capaces de llegar a Clark. Y sin Clark en mano, con cargos, no va a ser otra cosa que noticia de un día. Ya saben cómo es Ryan. Va a envolverse en la bandera y saludar a las cámaras y decir: «Hice lo que tenía que hacer para mantener a sus hijos a salvo», o alguna mierda por el estilo.

Thayer negó con la cabeza.

—Ryan le perdonó sus acciones con la CIA. Pero hay un asesinato en el archivo que, al parecer, no ocurrió como parte de sus funciones en la CIA.

Thayer miró hacia abajo a las páginas en su regazo.

—Él supuestamente mató a un hombre de Alemania Oriental llamado Schuman en 1981, en Berlín. El archivo que tengo no tiene una palabra de ello. Revisé otras vías también. En lo que a la CIA respecta, incluso internamente, esto nunca sucedió.

Kealty conectó los puntos.

—Entonces, si está libre de culpa por los asesinatos que llevó a cabo mientras trabajaba para la CIA y este asesinato no fue un trabajo de la CIA...

—Entonces, el indulto total es irrelevante —dijo Thayer.

Kealty miró a Brannigan.

—¿Es eso suficiente para detenerlo?

Mike Brannigan parecía aturdido.

—Señor Presidente. Me acabo de enterar de esto. Realmente necesito reunirme con mi equipo, algunas personas clave del FBI y revisar cualquier información que usted tiene sobre Clark. Le puedo decir que el Departamento de Justicia necesitará confirmar que esta información sería admisible en la corte antes de ir más lejos. Quiero decir, ¿quién demonios es esta fuente?

Kealty miró al Fiscal General.

—Si puedes corroborar la información en el expediente de Benton a través de la CIA u otras fuentes, entonces ya no será necesario el expediente de Benton. La fuente será de poca importancia. Es sólo un empujón en la dirección correcta.

—Señor Presidente, yo...

—Y Mike, *sé* que harás lo correcto.

Wes McMullen, el jefe del gabinete, había permanecido en silencio a lo largo de la conversación, pero ahora intervino.

—¿No hay una ley que dice que no podemos exponer a un agente de la CIA?

Hubo encogimiento de hombros alrededor de la habitación y luego todas las cabezas se volvieron hacia Brannigan de nuevo.

—Creo que eso es para empleados activos. Si confirmamos, y me refiero a *confirmar* en un cien por ciento, que este hombre está fuera de los servicios de inteligencia, entonces todo vale.

Kealty pareció aliviado por esto, pero McMullen todavía tenía sus reservas.

—Me preocupa que esto vaya a parecer una especie de acción desesperada. Como si estuviéramos excavando un asesinato que sucedió hace treinta años, para tratar de conectarlo tangencialmente con Jack Ryan a sólo unos días de las elecciones. Quiero decir, ¿en serio?

—No es un acto desesperado —dijo Kealty—. La información cayó en nuestras manos. Voy a insistir en este punto y voy a hacer la pregunta: si esto nos fue entregado y no hicimos nada, ¿cómo se vería eso? Llegamos a este gobierno con la promesa de corregir los errores cometidos durante los años de Ryan y, muchachos, yo sigo siendo el presidente de los Estados Unidos.

Wes McMullen intentó otro enfoque para tratar de contener lo que se estaba desarrollando.

—Clark tiene una Medalla de Honor del Congreso. Ellos no las entregan así como así dentro de una caja de palomitas, señor.

—¿Y? ¡Qué mierda importa! ¡Podemos decir que, si bien honramos su servicio militar, no podemos tolerar actos de asesinato, bla, bla, bla! ¡Voy a mencionar que yo soy el maldito comandante en jefe, por Dios! ¡Deja de contrariarme en esto, Wes! Voy a seguir adelante. Mike, necesito cobertura para hacerlo.

Brannigan asintió de manera insegura.

—Si podemos conseguir alguna corroboración de la CIA, cualquier cosa, en serio, entonces podré al menos traer al hombre para interrogarlo.

Kealty asintió con la cabeza.

—Voy a hablar con Kilborn en la CIA y le diré que los investigadores del Departamento de Justicia quieren hablar con todos los que trabajaron con este John Clark.

Thayer dijo:

—Si logramos culpar a Clark de esto, eso afectará a Ryan, ya que promueve la narrativa de que actúa por encima de la ley.

Kealty ahora estaba de pie y caminando alrededor de su escritorio.

—Qué diablos, ¡Claro que esto afectará a Ryan! Esto tiene que salir a la luz en las próximas veinticuatro horas para poder usarlo en mi última vuelta por el «cinturón industrial». Le puedo preguntar a la gente si un Presidente Ryan simplemente mataría al presidente de México la próxima vez que no se salga con la suya en una cuestión comercial. Habla de su pasado, habla de su presente ya que supuestamente él es tan fuerte en asuntos externos, pero ¿es realmente fuerte en asuntos externos si tiene que mandar a su escuadrón de matones a matar a otros y luego cubrirlo con un indulto secreto?

Kealty estaba casi sin aliento, pero pensó en otra cosa y giró en sus zapatos de charol hacia los tres hombres en los sofás.

—Y habla del futuro de este país si permitimos que un hombre que trabaja y se divierte con un asesino sediento de sangre como este tal John Clark llegue a la Oficina Oval.

Kealty miró a su jefe de gabinete.

—Wes, voy a necesitar esa frase. Escríbela y guárdala.

—Por supuesto.

—Muy bien, señores. ¿Algo más?

—Clark tiene un socio —dijo Thayer—. Es mencionado varias veces en el expediente. Es cercano a Ryan también.

—¿*Este* hombre tiene un indulto total?

—No lo sé.

—Ok, averigüemos sobre él también.

Vio una mirada de reticencia en los ojos de Thayer.

—¿No? ¿Por qué no?

—El nombre del tipo es Domingo Chávez. Es mexicano-americano.

—Mierda —dijo Kealty, pensándolo bien—. Ahí se nos van Arizona y Nuevo México. No afectará a Texas. No tenía ninguna posibilidad allí.

Soltó un grito ahogado.

—¿California?

Thayer negó con la cabeza.

—Usted podría bombardear Ciudad de México con B-52 y no perdería California contra el maldito Jack Ryan. Sin embargo... perdería muchos votos hispanos, en todo el país, si el FBI va tras un tipo llamado Chávez.

—Está bien —Kealty hizo sus cálculos políticos en la cabeza—. Descarta el ángulo mexicano en la historia de Ryan. Vamos a ir tras de Clark y sólo Clark.

Todos estuvieron de acuerdo.

—Está bien. Mike, contacta a Kilborn para tener acceso al personal de la CIA, pero Wes, quiero que traigas al Subdirector Alden aquí a primera hora mañana. Quiero ver si él sabe algo sobre John Clark. Alden es un lameculos. Jugará a la pelota conmigo de una manera que Kilborn no lo haría.

39

A Melanie Kraft no le importaba trabajar hasta tarde en el centro de operaciones del Centro Nacional Antiterrorista. Su trabajo la consumía, especialmente después de que su jefa, Mary Pat Foley, le había entregado un proyecto la semana anterior.

Mary Pat le había encargado que averiguara todo lo que pudiera acerca de un general de brigada en la ISI de Pakistán llamado Rehan Riaz. Un curioso dato que había llegado a la CIA de una dirección de correo electrónico en el extranjero que había sido utilizada sólo una vez implicaba al general como ex agente tanto en Lashkar-e-Taiba y Jaish-e-Mohammed. Eso era interesante, pero el NCTC necesitaba saber lo que Rehan estaba haciendo ahora.

Melanie había trabajado el asunto desde varios ángulos diferentes y los había descartado varias veces al día durante la semana pasada. Pero había estado trabajando la cuestión de Rehan durante todo el día y sentía que tenía que mostrar algún resultado.

Era más de medianoche cuando sintió que tenía material suficiente para ir donde la asistente de dirección y sabía que Mary Pat todavía estaba en su oficina. Dio unos golpecitos en la puerta de la oficina, suavemente y un poco reticente.

—Adelante.

Melanie entró y los ojos cansados de Mary Pat se abrieron.

—Dios mío, niña, si tú te ves así de cansada a tu edad, yo debo parecer un muerto viviente.

—Siento molestarte. Sé que no debo lanzar teorías al aire con el jefe, pero mi cerebro está frito y no hay nadie más con quien compartir ideas sobre este asunto.

—Me alegro de que hayas venido ¿Quieres ir a tomar un café?

Un minuto más tarde estaban en la cafetería, revolviendo el café caliente con un palito.

—Lo que sea que tienes debe ser más estimulante que en lo que estoy trabajando —dijo Mary Pat—. El Departamento de Seguridad Nacional me está pidiendo que lo ayude con un informe para el Congreso. Prefiero hacer algo más sustancial, pero ustedes chicos son los que hacen todas las cosas divertidas.

—Estoy trabajando en Rehan y su departamento en la ISI.

—Misceláneos de Inteligencia Conjunta, ¿no? —preguntó Mary Pat.

—Sí. Un nombre engañoso para la división que maneja a todos los espías extranjeros de Pakistán y sirve de enlace con todos los terroristas alrededor del mundo.

—Un montón de gente solapada trabaja en el gobierno en todo el mundo —dijo Foley—. No es de sorprenderse que oculten algo nefasto detrás de un discurso burocrático.

Melanie asintió.

—De lo que pude saber de la organización de Rehan, el ritmo de las operaciones de su departamento se ha ido al cielo en el mes pasado.

—Sorpréndeme con lo que has descubierto.

—El propio general es un misterio tal, y decidí investigar más a fondo su organización, con la esperanza de quizás encontrar algo que nos ayude a comprender lo que están haciendo.

—¿Qué encontraste?

—Un paquistaní de treinta años de edad fue detenido hace dos meses en Nueva York; se metió en una pelea comprando un reloj de imitación en el Barrio Chino. La policía de Nueva York encontró en su poder doce mil dólares, trece tarjetas Visa prepagadas por un total de treinta y siete mil dólares y una tarjeta de débito para una cuenta corriente en

Dubai. Al parecer, este hombre sacaba dinero en efectivo con su tarjeta de débito y luego iba a bodegas y farmacias y usaba el dinero para comprar las tarjetas prepagadas. Un par aquí, un par allá, para no llamar la atención.

—Interesante —dijo Mary Pat mientras bebía su café con leche.

—Fue deportado de inmediato, sin mucha investigación, pero he estado averiguando sobre el tipo y creo que es de JIM.

—¿Por qué?

—Uno, porque encaja en el molde. Fuertes lazos familiares islámicos con las ATAF, sirvió en una unidad de tradición islamista en la FDP y luego dejó esa unidad, entrando en el servicio de reserva. Es común para los empleados de la ISI.

—¿Dos? —preguntó Mary Pat, no exactamente convencida del carácter circunstancial de la inferencia de Melanie.

—Dos, la cuenta en Dubai. Está registrada a una compañía fantasma en Abu Dabi que hemos ligado con contribuciones a islamistas en el pasado.

—¿Un fondo para usos ilícitos?

—Exacto. La compañía fantasma tiene algunas transacciones en Islamabad y el propio banco ha sido utilizado por diferentes grupos. Los hombres de Lashkar en Delhi, hombres de Haqqani en Kabul, hombres de Jamaat-ul-Mujahideen en Chittagong.

—¿Hay algo más?

—Esperaba que tú me lo dijeras —Melanie dudó y luego dijo—: Hemos determinado que Riaz Rehan era el hombre conocido como Khalid Mir. Mir es un agente de Lashkar-e-Taiba.

—Correcto.

—Bueno, se ha sabido que hombres de Lashkar que trabajaban en misiones en la India vinculadas a Khalid Mir han usado tarjetas prepagadas Visa compradas con dinero en efectivo en Nueva York.

Mary Pat asintió con la cabeza.

—Creo que recuerdo haber leído sobre eso en el pasado.

—Y Riaz Rehan también era conocido como Abu Kashmiri, un conocido agente de alto rango de Jaish-e-Mohammed.

—¿Sí?

—Bueno, se descubrió que una célula de tres hombres Jaish-e-Mohammed que fue eliminada después de una emboscada en Kabul había usado tarjetas prepagadas Visa compradas en Nueva York.

Mary Pat negó con la cabeza.

—Melanie, muchas organizaciones terroristas han estado utilizando estas tarjetas prepagadas en los últimos años. Es la forma más fácil de mover dinero sin dejar un rastro financiero. Y hemos agarrado a otros sombríos personajes del Medio Oriente en Nueva York con un montón de dinero en efectivo camino a comprar tarjetas prepagadas, presumiblemente para pasárselas a otros para crear un flujo de fondos operativos imposible de rastrear.

—Ese es exactamente mi punto. Las otras personas que han sido detenidas y deportadas, ¿qué tal si también estaban trabajando para Rehan?

—Los que fuimos capaces de detener no tenían ninguna asociación conocida con JIM.

—Tampoco Khalid Mir o Abu Kashmiri. Solo estoy diciendo, si Rehan utiliza este modus operandi, entonces el mismo método de operación podría significar que el mismo hombre está detrás de él. Estoy empezando a pensar que Rehan tiene más identidades que las que conocemos.

Mary Pat Foley miró a Melanie Kraft durante un buen rato antes de hablar, como si estuviera tratando de decidir si debería hacerlo. Finalmente dijo:

—Durante los últimos quince años ha habido rumores. Tan sólo pequeños susurros aquí y allá de que había un agente desconocido, un profesional independiente, que estaba detrás de todos los ataques de bajo nivel.

Melanie le preguntó:

—¿Qué quiere decir con *todos*?

—Muchos. Una cantidad increíble. Algunos de nuestros forenses en Langley señalaron pequeños pedazos de técnicas de inteligencia que se utilizaron en todas las operaciones. Todo el mundo comenzó a utilizar cuentas en Dubai en la misma época. Todo el mundo comenzó a utilizar la esteganografía en la misma época. Todo el mundo comenzó a utilizar tarjetas telefónicas de prepago en la misma época. Los teléfonos de Internet también.

Melanie siguió mirando con incredulidad.

—Jugando al abogado del diablo, no es raro en absoluto encontrar técnicas de inteligencia similar en las operaciones de grupos que no están conectados. Aprenden de sus respectivas operaciones, se pasan los manuales de campo en todo Pakistán, tienen asesoramiento de la ISI. Además, cuando evolucionan de forma individual, es a un ritmo similar, utilizando la tecnología que puedan conseguir. Simplemente es lógico que, por ejemplo, todos los grupos empezaran a usar tarjetas telefónicas de larga distancia más o menos al mismo tiempo en que se hicieron populares, o unidades de memoria cuando fueron lo suficientemente baratas. No me compro esta historia de fantasmas.

—Está bien que seas escéptica. Era una teoría interesante que explicaba las cosas de la manera fácil, sin más trabajo que decir, «Fórrest Gump probablemente lo hizo».

Melanie se echó a reír.

—¿Su pseudónimo era Forrest Gump?

—No oficial, nunca tuvo una denominación oficial. Pero era un personaje que aparecía en todos lados donde sucedía algo. El nombre parecía encajar. Y recuerda que algunos de estos grupos de los que estoy hablando no tenían nada que ver entre sí. Pero algunos en la Agencia estaban convencidos de que había un hilo conductor en todos ellos. Un coordinador de operaciones. Como si todos estuvieran manejados, o aconsejados, al menos, por la misma persona.

—¿Estas diciendo que Riaz Rehan podría ser Forrest Gump?

Mary Pat se encogió de hombros y tomó el resto de su café.

—Hace unos meses atrás era sólo un general de bajo rango manejando una oficina en la ISI. Desde entonces hemos descubierto mucho acerca de él y todo es malo. Sigue investigando.

—Sí, señora —dijo Melanie y se puso de pie para volver a su escritorio.

—Pero no esta noche. ¡Fuera de aquí! Vete a tu casa y duerme un poco. O mejor aún, llama a Junior. Pídele que te lleve a cenar.

Melanie sonrió y miró hacia el suelo.

—Llamó hoy. Nos vamos a ver mañana.

Mary Pat Foley sonrió.

40

John Clark era un novato en la pesca de truchas y reconoció que tenía mucho que aprender al respecto. En un par de ocasiones había logrado pescar unas pocas truchas arcoíris y marrón en el arroyo de su vecino, aunque los arroyos y riachuelos en su propia granja hasta ahora no le habían dado más que frustración. Su vecino le había dicho que había buenas truchas para pescar en la propiedad de Clark, pero otro habitante de la zona lo había contradicho al explicar que a lo que se le llamaba trucha en los riachuelos pequeños como los de la granja de Clark eran en realidad mojarritas de arroyo, un miembro de la familia de los ciprínidos que crecía hasta un pie de largo y podía luchar lo suficiente cuando lo pescaban como para engañar a los pescadores aficionados haciéndoles creer que estaban luchando contra una trucha.

John se dijo que conseguiría un libro sobre pesca y lo leería cuando tuviera tiempo, pero esta tarde se quedó ahí, solo, con sus pantalones de vadeo metido en el arroyo de su vecino, lanzando su línea de ida y vuelta, tirando la mosca en un pozo de agua de lento movimiento, y luego repitiendo el proceso una y otra y otra vez.

Se parecía mucho a la pesca con mosca, excepto por el hecho de que no había pescado ni una maldita cosa.

John dio por terminada la tarde y guardó su línea una hora antes del anochecer. A pesar de que no había logrado engañar a ningún pez para que mordieran su mosca, había sido un buen día. Su herida de bala casi había sanado, había conseguido un par de horas de aire fresco y soledad y, antes de su tarde de relajo, le había echado una primera capa de pintura al dormitorio principal de la casa. Una capa más el próximo fin de semana y entonces traería a Sandy para que le diera el visto bueno para comenzar a pintar la sala de estar.

Además de eso, no había recibido ningún disparo ni se había visto en la necesidad de matar a nadie ni de correr por su vida.

Sí, un buen día.

John empacó su equipo de pesca, levantó la mirada hacia un cielo gris y se preguntó si así se sentía estar jubilado.

Levantó la caja de aparejos y su caña de pescar, y sacudió el pensamiento de su cabeza así como sacudió la brisa fría que venía rodando desde las Montañas Catoctin hacia el oeste. Era una buena media hora de camino a través de los bosques para regresar a su casa de campo. Comenzó la caminata hacia el este escalando por las piedras de la quebrada hacia arriba hasta un sendero cubierto de vegetación.

La granja de John estaba en el condado de Frederick, al oeste de Emmitsburg y a una milla del límite del estado de Pensilvania. Sandy y él habían estado buscando una propiedad rural desde que habían regresado del Reino Unido. Cuando un compañero de la Armada que se había retirado y se había venido a vivir con su esposa a una pequeña granja lechera por aquí para hacer queso le contó a John acerca de un cartel de SE VENDE frente a una simple casa de campo de cincuenta acres, John y Sandy vinieron a echarle un vistazo.

El precio era justo ya que la casa necesitaba un poco de trabajo y a Sandy le encantó la vieja casa y el campo, por lo que habían firmado los contratos la primavera pasada.

Desde entonces John había estado demasiado ocupado en el Campus y no había podido venir más que en uno que otro día libre, cosa muy poco usual, para trabajar en la casa y hacer un poco de mantenimiento y pesca. Sandy venía con él de vez en cuando, juntos habían visitado Gettysburg a pocos kilómetros por la carretera y tenían la esperanza de poder hacer un viaje de fin de semana a la comunidad Amish en el cercano condado de Lancaster pronto.

Y cuando se jubilaran, tenían previsto trasladarse aquí a tiempo completo.

O cuando Sandy se jubilara, Clark se recordó a sí mismo mientras se abría camino por un denso bosquecillo de arbustos de hojas perenne que cubría la colina que llevaba lejos del pequeño arroyo.

John había comprado la propiedad para sus años dorados, pero no se hacía ilusiones de ser uno de los que desaparecen con el ocaso; de vivir lo suficiente como para retirarse y hacer queso hasta que su cuerpo se arruinara poco a poco con la edad.

No. John Clark entendía que para él todo acabaría mucho más repentinamente que eso.

La bala en su brazo marcaba la quincuagésima vez en que casi perdía la vida. Seis pulgadas dentro de su trayectoria de vuelo y esa bala de 9 milímetros habría entrado directamente en un pulmón y se habría asfixiado hasta morir ahogado en su propia sangre antes de que Ding y Dom pudieran haberlo llevado hasta el primer nivel. Otras cuatro pulgadas a la izquierda y le habría atravesado el corazón y ni siquiera hubiera logrado salir de la buhardilla. Un par de pies más arriba y la bala se habría clavado en la parte posterior de su cabeza y hubiera caído muerto como Abdul bin Mohammed al Qahtani había caído en el ascensor del Hôtel de Sers.

John estaba seguro de que, tarde o temprano —y John se estaba quedando sin «tarde»— moriría en una misión.

Cuando era joven, muy joven, había sido un SEAL de la Marina en Vietnam y trabajado en MACV-SOG[34], el Co-

---

34 Por sus siglas en inglés (Military Assistance Command, Vietnam- Studies and Observations Group).

mando de Asistencia Militar en Vietnam—Grupo de Estudios y Observaciones. Clark, junto con otros en el SOG había
vivido a un pelo de la muerte durante años. Había tenido
muchos encuentros cercanos con ella. Balas que habían pasado zumbando junto a su cara, explosiones que habían llenado de metralla letal a hombres que estaban a sólo unos
pies de distancia, helicópteros que se levantaron quinientos
pies en el aire antes de decidir que no tenían ganas de volar
más ese día. En aquel entonces estos roces con la muerte
simplemente lo llenaban de adrenalina. Lo hacían sentir tan
increíblemente extático de estar vivo que, como muchos otros
de su edad y en su profesión, comenzó a vivir de la droga
llamada peligro.

John pasó por debajo de la rama de un joven álamo mientras caminaba, cuidadoso de evitar que su caña de pescar se
enganchara. Sonrió un poco, pensando en cuando tenía veintidós años. Hacía tanto tiempo de eso.

La bala que casi lo mató en el tejado de París no lo llenó
exactamente con la misma emoción vertiginosa que había sentido cuando era un joven SEAL en Vietnam. Tampoco lo llenó
de pavor y miedo. No, John no se estaba poniendo blando con
la vejez. Más bien fatalista. La bala en Francia y la casa de
campo en Maryland tenían mucho en común.

Ambos le decían a John que, de una manera u otra, había
un final para este loco viaje.

John trepó la cerca de madera en la esquina suroeste de
su propiedad. Una vez en sus propios terrenos, caminó a tra-

vés de un pequeño bosque de pino taeda donde la ladera de una colina conducía a un pequeño valle donde un arroyo poco profundo corría de norte a sur cerca de la cerca.

Miró su reloj y vio que eran las cuatro y cuarto. No tenía cobertura de teléfono celular por aquí, así que las tres horas que había estado en su improvisado paseo de pesca había estado «desconectado». Se preguntó cuántos mensajes tendría en el teléfono fijo de la casa y pensó de nuevo en su pasado, recordando con cariño el tiempo antes de que existieran los teléfonos móviles, cuando no se sentía culpable por un maldito paseo por el bosque.

Estar aquí solo en medio de la naturaleza de Maryland le hizo pensar en cuando estaba solo en la selva en el sudeste asiático. Sí, había sido hace mucho tiempo, pero no tanto para alguien que hubiera estado ahí, y Clark sí que había estado ahí. Las plantas eran diferentes en la selva, obviamente, pero la sensación era la misma. Siempre le había gustado estar en medio de la naturaleza; sin duda se había alejado de eso en los últimos años. Tal vez cuando el OPTEMPO en el Campus se redujera a un nivel razonable, podría pasar un poco más de tiempo aquí en los bosques.

Le gustaría llevar a su nieto de pesca algún día —a los niños todavía les gustaban ese tipo de cosas, ¿no?

Se metió en su arroyo, siguió avanzando a través del agua que le llegaba hasta las rodillas y agradeció haber usado sus pantalones de vadeo esa tarde. El agua estaba gélida, alimentada por un manantial, y más profunda de lo habitual. La corriente no era tan veloz como solía serlo, por eso cruzó por aquí en vez de un centenar de yardas aguas arriba, donde grandes piedras planas se asomaban apenas una pulgada o menos fuera del agua a lo ancho del arroyo formando un puente natural, aunque resbaladizo. Pero hoy Clark no tuvo problemas para cruzar por el centro del arroyo e incluso cuando atravesó a través de una zona más profunda creada por una depresión de piedra caliza, encontró que el agua no le llegaba más arriba de la cintura.

John se movió a través de la parte más profunda del arroyo, se acercó a una cama de algas que brotaba de la piedra caliza y luego se detuvo.

Notó algo que brillaba en el agua, reflejando los rayos del sol como si fuera acero.

¿Qué es eso?

Ahí, alrededor de una mata de pasto que sobresalía del agua que le llegaba hasta las rodillas, había una película de color rosa brillante. A medida que el agua fluía arroyo abajo, la película de color rosa se arrastraba en la dirección de la corriente, con algunos glóbulos individuales que se separaban del resto de la forma y seguían flotando.

A diferencia de muchos veteranos de Vietnam, Clark no tenía recuerdos recurrentes per se. Había hecho tanto en los cuarenta años transcurridos desde Vietnam que sus años en el país no eran más traumáticos que muchas de sus experiencias posteriores. Pero ahora, mientras miraba esta sustancia viscosa que se aferraba al pasto, pensó en Laos en 1970. Allí, con un equipo de guerrilleros Montagnard, había estado cruzando un arroyo no mucho más profundo que este, bajo una primitiva selva tropical. Había notado una película negra flotando aguas abajo por donde estaban cruzando y después de que él y los demás la hubieran inspeccionado, habían determinado que era aceite de motor de dos tiempos. A continuación habían girado contra la corriente y se habían encontrado con una rama de la Ruta Ho Chi Minh que los llevó detrás de un grupo del Ejército de Vietnam del Norte que había perdido una motocicleta en la fuerte corriente al intentar cruzar el arroyo. La habían sacado, pero no antes de que su gasolina se filtrara en el agua, revelando su ubicación.

Clark y su equipo de guerrilleros Montagnard habían aniquilado al enemigo por la espalda.

Mirando el aceite en el arroyo frente a él, no pudo evitar pensar en Laos. Extendió la mano y metió los dedos en la delgada película rosa y luego se los llevó a la nariz.

El inconfundible olor a aceite para armas llenó sus fosas nasales. Incluso pensó que podría determinar el fabricante. Sí, era Break-Free CLP, su marca favorita.

Inmediatamente Clark giró la cabeza para mirar corriente arriba.

Cazadores. No podía verlos, pero tenía pocas dudas de que habían pasado por el puente natural a cien yardas al norte en algún momento de la pasada media hora más o menos.

Había venados de cola blanca y pavos en su propiedad, y en este momento de la tarde habría venados en abundancia. Pero no era la temporada de venados y la cerca de Clark estaba muy bien puesta. Quien fuera que estaba en su propiedad estaba infringiendo una cantidad de leyes.

Clark siguió caminando, cruzó el resto del arroyo y luego tomó el sendero que conducía a través de los bosques a los campos abiertos alrededor de su casa. Su paseo por el bosque se parecía aún más al sudeste de Asia ahora que sabía que no estaba solo aquí en la mitad del monte.

Se le ocurrió que tendría que salir del bosque justo en frente a las praderas abiertas para llegar a su casa. Si había cazadores allí, sobre todo del tipo que entraba en propiedad privada sin autorización y cazaba fuera de temporada, entonces, John reconoció, no podía descartar la posibilidad de recibir un disparo por segunda vez este mes.

Y esta vez no sería de una pistola de 9 milímetros. Sería de una escopeta o un rifle para cazar ciervos.

Santo Dios, pensó Clark. Metió la mano en sus pantalones de vadeo, sacó la pistola SIG que mantenía con él en todo momento y la apuntó al sendero de tierra a sus pies para disparar una bala e indicar su presencia.

Pero se detuvo antes de presionar el gatillo.

No. No estaba seguro por qué, pero no quería alertar a nadie de su presencia. No estaba preocupado por que un grupo de cazadores de pavos volcara sus armas intencionalmente sobre él, por supuesto que no. Pero no sabía quiénes eran estos tipos, cuáles eran sus intenciones o la cantidad de Jack Daniel's que habían estado bebiendo en su pequeña incursión de caza vespertina, por lo que en vez decidió seguirlos.

Salió del camino por el que había estado caminando, para poder seguir detrás de donde pensaba que habrían viajado a través del bosque. Le tomó un tiempo encontrar sus huellas. Culpó a la poca luz que había aquí bajo los árboles. Finalmente vio evidencia de dos hombres donde habían cruzado un sendero más pequeño.

Después de un par de docenas de yardas detectó el patrón de su viaje y le resultó extraño. Ya sea que fueran cazadores de pavo o cazadores de ciervos, salirse del sendero aquí no tenía mucho sentido. Su presa estaría en los campos abiertos más cerca de la granja. ¿Por qué se movían en secreto aquí, a cincuenta yardas del borde del bosque?

Perdió su rastro pocas yardas más adelante, cuando el atardecer y el dosel de árboles de hojas perenne por encima de él sólo dejaron entrar débiles rastros de luz.

Clark dejó su caja de aparejos en el suelo, se puso de rodillas y avanzó lentamente hasta el borde del bosque. Tuvo el cuidado de mantenerse agachado y protegido por una pícea de gran tamaño.

Cuando llegó al borde de la pradera, miró por encima de los pastos bajos, esperando ver figuras vestidas de naranja hacia el este.

Pero no había nada.

Echó un vistazo a su casa de campo, un centenar de yardas hacia el norte, pero no vio a nadie allí tampoco.

Pero sí vio un grupo de ciervos de cola blanca, ocho en total, mordisqueando los pastos en el campo entre su posición y la casa de campo. Eran hembras pequeñas y jóvenes cervatos, nada que le interesara a un cazador.

Rápidamente el cerebro de Clark comenzó a computar todos los datos que había absorbido. La cantidad de tiempo que se requería para que el aceite Break-Free flotara a la deriva desde el cruce natural en el arroyo hasta donde lo había encontrado, en su punto de vadeo. La cantidad de tiempo que los ciervos se hubieran mantenido alejados del campo si los cazadores hubieran cruzado aquí.

No pasó mucho tiempo para darse cuenta de que los cazadores estaban aquí, en el bosque con él.

¿Dónde?

John Clark no era cazador, no de animales en todo caso, por lo que recurrió una vez más a su experiencia en Vietnam. Una loma se levantaba en la parte sur de la pradera por delante a su derecha. Ahí es donde se escondería un francotirador, lógicamente, para obtener una cobertura óptima del área. Tal vez un cazador haría lo mismo...

Sí. Allí, a unas cincuenta yardas de distancia de donde estaba Clark, un destello de luz donde se ponía el sol atrás de la montaña se reflejaba en el vidrio.

Entonces vio a los hombres. No eran cazadores, eso lo podía decir desde donde estaba. Llevaban trajes ghillie, camuflaje de pies a cabeza de hilos atados de tela verde y marrón para simular hojas y pastos secos. Los dos hombres parecían un par de pilas de hojas detrás de un rifle parcialmente camuflado y un catalejo.

Y sus lentes apuntaban a la casa de campo.

«¿Qué diablos?», Clark susurró para sí mismo.

Uno de los hombres estaba mojado, Clark podía ver eso claramente. No hacía falta ser un brillante investigador para comprender lo que había sucedido. Estos observadores se habían movido a través del bosque, cruzado el arroyo unas cien yardas al norte de donde cruzó Clark y el hombre con el camuflaje empapado se había resbalado sobre las rocas planas y se había sumergido con su rifle calibre 308. El aceite para armas evitaría que se oxidara, pero ese aceite para armas le había revelado la presencia del equipo a su objetivo.

Pero ¿por qué soy su objetivo?

Clark pensó que podría dar marcha atrás hacia la casa de su vecino. Le tomaría por lo menos media hora, pero ahí podría llamar a las autoridades, conseguir que algunos ayudantes del sheriff del condado de Frederick vinieran aquí a hacerle frente a los dos francotiradores. Pero eso llamaría demasiado la atención hacia el propio John Clark, invitando preguntas sobre por qué un par de hombres con entrenamiento militar y rifles de alto poder estaban en su propiedad.

O podía hacerse cargo de esto él mismo. Sí, era la única manera. Planeó su ruta de vuelta al interior del bosque, luego hacia el sur, detrás de la loma, y luego planeó atacar a los dos hombres desde atrás.

Pero no llegó muy lejos. A la distancia vio grandes vehículos negros, cinco de ellos, subiendo por el camino hacia su casa. Se movían rápido, sin anunciar su presencia con las luces delanteras y Clark simplemente se quedó ahí y los observó con fascinación.

A unas cien yardas de distancia, observó las grandes camionetas SUV estacionarse alrededor de su propiedad, delante y detrás. Sólo entonces estuvieron lo suficientemente cerca para que él pudiera ver que había hombres con chalecos antibalas negros parados en los estribos, sosteniéndose de las barandas en los techos con una mano y aferrándose a rifles de asalto M4 con la otra.

No podía leer la escritura blanca en la parte posterior de sus uniformes y chalecos antibalas, pero reconoció el equipo y las tácticas de los hombres usando ese equipo.

Clark cerró los ojos y apoyó la frente en las hojas frías. Sabía quién estaba rompiendo las puertas delanteras y traseras de su casa de campo.

Este era un equipo SWAT del FBI.

John se quedó allí inmóvil y observó cómo los hombres del FBI destrozaban la puerta trasera con un ariete y luego irrumpían en el interior en una fila táctica.

En cuestión de segundos el jefe del equipo anunció que estaba despejado y los hombres volvieron al exterior.

«Hijo de puta», dijo John en voz baja mientras se retiraba hacia el interior del bosque para ocultarse. Ahí se quitó el equipo de vadeo y lo escondió debajo de un montón de hojas y agujas de pino. No se tomó demasiado tiempo en hacer esto; no había hecho ningún esfuerzo por ocultar sus huellas al caminar hasta aquí a través de los árboles y estaba a punto de dejar huellas en la otra dirección. Cuando el FBI llegara aquí al borde del bosque, encontraría evidencia de que alguien había venido hasta acá durante su redada y luego se había alejado de la zona.

Después de ocultar la ropa de pesca, Clark se dio la

vuelta, se paró y comenzó a correr sendero arriba, buscando crear cierta distancia entre él y los hombres que estaban tras él. Tenía que averiguar de qué se trataba todo esto antes de decidir qué demonios iba a hacer al respecto.

Mientras corría, más que nada deseaba que su teléfono móvil funcionara en ese momento. Tenía la sospecha de haberse perdido una o dos llamadas importantes mientras pescaba.

41

La conferencia de prensa fue convocada a toda prisa para el final de la jornada en el edificio del Departamento de Justicia Robert F. Kennedy en la Avenida Pensilvania, justo al lado del la Explanada Nacional en Washington D.C. No había muchos periodistas cerca del edificio del Departamento de Justicia a esa hora, pero cuando los servicios de noticias supieron que el Fiscal General mismo iba a hacer un anuncio, los periodistas salieron disparados hacia allá desde las inmediaciones del edificio del Capitolio y se reunieron en una sala de conferencias no muy lejos de la oficina del Fiscal General Michael Brannigan.

A las cinco treinta y cinco de la tarde, con más de media hora de atraso, Brannigan y un par de miembros de su personal de más alto rango entraron arrastrando los pies a la habitación. Los periodistas esperaban con creciente interés lo que tenía que decir.

El primer indicio de que algo extraordinario estaba pasando fue que el Fiscal General se paró frente al atril sin hablar por un momento. Miró a sus subordinados un par de veces. Los periodistas siguiendo sus ojos vieron a hombres con teléfonos móviles en la esquina, hablando en voz baja y rápidamente en ellos. Después de varios segundos de esto, de Brannigan mirando a sus hombres, obviamente con la esperanza de obtener algo de ellos, uno de los asistentes del fiscal levantó la vista hacia su jefe y negó con la cabeza.

Brannigan asintió, no mostró su decepción y finalmente se dirigió a los periodistas presentes.

—Gracias por venir. Esta tarde voy a anunciar que ha sido emitida una orden de arresto federal para John A. Clark, estadounidense y ex empleado de la Agencia Central de Inteligencia. El Sr. Clark es buscado para ser interrogado por una serie de casos sin resolver de asesinatos que abarcan varias décadas, así como su implicación en actividades criminales en curso.

Los periodistas anotaron el nombre y se miraron entre sí. La oficina de Brannigan había estado haciendo amenazas de ir tras agentes de la CIA por acciones de campo, pero no había pasado mucho. ¿Era este el comienzo, aquí, al final del primer mandato de Kealty, del pogromo contra la CIA que muchos decían se necesitaba hace tanto tiempo?

Ninguno de ellos sabía nada acerca de Clark o de un caso acerca de un espía de la CIA llamado Clark, por lo que ni siquiera hubo preguntas cuando el Fiscal General hizo una pausa.

Brannigan había sido advertido sobre esto y recibido instrucciones de la Casa Blanca de dar la siguiente información.

—El señor Clark, como ustedes saben, es un viejo amigo, confidente y ex guardaespaldas del presidente Jack Ryan, tanto durante el mandato del Sr. Ryan en la CIA, como después de eso. Entendemos que este es un caso cargado políticamente, pero es un caso que no podemos pasar por alto debido a la gravedad de las acusaciones contra el Sr. Clark.

Ahora, la prensa comenzó a pelearse por la información. Se abrieron sitios web en los teléfonos inteligentes, se gritaron preguntas de aclaración. Una mujer de la cadena NBC preguntó cuándo se daría la próxima actualización sobre el caso, probablemente para poder tener tiempo para averiguar qué diablos estaba pasando.

Brannigan, dijo:

—Espero tener algo para ustedes dentro de unas pocas horas. A partir de este momento, Clark es un prófugo de la justicia, pero nuestro operativo policial debería detenerlo pronto.

Brannigan salió de la sala de conferencias y los reporteros lo siguieron con sus teléfonos al oído. Los canales de televisión tendrían algo sobre el caso para el noticiero de las seis. La prensa escrita tenía un poco más de tiempo para obtener más información.

* * *

Jack Junior llegó a la casa de Melanie a las seis de la tarde. Había planeado una noche más formal en Washington D.C., pero ambos estaban cansados después de un largo día de trabajo, por lo que decidieron en vez simplemente juntarse para una cena rápida y casual. Cuando Melanie abrió la puerta de su casa se veía hermosa, pero se disculpó con Ryan y le pidió un par de minutos más para estar lista.

Ryan se sentó en un sofá, mirando alrededor de la habitación para entretenerse. Notó una colección de libros y papeles apilados en la pequeña mesa en la esquina al lado de la laptop de Melanie. Libros de Pakistán, Egipto, impresiones llenas de mapas, imágenes y texto.

—¿Aún traes tu trabajo a casa, veo? —preguntó Jack con una sonrisa.

—No. Es sólo una investigación que estoy haciendo por mi cuenta.

—¿Mary Pat no te está dando suficiente que hacer?

Melanie se echó a reír.

—No, en lo absoluto. Simplemente me gusta hurgar en las fuentes abiertas en mi tiempo libre. No hay nada ahí que sea clasificado. Está accesible para quien sea.

—Si no es clasificado, ¿le puedo echar un vistazo?

—¿Por qué? ¿Estás interesado en terrorismo?

—Estoy interesado en ti.

Melanie se echó a reír, agarró su abrigo y le dijo:

—Estoy lista cuando tú lo estés.

Jack ladeó ligeramente la cabeza, se preguntó qué es lo

que tenía ahí en su computadora portátil, pero se paró del sofá y siguió a la bella morena hacia la puerta.

Quince minutos más tarde, Jack y Melanie estaban sentados en el bar en Murphy's, un pub irlandés en la calle King, no lejos de la casa de Melanie. Ya se habían tomado la mitad de su primera cerveza y acababan de traerles una gran canasta de alas de pollo Old Bay cuando el barman cambió la televisión a un canal de noticias. Los dos veinteañeros la ignoraron en su mayor parte mientras conversaban, pero Ryan levantaba la vista de vez en cuando. Tenía la esperanza de ver algunos nuevos números en las encuestas que les permitieran a sus padres respirar un poco más tranquilamente, por lo que miraba la pantalla por encima del hombro de Melanie cada cierto rato.

Melanie estaba hablando de un gato que había tenido en la escuela secundaria, cuando Ryan le echó un vistazo a la televisión.

Sus ojos se agrandaron, su boca se abrió y dijo:

—Oh, mierda, ¡no!

Melanie dejó de hablar.

—¿Perdón?

Ryan saltó para agarrar el control remoto de la televisión de la barra y subió el volumen. En la pantalla se mostraba una imagen del colega de Ryan, John Clark. La nota noticiosa pasó a continuación a la conferencia de prensa dada por Michael Brannigan en el Departamento de Justicia, donde Jack captó la vaga descripción de la Fiscalía de los cargos y las implicaciones políticas del caso.

Melanie miró a Ryan mientras veía esto.

—¿Lo conoces?

—Es amigo de mi papá.

— Lo siento.

—Una leyenda en la CIA.

—¿En serio?

Ryan asintió distraído.

—Él estaba en el otro extremo. Operaciones.

—¿Oficial de casos?

—División de Actividades Especiales.

Melanie asintió, entendiendo.

—¿Crees que...?

— ¡Diablos, no! —dijo Ryan, luego se controló—. No. El tipo tiene una maldita medalla de Honor del Congreso.

—Lo siento.

Jack giró la cabeza lejos de la TV, de vuelta a Melanie.

—Lo siento. Estoy reaccionando a lo que está haciendo Kealty, no a ti.

—Lo entiendo.

—Él tiene esposa. Hijos. Es abuelo. Jesús... no destruyes a un hombre así sin saber de lo que estás hablando.

Melanie asintió.

—¿Puede tu padre protegerlo? ¿Cuando regrese a la Casa Blanca?

—Espero que sí. Supongo que Kealty está haciendo esto para evitar que mi padre vuelva a la Casa Blanca.

—Es muy transparente. No va a funcionar... —dijo Melanie, pero su voz se apagó al final.

—¿A menos?

—A menos que... bueno, dices que este Clark no tiene esqueletos en su armario que no hayan sido puestos allí por su trabajo en la CIA.

Y era eso, exactamente. Jack no podía decírselo a Melanie, por supuesto, pero sabía que una investigación detallada sobre John Clark podría revelar la existencia del Campus. ¿Podía ser ese el objetivo de esto? ¿Era posible que se hubiera sabido algo acerca de lo que Clark había estado haciendo durante el último año o más? ¿Algo sobre la operación de París, o incluso el caso de Emir?

Mierda, pensó Jack. Esta investigación, fuera que tuvieran o no algo sustancial sobre Clark, podría significar la destrucción del Campus.

El informe noticioso terminó y se volvió hacia Melanie.

—Lo siento mucho, pero voy a tener que dar por terminada la velada.

—Entiendo —dijo, pero Ryan podía ver en sus ojos que no. ¿A dónde iría? ¿Qué podía hacer para ayudar a John Clark?

42

Jack Ryan padre comía su hamburguesa antes de subir al escenario del mitin en el Hotel Tempe Mission Palms. Había planeado simplemente dar unos cuantos bocados corteses, este era un almuerzo tarde para él y tenía otro evento al que asistir en menos de dos horas, una cena de los Veteranos de Guerra en el Extranjero, también aquí, en Tempe. Pero la hamburguesa era tan condenadamente buena que se la devoró mientras conversaba con sus seguidores.

Subió al escenario a las dos treinta y cinco hora local. La multitud estaba animada y entusiasmada con los números de las encuestas. La diferencia en las encuestas se había achicado desde que Kealty había anunciado la captura del hombre que había matado a tantos estadounidenses unos años antes, pero

Ryan todavía estaba a la delantera y más allá del margen de error.

Cuando la música se detuvo, Jack se inclinó hacia el micrófono un poco y dijo:

—Buenas noches. Gracias. Se los agradezco.

La gente lo amaba; les estaba tomando más tiempo de lo habitual calmarse.

Finalmente fue capaz de agradecer a sus seguidores por haber venido esa tarde y luego advertirles de no bajar la guardia demasiado rápido. Faltaban todavía dos semanas para las elecciones y necesitaba su apoyo ahora más que nunca. Había dado este mismo discurso los últimos dos o tres días y lo daría por dos o tres más.

Mientras Ryan se dirigía a sus partidarios, miró por encima de la multitud. A la derecha, alcanzó a ver la espalda de Arnie van Damm cuando salía de la sala con su teléfono al oído. Jack podía ver que Arnie estaba exaltado con algo, pero no podía decir si era algo bueno o algo malo.

Van Damm desapareció detrás de una montaña de globos justo antes de salir de la sala.

Ryan comenzó a cerrar su discurso, había dicho varias frases que habían provocado aplausos y había tenido que esperar unos treinta segundos después de cada una de ellas antes de poder continuar con sus comentarios. Aún le quedaban un par más cuando Van Damm apareció justo debajo de Ryan. Tenía una mirada seria en su rostro; no estaba a la vista de las cámaras, pero hizo un gesto moviendo el dedo en un circulo para que concluyera su discurso.

Jack hizo exactamente eso y luchó para poner su «cara feliz» mientras se preguntaba qué estaba pasando.

La expresión de Van Damm no dejó ninguna duda. Eran malas noticias.

Normalmente Ryan salía a través de la sala al final de un mitin, tomándose varios minutos para saludar y posar para las fotos mientras se movía entre sus partidarios, pero Van Damm lo condujo fuera por la derecha del escenario. La multitud aplaudió y la música sonaba mientras se retiraba del escenario, y se tomó el tiempo para saludar con la mano por última vez a los asistentes antes de salir de la vista de la sala.

Andrea Price-O'Day lo alcanzó en el pasillo; Van Damm abrió camino hacia una salida lateral.

—¿Qué pasa? —le gritó Jack.

—Todavía no, Jack —dijo Arnie mientras caminaban rápidamente. El pasillo estaba lleno de los medios de comunicación y amigos y partidarios, y se movieron rápidamente a través de ellos. La bien practicada sonrisa de Ryan había desaparecido y se apresuró para alcanzar a su jefe de campaña.

—Maldita sea, Arnie. ¿Se trata de mi familia?

—¡No! Dios, ¡no, Jack! Lo siento.

Arnie le hizo un gesto a Jack para que lo siguiera.

—Está bien —Ryan se relajó un poco. Se trataba de política, eso era todo.

Abrieron una puerta lateral y se apresuraron a salir hacia un estacionamiento. La camioneta SUV de Ryan estaba estacionada en una fila justo por delante. Más hombres del Servicio Secreto se reunieron con ellos y Van Damm abrió el camino hacia el vehículo que los esperaba.

Y casi lo lograron. A veinte pies de la SUV de Ryan, una sola periodista acompañada de un camarógrafo se les cruzó en el camino. Su micrófono tenía la identificación de una estación local filial de CBS.

Sin preámbulo, empujó el micrófono entre los dos grandes hombres del Servicio Secreto y en la cara de Ryan.

—Señor Presidente, ¿cuál es su reacción ante el anuncio del Fiscal General sobre la investigación de asesinato que se ha abierto contra su guardaespaldas?

Ryan se detuvo en seco. El hecho de que la información de la reportera no fuera precisamente correcta sólo hizo que la expresión en el rostro de Jack pareciera más confusa. Se volvió hacia su principal agente del Servicio Secreto, Andrea Price-O'Day, quien le estaba hablando por su micrófono en el puño a los conductores de la caravana y por lo tanto no había escuchado la pregunta. *¿Andrea ha sido acusada de asesinato?*

—¿Qué? —preguntó Ryan.

—John Clark, su ex guardaespaldas. ¿Está usted consciente de que es un prófugo de la justicia? ¿Puede decirnos la última vez que habló con él y la naturaleza de su conversación?

Ryan se volvió hacia van Damm, quien también luchó contra una mirada de estupefacción. Arnie extendió la mano y tomó el brazo de Jack, tratando de conducirlo a los vehículos.

Rápidamente, Ryan se recuperó lo suficiente como para volverse hacia la reportera.

—Voy a tener una declaración sobre este tema muy pronto.

Hubo más preguntas, en tanto la ansiosa joven periodista se dio cuenta de que Ryan no tenía idea de qué demonios estaba hablando. Pero Ryan no dijo nada más; simplemente se metió a la camioneta detrás de su jefe de campaña.

Veinte segundos más tarde, la camioneta con Ryan, van Damm y Price-O'Day salía tras cerrarse la puerta.

—¿Qué demonios fue eso? —preguntó Jack.

Van Damm ya tenía su teléfono en mano.

—Acabo de recibir un aviso de D.C. que Brannigan convocó a una conferencia de prensa sorpresa, justo antes de los noticiarios de las seis y dijo que Clark estaba siendo detenido por una acusación de asesinato. Me enteré por el FBI que se las arregló para escapar del equipo SWAT que fue a arrestarlo.

—¿Qué crimen? —Jack casi gritó.

—Algo acerca de sus acciones en la CIA. Estoy trabajando para conseguir una copia de la orden de arresto del Departamento de Justicia. Debería tenerla en una hora.

—¡Esto es político! Le di al hombre un indulto total por su trabajo en la CIA justamente para evitar que algo así sucediera.

Ryan estaba gritando en el interior del vehículo, con las venas de su cuello hinchadas.

—*Es* político. Kealty está yendo tras él para llegar a ti. Tenemos que tratar esto con guantes de seda, Jack. Vamos a volver al hotel, vamos a discutir esto por un tiempo y hacer una declaración cuidadosa...

—Voy a ponerme frente a las cámaras ahora mismo y decirle a los Estados Unidos qué clase de hombre es Ed Kealty. ¡Esto es una basura!

—Jack, no sabemos los detalles. Si Clark ha hecho algo distinto a lo que tú le indultaste, se va a ver muy mal.

—Yo sé lo que Clark ha hecho. Dios, yo le ordené hacer parte de ello —Ryan reflexionó por un momento—. ¿Qué hay de Chávez?

—Él no fue mencionado en la conferencia de prensa de Brannigan.

—Tengo que ver a la esposa de John.

—Clark tiene que entregarse.

Jack negó con la cabeza.

—No, Arnie. Confía en mí, no tiene que hacerlo.

—¿Por qué no?

—Porque John está involucrado en algo que tiene que permanecer en silencio. Vamos a dejar las cosas así. No voy a hablar en público diciéndole a Clark que se entregue.

Arnie empezó a protestar, pero Ryan levantó la mano.

—No tiene que gustarte, pero tienes que dejarlo ahí. Confía en mí, Clark tiene que permanecer escondido hasta que esto pase al olvido.

—*Si es que* pasa al olvido —dijo Arnie.

43

El general Riaz Rehan entró en la cabaña de ladrillo con dos de los hombres de Haqqani. Estaban de pie a cada lado de él sosteniendo linternas y dirigían la luz hacia una figura desplomada en el suelo en la esquina de la habitación. Era un hombre, con las dos piernas vendadas de manera muy rudimentaria y yacía en el suelo sobre su hombro izquierdo, mirando hacia la pared.

Los agentes Haqqani llevaban turbantes negros y largas barbas, pero Rehan vestía una sencilla *salwar kameez* y una gorra de oración corta. Su barba era corta y bien arreglada, lo que contrastaba dramáticamente con los dos pastunes de pelo largo.

Rehan miró al prisionero. Más de la mitad del pelo enmarañado y sucio del hombre era gris, pero este no era un hombre viejo. Era sano, o lo había sido antes de que una granada propulsada a cohete lo hiciera volar diez pies.

Rehan se paró junto al hombre durante varios segundos, pero el hombre no miró hacia la luz. Finalmente uno de los hombres pastunes armados se acercó y le dio una patada al hombre en una de sus piernas vendadas. Él se movió, se volteó hacia la luz, trató de protegerse los ojos con sus manos, luego simplemente se sentó con los ojos cerrados.

Las muñecas del infiel estaban encadenadas a una argolla en el suelo de concreto y sus pies estaban desnudos.

—Abre los ojos —le dijo Rehan en inglés. El general paquistaní le indicó a los dos guardias que bajaran la luz de sus linterna un poco y cuando lo hicieron, los ojos del occidental con barba se abrieron lentamente. Rehan vio que el ojo izquierdo del hombre estaba completamente rojo, tal vez de algún golpe en la nariz o el ojo, pero probablemente debido a una conmoción cerebral resultado de la explosión de la granada que, según le habían dicho a Rehan, le había causado otras lesiones al prisionero.

—Entonces... hablas inglés, ¿no? —preguntó Rehan.

El hombre no respondió al principio, pero después de un momento se encogió de hombros y asintió.

El general se puso en cuclillas, junto a su prisionero.

—¿Quién eres?

No hubo respuesta del prisionero.

—¿Cuál es tu nombre?

Todavía nada.

—Poco importa. Mis fuentes me dicen que eres invitado

en Pakistán del mayor Mohammed al Darkur de la Oficina de Inteligencia Conjunta. Viniste aquí con el fin de espiar lo que el mayor al Darkur erróneamente piensa que es un recinto compartido por la ISI y la red Haqqani.

El herido no respondió. Era difícil verlo en la tenue luz, pero sus pupilas estaban todavía algo dilatadas por la conmoción cerebral.

—Me gustaría mucho entender por qué estás aquí, en Miran Shah, en estos momentos. ¿Hay algo especial que esperas encontrar o sólo fue cosa del destino que tu viaje a las Áreas Tribales bajo Administración Federal coincidiera con mi visita aquí? El mayor al Darkur se ha entrometido en mis asuntos últimamente.

El hombre de pelo gris se limitó a mirarlo.

—Tú, mi amigo, eres un conversador muy aburrido.

—Me han llamado cosas peores.

—Ah. Ahora hablas. ¿Vamos a tener una discusión cortés, de hombre a hombre, o tendré que hacer que mis compañeros te saquen a la fuerza las siguientes palabras de la lengua?

—Haz lo que tengas que hacer; yo voy a tomar una siesta.

Y con eso el estadounidense se recostó de lado, haciendo sonar sus cadenas en el piso de concreto mientras se acomodaba.

Rehan negó con la cabeza en frustración.

—Tu nación debió haberse mantenido fuera de Pakistán, al igual que los británicos debieron haberse mantenido fuera. Pero se inyectan ustedes, su cultura, su ejército, sus pecados, en todas las grietas en el mundo. Ustedes son una infección que se propaga insidiosamente.

Rehan empezó a decir algo más, pero se contuvo. En vez, sólo agitó una mano enojado hacia el hombre herido postrado y se volteó hacia uno de los agentes Haqqani.

El estadounidense no hablaba urdu, la lengua materna del general Rehan. Tampoco hablaba mucho pastún, la lengua nativa del oficial de la red Haqqani de pie junto al general Rehan. Pero Sam hablaba inglés, por lo que Rehan tuvo la clara intención de que el preso entendiera su orden cuando la transmitió en inglés.

—Averigua lo que sabe. Si te lo dice de buena gana, ejecútalo con humanidad. Si te hace perder el tiempo, haz que se arrepienta de ello.

—Sí, mi general —respondió el hombre de turbante negro.

Rehan dio media vuelta y agachó la cabeza al salir de la celda de ladrillo.

Desde su posición en el suelo, Driscoll lo vio salir. Cuando se quedó solo en la habitación, Sam dijo, «Puede que tú no me recuerdes, pero yo me acuerdo de ti, pendejo».

44

John Clark bajó del autobús en Arlington, Virginia, a las cinco cincuenta de la mañana. Mantuvo la capucha de su chaqueta encima de su cabeza mientras caminaba por North Pershing, un barrio que aún dormía. Su objetivo estaba en la cuadra 600 de North Fillmore, pero no iría allí directamente; en vez, continuó por Pershing, subió por el camino de entrada de una casa de tablas solapadas oscura de dos pisos y siguió por el límite de la propiedad hasta la cerca de atrás. Allí se trepó por encima, se dejó caer en la oscuridad y siguió la línea de la cerca hasta llegar al garaje que estaba cruzando la calle de su objetivo.

Mantuvo la mirada fija en la casa encalada de dos pisos en una propiedad de casas contiguas en frente de él, se agachó

junto a un tarro de basura con un crujido violento en sus rodillas y esperó.

Hacía frío esta mañana, por debajo de los cuarenta grados Farenheit, y una brisa húmeda soplaba del noroeste.
Clark estaba cansado, había estado moviéndose de un lugar a
otro toda la noche: un café en Frederick, una estación de tren
en Gaithersburg, una parada de autobús en Rockville, y luego
haciendo transferencias de autobuses en Falls Church y Tysons Corner. Podría haber viajado en una ruta más directa,
pero no quería llegar demasiado temprano. Un hombre que
camina por las calles temprano en un día laboral se nota
menos que un hombre paseando por un barrio residencial en
medio de la noche.

Sobre todo cuando había observadores entrenados alrededor.

Desde donde estaba Clark, aquí entre un Saab de cuatro
puertas y un tarro de basura lleno de lo que John había determinado eran pañales sucios, no podía ver un equipo de vigilancia monitoreando la casa de madera encalada en la pequeña
North Fillmore, pero se imaginó que estaban allí . Ellos habrían determinado que había una posibilidad de que viniera
a ver al hombre que vivía aquí, por lo que habrían puesto un
automóvil con una tripulación de dos personas en alguna entrada de vehículos en la calle. El dueño de casa habría salido
para ver qué diablos estaba haciendo el auto allí, pero los
observadores le hubieran mostrado sus credenciales del FBI y
ese habría sido el fin de la conversación.

Esperó veintidós minutos antes de que una luz se encendiera en una ventana del piso superior. Unos minutos más y una luz se encendió en la planta baja.

Clark esperó un poco más. Mientras lo hacía, cambió de posición y se sentó en el borde del garaje para permitir que la sangre fluyera de nuevo por sus piernas.

Acababa de acomodarse en su nueva posición, cuando la puerta de la casa se abrió, salió un hombre en un cortavientos, estiró sus músculos por un momento en la cerca y comenzó un trote lento calle arriba.

Clark se puso de pie lentamente en la oscuridad y retrocedió sobre sus pasos a través de los dos jardines.

John Clark se aseguró de que nadie estuviera siguiendo a James Hardesty, archivero de la CIA, antes de comenzar a trotar detrás de él. Había unos cuantos hombres y mujeres más haciendo su ejercicio de la mañana, antes de la jornada laboral, por lo que Clark encajaba en el escenario. O lo haría en tanto la única iluminación proviniera de los faroles. John llevaba una chaqueta de vinilo negro con capucha que no levantaría ninguna sospecha si la llevara puesta un corredor, pero sus pantalones caqui con cinturón y sus botas Vasque no eran el atuendo típico de los otros corredores de por aquí.

Alcanzó a Hardesty en el bulevar South Washington,

justo cuando pasaba Towers Park a la derecha. El hombre de la CIA miró hacia atrás por un instante al oír al corredor detrás de él, se movió hacia la orilla de la acera para dejar pasar al hombre más rápido, pero en vez el hombre le habló.

—Jim, es John Clark. Sigue corriendo. Vamos a subir por estos árboles aquí y tener una breve charla.

Sin decir una palabra, los dos hombres subieron la pequeña pendiente y llegaron a un parque vacío. Sólo había una luz débil en el cielo, suficiente para verse las caras de cerca. Se detuvieron junto a unos columpios.

—¿Qué tal John?

—Creo que puedo decir que he estado mejor.

—No necesitas esa pistola en la cadera.

Clark no sabía si el arma se notaba bajo su chaqueta o si Hardesty acababa de asumir que la tenía.

—No la necesito para *ti*, tal vez. Si la necesito o no aún está por verse.

Ninguno de los dos hombres estaba sin aliento, el trote había durado menos de una milla.

—Cuando me enteré de que estabas a la fuga, pensé que podrías venir a verme —dijo Hardesty.

Clark respondió:

—El FBI probablemente tuvo las mismas sospechas.

Hardesty asintió.

—Sí. Hay un equipo del SSG de dos hombres a media cuadra por la calle hacia arriba. Llegaron antes de que Brannigan apareciera en las noticias.

El Grupo de Vigilancia Especial (SSG)[35] era una unidad de empleados del FBI que no eran agentes y que funcionaba como el ejército de observadores de la Oficina.

—Lo imaginé.

—Dudo que vengan a buscarme durante la próxima media hora más o menos. Soy todo tuyo.

—No te voy a retener. Sólo estoy tratando de comprender qué está pasando.

—El Departamento de Justicia está prendido contigo, muy prendido. Eso es prácticamente todo lo que sé. Pero quiero que sepas esto. Lo que sea que tienen sobre ti, John, no consiguieron nada de mí que no estuviera en tu expediente.

Clark ni siquiera sabía que Hardesty había sido interrogado.

—¿El FBI te interrogó?

Hardesty asintió.

—Dos agentes especiales de alto nivel me interrogaron en un hotel en McLean ayer en la mañana. Vi a otros agentes especiales más jóvenes en otra sala de reuniones interrogando a otros muchachos del edificio. Prácticamente todo el mundo que trabajaba ahí cuando tú estabas en la SAD fue interrogado. Supongo que en mi caso se justificaban los agentes de primera línea porque Alden les dijo que tú y yo nos conocemos hace mucho tiempo.

—¿Qué te preguntaron?

---

35 Por sus siglas en inglés (Special Surveillance Group).

—Todo tipo de cosas. Ya tenían tu expediente. Supongo que esos cabrones de Kilborn y Alden vieron algo ahí que no les gustó, así que comenzaron algún tipo de investigación con el Departamento de Justicia.

Clark sacudió la cabeza.

—No. ¿Qué podría haber en mi expediente que justifique que la CIA exponga el caso de esa manera? Incluso si pensaban que me tenían con algún cargo de traición de mierda, me habrían agarrado ellos mismos antes de decirle una sola palabra de ello al Departamento de Justicia.

Hardesty negó con la cabeza.

—No si tenían algo sobre ti que no era parte de tus tareas en la CIA. Esos cabrones te venderían sin pensarlo dos veces porque eres amigo de Ryan.

Mierda, pensó Clark. ¿Qué pasa si no se trataba del Campus? ¿Qué pasa si esto se trataba de las elecciones?

—¿Qué te preguntaron?

Hardesty negó con la cabeza, pero se detuvo en mitad del movimiento.

—Espera. Yo soy el archivero. Conozco, o al menos he visto, prácticamente todo lo que hay en el registro virtual. Pero hubo una cosa que me preguntaron que me tomó desprevenido.

—¿Qué fue eso?

—Sé que todas tus hazañas con la SAD no llegan a los archivos, pero normalmente hay un fragmento de algo o un dato en los archivos que se puede vincular a lo que en realidad estabas haciendo. Digo, yo no tengo idea de lo que un oficial de operaciones paramilitares hacía en Nigeria, pero puedo decirte si estaba en África en una fecha determinada. Vacunas contra la malaria, transporte aéreo comercial, viáticos que corresponden a la ubicación, ese tipo de cosas.

—Correcto.

—Sin embargo, los dos agentes federales me preguntaron acerca de tus actividades en Berlín en marzo de 1981. Revisé los archivos...

Hardesty negó con la cabeza.

—Nada. No había nada en absoluto acerca de que estuvieras en ningún lugar siquiera cerca de Alemania en ese momento.

John Clark no tuvo que esforzarse para recordar. Recordó al instante. Pero no lo reveló, sólo preguntó:

—¿Te creyeron?

James negó con la cabeza.

—Por supuesto que no. Al parecer Alden les había advertido que tú y yo tenemos un poco de historia. Así que los agentes me presionaron. Me preguntaron sobre un asesinato que llevaste a cabo de un agente de la Stasi llamado Schuman. Yo les dije la verdad. Nunca he oído hablar de un tal Schuman y no sabía absolutamente nada acerca de que tú estuvieras en Berlín en el '81.

Clark asintió, manteniendo intacta su cara de póquer. El alba llenaba algunos rasgos del rostro de Hardesty. La pregunta que John quería hacer flotó en el aire por un momento y luego Hardesty la respondió espontáneamente.

—No dije ni una *maldita* palabra sobre Hendley Asociados.

Hardesty era uno de los pocos en la CIA que sabía de la existencia del Campus. De hecho, Jim Hardesty había sido quien le había sugerido a Chávez y a Clark reunirse con Gerry Hendley en primer lugar.

Clark miró fijamente en los ojos del hombre. Estaba demasiado oscuro para obtener una lectura de ellos, pero, Clark decidió, Jim Hardesty no le mentiría. Después de unos segundos dijo:

—Gracias.

James se encogió de hombros.

—Eso me lo llevaré a la tumba. Mira, John, lo que sucedió en Alemania, esto no se trata de ti. Tú no eres más que un títere. Kealty quiere arrinconar a Ryan sobre el tema de las operaciones encubiertas. Te está utilizando, culpa por asociación o como quieras llamarlo. Pero la manera en que tiene al FBI hurgando en tus operaciones anteriores, sacándolas a la luz y agitándolas en el aire, cosas que simplemente hay que dejarlas donde mierda están... quiero decir, está desenterrando huesos viejos en Langley y *nadie* necesita eso.

John se limitó a mirarlo.

—Tú y yo sabemos que no tienen nada sustancial contra ti. No tiene sentido empeorar la situación.

—Di lo que quieres decir, Jim.

—No estoy preocupado por la acusación en tu contra. Eres un tipo duro.

Suspiró.

—Lo que me preocupa es que te maten.

John no dijo nada.

—No tiene sentido correr de esto. Cuando Ryan sea elegido, todo esto se disipará. Tal vez, sólo *tal vez*, tengas que pasar una docena de meses en un Club Fed en algún lugar. Tú puedes manejar eso.

—¿Quieres que me entregue?

Hardesty suspiró.

—El que te des a la fuga de esta manera no es bueno para ti, no es bueno para las operaciones encubiertas de los Estados Unidos y no es bueno para tu familia.

Clark asintió y miró su reloj.

—Tal vez lo haga.

—Es lo mejor.

—Es mejor que vuelvas a casa ahora, antes de que el SSG dé aviso.

Los hombres se dieron la mano.

—Piensa en lo que dije.

—Lo haré.

Clark se dio la vuelta, se metió en los árboles que bordeaban el parque y se dirigió a la parada de autobús.

Ahora tenía un plan, una dirección.

No iba a entregarse.

No, iba a ir a Alemania.

45

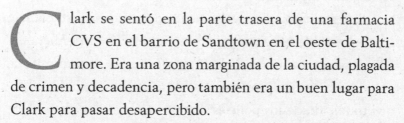

Clark se sentó en la parte trasera de una farmacia CVS en el barrio de Sandtown en el oeste de Baltimore. Era una zona marginada de la ciudad, plagada de crimen y decadencia, pero también era un buen lugar para Clark para pasar desapercibido.

Sentados a su alrededor había unos habitantes de la zona, la mayoría viejos y enfermos, esperando que llenaran sus recetas. John mantuvo la chaqueta bien cerrada alrededor de su cuello y su gorro de lana hasta las orejas, lo que lo hacía parecer como si estuviera luchando contra un fuerte resfriado, pero también servía para cubrir sus rasgos faciales en el caso de que alguien a su alrededor lo estuviera mirando.

Clark conocía Baltimore; había caminado por estas calles

cuando era joven. En aquel entonces, se había visto obligado a disfrazarse como un pordiosero, mientras le hacía seguimiento a la banda de narcotraficantes que había violado y luego asesinado a su novia, Pam. Había matado a mucha gente aquí en Baltimore, mucha gente que merecía morir.

Eso fue en la época en que se había unido a la Agencia. El almirante Jim Greer lo había ayudado a encubrir sus hazañas en Baltimore para que pudiera trabajar con la División de Actividades Especiales. Fue también la misma época en que había conocido a Sandy O'Toole, quien más tarde se convirtió en Sandy Clark, su esposa.

Se preguntó dónde estaría Sandy en este momento, pero no la llamaría. Sabía que ella estaría bajo vigilancia y también sabía que Ding estaría cuidándola.

En este momento, necesitaba concentrarse en su plan.

John sabía que, tan pronto como el FBI lo perdiera en Emmitsburg, habría un boletín de alerta que se transmitiría entre los servicios policiales de la zona, asegurándose de que todos, desde los policías de tránsito hasta los detectives de crimen organizado, tuvieran su foto y su descripción, y la orden de detenerlo si lo veían. Además de esto, Clark no tenía duda de que el FBI estaba usando enormes recursos para darle caza.

Se sentía algo seguro en este momento, en este lugar, con este semi-disfraz y esta acción de bajo perfil, pero sabía que no duraría mucho tiempo antes de que fuera descubierto.

A pesar de que estaba ahí sentado con los demás en la farmacia, no estaba esperando que le llenaran una receta. En vez, estaba mirando los espejos que estaban en la parte superior trasera de la tienda, verificando si alguien lo seguía.

Durante diez minutos observó y esperó.

Pero no vio nada.

Después compró un teléfono desechable en la farmacia y vagó por la tienda mientras lo sacaba de su empaque y lo encendía. Luego escribió un mensaje de texto de dos líneas para Domingo Chávez. No tenía cómo saber si Ding estaba bajo vigilancia o qué tanto se había extendido el asunto exactamente, por lo que había evitado a Ding y el Campus desde que había descubierto, la noche anterior, que el FBI lo estaba buscando. Pero él y Chávez habían establecido códigos entre ellos, por si se presentaba una situación donde uno no podía estar seguro de que el otro no estuviera siendo vigilado.

Un grupo de adolescentes afroamericanos ruidosos y de aspecto tosco entró en el pasillo donde estaba Clark e inmediatamente se callaron. Le dirigieron una larga mirada, evaluándolo como depredadores evaluando a sus presas. Clark había estado jugando con su nuevo teléfono, pero dejó lo que estaba haciendo y les devolvió la mirada a los seis jóvenes sólo para hacerles saber que estaba consciente de su presencia y su interés en él. Esto fue más que suficiente para que los jóvenes matones siguieran adelante a una presa más fácil y John volvió a concentrarse en su trabajo.

John recibió un mensaje de texto. *¿9 p.m. BWI OK?*

John asintió y luego le escribió de vuelta. *OK.*

Tres minutos más tarde se dirigía hacia el norte por la calle Stricker, sacando la batería del teléfono mientras lo hacía. Arrojó su vaso de café vacío, el teléfono y la batería a una alcantarilla de drenaje y siguió caminando.

Segundos antes de las nueve de la noche, Domingo Chávez estaba parado en la oscura rampa frente a Maryland Charter Aviation Services. Una lluvia fría caía sobre él, mojando el borde de su gorra de béisbol y causando un goteo constante delante de sus ojos. Su cortavientos lo protegía de la humedad, pero no del frío.

A unas cincuenta yardas tras su hombro izquierdo, el Gulfstream G550 de Hendley Asociados estaba estacionado y listo, aunque hasta el momento no había presentado ningún plan de vuelo. La capitana Reid y el primer oficial Hicks estaban sentados en la cabina de mando, y Adara Sherman preparaba la cabina, aunque no tenían idea de a dónde se dirigirían.

Ding miró su reloj Luminox. Los tubos de tritio llenos de gas brillaban en la oscuridad ahí, justo fuera de la iluminación residual emitida por la aeronave a unas cincuenta yardas de distancia.

Las nueve en punto.

En ese momento apareció una figura de la oscuridad. Clark vestía un abrigo negro con capucha y no llevaba equipaje. Parecía un empleado de tierra del aeropuerto.

—Ding —dijo con un gesto cortante.

—¿Cómo estás, John?

—Estoy bien.

—¿Largo día?

—Nada que no haya vivido un centenar de veces antes. Aunque no suele ocurrir en mi propio país.

—Esto es pura mierda.

—No voy a contradecirte. ¿Alguna novedad?

Chávez se encogió de hombros.

—Sólo un poco. La Casa Blanca te está usando para llegar a Ryan. Ni idea si saben del Campus o que has estado trabajando en Hendley Asociados desde tu retiro de la Agencia. La acusación ha sido sellada y nadie está hablando. Si la existencia del Campus se sabe o se sospecha, la gente de Kealty no está diciendo nada al respecto. Están tratando esto como si fuera el archivo de un caso abierto al que le dieron una sacudida y apareció tu nombre.

—¿Qué tal la familia?

—Sandy está bien. Estamos todos bien. Los voy a estar cuidando y si alguien viene tras de mí, los Ryan se harán cargo. Todo el mundo te manda cariños y apoyo.

Clark asintió y suspiró una ráfaga de vapor que brilló en las luces de la unidad de energía auxiliar.

Ding le hizo señas al Gulfstream.

—Y Hendley te mandó esto. Quiere que te escondas.

—No voy a esconderme.

Chávez asintió, pensativo.

—Entonces vas a necesitar algo de ayuda.

—No, Ding. Tengo que hacer esto yo solo. Te quiero con el Campus. Hay demasiadas cosas pasando en estos momentos. Voy a averiguar quién está detrás de esto por mi cuenta.

—Entiendo que quieras mantener el negocio aislado, pero déjame ir contigo. Cathy Ryan se asegurará de que Sandy esté bien cuidada mientras estamos fuera. Hacemos un tremendo equipo y vas a necesitar que alguien te cuide las espaldas.

Clark sacudió la cabeza.

—Te lo agradezco, pero el Campus te necesita más que yo. El OPTEMPO está demasiado alto para que los dos nos ausentemos. Me comunicaré a través de los canales extraoficiales si necesito una mano.

A Chávez no le gustaba la idea. Quería estar ahí para su amigo. Sin embargo, dijo:

—Entendido, John. El 550 te llevará a donde quieras ir.

—¿Tienes un pasaporte limpio a bordo para mí?

Ahora Ding sonrió.

—Claro que sí. Múltiples. Pero tengo algo más a bordo en caso de que necesites hacer una verdadera penetración encubierta, para entrar en un lugar sin dejar ningún rastro escrito.

Clark entendió.

—¿La capitana Reid sabe de eso?

—Lo sabe y va a cumplir. La Srta. Sherman te preparará.

—Entonces será mejor que me ponga en marcha.

—Buena suerte, John. No quiero que te olvides. En cualquier momento. En cualquier lugar. Dame una señal y ahí estaré. ¿Lo has entendido?

—Sí y te lo agradezco.

Los hombres se dieron la mano y luego se abrazaron.

Segundos más tarde, John Clark se dirigía hacia el Gulf-stream, mientras Domingo Chávez lo observaba caminar bajo la lluvia.

El avión de Hendley Asociados voló a Bangor, Maine. Este no era su destino final, pero sirvió como área de almacenamiento temporal, un lugar para cargar combustible y esperar hasta la tarde siguiente, cuando dejarían el país rumbo a Europa. John Clark no abandonó la aeronave, aunque la tripulación se registró en un hotel cercano para pasar el resto de la noche y la mañana siguiente.

Su plan de vuelo original mostraba que se dirigían a Ginebra, pero enmendarían eso en vuelo. El control aduanero de salida en Bangor fue un suspiro, a pesar de que la cara de Clark había estado en las noticias las últimas veinticuatro horas. Su bigote falso y la peluca junto con unos gruesos anteojos lo hacían irreconocible como el hombre en la televisión.

A las cinco de la tarde del miércoles, el G550 despegó por la pista 33, giró hacia el noreste y comenzó el largo vuelo sobre el Atlántico.

Clark había pasado el día investigando su objetivo en una computadora portátil a bordo del avión. Miró mapas, horarios de trenes, el tiempo, páginas amarillas, páginas blancas y una lista interminable de bases de datos de empleados de gobierno federales, estatales y municipales alemanes. Estaba buscando a un hombre, un hombre que muy bien podría estar muerto, pero un hombre que sería crucial para ayudarlo a descubrir información sobre aquellos que estaban tras él.

El ex SEAL de sesenta y cuatro años durmió unas pocas horas durante el vuelo, hasta que sus ojos se abrieron a la vista del pelo rubio corto y la sonrisa suave de Adara Sherman mirando por encima de él.

—Señor Clark? Es hora, señor.

Se sentó y miró por la ventana, no vio nada excepto nubes debajo de ellos y la luna arriba.

—¿Cómo está el tiempo?

—El cielo esta cubierto de nubes a ocho mil pies de altura. La temperatura en la cubierta está por los treinta grados Farenheit.

Clark sonrió.

—Calzoncillos largos entonces.

Sherman le devolvió la sonrisa.

—Definitivamente. ¿Puedo traerle una taza de café?

—Sería genial.

Ella se dirigió a la cocina y Clark reconoció por primera vez lo preocupada que estaba por lo que estaban a punto de hacer.

Quince minutos más tarde, la capitana Helen Reid se acercó al intercomunicador de la cabina.

—Estamos a nueve mil pies de altura. Empezando despresurización ahora.

Casi de inmediato, Clark sintió dolor en los oídos y la cavidad nasal en tanto la cabina se despresurizaba. Clark ya se había vestido, pero Adara Sherman, sentada en el sofá junto a él, se puso su pesado abrigo de lana cruzado. Tuvo cuidado de abrochar todos los botones y ceñir el cinturón, y luego asegurarlo con un nudo doble. Era un abrigo DKNY a la moda, pero parecía un poco extraño atado así a su cuerpo.

Mientras metía las manos en sus guantes, preguntó:

—¿Cuánto hace que ha saltado de un avión, Sr. Clark?

—He estado saltando de aviones desde antes de que usted naciera.

—¿Cuánto tiempo ha estado evitando responder preguntas difíciles?

Clark se echó a reír.

—Más o menos el mismo tiempo que he estado saltando. Lo admito. No he hecho esto en algún tiempo. Supongo que es como caerse de un tronco.

Líneas de preocupación bordearon los ojos de Sherman detrás de sus anteojos.

—Es como caerse de un tronco que está viajando a ciento veinte millas por hora, a siete mil pies sobre la tierra.

—Supongo que tiene razón.

—¿Le gustaría repasar el procedimiento de nuevo?

—No. Lo tengo. Le agradezco su atención al detalle.

—¿Cómo está el brazo?

—No está entre los diez primeros en mi lista de problemas, así que supongo que está bien.

—Buena suerte, señor. Hablo en nombre de la tripulación cuando digo que esperamos que nos llame en cualquier momento que nos necesite.

—Gracias, señorita Sherman, pero no puedo exponer a nadie más a lo que tengo que hacer. Espero verla de nuevo cuando todo esto termine, pero no voy a usar el avión durante mi operación.

—Entiendo.

La capitana Reid habló por el altoparlante.

—Cinco minutos, Sr. Clark.

John se puso de pie con dificultad. Había una pequeña bolsa de lona atada a su pecho. Llevaba una cartera con dinero en efectivo, un cinturón de dinero, dos juegos de documentos falsos, un teléfono con un cargador, una pistola SIG calibre 45 con silenciador, cuatro cargadores de munición de punta hueca y un cuchillo.

Y atado a su espalda había un sistema de paracaídas MC-4 de alto desempeño.

El primer oficial Chester «Country» Hicks salió de la cabina de mando, le dio la mano a John y, juntos, Hicks, Clark y Adara se trasladaron a la parte trasera de la cabina. Allí, Sherman jaló hacia arriba la pequeña puerta interna de equipaje, creando un acceso desde la cabina al compartimiento de equipaje. Sherman y Hicks se amarraron a anchas correas de lona unidas a las sillas de la cabina y luego se arrastraron, uno a la vez, dentro de la pequeña bodega de equipaje. Antes, habían trasladado todo el equipaje a la cabina y lo habían amarrado a las sillas, de modo que pudieran tener suficiente espacio para maniobrar mientras estuvieran de rodillas.

Adara se trasladó al lado derecho de la puerta de equipaje externa y Hicks se puso al lado izquierdo. Clark se mantuvo en la cabina de la aeronave, ya que el espacio estaba lo suficientemente apretado con dos cuerpos en la bodega de carga. Simplemente se puso de rodillas y esperó.

Un minuto más tarde, el primer oficial Hicks miró su reloj. Miró a Sherman y asintió, y luego los dos tiraron de la puerta de equipaje externa desde el interior. La escotilla misma tenía sólo treinta y seis por treinta y ocho pulgadas, pero era muy difícil de abrir. La puerta exterior estaba a ras con el fuselaje, justo debajo del motor izquierdo, y el flujo de aire sobre la cubierta de la aeronave creaba una succión contra la cual los dos miembros de la tripulación en el compartimento de carga tuvieron que luchar con fuerza bruta. Finalmente lograron abrir la puerta hacia adentro y hubo un chirrido en tanto el viento frío de la noche se precipitó dentro el compartimiento. Una vez que la puerta estuvo en el interior, la deslizaron hacia arriba, como una pequeña puerta de garaje, y esto abrió el puerto de treinta y seis por treinta y ocho pulgadas hacia el exterior.

El motor al lado izquierdo del jet estaba a sólo pies de distancia y esto creaba un ruido estruendoso que los obligaba a gritar para hacerse oír.

La capitana Reid había descendido por debajo de las nubes mientras se acercaban a su aeropuerto de destino, el de Tegel en Berlín. La tierra bajo ellos estaba negra, con sólo una pizca de luz aquí y allá. La aldea de Kremmen, al noroeste de Berlín, sería la concentración urbana más cercana, pero Clark y Reid habían elegido una zona de descenso al oeste de allí, ya que contenía un gran número de campos abiertos planos rodeados por un bosque que estaría prácticamente vacío a esas tempranas horas de la mañana de un jueves.

Clark mantuvo sus ojos en Hicks en el compartimento de equipaje delante de él. Cuando el primer oficial levantó la vista de su reloj y le hizo una señal a Clark, John comenzó a contar de veinte hacia atrás.

—Veinte. Diecinueve. Dieciocho...

Se dio la vuelta, se puso sobre sus manos y rodillas, y retrocedió hacia la bodega de equipaje.

—En diez —podía sentir las manos de Adara y de Chester sosteniendo las correas de su equipo de paracaídas y pudo sentir la punta de sus botas justo afuera de la aeronave. La capitana Reid habría reducido la velocidad a ciento veinte nudos más o menos, pero aún así el ruido del jet y la presión del viento sobre sus piernas eran intensos.

—En cinco —Clark tuvo que gritar para que los demás pudieran oírlo. Hicks soltó el arnés de Clark y Sherman hizo lo mismo, pero ella lo siguió con un rápido apretón en el hombro.

—En tres —retrocedió aún más hacia el viento oscuro y frío. Era difícil hacer esto yendo hacia atrás, pero hacerlo con la cabeza por delante habría sido peligroso, y con los pies por delante arrastrándose rápidamente sobre el trasero o la espalda hubiera aumentado las posibilidades de que su paracaídas se enganchara en algo dentro de la aeronave.

—Uno. ¡Salta! —Clark empujó su cuerpo fuera de la aeronave e inmediatamente sintió su lado derecho golpearse contra el umbral de la puerta de equipaje externa, causándole una contusión en las costillas. Pero cayó fuera y lejos del Gulfstream mientras volaba a toda velocidad en la noche hacia las luces de Berlín en la distancia, dejando atrás a John Clark, que daba vueltas y vueltas, girando hacia abajo hacia los campos de trigo invernal a unos siete mil pies por debajo.

46

La mesa ovalada en la sala de conferencias en el noveno piso de Hendley Asociados estaba rodeada de hombres de rostro severo aquel jueves por la mañana. Los asientos de Sam Driscoll y John Clark estaban vacíos, pero Domingo, Dominic y Jack estaban sentados frente a Gerry Hendley y Sam Granger. Rick Bell, director de análisis del Campus, se excusó de la reunión porque estaba concentrando sus energías en analizar el tráfico de información de la CIA y el FBI en relación a la investigación de Clark.

Gerry accedió a la petición de Bell, ya que era para beneficio de todos que tuvieran algún tipo de aviso en caso de que hubiera camiones negros llenos de oficiales tácticos del FBI en camino a la puerta de su edificio.

Durante los últimos dos días, Hendley Asociados había

permanecido abierto, pero los agentes y gran parte del personal de análisis de inteligencia habían recibido instrucciones
de quedarse en casa. La empresa estaba funcionando como
un perfecto y legítimo negocio de comercio y arbitraje, en
caso de que el material de inteligencia que el gobierno estuviera utilizando en su acusación sellada contra Clark también
incluyera información que le sugiriera a los investigadores la
verdad detrás de Hendley Asociados.

Cuando nadie llamó a la puerta el martes o el miércoles,
Hendley, Bell y Granger decidieron llamar a sus hombres a
trabajar el jueves. Tenían una investigación muy activa e importante en curso, con Sam Driscoll ya en campo y planes de
enviar a los otros agentes a Dubai para establecer una operación de vigilancia encubierta en la propiedad de Rehan en ese
país.

La primera pregunta de la mañana era si podían o no
seguir adelante con la investigación, o si querían retirarse y
mantenerse fuera del radar por un tiempo y de alguna manera tratar de apoyar a Clark.

Dominic Caruso tomó un largo sorbo de café y dijo:

—Tenemos que estar aquí, en los Estados Unidos, listos
para movernos y apoyar a Clark. ¿Sabemos dónde está?

—El Gulfstream lo dejó en las afueras de Berlín —dijo
Granger—. Estarán de regreso en BWI esta noche y te pueden volar a Dubai, vía Amsterdam, mañana por la noche.

Ryan dijo:

—Mira, entiendo que la operación de vigilancia en
Dubai es importante. Pero a la luz de los recientes

acontecimientos... demonios, no podemos dejar a John solo en esto.

Domingo negó con la cabeza.

—Él no nos necesita. No nos quiere cerca. Va a tratar de zafarse de este lío por su cuenta mientras nosotros trabajamos en nuestra operación. No pierdas de vista en lo que estamos trabajando, Jack. Esto es tremendamente importante.

—Lo sé.

—Mira, John puede ser algo mayor, pero también es el operador más *NNBS* en el planeta.

—¿*NNBS*?

—*Nada nuevo bajo el sol*. Ya las ha vivido todas. Confía en mí, John Clark se las puede arreglar solo. Y si necesita apoyo en campo nos va a contactar. Tú sabes que yo moriría por ese hombre, pero también hago lo que me dice, especialmente en un momento como este. Voy a permanecer fuera de su camino, seguiré con mi trabajo y tú también. ¿Ok, *'mano*?

A Jack no le gustaba para nada. No podía entender cómo Ding podía estar tan relajado después de todo lo que había sucedido. Sin embargo, comprendía que Chávez se había ganado el derecho a tener la última palabra sobre algo que involucraba a John Clark. Los dos habían sido compañeros durante veinte años y Chávez era el yerno de Clark también.

—Está bien, Ding.

—Bueno. Ahora, tenemos hoy y mañana para prepararnos para nuestra operación en Dubai, así que eso es lo que haremos. ¿Ok?

Caruso y Ryan estaban luchando con lo que sentían era algo así como el abandono de su mentor, pero no podían discutir con la lógica de Chávez. Clark siempre podría contactarlos y mandarlos a llamar. Incluso en Dubai.

Sería difícil para los hombres concentrarse en la operación Rehan, sobre todo sin saber lo que podría estar por venir en la investigación del Departamento de Justicia contra Clark, pero tenían un trabajo que hacer, así que pusieron manos a la obra.

La Oficina Oval del Presidente de los Estados Unidos no era el centro de mando real de la operación del FBI para capturar a John Terrence Kelley, también conocido como John Clark, pero daba la impresión de que lo era. A lo largo del martes y hasta el miércoles, Ed Kealty recibió constantes y repetidas visitas de Benton Thayer, Charles Alden, Mike Brannigan, Wes McMullen y otros concentrados en detener a Clark.

Pero para la tarde del miércoles el FBI había decidido que su pájaro había volado lejos del nido. Al mismo tiempo, Kealty llamó a Brannigan, Alden y Thayer a su oficina. Según la manera de pensar del Presidente, necesitaba presionar a su propia gente. Para ello, sometió al grupo sentado en los sillones a una reprimenda de diez minutos que terminó con una pregunta entregada en poco menos que un grito.

—¿Cómo diablos un hombre escapa de esa manera?

—Con todo respeto, señor —dijo Charles Alden—. Eso es lo que él hace.

Kealty respondió:

—Ryan podría estarlo ayudando a escapar. Alden, vuelve a la CIA y cava más profundo. Si encuentras una conexión más estrecha entre Ryan y Clark, entonces podemos implicar a Ryan en la fuga de Clark.

Alden dijo:

—Me han dicho que parte de lo que Jack Ryan hizo, y gran parte de lo que hizo John Clark, nunca se puso por escrito.

—Tonterías —dijo Kealty—. Tu propia gente te está mintiendo. Da el ejemplo con un par de personas clave y los demás se abrirán.

—Ya lo intenté, señor. Estos tipos, la vieja guardia, prefieren morir antes que hablar de John Clark.

—Malditos espías —dijo Ed Kealty, restándole importancia al comentario de Alden mientras miraba a Brannigan durante un buen rato.

Finalmente, el Presidente señaló a su Fiscal General.

—Escúchame, Mike. Quiero a John Clark en la lista de los Diez Más Buscados para el final del día.

—Señor Presidente, hay un montón de preocupaciones acerca de eso. Otra persona, un terrorista o un asesino u otro hombre peligroso tendría que salir de la lista, y eso es problemático porque...

—John Clark es un peligroso asesino. Lo quiero allí.

Wes habló:

—Me preocupa cómo se va a ver esto...

—¡Me importa un maldito bledo cómo se ve! ¡Quiero a este hombre detenido! Si es un fugitivo de la justicia y ha salido del país, entonces tenemos que aumentar la presión en todas las formas posibles.

Brannigan preguntó lo más respetuosamente posible:

—¿A quién quiere que saque, señor? ¿Cuál de los diez más buscados saldrá para poner a Clark en la lista?

—Ése es tu problema, Mike. No el mío.

Benton Thayer dijo:

—Mike, a veces hay un número once, ¿no? Como cuando no quieren sacar a nadie, pero sienten que tienen que agregar a alguien más?

El Fiscal General admitió, a regañadientes, que Thayer estaba en lo correcto.

La reunión se disolvió minutos después, pero el Subdirector de Operaciones Charles Alden le preguntó a Kealty directamente si podía quedarse para hablar con él por un momento. También le pidió a Thayer que permaneciera en la Oficina Oval.

Esta era una violación del protocolo para una reunión con el Jefe del Estado. Alden tendría que haberse acercado a Wes McMullen, jefe del gabinete, si quería más tiempo con el Presidente. Wes estaba ahí parado, había sido ignorado y estaba decidido a cortar esto de raíz.

—Muchachos, el Presidente tiene una presentación en el Rose Garden a la una y media con...

—Wes —dijo Kealty—. Está bien. Sólo danos unos minutos.

McMullen tenía tanto sospechas como frustración, pero hizo lo que su jefe le dijo y salió de la habitación, cerrando la puerta detrás de él.

Kealty se sentó en el sofá con Alden y Thayer frente a él. Al mirar a los dos hombres, se dio cuenta inmediatamente de que su jefe de campaña no sabía de lo que iban a hablar.

—¿Qué pasa, Charles?

Alden tamborileó los dedos sobre las rodillas mientras elegía cuidadosamente sus palabras.

—Señor Presidente, ha llegado cierta información a mis manos que me hace creer que hay evidencia creíble de que este personaje Clark estuvo involucrado en la captura del Emir.

Thayer y Kealty se quedaron ahí sentados con la boca ligeramente abierta. Suavemente Kealty dijo:

—¿De qué demonios estás hablando? ¿Qué evidencia, y por qué recién vengo a oír de esto?

—Para protegerlo, señor Presidente. Creo que lo mejor es no decirle nada más.

Pero Kealty negó con la cabeza.

—El Departamento de Justicia dice que el Emir nos fue entregado probablemente por una agencia de inteligencia extranjera. ¿Creemos ahora que Clark está espiando para otro país?

Alden movió la cabeza.

—Ése no es Clark. He leído cada trozo de papel que se

ha escrito sobre el hijo de puta. Ni en un millón de años trabajaría para una potencia extranjera.

Thayer se inclinó más cerca.

—Entonces, ¿qué mierda *es*?

—Él es... él debe estar... trabajando para alguien aquí. Alguien ondeando la bandera. Pero *no* la CIA. Definitivamente *no* para la CIA.

—¿Qué es lo que *no* estás diciendo?

—El FBI no recibió ninguna pista de lo que Clark ha estado haciendo desde la CIA. Pero dentro del propio FBI... hay rumores tenues sobre una organización extraoficial provista de ciertas capacidades analíticas y operacionales. Algo como una empresa de espionaje privada. El FBI tiene sospechas de que algunos en su organización saben al respecto, pero conseguir pruebas concretas es como clavar gelatina a la pared.

Edward Kealty estaba, literalmente, boquiabierto.

—¿Estamos hablando de un gobierno en la sombra? ¿Una especie de empresa estadounidense *sub rosa*?

—Nada más tiene sentido —dijo Alden.

Benton Thayer fue más lento que los otros dos; no tenía experiencia con el ejército o los servicios de inteligencia, y no había pensado mucho acerca de cómo estaban organizados. Pero sí entendía un aspecto.

—El Emir sabría si Clark lo capturó. Si logramos que el Emir lo identifique, Clark estaría jodido. Y si Clark cae, entonces Jack Ryan se hunde con él.

Kealty aún estaba atónito por esta nueva información. Pero conservó la claridad mental para decir:

—El Emir está bajo llave, con restricciones del Departamento de Justicia respecto de la inteligencia que puede proporcionar.

Thayer se limitó a sacudir la cabeza.

—Usted es el Presidente de los Estados Unidos. Simplemente dígale a Brannigan que afloje las riendas en el ICP. Podemos conseguir todo lo que necesitamos.

Kealty, el animal político consumado, pensó en una nueva perspectiva a su problema.

—Pero el Emir es el peor testigo que podríamos tener de nuestro lado en esto. ¿Y qué si identifica a Clark? Entonces Clark aparecería como un héroe por capturar al hombre. ¡Piensa en ello! ¿Nos molesta que pueda haber algún tipo de empresa de espionaje extraoficial por ahí? ¡Sí, maldita sea! Sin embargo, crees que el décimo distrito de Ohio, o en el tercer distrito de Florida, o cualquiera de los otros estados en disputa va a apoyar un juicio contra la persona que capturó al Emir? No lo creo.

Alden se encogió de hombros.

—No nos importa si Clark va a la cárcel por esto. Pero si podemos implicar a Ryan... si Clark está involucrado, tal vez Ryan también. Piénselo. ¿Para quién más podría trabajar Clark en algo tan turbio como una empresa de inteligencia extraoficial?

Kealty dijo:

—Vamos a necesitar a Clark para responder a esa pregunta. Podemos ofrecerle inmunidad limitada, o incluso total inmunidad, para que le eche esto encima a Jack Ryan.

Alden asintió.

—Me gusta.

Pero Kealty luego dijo:

—Pero sin Clark, estamos perdidos.

Alden entonces miró a Thayer.

—¿Puedo tener un minuto a solas con el Presidente?

Thayer se limitó a asentir sin antes consultarlo con Kealty mismo. Se sentía muy fuera de su terreno y tenía la sospecha de que iba a suceder algo en lo que él no quería estar involucrado. Por lo tanto, se levantó del sofá y salió de la oficina, cerrando la puerta detrás de él.

—¿Chuck? —Ed Kealty se inclinó hacia delante y dijo casi en un susurro.

—Señor Presidente. Entre usted y yo... puedo atrapar a John Clark.

—Lo necesitamos con vida.

—Entiendo.

Kealty empezó a hablar, su boca se abrió para pronunciar la palabra *cómo*, pero se contuvo. En su lugar, sólo dijo:

—Entre tú y yo, Chuck... hazlo.

Alden se levantó y los dos hombres se dieron la mano intercambiando duras miradas entre ellos.

No se dijo nada más antes de que el subdirector de la CIA dejara la Oficina Oval.

47

El Subdirector de la Agencia Central de Inteligencia, Charles Alden, contactó a Paul Laska poco después de medianoche. El hombre mayor estaba en casa en su cama, pero le había dado a Alden un número que le permitía ponerse en contacto con él sin importar la hora.

—¿Hola?

—Paul. Es Charles.

—No esperaba oír de ti. Me dijiste que no ibas a involucrarte más allá de lo que ya lo habías hecho.

—Es demasiado tarde para eso. Kealty ya me involucró.

—Te le puedes negar, lo sabes. No será Presidente por mucho tiempo más.

Alden meditó por un momento. Luego dijo:

—Es de interés de todos que capturemos a John Clark.

Tenemos que saber con quién está trabajando. Cómo se las arregló para capturar al Emir. Quiénes son las otras personas en su grupo.

—Entiendo que el Sr. Clark ha dejado los Estados Unidos y la CIA está trabajando en eso en el extranjero.

—Tu red de recursos de inteligencia compite con la mía, Paul.

Una ligera sonrisa se posó en el rostro del hombre mayor en su cama.

—¿Qué puedo hacer por ti?

—Me preocupa que, a pesar de mis deseos e intenciones, mis colegas de la Agencia Central de Inteligencia no estén dispuestos a poner toda la fuerza de sus poderes en la búsqueda de John Clark. Las tropas veneran al hombre. Tengo a todo el mundo buscándolo, pero estos son cazadores que están cumpliendo de manera mecánica y desinteresada. Y yo... quiero decir, Kealty tiene una restricción de tiempo del demonio.

Tras una larga pausa Laska dijo:

—Quieres mi ayuda para traer gente de afuera para hacer el trabajo que hay que hacer.

—Exactamente.

—Conozco a alguien que nos puede ayudar.

—Pensé que así sería.

—Fabrice Bertrand-Morel.

La pausa fue breve. Charles Sumner Alden dijo:

—Él tiene un negocio de investigación en Francia, ¿verdad?

—Correcto. Dirige la mayor empresa internacional de detectives privados que hay, con oficinas en todo el mundo. Si Clark ha dejado a los Estados Unidos, entonces los hombres de Fabrice Bertrand-Morel lo sacarán de donde sea que se esté escondiendo.

—Suena como que será la elección adecuada —dijo Alden.

Laska respondió:

—Son las seis de la mañana en Francia. Si lo llamo ahora, estará en su paseo de la mañana. Voy a organizar una cena para nosotros esta noche por allá.

—Excelente.

—Buenas noches, Charles.

—Paul... lo necesitamos vivo. Lo entiendes, ¿no?

—Dios mío. ¿Por qué siquiera se te cruzaría por la cabeza la idea de que yo podría...

—Porque sé que Bertrand-Morel ha perseguido hombres y los ha matado en el pasado.

—He oído las acusaciones, pero nada ha pasado más allá de la fase de investigación.

—Bueno, eso es porque él ha sido de gran ayuda a las naciones donde sus crímenes han sido cometidos.

Laska no respondió a esto, por lo que Alden le dio una explicación de su conocimiento del hombre y su empresa.

—Estoy con la CIA. Sabemos todo acerca del trabajo de Fabrice Bertrand-Morel. Tiene la reputación de ser capaz, pero inescrupuloso. Y sus hombres tienen reputación de asesinos alrededor de la CIA. Ahora... por favor entiende. Necesito absoluta claridad entre tú y yo de que ni el Presidente Kealty ni nadie que trabaje con o para él está abogando para que el Sr. Clark sea asesinado.

—Tenemos un acuerdo. Buenas noches, Charles —dijo Laska.

Sam Driscoll se vio sorprendido y bastante confundido de ver el amanecer. Sus guardias no se comunicaron con él para nada, así que nunca supo por qué la gente Haqqani no siguió la orden del general Rehan de interrogarlo y luego ponerlo contra la pared y dispararle.

La suerte es real y, de vez en cuando, es incluso buena. Driscoll nunca lo sabría, pero el día antes de su captura en las ATAF, a veinticinco millas al norte de su ubicación en Miran Shah, tres altos jefes de la red Haqqani habían sido detenidos en una barricada en Gorbaz, un pequeño pueblo de Afganistán, justo al sur de la fortaleza Haqqani de Khost. Por algunas semanas Haqqani y sus hombres pensaron que fuerzas de la OTAN retenían a sus hombres y el mismo Siraj Haqqani, después de enterarse de que sus hombres habían capturado fortuitamente a un espía occidental, envió órdenes de contramandar los deseos de Rehan. El americano sería intercambiado por sus hombres y no debían hacerle daño.

No fue sino hasta dos meses después que los cuerpos de

los tres jefes de la red Haqqani fueron encontrados envueltos en recubrimientos para suelo de arpillera y tirados en una pila de basura al norte de Khost. Habían sido víctimas de un grupo rival afiliado a los talibanes. La OTAN no había tenido nada que ver con su captura o asesinato.

Sin embargo, esto le dio un poco de tiempo a Driscoll.

La madrugada después de la visita de Rehan, las cadenas de Driscoll fueron liberadas de la argolla en el suelo y fue puesto de pie. Se tambaleó sobre sus piernas lesionadas. Su cabeza estaba cubierta con un chal *patu* tradicional, presumiblemente para hacerlo invisible a los vehículos aéreos no tripulados, y fue arrastrado fuera de su fría celda, empujado hacia la luz del amanecer y ayudado a subir a la parte trasera de una camioneta Toyota Hilux.

Fue conducido al norte, fuera del recinto junto al puente de la carretera Bannu, por Bannu hacia arriba, y más adentro hacia la ciudad de Miran Shah. Podía oír motores de camiones y bocinas, y en las intersecciones podía escuchar hombres a pie mientras caminaban por las calles estrechas, incluso a esas horas de la mañana.

Salieron de la ciudad minutos más tarde. Sam supo esto por el aumento de la velocidad y la falta de ruidos de otros vehículos.

Condujeron durante casi dos horas; por lo que Driscoll podía darse cuenta, no se encontraba en un convoy, sino simplemente sentado en la parte trasera de una camioneta pickup que andaba a través de territorio abierto, al parecer sin una sola preocupación en el mundo. Los hombres que estaban en la parte de atrás con él —había identificado tres voces distintas, pero estaba seguro de que había más— reían y bromeaban entre sí.

No parecían estar preocupados por los aviones no tripulados de los Estados Unidos o las tropas terrestres de la Fuerza de Defensa de Pakistán.

No, este era territorio Haqqani; los hombres alrededor de Sam en la camioneta mandaban aquí.

Finalmente tomaron la carretera de Waziristán del Norte hacia la ciudad de Aziz Khel y se detuvieron en un gran recinto con rejas. Sam fue arrastrado fuera de la camioneta cuando se hubo detenido y luego llevado dentro de un edificio. Ahí le quitaron la cubierta de la cabeza y se encontró en un pasillo oscuro. Fue llevado por el pasillo, pasando por habitaciones llenas de mujeres con burka, que hicieron todo lo posible por permanecer en las sombras, y pasó hombres de la red Haqqani de largas barbas armados en la parte superior de una escalera de piedra que conducía a un sótano.

Se tambaleó más de una vez. Las heridas de metralla en sus muslos y pantorrillas le había causado lesiones musculares que hacían que caminar fuera algo descoordinado y doloroso, y con las cadenas de metal en las muñecas no podía mantener el equilibrio.

Al pasar junto a los lugareños, estaba un poco sorprendido al ver el poco interés que tenían en él aquellos alrededor del complejo. O este lugar recibía muchos prisioneros o

estaban lo suficientemente disciplinados como para no demostrar nada cuando había alguien nuevo en medio de ellos.

En el sótano tuvo su respuesta. Entró en una habitación
al final de un pasillo de piedra, luego pasó una larga fila de
pequeñas celdas con barras de hierro a su izquierda. Buscando en las jaulas oscuras, contó siete prisioneros. Uno de
ellos era occidental, un joven que no habló cuando pasó Driscoll. Otros dos eran asiáticos, yacían en catres de cuerda y lo
miraron fija e inexpresivamente.

El resto de los prisioneros eran afganos o paquistaníes.
Uno de estos hombres, un hombre corpulento más viejo con
una larga barba gris, estaba tendido en el suelo de su celda de
espalda. Tenía los ojos medio abiertos y vidriosos. Era evidente incluso en la poca luz que su vida estaría dejando su
cuerpo dentro de muy poco a menos que recibiera atención
médica.

La nueva casa de Driscoll era la última celda de la izquierda. Era oscura y fría, pero había un catre de cuerda que
lo mantendría fuera del piso de concreto, y los guardias le
quitaron las cadenas. Mientras las barras de hierro se cerraban detrás de él, pasó por encima del balde de la basura y
relajó su cuerpo adolorido en la cama.

Para un ex Ranger del ejército acostumbrado a vivir una
vida austera, estos aposentos no eran de los peores que había
visto. Era muchísimo mejor que de donde venía y el hecho de
que parecía que estaría aquí por un tiempo, aunque ciertamente no era su primera opción, hizo que su ánimo mejorara
considerablemente en comparación al día anterior.

Pero más allá de su propia situación, Sam Driscoll pensó en su misión. Sólo tenía que encontrar la forma de hacer llegar al Campus la información de que el general Rehan estaba trabajando con agentes de la red Haqqani en algo que tenía muchas ganas de mantener en secreto.

48

A Paul Laska le habría gustado mucho visitar esta hermosa propiedad francesa del siglo XIX en el verano. La piscina era exquisita, la playa que estaba más abajo era privada y prístina, y había sillas al aire libre en toda la parte trasera de la enorme propiedad amurallada, ideales rincones naturales en los jardines y los terrenos para relajarse o cenar o disfrutar de un cóctel mientras se ponía el sol.

Pero era finales de octubre y aunque todavía estaba bastante agradable aquí, en el jardín de atrás, con temperaturas rondando los sesenta grados Fahrenheit en la tarde y cayendo a los cuarenta por la noche, no había mucho de recreación al aire libre para un hombre de setenta años. La piscina y el Mediterráneo estaban frígidos.

Y en cualquier caso, Laska no tenía tiempo para frivolidades. Él estaba en una misión.

Saint Aygulf era una desarrollada ciudad junto al mar, sin todo el alboroto y las multitudes de Saint Tropez, justo al sur en el extremo sur de la bahía de Saint Tropez. Pero era tan bella como su vecina más famosa; de hecho, la exquisita villa, las colinas por detrás y el agua por delante eran, por no decir más, un paraíso.

La propiedad no era suya, sino que pertenecía a un famoso actor de Hollywood que dividía su tiempo entre la costa oeste de los Estados Unidos y la costa sur de Francia. Una llamada de un ayudante de Laska a la gente del actor le había conseguido la villa por la semana, aunque Paul esperaba estar aquí menos de un día.

Era bien pasadas las nueve de la noche cuando un fornido francés de cincuenta y algo entró en el patio trasero a través de las puertas de vidrio corredizas de la biblioteca. Llevaba un blazer azul con el cuello de la camisa abierta, revelando su grueso cuello. Había venido de Cannes y se movía como quien tenía algo mejor que hacer.

Laska se levantó de su silla cerca de la piscina de borde infinito cuando el hombre se acercó.

—¡Qué maravilla verte de nuevo, Paul!

—Igualmente, Fabrice. Te ves saludable y bronceado.

—Y tú te ves como si estuvieras trabajando demasiado duro allá en los Estados Unidos. Yo siempre te digo: «Ven al sur de Francia, vivirás para siempre».

—Puedo ofrecerte un coñac antes de la cena?

—*Merci*.

Laska se acercó a un carro con ruedas cerca de su mesa junto a la piscina. Mientras los dos hombres hablaban sobre la hermosa villa y la hermosa novia del actor dueño de la propiedad, el multimillonario checo sirvió coñac en un par de copas y le pasó una a su invitado. Fabrice Bertrand-Morel tomó la copa, bebió y asintió en agradecimiento.

Laska le hizo señas al francés para que tomara asiento en la mesa.

—Eres siempre un caballero, mi querido Paul.

Laska asintió con una sonrisa mientras calentaba la copa con la mano.

Luego Bertrand-Morel terminó el pensamiento:

—Lo qué me hace preguntarme por qué permitiste que tus guardaespaldas me registraran en búsqueda de un micrófono oculto. Fue un poco demasiado íntimo.

El hombre mayor se encogió de hombros.

—Israelíes —dijo, como si eso explicara el cacheo que acababa de llevarse a cabo dentro de la casa.

Bertrand-Morel lo dejó pasar. Sostuvo su copa sobre la llama de una vela que estaba sobre la mesa para calentarla.

—Bueno, Paul. Me gusta verte en persona, incluso si eso incluye levantarme la camisa y aflojarme el cinturón. Ha pasado tanto tiempo. Pero me pregunto, ¿qué podría ser tan *très* importante para que tuviéramos que vernos de esta manera?

—¿Tal vez el asunto puede esperar hasta después de la cena?

—Déjame escucharlo ahora. Si es lo suficientemente importante, la cena puede esperar.

Laska sonrió.

—Fabrice, te conozco como un hombre que puede ayudar en el más delicado de los asuntos.

—Estoy a tu servicio, como siempre.

—¿Me imagino que sabes del asunto de John Clark que está en las noticias en los Estados Unidos?

Laska expresó la declaración como una pregunta, pero no tenía duda de que el investigador francés sabía todo sobre el asunto.

—*Oui, l'affaire Clark*. Asesino personal de Jack Ryan, o así lo afirman los periódicos franceses.

—Es un escándalo tan grave como eso. Te necesito, y a tus agentes, para encontrar al señor Clark.

Las cejas de Fabrice Bertrand-Morel se elevaron ligeramente y tomó un sorbo de su bebida.

—Entiendo por qué se me podría pedir involucrarme en la búsqueda de este hombre, como mi gente está por todo el mundo y muy bien conectada. Pero lo que no entiendo, en absoluto, es por qué me lo estás pidiendo tú. ¿Cuál es tu participación?

Laska miró hacia la bahía.

—Yo soy un ciudadano preocupado.

Bertrand-Morel se rió entre dientes; su gran cuerpo se desplazó hacia arriba y hacia abajo en la silla mientras lo hacía.

—Lo siento, Paul. Tengo que saber más que eso para acceder a hacer esta operación.

Ahora el checo-americano volvió la cabeza a su huésped.

—Muy bien, Fabrice. Yo soy un ciudadano preocupado que va a asegurarse de que a tu organización se le pague lo que quieras por capturar el señor Clark y devolverlo a los Estados Unidos.

—Podemos hacer eso, aunque entiendo que la CIA está trabajando en la misma misión en este momento. Me preocupa la posibilidad de pisarnos los talones los unos a otros.

—La CIA no quiere atrapar al hombre. No se interpondrán en el camino de un detective motivado como tú.

—¿Estás haciendo esto para ayudar a Edward Kealty?

El hombre mayor asintió y tomó un sorbo de su coñac.

—Ahora veo por qué la gente del Presidente Kealty no vino a mí para esto.

El francés asintió.

—Debo asumir que tiene información que podría ser embarazosa para el candidato Ryan?

—La existencia de John Clark es embarazosa para el candidato Ryan. Pero sin su captura, sin las imágenes en las noticias de él siendo arrastrado a una estación de policía, el Presidente Kealty se ve impotente y el hombre sigue siendo un misterio irresistible. Nosotros no necesitamos que sea un misterio. Necesitamos que sea un prisionero. Un criminal.

—¿«Nosotros», Paul?

—Estoy hablando como estadounidense y como amante de la ley.

—Sí, por supuesto que sí, *mon ami*. Voy a empezar a trabajar inmediatamente en la búsqueda de tu señor Clark.

¿Supongo que tú pagarás la cuenta? ¿No es el contribuyente estadounidense?

—Tú me darás las cifras personalmente y voy a hacer que mi fundación te reembolse. Sin factura.

—*Pas de problème*. Tu crédito siempre es bueno.

49

La riqueza y las conexiones de Gerry Hendley eran muy útiles en momentos como estos. A cuatrocientos metros a través del agua de la casa de seguridad de Riaz Rehan en Palm Jumeirah, en Dubai, estaban el hotel y las residencias cinco estrellas Kempinski, y ahí un *bungalow* de agua de tres habitaciones era propiedad de un amigo inglés de Gerry que trabajaba en el negocio del petróleo y el gas. Hendley le dijo al hombre que necesitaba pedirle prestado su *bungalow* y el gerente financiero estadounidense ofreció una suma extraordinaria por la propiedad, pagada semanalmente. Hubiera sido demasiado perfecto que la casa hubiera estado vacía en ese momento. En vez, el «amigo de Gerry» estaba allí con su esposa y su pequeña hija. Pero el empresario petrolero estuvo más que feliz de empacar sus cosas y llevarse a su familia al opulento Burj Al Arab, un exquisito hotel «seis estrellas» en la forma de una vela que sobresalía en el Golfo Pérsico.

Todo a cuenta de Gerry Hendley, por supuesto.

El hombre salió de su casa justo a tiempo. El Gulfstream G550 aterrizó en el aeropuerto internacional de Dubai, pasó el control de aduanas y luego se estacionó junto a un gran mar de jets corporativos alojados en un OBF ahí en la rampa.

Mientras Ryan, Caruso y Chávez comenzaban a descargar su equipo desde el compartimiento de equipaje, la capitana Reid y el primer oficial Hicks estaban parados en el asfalto caliente con los ojos vidriosos. No de agotamiento después del largo vuelo, sino de asombro ante lo que pensaron debía ser algo así como unos cinco mil millones de dólares de maquinaria estacionada a su alrededor.

Aviones y helicópteros de lujo de alta tecnología se alineaban de punta a cola, y Hicks y Reid planeaban echarle un vistazo de más cerca a todos y cada uno.

Los tres agentes tenían planes de acercarse a una de las aeronaves. Un Bell Jet Ranger propiedad del Kempinski los estaba esperando para trasladarlos con su equipaje directamente a su residencia.

Veinte minutos después de descender del Gulfstream, Dom, Ding, y Jack estaban de vuelta en el aire, volando hacia el glorioso sol de la mañana. Volaron a baja altura a lo largo de Dubai Creek en un principio, la ancha vía de agua que separaba el Antiguo Dubai, sus calles congestionadas y bajas estructuras de piedra extendidas desordenadamente de los rascacielos, del Nuevo Dubai a lo largo de la costa.

Pronto se dirigieron hacia afuera sobre el agua, volando sobre la propia Palm Island de cinco kilómetros de ancho, desarrollados caminos construidos sobre el agua en forma de tronco de árbol y quince hojas de palma, todo esto rodeado de una isla con forma de medialuna, que servía de rompeolas.

En este rompeolas estaba el Kempinski Hotel & Residences, y ahí aterrizó el helicóptero.

Los tres agentes del Campus fueron llevados a su propiedad, un *bungalow* de lujo junto a una plácida laguna. A cuatrocientas yardas de distancia, la casa de seguridad de Rehan estaba ubicada en el extremo de una de las hojas de la palmera. Serían capaces de verla desde aquí con los binoculares Leupold que habían traído con ellos, aunque planeaban echarle una mirada de mucho más cerca una vez que cayera la noche.

A las dos y media de la mañana Ryan, Chávez y Caruso estaban sentados en un bote de goma a medio camino entre el Kempinski y la «hoja de palmera» en la que estaba la casa de seguridad Rehan, y observaban el recinto oscuro a través de sus instrumentos ópticos nocturnos. Se alegraron de determinar que, aparte de la pequeña fuerza de seguridad permanente —un hombre en la caseta de guardia al frente y un par de centinelas a pie patrullando— los terrenos fuera de la casa principal parecían estar deshabitados. Habría cámaras y detectores de movimiento y tal vez incluso equipos de monitoreo acústico, pero Chávez, Caruso y Ryan estaban preparados para eso, así que esta noche ejecutarían la parte más peligrosa de su operación.

Estaban mucho menos preocupados por el equipo que podría delatarlos y mucho más preocupados por los hombres que podrían dispararles.

Habían alquilado el bote y el equipo de buceo de una tienda de buceo PADI, no lejos de su *bungalow*. Los tres hombres tenían una significativa experiencia en buceo, aunque Domingo les recordó a todos que John Clark tenía más inmersiones en su haber en un período de seis meses como SEAL que las que tenían Chávez, Ryan y Caruso juntos en sus vidas. De todos modos, el agua estaba en calma y no tenían planeado hundirse muy profundo o permanecer sumergidos mucho tiempo.

El pequeño bote de goma no era óptimo para la operación, ni tampoco el equipo de buceo que llevaban. Pero este era el equipo que estaba a su disposición, así que cuando Ryan se quejó de que el equipo podría ser mejor, Chávez simplemente le recordó que tendrían que «adaptarse y superarlo».

Si hubieran tenido que hacer una verdadera entrada bajo el agua encubierta en el recinto mismo, hubieran preferido usar equipo de respiración reciclada, reguladores que no emiten burbujas, sino que vuelven a procesar el gas exhalado con oxígeno fresco. Los recicladores eran cruciales para el trabajo de buceo encubierto, pero aunque el equipo de circuito abierto básico que habían alquilado en la tienda de buceo recreativo emitiría burbujas en abundancia cuando nadaran bajo el agua, no iban a llegar lo suficientemente cerca del recinto como para llamar la atención.

Echaron ancla y se metieron en el agua en silencio. Ryan les entregó unas cajas con pesas y selladas para el agua por el costado a los otros dos hombres antes de salir del bote de goma y ponerse las aletas de buceo en los pies. Pronto los tres hombres, cada uno con una caja en la mano, nadaron hasta una profundidad de diez pies y revisaron sus computadoras de buceo, encontraron la dirección a su objetivo y alinearon sus cuerpos en la línea de proa de sus brújulas. Salieron con Chávez a la cabeza.

Ryan cerraba la marcha. Su corazón latía con fuerza creando una extraña cadencia de ritmo tecno cuando se combinaba con el silbido de su respiración a través de la válvula de su regulador. El agua negra y tibia lo envolvía a medida que avanzaba, dándole la sensación de estar totalmente solo. Sólo las leves presiones rítmicas de las aletas de su primo Dominic pataleando a diez pies más o menos delante de él le recordaban que sus colegas estaban con él y ese pensamiento lo reconfortó.

Finalmente, después de estar bajo el agua durante diez minutos, la frente de Jack golpeó suavemente el tanque de Dominic. Dom y Ding se habían detenido; estaban en un bancal de arena en la pendiente que conducía fuera del agua hasta la estrecha franja de playa de la calle Al Khisab. La profundidad en el bancal era de tan sólo ocho pies y aquí Chávez utilizó una débil linterna roja para mostrar a los otros dos dónde debían depositar su equipo de buceo. Los hombres se quitaron sus equipos, los ataron juntos y luego los amarraron a una gran roca, y luego cada uno de ellos tomó un largo aliento más en sus reguladores. Una vez hecho esto, los tres hombres salieron del agua, vestidos de pies a cabeza en neopreno negro y llevando las cajas selladas con ellos.

Diez minutos después de haber dejado atrás el mar, Dom, Ding y Jack se había movido a una propiedad a oscuras cuatro lotes más abajo de la de Rehan. Esta casa no estaba amurallada ni vigilada, por lo que asumieron que tampoco habría detectores de movimiento instalados. Detrás de una gran casa de piscina, los americanos comenzaron a preparar el equipo que habían sacado de las cajas selladas. Les tomó unos buenos quince minutos de preparación, cada hombre trabajando en su propio proyecto, pero poco después de las tres de la mañana Chávez indicó en silencio con el pulgar que estaban listos y Ryan se sentó de espaldas a la pared de la casa de piscina. Se puso unos anteojos de video sobre los ojos y levantó un módulo de control remoto del tamaño de una caja de zapatos de una de las cajas.

Desde ese momento y hasta que el despliegue de los equipos de vigilancia estuviera terminado, Jack Ryan hijo estaba encargado de esta misión.

Con un bien practicado toque de un interruptor en el controlador que tenía en sus manos, los anteojos de Ryan proyectaron la imagen transmitida desde la cámara de infrarrojos que colgaba de una torreta giratoria en la parte inferior de un helicóptero miniatura controlado por radio que estaba sobre una plataforma de aterrizaje plegable de plástico a unos pies de distancia. Las hélices de la pequeña aeronave tenían sólo catorce pulgadas de diámetro y el aparato no se veía muy distinto de un juguete de alta categoría.

Pero este no era ningún juguete, como lo demostró el ruido que hizo cuando Jack encendió el motor. Su motor generaba sólo un treinta por ciento del ruido que generaba un helicóptero a control remoto común de este tamaño y el aparato también llevaba una carga útil en su vientre en un mecanismo de agarre liberable por el operador.

La empresa alemana fabricante del micro helicóptero lo vendía como dispositivo de visión y transporte remoto para las industrias de residuos nucleares y biológicos, dándole la capacidad al operador de mantenerse a distancia para ver zonas de riesgo y colocar cámaras y equipos de prueba de manera remota. Desde que el Campus había evolucionado de un equipo de asesinos a una empresa de recolección de inteligencia en el último año, había estado en la búsqueda de nuevas tecnologías que pudieran servir como multiplicadores de fuerza en sus esfuerzos. Sólo tenían cinco agentes de campo después de todo, por lo que hacían lo que podían para apalancar sus esfuerzos con soluciones de alta tecnología.

Jack tenía un total de cinco cargas útiles para desplegar esta noche con su micro helicóptero, por lo que no perdió un instante antes de elevar su avión en el cielo nocturno.

Cuando Ryan tuvo su pequeña nave suspendida en el

aire a unos cincuenta pies por encima de la plataforma de aterrizaje, sus hábiles dedos se movieron a un interruptor de palanca en el lado derecho de su controlador. Usando esto, inclinó hacia abajo la cámara en la torreta debajo de la nariz del helicóptero y con noventa grados de inclinación se estaba mirando a sí mismo y a sus dos colegas amontonados en el la parte más oscura del patio detrás de la casa de piscina. Entonces llamó en voz baja a Dom:

—Configurar punto de ruta alfa.

Caruso se sentó junto a él con una computadora portátil abierta y mostrando la transmisión desde la pequeña cámara del helicóptero. Haciendo clic en un botón, Dom creó un punto de ruta en la memoria del micro helicóptero de modo que cuando se le llamara a regresar a «alfa», el GPS y el piloto automático de la nave volaran el aparato directamente de regreso a una posición por encima de su base.

Después de pulsar las teclas necesarias en su computadora, Dom dijo:

—Alfa configurada.

Jack elevó la aeronave a una altura de doscientos pies. Una vez que alcanzó esa altura, voló sobre las tres propiedades entre su ubicación y la propiedad de Rehan, volando con una ligera inclinación hacia abajo de la cámara en la torreta para poder supervisar el cielo delante de él también.

Cuando hubo colocado su helicóptero y su carga directamente sobre la parte plana del techo de la casa, llamó a Dom:

—Configurar bravo.

Un momento después, la respuesta:

—Punto de ruta bravo configurado.

El objetivo de Jack era el gran conducto del aire acondicionado en el techo del edificio, pero no descendió de inmediato. En vez, utilizó la cámara en la torreta, cambió a infrarrojo térmico y comenzó a buscar a los guardias de Rehan. No le preocupaba demasiado que el dispositivo fuera visto en la oscuridad por encima del techo, pero sí le preocupaba el ruido. Porque a pesar de que el motor del micro helicóptero era, en efecto, bastante callado, definitivamente no era silencioso, especialmente al operar sobre una propiedad a oscuras en un callejón sin salida en medio de la noche. Ryan tenía que estar absolutamente seguro de que no había guardias en el techo o patrullando junto a los jardines en la parte noreste del edificio.

Había otras limitaciones de la tecnología que Jack tenía que tener en cuenta también, ya que el liviano peso del aparato lo hacía susceptible a la brisa del mar que soplaba desde el golfo. Incluso con el giroscopio interno de control de estabilidad, Jack tenía que tener cuidado de que una brisa que lo sacara de curso no lo desorientara y lo enviara contra una pared o una palmera. Podía luchar contra esto tratando de ganar altura o llamando a Dom para que enviara el helicóptero de regreso al punto de ruta bravo, pero sabía que no tendría mucho tiempo para tomar esa decisión una vez que bajara cerca del suelo.

Escaneó lentamente; con sus anteojos de video puestos, todo lo que veía a través de sus propios ojos era lo que era recogido por la pequeña cámara de doscientos pies sobre el suelo y a ciento cincuenta yardas de distancia. Tanto él como Dom estaban concentrados en lo que estaban haciendo, por lo que la seguridad del equipo era el trabajo de Chávez. No tenía que monitorear una computadora portátil ni llevaba anteojos que obstruyeran su visión. En vez, estaba arrodillado junto a la casa de la piscina, usando el visor infrarrojo en su metralleta HK MP7 silenciada, en busca de amenazas.

A través de sus anteojos Jack hizo el registro térmico del hombre en la puerta de entrada y un segundo hombre de pie afuera de la caseta de vigilancia conversando con él. Escaneando de nuevo hacia el edificio encontró un tercer hombre, un centinela paseando perezosamente alrededor de la cancha de tenis/helipuerto. Ryan determinó que los tres estaban fuera del alcance del oído de su micro helicóptero.

Finalmente se permitió un segundo para limpiar una gruesa línea de sudor de su frente antes de que goteara hasta sus ojos. Todo —su misión entera, su mayor oportunidad de obtener inteligencia útil sobre el general Riaz Rehan— dependía de sus dedos y las decisiones que tomara en los próximos minutos.

—Voy a entrar —dijo en voz baja y tocó suavemente la palanca de mando de eje y en el controlador, bajando la nave a 150 pies, y luego 100 pies, y luego 50 pies—. Configurar punto de ruta Charlie —susurró.

—Charlie configurado.

Rápidamente hizo un barrido con la cámara hacia la caseta de vigilancia de la entrada, luego de vuelta a la pista de aterrizaje. Vio a los tres guardias del perímetro; estaban justo ahí donde debían estar para que él continuara con su misión. Escaneó el techo otra vez y estaba despejado.

Una brisa del océano mandó su nave meciéndose hacia la izquierda. Combatió el movimiento con un movimiento en sentido contrario en la palanca de mando del controlador. Jack no sintió la brisa en su cuerpo junto a la casa de la piscina, pero a cincuenta pies de altura había estado a punto de hacer que su helicóptero cayera fuera de curso. Tenía un micro helicóptero de repuesto en una de las cajas selladas, pero prepararlo para usarlo le haría perder preciado tiempo. Habían decidido que si perdían el helicóptero durante la inserción, usarían la segunda nave para intentar recuperar la primera, ya que no querían dejar un helicóptero radio-controlado con una cámara de alta tecnología y un transmisor en las tierras de su objetivo, no fuera que la fuerza de seguridad ahí se enterara de su operación de vigilancia.

Caruso se inclinó hacia el oído de su primo.

—Está bien, Jack. Simplemente vuelve a intentarlo. Tómate tu tiempo.

Más sudor goteaba en los ojos de Ryan ahora. Esto no era como en el techo o el estacionamiento de Hendley Asociados. Este era el mundo real, y no se parecía en nada a su entrenamiento.

Jack ahora dejó que el sudor escurriera libremente y se concentró en el aterrizaje de su avión de control remoto.

Se paró suavemente al lado de un conducto de aire acondicionado en el techo. Inmediatamente apagó el helicóptero, luego dejó el mando y levantó un segundo controlador del pasto, después de haberlo encontrado sólo tocando a tientas por un momento con sus manos. Este dispositivo era un módulo de una sola mano, ni un tercio del tamaño del control remoto para el micro helicóptero. En esta segunda unidad manual, presionó un solo botón y entonces sus anteojos de video proyectaron una nueva imagen sobre sus ojos. Era la imagen de una cámara con poca luz que mostraba una de las riostras sobre los patines de aterrizaje del micro helicóptero y, detrás de él, las angostas tiras del conducto de ventilación.

Esta segunda cámara estaba fija en un robot de cuatro pulgadas de largo, dos pulgadas de ancho y una pulgada de altura que había sido adherido a la parte inferior del helicóptero con un imán. Dirigido desde el controlador de Ryan, soltó su retención magnética, y cuando Ryan lo encendió, dos hileras de diminutas patas se extendieron como un ciempiés y se levantaron de la azotea.

Las piernas eran el sistema de propulsión de este insecto-robot que viajaba por tierra y Ryan probó el dispositivo ordenándole ir hacia adelante y hacia atrás, luego haciendo un paneo con la cámara de video 1080p en todas las direcciones. Una vez satisfecho de que el robot estaba trabajando de manera normal, lo apagó y volvió a tomar el controlador del helicóptero. Le ordenó al micro helicóptero ir a sus tres puntos de ruta y luego volver a su pista de aterrizaje.

Cinco minutos después estaba trasladando un segundo robot con forma de insecto por los aires hacia el techo de Rehan, haciéndolo aterrizar cerca del primero. El viento había levantado un poco entre los vuelos, por lo que la segunda salida tardó casi dos veces más que la primera.

—Listo para el número tres —susurró Jack cuando el helicóptero estuvo de regreso en su plataforma.

Chávez cargó el insecto-robot en la aeronave.

—Micro helicóptero está listo para lanzar carga útil número tres.

—¿Cómo estamos con el tiempo, Ding? —preguntó Ryan.

Después de vacilar un momento, Chávez dijo:

—Bien. No te apures, pero no pierdas tiempo tampoco.

—Entendido —dijo Jack y se puso los anteojos de video de nuevo para ver la imagen de la cámara en la torreta giratoria bajo la nariz del micro-helicóptero.

Después de que el tercer y cuarto insecto-robot fueran puestos en el conducto de aire en el techo del edificio, Jack llevó el helicóptero de regreso al punto de ruta alfa, a doscientos pies sobre su cabeza, en preparación para el aterrizaje. Chávez estaba listo con la quinta carga y una batería nueva para el helicóptero, ya que habían determinado que no podía volar por más de una hora con una sola batería.

—Está bien —dijo Jack—. Lo estoy bajando.

Justo en ese momento una brisa capturó el helicóptero, empujándolo hacia el interior del terreno. Jack había lidiado con media docena de incidentes de este tipo en los últimos cuarenta y cinco minutos, así que no entró en pánico. En vez, llevó al helicóptero de vuelta sobre el agua, le tomó un segundo al aparato para enderezarse, y pensó que tenía el control. Sin embargo, la pequeña aeronave se fue a la deriva de nuevo y luego una tercera vez cuando empezó su descenso.

—Maldita sea —susurró—. Creo que lo estoy perdiendo.

Caruso estaba viendo el movimiento en su monitor.

—Sólo bájalo un poco más rápido.

—Está bien —dijo Jack.

En ciento cincuenta pies la nave se sacudió hacia adelante y Ryan tuvo que tirarla hacia atrás.

—Estoy perdiendo el dominio del GPS. Podría estar perdiendo batería.

Caruso dijo:

—Ding, ¿puedes verlo?

Chávez miró hacia el cielo nocturno.

—Negativo.

—Sigue buscando, puede que tengas que agarrarlo.

Pero ya era demasiado tarde. Jack vio la alimentación de video alejarse del agua y las luces del Hotel Kempinski en tanto el micro-helicóptero comenzaba a girar lentamente y su velocidad de descenso aumentaba considerablemente.

—¡Mierda! —dijo, un poco demasiado fuerte teniendo en cuenta su posición encubierta—. Está muerto. Está cayendo.

—No veo un carajo —dijo Chávez.

Estaba caminando con los ojos en el cielo.

—¿Qué tan rápido está bajando?

Justo en ese momento el helicóptero se estrelló en el pasto a diez pies de su plataforma de lanzamiento. El artefacto explotó en una docena de fragmentos.

Jack se quitó los anteojos.

—Mierda. Configura el helicóptero de repuesto.

Pero Chávez ya se estaba moviendo hacia los restos de la nave.

—Negativo. Usaremos los cuatro robots que tenemos en posición. Eso tendrá que ser suficiente. No tenemos tiempo para enviar otro pájaro.

—Entendido —dijo Jack, secretamente aliviado.

Estaba agotado con el estrés de volar la pequeña nave hasta el lugar de destino y estaba ansioso de volver al otro lado del agua, donde Caruso estaría a cargo de operar los insectos-robot que estaban en los conductos de ventilación.

50

Eran cerca de las a cinco de la mañana cuando los tres hombres regresaron a su *bungalow*. Jack estaba más que agotado. Mientras Domingo y Dominic configuraban el equipo remoto para los insectos-robot, Ryan se dejó caer en el sofá, todavía mojado del nado. Dom se echó a reír; había vivido cada gramo del esfuerzo físico que su primo había experimentado, pero la tensión mental del despegue, vuelo y aterrizaje sólo había recaído en Jack Junior.

Ahora le tocaba a Caruso conducir.

Dominic había estudiado los planos arquitectónicos de los constructores de varias de las propiedades de Palm Jumeirah, con el fin de encontrar los mejores puntos de entrada para sus insectos-robot. Los ventiladores del techo eran la mejor opción y mientras el ex agente del FBI conducía su primer pequeño robot con forma de insecto al interior del conducto de ventilación, se alegró de no encontrar ninguna rejilla de metal o malla de alambre que hubiera sido instalada después de la construcción.

Las diminutas piernas del robot podían ser magnetizadas para moverse hacia arriba y hacia abajo en superficies de metal, como en los conductos del sistema de aire acondicionado, así que no tuvo problema en moverse en los ejes X e Y a medida que avanzaba más hacia el interior de la casa de seguridad de Rehan.

La calidad del video era sorprendentemente buena, aunque las fluctuaciones de las velocidades de transmisión a veces causaban una degradación en la calidad. Dom y el resto de los agentes en el Campus también habían probado una cámara de infrarrojo térmica, similar pero superior a la de la torreta de la nariz del micro-helicóptero, pero finalmente habían decidido que no sería necesaria para el trabajo en el interior que tenían previsto hacer aquí en Dubai, además las cámaras infrarrojas usaban más batería y eso sería en detrimento de su misión, por lo que no estaban adheridas a los vehículos terrestres.

Después de veinte minutos de operación, tuvo su primer robot en posición en el conducto de retorno del aire acondicionado en el suelo en el dormitorio principal. Dom ajustó la inclinación de la cámara y revisó para asegurarse de que nada estaba obstruyendo la visión. Luego hizo el ajuste de blancos y enfocó.

La computadora portátil en el *bungalow* mostraba una

imagen en color casi perfecta de la habitación y aunque no había nada que escuchar en ese momento, la corriente de aire que pasaba a través del conducto lo convenció de que el audio estaba funcionando normalmente.

Dominic Caruso repitió este proceso dos veces más durante el curso de la siguiente hora. Puso el segundo robot en un conducto con vista al gran salón. La cámara ofrecía sólo una visión estrecha de la zona de los sofás y el hall de entrada —para nada una imagen perfecta de todos los rincones de la habitación—, pero Caruso sentía que el micrófono estaba bien posicionado para grabar todo lo que se dijera en la habitación de abajo.

El tercer robot comenzó a andar con normalidad y se movió unas pulgadas, pero se detuvo a un pie de la entrada del sistema de ventilación. Dom y Jack pasaron unos minutos solucionando el problema, pero finalmente se dieron por vencidos, incapaces de determinar si había algún daño de hardware en el transmisor o si era una falla de software lo que estaba creando el problema. Declararon muerto el dispositivo y Caruso siguió con el último robot. Este lo había colocado en una oficina del segundo piso sin ningún problema.

A las siete de la mañana la operación estaba completa y Dominic apagó todas las cámaras. El equipo de vigilancia, las cámaras y los micrófonos eran sistemas pasivos, es decir, no operaban todo el tiempo, sino que tenían que ser activados de forma remota. Esto ahorraba mucha energía de la batería, pero también era increíblemente beneficioso para una operación que se esperaba duraría una semana o más.

Caruso llamó a Granger en Maryland y Granger confirmó que habían sido capaces de recoger imágenes de tres de las cámaras y audio de tres de los micrófonos, al igual que lo habían hecho Dom, Jack y Ding desde el *bungalow*. Era necesario enviar el material al Campus de inmediato ya que, suponían, la mayor parte del audio que recogieran estaría en la lengua nativa de Rehan y Rick Bell tenía un analista que hablaba urdu listo las veinticuatro horas todos los días.

Caruso le preguntó a Granger si había alguna noticia de Clark, pero John no se había reportado. Sam Granger también dijo que Sam Driscoll no se había reportado aún tampoco, pero no tenían ninguna razón para sospechar que algo anduviera mal.

Cuando Chávez colgó con Granger, se dejó caer en el sofá junto a Ryan. Los dos hombres estaban exhaustos.

Al principio, Jack hijo estaba abatido con el éxito de la misión.

—¿Todo ese trabajo y sólo tres de las cinco cámaras y micrófonos están en línea? ¿Hablas en serio? Hasta donde sabemos a Rehan le podría gustar sentarse en la mesa de la cocina cuando trabaja. Si ese es el caso, estamos jodidos, porque no oiremos absolutamente nada que no suceda en la oficina, el gran salón o el dormitorio principal.

Pero Domingo tranquilizó a su colega más joven.

—No te olvides, 'mano, el mundo real no es como las películas. En lo que a mí respecta, tres de cinco es un *home run*. Estamos adentro. No importa si se trata de una o cien cámaras. ¡Estamos adentro, maldita sea! Vamos a conseguir la información, confía en mí.

Chávez les insistió en que los otros dos celebraran con él, ordenando un gran desayuno. Ryan se excusó en un primer momento, diciendo que necesitaba dormir un poco, pero una vez que llegó la champaña Moët, los enormes *omelettes* y los pasteles de hojaldre, cambió de parecer y se unió a los otros.

Después del desayuno, limpiaron su equipo de buceo.

Y luego se durmieron.

51

Le tomó varios días a Clark localizar a su objetivo en Alemania. El hombre al que buscaba era Manfred Kromm, y Kromm había demostrado ser una persona muy difícil de encontrar. No estaba trabajando de encubierto, ni estaba tomando medidas extraordinarias para mantenerse oculto. No, Manfred Kromm era difícil de localizar porque era un don nadie.

Hace treinta años había desempeñado un papel en la inteligencia de Alemania Oriental. Él y su socio habían hecho algo ilegal, y Clark había sido llamado para resolverlo. Ahora, el hombre tenía unos setenta años y ya no estaba en Berlín, no era un empleado del gobierno y no era alguien que le importara a nadie.

Clark sabía que todavía estaba vivo, porque las preguntas

que el FBI le había hecho a Hardesty sólo podían haber sido provocadas por Manfred Kromm. Sí, era posible que Kromm hubiera escrito su versión de los hechos hace años y hubiese muerto en el ínterin, pero Clark suponía que ese no era un documento que Kromm habría escrito de buena gana y no había ninguna razón para que esa información saliera a la luz ahora, a menos que Kromm acabara de contar su historia.

Kromm ahora vivía en Colonia, Alemania, en el estado de Renania del Norte-Westfalia, en el río Rin. Clark finalmente había encontrado a su hombre después de ir a su última dirección conocida, un edificio de dos pisos en la sección de Haselhorst de Berlín, y haciéndose pasar por un pariente a quien no había visto hace mucho tiempo. Una mujer ahí sabía que Kromm se había trasladado a Colonia y sabía que llevaba un aparato ortopédico en su pierna debido a daños en los nervios provocados por su diabetes. Clark tomó esta información y se dirigió a Colonia, donde pasó tres muy largos días haciéndose pasar por un empleado de una compañía de equipos médicos de los Estados Unidos. Imprimió tarjetas de visita y facturas falsas e intercambios de correo electrónico, y los llevó a casi todos los proveedores de aparatos médicos para consumidores finales en la ciudad. Decía que tenía una ortesis de tobillo y pie personalizada que había sido encargada por un hombre llamado Kromm, y pedía ayuda para encontrar la dirección actual del hombre.

Algunas tiendas lo rechazaron con un gesto, pero la mayoría revisó eficientemente su base de datos y una de ellas tenía en sus registros a un hombre llamado Manfred Kromm, de setenta y cuatro años, domiciliado en Thieboldgasse trece, apartamento 3A, a quien se le enviaban suministros mensuales de tiras de prueba de insulina y jeringas.

Y así, John Clark había encontrado a su hombre.

Clark encontró la casa de su objetivo en el Altstadt de Colonia. El número trece de Thieboldgasse era un edificio de apartamentos de cuatro pisos de estuco blanco que era una copia de los cincuenta o más que había a ambos lados de la calle, acentuados aquí y allá con un solo árbol en el frente. Las propiedades casi idénticas tenían pequeños jardines de pasto atravesados por pasarelas de quince pies que llegaban hasta las puertas de vidrio hacia el hall de entrada.

Durante una hora John caminó por el barrio bajo la lluvia de la tarde, que le permitió usar un paraguas y el cuello del impermeable doblado hacia arriba, por encima de las orejas, y así ocultar su rostro. Determinó posibles rutas de escape en caso de que su encuentro no terminara muy bien, encontró el camino a la parada de autobús y al *Strassenbahn*, y desde el tranvía se mantuvo atento a policías o carteros o cualquier otro que pudiera ser una molestia si pasaba por la calle en el momento equivocado. Se trataba de edificios de arriendo y había suficiente tráfico peatonal saliendo y entrando, por lo que no le preocupó llamar la atención de los transeúntes, y después de la hora de la vigilancia periférica centró su atención en el edificio número trece.

El edificio no era antiguo en el sentido europeo; muy poco en Colonia podía ser considerado antiguo, ya que la ciudad había sido totalmente aplastada durante la Segunda Guerra Mundial. Después de pasar varios minutos al otro lado de la calle observando el número trece de Thieboldgasse a través de la lluvia, Clark encontró que el edificio era tan monótono y descolorido y sin encanto como la propia Guerra Fría.

En aquel entonces, durante una Guerra Fría que nunca fue lo suficientemente fría para hombres viviendo al extremo como John Clark, Clark había venido a Alemania en una operación especial. Él trabajaba en la División de Actividades Especiales de la CIA en aquel tiempo.

Había sido sacado de entrenamiento en Carolina del Norte con miembros de la nueva unidad de primer nivel del Ejército, la Fuerza Delta, y puesto en un Learjet 35A de la CIA y trasladado a Europa. Después de una parada en la Base Aérea de Mildenhall en Suffolk, Inglaterra, para abastecerse de combustible, Clark estaba de vuelta en el aire.

Nadie le dijo dónde lo llevaban o qué estaría haciendo cuando llegara allí.

Clark aterrizó en Tempelhof en Berlín y fue llevado a una casa de seguridad a unos pocos pasos del Muro de Berlín.

Allí se encontró con un viejo amigo llamado Gene Lilly. Habían trabajado juntos en Vietnam y ahora Lilly era el jefe de la estación de la CIA en Berlín. Lilly le dijo a Clark que lo necesitaban para una simple operación de entrega en la frontera, pero Clark olió que algo estaba mal con la historia.

Sabía que no se necesitaba un activo duro de la SAD para una simple entrega. Le transmitió sus dudas a su superior y entonces Gene Lilly se echó a llorar.

Gene dijo que había caído en una trampa con una prostituta que trabajaba con un par de deshonestos soldados de infantería del Stasi que se habían desviado de sus funciones para hacer algo de dinero extra. Lo habían extorsionado para quitarle todos los ahorros de su vida y necesitaba a John para entregarles la bolsa llena de dinero en efectivo y recoger una carpeta llena de negativos. Clark no le preguntó lo que había en los negativos, estaba seguro de que no quería saberlo.

Lilly le dejó claro a Clark que no había nadie más en la Agencia en quien él confiara y el agente de la SAD de treinta y tres años accedió a ayudar a su viejo amigo.

Minutos más tarde, a John se le entregó una bolsa llena de marcos alemanes y fue llevado a la U-Bahn, donde se metió a un tren a medio llenar de lugareños.

El intercambio entre Clark y los extorsionadores del Stasi iba a ser en un lugar surrealista, único de Berlín y la Guerra Fría. El sistema de metro de Alemania Occidental tenía unas pocas líneas de tren subterráneas que, más bien inconvenientemente, se aventuraban debajo de Berlín Oriental. Antes de la partición de la ciudad esto no tenía ninguna consecuencia, pero después de que el Muro de Berlín fuera erigido en 1961, las líneas que pasaban por debajo del muro ya no podían detenerse en las estaciones que estaban en el otro lado. Los alemanes del Este taparon o bloquearon las puertas que estaban a nivel de la calle, en algunos casos incluso construyeron complejos de apartamentos en los accesos, y borraron toda referencia a las estaciones de metro de los mapas de ferrocarril de Alemania Oriental. Abajo, estos pasillos oscuros, vacíos y laberínticos se hicieron conocidos como *Geisterbahnhöfe* (estaciones fantasma).

Unos minutos pasada la medianoche, John Clark se bajó de la parte posterior del último vagón del tren U8 que rodaba por debajo del distrito Mitte de Berlín Oriental. Mientras el tren resonaba camino arriba por el túnel, el estadounidense sacó una linterna, se ajustó el bolso sobre su hombro y siguió caminando. En cuestión de minutos había encontrado el camino a la estación fantasma del U-Bahn *Weinmeisterstrasse* y ahí esperó en la oscura plataforma de hormigón, escuchando los sonidos de las ratas debajo suyo y de los murciélagos por encima de él.

En cuestión de minutos apareció la luz de una linterna en una escalera. Un solo hombre apareció detrás de ella, alumbró su luz sobre Clark y le dijo que abriera la cartera. Clark hizo lo que se le dijo y entonces el hombre dejó caer un paquete al polvoriento concreto y lo deslizó hacia al estadounidense.

Clark tomó el paquete, lo revisó para asegurarse de que fueran los negativos y luego soltó el bolso.

Todo podría haber, *debería* haber, terminado allí mismo.

Pero los estafadores del Stasi eran codiciosos y querían sus negativos de vuelta para otra ronda de chantaje.

John Clark se dio media vuelta y comenzó a dirigirse hacia el borde de la plataforma, pero oyó un ruido en la plataforma opuesta, al otro lado de los rieles. Alumbró con su linterna hacia allá a tiempo para ver a un hombre con una pistola apuntándole. Clark se agachó y rodó sobre el sucio suelo de cemento al momento en que un disparo estalló e hizo eco en el laberinto de túneles y salas abiertas.

El agente de la CIA estadounidense dejó de rodar y se puso de pie con una pistola Colt modelo 1911 calibre 45 en sus manos. Disparó dos veces a través de las vías, hirió al hombre con el arma dos veces en el pecho y éste cayó donde estaba.

Clark giró entonces hacia el hombre con la bolsa de dinero. El agente del Stasi había retrocedido por la escalera. Clark le disparó, pero falló justo antes de que el hombre desapareciera de su vista. Consideró ir tras él, era la tendencia natural de un experto en acción directa como Clark, ya que no podía estar seguro de que el hombre del Stasi no le devolvería la jugada y vendría tras él. Pero justo en ese momento se acercaba el próximo tren a través de la estación fantasma y Clark se vio obligado a agacharse rápidamente detrás de una columna de hormigón. Las brillantes luces del tren proyectaban largas sombras en la plataforma de polvo. Clark se deslizó hasta el suelo de baldosas y por si acaso echó una mirada hacia el lugar donde el hombre de Alemania Oriental había desaparecido. No vio nada con las luces en movimiento y sabía que si perdía este tren, tendría que esperar aquí unos diez minutos más por el siguiente.

Clark programó su salto hacia el vagón trasero perfectamente; se agarró de una manija en la puerta de atrás y luego se movió por detrás del carro. Viajó allí en la oscuridad durante varios minutos, hasta que estuvo en Berlín Occidental, donde se fundió en el liviano tráfico de la estación.

Treinta minutos después estaba en un tranvía lleno de alemanes del oeste regresando a casa después de trabajar el turno de la noche y treinta minutos después de eso le estaba entregando los negativos a Gene Lilly.

Salió de Alemania en un vuelo comercial el día siguiente, con la certeza de que nada de lo que había ocurrido estaría jamás en los archivos de la CIA o del *Staatssicherheitsdienst* de Alemania Oriental.

Allí, de pie bajo la lluvia fría en Colonia, sacó el recuerdo de su mente y miró a su alrededor. La Alemania de hoy se parecía muy poco a la nación dividida de hace treinta años y Clark se recordó a sí mismo que los problemas de hoy necesitaban su atención.

A las cuatro de la tarde la luz del día estaba abandonando el cielo gris y se encendió una luz en el pequeño hall de entrada del número trece de Thieboldgasse. En el interior, podía ver a una anciana poniéndole la correa a su perro a los pies de una escalera. Clark rápidamente cruzó la calle, subió el cuello de su impermeable más arriba y llegó a un lado del edificio al mismo tiempo que la mujer salía por la puerta de entrada, sus ojos ya puestos en la calle por delante. Mientras la puerta se cerraba detrás de ella, John Clark se movió por la pared a través del pasto y entró al edificio en silencio.

Ya estaba a mitad de camino escaleras arriba con su pistola SIG Sauer en la mano para cuando el pestillo de la puerta detrás de él se cerró con un clic.

Manfred Kromm reaccionó ante el golpe en su puerta con un gemido. Sabía que sería Herta del apartamento al otro lado del pasillo, sabía que ella se habría quedado una vez más afuera de su casa mientras caminaba a esa pequeña perra poodle gris que tenía, y sabía que tendría que abrir su cerradura como lo había hecho docenas de veces antes.

Nunca le había dicho dónde había aprendido a abrir cerraduras. Y ella tampoco le había preguntado.

El que ella se quedara encerrada a propósito para que él le prestara atención le molestaba aún más. No tenía tiempo para esa vieja mujer. Era una plaga de primer orden, sólo un poco menos insoportable que su *Hündchen* Fifi. Sin embargo, Manfred Kromm no le dejó ver que él sabía que sus encerradas semanales eran un engaño. Él era un solitario y un ermitaño, y, antes que insinuarles a las personas que estaban interesadas en él, era más probable que le crecieran alas y volara, así que sonreía hacia el exterior, gemía para sus adentros, y abría la *gottverdammt* puerta de la vieja cada vez que lo llamaba.

Se paró de su silla, se arrastró hasta la puerta y levantó su ganzúa de la mesa que estaba en la entrada de su apartamento. El viejo alemán puso la mano en el pestillo de la puerta para salir al pasillo. Sólo la vieja fuerza de la costumbre le hizo mirar a través de la mirilla. Hizo el movimiento de mirar hacia el pasillo y había comenzado a retirar su ojo para poder abrir la puerta, pero entonces su ojo se abrió sorprendido y se apresuró a mirar otra vez por el pequeño lente en la puerta. Allí, al otro lado, vio a un hombre con un impermeable.

Y en la mano del hombre había una pistola automática de acero inoxidable con un silenciador apuntando directamente a la puerta de Manfred Kromm.

El hombre habló en inglés lo suficientemente fuerte para ser escuchado a través de la madera.

—A menos que tu puerta sea de acero balístico o te puedas mover más rápido que una bala, es mejor que me dejes entrar.

—¿*Wer is denn da?* —¿Quién diablos es? Kromm dijo con voz ronca.

Hablaba inglés, había entendido al hombre con la pistola, pero no había usado ese idioma en muchos años. Las palabras correctas no pasarían por sus labios.

—Alguien de tu pasado.

Y entonces Kromm lo supo. Supo exactamente quién era ese hombre.

Y sabía que estaba a punto de morir.

Abrió la puerta.

. . .

Reconozco su cara. Está más viejo. Pero me acuerdo de usted —dijo Kromm.

Según las instrucciones de Clark, se había trasladado a su silla delante de la televisión. Tenía las manos sobre las rodillas y amasaba sus articulaciones inflamadas lentamente.

Clark estaba parado por encima de él, su arma aún apuntando al alemán.

—¿Estás solo? —preguntó Clark, pero revisó el pequeño apartamento sin esperar una respuesta.

Manfred Kromm asintió.

—*Selbsverständlich*, por supuesto.

Clark siguió mirando alrededor, manteniendo la SIG apuntando al anciano en el pecho. Dijo:

—Mantente inmóvil. He tomado un montón de café hoy, no quieres ver lo saltón que estoy.

—No voy a moverme —dijo el viejo alemán.

Luego se encogió de hombros.

—Esa pistola en su mano es la única arma en este apartamento.

Clark revisó el resto del pequeño apartamento. No le tomó mucho tiempo. No podía tener más de cuatrocientos pies cuadrados, incluyendo el baño y la cocina. Encontró una puerta que daba a una salida de incendios en la cocina, pero nada de lujos.

—¿Qué, treinta y cinco años en el Stasi y esto es todo lo que obtuviste?

Ahora el alemán en la silla sonrió un poco.

—A partir de los comentarios de su Gobierno con respecto a usted, señor Clark, no parece que su organización haya premiado sus esfuerzos mucho más que lo que mi organización ha premiado los míos.

Clark esbozó una sonrisa amarga mientras utilizaba sus piernas para empujar una pequeña mesa contra la puerta principal. Podría retrasar a alguien que entrara desde el pasillo por un momento, pero no mucho más que eso. Clark se paró junto a la puerta y mantuvo la SIG apuntando al hombre corpulento sentado incómodamente en el sillón reclinable.

—Has estado contando cuentos.

—No he dicho nada.

—No te creo. Y eso es un problema.

Clark mantuvo su arma apuntando mientras se movía de lado a lo largo de la pared frontal de la habitación hacia la esquina. En la pared contigua había una vitrina alta llena de porcelana antigua. La empujó hacia la puerta abierta de la diminuta cocina con el fin de bloquear la entrada al apartamento por la escalera de incendios trasera. En el interior, los platos se sacudían y unos pocos se volcaron cuando la gran pieza de madera estuvo quieta cubriendo la puerta. Ahora la única entrada a la sala era la habitación detrás de Manfred.

—*Dime* lo que les *dijiste*. Todo.

—Señor Clark, no tengo ni idea de lo que...

—Hace treinta años, tres personas entraron en la *Geisterbahnhof*. Dos de esas personas salieron con vida. Tú estabas trabajando para el Stasi, al igual que tu compañero, pero ustedes dos no estaban jugando bajo las reglas del Stasi, lo que significa que extorsionaste ese dinero para ti mismo. Se me ordenó dejarlos ir, pero tu compañero, Lukas Schuman, trató de matarme después de que tú recibiste el dinero.

»Maté a Lukas Schuman y tú escapaste, y *sé* que no corriste donde Markus Wolf a decirle cómo tu trabajo extracurricular ilegal había terminado mal. Habrías mantenido la boca cerrada para no tener que entregar el dinero en efectivo.

Kromm no hablaba, sólo apretaba sus manos en sus rodillas como si estuviera amasando *Brötchen* antes de ponerlos en el horno.

Clark continuó:

—Y yo estaba bajo órdenes de mantener el asunto fuera del registro oficial de mi agencia. La única persona, aparte de ti, yo y el pobre fallecido Lukas Schuman, que sabía lo que ocurrió en la estación fantasma esa noche era mi superior, y él murió hace quince años sin decir ni una palabra de esto a nadie.

—Ya no tengo el dinero. Lo gasté —dijo Kromm.

Clark suspiró como si estuviera decepcionado con el comentario del alemán.

—Correcto, Manfred, estoy de vuelta treinta años más tarde para recuperar una bolsa de mensajero llena de marcos alemanes sin valor.

—Entonces, ¿qué quiere?

—Quiero saber con quién hablaste.

Kromm asintió y luego dijo:

—Creo que este es un cliché de película americana, pero es la verdad. Si se lo digo, me matarán.

—¿Quién, Manfred?

—Yo no fui a ellos. Ellos vinieron a mí. Yo no tenía interés alguno en desenterrar los huesos de nuestro pasado común.

Clark levantó la pistola y miró hacia abajo por la mira de tritio.

—¿Quién, Manfred? ¿A quién le hablaste de lo que pasó en el '81?

—¡Obtshak! —Manfred soltó el nombre sumido en pánico.

La cabeza de Clark se inclinó hacia un lado. Bajó el arma.

—¿Quién es Obtshak?

—¡Obtshak no es un quién! ¡Es un qué! Se trata de una organización criminal de Estonia. Una oficina exterior de la mafia rusa, por así decirlo.

John no ocultó su confusión.

—¿Y ellos te preguntaron por *mí*? ¿Por nombre?

—*Nein*, no me preguntaron en el sentido habitual. Me golpearon. Rompieron una botella de cerveza y me pusieron la botella rota en la garganta, y luego me preguntaron.

—Y les hablaste de Berlín.

—¡*Natürlich*! —Por supuesto—. Máteme si tiene que hacerlo, pero ¿por qué tendría que protegerlo?

Algo se le ocurrió a Clark.

—¿Cómo supiste que eran de Obtshak?

Kromm se encogió de hombros.

—Eran de Estonia. Hablaron en estonio. Si alguien es un matón y es de Estonia, entonces yo asumo que son de Obtshak.

—¿Y ellos vinieron aquí?

—¿A mi casa? *Nein*. Me hicieron reunirme con ellos en una bodega en Deutz. Me dijeron que tenían dinero para mí. Un trabajo de seguridad.

—¿Un trabajo de seguridad? No me jodas, Kromm. Nadie te va a contratar para hacer un trabajo de seguridad.

Las manos del alemán se levantaron rápidamente cuando comenzó a discutir, pero el cañón de la SIG de Clark apuntó de nuevo al pecho de Kromm. Kromm bajó las manos.

—He hecho algo... algo de trabajo para los miembros de la comunidad de inmigrantes de Europa del Este en el pasado.

—¿Qué? ¿Falsificaciones?

Kromm negó con la cabeza. Era demasiado orgulloso para guardar silencio.

—Cerraduras. Trabajos de cerraduras.

—¿Automóviles?

Entonces el viejo alemán sonrió.

—¿Autos? No, *lotes* de autos. Concesionarios. Me ayuda a agregar algo de dinero extra a mi pequeña pensión. En cualquier caso, conocía algunos estonios. Conocía al hombre que me pidió que fuera a la bodega, de lo contrario nunca habría aceptado ir.

Clark metió la mano en el bolsillo de su impermeable, sacó una libreta y un bolígrafo y se los arrojó al viejo alemán.

—Quiero su nombre, su dirección, los nombres de otros que conoces, estonios que trabajan en Obtshak.

Kromm se desinfló en su silla.

—Me van a matar.

—Vete. Vete ahora mismo. Confía en mí, quienquiera que te interrogó acerca de mí es cosa del pasado. *A él* es a quien busco. Los hombres que lo arreglaron son los matones locales. Vete de Colonia y no te molestarán.

Kromm no se movió. Sólo miró a Clark.

—Te mataré, aquí mismo, ahora mismo, si no haces lo que te digo.

Kromm comenzó a escribir lentamente, pero luego miró hacia arriba, más allá del cañón del arma, como si tuviera algo que decir.

—Escribe o habla —dijo Clark—, pero hazlo ahora o pondré una bala en una de esas adoloridas rodillas tuyas.

El pensionista alemán dijo:

—Después de que me soltaron, pasé un día en el hospital. Le dije al doctor que me habían asaltado. Y luego llegué a casa, enojado y decidido a tomar represalias contra los hombres. El líder, el hombre que hizo las preguntas, no era de por aquí. Me di cuenta de eso porque no hablaba nada de alemán. Sólo estonio y ruso.

—Sigue hablando.

—Tengo un amigo aún en Moscú, él está bien conectado.

—¿En la mafia, quieres decir?

Kromm se encogió de hombros.

—Él es empresario. Como sea, lo llamé y le pedí información sobre Obtshak. No le dije la verdadera razón. Estoy seguro de que él asumió que yo tenía algún negocio. Le describí al hombre que me interrogó. Cincuenta años de edad, pero con el pelo teñido como si fuera un cantante de veinte años en una banda de punk-rock.

—¿Y tu amigo te dio un nombre?

—Lo hizo.

—¿Y qué hiciste?

Kromm se encogió de hombros. Miró al suelo con humillación.

—¿Qué *podía* hacer? Estaba borracho cuando pensé que podía vengarme. Se me pasó la borrachera.

—Dame el nombre del hombre.

—Si lo hago, si te digo el nombre del hombre en Tallin que vino aquí y le ordenó a los otros golpearme, ¿evitarás a los hombres aquí en Colonia? Tal vez si vas directamente a Tallin no sabrán que yo fui quien te dio al información.

—Eso está bien para mi, Manfred.

—*Sehr gut* —dijo Kromm y le dio un nombre a Clark mientras afuera lo que quedaba de luz de la tarde abandonaba el cielo.

52

A diferencia de las agencias gubernamentales en busca del fugitivo internacional John Clark, Fabrice Bertrand-Morel Investigaciones facturaba por la hora-hombre, por lo que utilizaba una gran cantidad de hombres que trabajaba una gran cantidad de horas.

Y fue sólo este intenso escrutinio por toda Europa lo que los ayudó a encontrar a su presa. Bertrand-Morel había concentrado su búsqueda en Europa, porque Alden le había pasado, a través de Laska, una copia del expediente sobre el ex hombre de la CIA. FBM decidió que el reciente trabajo de Clark en Europa con la organización Rainbow de la OTAN significaría que tendría contactos aliados en el continente.

Así que un hombre de FBM había sido puesto en cada una de las sesenta y cuatro estaciones de tren en Europa, trabajando turnos de catorce horas, repartiendo volantes y mostrando fotos de Clark a los empleados de la estación. No habían conseguido nada en días de espera y vigilancia. Pero finalmente, un hombre que trabajaba un puesto de *pretzels* en la *Hauptbahnhof* —Estación Central— de Colonia había entrevisto una figura en la multitud que pasaba por ahí. Miró la foto en la pequeña tarjeta que le había entregado tres días antes un francés calvo y luego se apresuró a marcar el número al reverso de la tarjeta.

El francés le había ofrecido una gran recompensa, pagada en efectivo.

Veinte minutos después el primer hombre de FBM llegó a la *Hauptbahnhof* de Colonia para entrevistar al vendedor de *pretzels*. El hombre de mediana edad estaba lúcido y era convincente; estaba seguro de que John Clark había pasado junto a él en dirección a la entrada principal de la *Hauptbahnhof*.

Poco después, tres hombres más de FBM, todos los hombres que estaban a una hora en auto de distancia, se encontraban en la estación trabajando en un plan de acción. Tenían poco con qué continuar salvo el informe de que su hombre había entrado en la ciudad; no podían simplemente repartirse, enviar cuatro hombres a la cuarta metrópoli más grande de Alemania.

Así que dejaron a un hombre en la estación, mientras los otros tres revisaban los hoteles y las casas de huéspedes más cercanas.

Fue el agente en la estación que dio con el objetivo. Justo

después de las nueve de la fría y lluviosa noche, el detective privado de Lyon y empleado de Fabrice Bertrand-Morel Investigaciones de cuarenta años de edad Luc Patin se encontraba justo en la entrada fumando un cigarrillo. Su mirada se desviaba de vez en cuando hacia la increíble catedral de Colonia, justo a la izquierda de la estación de trenes, pero su foco principal estaba en el tráfico a pie que pasaba por delante de él hacia las vías de atrás. Ahí, entre un gran grupo de peatones, un hombre que tenía un parecido razonable con su objetivo pasó con el cuello de su impermeable doblado hacia arriba.

—*Bonsoir, mon ami* —dijo Luc Patin en voz baja. Metió la mano al bolsillo y sacó su teléfono móvil.

Domingo Chávez había preparado una operación de vigilancia de la casa de seguridad de Rehan en Dubai de menor tecnología que la de los dos agentes más jóvenes con cámaras robot y micrófonos. Una de las tres habitaciones en el *bungalow* miraba por sobre la laguna, al canal entre el rompeolas en forma de medialuna en el que estaba el Kempinski y la península en forma de hojas de palmera donde estaba la casa de seguridad de Rehan. La distancia entre los dos lugares era fácilmente cuatrocientos metros, pero eso no era lo suficientemente lejos para que Chávez utilizara el juguete que había traído consigo desde los Estados Unidos.

Puso el teleobjetivo Zeiss Victory FL de potencia varia-
ble sobre el trípode y colocó el trípode sobre un escritorio en
el dormitorio frente a la ventana. Desde su silla en la mesa
podía ver la parte de atrás del recinto amurallado de Rehan
y varias ventanas del segundo piso. Las persianas se habían
mantenido cerradas, al igual que la puerta trasera, pero esperaba que la propiedad se abriera un poco cuando fuera habi-
tada por Rehan y un séquito de Islamabad.

Cuando se dio cuenta de que tenía una línea de visión
razonable sobre el recinto, se le ocurrió otra idea. Si Rehan
era realmente tan peligroso como hacían creer sus investigaciones, ¿no podría el Campus decidir, más pronto que tarde,
eliminarlo? Y si efectivamente le ordenaban a los agentes
asesinar al general, ¿no sería mucho más fácil hacerlo desde
aquí mismo, con un rifle de largo alcance y buena óptica, en
lugar de tener que encontrar alguna otra oportunidad para
acercarse al hombre, ya fuera aquí, en Dubai o, Dios no lo
quisiera, en Islamabad?

Chávez determinó que podía dispararle al general Rehan
si el hombre salía a su balcón del segundo piso o incluso si
aparecía en una ventana del piso superior de la casa de seguridad, y compartió sus pensamientos con Ryan y Caruso. Los
dos hombres apoyaron la idea de estar listos para una orden
de asesinato de Hendley y Granger, por lo que Chávez llamó
a Sam Granger y le pidió que le enviara algunos equipos para
estar listo, en el caso de que algo durante su misión de vigilancia los llevara a dar la luz verde para eliminar a Rehan.

El Gulfstream les traería el equipo en dos días, lo que significaba que Ding tendría una pistola lista para hacer el tiro antes de cuando esperaba que su potencial objetivo llegara a la ciudad.

Clark vio al observador poco después de las nueve de la noche. Acababa de terminar su segunda visita de la noche a la lavandería antes de regresar a la estación; no había visto a nadie siguiéndolo en ningún punto de su visita a Colonia, pero cuando se paró en la fila en un quiosco para comprar un billete de litera a Berlín, un barrido suave con la cabeza en todas direcciones reveló a un hombre que lo observaba a treinta y cinco yardas de distancia. Una segunda mirada unos segundos después lo confirmó.

Había sido descubierto.

John se salió de la fila en el quiosco. Esto llamaría la atención, pero era mucho mejor que esperar ahí a que llegaran los refuerzos del vigilante. Caminó a través de la estación hacia la salida norte y segundos después se dio cuenta de que dos nuevos hombres se habían unido a la cacería.

Lo seguían desde antes de que hubiera salido de la estación y lo sabía, porque él había estado descubriendo operaciones de vigilancia desde antes de que estos tres matones hubieran nacido. Dos hombres con barba corta y pelo oscuro, más o menos de la misma edad, con la misma contextura, el mismo estilo común de impermeables. Estaban entrando en la estación mientras él iba saliendo dos minutos antes y ahora caminaban a unas treinta yardas detrás de él y ligeramente hacia la derecha en tanto John giraba al frente de la catedral.

Un aguanieve mojada cayó sobre todos ellos mientras Clark se dirigía al sur.

John no estaba demasiado nervioso de que lo estuvieran siguiendo. No iba a dejar que un poco de vigilancia lo sacudiera. Podría perder a estos hombres en la oscuridad y el tráfico peatonal de la ciudad y seguir su camino de nuevo muy pronto. Dobló a la izquierda en el extremo sur de la catedral y se dirigió hacia la orilla occidental del río Rin. Después de pasar por un tramo del camino de gastadas piedras puestas ahí por los romanos, trató de echarle un vistazo a los hombres detrás de él en el cristal del Hotel Dorint. Los dos hombres estaban allí, juntos, no más de veinticinco yardas detrás de él. Se preguntó si el tercer hombre estaba tratando de adelantársele.

Clark giró al sur, caminó a lo largo de Mauthgasse, llena de restaurantes con mesas desbordándose fuera de las fachadas de los edificios hacia la orilla del río y de comensales que se reían y se mezclaban unos con otros bajo los toldos calefaccionados. Estaba tan preocupado por su estatus de delincuente internacional buscado, como asustado por los hombres que lo seguían. Los habitantes locales y los turistas eran definitivamente un peligro. Asumió que su rostro habría salido en las noticias en Europa, al igual que en los Estados Unidos, aunque no había visto la televisión en la última semana. Con abundante precaución y el deseo de evitar encontrarse con un camarero cinturón negro que quisiera hacer el bien, se ajustó la gorra más abajo en la frente y giró hacia una calle tranquila.

John caminaba por el centro del callejón de adoquines a medida que subía y giraba a la izquierda. Su perseguidor lo seguía, aún veinticinco yardas más atrás y hacia su derecha. Se encontró en el Heumarkt, otro espacio abierto lleno de gente caminando bajo paraguas y luces eléctricas, y volvió a doblar hacia el norte. A lo largo del recorrido escaneaba los reflejos, analizando la disposición de los hombres detrás de él cada vez que podía echarles un vistazo. Estaba empezando a pensar que tal vez estos tipos no estaban esperando refuerzos antes de arrestarlo, aunque hasta el momento no habían hecho ningún movimiento para acercarse.

Caminó por el Alter Markt, siempre en dirección norte y paralelo al Rin, a unas cuadras de distancia a su derecha. Un rápido vistazo en un espejo de tráfico en una calle sin salida le mostró que uno de sus seguidores había abandonado la cacería, pero el otro se había acercado aún más. El hombre no estaba ni quince yardas detrás de él ahora. Abriéndose paso a través de los peatones, John empezó a preocuparse. Ahora había dos hombres que podrían estar moviéndose hacia una posición por delante de él, listos para agarrarlo en la siguiente esquina. Confiaba en sus posibilidades en un encuentro uno a uno, pero la proximidad de los civiles y los policías fácilmente podría hacer que cualquier situación se convirtiera en algo difícil de manejar.

Clark aceleró el ritmo, se vio a sí mismo pasando un

museo de la cerveza y un patio cubierto lleno de alemanes cantando y volvió a girar a la derecha, moviéndose ahora por la orilla del río. Pensó en parar, girar y hacerle frente al hombre que ahora estaba a unos treinta pies; no había manera de que este tipo fuera a agarrar a Clark por su cuenta, pero cualquier altercado frente a una multitud prácticamente aseguraría que alguien lo notara, lo reconociera y llamara a la policía. El hombre detrás de él de repente se había convertido en una amenaza por su manifiesta proximidad, sus desconocidas intenciones y su poder para llamar la atención no deseada hacia el fugitivo estadounidense.

John giró a la derecha de nuevo en Fischmarkt, lejos de las multitudes y hacia un callejón poco iluminado.

Había una curva inmediatamente a la izquierda delante de él. También oscura y silenciosa. El letrero decía AUF DEM ROTHENBERG y John aceleró el ritmo a medida que daba la vuelta.

El segundo hombre, el que había abandonado la vigilancia, estaba parado frente a él en la oscuridad. Sostenía una pistola baja en la mano derecha.

—Monsieur Clark, por favor venga en silencio para no salir lastimado.

John se detuvo a veinte pies del hombre con la pistola. Oyó al hombre detrás de él detenerse en el callejón también.

El norteamericano asintió, dio un paso hacia adelante, luego giró en su lugar y corrió hacia la puerta trasera de una pizzería, dejando a sus perseguidores en el callejón.

· · ·

J ohn no era rápido. La velocidad, sabía, era cosa de hombres jóvenes. Pero sacó provecho de sus años de trabajo de campo con todos y cada uno de sus pasos, buscando hacer un giro rápido aquí, sumergirse en la sombra allá. Se movió a través de la cocina de la pizzería manejada por croatas botando ollas y latas y cocineros en el camino de los hombres que estaban entrando por la puerta trasera detrás de él. Se precipitó en el estrecho comedor, abriéndose paso entre los clientes que hacían cola para pedir sus pizzas, botando a varios de ellos al suelo con el fin de retrasar a los hombres que lo perseguían.

En la calle en frente de la pizzería no giró hacia la izquierda o la derecha. En vez, cruzó la calle de un salto y corrió a través de la puerta abierta de un edificio de apartamentos post-Segunda Guerra Mundial. No estaba seguro de si sus perseguidores lo habían visto entrar, pero subió corriendo por las escaleras que estaban en la entrada, saltando de a tres escalones a la vez, resollando y resoplando de esfuerzo.

El edificio tenía cuatro pisos de altura y se conectaba a otros edificios a ambos lados. Clark pensó en subir hasta el techo y tratar de poner distancia entre él y los que lo perseguían moviéndose a lo largo de la parte superior de los otros edificios, al igual que él y sus compañeros habían hecho en París. Pero cuando llegó al tercer piso, oyó ruidos por encima de él, un gran grupo en la escalera en el cuarto piso, dirigién-

dose hacia donde estaba. Sonaban como que podría ser sólo
un grupo de jóvenes camino a una noche en la ciudad o una
fiesta; sus altas voces y risas no sonaban como que fueran un
equipo de secuestradores del FBI. Sin embargo, Clark estaba
solo y no quería toparse de golpe con un grupo de personas
que pudieran identificarlo o decirle a los hombres que lo seguían en qué dirección se dirigía.

Clark salió de la escalera, corrió por un pasillo y vio una
ventana al fondo. Afuera, bajo tenues luces eléctricas, podía
ver una escalera de incendios. Arremetió contra la ventana,
mitad agotado y casi sin aliento, y la abrió.

En cuestión de segundos estaba de vuelta afuera en la
lluvia. La escalera de incendios se sacudía y crujía con sus
movimientos, pero parecía que iba a aguantar durante su descenso hacia el callejón. Acababa de darle la espalda a la ventana y agarrado la barandilla para empezar a bajar la primera
serie de destartalados escalones, cuando apareció un hombre
subiendo por la escalera. Clark no lo había oído subir con
todo el ruido que él mismo había hecho al salir por la ventana
hacia la escalera de incendios.

—¡No! —exclamó John mientras el hombre, el mismo
hombre que había visto observándolo en la estación de tren
en el quiosco de boletos, sacó una pistola automática plateada
y trató de apuntarla a su presa.

Pero estaban demasiado cerca el uno del otro en las em-
pinadas y húmedas escaleras de hierro, y Clark pateó la pistola de la mano del hombre que estaba más abajo. El arma
voló sobre el lado de la escalera de incendios y el hombre cayó

hacia atrás, dos pasos más abajo hasta el descansillo a sólo unos pies debajo de Clark.

Los dos hombres se miraron en silencio por un segundo. John tenía su pistola en la cadera, pero no fue por ella. No le iba a disparar a un agente del FBI o a un detective francés o a un agente de la CIA o a un policía alemán. Quien sea que fuera este hombre, Clark no tenía planes de matarlo.

Pero cuando el hombre metió la mano dentro de su impermeable Clark se lanzó hacia él. Tenía que reducir la distancia entre ellos antes de que sacara otra arma.

Luc Patin se asustó cuando Clark golpeó su arma lejos. Agarró un cuchillo que guardaba en una funda en una cadena que colgaba de su cuello debajo de la camisa. Liberó la navaja e hizo un movimiento rápido a través del aire hacia el americano.

John vio el movimiento, levantó su brazo y esquivó el golpe, pero sufrió un corte en la parte posterior de su mano. Gritó de dolor y luego lanzó su mano derecha, la palma hacia arriba y hacia fuera, y golpeó debajo de la barbilla del detective privado francés.

La cabeza de Luc Patin se fue hacia atrás con el golpe en la mandíbula y se tambaleó hacia atrás y luego se resbaló, sus caderas golpearon duro la baranda detrás de él, y cayó fuera de la escalera de incendios. Sus pies volaron en el aire mientras caía. Clark dio un salto para agarrar a su atacante por el abrigo, pero la lluvia y la sangre en su mano izquierda lo hicieron perderlo tan pronto como lo agarró, y el francés cayó tres pisos abajo en los adoquines.

Cuando su cabeza golpeó el suelo sonó como un bate de béisbol golpeando un melón.

Mierda, pensó Clark, que no había tenido intención de matarlo, pero tendría que preocuparse de eso más tarde. Salió a tropiezos de la escalera de incendios en el segundo piso, forzando una gruesa puerta de madera que daba a la cocina de un departamento. Encontró un rollo de toalla de papel, envolvió con ella su mano mientras salía al pasillo, y luego corrió escaleras abajo y de vuelta a la calle.

Tres minutos más tarde pasó por delante de una entrada al metro y se apresuró a volver atrás hacia ella. Mientras bajaba las escaleras se arriesgó a echar una mirada atrás. Vio a dos perseguidores, hombres en impermeables corriendo juntos bajo la lluvia a través de una intersección veinticinco metros más atrás. Un Peugeot giró bruscamente y les tocó la bocina. No le parecía a Clark que los hombres lo hubieran visto, pero sí parecía que se habían enterado de que su colega había muerto.

John compró un billete y se precipitó a la plataforma del próximo tren. Contuvo la respiración para evitar hiperventilarse. *Tranquilo, mantén la calma.* Se paró cerca del borde de la vía, esperando junto a una docena de personas más el próximo tren.

John no podía creer su suerte. De alguna manera se las había arreglado para bajar las escaleras sin ser visto por sus perseguidores y mientras trataba de llenar sus adoloridos pulmones con oxígeno, miró a su alrededor una vez más para asegurarse de que no lo habían seguido. *No.* Podía subirse a un tren hacia cualquier sitio y luego seguir su camino hacia un lugar seguro.

Bueno, relativamente seguro.

Sintió la brisa fresca del túnel a su izquierda indicando la inminente llegada del tren. Se acercó al borde de la plataforma para poder ser el primero en pasar a través de las puertas. Echó una última mirada hacia las escaleras a su izquierda. Despejado. Distraídamente miró por encima de su hombro derecho mientras el tren salía del túnel a la izquierda.

Allí estaban. Dos hombres. Nuevos hombres, pero sin duda del mismo equipo. Se acercaron a él con una expresión dura en el rostro.

Sabía que les había hecho fácil la tarea. En el borde de la vía, sólo necesitaban darle un pequeño empujón y estaría terminado. Si no habían planeado matarlo antes, tenía pocas dudas de que la muerte de su colega iba a cambiar su misión, sin importar las órdenes originales.

Apartó la vista de ellos y enfrentó las vías. El tren estaba a cincuenta pies de distancia y acercándose rápido, desde su izquierda a la derecha. John saltó del borde de la plataforma a las vías, cuatro pies más abajo.

Las otras personas en la plataforma gritaron horrorizadas.

John cruzó los rieles justo en frente del U-Bahn a toda velocidad. Una valla de alambre negra separaba la línea que iba hacia el este de la que iba al oeste, y tenía que cruzarla antes de que pasara el tren. Saltó sobre la cerca, se empujó a sí mismo hacia arriba con una mano ensangrentada y un brazo aún adolorido de la herida de bala de hace un mes, y luego pasó las piernas encima de la valla mientras el tren detrás rechinaba y gemía. El primer vagón le golpeó el pie derecho y sintió como si le hubiesen golpeado el talón con un bate de béisbol, y Clark saltó de la parte superior de la valla, cayendo sobre sus manos y rodillas junto a la otra vía. Como un ciervo frente a las luces de un auto, levantó la vista para hacer frente a otro tren, más lejos, pero que venía rodando hacia él desde el oeste. Podía oír los gritos de la gente en la plataforma junto a él. Se levantó y saltó hacia adelante, apoyándose en el tobillo lesionado al hacerlo, y logró llegar hasta el borde de la plataforma sin tocar ninguno de los rieles de la vía. Trató de impulsarse hacia arriba en el concreto antes de que llegara el tren, pero los músculos de sus brazos le fallaron. Se dejó caer, con el cuerpo agotado.

Clark se volteó y miró el tren que lo mataría.

«¡A chtung!».

Dos hombres jóvenes con camisetas de fútbol vinieron a su rescate. Se arrodillaron en el borde de la plataforma y se apresuraron a agarrarlo del cuello y tirar de él hacia arriba y sobre el borde. Eran grandes y jóvenes y muchísimo más fuertes que Clark; sus desgastados brazos trataron de ayudar, pero no pudieron más que colgar a los lados de su cuerpo.

Tres segundos más tarde el tren llenó el espacio que su cuerpo acababa de abandonar.

John yacía de espaldas en el cemento frío, sus dos manos sosteniendo el tobillo dolorido.

Los hombres gritaban y le dieron una palmada en el hombro. John logró entender la palabra «viejo». Uno de ellos se echó a reír y ayudó a Clark a levantarse, dándole otra palmada en el hombro.

Una anciana apuntó enojada su paraguas hacia su rostro y lo reprendió.

Alguien más lo llamó un *arschloch*. Imbécil.

Con mucha dificultad, John logró poner peso sobre el pie lesionado, luego asintió con una sonrisa hacia los hombres que lo habían salvado y entró tambaleándose en el tren que casi lo había aplastado. En el interior, se desplomó en un banco. Nadie más en la plataforma lo siguió. El tren se movió y miró por la ventana hacia la plataforma en dirección al este. Sus dos perseguidores aún estaban allí.

Observándolo escapar de su alcance.

53

El cuerpo periodístico de la Casa Blanca se reunió en la sala de prensa rápidamente. Se había hecho un anuncio de que el Presidente iba a hacer una breve declaración.

A los cinco minutos, en un abrir y cerrar de ojos para aquellos acostumbrados a esperar a Kealty, el Presidente entró en la sala de prensa y se paró frente el micrófono.

—Acabo de hablar con funcionarios tanto del Departamento de Estado como del Departamento de Justicia. Me han dicho, bueno, con un grado razonable de certeza, que el fugitivo John Clark se ha visto implicado en el asesinato, anoche alrededor de las diez hora local en Colonia, Alemania, de un hombre de negocios francés. No tengo todos los detalles sobre esto todavía; estoy seguro de que el Fiscal General

Brannigan tendrá más información en la medida en que se desarrolle. Este hecho pone de relieve lo importante que es que detengamos a este individuo. He recibido las críticas de muchos de mis adversarios políticos, muchos en el campo de Ryan, quienes me acusan de sólo estar detrás del señor Clark debido a los indultos de Ryan y su relación con Jack Ryan.

»Bueno... ahora ustedes ven que esto no es político en absoluto. Este es un tema de vida o muerte. Siento que mi reivindicación por la decisión que tomé respecto de John Clark haya tenido un costo tan alto.

»El señor Clark ha huido de los Estados Unidos, pero quiero asegurarles a todos, incluyendo a nuestros amigos en Alemania y en todo el mundo, que no vamos a descansar hasta que el señor Clark esté de vuelta bajo custodia de los Estados Unidos. Seguiremos trabajando con nuestros aliados en Alemania, en Europa, donde quiera que vaya, y lo encontraremos, no importa cual sea la roca bajo la cual opte esconderse.

Una periodista de MSNBC gritó por encima de sus colegas:

—Sr. Presidente, ¿está usted preocupado de que haya un límite de tiempo en esta cacería? En otras palabras, ¿si usted no gana la próxima semana y no logra atrapar a Clark antes de que termine su mandato, el Presidente Ryan pondrá fin a la persecución del hombre?.

Kealty había comenzado a alejarse del micrófono, pero regresó.

—Megan, voy a ganar la elección el martes. Dicho eso, sea cual sea el apoyo que tiene Jack Ryan, el pueblo estadounidense no le ha confiado la capacidad de determinar la culpabilidad o inocencia de las personas. Intentó eso antes cuando le dio el indulto a este asesino y... bueno... mira dónde estamos ahora. Ese es un trabajo para nuestro Departamento de Justicia, nuestros tribunales. El señor Clark es un asesino. Sólo puedo imaginar lo que todavía queda por saberse sobre la historia de Clark. Sus crímenes.

La cara de Kealty enrojeció levemente.

—Así que a todos ustedes en los medios de comunicación, me gustaría decirles que si Jack Ryan intenta barrer los crímenes del pasado y el presente de este hombre debajo de la alfombra... bueno, ustedes son el cuarto poder. Ustedes tienen la responsabilidad de evitar que eso suceda.

Kealty se alejó de los periodistas y abandonó la sala de prensa sin responder ninguna otra pregunta.

Una hora más tarde, Jack Ryan padre hizo su propia declaración en la entrada de su casa en Baltimore. Su esposa, Cathy, estaba a su lado.

—No tengo los detalles de las características específicas de los cargos en contra de John Clark. No sé lo que pasó en Colonia y desde luego no sé si el Sr. Clark estuvo involucrado, pero conozco a John Clark hace suficiente tiempo como para saber que si, efectivamente, mató al Sr. Patin, fue porque el Sr. Patin planteó una amenaza real para John Clark.

Un periodista de CNN le preguntó:

—¿Está usted diciendo que Luc Patin merecía morir?

—Estoy diciendo que John Clark no comete errores. Ahora bien, si el Presidente Kealty quiere ir detrás del receptor de una Medalla de Honor, ponerlo en la lista de los diez más buscados del FBI, bueno, yo no puedo hacer nada al respecto. Pero puedo prometerles a todos que John se merece más de lo que este país jamás podría darle en pago por sus servicios. Y ciertamente no se merece el tratamiento que está recibiendo de este presidente.

El periodista de CNN lo interrumpió:

—Suena como si usted estuviera diciendo que su amigo está por encima de la ley.

—No, yo no estoy diciendo eso. Él no está por encima de la ley. Pero está por encima de este teatro político disfrazado de ley. Esto es asqueroso. Mi esposa me ha reprendido acertadamente en el pasado por poner una expresión en mi cara como si hubiera mordido un limón ante la sola mención de Ed Kealty. He tratado de ocultarla lo mejor que puedo. Pero en este momento quiero que todos vean el repudio que siento por lo que está pasando con John Clark.

Tan pronto como Ryan volvió a entrar en la casa por la cocina, Arnie van Damm se volvió hacia él.

—¡Jesús, Jack!

—Lo que dije era verdad, Arnie.

—Te creo. En serio. Pero, ¿cómo crees que se va a ver eso?

—Me importa una mierda cómo se vea. No voy a tener pelos en la lengua en este asunto. Tenemos un héroe americano por ahí siendo cazado como un perro. No voy a fingir que ocurre otra cosa.

—Pero...

Ryan contestó bruscamente:

—¡Pero nada! Ahora, el siguiente tema. ¿Qué sigue en la agenda del día?

Arnie van Damm miró a su jefe durante mucho tiempo. Finalmente, asintió.

—¿Por qué no nos tomamos la tarde libre, Jack? Mi gente y yo te dejaremos la casa libre a ti y a Cathy y los niños. Alquilen una película. Coman pizza. Te lo mereces. Has estado trabajando como una bestia.

Jack se calmó. Negó con la cabeza.

—Tú has estado trabajando aún más duro que yo. Perdona si fui agresivo contigo.

—Hay mucha tensión en una campaña normal. Esta no es una campaña normal.

—No, no lo es. Estoy bien. Volvamos al trabajo.

—Lo que tú digas, Jack.

54

Gerry Hendley vivía solo. Desde la muerte de su esposa e hijos en un accidente automovilístico, se había encerrado en su trabajo, continuando como senador antes de salir del servicio público y luego asumir como jefe de la empresa de espías más privada del mundo.

Su trabajo en Hendley Asociados, tanto en el lado público como en el lado clandestino, lo mantenía ocupado unas sesenta horas a la semana, e incluso en su casa observaba los mercados extranjeros en FBN y Bloomberg para mantenerse actualizado en los aspectos públicos de su trabajo, y leía *Global Security* y *Foreign Affairs* y *Jane's* y *The Economist* para mantenerse al día con los sucesos que pudieran afectar su trabajo de supervisión de operaciones encubiertas.

Gerry tenía problemas para dormir, lo que era comprensible debido a las intensas presiones de su ocupación, así como las pérdidas que había experimentado en su vida: la más importante, la pérdida de su familia, a pesar de que la muerte de Brian Caruso el año anterior y la situación actual de John Clark también afectaban personalmente a Hendley.

Hendley codiciaba el sueño, era un bien escaso y precioso, así que cuando sonó el teléfono en medio de la noche, se llenó de ira incluso antes de que la incertidumbre ante las noticias por venir lo llenara de terror.

Eran las tres y veinte de la mañana cuando sonó el teléfono, despertándolo de su descanso.

—¿Sí? —respondió en un tono áspero y molesto.

—Buenos días, señor. Nigel Embling llamado de Pakistán.

—Buenos días.

—Me temo que hay un problema.

—Escucho.

Hendley se sentó en la cama. La ira desapareció y apareció la angustia.

—Me acabo de enterar de que su hombre Sam se encuentra desaparecido cerca de Miran Shah.

Ahora Gerry estaba de pie y caminando hacia su oficina en dirección a su escritorio y su computadora.

—¿Qué quiere decir con desaparecido?

—La unidad de soldados con la que estaba fue atacada por combatientes de la red Haqqani hace unos días. Hubo grandes pérdidas de ambos lados, me dicen. Sam y otros estaban escapando en un vehículo y mi contacto, el mayor al Darkur, estaba en la parte de adelante. Su hombre estaba en la parte de atrás. Es posible que haya caído del vehículo durante la fuga hacia un lugar seguro.

En la superficie eso le sonó a Gerry Hendley como que era absoluta mierda. Su primer impulso fue pensar que el oficial de la ISI que Embling había presentado como fiable había traicionado a su hombre en el campo. Pero no tenía suficiente información para hacer esa acusación por el momento y sin duda necesitaba la ayuda de Embling ahora más que nunca, por lo que tuvo cuidado de evitar arremeter con cualquier acusación.

Había sido senador el tiempo suficiente como para saber cómo fingir.

—Entiendo. ¿Entonces no hay ninguna información sobre si está vivo o muerto?

—Mi hombre volvió a la ubicación de la batalla con tres helicópteros cargados de tropas. La gente Haqqani había dejado a sus caídos ahí y varios de los hombres de al Darkur estaban allí también. El cuerpo de Sam no estaba entre ellos. El mayor piensa que es probable que haya sido tomado prisionero por el enemigo.

Hendley apretó los dientes. Sentía que morir en la batalla habría sido un fin preferible para Driscoll que lo que fuera que los talibanes tenían preparado para él.

—¿Qué sugieres que haga por mi parte?

Embling dudó y luego dijo:

—Sé muy bien cómo se ve esto. Pareciera que el mayor no ha sido sincero con nosotros. Pero he estado en esto lo suficiente para saber cuándo estoy siendo engañado. Confío en este hombre. Me ha prometido que está trabajando para encontrar la ubicación de su hombre y mantenerme informado de la situación varias veces al día. Le pido que me permita transmitirle esta información a usted en la medida que la reciba. Tal vez entre los tres se nos ocurra algo.

Gerry vio que no tenía ninguna opción. Sin embargo, dijo:

—Quiero que mis hombres se reúnan con este mayor.

—Entiendo —respondió Embling.

—Ellos están en Dubai en este momento.

—Entonces nosotros dos iremos a ellos. Hasta que no sepamos qué tan comprometida se ha visto la operación en Miran Shah, no creo que sea una buena idea enviar a nadie más aquí.

—Estoy de acuerdo. Haz los arreglos y yo notificaré a mis hombres.

Hendley colgó el teléfono y luego llamó a Sam Granger.

—¿Sam? Gerry. Hemos perdido a otro agente. Quiero a todo el personal superior en la oficina en una hora.

El segundo ataque de Riaz Rehan en la India se produjo dos semanas después del primero.

Si bien su ataque en Bangalore fue sangriento, podía ser rápida y fácilmente atribuible a una sola célula de Lashkar-e-Taiba. Y si bien LeT era sin duda una organización terrorista paquistaní y prácticamente todos los que estaban al tanto se daban cuenta de que era, en mayor o menor grado, respaldada por los «barbas» de la ISI de Pakistán, la masacre de Bangalore no se presentaba como una «conspiración internacional a gran escala».

Y eso había sido diseñado cuidadosamente así por Rehan. Empezar con un gran acontecimiento que abriera los ojos de todos, pero no pusiera demasiada atención directa en su organización. Había funcionado, podría decirse que había funcionado demasiado bien, pero Rehan no había notado aún ningún efecto perjudicial de la cuenta masiva de cuerpos, como las detenciones a gran escala de sus agentes de LeT.

No, todo se movía de acuerdo a su plan y ahora era el momento de comenzar la segunda fase.

Los atacantes llegaron por aire, tierra y mar. Por vía aérea, cuatro agentes de Lashkar viajando con pasaportes indios falsos aterrizaron en el aeropuerto de Nueva Delhi y luego se reunieron con una célula durmiente de cuatro hombres que había estado allí por más de un año, a la espera de ser activada por sus agentes oficiales de caso de la ISI en Pakistán.

Por tierra, siete hombres lograron cruzar la frontera hacia Jammu y se dirigieron a la ciudad de Jammu misma, alojándose en una pensión llena de trabajadores musulmanes.

Y por mar, cuatro botes inflables de casco rígido atracaron en dos lugares diferentes en las costas de India. Dos embarcaciones en Goa en la costa oeste de India y dos en Chennai, en el este. Cada bote llevaba a ocho terroristas y sus equipos, es decir, dieciséis hombres armados para cada lugar.

Esto ponía un total de cuarenta y siete hombres en cuatro lugares diferentes a lo largo de la India, y cada uno de los cuarenta y siete hombres tenía un teléfono móvil con sistemas de cifrado que retardaría la respuesta de las fuerzas de inteligencia y militar de la India a los ataques mismos, aunque Rehan no tenía duda de que las transmisiones finalmente serían decodificadas.

En Goa los dieciséis hombres se dividieron en ocho grupos y cada grupo atacó un restaurante diferente en las playas de Baga y de Candolim con granadas de mano y rifles Kalashnikov. Antes de que la policía matara a todos los atacantes, ciento cuarenta y nueve comensales y personas que trabajaban en los restaurantes habían muerto.

En Jammu, una ciudad de más de 400.000 habitantes, los siete hombres que habían cruzado por tierra desde Pakistán se dividieron en dos grupos. A las ocho de la noche los dos grupos volaron las salidas de emergencia en salas de cine en lados opuestos de la ciudad y luego los hombres, tres en un lugar y cuatro en el otro, entraron corriendo a través de las destrozadas puertas, se pararon frente a las pantallas de cine y abrieron fuego contra la multitud que había en el teatro un viernes por la noche.

Cuarenta y tres ciudadanos indios perdieron la vida en un cine, veintinueve en el otro. Entre las dos localidades, más de doscientas personas resultaron heridas.

En la enorme ciudad costera de Chennai, los dieciséis terroristas atacaron un torneo internacional de cricket. La seguridad para el torneo había sido reforzada tras el ataque de Bangalore y eso, sin duda, salvó cientos de vidas. Los terroristas fueron eliminados después de matar a veintidós civiles y policías, y herido a poco menos de sesenta.

En Delhi, la célula de ocho hombres entró en el hotel Sheraton New Delhi, en el Saket District Centre, mataron a los guardias de seguridad en el vestíbulo y luego se dividieron en dos grupos. Cuatro utilizaron las escaleras para ir de piso en piso, de una habitación a otra, disparándole a quien encontraban. Los otros cuatro irrumpieron en un salón de banquetes y abrieron fuego con armas automáticas en una boda.

Ochenta y tres personas inocentes fueron asesinadas antes de que los ocho operadores de LeT fueran eliminados por la Fuerza de Acción Rápida de la Fuerza Policial de la Reserva Central de la India.

El director del proyecto de todo el ataque había sido Riaz Rehan; él y sus mejores hombres trabajaron desde una casa de seguridad en Karachi, utilizaron teléfonos de voz sobre IP conectados a computadoras encriptadas con el fin de mantenerse en contacto con los grupos de hombres para ayudarlos a maximizar la letalidad de sus acciones. Tres veces durante la noche, Rehan, conocido por los terroristas en la India como Mansoor, oró con miembros de células individuales antes de que los hombres irrumpieran frente a las armas de la policía. Él le había explicado a cada uno de los cuarenta y siete hombres Lashkar que toda la operación, todo el futuro de Pakistán, dependía de que ellos no fueran atrapados con vida.

Los cuarenta y siete hombres hicieron lo que se les dijo.

Riaz Rehan había elaborado deliberadamente esta operación de manera que pareciera increíblemente complicada y por encima de las capacidades de los líderes de Lashkar, ya que quería que los indios vieran evidencia de una conspiración de Pakistán contra ellos. Esto funcionó como sabía que lo haría y al comenzar el día 30 de octubre el gobierno indio había ordenado a sus fuerzas armadas estar en alerta total. Tanto el primer ministro indio Priyanka Pandiyan como el presidente paquistaní Haroon Zahid pasaron la mañana reunidos con sus jefes militares y ministros del gabinete, y para el mediodía Pakistán había aumentado la disposición de su propio ejército en caso de que la India se aprovechara de la confusión de los ataques para cruzar la frontera en represalia.

Riaz Rehan no podía haber estado más contento con cómo se habían desarrollado los acontecimientos, ya que la Operación Sacre necesitaba una respuesta tal para seguir adelante.

Una vez que los ataques en la India fueron completados, Rehan, sus oficiales y su personal se dirigieron a Dubai para evitar el escrutinio de las facciones no islamistas en la ISI.

55

Los Emiratos Árabes Unidos era una nación basada en el comercio y el capitalismo, pero también poseía un núcleo negro de poderosos islamistas, hombres de una era oscura. Donde estos dos fenómenos se juntaban, donde la barbarie religiosa antigua y el dinero constante y sonante se entrelazaban, era el mundo de los benefactores de Riaz Rehan.

Estos hombres también tenían influencia en todas las facetas del gobierno, espías en los pasillos del poder, informantes en cada bastión de la vida en los Emiratos. Si Rehan solicitaba información sobre cualquier persona o cualquier cosa en los Emiratos Árabes Unidos, la obtenía con sólo pedirlo.

Y así fue cómo se enteró de que el mayor Mohammed al Darkur y un expatriado británico que viajaba con un pasaporte holandés aterrizarían en el Aeropuerto Internacional de Dubai a las 9:36 pm.

Rehan y su contingente de seguridad y de funcionarios de la ISI vestidos de civil debían llegar a Dubai la mañana siguiente, por lo que el general paquistaní asumió que al Darkur y el espía inglés estaban en la ciudad para obtener información acerca de él. Claramente la operación de al Darkur en Miran Shah, una operación que había coincidido con su entrenamiento de las tropas de Jamaat Shariat en el campamento Haqqani, indicaba que el joven mayor estaba investigando a Rehan. No había ninguna otra razón por la que vendría aquí, ahora, a menos de que tuviera algún interés adicional en la Dirección de JIM.

Riaz Rehan no estaba preocupado por la investigación que el mayor estaba haciendo sobre él. Por el contrario, lo vio como una increíble buena suerte que el hombre y su socio hubieran venido a Dubai.

Porque si bien hacerle frente al entrometido mayor y su aliado extranjero en Pakistán podría haber sido un problema para el general de bajo perfil de la ISI, aquí en Dubai, Riaz Rehan podía salirse con la suya.

Embling y al Darkur tomaron un auto privado para ir a su apartamento en el increíble Burj Khalifa, el edificio más alto del mundo. Estaban en la ciudad para reunirse con miembros del Campus, pero por razones de seguridad Gerry Hendley les había prohibido a sus agentes darle a Embling o su sospechoso informante de la ISI ninguna información sobre dónde se alojaban en Dubai, por lo que el mismo al Darkur había hecho los arreglos para su alojamiento. Fue rápido y fácil para ellos encontrar alojamiento en el enorme rascacielos en forma de aguja, con 163 pisos habitables (y una aguja de cuarenta y tres pisos sobre eso). Embling y al Darkur compartieron un apartamento de dos dormitorios en el piso 108.

Mohammed no confiaba en la mayor parte de la ISI más que Gerry Hendley. Había utilizado una tarjeta de crédito personal y arreglado los detalles del viaje en una computadora en un cibercafé en Peshawar, para que su propia organización no se enterara de sus planes de viaje.

Una vez que se acomodaron en el apartamento, Embling llamó a un número que Hendley le había dado. Estaba conectado al teléfono satelital de uno de los dos agentes del Campus que había conocido el año anterior en Peshawar, el mexicano-americano de cuarenta y tantos años que se hacía llamar Domingo.

Acordaron reunirse en el apartamento de Embling en el Burj Khalifa lo antes posible.

Al mismo tiempo que el vuelo de Pakistan International Airlines desde Islamabad de Rehan y compañía aterrizaba en el aeropuerto internacional de Dubai, Jack Ryan, Dom Caruso y Domingo Chávez estaban en un ascensor en el Burj Khalifa. Los ascensores en el edificio más alto del mundo son, no por casualidad, los más rápidos del mundo, y llevaron a los tres estadounidenses hacia arriba en la gigantesca torre a más de cuarenta y cinco millas por hora. Entraron en el apartamento y se encontraron en una gran sala abierta con un área de descanso hundida delante de una vista de suelo a cielo del Golfo Pérsico desde una altura similar a la de la parte superior del edificio Empire State.

Nigel Embling estaba parado en la moderna sala de estar llena de madera oscura, metal y vidrio, frente a la increíble vista panorámica. Era un inglés grande con fino cabello blanco como la nieve y una barba espesa. Llevaba una chaqueta ligeramente arrugada sobre una camisa abotonada de cuello abierto y pantalones color marrón.

—Mi querido amigo Domingo —dijo Embling con un aire de simpatía—. Antes de que empecemos a hablar del otro desastre que le ha sucedido a tu organización, debo decirte lo mucho que lamento haber oído sobre este asunto que involucra a John Clark.

Chávez se encogió de hombros.

—Yo también. Se aclarará.

—Estoy seguro de ello.

—Simplemente no creas todo lo que oyes —agregó Ding.

Embling agitó la mano.

—No he oído ninguna cosa que suene distinta a un día cualquiera en la oficina para un hombre en la profesión del Sr. Clark. Puedo ser viejo y blando, pero no me he olvidado de cómo son las cosas.

Chávez se limitó a asentir y dijo:

—¿Puedo presentarte a mis socios? Jack y Dominic.

—Señor Embling —dijo Jack mientras le daba la mano al hombre mayor.

Por supuesto, el inglés reconoció al hijo del ex y presunto futuro presidente de los Estados Unidos, pero no dio ningún indicio de haber hecho la conexión.

Luego llevó a los tres estadounidenses hasta donde estaba el único otro habitante del apartamento, un paquistaní de piel canela, en buen estado físico en mangas de camisa y jeans negros.

Ellos se sorprendieron de ver que este era el mayor de la ISI.

—Mohammed al Darkur, a su servicio.

El atractivo hombre le extendió la mano a Chávez, pero Chávez no extendió la suya.

Los tres agentes del Campus consideraban a este hombre responsable de la pérdida de su amigo. Si bien Hendley había tenido el cuidado de no darle ningún indicio a Embling de que tenía sus sospechas, Domingo Chávez no iba a hacerse el bueno con el hijo de puta que probablemente había hecho que su colega fuera asesinado en las remotas tierras de la región tribal sin ley de Pakistán.

—Digame, mayor al Darkur, ¿por qué no debería golpearle la cabeza contra el muro?

Al Darkur se sorprendió, pero Embling intervino:

—Domingo, por favor entiende. Tienes pocas razones para confiar en él, pero espero que tengas un poco más de razones para confiar en mí. He hecho mi misión en los últimos meses averiguar sobre el mayor y él es uno de los buenos, te lo aseguro.

Dom Caruso se dirigió al inglés:

—Bueno, yo no te conozco y definitivamente no sé quien es este pendejo, pero sé lo que la ISI ha estado haciendo durante los últimos treinta años, así que no voy a confiar en este hijo de puta hasta que tengamos a nuestro hombre de vuelta.

Ryan no tuvo la oportunidad de hacer eco de los sentimientos de su compañero antes de que el pakistaní respondiera:

—Entiendo perfectamente su punto de vista, caballeros. He venido aquí hoy a pedirles que me den unos días para trabajar con mis contactos en la región. Si el Sr. Sam está siendo retenido por la red Haqqani, voy a usar todas mis influencias para que lo liberen o bien organizaré una operación para rescatarlo.

—¿Usted estaba con él cuando se lo llevaron? —preguntó Chávez.

—Lo estaba, en efecto. Él luchó con gran valentía.

—Oí que fue una lucha muy dura.

—Hubo muchos muertos en ambos lados —admitió al Darkur.

—No puedo dejar de notar que usted no se ve nada mal.

—¿Perdón?

—¿A dónde le hirieron? ¿Tiene heridas de bala? ¿Metralla?

Mohammed al Darkur enrojeció y bajó la mirada.

—Fue una situación caótica. Yo no resulté gravemente herido, pero los hombres a mi izquierda y a mi derecha murieron.

Chávez dio un resoplido.

—Escuche, mayor. Yo no confío en usted, mi organización no confía en usted, pero confía en el Sr. Embling. Creemos que es posible que usted se las haya ingeniado para seducirlo de alguna manera, pero no piense que su viaje aquí nos va a seducir a nosotros. Vamos a responder favorablemente a los resultados, no a las promesas. Si usted y sus colegas pueden encontrar a nuestro hombre, queremos esa información de inmediato.

—Y la tendrá, se lo prometo. Tengo gente trabajando en eso, al igual que tengo hombres averiguando sobre la conexión de Haqqani con la ISI.

—Una vez más. Los resultados son los que me impresionan.

—Entendido. Sin embargo tengo una pregunta.

—¿Cuál sería?

—Entiendo que usted está en Dubai para monitorear al general Rehan. ¿El resto de su equipo lo está monitoreando en este momento?

No había «resto» del equipo de Chávez, pero no lo dijo. En vez, respondió:

—Confíe en mí, cuando él llegue a Dubai, lo estaremos vigilando.

Ahora las cejas de Mohammed al Darkur se levantaron.

—Tengo entendido que llegó a Dubai esta mañana. Supuse que podría ayudarlos a traducir cualquier conversación que tenga en su casa de seguridad.

Chávez miró a Caruso y Ryan. Sus dispositivos de vigilancia pasiva estaban latentes en los conductos de aire del recinto de Rehan. Si su objetivo estaba aquí, en Dubai, tenían que volver al Kempinski y comenzar la vigilancia.

Ding asintió lentamente.

—Contamos con traductores. Mi equipo sabrá tan pronto como Rehan llegue a su casa.

Al Darkur se mostró satisfecho con esto y pronto Chávez salió del apartamento con Caruso y Ryan.

En frente de los ascensores, Jack dijo:

—Si Rehan está aquí, es posible que ya nos hayamos perdido de algo importante.

Chávez dijo:

—Sí. Ustedes dense prisa en volver al *bungalow* y empezar a vigilarlo. Yo necesito ir al aeropuerto y encontrarme con el avión para recoger el equipo, pero primero voy a llevarme a Embling lejos del mayor e interrogarlo a fondo. Los veo de nuevo en el *bungalow* en unas pocas horas.

Chávez pasó tres horas en conversaciones en el piso 108. La primera hora fue exclusivamente con Nigel Embling en una habitación. El expatriado británico pasó la mayor parte de ese tiempo informándole de todo lo que había averiguado acerca de Mohammed al Darkur en el último mes y medio. Los otros contactos de Embling dentro de la FDP lo habían convencido de que ni el 7mo batallón del Grupo de Servicios Especiales, llamado los comandos Zarrar, al que al Darkur estaba vinculado, ni la Oficina de Inteligencia Conjunta, a la cual al Darkur había sido asignado en la ISI, habían sido infiltrados o muy influenciados por los radicales islamistas, como lo estaban muchos sectores de la FDP. Más aún, las propias acciones de al Darkur al mando de una unidad del SSG contra grupos terroristas en el valle de Swat y Chitral le habían ganado elogios que lo hubieran convertido en un objetivo de los «barbas» en la FDP.

Por último, Embling le aseguró a Ding Chavez que él mismo había estado en la habitación cuando Sam Driscoll insistió en ir a la operación en Miran Shah. El mayor al Darkur había estado en contra de la participación del estadounidense y sólo a regañadientes le había permitido ir.

Le tomó la hora completa, pero finalmente Chávez estaba convencido. Pasó dos horas más hablando con al Darkur acerca de la operación en la que Sam había desaparecido y lo interrogó sobre su personal y los contactos que decía estar exprimiendo para obtener información sobre el paradero del desaparecido estadounidense. Finalmente, alrededor del mediodía, Chávez dejó a los dos hombres en su apartamento y se dirigió al aeropuerto para recoger el rifle de francotirador y otros equipos que habían sido enviados en el Gulfstream.

. . .

Ryan y Caruso regresaron a su *bungalow* en el Kempinski Hotel & Residences y activaron sus equipos de vigilancia pasiva que estaban al otro lado del agua, y las tres cámaras volvieron a la vida. Definitivamente había actividad en la casa, aunque en un principio ninguna de las cámaras mostró que Rehan estuviera presente. Mientras esperaban y vigilaban las imágenes de las cámaras y escuchaban a varios hombres hablando en urdu pasear a través del hall de entrada y la gran sala, llamaron a Rick Bell. Eran pasadas las dos de la mañana en Maryland, pero Rick, analista técnico y traductor que hablaba urdu, prometió que estaría en su puesto de trabajo en Hendley Asociados dentro de cuarenta y cinco minutos. Ryan y Caruso grabaron todas las imágenes recibidas y el audio capturado hasta entonces, y los enviaron para analizar.

Eran más de las once de la mañana en Dubai, cerca de dos horas después de que Dom y Jack regresaran a la cabaña, cuando una oleada de entusiasmo pareció invadir a los guardias en la casa. Los hombres se ajustaron las corbatas y tomaron posiciones en las esquinas de las habitaciones, más hombres aparecieron por la puerta principal llevando equipaje y, finalmente, un gran hombre con una barba bien recortada entró por la puerta delantera. Uno por uno saludó a todos los guardias que estaban allí con un beso en la mejilla y un apretón de manos, y luego él y otro hombre que parecía ser un oficial de alto nivel entraron en la gran sala. Los hombres estaban sumidos en una conversación.

Caruso dijo:

—El hombre grande es Rehan. Se ve más o menos igual que en El Cairo en septiembre.

—Voy a mandarle un correo electrónico a Bell y hacerle saber que has confirmado a Rehan.

—Debería haber matado a ese hijo de puta entonces.

Ryan lo pensó. Su preocupación por Sam en Waziristán y Clark en Europa se lo estaban comiendo vivo y sabía que la situación era aún peor para su primo. Un año antes, el hermano gemelo de Dominic había sido asesinado en una operación del Campus en Libia. La idea de perder a dos agentes más le debe haber afectado el doble a Caruso.

—Vamos a tener a Sam de vuelta, Dom.

Dominic asintió distraídamente mientras miraba las imágenes de las cámaras.

—Y Clark o bien va a solucionar su propia situación o se va a mantener fuera del radar hasta que mi padre asuma la presidencia y entonces papá se ocupará de él.

—Va a haber mucha presión sobre tu padre para que no se involucre.

Jack lanzó un resuello.

—Papá daría la vida por John Clark. Un par de congresistas sensibleros no van a detenerlo.

Dom se rió entre dientes y dejaron el tema ahí.

Pronto Dominic llamó a Ryan de donde había estado

sentado en la habitación para que se acercara, mirando a través del teleobjetivo hacia la casa de seguridad de Rehan.

— Ey. Parece que todos van a salir.

—Un hijo de puta ocupado, ¿no? —dijo Ryan mientras volvía a donde estaba Dom para observar el monitor.

Rehan se había quitado la chaqueta que llevaba puesta y ahora estaba vestido con una simple camisa blanca y pantalones de traje negros. Él y el hombre que parecía ser su segundo al mando se encontraban de vuelta en el pasillo con un grupo de unos ocho hombres, la mayoría del grupo de guardias que había venido con ellos de Pakistán, así como un par de caras que Ryan reconoció como habituales en la casa.

El sonido era bueno, Dominic y Ryan podían oír cada palabra, pero ninguno de los dos hablaba urdu, por lo que tendrían que esperar a que el traductor en el oeste de Odenton, Maryland, tradujera la conversación para darle un poco de contexto a la escena. Segundos más tarde, Rehan y un séquito salieron por la puerta principal.

—Se acabó el show por el momento, supongo —dijo Dom—. Voy a preparar un sándwich.

Veinte minutos después de que Domingo Chávez se fuera del apartamento de Embling y al Darkur, alguien golpeó a la puerta. El paquistaní estaba al teléfono con su personal en Peshawar, por lo que Embling fue a abrir. Sabía que había seguridad en el edificio que no permitiría que nadie viniera a este piso de residencias privadas si no tenía el permiso de uno de los ocupantes, por lo que no estaba preocupado por su seguridad. Al mirar por la mirilla vio a un camarero con una chaqueta de esmoquin blanco sosteniendo una hielera llena y una botella de champán.

—¿Puedo ayudarlo? —preguntó a través de la puerta. Luego murmuró para sí: «¿Tomando esa preciosa botella de Dom Pérignon de sus manos?».

—Un regalo de la gerencia de la propiedad, señor. Bienvenido a Dubai.

Embling sonrió, abrió la puerta y entonces vio a otros hombres corriendo por el pasillo. Trató de cerrar la puerta, pero el camarero había tirado la hielera a un lado, sacado una pistola automática Steyr y apuntado a la frente de Nigel Embling.

Embling no se movió.

Del lado de la puerta, donde estaba oculto a la vista de la mirilla, apareció el general Riaz Rehan de Misceláneos de Inteligencia Conjunta. Él mismo levaba una pequeña pistola automática.

—Efectivamente, inglés —dijo—. Bienvenido a Dubai.

Otros nueve hombres irrumpieron en el apartamento, pasando junto a Nigel, sosteniendo pistolas en alto.

56

Caruso acababa de terminar su sándwich, y él y Ryan estaban apagando los robots de vigilancia con el fin de ahorrar energía. Esperarían a que fuera de noche para encenderlos de nuevo, con la esperanza de que Rehan estuviera de vuelta para entonces.

El teléfono que estaba sobre la mesa sonó y Caruso contestó.

—¿Sí?

—¿Dom? Es Bell.

—¿Qué pasa, Rick?

—Tenemos un problema. Cuando llegamos a la oficina, empezamos a traducir desde el principios de la transmisión de audio, por lo que tenemos unos quince minutos de retraso en las traducciones.

— No hay problema. Rehan salió hace un rato, así que estamos apagando los...

—*Hay* un problema. Acabamos de traducir lo que dijo antes de salir por la puerta.

Domingo Chávez estaba en un atasco de tráfico a sólo un cuarto de milla de la salida al aeropuerto. A su regreso de recoger el rifle de francotirador y municiones desde el Gulfstream de Hendley Asociados, había quedado atrapado detrás de un accidente de tráfico en el puente de Business Bay y ahora estaba sentado en el BMW, muy agradecido de que el aire acondicionado lo estuviera salvando del calor brutal, porque parecía que no se movería pronto.

Frente a él, a unas tres millas de distancia, podía ver el Burj Khalifa levantarse hacia el cielo. Al otro lado de eso, en la costa, estaba el Palm Jumeirah, su destino.

Justo en ese momento sonó el móvil.

—Aquí Ding —contestó.

Era Ryan, su voz acelerada e intensa.

—¡Rehan sabe que Embling y al Darkur están en el Burj Khalifa! Se dirige ahí ahora con un equipo de matones.

—¡Mierda! Llama a Nigel.

—Lo hice. No hay respuesta. Probamos el teléfono fijo también. Nadie contestó.

—¡Hijo de puta! —dijo Chávez—. Ve allá lo más rápido que puedas. Yo estoy atrapado en un atasco.

—Nos estamos moviendo, pero tomará veinte minutos por lo menos.

—¡Sólo mueve el culo, chico! ¡Ellos son nuestro único vínculo con Sam! ¡No los podemos perder!

—¡Lo sé!

En el BMW justo al oeste del puente de Business Bay, Domingo Chávez golpeó sus manos contra el volante lleno de frustración. «¡Maldita sea!».

Tanto Mohammed al Darkur como Nigel Embling habían sido amarrados con ligaduras de plástico, sus manos detrás de la espalda y los tobillos atados muy juntos. Rehan le había ordenado a sus hombres que los pusieran de pie contra los ventanales de suelo a cielo en la sala de estar hundida con la espalda contra el vidrio. El general Rehan se sentó frente a ellos en el sofá largo con las piernas cruzadas y los brazos hacia atrás sobre los cojines. Era un hombre en su elemento, estaba a gusto aquí con prisioneros a su merced.

Los hombres de Rehan —el coronel Khan y un escuadrón de seguridad de ocho hombres— estaban de pie alrededor de la habitación. Otro guardia estaba afuera en el pasillo. Cada uno de ellos llevaba una pistola de su elección —había Steyr, SIG, CZ, y Rehan y Khan llevaban una Beretta en sus fundas de hombros.

Si Nigel Embling todavía albergaba alguna débil chispa de duda respecto a la fiabilidad del mayor de la ISI Mohammed al Darkur, esta se disipó. Los hombres de Rehan golpearon la cara de al Darkur contra la ventana de vidrio varias veces y el paquistaní de treinta y cinco años le gritaba maldiciones a su compatriota más viejo.

Nigel no necesitaba cuarenta años de experiencia en trabajo de campo en Pakistán para reconocer que estos dos paquistaníes no simpatizaban el uno con el otro.

Al Darkur le gritó a Rehan. Habló en inglés.

—¿Qué hiciste con el estadounidense en Miran Shah?

El calmado general sonrió y respondió en inglés.

—Me reuní con el hombre personalmente. No tenía mucho que decir. Pedí que lo torturaran para obtener información acerca de tus planes. Supongo que tus futuros planes ya no son tan importantes para mí ahora como lo eran cuando di esa orden, al ver que ya no tienen futuro.

Al Darkur mantuvo el mentón alto.

—Hay otros tras de ti. Sabemos que estás trabajando con los golpistas, sabemos que has entrenado una fuerza extranjera en el campo Haqqani cerca de Miran Shah. Otros vendrán detrás de mí y te detendrán, ¡*Inshallah*!

—Ja —rió Rehan—. ¿*Inshallah*? ¿Si Alá lo quiere? Vamos a ver si Alá quiere que tengas éxito o si él quiere que yo tenga éxito.

Rehan miró a sus dos guardias de pie cerca de los prisioneros junto a la ventana.

—El aire está muy viciado en este pretencioso apartamento. Abran una ventana.

Los dos guardias sacaron sus pistolas, se volvieron al

mismo tiempo y dispararon una y otra vez contra el panel de diez por diez pies del espeso ventanal de vidrio de suelo a cielo contra el que los dos prisioneros estaban apoyados. No se rompió de inmediato, pero en tanto aumentaba el número de agujeros en el panel, de cinco a diez a veinte, se formaron fisuras blancas que empezaron a extenderse entre los agujeros de bala. Los hombres recargaron sus armas, mientras continuaba el trizado y estallido de los cristales, creciendo en volumen hasta que el enorme cuadrado de vidrio se quebró en mil pedazos hacia el exterior, mandando afilados fragmentos 108 pisos hacia abajo.

El viento cálido sopló dentro del apartamento de lujo, algunos pequeños pedazos de vidrio entraron con él, y Rehan y sus hombres tuvieron que proteger sus ojos mientras el polvo se asentaba. El zumbido de la corriente de aire por el costado del edificio entrando por el panel abierto en la ventana forzó a Rehan a levantarse del sofá y acercarse a sus prisioneros para ser escuchado.

Miró al mayor al Darkur por un momento antes de volverse hacia Nigel Embling, apoyado contra el ventanal de vidrio con las manos y los pies atados, junto a la gran apertura hacia el cielo brillante.

—He revisado sus antecedentes. Usted es de otro siglo, Embling. El espía expatriado de un imperio colonial que de alguna manera no ha entendido el mensaje de que ya no tiene colonias. Usted es un hombre patético. Usted y los otros infieles de Occidente han violado a los hijos de Alá durante tanto tiempo que ya no son capaces de entender que su tiempo ha pasado. Pero ahora, viejo tonto, ¡ahora el califato ha vuelto! ¿No lo ve, Embling? ¿No puede ver cómo la destrucción del colonialismo británico ha preparado el escenario de mi ascenso al poder tan perfectamente?

Embling le gritó al gran pakistaní parado a pocos pies de su cara y la saliva salpicaba de su boca.

—¿Tu ascenso al poder? ¡Tu gente es la que está destruyendo Pakistán! ¡Hombres buenos como el mayor aquí sacarán a tu país del abismo, no monstruos como tú!

Riaz Rehan sólo agitó la mano en el aire.

—Vuele de vuelta a casa, inglés.

Y con eso les dio una seca inclinación de cabeza a dos hombres de seguridad de la ISI que estaban parados cerca de Nigel Embling. Dieron un paso adelante, jalaron al gran hombre por los hombros, haciéndole perder el equilibrio y lo empujaron hacia atrás, hacia la ventana abierta.

Él gritó con horror mientras lo empujaban sobre el borde y luego lo soltaban, y cayó hacia atrás, lejos del edificio, hacia afuera, de cabeza a través del viento caliente del desierto, volando 108 pisos hacia el suelo de hormigón y acero.

El mayor Mohammed al Darkur le gritó a Rehan.

—*Kuttay ka bacha* —¡Hijo de perra!

A pesar de estar atado de pies y manos, se empujó hacia adelante lejos del vidrio y trató de arremeter contra el general. Dos guardias de seguridad lo agarraron antes de que cayera hacia adelante en el apartamento y lucharon con él, hasta que finalmente lo jalaron hacia atrás, hacia el agujero de diez por diez pies en el ventanal de suelo a cielo.

Los hombres de Rehan levantaron la cabeza hacia el general buscando alguna orientación.

El general Rehan se limitó a asentir con una leve sonrisa.

—Mándenlo a reunirse con su amigo inglés.

Al Darkur maldijo y gritó e intentó patear. Sacudió uno de sus brazos lejos del hombre que lo había arrastrado hasta el borde, pero otro hombre armado enfundó su arma y se lanzó hacia adelante. Ahora tres hombres luchaban contra el mayor en el piso entre el polvo y los pedazos de vidrio de la ventana rota.

Les tomó un momento, pero lograron controlar a al Darkur. Los otros hombres que estaban en la sala se echaron a reír mientras el oficial de la ISI luchaba sólo con los movimientos de su torso.

Al Darkur le gritó a Rehan.

—¡*Mather chot*! —¡Hijo de puta!

Los tres guardias arrastraron al mayor al Darkur por el suelo, jalándolo cerca del borde. Mohamed dejó de luchar. El viento subiendo aceleradamente desde el suelo del desierto por 108 pisos de vidrio y metal caliente, sopló el pelo negro del pakistaní de piel canela hacia sus ojos y él los cerró, apretándolos fuertemente, y comenzó a rezar.

Los tres hombres armados lo sujetaron por debajo de sus hombros, lo levantaron y lo agarraron por su cinturón también. En un movimiento coordinado tiraron su cuerpo hacia atrás, listos para lanzarlo hacia delante, hacia el sol.

Pero no se movieron hacia adelante de forma coordinada. El oficial de seguridad sosteniendo el hombro izquierdo de al

Darkur se tambaleó lejos de la ventana y se dio vuelta; dejó caer al mayor y, al hacerlo, hizo que los otros dos perdieran el equilibrio.

Antes de que nadie en la sala pudiera reaccionar, un segundo hombre en la cornisa de la ventana se alejó del mayor. Este hombre cayó de espaldas hacia el apartamento, se balanceó sobre los talones y se desplomó en la sala de estar hundida junto al sofá.

Rehan se volvió para mirar al hombre, para ver qué demonios estaba haciendo, pero en vez sus ojos pasaron más allá de su guardia y hacia el sofá de cuero color crema que estaba ahora cubierto de salpicaduras de sangre carmesí.

Rehan miró hacia la ventana. Afuera, a lo lejos, vio un punto negro en el cielo a unos pocos cientos de pies sobre el hotel Burj Al Arab. ¿Un helicóptero? Un segundo más tarde, justo cuando el último hombre sosteniendo a al Darkur soltó al mayor y se agarró la pierna ensangrentada mientras caía al suelo, el general Riaz Rehan les gritó a los que estaban en la habitación.

—¡Francotirador!

El coronel Khan saltó sobre el sofá y tiró a Rehan hacia la baldosa justo cuando una bala de rifle ardiente pasaba a toda velocidad junto a la frente del general.

57

⬥

«¡Acércame, Hicks!».

Domingo Chávez gritó en el micrófono del auricular mientras cargaba de un golpe un segundo cargador de cinco cartuchos en su rifle de francotirador HK PSG-1. No había dado en el objetivo en sus dos últimos tiros, estaba seguro, y sólo si se acercaba podría darles a Rehan y a sus hombres, mientras corrían y se arrastraban, tratando de cubrirse.

—Entendido —dijo Hicks en un tranquilo acento de Kentucky, y el Bell JetRanger voló más cerca de la enorme torre en forma de aguja.

Incluso con el vidrio roto en el apartamento de al Darkur y Embling, Chávez jamás habría sido capaz de identificar la ubicación del lugar si no hubiera visto a través de su mira telescópica de 12x de aumento algo cayendo de un costado del edificio, girando en espiral hacia el suelo.

Era un hombre, Ding lo supo por instinto, aunque no pudo tomarse el tiempo para tratar de identificar quién estaba cayendo frente a él hacia su muerte. En vez, Chávez tuvo que alinear su arma a quinientos metros y hacer lo posible para fijar un objetivo en su retículo de millones de puntos.

A pesar de que Chávez no había pasado mucho tiempo de entrenamiento en el oficio de francotirador en el último año, todavía se sentía cómodo haciendo un tiro a quinientos metros de distancia en las condiciones adecuadas. Pero las vibraciones del helicóptero, la corriente descendente de los rotores, los movimientos ascendentes de las corrientes de aire a lo largo del rascacielos, todo eso tenía que ser resuelto para poder hacer un tiro de precisión.

Así que Chávez no apostó a la precisión. Hizo todo lo posible para calcular todo lo que pudo lo mejor que pudo y luego se preparó para un tiro instintivo. Al centro del pecho de sus objetivos. El estómago de un hombre no era el lugar perfecto para un tiro de francotirador. No, lo ideal hubiera sido el cráneo. Sin embargo, apuntar a la parte superior del estómago le daba el mayor margen para cometer errores y él sabía que iba a cometer algunos errores tratando de alcanzar su objetivo, teniendo en cuenta todo de lo que había que preocuparse.

Disparó desde el asiento trasero del helicóptero, apoyando su arma en la ventana abierta. Esto destruiría absolutamente los armónicos perfectamente ajustados del cañón de su rifle, pero el acercarse más lo arreglaría todo.

—¡Más cerca, hermano!

—Tú preocúpate por tu aparato, que yo me ocupo del mío —dijo Hicks.

Decir que el llamado de Chávez a la aeronave veinte minutos antes había sido una sorpresa para Chester Hicks era decir poco. Él había estado revisando unos papeles con Adara Sherman cuando sonó su móvil.

—¿Hola?

—¡Country, voy de regreso hacia allá! ¡Necesito que me consigas un helicóptero en diez minutos! ¿Puedes hacerlo?

—Claro. Hay un servicio de chárter aquí mismo en el OBF. ¿A dónde debo decirles que te diriges?

—Necesito que tú lo vueles y probablemente iremos a combate.

—Estás bromeando, ¿verdad?

—Este es un asunto de vida o muerte, 'mano.

Una pausa rápida.

—Entonces vente de una vez para acá. Voy a conseguirnos una aeronave.

Hicks había sido pura acción después de eso. Él y Adara Sherman corrieron por la pista hasta un JetRanger inactivo que pertenecía a un complejo hotelero ubicado a veinte millas por la costa. Había muchos helicópteros más nuevos y elegantes en la pista, pero Hicks había volado el JetRanger, había entrenado en helicópteros Bell, y pensó que el factor más importante en esta precipitada misión delante de él sería la habilidad del piloto y no la tecnología más avanzada. Después de observar la aeronave por unos pocos segundos, envió a Sherman al OBF para recoger las llaves por cualquier medio necesario. Desató las amarras y revisó el combustible y el aceite mientras ella no estaba, e incluso antes de sentarse detrás de la palanca de control, Sherman ya estaba de vuelta, lanzándole las llaves.

—¿Me atrevo a preguntar qué hiciste?

—No hay nadie en casa. Probablemente podría haber robado el Boeing de algún jeque si lo hubiera querido.

Chávez llegó cinco minutos después y estuvieron en el aire tan pronto como se hubo ajustado el cinturón en su asiento.

Mientras Chávez cargaba su rifle de francotirador, Hicks le preguntó por el intercomunicador:

—¿A dónde vamos?

—El edificio más alto del mundo, dudo que te lo pierdas.

—Entendido.

Giró la nariz del JetRanger hacia el Burj Khalifa y aumentó su velocidad de ascenso y de avance.

Rehan y Khan se arrastraron por el suelo de baldosas del apartamento hacia la puerta que daba al pasillo. El coronel mantuvo su cuerpo entre el tirador en el helicóptero y su general mientras se movían hasta que otro oficial de protección se deslizó junto a los dos y luego cubrió al general Rehan.

Justo cuando Rehan entró al pasillo y rodó fuera de la línea de fuego del helicóptero, uno de sus hombres de seguridad lo agarró por el cuello y lo empujó hacia adelante hasta el ascensor. Este guardia era casi tan grande como el propio Rehan, un corpulento matón de seis pies y tres pulgadas de altura llevando un traje negro y una gran pistola HK. Golpeó el botón para bajar con el puño, se volteó para asegurarse de que Rehan y Khan estuvieran todavía con él y luego se volteó otra vez mientras las puertas se abrían.

Ryan y Caruso se vieron sorprendidos por el tamaño del paquistaní armado que apareció frente a ellos en el pasillo, pero estaban listos para enfrentar problemas. Ambos hombres sostenían sus pistolas en alto. Se dejaron caer de rodillas en un movimiento simultáneo, en tanto los ojos del hombre de seguridad de la ISI se abrían. El paquistaní levantó su propia arma para entrar en acción, pero los agentes del Campus dispararon en el amplio pecho de su objetivo a no más de seis pies de distancia.

El guardia no cayó lejos de ellos, en vez de eso se lanzó hacia adelante hacia la cabina del ascensor. Los dos hombres dispararon por segunda y luego por tercera vez, bordando balas de 9 milímetros a través de la parte superior de su torso, pero el oficial de la ISI se abalanzó contra Jack Junior, lo inmovilizó en la esquina y le dio un cabezazo al americano con toda la fuerza que quedaba en su cuerpo. Disparó su pistola HK, pero su brazo había caído hacia abajo y la bala pasó por los pantalones de Ryan, justo por encima de la rodilla, de alguna manera no dándole a su pierna.

Ahora, más hombres de la ISI en el pasillo dispararon contra el ascensor. Ryan estaba inmovilizado por el hombre muerto, pero Caruso se había tirado al piso y le estaba disparando a los enemigos. Alcanzó a ver fugazmente al general Rehan huyendo por el pasillo en dirección opuesta al apartamento de Embling, pero tuvo que concentrarse en los hombres que le estaban disparando a Jack y a él. Le disparó a otro hombre del escuadrón de seguridad del general, hiriéndolo en la parte inferior del abdomen, y con otra ráfaga de tres tiros persiguió a los hombres fuera de su línea de fuego, mandándolos pasillo arriba, donde desaparecieron por el hueco de la escalera cerca del apartamento de Embling.

Rehan ya se había dirigido a la escalera, presumiblemente a otro piso para tomar el ascensor hacia abajo.

—Sácame a este gigante hijo de puta de encima —gritó Ryan.

Dom lo ayudó a mover al muerto y de inmediato vio sangre en el rostro de Jack.

—¿Estas herido?

Jack ignoró la grieta que se había hecho en el ojo derecho y en vez se llevó la mano a la pierna. Había sentido una bala rozarlo ahí mientras pasaba a una fracción de pulgada de su rodilla. Encontró el agujero en el pantalón, metió la mano y buscó sangre a tientas. Cuando sacó los dedos del pantalón y estaban limpios dijo:

—Estoy bien. ¡Vamos!

Y salieron a toda velocidad hacia el apartamento de Embling, temerosos de lo que podrían encontrar.

En el interior, Dominic y Jack corrieron hacia al Darkur. El mayor paquistaní no estaba teniendo mucho éxito tratando de cortar sus ataduras con un pequeño trozo de vidrio. Caruso sacó una navaja y cortó en breve las ligaduras de plástico, y luego él y Ryan ayudaron a Mohammed a ponerse de pie.

—¿Dónde está Embling?

Ryan tuvo que gritar sobre el zumbido que sentía en los oídos después de los disparos en el pasillo.

Al Darkur negó con la cabeza.

—Rehan lo mató.

Procesaron la noticia por un momento antes de que Caruso agarrara a al Darkur por el brazo y le dijera:

—Usted viene con nosotros.

—Por supuesto.

Dom agitó la mano hacia al helicóptero y Hicks voló lejos en su aeronave prestada, yéndose con Chávez en el asiento trasero.

Las alarmas sonaban en el pasillo, aquí en el piso 108, pero los ascensores estaban todavía en servicio. Mohammed, Jack y Dom no tenían duda de que habría policías en los ascensores en ese momento, pero nadie podría haber subido más de un par de docenas de pisos por las escaleras desde que había comenzado el tiroteo, por lo que los tres corrieron hacia la escalera y comenzaron a dirigirse hacia abajo. Descendieron dieciocho pisos en tres minutos de carrera frenética y saltos. Una vez que estuvieron en el nonagésimo piso, subieron a un ascensor con un par de hombres de negocios de Medio Oriente que se demoraron en evacuar, quejándose de que no habían olido humo y poniendo en duda que hubiera un verdadero incendio. Pero la cara magullada de al Darkur, el ojo y la nariz ensangrentados de Ryan, y el sudor empapando los rostros de los tres hombres conmocionaron a los hombres.

Cuando uno de ellos levantó su teléfono con cámara para tomar una foto de al Darkur, Dom Caruso le arrebató el aparato de la mano. Otro trató de apartar de un empujón a Dom, pero Ryan sacó su pistola y empujó a los hombres contra la pared.

Mientras el ascensor descendía a cuarenta y cinco millas por hora, el mayor paquistaní y los dos agentes estadounidenses les quitaron los teléfonos a los tres hombres, los pisotearon con sus talones y luego detuvieron la cabina en el décimo piso. Aquí le ordenaron a los hombres bajarse y luego pulsaron el botón para el más bajo de dos garajes de estacionamientos subterráneos.

Quince minutos después, salieron del estacionamiento hacia la luz del sol. Allí, los tres hombres se fundieron con la multitud; pasaron junto a policías y bomberos y otros resca-

tistas corriendo hacia el interior del edificio, y se dirigieron a
las calles ardientes de la tarde para encontrar un taxi.

Mientras Jack, Dom y al Darkur iban a toda velocidad
hacia el aeropuerto, Chávez hizo que Hicks lo dejara
en un estacionamiento cerca de la playa. Hicks volvió solo al
aeropuerto y Ding tomó un taxi para regresar al Kempinski
a desarmar todos los equipos de vigilancia en el *bungalow*.

Su operación contra Rehan aquí en Dubai se había visto
comprometida y eso era decir poco. No había manera de que
los tres hombres pudieran volver al *bungalow* y esperar a que
Rehan regresara; la situación estaría demasiado complicada
después del tiroteo masivo. Habría cuerpos en el noticiero de
la noche en una ciudad que no tenía mucha delincuencia, y
las idas y venidas de todos los extranjeros se enfrentarían a un
estricto escrutinio. Ding le había dado instrucciones a Hicks
para que llamara a la capitana Reid y tuviera el Gulfstream
listo para salir lo antes posible, pero Chávez mismo no estaría
en él. Necesitaba un par de horas para limpiar todo rastro de
sus actividades en el Kempinski y tendría que encontrar otra
manera de salir del país después de eso.

Hicks aterrizó el helicóptero justo donde lo había recogido y luego se encontró con Sherman en la parte inferior de
las escaleras del Gulfstream. Ella le había dado al hombre de
la recepción del OBF diez mil euros cuando había aparecido

buscando el helicóptero desaparecido y se sentía razonablemente segura de que mantendría la boca cerrada hasta que ya estuvieran en marcha.

Una vez que Jack, Dom y Mohammed llegaron en taxi, se subieron al avión y Helen Reid llamó a la torre para hacerles saber que estaban listos para ejecutar su plan de vuelo.

La Srta. Sherman se había hecho cargo de que su paso por aduanas ocurriera sin problemas con la ayuda de otros diez mil euros.

Transportaron a Mohammed al Darkur a Estambul. Desde ahí él viajaría por su cuenta de regreso a Peshawar. Todos coincidieron en que sería peligroso para él regresar a su país de origen. Si Rehan estaba dispuesto a dar un paso tan grande como su ataque en Dubai, no había duda de que haría asesinar a al Darkur tan pronto como el mayor regresara. Pero Mohammed les aseguró a los estadounidenses que conocía un lugar donde podría pasar desapercibido, lejos de los elementos de la ISI que estaban conspirando contra el liderazgo civil. También les prometió que iba a averiguar dónde estaba siendo retenido Sam Driscoll y se reportaría tan pronto como fuera posible.

58

Cuatro días después de regresar de Dubai, Jack Ryan hijo tenía una cita que no podía cancelar. Era 6 de noviembre, día de las elecciones, y Jack se dirigió a Baltimore al final de la mañana para estar con su familia.

Jack Ryan padre fue hasta su lugar de votación local en la mañana con Cathy, rodeado de periodistas. Después de eso volvió a su casa para pasar el día con su familia, con el plan de ir al Marriott Waterfront para dar su discurso de aceptación esa noche.

O su discurso de concesión, dependiendo de los resultados en unos pocos estados clave.

La controversia Clark le había hecho daño, no lo podía negar. Cada show, desde *60 Minutes* hasta *Entertainment Tonight*, había encontrado un ángulo en la historia y cada conductor de noticias tenía algo que decir al respecto. Ryan había manejado la situación con altura en las últimas semanas de su campaña, había hecho sus declaraciones con respecto a su amigo y había hecho todo lo posible por enmarcar la historia como un ataque político contra él, Jack Ryan, y no justicia honesta.

Esto funcionó con su base e influyó a algunos indecisos. Sin embargo, la pregunta sin respuesta respecto a la verdadera relación entre Jack Ryan y el hombre misterioso escapando del gobierno hizo que muchos indecisos se inclinaran hacia Edward Kealty. Los medios de comunicación habían enmarcado la relación Ryan-Clark como si este último fuera el asesino personal del primero.

Y con todo lo que se pudiera decir acerca del Presidente Kealty, ciertamente no había posibilidad de que él tuviera un esqueleto como ese en su armario.

Cuando Jack hijo llegó a la casa de sus padres en la tarde, condujo a través del cordón de seguridad y unos pocos miembros de la prensa tomaron fotos de la Hummer amarilla con Jack detrás del volante, pero sus ventanas estaban polarizadas y llevaba anteojos de sol estilo aviador.

Cuando entró por la cocina vio a su padre ahí de pie, solo, en mangas de camisa.

Los dos hombres se abrazaron y luego el padre dio un paso atrás.

—¿Por qué los anteojos?

Jack hijo se quitó los anteojos de sol, revelando un hematoma alrededor de su ojo derecho. Era tenue pero aún gris y era evidente que había sido mucho peor.

Además de la piel amoratada, algunos vasos sanguíneos en su ojo se habían roto y gran parte del ojo estaba de color rojo fuerte.

Ryan padre miró la cara de su hijo por un momento y luego dijo:

—Rápido, antes de que tu madre baje. Vamos al estudio.

Un minuto más tarde, los dos hombres estaban parados en el estudio con la puerta cerrada. El padre habló en voz baja.

—Jesús, Jack, ¿qué diablos te pasó?

—Prefiero no decirlo.

—Me importa un bledo. ¿Cómo se ven todas las partes de tu cuerpo que no puedo ver?

Jack sonrió. A veces su padre decía cosas que le mostraban que el viejo lo entendía.

—No tan mal. Mejorando.

—Esto sucedió en trabajo de campo?

—Sí. Tengo que dejarlo ahí. No por mí. Por ti. Estás a punto de convertirte en el Presidente, después de todo.

Jack Ryan padre suspiró lentamente, se inclinó hacia delante y miró el ojo de su hijo.

—Tu madre va a armar un...

—Me quedaré con los anteojos puestos.

El padre miró a Junior.

—Hijo. Yo no pude hacerle ese truco a tu madre hace

treinta años. Estoy seguro de que no va a funcionar ahora tampoco.

—¿Qué debo hacer?

El padre lo pensó.

—Muéstraselo. Ella es cirujana oftalmóloga, por el amor de Dios. Quiero que le eche un vistazo. Dile que no quieres hablar de ello. No le va a gustar, ni un poco, pero no le vas a mentir a tu madre. Podemos guardarnos los detalles, pero no le vamos a mentir.

—Está bien —dijo el hijo.

—Es una situación delicada, pero tenemos que hacer lo correcto.

—Sí.

La doctora Cathy Ryan entró en el estudio un minuto más tarde y en cuestión de segundos se había llevado a su hijo del brazo al baño. Ahí, Cathy hizo que Junior se sentara en el tocador, mientras ella mantenía el ojo abierto y lo revisaba cuidadosamente con una linterna de bolsillo.

—¿Qué pasó?

Su voz era cortada y profesional. El área de los ojos era la especialidad de su madre y ella vería, o al menos Jack esperaba que ella viera, una lesión aquí de forma más profesional y desapasionada de lo que lo haría si se hubiera herido otra parte del cuerpo.

—Me golpeé con algo.

La Dra. Ryan no dejó de examinar a su paciente para decir:

—No jodas, Sherlock. ¿Con qué te pegaste?

Su marido estaba en lo cierto, a Cathy no le gustaba que desviara sus preguntas acerca de los orígenes de la lesión.

Jack hijo respondió con cautela:

—Creo que se puede decir que me di un cabezazo con un hombre.

—¿Has tenido problemas de visión? ¿Dolores de cabeza?

—Al principio, sí. Sangré un poco de ese corte en la nariz. Pero ya no.

—Bueno, te dio justo en la órbita. Este es un hematoma subcutáneo muy feo. ¿Hace cuánto tiempo fue?

—Cinco días, más o menos.

Cathy le soltó el ojo y dio un paso atrás.

—Deberías haber venido de inmediato. El trauma necesario para causar esta cantidad de hemorragia en el ojo y el tejido a su alrededor fácilmente podría haber desprendido tu retina.

Jack quería decir algo inteligente, pero captó una mirada de su padre. Ahora no era el momento de hacerse el lindo.

—Está bien. Si me sucede otra vez, yo...

—¿Por qué podría volver a ocurrir?

Junior se encogió de hombros.

—No sucederá. Gracias por echarle un vistazo.

Comenzó a levantarse de la silla.

—Vuelve a sentarte. No puedo hacer nada por el hematoma subcutáneo, pero puedo tapar el hematoma en la nariz y la órbita.

—¿Cómo?

—Voy a traer un poco de maquillaje para cubrirlo.

Junior lanzó un gemido.

—No está tan mal mamá.

—Se ve lo suficientemente mal. Vas a tener que tomarte una foto esta noche, nos guste o no, y estoy segura de que no quieres esta imagen de ti recorriendo el mundo.

Jack padre estuvo de acuerdo.

—Hijo, la mitad de los periódicos van a irse a prensa con un titular sobre cómo te golpeé cuando me enteré de que habías votado por Kealty.

Jack hijo se rió ante la idea. Sabía que no tenía sentido discutir.

—Está bien. Papá usa maquillaje cada vez que aparece en televisión, supongo que a mí no me va a matar.

Los resultados de las elecciones comenzaron a llegar durante la tarde. La familia y algunos miembros clave del personal estaban sentados en la sala de estar de una suite en el Marriott Waterfront, aunque Ryan padre pasó gran parte de la noche de pie en la cocina, hablando con sus hijos o su personal de más alto rango, prefiriendo escuchar los reportes que le gritaban desde la sala de estar que ver todo el asunto jugada-a-jugada y pontificarse a sí mismo.

A las nueve de la noche, una reñida carrera se volvió favorable para el Partido Republicano cuando Ohio y Michigan le dieron preferencia. Florida se demoró hasta casi las diez, pero al cierre de los locales de votación en la Costa Oeste, el asunto estaba decidido.

John Patrick Ryan padre ganó con cincuenta y dos por ciento de los votos, un margen más estrecho que el que había tenido en el último mes de campaña y la mayoría de las organizaciones noticiosas dijeron que esto tenía que ver con dos cosas: la captura del Emir por parte de la administración de Kealty y la turbia asociación de Jack Ryan con un hombre buscado por múltiples asesinatos.

Hablaba mal de Kealty que Ryan hubiera logrado superar estos dos eventos y derrotarlo.

Jack Ryan se paró en un escenario en el Marriott Waterfront con su esposa e hijos. Cayeron globos, sonó música. Cuando le habló a una multitud que lo idolatraba, agradeció a su familia en primer lugar y luego al pueblo estadounidense por darle la oportunidad de representarlos por un segundo mandato de cuatro años.

Su discurso fue optimista, sincero e incluso divertido en algunas ocasiones. Pero pronto se refirió a los dos temas centrales de la recta final de las elecciones. Hizo un llamado a la administración del Presidente Kealty para poner fin a la búsqueda de cargos federales en contra de Saif Yasin. Ryan dijo que sería un desperdicio de recursos, ya que él ordenaría poner al Emir bajo custodia militar tan pronto como asumiera el cargo.

Luego le pidió al Presidente Kealty revelar los detalles de la acusación sellada a su equipo de transición. No usó la frase «Si no aportas, no estorbes», pero esa fue la insinuación.

El presidente electo reiteró su apoyo a Clark y a los hombres y mujeres en el ejército y los servicios de inteligencia.

Tan pronto como abandonaron el escenario, Jack hijo llamó a Melanie. La había visto una vez desde su regreso de Dubai. Le había dicho que había estado en un viaje de negocios en Suiza, donde se había golpeado el ojo y el puente de su nariz contra la rama de un árbol cuando él y sus compañeros de trabajo intentaban hacer snowboard.

La echaba de menos esta noche y lamentó no poder estar con ella ahora mismo, aquí en medio de la emoción y la celebración. Pero ambos sabían que si ella se presentaba del brazo del hijo del ex y futuro presidente de los Estados Unidos, sería una invitación a mucho escrutinio. Melanie no había conocido a los padres de Jack Junior aún y este no parecía el lugar correcto para eso.

Sin embargo, Jack encontró un sofá en una de las suites que la campaña de Ryan había reservado para esa noche y se sentó y habló con Melanie hasta que el resto de la familia estaba lista para regresar a casa.

59

Las oficinas de la Corporación Kosmos de Vuelos Espaciales en Moscú están en la calle Sergey Makeev en Krasnaya Presnya, en una moderna estructura de acero y cristal que da al cementerio del siglo XVIII, Vagankovo. Aquí, Georgi Safronov trabajaba largas horas, manejando su personal, los recursos logísticos de su corporación y sus propias facultades intelectuales con diligencia para prepararse para el lanzamiento de tres cohetes Dnepr-1 el mes siguiente.

Aleksandr Verbov, Director de Operaciones de Lanzamiento de la CKVE, era un hombre corpulento y afable. Era unos años mayor que Georgi, leal y trabajador. Los dos hombres habían sido amigos desde los años ochenta. Normalmente Verbov se hacía cargo del día a día de los preparativos de los próximos lanzamientos espaciales sin la ayuda del presidente de la compañía en las minucias de esta complicada tarea. Pero Georgi prácticamente había secundado a Verbov para el próximo muy publicitado lanzamiento triple. Aleksandr entendía que el lanzamiento triple era un evento muy querido para su presidente y también sabía que Safronov era técnicamente tan hábil como cualquiera en la empresa. Georgi mismo había tenido el cargo de director de operaciones una vez, cuando Verbov era ingeniero de alto rango.

Si Georgi mismo quería apretar el botón de lanzamiento de los tres cohetes —demonios, si quería trabajar en la plataforma en la nieve para acoplar la parte frontal de los cohetes a los vehículos de lanzamiento en sus silos— bueno, para Alex Verbov, estaba en todo su derecho.

Pero Alex estaba teniendo sospechas sobre un aspecto de la atención de su jefe.

Los dos hombres se reunían diariamente en la oficina de Georgi. Ahí habían trabajado juntos en casi todas las facetas del lanzamiento desde que Safronov había regresado de sus vacaciones. Verbov había comentado en varias ocasiones sobre el tonificado físico de su jefe, después de pasar tres semanas y media en un rancho para huéspedes en algún lugar del oeste de los Estados Unidos. Georgi parecía más en forma, incluso cuando sus manos y brazos estaban cubiertos de antiguos cortes y magulladuras. Lazar ganado, Georgi le había dicho a Aleksandr, era un trabajo muy duro.

Verbov le había pedido ver una foto de su jefe en un Stetson y chaparreras, pero Georgi se había negado.

Este día, como cualquier otro, estaban sentados alrededor de la mesa de Georgi y tomaban un sorbo de té. Ambos hombres tenían abiertas computadoras portátiles de alto nivel y trabajaban tanto juntos como de forma independiente mientras se ocupaban de un aspecto u otro de los próximos lanzamientos.

Alex dijo:

—Georgi Mijáilovich, tengo la última de las confirmaciones de que las estaciones de seguimiento estarán en línea en las fechas requeridas. Dos lanzamientos al sur, un lanzamiento al norte.

Georgi no levantó la mirada de su computadora portátil.

—Muy bien.

—También hemos recibido el esquema del enlace eléctrico del tránsito de la nave espacial actualizado, por lo que podemos solucionar cualquier problema con la interfaz del satélite estadounidense.

—Ok.

Alex ladeó la cabeza. Vaciló durante más de medio minuto antes de decir:

—Tengo que hacerte una pregunta.

—¿Qué pasa?.

—La verdad, Georgi... bueno, estoy empezando a tener algunas sospechas.

Lo ojos de Georgi Safronov se levantaron de su computadora portátil y se fijaron en el corpulento hombre al otro lado de la mesa.

—¿Sospechas?

Alex Verbov se movió en su silla.

—Es sólo que... no pareces tan interesado en la nave espacial y la órbita de la nave como lo estás en el lanzamiento mismo. ¿Me equivoco?

Safronov cerró su computadora y se inclinó hacia delante.

—¿Por qué dices eso?

—Simplemente así me parece. ¿Hay algo que te está molestando acerca de los vehículos de lanzamiento para estos vuelos?

—No, Alex Petrovich. Por supuesto que no. ¿Qué quieres decir?

—Honestamente, amigo mío, tengo la leve sospecha de que estás menos que satisfecho con mi trabajo reciente. Específicamente, con respecto a los vehículos de lanzamiento.

Georgi se relajó un poco.

—Estoy muy contento con tu trabajo. Eres el mejor director de lanzamiento en la industria. Tengo la suerte de tenerte trabajando en el sistema Dnepr y no en las naves Protons o Soyuz.

—Gracias. Pero ¿por qué estás tan desinteresado en el vuelo espacial?

Safronov sonrió.

—Confieso que sé que podría dejar todo esto en tus manos. Simplemente prefiero trabajar en el lanzamiento. La tecnología para esto no ha cambiado mucho en los últimos quince años. Los satélites y las comunicaciones y los sistemas de seguimiento se han actualizado desde cuando yo estaba en tu trabajo. No me he mantenido actualizado en gran parte de mi lectura técnica como debería. Me temo que no haría un trabajo tan bueno como tú y mi pereza podría manifestarse en pobres resultados.

Alex dejó escapar un suspiro dramático y lo siguió con una carcajada.

—He estado tan preocupado, Georgi. ¡Por supuesto que podrías manejar la nueva tecnología! Probablemente mejor que yo. Si quieres, yo podría mostrarte algunos de las nuevos pasos para...

Alex vio a Safronov abrir su computadora portátil de nuevo. En cuestión de segundos estaba trabajando nuevamente. Mientras escribía con furia, dijo:

—Voy a dejarte esa parte a ti mientras yo hago lo que hago mejor. Tal vez después del lanzamiento triple tendré tiempo para una tutoría.

Verbov asintió, feliz de que sus sospechas hubieran sido totalmente infundadas. En cuestión de segundos él mismo había vuelto a trabajar y no pensó de nuevo en el asunto.

60

Judith Cochrane observó a Saif Yasin levantarse de su cama de hormigón y caminar hacia la pared de plexiglás. Habían colocado un pequeño escritorio y una silla en su lado del cristal, y ahí estaba su teléfono, junto con su bloc de notas y sus bolígrafos. En la mesa al lado de su cama de hormigón había una pila de libros de leyes estadounidenses y otros papeles ordenados para poder ayudar a la ICP a preparar su defensa.

El Departamento de Justicia había estado aflojando las estrictas normas que había establecido para la defensa del Emir. Parecía que cada día Judy recibía un correo electrónico o una llamada de alguien en el Departamento de Justicia que le daba a ella o a su cliente mayor acceso a más información, más contactos con el mundo exterior, más recursos, a fin de que la ICP pudiera presentar una defensa respetable. Tan pronto estuviera despejado el camino para que Yasin fuera trasladado a una celda federal en Virginia, Judy solicitaría a la corte aún más acceso a material clasificado que ella y Saif necesitarían para demostrar que él había sido capturado ilegalmente y por lo tanto debía ser puesto en libertad.

Paul Laska le había confiado a Judy semanas atrás que se había enterado por la CIA que los hombres que habían tomado prisionero el Emir en las calles de Riad eran ex agentes de la CIA, trabajando fuera de sus funciones oficiales con el gobierno de los Estados Unidos. Esto complicaba las cosas para ambos lados del caso federal, pero Judy estaba haciendo su mejor esfuerzo por aprovechar esta información para su beneficio. Laska había dicho que el propio Ryan tenía alguna relación con los criminales que habían secuestrado a su cliente, por lo que Judy estaba pensando amenazar a la nueva administración, con la promesa de sacar esta relación a la luz para avergonzar al Presidente de los Estados Unidos.

Sentía que había pillado a Ryan con las manos en la masa y esto lo haría querer barrer al Emir debajo de la alfombra cumpliendo su promesa de campaña de entregar al hombre de vuelta a un tribunal militar.

Pero ella tenía un plan para detener eso.

—Buenos días, Judy. Te ves maravillosa hoy —dijo Yasin mientras se sentaba. Su sonrisa era atractiva, pero Judith vio un toque de melancolía en ella.

—Gracias. Antes de empezar, sé que puede estar sintiéndose algo deprimido hoy.

—¿Debido a que Jack Ryan será el próximo Presidente? Sí, admito que es una noticia inquietante. ¿Cómo puede su país permitir que ese criminal vuelva al poder?

Judith Cochrane negó con la cabeza.

—No tengo idea. Yo no tengo un solo amigo o compañero de trabajo que haya votado por él, se lo puedo prometer.

—¿Y aún así gana?

Judy se encogió de hombros.

—Gran parte de mi país, lamento decir, está en manos de racistas, belicistas y tontos ignorantes.

—Sí. Eso debe ser cierto, ya que parece no haber justicia para un hombre inocente en los Estados Unidos —dijo el Emir, con un dejo de tristeza.

—No diga eso. Vamos a lograr que haya justicia para usted. Vine hoy a decirle que la victoria de Ryan es de hecho algo bueno para su caso.

El Emir ladeó la cabeza.

—¿Cómo es eso?

—Debido a que un amigo de Ryan, John Clark, fue uno de los hombres que lo secuestraron. En este momento el hombre es prófugo de la justicia, pero una vez que la gente de Kealty lo capture, se le ofrecerá inmunidad para que diga todo lo que sabe respecto de para quién estaba trabajando cuando usted fue capturado. Jack Ryan estará implicado.

—¿Cómo sabes esto?

—Porque es posible que Ryan haya estado directamente involucrado. Y aunque no hubiera estado involucrado directamente o consciente de su secuestro, vamos a utilizar canales extraoficiales para amenazarlo. Para decirle que, si lo envía a custodia militar, no tendremos otro curso de acción que llevar su caso a los medios de comunicación, y vamos a utilizar el hecho de que Ryan dio un indulto secreto como prueba de que el propio Ryan quería que John Clark estuviera libre para matar y secuestrar a inocentes. Ryan podrá ganar en los tribunales de justicia, pero en los tribunales de la opinión pública, con la gran mayoría de los medios de comunicación del mundo de nuestro lado, parecerá como si el propio presidente Jack Ryan le hubiera disparado y lo hubiera secuestrado. Él y su gobierno no tendrán más remedio que acceder a nuestras demandas.

—¿Y cuáles son nuestras demandas?

—Mínima seguridad. Una sentencia razonable. Algo que lo tenga tras las rejas durante su administración, pero no más.

El Emir sonrió.

—Para alguien tan agradable y atractiva, usted es sin duda una persona muy astuta.

Judy Cochrane se ruborizó.

—Estoy recién empezando, Saif. Recuerde lo que le digo. Usted va a ganar su caso o vamos a destruir al presidente Ryan mientras lo intentamos.

Ahora la sonrisa del Emir no mostró evidencia alguna de su melancolía anterior.

—¿Es demasiado esperar que ambas cosas sucedan?

Judy sonrió.

—No. No es mucho esperar en absoluto.

· · ·

Habían pasado diez días desde que Clark había encontrado a Manfred Kromm en Colonia. El buscado estadounidense había pasado la mayor parte de ese tiempo en Varsovia, Polonia. Clark no tenía ninguna razón operativa para ir a Varsovia, pero su visita se convirtió en algo prudente desde el punto de vista operativo cuando se hizo evidente que su cuerpo necesitaba algún tiempo para recuperarse después de la noche huyendo de los hombres que lo perseguían en Alemania. Su tobillo derecho se había hinchado y estaba morado, el corte en su mano necesitaba tiempo para sanar y le dolían todas las articulaciones de su cuerpo. Sus músculos estaban agotados y su espalda llegando a la cintura había pasado de un dolor sordo la mañana después de la actividad a espasmos la mañana del segundo día.

Varsovia no era sólo una ciudad en su camino de Alemania a Estonia. Era un muy necesario descanso.

Clark usó una identificación falsa para alquilar una habitación en suite en un hotel sin nombre de una estrella en el centro de la ciudad. Llenó la bañera de porcelana con sales de Epsom y agua casi tan caliente como para hervir una langosta y metió cada pedazo de su cuerpo en ella, salvo dos extremidades. Su pie derecho, el cual estaba envuelto firmemente con una bolsa de hielo y vendas de compresión, y su mano derecha, que sostenía su pistola Sig Sauer P220 calibre 45.

El baño de agua caliente y los anti-inflamatorios sin receta poco a poco lo ayudaron a calmar sus acalambrados músculos.

Además de sus golpes y moretones, Clark también había agarrado una sinusitis increíble corriendo a través de la lluvia helada. De nuevo, utilizó medicamentos sin receta para combatir esto, junto con un suministro constante de pañuelos desechables.

Baños calientes, tragar pastillas, sonarse la nariz. Clark repitió este proceso una y otra vez durante casi una semana antes de sentirse no como un hombre joven, pero al menos como un hombre nuevo.

Ahora estaba en Tallin, Estonia, caminando a través de la Puerta de Viru, la entrada al empedrado casco antiguo. Se había dejado crecer la barba en las últimas dos semanas y se había cambiado la ropa de hombre de negocios de mediana edad para parecer un robusto pescador cansado del mundo. Llevaba un gorro de lana negro encima de la cabeza, un suéter negro debajo de un impermeable azul y botas de cuero que mantenían la movilidad del aún adolorido tobillo derecho al mínimo.

Era jueves por la noche y el aire de noviembre estaba gélido, por lo que había pocos peatones en las calles. Mientras subía por el estrecho pasaje medieval de Santa Catalina, Clark caminaba solo, sintiendo también el aislamiento autoimpuesto de las últimas semanas. Cuando era más joven, mucho más joven, Clark se movía en la clandestinidad como un activo soltero durante semanas a la vez sin darse cuenta por un momento de la soledad. No era inhumano, pero era capaz de compartimentar su vida para que cuando estaba en una operación, su mente se mantuviera concentrada en la operación. Pero ahora pensaba en su familia y amigos y colegas. No tanto como para dar la vuelta y regresar a ellos, pero sin duda más de lo que le hubiera gustado.

Era extraño, pensó Clark mientras se acercaba más a su objetivo. Más que Sandy, más que Patsy, la persona con la que más quería hablar en este momento era Ding.

Era una locura que su diminuto yerno estuviera al frente de sus pensamientos y se hubiera reído de eso si todo lo que estaba sucediendo a su alrededor en este momento no fuera tan grave. Pero después de un momento de introspección, tuvo sentido. Sandy había estado junto a él contra viento y marea. Pero no como Chávez. Domingo y John habían estado juntos en situaciones extremas más veces de las que ninguno de los dos sería capaz de contar.

Pero por mucho que lo hubiera querido, no consideró la idea de echarle una llamada telefónica rápida. Había caminado junto a suficientes teléfonos públicos —sí, todavía había algunos aquí y allá— por lo que habría sido muy fácil hacer una llamada.

Pero no. Todavía no. No hasta que no fuera absolutamente necesario.

No, él estaba operando en la clandestinidad. No podía contactar a aquellos que estarían más expuestos por cualquier contacto que hiciera. No dudó por un segundo que Ding estaría cuidando a su esposa, su hija y sus nietos, más allá del alcance de los fotógrafos y reporteros y asesinos que habían estado inactivos por un largo tiempo, y cualquier otro pendejo que quisiera causarle problemas a la familia del ex agente de la CIA.

A pesar de que Ding no estaba aquí, de pie, hombro con hombro con él, John Clark sabía que Chávez le estaba cuidando las espaldas.

Y eso tendría que bastar por ahora.

A rdo Ruul era el mafioso estonio que había enviado a los matones a interrogar a Manfred Kromm. Los rusos tenían una nota en un expediente de 1981 que indicaba que el KGB había oído rumores de que un matón de la CIA llamado Clark había venido a Berlín el día que el agente del Stasi, Lukas Schuman, había sido asesinado a tiros en una estación fantasma en Berlín Oriental. El KGB había entrevistado al socio de Schuman, Kromm, y Kromm no había admitido nada. Sin embargo, el cabo suelto estaba todavía allí, en el expediente que tenían los rusos sobre John Clark, treinta años después.

Así que Valentín Kovalenko contactó a Ardo Ruul. El mafioso estonio había trabajado en el servicio de inteligencia de su país en su juventud y ahora que estaba fuera del gobierno y operando por su cuenta, hacía trabajos esporádicos para el SVR aquí y allá. Kovalenko le pidió a Ruul enviar unos hombres a buscar a este personaje Kromm, si aún estaba vivo, y llegar al fondo de la historia. La gente de Ruul encontró a Kromm en Colonia, Ruul y sus hombres le habían dicho al experto en cerraduras alemán que se reuniera con ellos y pronto Kromm estaba contando la historia que nunca le había contado a nadie, incluso identificando a John Clark en una foto.

No fue gran cosa para Ruul. El estonio le pasó la inteligencia a Valentín Kovalenko, luego se fue a casa en Tallin tras un fin de semana largo en Alemania con su novia y ahora estaba sentado en su asiento habitual en su club nocturno habitual viendo las luces parpadear y unos pocos turistas occidentales saltando arriba y abajo en la pista de baile.

Ruul era propietario de Hypnotek Klub, un elegante *lounge* y club de música tecno en Vana Turg, en el casco antiguo de Tallin. Él venía casi todas las noches alrededor de las once y rara vez se alejaba de su trono, un sofá seccional en un rincón flanqueado por dos guardaespaldas armados, a menos que fuera a su oficina en el segundo piso, solo, para contar recibos o navegar por Internet.

Alrededor de la medianoche sintió la llamada de la naturaleza y subió por una escalera de caracol hasta el segundo piso, le hizo un gesto al guardaespaldas para que se quedara en la planta baja y entró en el pequeño cuarto de baño privado al lado de su oficina.

Orinó, tiró la cadena, se subió la cremallera, se dio la vuelta y se encontró frente al cañón de una pistola.

—¿Qué carajo? —dijo en estonio.

—¿Me reconoces?

Estas palabras fueron inglés. Ruul se limitó a mirar fijo el silenciador.

—Te hice una pregunta.

—Baja la pistola por favor para poder verte —dijo Ruul con un temblor en su voz.

John Clark bajó la pistola hasta el corazón del hombre.

—¿Qué tal ahora?

—Sí. Eres el estadounidense John Clark que todo el mundo en tu país está buscando.

—Me sorprende que no me estuvieras esperando.

Clark miró rápidamente hacia la puerta a la escalera de caracol.

—*No* me esperabas, ¿o sí?

Ruul se encogió de hombros.

—¿Por qué habría de esperarte?

—Ha salido en todas las noticias que yo estaba en Colonia. ¿Eso no te hizo pensar que estaba buscando a Kromm?

—Kromm está muerto.

Esto Clark no lo sabía.

—¿Lo mataste?

Ruul negó con la cabeza de una manera que hizo que Clark le creyera.

—Me dijeron que murió antes de que tú hablaras con él.

—¿Quién te dijo eso?

—Gente que me asusta más que tú, americano.

—Entonces no me conoces.

Clark jaló el percutor de su 45 hacia atrás con el pulgar.

Las cejas de Ruul se elevaron, pero le preguntó:

—¿Estaremos en el baño mucho más tiempo?

Clark retrocedió, dejando al hombre entrar a su oficina, pero su arma seguía apuntando al pecho de Ruul. Ruul mantuvo las manos un poco alzadas, aunque las pasó por su pelo en punta rubio mientras miraba hacia la ventana de la escalera de incendios.

—¿Entraste por mi ventana? ¿Son dos pisos de altura? Necesitas encontrar una mecedora, viejo. Te comportas como un niño.

—Si *ellos* te dijeron que no obtuve nada de Kromm, probablemente hicieron eso porque te están utilizando como cebo. Asumo que *ellos* te han estado observando, esperando a que yo llegara.

Ruul no había pensado en eso. John vio algo de esperanza en los ojos del hombre, como si esperara que alguien viniera a su rescate.

—Y si ellos hubieran matado a Kromm, no tendrían ningún problema en matarte.

Ahora John vio esta idea registrarse en los ojos del mafioso estonio. Sin embargo, no se quebraba con facilidad.

—Así que... ¿Quién te envió donde Kromm?

—*Kepi oma ema*, viejo —dijo Ruul.

—Eso sonó como una especie de maldición. ¿Era esa una maldición?

—Eso significa... «Cógete a tu madre».

—Muy bonito.

Clark levantó de nuevo su arma hasta la frente del estonio.

—Si me disparas, no tienes ninguna oportunidad. Tengo diez hombres armados en el edificio. Una explosión de tu arma y vendrán a matarte. Y si tienes razón acerca de que hay más hombres en camino, entonces deberías pensar en tu propio...

Dejó de hablar y miró a Clark enfundar la pistola.

El americano dio un paso adelante, tomó a Ardo Ruul por el brazo, lo volteó y lo empujó contra la pared.

—Voy a hacer algo que te hará daño. Te darán ganas de gritar sangriento asesino, pero te prometo que si haces un sonido haré lo mismo con el otro brazo.

—¿Qué? ¡No!

Clark dobló el brazo izquierdo de Ruul violentamente y luego puso su codo en la parte posterior del codo hiperextendido del estonio.

Ardo Ruul comenzó a emitir un grito, pero Clark lo tomó por el pelo y le golpeó la cara contra la pared.

Cerca de la oreja, John dijo:

—Otra media libra de presión y tu articulación se romperá. Todavía la puedes salvar si no gritas.

—Yo... yo te diré quién me envió por Manfred Kromm —dijo Ruul con un jadeo y Clark aflojó la presión—. Un ruso de mierda, Kovalenko es el nombre. Él es del FSB o del SVR, no sé cuál. Él me envió a averiguar qué es lo que Kromm sabía acerca de ti en Berlín.

—¿Por qué?

Las rodillas de Ardo se aflojaron y se deslizó por el lado de la pared. Clark lo ayudó a llegar al suelo. Allí, el hombre se sentó, con el rostro pálido, los ojos desorbitados por el dolor mientras sostenía su codo.

—¿*Por qué*, Ruul?

—No me dijo por qué.

—¿Cómo puedo encontrarlo?.

—¿Cómo voy a saberlo? Su nombre es Kovalenko. Él es agente ruso. Él me pagó dinero. Eso es todo lo que sé.

Desde abajo, en Klub Hypnotek, se oyó el chasquido de un disparo, luego gritos de mujeres y hombres.

Clark se puso de pie con rapidez y se dirigió hacia la ventana.

—¿A dónde vas?

Clark levantó el vidrio de la ventana y miró hacia fuera, luego se volvió hacia el gánster estonio.

—Antes de que te maten, no olvides decirles que voy tras Kovalenko.

Ardo Ruul se impulsó hacia arriba a sus pies con su único brazo sano y la esquina de su escritorio.

—¡No te vayas, americano! ¡Luchemos contra ellos juntos!

Clark salió a la escalera de incendios.

—Esos tipos allá abajo son tu problema. Tengo mis propios problemas.

Y con eso desapareció en la fría oscuridad.

· · ·

Ambos hombres, el americano y el estonio, eran más o menos de la misma edad. Tenían una pulgada de diferencia en altura. No más de diez libras los separaban en peso. Ambos llevaban su cabello entrecano corto; ambos hombres tenían el rostro delgado, marcado por la edad y endurecido por la vida.

Ahí terminaban las similitudes. El estonio era un borracho, un vago, boca abajo en el cemento frío con la cabeza apoyada contra la pared y una bolsa de plástico transparente con las posesiones de su vida.

Clark tenía la misma contextura, la misma edad. Pero no era el mismo hombre.

Había estado aquí en la oscuridad bajo las vías del tren, observando al vago. Miró al hombre un momento más, con sólo un breve indicio de tristeza. No desperdició demasiada energía sintiéndose mal por el tipo, pero eso no era porque John Clark fuera insensible. No, era porque John Clark estaba trabajando. No tenía tiempo para sentimentalismos.

Se acercó al tipo, se arrodilló y le dijo en ruso:

—Cincuenta euros por tu ropa.

Le estaba ofreciendo setenta dólares al hombre indigente en moneda local.

El estonio parpadeó sobre los ojos inyectados en sangre y la ictericia.

—¿*Vabandust?* —¿Perdón?

—Está bien, amigo. Sabes negociar —Clark lo dijo otra vez—. Tomas mi ropa y yo te doy cien euros.

Si el borracho indigente estuvo confundido por un momento, pronto se le aclaró la mente. También quedó claro que no se trataba de ninguna oferta.

Era una exigencia.

Cinco minutos más tarde, Clark entró en la estación de tren principal en el casco antiguo de Tallin, tambaleándose como un vagabundo de sombra en sombra, buscando el próximo tren a Moscú.

61

Jack Ryan hijo pasó la mañana en su cubículo en Hendley Asociados leyendo los informes generados por Melanie Kraft en el Centro Nacional Antiterrorista. El análisis de Melanie se refería a la reciente oleada de ataques en la India y especulaba con que las diferentes células involucradas habían sido dirigidas por el mismo comandante operacional.

Ryan sentía un poco de vergüenza de, hablando en sentido figurado, estar mirando el trabajo de la chica con la que estaba saliendo por encima de su hombro, pero esta vergüenza se vio compensada por el conocimiento de que tenía un trabajo importante que hacer. La escalada de violencia de Rehan, tanto en Waziristán del Norte como en Dubai, le indicaba a todo el mundo en el Campus que él era un hombre peligroso y desesperado. Ahora, leyendo el análisis de Melanie que indicaba similitudes en las recientes matanzas terroristas a lo largo de la India, Ryan podía imaginar que el general de brigada de la FDP Riaz Rehan, el director de espionaje extranjero en la ISI, bien podría ser el personaje al que Melanie se refería como Forrest Gump en un correo electrónico a Mary Pat Foley.

Jack deseaba tanto poder llevarla a comer ahora mismo e informarla más, llenar los espacios en blanco en su análisis y sacar de la información de inteligencia pura que ella poseía lo que podría responder a algunas de las preguntas que él y el Campus tenían acerca de sus principales objetivos.

Pero contarle a Melanie sobre su trabajo en el Campus estaba prohibido.

Su teléfono sonó y contestó sin apartar los ojos de la pantalla.

—Ryan.

—Hola, muchacho. Necesito un favor.

Era Clark.

—¿John? ¡Demonios! ¿Estás bien?

—Estoy sobreviviendo. Pero podría usar tu rápida ayuda.

—No hay problema.

—Necesito que averigües sobre un espía ruso llamado Kovalenko.

—¿Ruso? Muy bien. ¿Es FSB, SVR o inteligencia militar?

Clark dijo:

—Lo desconozco. Recuerdo a un Kovalenko en el KGB, en los años ochenta, pero ese tipo estaría fuera del juego hace mucho rato. Este Kovalenko podría ser un pariente, o el nombre podría ser sólo una coincidencia.

—Está bien. ¿Qué es lo que necesitas saber acerca de él?

Ryan escribía furiosamente mientras hablaba.

—Necesito saber dónde está. Quiero decir *físicamente* dónde está.

—Entendido.

Ryan también pensó, pero no dijo, que si Clark quería encontrar a este Kovalenko, era porque probablemente Clark quería poner sus manos alrededor de la garganta del hombre. *Este ruso es hombre muerto.*

John añadió:

—Y cualquier otra cosa que me puedas conseguir sobre el tipo. Estoy tanteando a ciegas en este momento, así que cualquier cosa sirve.

—Voy a montar un equipo para revisar la información de la CIA, así como de fuentes abiertas, y vamos a averiguar todo lo que podamos de él. ¿Es él quien está detrás de esta campaña de desprestigio contra ti?

—Tiene algo que ver con ella... si es o no el centro de la misma aún está por verse.

—¿Tú me vas a llamar?

—¿Tres horas?

—Me parece bien. Mantente a la espera.

Un minuto y medio después de la llamada de Clark, Ryan había organizado una llamada en conferencia con una docena de empleados de Hendley Asociados, incluyendo a

Gerry Hendley, Rick Bell, Sam Granger y otros. Bell organizó un equipo para averiguar en profundidad sobre el espía ruso y todo el mundo se puso a trabajar de inmediato.

No pasó mucho tiempo para que se dieran cuenta de que Clark tenía razón acerca de la conexión familiar; el Kovalenko que estaban buscando era el hijo del Kovalenko del KGB que Clark recordaba. Oleg, el padre, estaba retirado pero aún vivo, y Valentín, el hijo, era ahora *rezident* asistente del SVR en Londres.

Todos estuvieron de acuerdo en que con sólo treinta y cinco años de edad, ser *rezident* asistente en Londres era un cargo de muy alto nivel, pero nadie podía entender cómo podría estar conectado a cualquier operación que los rusos tuvieran en marcha contra John Clark.

A continuación los analistas comenzaron a buscar a través del tráfico de información de la CIA algo sobre Valentín Kovalenko. Estos analistas no solían pasar sus días siguiéndole el rastro a diplomáticos rusos y les resultaba bastante refrescante. Kovalenko no estaba encerrado en una cueva en Waziristán como muchos de los objetivos del Campus. La CIA tenía información, la gran mayoría obtenida a través del Servicio de Seguridad del Reino Unido, también conocido como MI5, acerca de su apartamento en Londres, dónde hacía sus compras, incluso a dónde iba a la escuela su hija.

Pronto se hizo evidente para los analistas que el MI5 no seguía a Kovalenko en el día a día. Sí mostraban que había viajado desde Heathrow al aeropuerto de Domodedovo en

Moscú y había permanecido ahí dos semanas en octubre, pero desde entonces había estado de vuelta en Londres.

Ryan comenzó a preguntarse sobre el padre de Valentín, Oleg Kovalenko. Clark había dicho que conocía al hombre, aunque no le había parecido como que John albergara alguna sospecha de que el viejo pudiera estar involucrado en su situación actual. Sin embargo, Jack vio que había una gran cantidad de excelente análisis sobre Valentín. Decidió que no tenía sentido duplicar esfuerzos, así que pensó, qué demonios, él iba a averiguar sobre Oleg.

Durante la siguiente media hora leyó de los archivos de la CIA sobre el espía del KGB, en particular sobre sus hazañas en Checoslovaquia, Alemania Oriental, Beirut y Dinamarca. Jack Junior había sido parte de la acción por unos pocos años, pero para él el hombre no parecía tener una carrera particularmente notable, al menos en comparación con otras historias personales de espías rusos que había leído.

Después de escarbar a través del pasado del hombre, Jack puso su nombre en una base de datos del Departamento de Seguridad Nacional que le mostraría cualquier viaje internacional que podría haber hecho a países occidentales.

Apareció un solo viaje. El mayor de los Kovalenko había volado en Virgin Atlantic a Londres a principios de octubre.

—¿Para ver a su hijo, tal vez? —se preguntó Jack.

Si se trató de una reunión familiar, fue muy corta. Había estado tan sólo treinta horas en el país.

El corto viaje despertó la curiosidad de Jack. Tamborileó

los dedos sobre el escritorio por un momento y luego llamó a Gavin Biery.

—Hola, es Jack. Si te doy el nombre de un extranjero y las fechas en que estuvo en el Reino Unido, podrías encontrar sus tarjetas de crédito y darme una lista de las transacciones que hizo mientras estaba allí, para tratar de usar eso para seguir sus movimientos?

Jack oyó a Biery silbar en el otro extremo de la línea.

— Mierda.

—Tal vez. —dijo Biery.

—¿Cuánto tiempo tomará?

—Un par de días, por lo menos.

—No te molestes entonces —suspiró Ryan.

Biery se echó a reír. Ryan pensó, *que mierda de bicho raro*.

Pero sólo hasta que Gavin dijo:

—Estoy jugando contigo, Jack. Puedo tener eso dentro de diez minutos. Mándame el nombre del tipo y cualquier otra cosa que tengas de él por correo electrónico y me pondré a trabajar de inmediato.

—Eeh. Ok.

Diez minutos más tarde, sonó el teléfono de Ryan. Lo respondió con:

—¿Qué averiguaste?

Gavin Biery, afortunadamente, reconoció la urgencia en la voz de Ryan.

—Así es la cosa. Estuvo en Londres, sin duda. Pero no

pagó por un hotel o un coche o algo por el estilo. Tan sólo unos cuantos regalos y uno o dos gastos incidentales.

Ryan suspiró con frustración.

—Por lo tanto, suena como que alguien más pagó por su viaje.

—Él compró su billete de avión, con una tarjeta. Pero una vez que llegó a Londres alguien más se hizo cargo de sus gastos.

—Está bien... supongo que eso no me servirá de nada.

—¿Qué esperabas encontrar?

—No lo sé. Sólo ando a la caza de algo. Esperaba que este viaje tuviera algo que ver con la situación de Clark. Supongo que pensé que si podía hacer un seguimiento de las treinta horas que estuvo en la ciudad podría tener alguna idea...

—Sé dónde se quedó.

—¿En serio?

—Compró una caja de cigarros en la tienda de regalos del hotel Mandarin Oriental a las siete cincuenta y seis de la tarde, luego compró una caja de chocolates Cadbury en la tienda de regalos a las ocho veintidós de la mañana siguiente. A menos que estuviera realmente enamorado de esa tienda de regalos, suena como si se hubiera alojado allí.

Jack pensó acerca de esto.

—¿Puedes echarle un vistazo a todas las habitaciones ocupadas esa noche?

—Sí, ya lo hice. No había ningún Valentín Kovalenko.

—¿Oleg Kovalenko?

—No.

—Así que otra persona, no su hijo, pagó sus gastos. ¿Podemos conseguir una lista de todas las tarjetas de crédito que tenían reservada una habitación para esa noche?

—Claro. Puedo conseguir eso. ¿Te llamo en cinco?

—Estaré en tu escritorio en tres —dijo Ryan.

Ryan se presentó en el escritorio de Biery con su propia computadora portátil, la que abrió apenas se dejó caer en una silla junto al gurú informático. Biery le entregó a Ryan una copia impresa, para que ambos pudieran revisar la lista de nombres de las personas registradas en el hotel. Ryan no sabía lo que estaba buscando exactamente, lo que le hizo prácticamente imposible delegarle la mitad de la búsqueda a Gavin. Aparte del nombre «Kovalenko», que Biery ya había dicho que no estaba ahí, o el descubrimiento del nombre altamente improbable «Edward Kealty», no sabía lo que despertaría su interés.

Deseaba más que nada poder estar sentado con Melanie en estos momentos. Ella encontraría un nombre, un patrón, *algo*.

Y luego, de la nada, Jack tuvo una idea.

—¡Vodka! —gritó.

Gavin sonrió.

—Amigo, son las diez y cuarto de la mañana. A menos que tengas mezcla para Bloody Mary...

Ryan no estaba escuchando.

—Los diplomáticos rusos que visitan la ONU en Nueva York siempre se meten en problemas por beberse todas las botellas de vodka en los minibares.

—¿Quién lo dice?

—No sé, lo he oído. Podría ser una leyenda urbana, pero mira a este tipo.

Abrió una foto de Valentín Kovalenko en su computadora portátil.

—No puedes decirme que no se estaba tragando un Stoli.

—Tiene esa nariz grande y roja, pero ¿qué tiene eso que ver con su viaje a Londres?

—Revisa si hay alguna habitación con gastos de minibar, o una cuenta del bar con cargo a la habitación.

Biery ejecutó otro informe en su computadora y mientras lo estaba haciendo, dijo:

—O servicio a la habitación. Concretamente, una cuenta de licor.

—Exactamente —asintió Ryan.

Gavin comenzó a revisar los cargos detallados de tarjetas de crédito del subconjunto de habitaciones que habían ordenado servicio a la habitación o habían cargado sus gastos del bar a su habitación. Encontró unos pocos posibles, luego unos cuantos más. Finalmente se fijó en un cargo en particular.

—Está bien, aquí vamos. Aquí hay una habitación pagada con una tarjeta American Express Centurion bajo el nombre de Carmela Zimmern.

—Ok. ¿Y?

—Pues parece que en su noche en el Mandarin Oriental la Sra. Zimmern disfrutó de dos porciones de caviar de beluga, cuatro botellas de vodka Finlandia y tres películas porno.

Ryan miró el recibo digital en la computadora portátil de Gavin.

Cuando vio los tres cargos de «entretenimiento en la habitación» quedó confundido.

—¿Cómo sabes que eran porno?

—Mira, todas estaban siendo transmitidas a la vez. Supongo que Oleg quería saltar de canal en canal en las partes en que se hablaba.

—Oh —dijo Ryan, todavía armando el rompecabezas.

Comenzó a desplazarse por los nombres en su hoja de nuevo.

—Espera un segundo. Carmela Zimmern también reservó la suite real esa misma noche. Esos son casi seis mil dólares. ¿Así que Kovalenko estaba en la otra habitación? ¿Estaba allí para verla, tal vez?

—Suena posible.

Mierda, pensó Jack. *¿Quién es esta Carmela Zimmern?*

Buscaron en Google el nombre y no encontraron nada. Bueno, no nada, encontraron varias Carmela Zimmern. Una de ellas era una niña de catorce años de Kentucky que jugaba lacrosse y la otra era una mujer de treinta y cinco años de Vancouver, madre de cuatro niños, que amaba el crochet. Las observaron bien, una a la vez, pero ciertamente ninguna parecía ser del tipo de gastar generosamente en hoteles de cinco estrellas o entretener espías rusos en el Reino Unido.

—Voy a buscar la dirección que aparece en su tarjeta —dijo Biery, y empezó a escribir en el teclado.

Mientras hacía esto, Jack Ryan hijo se inclinó sobre su computadora portátil, leyendo todo lo que pudo encontrar sobre el nombre Carmela Zimmern en medios sociales, en sitios web al azar, en cualquier parte de código abierto. Después de un minuto de comenzar su búsqueda, dijo:

—Mierda.

—¿Qué?

—Esta trabaja para Paul Laska.

—¿*El* Paul Laska?

—Sí. Carmela Zimmern, cuarenta y seis años de edad, vive en Newport, Rhode Island, trabaja para el Instituto de las Naciones Progresistas.

Gavin terminó su búsqueda de la tarjeta American Express.

—Esa es nuestra chica. Dirección en Newport.

—Interesante. El INP de Laska tiene su base en Nueva York.

—Sí, pero Laska *mismo* está en Newport.

—Así que ella trabaja directamente con el viejo hijo de puta.

—Así parece.

. . .

Cuando Clark llamó de nuevo la llamada llegó a través del altavoz en la sala de conferencias del noveno piso. Todos los directores estaban allí, algunos aún estudiando detenidamente la información que Ryan y Biery habían averiguado.

—John, es Ryan. Tengo a todos aquí conmigo.

—Hola muchachos.

Todos en la habitación rápidamente saludaron a Clark uno en uno. Clark vaciló antes de hablar.

—¿Dónde está Driscoll?

Hendley contestó la pregunta.

—Está en Pakistán.

—¿Aún?

—Es prisionero de guerra. Haqqani lo tiene.

—Mierda. Maldita sea.

Gerry intervino:

—Mira, tenemos una conexión viable para sacarlo de allí. Hay esperanza.

—¿Embling? ¿Él es tu conexión?

—Nigel Embling está muerto, John. Fue asesinado por Riaz Rehan —Hendley dijo suavemente.

—¿Qué diablos está pasando? —preguntó Clark.

—Es complicado —dijo Gerry, por no decir algo peor—. Pero estamos trabajando en ello. Vamos a concentrarnos en tu situación por el momento. ¿Cómo estás?

Clark parecía cansado, enojado y frustrado, todo al mismo tiempo.

—Voy a estar mejor cuando esto se arregle. ¿Alguna novedad sobre Kovalenko?

Hendley miró a Jack Junior y asintió.

—Sí. Valentín Kovalenko, de treinta y cinco años. Es *rezident* asistente del SVR en Londres.

—¿Y está en Moscú?

—No. Estuvo allí, en octubre, pero sólo por un par de semanas.

—Mierda —dijo Clark, y a Ryan le dio la impresión por esta reacción de que Clark estaba en Moscú.

—Hay más, John.

—Adelante.

—El padre de Kovalenko, Oleg. Como tú dijiste, estuvo en el KGB.

—Eso no es noticia, Jack. Debe tener ochenta años.

—Casi, pero escucha un segundo. Este hombre nunca va a ningún lugar fuera de Rusia. Quiero decir, no desde que existen los registros del Departamento de Seguridad Nacional. Pero en octubre voló a Londres.

—¿Para ver a su hijo?

—Para ver a Paul Laska, al parecer.

Hubo una larga pausa.

—¿*El* Paul Laska?

—Sí —dijo Ryan—. Esto es preliminar, pero creemos que es posible que se hayan conocido en Checoslovaquia.

—Está bien —Clark dijo con un tono confuso—. Continúa.

—Inmediatamente después de la visita de Oleg a Londres, Valentín salió volando a Moscú por dos semanas. Regresó a Londres y unos días después la acusación contra ti cayó del cielo.

Clark completó la información con lo que él sabía.

—Cuando estuvo en Moscú, Valentín envió a un equipo de matones a obtener información sobre mí de fuentes que estaban en mi expediente del KGB.

—Raro —dijo Caruso, que había permanecido en silencio hasta ahora—. Si él es del SVR, ¿por qué no envió a su propia gente?

Clark respondió rápidamente.

—Quería utilizar intermediarios para aislarse a sí mismo y a su servicio de esto.

—¿Entonces Valentín sabe sobre ti por Laska? —preguntó Ryan.

—Parece que sí.

Ryan estaba confundido.

—Y Laska sabe de ti... ¿cómo?

Sam Granger respondió esta pregunta.

—Paul Laska maneja la Iniciativa por una Constitución Progresista, el grupo que está defendiendo al Emir. De alguna manera el Emir apuntó a Clark y Laska está orquestando todo esto con Rusia, porque no puede decir que el Emir le está pasando información.

Hendley se pasó los dedos por su pelo gris.

—El Emir puede haber descrito a Clark a sus abogados. Ellos, de alguna manera, obtuvieron una foto tuya de la CIA.

—Así que Paul Laska y su gente están utilizando a los

rusos, ejecutando su versión de una operación de bandera falsa —dijo Clark.

—¿Pero por qué los rusos estarían de acuerdo con esto? —preguntó Chávez.

—Para entorpecer la presidencia de Ryan, o incluso acabar con ella por completo.

—Tenemos que ir tras Laska —dijo Caruso.

—Diablos, no —dijo Hendley—. Nosotros no operamos dentro de los Estados Unidos contra estadounidenses, incluso si son unos descarriados hijos de puta como él.

Estalló una leve discusión en la sala, con Caruso y Ryan por un lado, y el resto de los hombres por el otro. Chávez se mantuvo al margen en su mayor parte.

Clark detuvo la discusión.

—Escuchen, entiendo eso y lo respeto. Voy a tratar de obtener más información por mi lado que podamos usar y luego les informaré.

—Gracias —dijo Gerry Hendley.

—Hay otra situación.

—¿Qué pasa?

—Hay un grupo tras de mí. No son rusos. No son estadounidenses. Son franceses. Uno de ellos murió en Colonia. Yo no lo maté, exactamente, pero está muerto. No creo que sus amigos vayan a escuchar mi versión de la historia.

Los hombres en la sala de conferencias se miraron unos a otros por un momento. Habían escuchado las noticias sobre la muerte del francés, supuestamente en manos de John Clark. Pero si Luc Patin era parte del equipo que estaba *tras*

Clark, eso significaba que había otro grupo involucrado en todo esto. Finalmente Rick Bell dijo:

—Vamos a tratar de averiguar quiénes son. Tal vez podríamos indagar respecto del tipo muerto más profundamente que los medios de comunicación internacionales y tratar de averiguar para quién estaba trabajando.

Clark dijo:

—Te lo agradezco. No estaría de más saber con lo que estoy lidiando en ese frente. Muy bien. Me tengo que ir. Ustedes concéntrense en traer a Sam de vuelta.

—Lo haremos —dijo Chávez—. Cuídate, John.

Cuando Clark colgó, Dominic se dirigió a Domingo.

—Ding, tú has conocido al Sr. C por más tiempo. Parecía cansado, ¿no?

Chávez se limitó a asentir.

—¿Cuánto tiempo más puede seguir? El tipo tiene cuánto, ¿sesenta y tres, sesenta y cuatro? Demonios. Tiene más del doble de mi edad y yo siento los efectos de todo lo que he pasado en las últimas semanas.

Chávez se limitó a sacudir la cabeza mientras miraba a lo lejos.

—No tiene sentido especular sobre cuánto tiempo más puede aguantar su cuerpo el desgaste del día a día.

—¿Por qué no?

—Porque si haces lo que John hace, tarde o temprano, te vas a ir rápido. Una de las balas que han pasado zumbando junto a su cabeza por cerca de medio siglo llevará su nombre.

Y no estoy hablando de ese pequeño rasguño que sufrió en París.

Caruso asintió.

—Creo que todos tenemos una fecha de caducidad, haciendo lo que hacemos.

—Sí. Tiramos los dados cada vez que salimos al campo.

La reunión se estaba desintegrando, pero la sala de conferencias estaba todavía llena cuando una luz de llamada en la consola del teléfono en el centro de la mesa volvió a parpadear. Hendley contestó.

—¿Sí? Muy bien, pasa la llamada.

Hendley miró a los hombres parados a su alrededor.

—Es al Darkur.

Pulsó el botón de conferencia para poner la llamada en altavoz.

—Hola, Mohammed. Estás hablando con Gerry y los demás están escuchando.

—Bien.

—Dime que tienes buenas noticias.

—Sí. Hemos encontrado a su hombre. Aún está en el norte de Waziristán, en un recinto amurallado en el pueblo de Aziz Khel.

Chávez se inclinó sobre el escritorio.

—¿Y qué vas a hacer al respecto?

—He planeado una redada en el recinto. Hasta ahora, no he solicitado aprobación, porque no quiero que la información se filtre a los hombres que lo tienen prisionero. Pero espero que el intento de rescate se ejecute en un plazo de tres días.

Chávez preguntó:

—¿Cómo supiste acerca de este recinto?

—La ISI ha estado en conocimiento del recinto, que se utiliza como prisión para personas secuestradas por Siraj Haqqani. Sin embargo, la ISI no tenía a nadie de valor prisionero allí, así que no había razón para arriesgarnos a revelar la existencia de nuestro agente de inteligencia que proporcionó la información. Convencí a alguien de que me dijera.

Chávez asintió con la cabeza.

—¿Cuántos tipejos crees que hay?

Al Darkur hizo una pausa en el otro extremo.

—¿Cuántos qué?

—Lo siento. ¿Cuántas personas de Haqqani? ¿Qué tanta oposición hay en el recinto?

Hubo una pausa más larga.

—Tal vez sería preferible que no sepa la respuesta a esa pregunta.

Chávez negó con la cabeza.

—Prefiero malas noticias a no tener noticias. Algo que aprendí de un amigo mío.

—Creo que su amigo es muy sabio. Lamento decir que las noticias son malas. Esperamos que haya no menos de cincuenta combatientes Haqqani alojados dentro de los cien metros cuadrados donde Sam está siendo retenido.

Ding miró a Jack y Dom. Ambos hombres se limitaron a asentir.

—Mohammed. Nos gustaría ir hasta allá tan pronto como sea posible.

—Excelente. Ustedes demostraron su talento en Dubai. Podría utilizarlos de nuevo.

Después de la conversación telefónica con el mayor de la ISI, los tres agentes del Campus volvieron a sentarse a la mesa. Se les unieron, una vez más, Hendley y Granger.

Estaba claro que Jack, Dom y Ding querían ir a Pakistán y que querían participar en la redada en el recinto donde, según la ISI, estaba siendo retenido Sam Driscoll por la red Haqqani.

Hendley no quería que fueran, pero a medida que expusieron su caso se dio cuenta de que no podía negarles la oportunidad de rescatar a su amigo.

Gerry Hendley había perdido a su esposa y tres hijos en un accidente automovilístico, había perdido a Brian Caruso el año anterior en una misión del Campus que él había aprobado y estos hechos no pasaron desapercibidos entre los demás hombres en la sala.

Gerry quería a Sam de vuelta, tanto o más que nadie en el equipo.

—Hombres —dijo—. En este momento, nos guste o no, Clark está por su propia cuenta. Vamos a apoyarlo desde aquí, en cualquier forma que podamos, si es que se comunica con nosotros y solicita más ayuda.

—Esta oportunidad de ir tras Sam —Hendley se limitó

a sacudir la cabeza—. Suena muy mal. Suena muy arriesgado. Pero no voy a ser capaz de vivir conmigo mismo si no les permito a ustedes la oportunidad de ir tras él. Depende de ustedes tres.

Chávez dijo:

—Vamos a ir a Pesh y hablaremos con al Darkur. Confío en él. Si él dice que los hombres que están dirigiendo el ataque son confiables... bueno... eso es todo lo que podemos pedir, ¿no?

Hendley accedió a dejarlos ir, pero no se hacía ilusiones de que sólo iban a tomarle el pulso a la situación. Podía ver por las miradas en sus ojos que estos tres hombres se dirigían directo a la batalla y se preguntó si podría vivir consigo mismo si no regresaban.

62

El general Riaz Rehan envió un mensaje a todas las organizaciones bajo su mando. No a los dirigentes de las organizaciones sino a las docenas de células individuales. Las unidades activas en el campo eran los hombres en los que Rehan confiaba que cumplirían con su deber hacia su causa y se tomó el tiempo para pasar el día comunicándose por correo electrónico, Skype y teléfono satelital, llamándolos a todos a la acción.

La India era el objetivo. El día D había llegado.

Los ataques comenzaron a las pocas horas. A lo largo de las fronteras entre los países, en el interior de la India, incluso las embajadas y consulados indios en Bangladesh y otros países fueron atacados.

Para aquellos que preguntaban «¿por qué ahora?», las res-

TOM CLANCY

puestas variaban. Muchos en la prensa mundial responsabili-
zaban al presidente electo Jack Ryan por sus ataques verbales
contra el débil gobierno paquistaní, pero los entendidos podían ver que la coordinación necesaria para estas acciones
significaba que los planes habían estado en preparación durante algún tiempo, mucho antes de que Ryan prometiera
que apoyaría a la India si Pakistán no ponía fin a su apoyo al
terrorismo.

La mayoría de la gente también sabía que no había razón
para preguntar: «¿por qué ahora?», porque a pesar de que la
magnitud del conflicto había aumentado en el último mes, el
conflicto en sí mismo existía hacía décadas.

La operación que Riaz Rehan había puesto en marcha en
los últimos meses, empezando con el ataque en la autopista
de peaje en Electronics City, en Bangalore, le había venido
en un sueño muchos años antes, en mayo de 1999. En ese
momento, la India y Pakistán estaban en medio de una breve
contienda fronteriza que se conoció como la Guerra de Kar-
gil. Las fuerzas paquistaníes cruzaron la Línea de Control
entre las dos naciones, se desataron pequeñas batallas y proyectiles de artillería estallaron dentro de las fronteras de
ambos países.

Rehan estaba allí en la frontera en ese momento, organizando grupos militantes en Cachemira. Había oído un rumor,
que después resultó ser verdad, de que Pakistán había comenzado a preparar parte de su arsenal nuclear. Los paquistaníes
poseían armas nucleares desde hacía más de una década a
esas alturas, aunque su primera prueba de un arma atómica

se había llevado a cabo recién el año anterior. Tenían casi un centenar de ojivas y bombas de aire a tierra, las cuales se mantenían desarmadas, pero listas para ser armadas y desplegadas rápidamente en caso de emergencia nacional.

Esa noche, durmiendo en un reducto montañoso que se extendía a ambos lados de la Línea de Control, Rehan soñó que un gran halcón sacre le traía armas nucleares a su cabaña. El sacre le ordenaba a Rehan detonar las ojivas en ambos lados de la frontera con el fin de crear una guerra nuclear a gran escala entre las dos naciones. Él detonaba las armas a lo largo de la frontera, la guerra escalaba a las ciudades y de las cenizas de los incendios radiactivos salía Rehan convertido en califa, el líder del nuevo califato de Pakistán.

Desde la noche de aquel sueño, había pensado en el halcón y el califato todos y cada uno de los días. No veía su sueño como las reflexiones de una mente manipuladora tomando datos del mundo real e hilándolos inconscientemente con la fantasía. No, él veía su sueño como un mensaje de Alá —órdenes operacionales, al igual que obtenía directrices de sus operadores de la ISI y al igual que transmitía sus órdenes a las células bajo su control.

Ahora, trece años más tarde, estaba listo para poner su plan en práctica. La Operación Sacre la llamó, en honor del halcón que había acudido a él en el sueño.

Con el tiempo había visto necesario cambiar un poco la operación. Se dio cuenta de que la India, con muchos, muchos más dispositivos nucleares que Pakistán y una mejor capacidad de ejecución, podría destruir Pakistán si estallaba una verdadera guerra nuclear. Además, Rehan se dio cuenta, la India no estaba impidiendo que Pakistán se convirtiera en una verdadera teocracia. No, el propio Pakistán era el impedimento —o más precisamente, los secularistas paquistaníes.

Así que en vez decidió utilizar el robo de dispositivos nucleares para derrocar al débil liderazgo civil de su país. La ciudadanía aceptaría el gobierno militar, lo había hecho tantas veces antes, pero no si sabían que la ISI o la FDP habían robado las armas nucleares ellas mismas para efectuar el cambio de liderazgo. Así que Rehan ideó un plan para entregar las armas nucleares a algún grupo militante islámico fuera de Pakistán, para deshacerse de las sospechas de que la operación era un trabajo interno.

Una vez que el gobierno cayera, Rehan tomaría el control y limpiaría el ejercito de los secularistas, y daría rienda suelta a su fuerza de grupos militantes sobre los secularistas dentro de la ciudadanía.

Y Rehan se convertiría en califa. ¿Quién mejor que él, después de todo? Se había convertido, tras años de seguir las órdenes de otros, en el conducto entre todas las organizaciones islámicas que luchaban en nombre de los islamistas en el ejército. Sin Rehan, la ISI no podría controlar a Lashkar-e-Taiba, no contaría con el apoyo de Al Qaeda que tanto les gustaba, no tendrían a la otra veintena de grupos cumpliendo sus antojos y ciertamente no poseerían el dinero y el apoyo que recibían de los benefactores personales de Rehan en los Estados del Golfo.

El general Rehan no era conocido en su país, era lo contrario de un nombre reconocido, pero su regreso a la FDP y su ascensión a director de departamento en la ISI le habían dado el estatus que necesitaba para dar un golpe de Estado contra el gobierno secular de turno cuando fuera el momento adecuado. Tendría el apoyo de los islamistas en el Ejército, porque Rehan contaba con el apoyo de los veinticuatro mayores grupos de muyahidines en el país. El éxito de la ISI dependía de esta fuerza sin coordinación pero muy poderosa y los líderes de la ISI/FDP habían creado en su hombre Rehan un vínculo necesario entre ellos y su crucial ejército civil.

Rehan ya no era simplemente el intermediario. Rehan se había convertido a sí mismo, a través de su trabajo, su inteligencia y su astucia, en un rey secreto, y la Operación Sacre era su camino al trono.

63

Domingo Chávez, Dominic Caruso y Jack Ryan hijo bajaron del helicóptero AS332 Super Puma en una madrugada gélida. Aunque ninguno de los tres hombres tenía idea de en qué punto en un mapa estaba, todos sabían por las conversaciones por teléfono satelital con el mayor al Darkur que estaban siendo transportados a una base militar fuera de los límites en la Agencia Khyber manejada por el Grupo de Servicios Especiales de la Fuerza de Defensa paquistaní. De hecho, estaban en Cherat, a unas treinta y cinco millas de Peshawar, en un recinto a 4.500 pies de altura.

Este campo militar sería la plataforma de ensayo para el golpe del SSG en Waziristán del Norte.

Los norteamericanos fueron conducidos por soldados de

rostro duro e inexpresivo a una cabaña cerca de una plaza de armas en un tramo de tierra plano rodeado de exuberantes colinas. Aquí se les ofreció té caliente y se les mostraron estantes de equipo, uniformes de camuflaje bosque en marrón y negro sobre verde, y botas de combate negras.

Los hombres se cambiaron sus ropas de civil. Ryan no había usado un uniforme desde que jugaba béisbol en la escuela secundaria; se sentía extraño y un tanto falso de vestirse como un soldado.

A los estadounidenses no se les dieron las boinas marrón usadas por el resto de los hombres del SSG en el recinto, pero aparte de eso su vestimenta era idéntica a la de los demás en el campamento.

Cuando los tres hombres estuvieron vestidos con el mismo equipo, otro helicóptero aterrizó en el helipuerto. Pronto el mayor al Darkur, vestido con el mismo uniforme de combate, entró en la cabaña. Todos los hombres se dieron la mano.

—Tenemos todo el día para revisar los detalles de la misión —dijo el mayor—. Vamos a atacar esta noche.

Los estadounidenses asintieron simultáneamente.

—¿Hay algo que necesiten?

Chávez respondió por el grupo:

—Vamos a necesitar algunas armas.

El mayor sonrió.

—Sí, creo que las necesitarán.

· · ·

A las ocho de la mañana los tres agentes del Campus estaban en el campo de tiro de la base, probando sus armas. Dom y Jack fueron equipados con rifles automáticos Fabrique Nationale P-90, un arma que parecía de la era espacial y que era excelente para combates en lugares reducidos debido a un diseño *bullpup*, que acortaba la longitud del cañón que se extendía más allá del cuerpo del usuario. Esto ayudaba al operador a moverse a través de puertas sin transmitir sus movimientos por adelantado con un barril sobresaliente.

La pistola también disparaba una liviana pero potente bala de 5,7 milímetros por 28 milímetros de un contundente cargador de cincuenta balas.

Chávez optó por un Steyr AUG de 5,45 milímetros. Tenía un cañón más largo que el P-90, lo que lo hacía más preciso a distancia, así como una mira de 3,5x de potencia. El Steyr podía no ser tan bueno como el P-90 para operaciones en espacios cerrados, pero Chávez era ante todo un francotirador y sintió que el arma era una buena solución.

Chávez trabajó con los dos hombres más jóvenes en sus rifles, les hizo practicar cambiar el cargador estando de pie, de rodillas y boca abajo, y disparar en semiautomático y automático completo estando detenidos y en movimiento.

También entrenaron con los tres tipos diferentes de granadas que llevarían a la operación. Pequeñas mini granadas de fragmentación belgas; granadas de aturdimiento M84 que lanzaban un destello increíble y explotaban dos segundos después, y un dispositivo de aturdimiento/distracción que despedía nueve explosiones menos potentes en rápida sucesión.

Durante una pausa en la acción para recargar sus cargadores, el mayor al Darkur apareció en el otro extremo del gran campo de tiro al aire libre llevando un rifle M4 y una lata de metal de municiones. Chávez hizo que sus dos socios con menos experiencia continuaran practicando mientras él se acercaba al paquistaní de piel oscura.

—¿Qué está haciendo? —preguntó Ding.

—Estoy probando mi rifle.

—¿Por qué?

—Porque yo voy a ir con ustedes.

El mayor se puso anteojos protectores Oakley sobre sus ojos.

—El señor Sam era mi responsabilidad y fallé. Voy a asumir la responsabilidad de traerlo de vuelta.

Chávez asintió.

—Siento haber dudado de usted antes.

Al Darkur se encogió de hombros.

—No lo culpo. Estaba frustrado por la pérdida de su amigo. Si la situación hubiera sido al revés, yo habría sentido la misma indignación.

Ding extendió una mano enguantada y Mohammed la estrechó.

—Sus hombres. ¿Cómo están? —preguntó Al Darkur.

—Son buenos, pero no tienen mucha experiencia. Sin embargo, si sus comandos se ocupan de las fuerzas en el perímetro y nosotros tres nos movemos como un equipo a través del recinto, entonces creo que estaremos bien.

—No tres. Nosotros cuatro. Voy a entrar al recinto con ustedes.

Ahora Chávez levantó las cejas.

—Mayor, si está fingiendo, no es su día de suerte, porque no lo voy a rechazar.

Mohammed sacó el seguro de su rifle y disparó cinco tiros rápidos hacia el frente, cada bala dando en su objetivo, una pequeña placa de hierro que emitía un ruido satisfactorio.

—No estoy fingiendo. Yo metí a Nigel y a Sam en esto. No puedo ayudar a Nigel, pero tal vez pueda ayudar a Sam.

—Es bienvenido en mi equipo —dijo Chávez, inmediatamente impresionado con la puntería del hombre paquistaní.

—Y cuando tenga a su hombre de vuelta —al Darkur continuó—, espero que su organización continúe interesada en el general Rehan. Parecen considerarlo una seria amenaza, al igual que yo.

—Así es, de hecho —admitió Chávez.

Pasaron la tarde en Cherat en una reunión informativa liderada por los comandos Zarrar, la unidad que se dirigía a Waziristán del Norte con los estadounidenses. La sesión fue dirigida principalmente por un capitán, quien explicó lo que todos debían hacer y debían ver hasta el momento en que los estadounidenses entraran en el edificio principal, donde los informes de inteligencia habían indicado que mantenían a los prisioneros.

El capitán del SSG utilizó una pizarra para marcador y una voz autoritaria.

—El helicóptero que lleva a los estadounidenses aterrizará directamente frente a la puerta de entrada y los tres estadounidenses partirán y luego derribarán la puerta. No podemos aterrizar en el patio interior debido a los cables eléctricos. Nuestros cuatro helicópteros luego se dirigirán a puntos sobre las cuatro paredes del campo y volaran en círculo allí, y nosotros le proporcionaremos fuego de cobertura al equipo que entrará al recinto. Esto debería mantener ocupadas a las fuerzas enemigas en el edificio fuera del campo, así como a aquellas en el patio o en las ventanas. Sin embargo, no ayudará en nada al equipo de entrada una vez que estén dentro de los edificios. No tenemos inteligencia respecto de cómo se ve el interior del campamento, ni sabemos dónde están retenidos los prisioneros. Desafortunadamente, los cautivos de la red Haqqani a nuestra disposición no han estado en el edificio principal en sí, sólo en los cuarteles en el lado oriental.

—¿Alguna idea en cuanto al número de la fuerza de oposición? —preguntó Caruso.

El capitán asintió.

—Aproximadamente cuarenta o cincuenta hombres en los cuarteles, pero insisto, nuestra intención es mantener a esos hombres en sus edificios para que no puedan entrar en el edificio principal detrás de ustedes. Hay siempre otros diez guardias en el exterior.

—¿Y en el interior del edificio principal?

—Lo desconocemos. Lo desconocemos completamente.

—Genial —murmuró Caruso.

El capitán entregó a cada uno de los estadounidenses un pequeño dispositivo LED llamado Phoenix. Ding estaba muy familiarizado con el aparato. Era un estroboscopio infrarrojo que podía ser visto en la noche por las tripulaciones de los helicópteros y, al menos en teoría, reducir la posibilidad de que Chávez y sus compañeros fueran víctimas de fratricidio durante el ataque.

—Necesito que sus hombres usen éstos en todo momento.

—Por supuesto —dijo Chávez.

Al Darkur y sus socios estadounidenses también fueron advertidos de mantenerse alejados de todas las ventanas mientras estuvieran en el edificio, ya que los helicópteros Puma estarían llenos de tiradores apuntando a cualquier movimiento allí. Las luces estroboscópicas parpadeantes serían imposibles de ver desde todos los ángulos, especialmente a través de puertas y ventanas.

Después de la reunión informativa, Mohammed le preguntó a Chávez lo que pensaba acerca de la operación. El estadounidense eligió cuidadosamente sus palabras.

—Es un poco débil, para decirle la verdad. Ellos van a sufrir algunas bajas.

Mohammed asintió.

—Están acostumbrados a eso. ¿Le gustaría hacer algunas sugerencias para mejorarla?

—¿Me escucharían?

—No.

Ding se encogió de hombros.

—Yo sólo soy un pasajero en este bus. Todos lo somos.

Al Darkur asintió y dijo:

—Nos llevarán hasta allá para que podamos ir por Sam, pero por favor recuerde, ellos no entrarán en el recinto. Nosotros cuatro estaremos por nuestra cuenta.

—Lo entiendo y le agradezco asumir el riesgo con nosotros.

Les dijeron a los hombres que descansaran unas pocas horas antes de reunirse en los helicópteros a medianoche. Chávez hizo practicar a sus dos socios más jóvenes un par de horas más y luego los tres hombres limpiaron y lubricaron sus armas, antes de regresar a una pequeña cabaña cerca de los cuarteles para acostarse en unos catres. Pero nadie pudo dormir. Estaban a apenas unas horas del peligro inminente.

Chávez había pasado el día entero tratando de preparar lo más posible a los dos primos para la acción que iban a emprender. Dudaba que fuera suficiente. *Mierda*, pensó Ding, esta operación necesitaba un escuadrón Rainbow completo, pero eso no era posible. Les dijo algo a los primos que Clark le había dicho, hacía tiempo, en las misiones donde estaban mal equipados.

—Tienes que bailar con la que te trajo.

Si los comandos Zarrar eran tan firmes como su reputación, tendrían una oportunidad.

¿Y si no? Bueno, si no, entonces la mesa en la sala de conferencias en Hendley Asociados iba a tener tres sillas vacías más.

Sentado en la cabaña, Ding captó los ojos de Ryan a la deriva, como si el chico estuviera soñando despierto. Caruso parecía un poco abrumado por lo que se les venía por delante también.

—Muchachos —les dijo—, escuchen con atención. Mantengan la cabeza en el juego. Nunca han hecho nada ni remotamente parecido a lo que están a punto de hacer. Vamos a enfrentarnos a, con facilidad, cincuenta enemigos.

Caruso sonrió.

—No hay nada como un ambiente rico en blancos en los que dar.

Chávez lanzó un gruñido.

—¿Sí? Dile eso al general Custer.

Dominic asintió.

—Buen punto.

El teléfono satelital en la cadera de Chávez sonó en ese momento, por lo que salió para tomar la llamada.

Mientras Chávez estaba afuera, Ryan pensó en lo que acababa de decir. No, él nunca había hecho nada como esto. Dom, sentado a su lado y recargando su pistola, tampoco. Los únicos tipos en este grupo que estaban preparados para una misión como ésta eran Chávez, que, gracias a Dios, estaría a la cabeza; Driscoll, que estaba en algún sitio en su lugar de destino, encadenado en una celda tal vez; y Clark, que estaba huyendo de su propio gobierno, además de otros.

Mierda.

Chávez se apoyó en la puerta, detrás de él las luces de los helicópteros brillaban y los ruidos de los hombres reuniendo equipo cerca sonaban como un tren distante.

—Ryan. Teléfono.

Jack se bajó del catre y se dirigió hacia el exterior.

—¿Quién es?

— El presidente electo.

Maldita sea. Este no era el momento para una charla familiar, pero Jack se dio cuenta de que realmente quería escuchar la voz de su padre para ayudar a calmar sus nervios.

Respondió con una broma.

—Hola, papá, ¿ya eres Presi?

Pero Jack Ryan padre dejó en claro de inmediato que no estaba de buen humor.

—Le pedí a Arnie que contactara a Gerry Hendley. Dice que estás en el extranjero, en Pakistán. Sólo necesito saber que estás a salvo.

—Estoy bien.

—¿Dónde estás?

—No puedo hablar de...

—Maldita sea, Jack, ¿qué está pasando? ¿Estás en peligro?

Junior suspiró.

—Estamos trabajando con algunos amigos aquí.

—Tienes que elegir cuidadosamente a tus amigos en Pakistán.

—Ya lo sé. Estos tipos están arriesgando todo para ayudarnos.

Ryan padre no respondió.

—Papá, cuando asumas el cargo, ¿vas a ayudar a Clark?

—Cuando regrese a Washington, voy a mover montañas para que su acusación sea anulada. Pero por ahora está a la fuga y no hay absolutamente nada que yo pueda hacer al respecto.

—Está bien.

—¿Son helicópteros eso que oigo en el fondo?

—Sí.

—¿Pasa algo?

Sabía que podría haber mentido en ese momento, pero no lo hizo. Era su padre, después de todo.

—Sí, algo *está* sucediendo, algo mucho más grande que lo que sucedió hace un par de semanas y estoy en medio de ello. No sé cómo va a terminar.

Hubo una larga y dolorosa pausa en el otro extremo de la línea. Finalmente, Ryan padre dijo:

—¿Puedo ayudarte?

—¿Ahora mismo?, no. Pero sin duda *puedes* ayudar.

—Sólo dilo, hijo. Lo que sea que pueda hacer.

—Cuando asumas el cargo, haz todo lo posible para ayudar a la CIA. Si logras conseguir que sean tan fuertes como lo eran cuando tú eras presidente la última vez, entonces estaré mucho mejor. Todos lo estaremos.

—Confía en mí, hijo. Nada es más importante. Una vez que...

Chávez y Caruso salieron de la cabaña con maquillaje en sus rostros y sus cuerpos cargados de equipo.

—Papá... me tengo que ir.

—¿Jack? Por favor, mantente a salvo.

—Lo siento, pero no puedo mantenerme a salvo y estar aquí. Y mi trabajo está aquí. Tú has hecho cosas... ya sabes cómo es.

—Lo sé.

—Mira. Si algo me pasa. Dile a mamá... simplemente... sólo trata de hacerla entender.

Jack hijo no oyó nada en el otro extremo, pero sintió que su padre, estoico como era, agonizaba sabiendo que su hijo estaba en peligro inminente y no había ni una maldita cosa que pudiera hacer para ayudarlo. El joven Ryan se odiaba a sí mismo por poner a su padre en esa posición, pero sabía que no tenía tiempo para deshacer el daño que había causado al hacerlo preocuparse.

—Me tengo que ir. Lo siento. Te llamaré cuando pueda.

Si puedo, pensó, pero no lo dijo.

Y con eso, Jack desconectó el teléfono y se lo devolvió a Chávez, y luego entró de vuelta en la pequeña cabaña para agarrar su arma.

64

Los cuatro helicópteros Puma cruzaron a Waziristán del Norte justo después de las tres de la mañana. Los voluminosos helicópteros volaban a baja altura y muy juntos para disimular su aproximación, utilizando rutas por las montañas y profundos valles de ríos para dirigirlos hacia su objetivo, la localidad de Aziz Khel.

Ryan luchó contra las náuseas sentado en el suelo del helicóptero, mirando el paisaje oscuro afuera. Llegó al punto en el que le dieron ganas de vomitarse encima para librarse de cualquier alimento o agua en su estómago y poder recuperarse antes de que empezara la acción. Pero no vomitó, simplemente se quedó sentado allí, apretado entre Mohammed al Darkur a su derecha y Dom a su izquierda. Chávez estaba frente a ellos y otros cinco comandos Zarrar estaban sentados con ellos en el helicóptero, junto con un tirador en la puerta con una ametralladora de 7,62 mm y un jefe de carga que iba al frente, cerca de los dos pilotos.

Los otros helicópteros estarían cargados similarmente.

Chávez gritó por encima del rugido de los motores:

—Dom y Jack. Quiero que ustedes dos estén a mi espalda todo el tiempo que estemos dentro de los muros. Mantengan sus armas en alto y listas. Nos moveremos como una unidad.

Ryan nunca había experimentado terror como este en toda su vida. Todo el mundo a cincuenta millas a la redonda en cualquier dirección, con excepción de los hombres en los cuatro helicópteros, lo matarían si lo vieran.

Al Darkur llevaba un auricular para comunicarse con la tripulación de vuelo, pero se lo sacó y lo reemplazó con su casco. A continuación, se inclinó hacia Chávez y le gritó:

—Ya casi es la hora. ¡Volarán en círculos durante diez minutos! ¡No más! Después de eso nos dejarán.

—Entendido —respondió Ding.

Ryan se inclinó hacia adelante junto a la cara engrasada de Chávez.

—¿Es diez minutos tiempo suficiente?

El pequeño mexicano-estadounidense se encogió de hombros.

—Si nos quedamos estancados en el edificio, estamos muertos. Todo el lugar, por dentro y por fuera, está repleto de fuerzas Haqqani. Cada segundo que estemos ahí adentro es un segundo para que algún tipejo nos ponga en su mira. Si no salimos en diez minutos, no vamos a salir más, *'mano*.

Ryan asintió con la cabeza, se apartó y miró por la ventana hacia las onduladas colinas negras debajo de ellos.

El helicóptero se tambaleó bruscamente y Jack vomitó contra el vidrio.

Sam Driscoll no tenía idea de si era de día o de noche. Por lo general, podía deducir la hora del día por la rotación de guardias, o si la comida era sólo pan (mañana) o pan con una pequeña lata de caldo aguado (noche). Después de varias semanas en cautiverio, él y los dos hombres que aún permanecían encerrados con él habían empezado a pensar que los guardias habían cambiado las comidas sólo para confundirlos.

Un reportero de Reuters de Australia estaba en la celda de al lado. Su nombre era Allen Lyle y era joven, no tenía más de treinta años, pero estaba enfermo con algún tipo de virus estomacal. No había sido capaz de retener nada durante los últimos días. En la celda más lejana, la que estaba más cerca de la puerta del pasillo, estaba retenido un político de Afganistán. Había estado ahí sólo unos pocos días y recibía ocasionales palizas de los guardias, pero estaba en buen estado de salud.

Las piernas de Sam se habían curado en su mayor parte en el último mes, pero tenía una cojera no menor y sabía que no había podido evitar una infección por completo. Se sentía débil y enfermo, transpiraba por la noche, y había perdido una gran cantidad de peso y tono muscular estando acostado en el catre de cuerda.

Se obligó a ponerse de pie y cojear hasta las barras para ver cómo estaba el joven de Reuters. Durante la primera semana más o menos el hombre lo acosaba sin descanso, preguntándole para quién trabajaba y qué estaba haciendo cuando fue capturado por los talibanes. Sin embargo, Driscoll nunca respondió a las preguntas del tipo y el periodista de Reuters finalmente se dio por vencido. Ahora parecía que el hombre podría renunciar a su vida en unos pocos días.

—¡Ey! —gritó Sam—. ¡Lyle! ¡Despierta!

El periodista se movió. Abrió los ojos apenas.

—¿Es eso un helicóptero?

Está delirante, pensó Sam. *Pobre diablo.*

Espera. Sam lo escuchó ahora también. Era débil, pero *era* un helicóptero. El afgano junto a la puerta se puso de pie y miró a Sam como esperando alguna confirmación de lo que estaba oyendo.

Los tres carceleros fuera de la celda lo oyeron también. Se miraron el uno al otro, luego se levantaron y se asomaron por el oscuro pasillo, gritándole a un guardia que estaba en algún lugar fuera de la vista de Driscoll.

Uno de los hombres hizo una broma y los tres rieron.

El político afgano miró a Driscoll y le dijo:

—Dicen que es el Presidente Kealty que viene a buscarlo a usted y al periodista.

Sam suspiró. No era la primera vez que había escuchado helicópteros del ejército paquistaní sobrevolar la zona. Siempre se desvanecían después de un par de segundos. Driscoll se volvió para sentarse de nuevo.

Y entonces... ¡Bum!

Un estallido reventó en algún lugar por encima de él. Sam se volteó hacia el pasillo.

El fuego de las ametralladoras se sintió poco después. Y entonces otra explosión.

—¡Todo el mundo al suelo! —les gritó Driscoll a los otros prisioneros.

Si se trataba de un intento de rescate de la FDP y si había cualquier tiroteo ahí abajo, incluso afuera en el pasillo, habría balas rebotando, golpeando en todas partes del sótano de muros de piedra, y el fuego amigo les haría tanto daño como el fuego enemigo.

Sam comenzó a buscar alguna forma de cubrirse, pero uno de los carceleros vino hasta su celda. Los ojos del hombre estaban muy abiertos por el miedo y la determinación. Sam tuvo la impresión de que el hijo de puta lo iba a utilizar como escudo humano si la FDP se abría paso hasta el sótano.

Habían estado fuera del helicóptero durante casi dos minutos y Jack Ryan aún no había visto al enemigo. Primero se dejaron caer en una fosa de basura que les llegaba hasta las rodillas a unas cien yardas del objetivo. Jack no podía entender por qué el piloto los había arrojado tan lejos de su objetivo hasta que, al acercarse más al recinto, vieron varias hileras de postes de electricidad y cables que cruzaban el espacio abierto delante de la puerta principal.

Entonces, mientras Chávez instalaba la carga apisonada con agua en la puerta del perímetro, Jack, Dom y Mohammed le cuidaban las espaldas Se dejaron caer de rodillas y escanearon los oscuros tejados y las puertas de un conjunto de recintos amurallados al otro lado de una llanura rocosa, y mantuvieron los ojos en las esquinas del muro del recinto Haqqani al norte y al sur. Por encima de ellos, los grandes helicópteros Puma volaban en círculos, en ocasiones emitiendo ráfagas con sus armas en las puertas o estallidos en staccato de los comandos Zarrar disparando sus armas de pequeño calibre hacia el recinto. Un cañón de veinte milímetros disparado desde una de las grandes naves lanzó balas explosivas a la ladera de la colina más allá del recinto, con el fin de que los cuarenta talibanes que supuestamente había en el cuartel supieran que tenían que quedarse donde estaban.

Finalmente, a través de los sonidos infernales desde el cielo, Jack oyó: «¡Fuego en el agujero!» y se cubrió presionándose a sí mismo contra la pared de ladrillo de catorce pies de alto. Apenas unos segundos después de esto vino la explosión de la carga, volando las puertas de roble negro y hierro del recinto en pedazos como si fueran mondadientes.

Y entonces, así como así, se encontraron en el interior de las murallas, corriendo hacia el edificio principal, unas treinta yardas más delante. Ryan vio los cuarteles largos y bajos a unas cuarenta yardas por encima de su hombro derecho y justo cuando miró, las balas trazadoras de las ametralladoras disparadas desde arriba levantaron chispas cerca de la estructura oscura.

Jack iba pisándole los talones a Dom y Mohammed estaba justo detrás de Jack, todos corriendo detrás de Chávez, quien lideraba el camino con su AUG en el hombro.

Jack se sorprendió cuando Chávez disparó su rifle. Miró para ver dónde estaban impactando las balas y vio que estaban destrozando un pequeño edificio o garaje a la izquierda de la casa principal. Desde ahí brilló una fuerte luz y una granada propulsada por cohete fue lanzada hacia el cielo, pero parecía haber sido mal dirigida.

Ding disparó una y otra vez, Ryan levantó su P-90 para disparar algunas balas hacia adelante, pero el equipo llegó a la pared de la casa principal antes de siquiera encontrar un objetivo en la noche.

Se deslizaron por la pared, cerca de la puerta principal, con Ding aún a la delantera. Chávez le hizo una seña con la cabeza a Caruso, quien rápidamente corrió a través de la puerta cerrada y se recargó contra la pared en el otro lado. Chávez le hizo una seña a Ryan, quien comenzó a sacar una granada de un bolsillo que colgaba de su muslo derecho. Pero cuando se disponía a tomarla, vio una segunda y una tercera granadas propulsadas por cohete volando por el aire, lanzadas desde los terrenos detrás del edificio principal. Las dos granadas parecían ir perfectamente dirigidas a un Puma que volaba más cerca de los cuarteles.

Y lo estaban. La primera granada golpeó justo al lado del parabrisas del piloto y la segunda se estrelló contra la cola justo detrás de los dos motores. Ryan se quedó parado fascinado, viendo cómo la cola explotaba y la aeronave giraba hacia la derecha, volteaba la nariz hacia abajo y desaparecía detrás de una columna de humo negro.

El accidente se produjo afuera de la muralla, más abajo en la rocosa llanura.

Inmediatamente uno de los tres helicópteros restantes se desvió de su patrón circular alrededor del recinto Haqqani y voló hacia el accidente.

—¡Mierda! —dijo Chávez—. Estamos perdiendo nuestra cobertura. ¡Vamos!

65

Dom abrió la puerta de la casa de una patada y Ryan tiró la granada de aturdimiento en el hall de entrada, quedándose justo a la izquierda de la puerta y fuera de la línea de fuego desde el interior del edificio.

¡Bum!

Los cuatro hombres entraron apresuradamente; Dom y Ryan fueron hacia la derecha y Ding y Mohammed se desplazaron por la pared a la izquierda. Usaron linternas montadas sobre sus armas para iluminar una habitación oscura abierta. Casi al instante Dominic vio movimiento a través de una puerta a la derecha. Movió su luz y esta brilló sobre el metal de un rifle, y Caruso disparó una cadena de diez balas hacia la puerta.

Un hombre con barba acribillado a balazos cayó en la sala junto a una mesa de madera y su Kalashnikov, lejos de sus manos.

Detrás de ellos en el patio, crepitaban pequeñas armas de fuego. No se trataba de las armas disparadas desde los Puma dando vueltas. No, se trataba de los AK de los guardias del recinto. El fuego aumentó y se hizo evidente que los hombres en el cuartel habían salido; estaban apuntando a los helicópteros o dirigiéndose al edificio principal. Tal vez ambas cosas.

Chávez, Caruso, Ryan y al Darkur se movieron en un tren táctico por un pasillo bajo, asegurándose de que unas pocas habitaciones a la izquierda y la derecha estuvieran despejadas a medida que avanzaban, utilizando la misma táctica de «deslizamiento por la pared» que habían utilizado para entrar en la primera sala. Habían derribado la puerta, entrado rápidamente con las armas en alto y las luces encendidas, el primer y el tercer hombre deslizándose por la pared a la izquierda de la entrada y el segundo y cuarto hombre hacia la derecha.

Después de la tercera habitación vacía volvieron al pasillo y Mohammed al Darkur eliminó a dos hombres que trataban de entrar por la puerta principal. Después de eso cayó sobre sus rodilleras, manteniendo su arma apuntando a la puerta por donde entrarían los hombres de los cuarteles.

—¡Sigan adelante! ¡Yo los mantendré al margen!

Chávez dio media vuelta y lideró el camino, con Ryan y Caruso pisándole los talones.

. . .

Dieron un giro, Ding le disparó a un hombre armado en retirada por una escalera a la izquierda y luego se arrodilló para recargar su arma. Había otra escalera de piedra a la derecha, que bajaba a un sótano sumido en la oscuridad.

Afuera, las explosiones de las grandes granadas propulsadas por cohetes se mezclaban con el fuego de las pequeñas armas.

Domingo se volvió hacia los demás, ahora gritando por encima del sonido del crepitante rifle de al Darkur.

—¡No tenemos tiempo! ¡Voy a revisar arriba, ustedes vayan abajo! Nos encontramos de nuevo aquí, pero tengan cuidado con el fuego amigo!

Con eso Chávez desapareció corriendo por las escaleras.

Caruso tomó la delantera algo inseguro para bajar hacia el sótano, alumbrando con su luz delante de él. No había conseguido bajar más de la mitad de los irregulares escalones de piedra cuando un rifle disparó por delante, y los escalones y las paredes a su alrededor lanzaron chispas mientras las balas encamisadas de cobre golpeaban y rebotaban.

Caruso dio marcha atrás por las escaleras, pero se estrelló contra Ryan. Ambos hombres cayeron y rodaron hacia adelante, deslizándose por las escaleras sobre sus equipos antes de terminar tirados en el pasillo oscuro.

El atacante por delante continuó disparando. Ryan se encontró a sí mismo sobre Caruso, sujetando a su primo contra el suelo, por lo que se puso de rodillas, apuntó mecánicamente hacia los flashes por delante y disparó veinte balas de su arma hacia la amenaza.

Luego, a través del zumbido en sus oídos, oyó el tintineo de su propio bronce caliente rebotando contra la piedra antes de detenerse a su alrededor. Entonces oyó un ruido de metal más pesado en tanto un rifle caía al suelo delante de él. Alumbró con su luz y vio a un talibán desplomado contra la pared en una esquina del pasillo del sótano.

—¿Estás bien, Dom?

—¡Sal de encima mío!

—Lo siento —Ryan se le quitó de encima y se levantó.

Dom se puso de pie también y luego cubrió la delantera, mientras Jack recargaba su P-90.

—Movámonos.

Llegaron hasta la esquina y luego miraron a su alrededor. Más adelante había una sola habitación al final del pasillo. El interior estaba oscuro, pero no por mucho tiempo.

Estalló el fuego de dos rifles AK, lanzando una lluvia de chispas por todo el pasillo hacia donde estaban los dos norteamericanos y emitiendo un sonido metálico mientras las balas chocaban contra la pared de piedra.

Dom y Jack movieron la cabeza hacia atrás.

—Pienso que esa podría ser la cárcel.

—Sí —asintió Ryan.

Al parecer, sólo había dos carceleros, pero tenían una buena cobertura en el otro extremo del pasillo. Además, tenían una segunda ventaja: Jack y Dom no tenían idea de lo que había al otro lado de la puerta. Hasta donde sabían, si se ponían a disparar por el pasillo de ladrillo hacia adelante y dentro de la habitación, sus balas podría rebotar en el interior y herir al hombre al que habían venido a salvar.

—¿Deberíamos ir a buscar a Chávez y volver? —preguntó Ryan.

—No hay tiempo. Tenemos que entrar ahí.

Ambos pensaron por un momento. De repente, Jack dijo:

—Tengo una idea. Puedo tomar una granada de nueve explosiones y lanzarla a corta distancia, justo afuera de la puerta. Tan pronto como escuchemos la primera explosión, corremos.

—¿Hacia la granada de nueve explosiones? —preguntó Caruso, incrédulo.

—Demonios, ¡sí! Nos protegemos los ojos. Ellos van a tener que meter la cabeza en la habitación mientras explota. Cuando lleguemos a la mitad del pasillo lanzas una granada de aturdimiento a través de la puerta y eso debería aturdirlos hasta que estemos adentro. Vamos a tener que medir bien el tiempo, pero eso debería mantenerlos ocupados.

Dom asintió.

—No se me ocurre nada mejor. Pero deja tu rifle. Sólo pistolas. Nos moveremos mejor y no queremos darle un tiro a Sam entrando por la puerta.

Los dos jóvenes se sacaron las correas de sus rifles, luego

tomaron granadas de los bolsillos en sus pechos. Ryan sacó su pistola y le quitó el seguro a su granada.

Dom se movió junto a él por el borde de la esquina. Le dio unas palmaditas a su primo en el hombro y dijo:

—Sin retirada. Cuando empecemos a movernos hacia su posición, no podemos parar y dar marcha atrás. La única posibilidad es seguir adelante.

—Entendido —dijo Jack, y lanzó la granada alrededor de la oscura esquina con un suave movimiento lateral del brazo.

Después de un par de sonidos metálicos sobre la piedra, la primera explosión y destello sacudieron la sala y a los hombres en el otro extremo. Dom se movió por delante de Jack, corrió a toda velocidad hacia la línea de fuego de cuarenta pies de largo de las armas de los enemigos, e hizo rodar su granada de aturdimiento hacia el interior de la habitación como una bola de boliche, a través de los destellos y el humo de la granada de nueve explosiones de Jack.

Juntos, Caruso y Ryan se echaron a correr hacia adelante apartando los ojos de las ráfagas de fuego.

Los dos carceleros habían metido la cabeza hacia atrás dentro de la pequeña habitación para protegerse de lo que creían era algún tipo de distracción. Pero para cuando el último de los estallidos de la granada de nueve explosiones hubo terminado y se preparaban para reanudar los disparos por el pasillo, una pequeña lata rebotó en la habitación entre ellos.

Ambos miraron la granada de aturdimiento mientras

explotaba, sacudiendo sus cerebros dentro de sus cráneos y dilatando sus ojos ciegos.

Jack entró primero en la habitación de una carrera, pero había sufrido los efectos de la granada de aturdimiento de Dom lo suficiente como para que lo desorientara. Pasó corriendo junto a los dos hombres que habían caído al suelo a ambos lados de la puerta y se estrelló contra las barras de metal de la primera celda antes de ser capaz de detenerse.

—¡Mierda! —gritó, medio ciego y completamente sordo, al menos por los próximos segundos.

Pero Dominic entró detrás de él; el cuerpo de Jack lo había protegido de gran parte de la luz y algo del sonido, por lo que el ex agente del FBI todavía tenía sus sentidos bien puestos.

Le disparó a los dos desorientados combatientes Haqqani arrodillados en el suelo, poniendo una bala en la parte posterior de la cabeza de cada hombre.

—¡Aquí!

Era Sam. La puerta de la celda estaba a sólo unos pies de Ryan, pero él apenas podía oírlo.

Ryan alumbró con su luz las celdas en la habitación. Un hombre pastún estaba agachado contra la pared de la primera celda, un hombre rubio de piel blanca y aspecto enfermo yacía en el suelo de la segunda celda.

Ryan entonces alumbró con su luz hacia la esquina. En la última celda, Sam Driscoll estaba sentado a horcajadas sobre un combatiente Haqqani muerto, el cuello torcido del hombre en manos del estadounidense.

Caruso encontró la luz del techo y la encendió. Miró fijo a Sam también.

—¿Estás bien?

Sam quitó la mirada del hombre que acababa de matar con sus propias manos, el carcelero que había planeado usarlo como escudo humano, y miró a sus dos colegas.

—¿Están jugando al ejército, muchachos?

66

Sam y Dom tomaron la delantera subiendo por las escaleras, mientras que Jack y el afgano cargaban al incapacitado periodista de Reuters. Fue una dura subida a la planta baja, pero una vez que estuvieron allí, las cosas se pusieron aún más difíciles. Chávez había despejado el piso de arriba, pero ahora él y al Darkur estaban en el pasillo cerca de las escaleras, disparando hacia el frente del edificio hacia los combatientes enemigos situados ahí.

El mayor pakistaní había sido herido en el hombro izquierdo y otra bala había dañado su rifle, pero continuó disparando su pistola por el pasillo con su mano derecha.

Chávez vio que tenía a seis personas detrás de él ahora y uno estaba siendo cargado. Asintió para sí mismo y le dio unas palmadita a al Darkur en el hombro.

—¡Encontremos una manera de salir de aquí antes de que el enemigo empiece a lanzar granadas propulsadas por cohetes!

Se dirigieron hacia la parte trasera del edificio; Sam Driscoll, cojeando, iba a la delantera con un AK que había recogido. Ahora Chávez iba a la retaguardia y disparaba constantemente para mantener las cabezas bajas en las habitaciones y los pasillos cerca de la parte delantera de la casa.

El pasillo llegó a un cruce en forma de T y Driscoll giró a la derecha, con el resto de la procesión siguiéndolo detrás. Sam se encontró con una gran sala en la parte trasera de la casa, pero las ventanas habían sido tapiadas y no había ninguna puerta.

—¡No hay salida! —gritó—. ¡Intentemos la otra dirección!

Chávez encabezaba el grupo ahora. Estaba sorprendido de que el fuego enemigo en este tramo del pasillo hubiera disminuido notablemente. Con Ryan y Caruso disparando en la base de la T, Chávez y al Darkur cruzaron de un salto hasta el otro lado y luego se encontraron con una cocina larga y estrecha. No había salida aquí tampoco, pero una pequeña puerta lateral parecía prometedora. Chávez abrió la puerta, desesperado por encontrar una ventana o una puerta o una escalera al piso de arriba.

La puerta conducía a una habitación oscura de unos quince pies de ancho y treinta pies de profundidad. Parecía ser una especie de taller de reparación, pero Ding no se centró en la habitación en sí, sino que alumbró con la luz de su rifle rápidamente a lo largo de las paredes, en busca de cualquier otra salida. Al no ver nada, empezó a dar la vuelta para tratar de volver y pelear con los demás. Pero algo llamó su atención en la tenue luz y se detuvo.

Había ignorado las mesas de madera y repisas en la habitación mientras buscaba una salida, pero ahora se centró en ellas, o más específicamente, en lo que había en ellas.

Contenedores con piezas de automóviles y componentes eléctricos. Baterías. Teléfonos celulares. Alambres. Pequeños bidones de pólvora. Placas de acero a presión y un bidón azul de cincuenta y cinco galones lleno de lo que Ding asumió de inmediato era ácido nítrico.

En el suelo había proyectiles de mortero, parcialmente desmontados.

Ding se dio cuenta de que había tropezado con una fábrica de bombas. Los artefactos explosivos improvisados creados aquí serían contrabandeados por la frontera hacia Afganistán.

Esto explica por qué los combatientes Haqqani no habían disparado un solo cohete hacia Chávez y su equipo aquí en la parte posterior de la casa. Si algo en esta habitación detonaba, el recinto entero volaría en pedazos, incluidos los hombres Haqqani.

—¿Mohammed? —gritó Ding, y al Darkur se asomó a la habitación.

Inmediatamente asintió.

—Bombas.

—Sé lo que son. ¿Las podemos usar?

Mohammed asintió con una sonrisa torcida.

—Sé algo acerca de bombas.

Ryan y Caruso estaban utilizando su último cargador. Dispararon balas individuales desde la parte superior de la T hacia la base. Sabían que habían eliminado a una gran cantidad de miembros de la red Haqqani con disparos de sus rifles, pero parecía haber una cantidad ilimitada de pendejos armados todavía.

Uno de los helicópteros Puma volaba en círculos detrás del recinto. Esto Jack lo sabía por el fuego automático ocasional que sentía desde su posición a sus espaldas y que provenía de afuera del edificio. No podía escuchar el helicóptero —con el fuego en los estrechos pasillos sus oídos estaban destrozados, por lo que no registraba nada menor al sonido de pequeñas armas muy cerca o ametralladoras a distancia.

Chávez apareció justo detrás de los dos hombres, deslizando un cargador nuevo en sus chalecos tácticos. Mientras hacía esto, gritó:

—¡Hay una fábrica de bombas atrás!

—Oh, mierda —dijo Ryan, al darse cuenta de que él y sus compañeros estaban, en esencia, intercambiando disparos sentados sobre un barril de pólvora.

—Al Darkur está armando un artefacto explosivo improvisado para volar la pared del fondo. Si lo hace correctamente, debería poder hacer un agujero en la parte trasera del edificio. Cuando sea la hora de partir, den la vuelta y corran por el pasillo. ¡Yo cubriré la salida!

Jack no le preguntó qué pasaría si Mohammed no lograba armar «correctamente» el artefacto.

Ding entonces dijo:

—*No* salgan hasta que no hayan tirado sus farolitos LZ. El tirador en la puerta del Puma ha estado disparando su MG durante los últimos diez minutos. No cuenten con que él notará el flash infrarrojo en sus espaldas. Los hará papilla. Usen el marcador LZ como una segunda manera de avisarles que los que van saliendo son aliados.

Los dos jóvenes asintieron.

—Sam y el afgano van a cargar al hombre herido, ustedes simplemente mantengan el fuego para cubrirlos hasta que el helicóptero aterrice y suban a bordo.

—¡Entendido! —dijo Dom, y Ryan asintió.

Ryan y Caruso mantuvieron el fuego controlado, lo suficiente como para que el enemigo supiera que, si se aventuraban por el pasillo hacia la T, pagarían un alto precio. Aún así recibieron fuego de vuelta, pero provenía de rifles AK que unos combatientes estaban sosteniendo y disparando a la vuelta de la esquina, y las balas rebotaron a lo largo de las paredes, pisos y techos.

Al Darkur y Chávez pasaron dos veces por detrás de ellos, en tanto tomaban material para un dispositivo explosivo improvisado de la fábrica de bombas a la derecha de Jack y Dom y lo llevaban hasta el otro extremo del pasillo, a su izquierda.

Al cabo de un minuto, Chávez estaba detrás de ellos. Les gritó en sus oídos:

—¡Al suelo!

Ambos hombres se lanzaron al suelo de piedra del pasillo y se cubrieron la cabeza. En unos pocos segundos, un increíble estallido por detrás de ellos retumbó por el pasillo con una fuerza demoledora que hizo a Jack pensar que el edificio caería sobre ellos. Pedazos de mortero, piedra y polvo cayeron desde el techo, como una lluvia sobre todos los hombres en el pasillo.

Caruso fue el primero en ponerse de pie. Corrió por el pasillo con Ryan siguiéndolo de cerca, pasando al hombre de Reuters herido siendo arrastrado por los hombros por Driscoll y el prisionero afgano.

Jack lo alcanzó cuando entraron en la habitación con las ventanas tapiadas con ladrillos. Las luces de sus armas eran inútiles con el polvo que había en el aire. Simplemente continuaron hacia la pared del fondo hasta que, finalmente, pudieron ver cielo abierto. Inmediatamente Dominic lanzó la señal centellante para indicar la zona de aterrizaje en la parte trasera del recinto. El farolito, en teoría, alertaría a los hombres armados en los helicópteros volando en círculo que los aliados se encontraban en esa zona por lo que no debían disparar.

Mientras Dominic entraba en el patio trasero le preocupó

la posibilidad de recibir un disparo del hombre armado en la puerta del helicóptero, pero afortunadamente los comandos Zarrar tenían una buena disciplina de fuego. El estadounidense se agachó detrás de una pequeña pila de neumáticos para camiones y cubrió la parte norte del recinto, mientras que su primo se echó de boca al suelo junto a un gran montón de escombros dejados por la explosión de la bomba de al Darkur, cubriendo el lado sur.

Uno de los helicópteros del SSG había utilizado su cañón de 20 milímetros para derribar los postes que sostenían los cables eléctricos en la parte trasera de la propiedad, por lo que el helicóptero aterrizó cerca del mayor al Darkur, los prisioneros y los agentes estadounidenses. En cuestión de segundos todos estaban a bordo y el helicóptero se elevó de nuevo en el aire e inmediatamente comenzó a volar a toda velocidad hacia un lugar seguro.

En el interior del helicóptero, los siete hombres que habían logrado subir a bordo estaban en el piso de metal, con los brazos y las piernas unas sobre otras. Jack Ryan se encontraba al fondo del montón, pero estaba demasiado cansado para moverse, incluso para empujar la gruesa pierna del político afgano lejos de su cara.

Tuvieron que pasar otros veinte minutos de vuelo a ras de tierra antes de que las luces de la cabina del helicóptero se encendieran y el piloto anunciara, a través de Mohammed al Darkur y sus auriculares de intercomunicación, que estaban fuera de peligro. Los hombres se sentaron, se pasaron botellas de agua y el hombro de al Darkur fue atendido por el jefe de carga de la aeronave, mientras que uno de los comandos Za- rrar puso una vía intravenosa en el brazo del corresponsal australiano de Reuters.

El normalmente seco y estoico Sam Driscoll abrazó a cada miembro de su equipo de extracción, y luego se dio vuelta hacia la esquina y se quedó dormido con una botella de agua acurrucada en el pecho.

Chávez se inclinó al oído de Jack para gritar sobre el ruido del motor:

—Parece que tuviste una rozada muy cerca allí.

Jack siguió la mirada de Ding hacia el rack de cargas de lona en su pecho. Había un agujero irregular atravesando una de las bolsas. Sacó un cargador para el P-90 de metal y plás- tico, y encontró un agujero de bala atravesándolo completa- mente. Metiendo el dedo por el camino del agujero en su equipo de pecho sacó una torcida y afilada bala de 7,26 milí- metros que se había estrellado en su coraza de cerámica.

En medio de toda la acción, Jack no se había dado cuenta de que había recibido un disparo directo en el pecho.

—No me jodas —dijo mientras sostenía la bala y la miraba.

Chávez sólo se rió y apretó el brazo del joven.

—No era tu hora, 'mano.

—Supongo que no —dijo Jack, y quiso llamar a su mamá y su papá, y quiso llamar a Melanie. Pero tuvo que dejar esas dos comunicaciones en espera, porque de repente volvió a sentir náuseas.

67

Riaz Rehan tenía hombres en el interior de todas y cada una de las principales instituciones en su país. Una de estas instituciones era la industria de armamento nuclear de Pakistán. Él, a través de su propia red de intermediarios, estaba en contacto con científicos nucleares, ingenieros y fabricantes de armas. A través de ellos se enteró de que el acantonamiento de Wah, cerca de Islamabad, era el lugar de almacenamiento de muchos de los dispositivos nucleares de su país. Varias bombas aéreas, fundamentalmente carcazas de bombas Mark 84 estadounidenses convencionales con una carga de cinco a veinte kilotones de dispositivos nucleares, se mantenían en el Complejo de Armas Aéreas Kamra dentro de las Fábricas de Artillería de Pakistán ahí en Wah. Las bombas nucleares estaban desarmadas, pero se mantenían en un estatus conocido como «listo para el destornillador». Esto significaba que podían ser armadas para su despliegue en cuestión de horas, siempre y cuando el jefe de Estado ordenara que fueran preparadas.

Y Rehan se había enterado por uno de sus colaboradores de alto rango en el Ministerio de Defensa la mañana anterior que el presidente de Pakistán había dado esa orden.

Así que la primera parte de la Operación Sacre ya había sido exitosa. Con el fin de garantizar que las armas fueran armadas y enviadas a sus puestos de combate, el general Rehan necesitaba llevar a su nación al borde de la guerra. Hecho eso, monitoreó a sus contactos en el gobierno y en las ramas de armas nucleares del ejército, y esperó como una serpiente enrollada en la hierba para dar su siguiente paso.

Los paquistaníes siempre se habían jactado de que sus armas nucleares estaban protegidas por un procedimiento de seguridad de tres niveles de autoridad de comando nacional. Esto era cierto, pero en definitiva no significaba mucho. Todo lo que se necesitaba saber era cuál era el eslabón más débil en la cadena de seguridad del dispositivo después de su montaje y de alguna manera aprovecharse de ese eslabón más débil.

Los agentes del general en las Fábricas de Artillería de Pakistán le dijeron que alrededor de las nueve de la noche dos bombas de veinte kilotones dejarían el Complejo de Armas Aérea Kamra en un camión y luego serían entregadas a un tren especial en la cercana Taxila. En un principio, Rehan consideró atacar la caravana de camiones. Después de todo, un camión es más fácil de inutilizar que un tren. Pero había demasiadas variables que Rehan no podía controlar tan cerca de la presencia militar allí en Wah y Taxila.

Así que empezó a considerar la ruta ferroviaria. Las bombas serían entregadas por un tren de carga fuertemente vigilado a la base aérea de Sargodha, a unas doscientas millas de viaje en tren.

Una simple mirada al mapa fue suficiente para identificar el eslabón más débil en la ruta. A sólo cinco kilómetros al sur de la ciudad de Phularwan, en un tramo plano de la tierra agrícola atravesado por el ferrocarril, un grupo de fábricas y bodegas de grano abandonadas se emplazaban junto a los campos de trigo que llegaban hasta las vías férreas. Aquí se podría esconder una fuerza, lista para atacar un tren que se acercara desde el norte. Una vez que hubieran logrado su objetivo, la fuerza podría cargar las dos bombas de una tonelada y tres metros de largo en los camiones, y acceder a la moderna autopista M2, la carretera Lahore-Islamabad, donde podrían ir al norte o al sur y desaparecer en cualquiera de las dos grandes metrópolis dentro de noventa minutos.

En la primera semana de diciembre caía una lluvia fría constante, golpeando los techos de hojalata de las bodegas de granos que estaban a sólo 400 yardas del borde de la línea de ferrocarril.

El general Riaz Rehan, su segundo al mando, el coronel Khan, y Georgi Safronov yacían sobre alfombras de oración en la oscuridad, escondidos en un cobertizo detrás de un tractor oxidado que esperaban los protegiera de las balas perdidas cuando comenzara el ataque.

Rehan estaba esperando una llamada por radio de un observador en Chabba Purana, un pueblo justo al sureste de Phularwan. Los cincuenta y cinco hombres armados de Jamaat Shariat, los estudiantes del campamento Haqqani en Miran Shah, estaban repartidos en el campo en el lado oeste de las vías. Había un hombre apostado cada tres yardas, cada cuarto hombre tenía un lanzacohetes y el resto empuñaba rifles Kalashnikov.

Los daguestaníes, liderados por ex oficiales de la ISI seleccionados por el general Rehan debido a su experiencia paramilitar, estaban ubicados a más o menos cincuenta metros de distancia de la vía y un tramo de diez metros de largo de la línea férrea había sido retirado unos momentos antes. El tren a toda velocidad se saldría de los rieles justo ahí, frente a Jamaat Shariat, caería en la tierra y luego los combatientes del norte del Cáucaso rápidamente harían su trabajo, matando a todo ser vivo que quedara en todos y cada uno de los vagones.

Rehan había prohibido fumar desde que habían llegado los seis grandes camiones cargados de hombres temprano aquella noche. A pesar de que no había nadie alrededor a varios kilómetros a la redonda, también prohibió hablar más fuerte que en un susurro y toda comunicación por radio que no fuera esencial.

Entonces su radio cobró vida. Era un canal encriptado, pero aún así el mensaje fue trasmitido en código.

—Ali, antes de irte a la cama, las gallinas deben ser alimentadas. Estarán hambrientas.

Rehan le dio una palmadita al nervioso empresario espacial ruso agachado en el cobertizo con él y luego se inclinó a su oído.

—Ese era mi hombre en las vías. El tren está llegando.

Safronov se volvió hacia Rehan y lo miró. Incluso en la tenue luz de una noche de lluvia, el rostro del hombre se veía pálido. No había ninguna razón para que Safronov siquiera estuviera presente en este ataque. Rehan había argumentado en contra de que estuviera, diciéndole al ruso que era demasiado valioso para la misión en general. Sin embargo, Safronov había insistido. Exigió estar con sus hermanos en cada paso del camino en esta operación. A pesar de que se había ido antes de tiempo del entrenamiento en Waziristán del Norte, eso sólo había sido porque, en ese momento, estaba trabajando veinte horas al día en Moscú organizando el lanzamiento de los tres cohetes de Baikonur y asegurándose que sólo científicos y personal cuidadosamente seleccionados estuvieran allí con él cuando fuera el momento adecuado.

Pero no había ninguna posibilidad de que se fuera a perder los fuegos artificiales de esta noche, sin importar la personalidad dominante de Rehan.

Rehan finalmente había accedido a permitir que Georgi viniera con él a la operación, pero se mantuvo firme en no permitirle tomar parte en el ataque en sí. Incluso exigió que el hombre usara una chaleco antibalas y permaneciera en el cobertizo hasta que los camiones estuvieran completamente cargados, y Rehan había puesto al coronel Khan mismo a cargo de asegurarse de que el daguestaní se mantuviera a salvo.

Había algunos otros hombres alrededor también que no serían parte del tiroteo, ya que jugaban un papel más importante en la operación. El frío y calculador general sabía que sería difícil vender la fantasía de que un grupo de hombres de las montañas de Daguestán podría llevar a cabo una operación tan increíble en Pakistán, si no imposible. Muchos con conocimiento de causa de inmediato culparían a los islamistas en la ISI de haberlos ayudado. Para desviar esta culpabilidad, Rehan había establecido una de las organizaciones con las que había estado trabajando durante más de una década. El grupo Liberación Unida Musulmana Tigres de Assam (LUMTA), un grupo militante islámico en la India, había sido penetrado por agentes de la Agencia Nacional de Investigación de la India un año antes. Cuando se enteró de la infiltración de LUMTA, Rehan no se enojó y no cortó los lazos con ellos de inmediato. No, él vio esto como una oportunidad. Tomó a hombres de LUMTA aislados de la infiltración de la ANI y los incorporó a su redil. Les dijo que serían parte de una operación increíble en Pakistán que implicaría el robo de un arma nuclear, regresar con ella a la India y detonarla en Nueva Delhi. Los hombres serían mártires.

Todo era mentira. Documentó sus movimientos de la misma manera que documentó la infiltración de la inteligencia india en su organización, guardando evidencia que podría utilizar más adelante para cubrir las pistas de la ISI en el robo de las bombas. Tenía planes para los cuatro hombres de LUMTA aquí esta noche, pero nada tenían que ver con que ellos abandonaran estos campos con las bombas.

Sobre estos hombres recaería la responsabilidad del robo de las armas y por asociación el gobierno de la India tendría que explicar su relación con el grupo.

Para respaldar este ardid, Rehan y sus hombres habían planeado el ataque con una apariencia de desprolijidad. Un grupo de combatientes islámicos de la India embaucados por la inteligencia india para trabajar con partisanos daguestaníes en Pakistán no tendría ni en apariencia nada de precisión militar, y por esta razón el plan incluía el caos para lograr su objetivo.

Rehan escuchó una llamada por radio de la unidad que estaba más al norte. Informaban que se veían las luces del tren en la distancia.

El caos comenzaría en unos instantes.

El plan de Rehan nunca habría funcionado si el gobierno paquistaní se hubiera esforzado en mantener sus armas nucleares protegidas de los terroristas tanto como lo hacía para protegerlas de su vecino del este. El tren con las bombas podría haber sido más largo, lleno de todo un batallón de soldados, podría haber tenido una escolta de helicópteros armados durante toda la ruta y la Fuerza de Defensa de Pakistán podría haber colocado tropas de reacción rápida a lo largo de las vías antes de que el tren saliera de Kamra en dirección a la base de la Fuerza Aérea de Sargodha.

Pero todas estas medidas de alto perfil que prácticamente eliminarían la posibilidad de que un grupo terrorista tomara dominio del tren y cogiera las armas también le transmitiría a los satélites, aviones no tripulados y espías indios que las armas nucleares estaban en despliegue.

Y la Fuerza de Defensa pakistaní no permitiría que eso sucediera.

Por lo tanto, el plan de seguridad para el tren estaba basado en el supremo sigilo y una fuerza a bordo de una sola compañía de soldados, poco más de un centenar de hombres armados. Si el sigilo fallaba y terroristas atacaban el tren, un centenar de hombres sería, en prácticamente todas las circunstancias, suficiente para repeler el ataque.

Pero Rehan estaba preparado para un centenar de hombres y no tendrían ninguna posibilidad.

Las luces del tren aparecieron en la planicie a distancia, a sólo un kilómetro ahora. Rehan podía oír la respiración pesada de Safronov por sobre el golpeteo de la lluvia sobre el tejado de hojalata. En árabe, el general dijo:

—Tranquilo, amigo mío. Sólo quédese aquí y observe. Esta noche Jamaat Shariat dará un primer paso importante para asegurar una patria daguestaní para su gente.

La voz del paquistaní estaba llena de confianza y falsa admiración por los tontos que estaban tirados por ahí en el césped. Internamente esperaba que no estropearan el plan. Allí afuera con Jamaat Shariat había una docena de sus hombres, también listos con armas pequeñas y radios para organizar el ataque. No tenía idea qué tan bien los Haqqani habían preparado a estos cincuenta y cinco hombres de las montañas, pero sabía que estaba a segundos de averiguarlo.

El tren apareció en la lluvia, gritando hacia adelante en la noche detrás de su luz blanca. No era largo, sólo una docena de vagones. Los contactos de Rehan en el Complejo de Armas Aéreas Kamra no tenían forma de saber en qué vagón habían sido cargados los dispositivos y no tenía a nadie en la estación de ferrocarril de Taxila para confirmar esto tampoco. Obviamente no sería en el motor y el sentido común decía que no sería en el vagón de más atrás, ya que el destacamento de seguridad lógicamente pondría una parte de sus fuerzas en la parte trasera en caso de un ataque por la retaguardia. Así que Jamaat Shariat había recibido la orden de disparar sus RPG sólo hacia el motor y el último vagón, o a cualquier grupo grande de soldados que desmontara del tren, pero sólo cuando estuvieran bien lejos de él. Las RPG no podrían accionar una explosión nuclear, incluso si daban contra las bombas mismas, pero fácilmente podrían dañar las armas o incendiar al vagón de ferrocarril que las contenía y hacer difícil su extracción.

Una vez más, Rehan se preocupó. Si esto no funcionaba, su plan para tomar el control de la nación estaba muerto.

El conductor del tren debió haber visto la parte faltante de la vías por delante, porque pisó el freno bruscamente, y éstos chillaron y rechinaron. Georgi Safronov se tensó visiblemente detrás del tractor oxidado con el general Rehan y el coronel Khan. Rehan comenzó a calmarlo con palabras suaves, pero de pronto un rifle Kalashnikov abrió fuego automático mientras el tren seguía en movimiento.

Otro AK se unió al coro, el sonido era apenas perceptible sobre el increíble ruido de los frenos de la locomotora.

Rehan se puso furioso. Jamaat Shariat se había precipitado.

Les gritó por la radio a sus hombres en el campo:

—¡No debían disparar hasta que el tren se descarrilara! ¡Callen a esos hijos de puta como sea, incluso si tienen que dispararles en la cabeza!

Pero justo cuando terminó su transmisión, la pesada locomotora se salió de los rieles. Detrás de ella, como un acordeón colapsando de a poco, los otros vagones se torcieron hacia adentro y hacia afuera. El tren se detuvo lenta y dificultosamente en la lluvia, y se encendieron pequeños incendios en el sistema de freno.

Rehan comenzó a revocar su última orden, apretó el botón de transmisión en su *walkie-talkie*, pero puso el dispositivo delante de la cara de Safronov. Suavemente, el general dijo:

—Dé a sus hombres la orden de atacar.

La cara blanca aterrorizada del millonario ruso se llenó de color en un instante de orgullo animal y gritó tan fuerte en el micrófono del *walkie-talkie* que Rehan estaba seguro de que su llamado saldría distorsionado en las radios de sus hombres armados.

—¡Ataquen! —gritó en ruso.

Al instante, el campo por delante de los hombres que estaban en el cobertizo parpadeó con las luces de las RPG.

Un par pasó como un rayo sobre el tren, volando como un arco de luz hacia la noche, y una detonó contra el penúltimo vagón en las vías, pero cuatro granadas más dieron en el blanco en el motor, convirtiéndolo en una bola de fuego de metal retorcido. Dos granadas más se estrellaron contra el vagón trasero, matando o mutilando a todas las personas que estaban allí.

La rugido de los AK desde el campo era increíble —fuerte, furioso y sostenido. Los hombres en los vagones del tren se tomaron un buen tiempo para comenzar a devolver el fuego. Sin duda el frenazo y el descarrilamiento del tren habían sacudido a los hombres en el interior como frijoles en una lata y no estuvieron en condiciones de luchar en los primeros segundos. Pero finalmente, el fuerte crujido del fuego semiautomático calibre 308 de grandes rifles de batalla HK G3 comenzó a responderle a los Kalashnikov en el campo de trigo.

Más RPG explotaron contra el tren, principalmente en la parte frontal y la trasera, pero algunas de las fuerzas daguestaníes que controlaban los lanzadores parecían, a la manera de pensar del general Riaz Rehan, tener una disciplina de fuego extremadamente pobre. Oyó gritos en los *walkie-talkies*, en urdu, árabe y ruso, y desde el otro lado del oscuro campo barrido por la lluvia vio morir a los soldados en el tren de despliegue.

Estos soldados no eran hombres malos. Muchos posiblemente eran buenos musulmanes. Muchos apoyarían la causa de Rehan. Pero para que la Operación Sacre tuviera éxito, algunos hombres tendrían que ser martirizados.

Rehan rezaría por ellos, pero no lloraría su muerte.

Rehan utilizó binoculares de visión nocturna para observar la acción desde el cobertizo. Un grupo de más o menos diez soldados de la FDP logró salir del tren; atacaron en una emboscada de manera disciplinada que hizo al general sentirse orgulloso de estar asociado con tales hombres. Pero la línea de emboscada era demasiado ancha, la fuerza en el campo de trigo demasiado numerosa y los hombres fueron masacrados en cuestión de segundos.

Todo el tiroteo duró poco más de tres minutos y medio. Cuando los agentes de la ISI en el campo llamaron al alto el fuego, enviaron equipos de combatientes Jamaat Shariat a cada vagón, uno a la vez, de modo que no hubiera fuego amigo entre los vagones.

Esto tardó cinco minutos más y resultó en lo que Rehan podía deducir con sólo escuchar era la ejecución de los heridos o rendidos.

Finalmente, una transmisión de radio apareció en el *walkie-talkie* de Rehan. En urdu, uno de sus capitanes dijo:

—¡Traigan los camiones!

Inmediatamente, dos grandes camiones de volteo negros salieron de detrás de los almacenes y avanzaron por un camino mojado a través del campo de trigo. Un tercer vehículo, un camión grúa amarillo, los siguió.

Tomó sólo siete minutos descargar las bombas del tren a

los camiones. Cuatro minutos después de esto y el primero de los camiones lleno de daguestaníes había llegado a la carretera de Islamabad-Lahore y girado hacia el norte.

Mientras Rehan y Safronov se subían a uno de los vehículos, una larga salva de disparos sonó desde uno de los almacenes abandonados. Las armas de las que provenían los disparos eran rifles de batalla G3 de la FDP, pero Rehan no estaba preocupado. Había ordenado a sus hombres recoger las armas de las fuerzas de seguridad del tren y luego usar esas armas contra los cuatro hombres LUMTA que, hasta el momento en que la ISI los mató a tiros, pensaban que iban a regresar a la India con estas armas.

La ISI hizo que daguestaníes cargaran los cuerpos hasta el campo y los abandonaran ahí.

Jamaat Shariat perdió trece hombres en la emboscada. Siete murieron instantáneamente y los otros, hombres demasiado mal heridos para sobrevivir a la travesía que tenían por delante, fueron fusilados donde yacían. Todos los cuerpos fueron cargados en camiones.

La primera respuesta de la FDP al ataque al tren llegó tan sólo doce minutos después de que el último de los camiones de Rehan abandonara el campo de trigo. Para entonces, las dos bombas estaban casi quince kilómetros más cerca de la impenetrable metrópoli de Islamabad.

68

Desde su regreso de Pakistán hacía un par de semanas, Jack había visto a Melanie casi todos los días. Por lo general, salía un poco más temprano del trabajo e iba a Alexandria. Caminaban desde el apartamento de Melanie a algún sitio para cenar, a menos que estuviera nevando o lloviendo, en cuyo caso iban en la Hummer. Pasaba la noche ahí y se levantaba a las cinco de la mañana al día siguiente para evitar el tráfico en la ruta de treinta millas de regreso a Columbia.

Ella había mencionado que quería ver dónde vivía él, así que la tarde del sábado la pasó a buscar y la llevó a Columbia para pasar la noche en su casa. Cenaron comida india en Akbar y luego fueron a tomar una copa en Union Jack's.

Después de una cerveza y de conversar un poco, se fueron al apartamento de Jack.

Jack había tenido chicas a su casa antes, a pesar de que no era para nada un *playboy*. Normalmente, si pensaba que podría tener compañía esa noche, hacía un orden rápido de su apartamento mientras agarraba las llaves y salía por la puerta, pero para esta ocasión había limpiado a fondo. Había fregado el piso de madera, cambiado las sábanas en la cama, limpiado el baño de arriba a abajo. Estaba tratando de aparentar como si siempre mantuviera el lugar impecable, pero estaba razonablemente seguro de que la Srta. Kraft sería lo suficientemente inteligente para darse cuenta de que ese no era el caso.

Le gustaba esta chica. Mucho. Lo había sabido desde el principio, había sentido algo especial en sus primeras citas. La había echado de menos cuando estaba en Dubai y cuando estaba en Pakistán no quería nada más que abrazarla, hablar con ella, obtener algún tipo de validación de parte de ella de que estaba haciendo lo correcto por las razones correctas y que todo iba a salir bien.

Mierda, pensó Jack. *¿Me estoy poniendo blando?*

Se preguntó si tenía algo que ver con el hecho de que dos balas habían estado a pulgadas de acabar con su vida en las últimas tres semanas. ¿Era eso lo que había detrás de los sentimientos que estaba sintiendo por esta chica? Esperaba que no fuera el caso. Ella no se merecía que alguien se enamorara de ella como resultado de algún problema personal o de una experiencia cercana a la muerte. No, ella se merecía el amor verdadero y más profundo, sin aditivos artificiales.

Su apartamento era caro y lleno de hermosos muebles y espacios modernos y abiertos. Era en gran medida un apartamento de soltero. Cuando Jack se excusó para ir al baño, Melanie le echó un vistazo al refrigerador y encontró precisamente lo que esperaba. No mucho más que vino, cerveza, Gatorade y cajas de comida para llevar de hacía días. También le echó un vistazo rápido a su congelador, ella trabajaba para una agencia de espionaje después de todo, y lo encontró lleno de bolsas de hielo, muchas de las cuales se habían derretido y vuelto a congelar.

Luego se puso a abrir un par de compartimentos en la cocina junto al refrigerador. Vendas Ace, anti-inflamatorios, curitas, pomada antibiótica.

Ella le hizo un comentario sobre esto cuando él regresó a la sala.

—¿Más porrazos y contusiones en las pistas de esquí?

—¿Qué? No. ¿Por qué me lo preguntas?

—Sólo preguntaba. Vi la estación de emergencia que tienes ahí.

Jack levantó las cejas.

—¿Estabas husmeando?

—Sólo un poco. Es cosa de chicas.

—Cierto. En realidad, estuve tomando una clase de artes marciales mixtas en Baltimore. Era genial, pero cuando empecé a viajar mucho por trabajo tuve que dejarla.

Ryan miró a su alrededor.

—¿Qué piensas de mi apartamento —le preguntó.

—Es hermoso. Le falta un toque femenino, pero supongo que si tuviera un toque femenino, me daría que pensar.

—Eso es verdad.

—Aún así. Este lugar es tan lindo. Me hace preguntarme qué piensas de esa pocilga en el que te he estado haciendo quedarte.

—Me gusta tu casa. Te queda bien.

Melanie ladeó la cabeza.

—¿Porque es barata?

—No. Eso no es lo que quise decir. Sólo digo que es femenina, pero también está llena de libros sobre terrorismo y manuales de la CIA. Es genial. Como tú.

Melanie había adoptado una postura defensiva. Sin embargo, se relajó.

—Lo siento mucho. Me siento un poco abrumada por tu dinero y tus lazos familiares, básicamente porque yo vengo del otro lado de las vías, supongo. Mi familia nunca tuvo dinero. Cuatro niños no dejaban mucho restante del salario militar de mi padre para cosas lindas.

—Entiendo —dijo Jack.

—Es probable que no. Pero ese es mi problema, no el tuyo.

Ryan caminó hacia Melanie y puso sus brazos alrededor de ella.

—Eso está en tu pasado.

Ella sacudió la cabeza y se apartó.

—No. No lo está.

—¿Préstamos estudiantiles? —preguntó Ryan, e inmediatamente se arrepintió—. Lo siento, no es de mi incumbencia. Yo sólo...

Melanie sonrió un poco.

—Está bien. Simplemente no es divertido hablar de eso. Sólo da las gracias por tu familia.

Ahora Jack se puso a la defensiva.

—Mira, entiendo que yo nací en una familia adinerada, pero mi papá siempre me hizo trabajar. No estoy llevando el nombre de la familia al banco.

—Por supuesto que no. Respeto totalmente eso de ti. No estoy hablando de dinero.

Se quedó pensando por un segundo.

—Tal vez por primera vez no estoy hablando de dinero. Estoy hablando de tu familia. Veo cómo hablas de ellos. Cómo los respetas.

Jack había aprendido a no presionarla sobre su propia familia. Cada vez que lo había intentado ella había evadido la conversación o cambiado de tema. Por un momento pensó que por fin ella hablaría de su vida familiar por iniciativa propia. Pero no lo hizo.

—Entonces —dijo ella, y él supo que el tema de conversación acababa de cambiar— ¿Tiene baño este sitio?

En ese momento sonó su teléfono móvil dentro de su bolso sobre el mostrador de la cocina de Jack. Estiró la mano para alcanzarlo y miró el número.

—Es Mary Pat —dijo, sorprendida, preguntándose por qué su jefa la llamaba a las diez de la noche del sábado.

—Tal vez te van a dar un aumento de sueldo —bromeó Jack, y Melanie se rió.

—Hola, Mary Pat —la sonrisa de Melanie se desvaneció de su rostro—. Está bien. Ok. Oh... mierda.

Cuando Melanie se apartó de él, Jack presintió que había problemas. Pero presintió aún más problemas diez segundos más tarde cuando su propio móvil sonó en su bolsillo.

—Ryan.

—Habla Granger. ¿Qué tan rápido puedes estar en la oficina?

Jack se apartó y entró en su dormitorio.

—¿Qué pasa? ¿Se trata de Clark?

—No. Hay problemas. Los necesito a todos acá inmediatamente.

—Está bien.

Colgó el teléfono y se encontró a Melanie en su habitación detrás de él.

—Lo siento, Jack, pero tengo que ir a la oficina.

—¿Qué está pasando?

—Sabes que no puedo responder a eso. Odio tener que pedirte que me lleves hasta McLean, pero es una emergencia.

Mierda. Piensa, Jack.

—¿Sabes qué? Esa era mi oficina que acaba de llamar. Quieren que vaya a la oficina un rato, alguien está preocupado por cómo estamos posicionados para la apertura de los mercados asiáticos el lunes. ¿Puedo pedirte que me dejes en el trabajo y te lleves mi camioneta?

Ryan lo vio en sus ojos al instante. Ella sabía que estaba

mintiendo. Pero le siguió la corriente, no insistió. Probablemente estaba más preocupada por cual fuera la mala noticia de la que Jack aún se tenía que enterar que de que su novio fuera un mentiroso hijo de puta.

—Por supuesto. Eso está bien.

Un minuto más tarde, se dirigieron a la puerta.

Condujeron en su mayoría en silencio hasta Hendley Asociados.

Después de que Melanie dejara a Jack afuera de su oficina, se alejó en la noche y Ryan entró al edificio por la puerta de atrás.

Dom Caruso ya estaba allí, abajo, en el vestíbulo, hablando con el personal de seguridad de turno.

Ryan se acercó a él.

—¿Qué está pasando?

Dom se acercó a su primo y se inclinó a su oído.

—Ha pasado lo peor, primo.

Los ojos de Ryan se abrieron como platos. Sabía lo que eso significaba.

—¿Bomba islámica?

Caruso asintió.

—El tráfico interno de la CIA dice que un tren de armamento de Pakistán fue atacado ayer por la noche, hora local. *Dos* bombas nucleares de veinte kilotones fueron robadas y ahora están en manos de una fuerza desconocida.

—Oh, Dios mío.

69

◆

Los dos bombas nucleares de veinte kilotones robadas de la Fuerza Aérea paquistaní se encontraban, unos días más tarde, en los cielos sobre Pakistán. Rehan y sus hombres habían hecho que las bombas fueran empaquetadas y embaladas en contenedores de doce por cinco por cinco pies que fueron etiquetados como «Manufactura Textil, Ltda.». A continuación se colocaron en un avión de carga Antonov An-26 operado por Vision Air, una compañía de chárter aéreo paquistaní.

Su destino intermedio era Dusambé, la capital de Tayikistán.

Por mucho que el general Rehan quisiera enviar lejos a los daguestaníes, fuera de su país y a algún lugar donde pudieran dar a conocer lo que habían hecho y amenazar al mundo con sus bombas y sus misiles, sabía que Georgi Safronov era más inteligente que todos los miembros de la célula y los líderes de la insurgencia e incluso que algunos de los agentes de gobierno con los que había trabajado. Georgi sabía tanto como Rehan de armas nucleares y el general sabía que tenía que poner el cien por ciento de sus esfuerzos en la preparación auténtica de la operación de Safronov.

Para hacer eso necesitaba dos cosas: un lugar privado y seguro, fuera de Pakistán, para armar las bombas y colocarlas en los contenedores de carga útil Dnepr-1, y alguien con los conocimientos técnicos para hacer esto.

El comercio bilateral había aumentado vertiginosamente entre Tayikistán y Pakistán en los últimos cuatro años, por lo que viajar de Pakistán a Dusambé era algo común. Dusambé también estaba casi directamente entre Pakistán y el destino final de las armas, el cosmódromo de Baikonur.

El An-26 voló de Lahore con sus dos cajas de carga y sus doce pasajeros: Rehan, Safronov, Khan, siete hombres del personal de seguridad de Rehan y dos paquistaníes expertos en armas nucleares. Las fuerzas de Jamaat Shariat viajaron fuera del país a través de un segundo chárter de Vision Air que también los llevaría a Dusambé.

La Dirección de JIM de Rehan ya había repartido sobornos entre los funcionarios de aduanas y del aeropuerto de Tayikistán; no habría impedimentos para ninguno de los dos aviones para descargar la carga y la tripulación una vez que aterrizaran. Un tayiko del gobierno local de la ciudad de Dusambé que tenía un largo historial como informante pagado y agente extranjero de la ISI estaría esperando en el momento que aterrizaran con camiones y conductores y más cajas de carga que habían llegado recientemente de Moscú.

El Campus estaba trabajando las veinticuatro horas del día en la búsqueda de las bombas nucleares. La CIA había recogido conversaciones de la ISI a las pocas horas del ataque, y Langley y el Centro Nacional Antiterrorista en Liberty Crossing pasaron los siguientes días buscando la participación de la ISI.

El NCTC tenía más información sobre Riaz Rehan, parte de ella cortesía del Campus y en gran parte gracias al trabajo de Melanie Kraft, por lo que Jack Ryan y sus compañeros analistas se encontraron a sí mismos prácticamente mirando sobre el hombro de Kraft la mayor parte del tiempo. Esto hizo a Ryan sentirse raro, pero si hubiera algo en lo que actuar en la investigación de Melanie, el Campus estaba en condiciones de actuar de inmediato.

Tony Wills había estado trabajando con Ryan; más de una vez había mirado la investigación de Melanie Kraft y comentado:

—Tu novia es más inteligente que tú, Ryan.

Jack pensó que Wills tenía razón en parte. Ella era más inteligente que él, sin duda, pero no estaba seguro de que fuera su novia.

· · · ·

Los paquistaníes hicieron un trabajo admirable ocultando el robo de los dos dispositivos nucleares de su propio público y de la prensa mundial por cuarenta y ocho horas. Durante ese tiempo, trabajaron a toda velocidad para encontrar a los culpables y localizar las bombas, pero la Agencia Federal de Investigación de Pakistán terminó con las manos vacías. Hubo un miedo inmediato de que hubiera sido un trabajo interno y un temor relacionado a que la ISI estuviera implicada. Sin embargo, la ISI y la FDP eran infinitamente más poderosas que la AFI, por lo que estos temores no fueron explorados con eficacia como parte de la investigación.

Pero cuando finalmente salió a la luz la noticia de que se había producido un acto terrorista masivo en Pakistán en una línea de ferrocarril, la prensa paquistaní se enteró, a través de sus fuentes en el gobierno, de que había dispositivos nucleares a bordo del tren. Cuando se confirmó, en cuestión de horas, que los dos dispositivos, de tipo y rendimiento no especificados, habían sido robados por desconocidos, esto se hizo con una promesa muy pública y muy específica por parte de los más altos círculos del poder en el gobierno militar, civil y la Comisión de Energía Atómica de Pakistán de que el robo de las armas no era de gran trascendencia. Se explicó que los dispositivos estaban equipados con códigos de armado a prueba de fallos que eran necesarios para activar los dispositivos.

Todas las partes que dijeron públicamente esto creían firmemente en lo que decían y era verdad, aunque una de las partes dejó de lado un pedazo crítico de información que era muy pertinente.

El director de la Comisión de Energía Atómica de Pakistán no les dijo a sus pares en el gobierno y el ejército, y tampoco le dijo al público general, que dos de sus mejores físicos de fabricación de armas, dos hombres capaces de pasar por alto los códigos de armado y reconfigurar los sistemas de detonación, habían desaparecido en el momento exacto en que las bombas habían sido robadas.

A la mañana siguiente, las dos cajas que decían ser propiedad de Manufactura Textil, Ltda., yacían en un polvoriento piso de hormigón en el centro de una bodega en un patio de mantenimiento de autobuses escolares en Kurban Rakhimov, en la parte norte de Dusambé. El general Rehan y Georgi Safronov estaban muy contentos con la elección de las instalaciones para esta parte de la misión. La propiedad era inmensa y encercada y cerrada por todos lados, bloqueando la vista desde las calles arboladas de los más de cincuenta hombres extranjeros que trabajaban y patrullaban en los terrenos en el interior del recinto. Había decenas de camiones y buses escolares estacionados ahí en diversas condiciones de funcionamiento, lo que hacía que los camiones daguestaníes y paquistaníes fueran invisibles, incluso desde el aire. Y el edificio de mantenimiento era lo suficientemente grande para albergar varios autobuses, lo que lo hacía suficientemente grande para albergar las grandes bombas. Además, había una gran variedad de montacargas y módulos con ruedas para levantar y mover los enormes motores de los autobuses escolares repartidos alrededor de la instalación.

De las personas presentes, los únicos que estaban haciendo algo más que estar ahí de pie eran los dos científicos que trabajaban para la Comisión de Energía Atómica de Pakistán (CEAP). Habían sido reportados desaparecidos en Pakistán y las pocas personas que sabían de su desaparición, pero que no conocían a los hombres, sospechaban que habían sido secuestrados por un grupo terrorista. Pero quienes los conocían y sabían de las armas nucleares no pensaron por un momento que alguien los estaba obligando a hacer nada. Era ampliamente sabido entre sus compañeros que eran islamistas radicales. Algunos lo habían aceptando y algunos se habían sentido incómodos pero no habían dicho nada.

Ambos grupos de personas sospechaban que estos hombres estaban involucrados.

Los dos científicos, el Dr. Nishtar y el Dr. Noon, estaban unidos en su creencia de que las armas nucleares de Pakistán no eran propiedad del gobierno civil, ni habían sido fabricadas y almacenadas, a un gran costo y con gran riesgo tenían que añadir, sólo para ser utilizadas como una especie de disuasión hipotética. Una pieza de ajedrez invisible.

No. Las armas nucleares de Pakistán le pertenecían a la Ummah, la comunidad de musulmanes, y ellos podían y *debían* utilizarlas para el bien de todos los creyentes.

Y los dos científicos creían en Riaz Rehan y confiaban en que ahora era el momento correcto, porque él decía que ahora era el momento correcto.

Los adustos hombres extranjeros procedentes del Cáucaso a su alrededor en las instalaciones de mantenimiento de buses escolares eran fieles, incluso si no eran musulmanes de Pakistán. Los doctores Noon y Nishtar no entendían todo lo que estaba pasando, pero tenían muy clara su misión. Ellos tenían que armar las armas, supervisar la carga de las armas en los contenedores de carga útil del cohete y luego debían regresar a Pakistán con el general de la ISI, donde permanecerían escondidos hasta que Rehan les dijera que era seguro salir a la luz pública y saludar a la población como héroes del Estado.

Noon y Nishtar habían estado trabajando por más de tres horas en la fría bodega, tomándose unos minutos para calentarse las manos en una estufa de carbón de ladrillo que había sido encendida en la esquina para que sus dedos se mantuvieran flexibles para el intrincado trabajo de retirar los dispositivos nucleares de sus carcasas de bombas MK84, lo que era necesario para que cupieran en los contenedores de carga útil. Un grupo de la fuerza de seguridad personal de Rehan se mantenían cerca, listo para ayudar con los montacargas de motores y módulos móviles. Safronov ofreció a los hombres de Jamaat Shariat para este trabajo, pero Rehan se negó, le dijo que mantuviera a sus hombres armados al interior de las puertas del perímetro, pero listos para cualquier amenaza desde el exterior. Una vez que las bombas dejaran Dusambé, Rehan explicó, serían de Safronov, pero por ahora eran posesión de Rehan y su gente las manejaría.

Mientras Noon y Nishtar revisaban algunos datos en una computadora portátil en una mesa junto al primer contenedor de carga útil, Rehan y Safronov se pararon detrás de ellos. El general se acercó y puso sus gruesas manos en las espaldas de los dos hombres. Ellos continuaron trabajando.

—Doctores, ¿cómo va su trabajo?

El Dr. Nishtar respondió mientras miraba al interior del recipiente, observando la configuración de la ojiva nuclear.

—Nos faltan un par de minutos más para esta y luego comenzaremos con la segunda arma. Hemos pasado los mecanismos de códigos de lanzamiento y hemos instalado los fusibles de radio altímetro.

—Muéstrenos.

Noon señaló un dispositivo atornillado al lado de la bomba. Se veía como un maletín de metal y contenía varias piezas mecánicas conectadas entre sí, así como un teclado de computadora y un lector LED. Dijo:

—Hay un radio altímetro que ya está programado. Cuando los dispositivos lleguen a los sesenta mil pies de altura, se armará la bomba, y cuando desciendan a los mil pies se detonará. Hay un barómetro de reserva en el detonador, así como un control manual para una detonación programada, que no será necesario para el lanzamiento de ojivas nucleares. Asimismo, instalaremos un disparador de seguridad en la puerta del contenedor de carga útil, de modo que si alguien trata de abrirlo para sacar el arma, la bomba nuclear se detonará.

Georgi sonrió y asintió, agradecido por el trabajo que los hombres estaban haciendo en nombre de la causa daguestaní.

—¿Y harán lo mismo con el otro dispositivo?

—Por supuesto.

—Excelente —dijo Rehan al tiempo que les daba unas palmaditas a los hombres sobre sus hombros—. Continúen.

Safronov dejó la bodega unos minutos más tarde, pero Rehan se quedó allí. Volvió a donde estaban los dos científicos nucleares y dijo:

—Tengo una pequeña petición para ustedes.

—Cualquier cosa, general —dijo el doctor Noon.

Noventa minutos después, el general Rehan abrazó a Georgi Safronov afuera del taller de mantenimiento y estrechó la mano de cada uno de los combatientes de Daguestán. Los llamó valientes hermanos y les prometió que si ellos eran martirizados él nombraría calles de su país en su honor.

A continuación, Rehan, Khan, los funcionarios de la CEAP y el destacamento de seguridad de Rehan salieron por la puerta principal del depósito de autobuses en cuatro vehículos, llevándose con ellos todo rastro de su trabajo y dejando atrás a los combatientes daguestaníes y los dos contenedores de carga útil Dnepr-1.

Minutos después, los mismos daguestaníes partieron con

los regalos de Pakistán cargados cuidadosamente en sus camiones con remolque para el largo viaje hacia el norte.

John Clark pasó toda una mañana en una operación de vigilancia en un pequeño banco en la plaza Pushkin, en el centro de Moscú. Lo rodeaban dos pulgadas de nieve fresca, pero el cielo estaba claro y brillante. Sacó provecho táctico de las temperaturas usando un pesado abrigo con una gruesa capucha de piel. Imaginó que si su propia mujer estuviera sentada junto a él en este banco de parque no lo reconocería.

Y eso le venía muy bien en este momento. También había dos franceses musculosos en el parque, observando el mismo lugar que Clark vigilaba. Los había visto a ellos y a un par de sus compañeros el día anterior. Los otros estaban estacionados en una furgoneta en el Uspenskiy Pereulok, una furgoneta que mantenían encendida durante todo el día y la noche. Clark había notado el vapor en el escape en uno de sus paseos en forma de «ocho perezoso» por el vecindario, sólo una de docenas de anomalías que su fértil mente táctica había visto en las calles circundantes a la casa de su objetivo. Las otras anomalías, después de revisarlas, habían sido eliminadas como posibles señales de observadores, pero los dos franceses en el parque y la camioneta encendida todo el día en su lugar de estacionamiento, significaban que los hombres que lo perseguían estaban utilizando su objetivo como cebo.

No les había ido bien en Tallin, pero aquí, en Moscú, estarían determinados a no volver a fallar.

Clark usó visión periférica para observar la puerta del apartamento de Oleg Kovalenko. El antiguo espía ruso no había salido de su casa en todo el día anterior, pero eso no sorprendía mucho a John Clark. Un jubilado de su edad no querría pasear por las heladas calles de Moscú, a menos que fuera necesario; probablemente había decenas de miles de ancianos encerrados en pequeños apartamentos alrededor de toda la congelada ciudad este fin de semana.

El día antes había comprado un teléfono móvil prepago en un centro comercial. Había encontrado el número de teléfono de Kovalenko en la guía telefónica y había considerado llamar al hombre y pedirle un minuto de su tiempo en algún lugar seguro. Peró Clark no tenía manera de saber si los franceses habían puesto un micrófono secreto en el teléfono del ex agente del KGB, por lo que descartó ese plan.

En vez, se había pasado la mayor parte del día buscando una manera de entrar en el apartamento del ruso sin alertar a los franceses. Se le ocurrió una idea a eso de las dos de la tarde, cuando una anciana con una gorra de color púrpura empujó un carrito de metal viejo fuera de la entrada principal del edificio y se dirigió hacia el oeste a través de la plaza. Él la siguió hasta un mercado, donde compró varios alimentos. En la línea para pagar Clark se paró junto a ella y usó su oxidado ruso para entablar una conversación amistosa. Se disculpó por sus habilidades idiomáticas, explicando que era reportero de un periódico estadounidense que estaba en la ciudad trabajando en una historia acerca de cómo los «reales» moscovitas hacían frente a los duros inviernos.

Clark le ofreció pagar por sus alimentos si ella se sentaba con él para una entrevista rápida.

Svetlana Gasanova estaba encantada ante la oportunidad de tener la compañía de un extranjero joven y apuesto, e insistió en llevarlo de regreso a su apartamento —vivía justo por esa calle, un poco más arriba, después de todo— y prepararle una taza de té.

Los vigilantes del parque no estaban buscando una pareja entrando en el apartamento y Clark estaba envuelto en su abrigo y capucha al punto que no habrían podido identificarlo a más de seis pulgadas de su rostro. Incluso cargó una bolsa de alimentos para dar la impresión de que vivía en el edificio.

John Clark pasó una media hora charlando con la anciana jubilada. Su ruso era cada vez más forzado con cada minuto que pasaba en el apartamento de la mujer, pero sonrió y asintió y bebió el té azucarado con mermelada que había hecho para él mientras ella hablaba de la compañía de gas, el dueño de su apartamento y de su bursitis.

Finalmente, después de las cuatro de la tarde, la mujer parecía cansada. Le dio las gracias por su hospitalidad, tomó su dirección y se comprometió a enviarle un ejemplar del periódico. Ella lo acompañó a la puerta de su apartamento y él se comprometió a visitarla en su próximo viaje a Moscú.

Se dirigió hacia la escalera, tiró la dirección de la mujer en un cenicero y subió en vez de bajar.

Clark no llamó a la puerta de Oleg Kovalenko. Había notado cuando entró en el apartamento de la Sra. Gasanova que las pesadas puertas de roble en este antiguo edificio estaban aseguradas con grandes cerraduras de tambor de pines fáciles de abrir. John había creado unas ganzúas días antes comprando un pequeño conjunto de instrumentos dentales en una casa de empeño aquí en Moscú y luego doblándolos para que se parecieran a las ganzúas que había utilizado en el pasado en Rusia.

De una bolsa en el bolsillo de su abrigo sacó sus imitaciones hechas en casa de ganzúas de medio diamante, de rastrillo y una llave de tensión.

Mientras revisaba de arriba a abajo el pasillo con piso de madera para asegurarse de que no había nadie alrededor, se puso las ganzúas en la boca y luego manipuló la llave de tensión en el interior del ojo de la cerradura, girándola hacia la izquierda un poco y manteniendo la tensión en la llave con su dedo meñique derecho. Luego, con la mano izquierda, se sacó la ganzúa de rastrillo de la boca y la metió por encima de la llave de tensión, en el interior del ojo de la cerradura. Usando las dos manos, mientras mantenía la presión en el dedo meñique, deslizó la ganzúa hacia adentro y hacia afuera sobre los pines con resorte, empujándolos hacia abajo.

Después de haber derrotado todos menos dos pines, volvió a poner la ganzúa de rastrillo en su boca y luego cogió la de medio diamante, la metió en su lugar en la cerradura y poco a poco manipuló los últimos dos pines, empujándolos hacia abajo desde la parte posterior al frente.

Con un satisfactorio clic que esperaba no hubiera hecho mucho ruido en el interior del apartamento, la llave de la tensión giró en el cilindro abierto y el cerrojo en la puerta se abrió.

John rápidamente volvió a guardar todo en su bolsillo y sacó su pistola.

Abrió la puerta y se deslizó hacia la cocina del pequeño apartamento. Pasando la cocina se encontró mirando una oscura y pequeña sala de estar. Un sofá, una pequeña mesa de café, un televisor, una mesa para comer con varias botellas de licor sobre ella. El enorme Oleg Kovalenko estaba sentado en una silla junto a la ventana mirando hacia afuera a través de las persianas sucias, de espaldas a la habitación.

—¿Cuánto tiempo antes de que sepan que estoy aquí? —dijo Clark en inglés.

Kovalenko se sobresaltó, se levantó de la silla y se volteó. Sus manos estaban vacías, de lo contrario Clark le hubiera disparado una bala calibre 45 en su gorda barriga.

El ruso se agarró el pecho, su corazón latía con fuerza tras ser sorprendido, pero pronto volvió a sentarse.

—No lo sé. ¿Te vieron entrar?

—No.

—Entonces no te preocupes. Tienes más que suficiente tiempo para matarme.

Clark bajó la pistola y miró alrededor. Este lugar no era ni siquiera tan agradable como el pequeño apartamento de Manfred Kromm. *Mierda*, pensó el estadounidense. Tan poco agradecimiento por todos nuestros años de servicio a nuestros países. Este viejo espía ruso, el viejo espía de Alemania Oriental, Kromm y John Clark, él mismo un espía estadounidense de edad.

Tres malditas arvejas en una vaina.

—No voy a matarte —Clark asintió hacia las botellas de vodka vacías—. No pareces necesitar ayuda.

Kovalenko pensó en eso un momento.

—¿Entonces deseas información?

Clark se encogió de hombros.

—Sé que te encontraste con Paul Laska en Londres. Sé que tu hijo, Valentín, también está involucrado.

—Valentín sigue las órdenes de sus líderes, como lo haces tú. Como lo hice yo. No tiene nada personal en tu contra.

—¿Quiénes son esos tipos que hay en el parque?

—Fueron enviados por Laska, creo —dijo Kovalenko—, para capturarte. Trabajan para el detective francés Fabrice Bertrand-Morel. Mi hijo está de vuelta en Londres, su parte en este asunto era política y era benigna, no tiene nada que ver con los hombres que te están persiguiendo.

El viejo ruso asintió hacia la pistola baja en la mano derecha de Clark.

—Me sorprendería si mi chico hubiera tocado alguna vez un arma.

Se rió entre dientes.

—Es tan jodidamente civilizado.

—Entonces, ¿estás en contacto con los hombres que están en la calle?

—¿En contacto? No. Ellos vinieron aquí. Me hablaron de

ti. Me dijeron que vendrías aquí, pero que ellos me protegerían. Yo no sabía nada de ti antes de ayer. Yo sólo organicé el encuentro entre Valentín y Pavel. Perdón... Paul. No me dijeron lo que discutieron.

—Laska trabajó para el KGB en Checoslovaquia —Clark lo dijo como una afirmación.

Kovalenko no lo negó. Sólo dijo:

—Pavel Laska ha sido un enemigo de todos los estados en los que ha vivido.

Pero John no se pronunció sobre Laska. El estadounidense ex agente de la CIA sabía que el despiadado hombre del KGB podría haber destruido el espíritu de un joven Paul Laska, convirtiéndolo en algo que no era de su elección.

La Guerra Fría estaba llena de hombres dañados.

Oleg dijo:

—Voy a prepararme un trago si prometes que no me vas a disparar por la espalda.

Clark le hizo un gesto hacia sus botellas y el enorme ruso se movió pesadamente hacia la mesa.

—¿Quieres algo?

—No.

—Entonces —dijo Kovalenko—, ¿qué has obtenido de mí? Nada. Vuelve a tu casa. Tendrás un nuevo presidente en unas pocas semanas. Él te protegerá.

Clark no lo dijo, pero él no estaba buscando la protección de Jack Ryan. Todo lo contrario. Tenía que proteger a Ryan de su exposición hacia *él*, hacia el Campus.

Kovalenko se paró junto a la mesa y se sirvió un vaso

largo de vodka. Volvió a la silla con la botella y el vaso en sus manos.

—Quiero hablar con tu hijo.

—Puedo llamarlo a su oficina en la embajada en Londres. Pero dudo que responda a mi llamado.

Kovalenko se bebió la mitad del vaso y puso la botella en la ventana, haciendo sonar las persianas mientras lo hacía.

—Tendrías más suerte llamándolo directamente tú mismo.

A Clark le pareció que el ruso estaba diciendo la verdad. No tenía mucha relación con su hijo y su hijo definitivamente no estaba aquí. ¿Podría Clark llegar a él en Londres, de alguna manera?

Habría que intentarlo. Haber venido a Moscú para presionar a Oleg Kovalenko para obtener información había sido infructuoso.

Clark metió la pistola en el bolsillo.

—Te voy a dejar con tu vodka. Si hablas con tu chico, dile que me gustaría hablar con él. Sólo una conversación amistosa. Va a saber de mí.

El estadounidense volvió a salir por la cocina, pero el pensionista ruso lo llamó por su nombre.

—¿Seguro no te quieres tomar una copa conmigo? Te calentará del frío.

—*Nyet* —dijo John al llegar a la puerta.

—Tal vez podríamos hablar de los viejos tiempos.

La mano de Clark se detuvo en el pestillo de la puerta. Se dio la vuelta y volvió a la sala de estar.

Oleg esbozó una pequeña sonrisa.

—No recibo muchas visitas. No puedo ponerme exigente, ¿no?

Los ojos de Clark se abrieron mientras examinaba la habitación rápidamente.

— ¿Qué?

Sus ojos dejaron de explorar y se fijaron en la botella de vodka en el borde de la ventana. Estaba presionada contra las persianas, cerrándolas. Una señal a los hombres en el parque.

—¡Hijo de puta! —gritó Clark y corrió de regreso a la cocina, la puerta y hasta el pasillo.

Oyó ruidos en la escalera, el sonido de un *walkie-talkie* y el golpeteo de las pisadas de dos hombres haciendo eco. John corrió hacia la parte superior de las escaleras y agarró un pesado cenicero-basurero redondo de metal que había sido colocado allí. Puso el cilindro de lado en el borde del escalón superior, esperó hasta que los sonidos de los hombres le dijeran que estaban a la vuelta de la esquina y luego pateó el recipiente de metal. Sólo alcanzó a ver al primer hombre girando en el descanso de la escalera; llevaba un grueso abrigo negro y una pequeña pistola negra y una radio. John sacó su pistola y adoptó una posición de combate en la parte superior de las escaleras.

El tarro de basura de metal aceleró mientras rebotaba por las escaleras hacia abajo. A medida que los hombres giraban hacia el tramo justo por debajo de Clark, el tarro rebotó a la altura de sus cabezas y se estrelló contra ellos, enviando a los dos hombres al suelo de baldosas. Un hombre soltó la pistola, pero el otro retuvo su arma y trató de apuntarla hacia el hombre que estaba más arriba en la escalera.

John disparó una sola vez. La bala calibre 45 quemó una raya roja en la mejilla izquierda del hombre.

—¡Suelta el arma! —gritó Clark en inglés.

El hombre en el suelo de baldosas más abajo hizo lo que se le ordenó. Junto con su compañero levantó las manos en el aire tendido ahí.

Incluso con el silenciador, el eco de la pistola Sig Sauer calibre 45 de Clark había sido dolorosamente fuerte y no tenía dudas de que los residentes estarían al teléfono llamando a la policía en cuestión de segundos. Descendió al descanso y se interpuso entre los dos hombres, manteniendo la pistola apuntando hacia ellos todo el tiempo. Los liberó de sus armas y sus *walkie-talkies* y sus teléfonos móviles. Uno de los hombres insultó a Clark en francés, pero mantuvo sus manos en el aire mientras lo hacía y John no le hizo caso. John no dijo ni una palabra a los hombres antes de continuar bajando las escaleras.

Salió por la puerta trasera del edificio de apartamentos un minuto más tarde, y ahí tiró los equipos de los hombres en un tarro de basura.

Pensó, por un momento de pasajera esperanza, que estaba fuera de peligro, pero una camioneta blanca pasó por el lado opuesto del camino y luego frenó bruscamente. Salieron cuatro hombres, había ocho carriles de tráfico de tarde entre John y los cuatro hombres, pero empezaron a correr a través de los autos en dirección a él.

John se echó a correr. Su destino original había sido la estación de metro Pushkinskaya. Pero los hombres estaban pisándole los talones, a menos de cincuenta yardas de distancia y eran mucho más rápidos que él. La estación de metro retrasaría su huida —nunca lograría meterse a un tren antes de que lo atraparan. Corrió a través de la transitada calle Tverskaya, ocho carriles de tráfico que tuvo que sortear como una danza violenta.

Al otro lado de la calle, echó un vistazo hacia atrás. Dos hombres más se habían unido a los cuatro anteriores en la calle. Los seis cazadores estaban a sólo veinticinco yardas de distancia.

Lo iban a atrapar, eso se estaba convirtiendo rápidamente en una realidad. Había demasiados hombres, estaban demasiado bien entrenados, demasiado bien coordinados y, tuvo que admitir, eran mucho más jóvenes y estaban mucho más en forma que él para lograr escapar de ellos a través de Moscú.

No podía escaparse de ellos, pero podía, con un poco de ingenio y astucia, «jugar» con su captura.

John aceleró el ritmo, tratando de poner un poco de distancia entre él y los seis detrás de él. Mientras lo hacía, sacó el teléfono de prepago que había comprado el día antes del bolsillo de su chaqueta.

El teléfono tenía una tecla de «respuesta automática» que configuraba el dispositivo para que contestara de forma automática todas las llamadas entrantes después de que sonara dos veces. Habilitó esta función con un par de toques de su pulgar y luego dobló por una calle lateral que corría perpendicular a la plaza Pushkin. Era poco más que un callejón, pero Clark vio lo que estaba buscando. Un camión de basura municipal avanzaba lentamente en la dirección opuesta justo después de cargar la basura de un contenedor de basura afuera de un McDonald's. John tomó su teléfono, miró el número en la pantalla y luego lo lanzó a la parte trasera del camión justo cuando giraba a la izquierda detrás del McDonald's.

Entonces Clark dobló hacia las puertas del restaurante mientras los hombres que lo perseguían doblaban por la esquina detrás de él.

John atravesó la puerta, pasó corriendo junto a sonrientes empleados que preguntaron en qué podían ayudarlo y empujó su paso a través de una multitud que lo empujó de vuelta.

Trató de escapar por una puerta lateral, pero un sedán negro paró en seco allí y dos hombres con anteojos de sol negros y pesados abrigos surgieron desde el asiento trasero.

Clark se metió de nuevo en el restaurante y luego se dirigió hacia la cocina.

El McDonald's de la plaza Pushkin era el más grande en el mundo. Podía servir a novecientos clientes simultáneamente y a Clark le dio la impresión de que estaban teniendo una tarde ocupada. Finalmente se las arregló para hacerse paso a través de la multitud y entrar a la cocina.

En una oficina más allá, Clark levantó el teléfono y marcó el número que acababa de memorizar. «¡Vamos! ¡Vamos!».

Después de dos timbres, oyó un clic y supo que la llamada había sido tomada.

En ese momento, los seis cazadores armados se presentaron en la puerta de la oficina.

Clark habló en voz alta en el teléfono:

—Fabrice Bertrand-Morel, Paul Laska y Valentín Kovalenko del SVR.

Lo dijo una vez más mientras los hombres se acercaban a él y luego colgó el teléfono.

El hombre más grande del grupo levantó su arma de fuego por encima de su cabeza y luego la dejó caer con fuerza sobre el puente de la nariz de John Clark.

Y luego todo se volvió negro.

Clark se despertó atado a una silla en una habitación oscura sin ventanas. Su rostro le dolía, la nariz le dolía y su fosas nasales parecían estar llenas de gasa ensangrentada.

Escupió sangre en el suelo.

Sólo había una razón por la que todavía estaba vivo. Su llamada telefónica los había confundido. Ahora estos hombres, su jefe y su empleador estarían todos tratando de averiguar con quien se había comunicado. Si lo mataban ahora, después de que él hubiera pasado esa información, no les serviría de nada.

Podían golpearlo para conseguir que revelara su contacto, pero no pondrían una bala en su cabeza.

Todavía no, al menos.

70

El cosmódromo de Baikonur, situado al norte del río Syr Darya, en las estepas del ex estado satélite soviético de Kazajstán, es el más antiguo y el más grande puerto espacial en la tierra. Los terrenos completos de la instalación son un círculo de más o menos cincuenta millas de diámetro, que contiene decenas de edificios, plataformas de lanzamiento, silos endurecidos, instalaciones de procesamiento, estaciones de seguimiento, edificios de control de lanzamiento, caminos, un aeródromo y una estación de trenes. La cercana ciudad de Baikonur tiene su propio aeropuerto y hay otra estación de trenes cerca, en Tyuratam.

La primera plataforma de lanzamiento de cohetes se construyó en la década de 1950 en el inicio de la Guerra Fría y desde aquí, en Baikonur, despegó Yuri Gagarin para convertirse en el primer hombre en llegar el espacio. La industria espacial comercial no existiría hasta dentro de treinta años, pero Baikonur hoy es el eje principal de las operaciones espaciales comerciales privadas en Rusia. Ellos alquilan la propiedad de Kazajstán, pagando no en dólares o rublos o euros, sino en equipamiento militar.

Georgi Safronov había estado caminando por los pasillos, parado sobre las plataformas y conduciendo camiones a través de las estepas aquí durante casi veinte años. Él era el rostro de la nueva Rusia cuando se trataba del espacio exterior, no muy distinto que Gagarin, quien representaba las operaciones espaciales de Rusia medio siglo antes.

En su primer día de regreso en Baikonur, el día antes del previsto primer lanzamiento de tres cohetes Dnepr en rápida sucesión, Georgi Safronov, de cuarenta y cinco años, se sentó en su oficina temporal en el CCL, el centro de control de lanzamiento, situado a unas cinco millas al oeste de los tres silos de lanzamiento destinados para el lanzamiento de sistemas Dnepr en Baikonur. El área de Dnepr, a pesar de que abarcaba decenas de millas cuadradas de territorio, en realidad era bastante pequeña en comparación con las instalaciones de lanzamiento de los sistemas Soyuz, Protón y Rokot en otras partes del cosmódromo.

Georgi miró por la ventana del segundo piso una suave nevada que oscurecía su visión de los sitios de lanzamiento en la distancia. En algún lugar allá afuera, tres silos ya contenían cohetes sin cabeza de cien pies de altura, pero pronto tendrían sus cabezas y esos tres agujeros de hormigón congelados se convertirían en el lugar más importante y más temido en la tierra.

Un golpe en la puerta de su oficina desvió su mirada del nevado panorama.

Aleksandr Verbov, director de las operaciones de lanzamiento de Safronov, se apoyó en la puerta.

—Lo siento, Georgi, los americanos de Intelsat están aquí. Ya que no puedo llevarlos a la sala de control, les dije que vería si estabas ocupado.

—Me encantaría conocer a mis clientes estadounidenses.

Safronov se puso de pie en tanto los seis estadounidenses entraron en la pequeña oficina. Sonrió amablemente, estrechando sus manos y hablando con ellos uno a la vez. Ellos estaban aquí para monitorear el lanzamiento de su satélite de comunicaciones, pero lo cierto es que su contenedor de carga útil con su equipo sería intercambiado por un contenedor que actualmente estaba bajo custodia en un vagón de tren a unas pocas millas del cosmódromo.

Mientras estrechaba sus manos e intercambiaba palabras amenas, sabía que estos cinco hombres y una mujer estarían muertos muy pronto. Eran infieles y su muerte era intrascendente, pero no podía dejar de pensar sin embargo que la mujer era muy bonita.

Georgi condenó su debilidad. Sabía que su cuerpo sería recompensado en el más allá. Se dijo esto a sí mismo y sonrió a los ojos de la atractiva ejecutiva de comunicaciones y pasó al siguiente americano, un hombre bajo, gordo, con barba y un doctorado en algo irrelevante.

Pronto los estadounidenses estaban fuera de su oficina y regresó a su escritorio, sabiendo que se repetiría el proceso con los clientes japoneses y los clientes británicos. El CCL era oficialmente una zona vedada para los extranjeros, pero Safronov había permitido a los representantes de las empresas de sus clientes cierto acceso a las oficinas del segundo piso.

A lo largo del día tomó el mando completo de la preparación de los cohetes. Había otras personas que podían manejar esto, Georgi era presidente de la compañía, después de todo, pero Safronov disipó la curiosidad de su personal diciendo que este era el primer lanzamiento Dnepr múltiple en la historia, con tres lanzamientos en una ventana de tiempo prevista de sólo treinta y seis horas, y quería asegurarse de que todo saldría según lo planeado. Esto podría, según explicó, ayudar a atraer más clientes en el futuro si múltiples empresas necesitaban lanzar sus equipos al espacio en una ventana de tiempo específica. Los cohetes Dnepr tenían la capacidad de llevar más de un satélite al espacio a la vez, con todo el equipo cargado en la misma cabeza del cohete, pero esto sólo era útil si todos los clientes querían la misma órbita. El programa para los tres lanzamientos de los próximos dos días enviaría satélites al sur y al norte.

O al menos eso es lo que todo el mundo pensaba.

En realidad, nadie levantó una ceja ante el cercano involucramiento de Safronov, ya que Georgi era un líder involucrado además de un experto en el sistema Dnepr.

Pero nadie sabía que su experiencia se basaba en el trabajo que había hecho hacía más de una década.

Cuando el misil balístico R-36 quedó fuera de servicio a finales de la década de 1980, quedaron 308 misiles en el inventario de la Unión Soviética.

La empresa de Safronov comenzó a reacondicionarlos para operaciones de lanzamiento espacial bajo contrato del gobierno ruso en los años noventa, pero en ese momento el Programa de Transbordador Espacial de los Estados Unidos estaba en pleno apogeo y Estados Unidos tenía planes de tener más vehículos espaciales en el futuro.

Safronov estaba preocupado de que su empresa no pudiera hacer que el sistema Dnepr fuera lo suficientemente rentable sólo con lanzamientos comerciales, así que elaboró otros planes para su uso.

Una de las ideas que Safronov planteó y exploró durante años fue que un cohete Dnepr-1 podría ser utilizado como un dispositivo de salvamento marítimo. Postuló que si, por ejemplo, un barco se hundía frente a las costas de la Antártica, el lanzamiento de un cohete en Kazajstán podría enviar una cápsula transportando hasta tres mil libras hasta doce mil millas de distancia en menos de una hora, con una precisión de menos de dos kilómetros. Otras cargas útiles podrían ser enviadas a otras partes del mundo en situaciones de emergencia, sin duda un servicio de correo aéreo caro, pero sin precedentes.

Sabía que sonaba ilusorio, por lo que pasó meses trabajando con equipos de científicos en la telemetría de su idea y desarrolló modelos informáticos.

Al final, sus planes no llegaron a ninguna parte, especialmente después de que los lanzamientos de transbordador estadounidenses cesaran y sólo se reanudaran lentamente después de la pérdida del transbordador espacial Challenger.

Sin embargo, unos meses antes, al regreso de su reunión con el general Ijaz, Safronov desempolvó sus viejos discos computacionales y formó un equipo para volver a trabajar los aspectos prácticos de enviar los vehículos Dnepr a la atmósfera alta en lugar de una órbita baja y luego dejarlos caer en un lugar determinado, lanzando una cápsula en paracaídas a la tierra.

Su equipo pensó que era algo hipotético, pero hicieron su trabajo y Safronov tenía los modelos computacionales y los comandos ejecutables secretamente cargados en el software actualmente en uso en el CCL.

Recibió una corta llamada de Ensamblaje e Integración: los tres satélites estaban ahora fuera de la sala limpia y habían sido colocados en los contenedores de carga útil y puestos en las cabezas de los cohetes, la nariz de la nave espacial que, hasta donde sabían los propietarios de los satélites, pondría sus equipos en órbita terrestre. Estas naves espaciales ahora serían sacadas de los silos en transportadores-erectores, grandes camiones-grúas que los acoplarían a los vehículos de lanzamiento, los enormes cohetes de tres fases que ya esperaban en sus silos. Fue un proceso de varias horas de duración, que no terminaría hasta bien entrada la noche y gran parte del personal estaría fuera del CCL para supervisar o simplemente observar en los sitios de lanzamiento.

Esto le daría a Georgi tiempo para coordinarse con sus hombres en Baikonur, para prepararse para el ataque.

Todo iba según lo previsto hasta ahora, pero Safronov no esperaba otra cosa, ya que cada acción que había realizado era nada menos que la voluntad de Alá.

Los franceses que trabajaban para Fabrice Bertrand-Morel podían ser buenos detectives, buenos cazadores de presas humanas, pero a John Clark le parecía que eran pésimos interrogadores. Durante los últimos dos días le había pegado, lo habían pateado, bofeteado, le habían negado comida y agua, e incluso ir al baño.

¿Eso era tortura?

Sí, la mandíbula del norteamericano estaba hinchada y adolorida, y había perdido dos coronas. Y sí, se había visto obligado a orinar sobre sí mismo y estaba seguro de que había perdido suficiente peso en dos días de modo que, si alguna vez lograba salir de este lugar, tendría que ir directo a una tienda de ropa para conseguir algunas prendas que no se le cayeran. Pero no, estos tipos no tenían la menor idea de cómo lograr que alguien hablara.

John no había percibido que los hombres estuvieran bajo alguna limitación de tiempo de su jefe. Habían sido los mismos seis hombres con los que había estado desde el principio, lo habían llevado a alguna casa alquilada, probablemente no muy lejos de Moscú y pensaban que podían pegarle por un par de días para lograr que revelara sus contactos y afiliaciones. Le preguntaron mucho sobre Jack Ryan. Jack Ryan, padre, eso es. Le preguntaron sobre su actual trabajo. Y le preguntaron por el Emir. Tenía la impresión de que los hombres que lo estaban interrogando no sabían lo suficiente del contexto de la información que estaban tratando de obtener para ser buenos en su interrogatorio. Alguien —Laska o FBM o Valentín Kovalenko— les había enviado las preguntas que tenían que hacer, así que eso es lo que estaban haciendo.

Hacer pregunta. No obtener respuesta. Castigar. Repetir.

Clark no lo estaba disfrutando, pero podía continuar así durante una semana o más antes de que realmente comenzaran a molestarlo.

Había pasado por cosas peores. Demonios, el entrenamiento SEAL había sido mucho, mucho peor que esta mierda.

Uno de los franceses, el que John pensaba que era el más simpático del grupo, entró en la habitación. Ahora vestía un buzo negro; los hombres habían ido a comprar ropa nueva para el interrogatorio después de que Clark salpicara sangre y saliva en sus trajes.

Se sentó en la cama; Clark estaba atado en la silla.

—Señor Clark. El tiempo se le está acabando. Hábleme del Emir, *monsieur* Yasin. ¿Usted estaba trabajando con Jacques Ryan para encontrarlo, con algunos de sus viejos amigos de la CIA, tal vez? ¿*Oui*? Mire, sabemos mucho acerca de usted y la organización con la que trabaja, pero sólo necesitamos un poco más de información. Nos da eso, no es gran cosa para usted, y luego podrá irse a casa.

Clark puso los ojos en blanco.

—No quiero que mis amigos lo golpeen de nuevo. No hay necesidad. Usted habla, ¿no?

—No —dijo Clark a través de una adolorido mandíbula que estaba seguro estaba a punto de dolerle un poco más.

El francés se encogió de hombros.

—Llamaré a mis amigos. Le harán daño, señor Clark.

—En tanto no hablen tanto como usted.

A Georgi Safronov le gustaba pensar que había pensado hasta el último detalle de su plan. La mañana en que su plan se llevaría a cabo, los cuarenta y tres combatientes Jamaat Shariat restantes apostados cerca ya se habían dividido en pequeñas unidades, usando tácticas aprendidas en el entrenamiento con la muy capaz red Haqqani en Waziristán.

Pero cualquier intervención militar tenía dos lados y Safronov no había olvidado estudiar a su adversario, la fuerza de seguridad del sitio.

La seguridad de Baikonur solía ser responsabilidad del ejército ruso, pero se habían retirado años atrás y, desde entonces, la protección de la zona de casi dos mil millas cuadradas era el trabajo de una empresa privada de Tashkent.

Los hombres daban vueltas en camiones, patrullando los terrenos, y tenían un par de hombres apostados en las puertas delanteras, y tenían un largo edificio de cuarteles lleno de hombres, pero la cerca en Baikonur era baja y débil en la mayoría de las áreas e inexistente en otras.

No era un entorno seguro.

Y aunque a distancia la tierra parecía no ser más que un campo amplio y abierto, Safronov sabía que las estepas estaban surcadas por arroyos secos y depresiones naturales que podían ser explotadas. También sabía que una fuerza insurgente musulmana local, Hizb ut-Tahrir, había tratado de entrar en el puerto espacial en el pasado, pero eran tan débiles y estaban tan mal entrenados que sólo habían reforzado la ilusión de la fuerza de guardia kazaja contratada de que estaba lista para un ataque.

Un ataque se avecinaba, Georgi lo sabía, y ahí vería cuán listos estaban.

Safronov mismo había hecho amistad con el líder de los guardias. El hombre visitaba regularmente el CCL Dnepr cuando había un lanzamiento inminente y Georgi había llamado al hombre la noche anterior para pedirle que llegara temprano porque la Corporación Kosmos de Vuelos Espaciales, la compañía de Georgi, había enviado un pequeño obsequio de agradecimiento desde Moscú por el buen trabajo que estaba haciendo.

El director de seguridad estaba muy emocionado y le dijo que llegaría a la oficina del Sr. Safronov a las ocho y media de la mañana.

Ahora eran las siete cuarenta y cinco y Safronov paseaba por su oficina.

Le preocupaba que su forma humana no fuera capaz de hacer lo que debía hacerse ahora y eso lo hizo temblar. Su cerebro le decía lo que debía hacerse, pero no estaba seguro de poder llevarlo a cabo.

Su teléfono sonó y se alegró por la interrupción.

—¿Sí?

—Hola, Georgi.

—Hola, Aleksandr.

—¿Tienes un momento?

—Estoy un poco ocupado repasando los números para el segundo lanzamiento. No tendré mucho tiempo después del primer lanzamiento esta tarde.

—Sí. Pero necesito hablar contigo sobre el lanzamiento de esta tarde. Tengo algunas preocupaciones.

¡Maldita sea! ¡Ahora no!, pensó Georgi. No necesitaba pasar su mañana lidiando con una cuestión técnica acerca de un satélite que no viajaría más lejos que la distancia hasta que sus hombres lo dejaran caer al lado del silo, cuando lo reemplazaran con su propia cabeza de cohete.

Aún así, tenía que aparecer como si todo estuviera normal el mayor tiempo posible.

—Esta bien. Ven.

—Estoy en el área de Procesamiento de Datos de Vuelo. Puedo estar allí en quince minutos. Veinte si hay demasiado hielo en la carretera.

—Bueno, date prisa, Aleksandr.

Al Director de Operaciones de Lanzamiento Aleksandr Verbov le tomó veinte minutos llegar a la oficina de su presidente en el CCL. Entró sin llamar a la puerta, golpeando los pies y quitándose su pesado abrigo y su sombrero.

—Maldita mañana fría, Georgi —dijo con una sonrisa.

—¿Qué necesitas?

A Safronov se le estaba acabando el tiempo. Tenía que sacar a su amigo de aquí a toda prisa.

—Lamento decirlo, pero tenemos que cancelar el vuelo de hoy.

—¿Qué? ¿Por qué?

—Telemetría está teniendo problemas con algunos programas. Quieren solucionar los problemas por un rato, luego apagar y reiniciar. Algunos de nuestros sistemas de recolección y procesamiento de datos se verán afectados por unas pocas horas. Pero la siguiente ventana de tiempo para lanzar los tres vehículos en un rápida sucesión, como lo habíamos planeado, será dentro de tres días. Recomiendo que cancelemos la secuencia de lanzamiento, apaguemos los generadores de energía de presión, descarguemos el combustible de los tres VL y pongamos los SC en almacenamiento temporal. Tendremos un retraso, pero aún así estableceremos el récord de una estrecha ventana de lanzamiento, que en última instancia, es nuestra meta.

—¡No! —dijo Safronov—. La secuencia de lanzamiento continúa. Quiero el 109 listo para ser lanzado al mediodía.

Verbov fue tomado completamente por sorpresa. Esta era una respuesta distinta a cualquiera que jamás hubiera recibido de Safronov, incluso cuando las noticias eran malas.

—No entiendo, Georgi Mijáilovich. ¿No me oíste? Sin

lecturas de telemetría apropiadas el control de misión europeo nunca permitirá que la nave continúe su vuelo. Suspen-
derán el lanzamiento. Ya lo sabes.

Safronov miró a su amigo por un largo rato.

—Quiero que sea lanzado. Quiero todos los misiles
estén listos en sus silos.

Verbov sonrió mientras ladeaba la cabeza. Se rió entre
dientes.

—¿Los misiles?

—Los VL. Sabes a qué me refiero. Nada de qué preocuparse, Aleksandr. Todo se aclarará pronto.

—¿Qué está pasando?

Las manos de Safronov temblaban y agarró la tela de sus
pantalones. Una y otra vez susurró para sí mismo un mantra
que le había dado Suleiman Murshidov.

—Un segundo de la yihad es igual a cien años de oración.
Un segundo de la yihad es igual a cien de años de oración. Un
segundo de la yihad es igual a cien años de oración.

—¿Dijiste algo?

—Déjame.

Aleksandr Verbov dio media vuelta lentamente y se dirigió hacia el pasillo. Había andado tan sólo diez pies más o
menos de la puerta de su jefe, cuando Safronov lo llamó
desde su oficina.

—¡Estoy bromeando, Alex! Todo está bien. Podemos
retrasar el lanzamiento si la telemetría dice que debemos.

Verbov sacudió la cabeza y soltó un suspiro, entre confundido y alegre, y luego regresó a la oficina. Ya había atrave-

sado la puerta cuando notó la pistola en la mano de Safronov. Sonrió con incredulidad, como si no creyera que el arma fuera real.

—Georgi Mijáilovich... ¿Qué crees que estás...?

Safronov disparó una sola bala de la pistola automática Makarov silenciada. Entró en el plexo solar de Aleksandr, pasó a través de un pulmón y rompió una costilla en su paso por la espalda. Alex no cayó, hizo una mueca de dolor con el ruido del disparo y dudó un momento antes de mirar hacia abajo a la mancha de sangre que crecía en su overol marrón.

Georgi pensó que Aleksandr había tardado mucho tiempo en morir. Ninguno de los dos hombres dijo una palabra, sólo se miraron el uno al otro con miradas de desconcierto similares. Entonces Alex estiró una mano hacia atrás, encontró la silla de vinilo en la puerta y se sentó en ella bruscamente.

Unos segundos más y sus ojos se cerraron, su cabeza cayó hacia un lado y un último largo aliento sopló desde su dañado pulmón.

Le tomó a Georgi varios segundos más para controlar su propia respiración. Pero lo hizo y puso la pistola sobre el escritorio junto a él.

Trasladó al hombre muerto, todavía en su silla, hasta el armario en su oficina. Había hecho espacio para un solo hombre, el director de seguridad, pero ahora tendría que hacer más espacio para el kazajo cuando llegara en unos minutos.

Safronov arrojó el cuerpo de Verbov de la silla al suelo del armario, empujó los pies del hombre muerto al interior y luego cerró la puerta. Rápidamente agarró un rollo de papel higiénico del baño y limpió las gotas de sangre en el piso de su oficina.

Diez minutos más tarde el director de seguridad también estaba muerto, tirado en el piso de la oficina de Safronov. Era un hombre grande y todavía llevaba puestos su abrigo y sus pesadas botas. Georgi se quedó mirando el cuerpo, la expresión abatida en el rostro del muerto y quiso vomitar. Pero no vomitó, se concentró y marcó un número en su móvil con una mano temblorosa.

Cuando la llamada fue contestada en el otro extremo, dijo:

—*Allahu Akbar*. Ha llegado el momento.

71

Sin su líder, las fuerzas de seguridad kazajas no tenían ninguna posibilidad.

Los terroristas de Jamaat Shariat atacaron la puerta principal a las 8:54 a.m. en una nevada. Mataron a cuatro guardias apostados allí y destruyeron tres camiones llenos de refuerzos con RPG antes de que los kazajos dispararan un solo tiro.

La nevada disminuyó mientras los seis camiones daguestaníes —cuatro camionetas pick-up llevando seis hombres cada una y dos semirremolques, cada uno llevando un contenedor de carga útil, uno con seis hombres y el otro con siete— se separaban en un cruce de caminos, cerca del centro de control de lanzamiento. Una camioneta con seis hombres fue al centro de procesamiento para tomar el control de los dieciséis extranjeros que trabajaban para las tres empresas con satélites aquí en Baikonur. Los dos semirremolques se dirigieron a las tres plataformas de lanzamiento, junto con una de las camionetas a la cabeza. Otra unidad de seis hombres se mantuvo en el desvío de la carretera principal hacia el Dnepr. Salieron de sus vehículos y se metieron en un búnker de concreto bajo que alguna vez había sido un puesto de guardia de las fuerzas militares rusas, pero ahora estaba medio enterrado en la hierba nevada de las estepas. Aquí, colocaron lanzadores de RPG y rifles con mira y escanearon las carreteras, listos para eliminar cualquier vehículo desde la distancia.

Los otros dos equipos de seis hombres condujeron hasta el CCL y ahí sí encontraron una fuerte resistencia. Había una docena de hombres de seguridad y mataron a cinco de los doce atacantes antes de verse superados. Varios guardias dejaron caer sus armas y levantaron sus manos, pero los daguestaníes mataron a los kazajos donde se rindieron.

La respuesta de los kazajos al ataque fue horriblemente mal coordinada después de la desaparición de su líder. Sus cuarteles cercanos tardaron veinticinco minutos en montar un contraataque y tan pronto como lanzaron la primera RPG, fallando en el intento de darle al primer camión que se aproximaba al desvío, retrocedieron para replantear su estrategia.

En el CCL, los civiles se agacharon en el segundo piso, mientras afuera se desataba el ataque encarnizado. Cuando el sonido de las ejecuciones cesó, cuando todos los ingenieros de lanzamiento espacial rusos estuvieron apiñados llorando, rezando y maldiciendo, Georgi Safronov bajó las escaleras. Sus amigos y empleados llamaron su nombre, pero él no les hizo caso y abrió la puerta.

Las fuerzas de Jamaat Shariat tomaron el CCL sin disparar un tiro más.

Se les ordenó a todos ir a la sala de control y Georgi hizo un anuncio.

—Hagan lo que digo y vivirán. Desobedezcan una orden una vez y morirán.

Los hombres, sus hombres, lo miraron con los ojos abiertos de asombro. Un hombre armado, uno de los tres apostados en la salida de emergencia, levantó su rifle en el aire.

—¡*Allahu Akbar*!

El coro fue acompañado por todos en la sala.

Georgi Safronov sonrió. Él estaba a cargo ahora.

Las primeras personas fuera del cosmódromo en enterarse del ataque en Baikonur estaban en Darmstadt, Alemania, en el Centro Europeo de Operaciones Espaciales (ESOC), la instalación que había sido puesta a cargo de dirigir los satélites una vez en órbita. Estaban en medio de una conexión de video en vivo pre-vuelo con la sala de control de lanzamiento, por lo que vieron a los empleados del CCL corriendo para salvar sus vidas. También vieron a todos volver, con terroristas armados detrás de ellos, y luego el presidente de la Corporación Kosmos de Vuelos Espaciales, Georgi Safronov, entrar al último.

Safronov llevaba un AK-47 alrededor de su cuello y estaba vestido de pies a cabeza en camuflaje de invierno.

Lo primero que hizo al entrar en la sala fue cortar la conexión con el ESOC.

La sala de control de lanzamiento del centro de control de lanzamiento Dnepr no impresionaría a nadie acostumbrado a películas y programas de televisión del Centro Espacial Kennedy de los Estados Unidos, un enorme anfiteatro con pantallas gigantes en las paredes y docenas de científicos, ingenieros y astronautas trabajando en pantallas planas.

Los cohetes Dnepr eran lanzados y controlados desde una sala que parecía una sala de conferencias en una universidad comunitaria; había capacidad para sentar a treinta personas en largas mesas de paneles de control y computadoras. Todos enfrentaban dos grandes, pero de ninguna manera masivas, pantallas de visualización en las paredes frontales, una mostrando información telemétrica y la otra la imagen en vivo de la tapa cerrada del silo en el sitio 109, que contenía el primero de los tres Dnepr listo para despegar en las próximas cuarenta horas.

La nieve se arremolinaba alrededor del sitio y ocho hombres armados con rifles y en uniformes de camuflaje blanco y gris habían tomado posiciones en las torres bajas y las grúas a través de la plataforma, barriendo con los ojos las estepas nevadas.

Safronov había pasado la última hora hablando por teléfono y *walkie-talkie* con el director técnico del centro de procesamiento, explicando exactamente lo que se debía hacer en cada lugar de lanzamiento. Cuando el hombre protestó, cuando se negó a llevar a cabo los deseos de Safronov, Georgi ordenó que se le disparara a una de las personas del personal del director técnico. Después de la muerte de su colega, el director técnico no le había dado más problemas a Georgi.

—Cortar la conexión en el 109 —ordenó Georgi, y la pantalla delante de los hombres en el control de lanzamiento se fue a negro.

No quería que los hombres que estaban en la sala con él supieran qué silos contenían las bombas y qué cohete contenía el satélite restante.

Ahora Safronov estaba a punto de explicarle todo al personal aquí en el CCL.

—¿Dónde está Alexander? —preguntó Maxim Ezhov, director asistente de lanzamiento de Kosmos, el primer hombre lo suficientemente valiente como para hablar.

—Lo maté, Maxim. No quería, pero mi misión lo requirió.

Todo el mundo lo miró fijamente mientras él explicaba la situación.

—Estamos poniendo nuevas cargas útiles en las cabezas de los cohetes. Esto se hará en los sitios de lanzamiento. Mis hombres están supervisando eso ahora y el director técnico del centro de procesamiento está guiando a sus hombres. Una vez que él diga que está listo, iré a los silos de lanzamiento y revisaré su trabajo. Si él ha hecho lo que le pedí que hiciera, él y todo su personal quedarán libres para irse.

El equipo de lanzamiento se quedó mirando al presidente de la Corporación Kosmos de Vuelos Espaciales.

—No me creen, ¿verdad?

Algunos de los hombres se limitaron a negar con la cabeza.

—Lo esperaba. Señores, ustedes me conocen desde hace muchos años. ¿Soy un hombre malvado?

—No —dijo uno de ellos, con una nota de esperanza en su voz.

—Por supuesto que no. ¿Soy un hombre pragmático, eficiente e inteligente?

Todos asintieron.

—Gracias. Quiero demostrarles que les daré lo que quieren, si me dan lo que quiero.

Georgi levantó su radio.

—Dejen en libertad a todos los rusos y kazajos que quedan en el centro de procesamiento. Pueden tomar sus vehículos personales, por supuesto. Lo siento, pero los autobuses tendrán que quedarse. Hay mucha más gente aquí que necesitará transporte para salir de las instalaciones cuando todo esto termine.

Escuchó a su subordinado reconocer la orden y luego dijo:

—Y por favor, pídanles a todos que llamen a la centralita aquí cuando se encuentren fuera del puerto espacial para decirle a sus amigos aquí en el CCL que no era un truco. No tengo ningún deseo de hacerle daño a nadie más. Los hombres aquí en el cosmódromo son mis amigos.

El personal de las instalaciones de control de lanzamiento se relajó delante de él. Georgi se sentía magnánimo.

—¿Lo ven? ¿Hagan lo que les pido y vivirán para ver a sus familias.

—¿Qué vamos a hacer? —preguntó Ezhov, ahora el líder de facto de los rehenes en el área de control de lanzamiento.

—Vas a hacer lo que viniste a hacer aquí. Vas a preparar el lanzamiento de tres cohetes.

Nadie le preguntó lo que estaba ocurriendo, aunque algunos tenían sus sospechas acerca de lo que iba a ser cargado en los vehículos espaciales.

Safronov era exactamente lo que había dicho que era, un hombre eficiente y pragmático. Permitió que el personal del centro de procesamiento quedara en libertad porque no los necesitaba más y necesitaba que sus tropas que custodiaban el personal de procesamiento se trasladaran a los silos de lanzamiento para protegerlos de las Spetsnaz. Y también sabía que esta muestra de buena voluntad haría más probable que el personal de control de lanzamiento cumpliera órdenes.

Cuando ya no necesitara a los controladores, sin embargo, no tendría ningún incentivo para permitirles vivir. Los mataría a todos como parte de su testimonio a los infieles en Moscú.

. . .

El ESOC en Darmstadt informó del ataque a sus homólogos en Moscú, entre otros, y Moscú notificó al Kremlin. Tras una hora de conversaciones por teléfono, se estableció un enlace directo con el Kremlin. Safronov se encontró de pie en el área de control de lanzamiento con un auricular puesto, conversando con Vladimir Gamov, el director de la Agencia Espacial Federal Rusa, que estaba en el Kremlin en un centro de crisis organizado apresuradamente. Los dos hombres se conocían desde que Safronov tenía uso de memoria.

—¿Qué está pasando allí, Georgi Mijáilovich?

Safronov respondió:

—Puede empezar por llamarme Magomed Daguestani —Mohammed el daguestaní.

En el fondo, en el otro extremo de la línea, Safronov oyó a alguien murmurar «*Sukin si*». Hijo de puta. Esto lo hizo sonreír. En ese mismo instante todos en el Kremlin estarían cayendo en cuenta de que tres cohetes Dnepr estaban bajo el control de separatistas del Cáucaso del Norte.

—¿Por qué, Georgi?

—¿Eres demasiado estúpido para verlo? ¿Para entender?

—Ayúdame a entender.

—Porque no soy ruso. Soy daguestaní.

—¡Eso no es cierto! Conozco a tu padre desde que estábamos en San Petersburgo. ¡Desde que eras un niño!

—Pero conociste a mi padre después de que yo fuera adoptado de padres daguestaníes. ¡Musulmanes! Mi vida ha sido una mentira. ¡Y es una mentira que voy a corregir ahora mismo!

Hubo una larga pausa. Hombres murmuraban en el fondo. El director tomó una dirección diferente en la conversación.

—Entendemos que tienes setenta rehenes.

—Eso no es correcto. He liberado a once hombres ya y voy a liberar a otros quince en cuanto regresen de los silos, lo que debería ser dentro de una media hora a lo sumo.

—¿En los silos? ¿Qué le estás haciendo a los cohetes?

—Estoy amenazando con lanzarlos contra objetivos rusos.

—Son vehículos *espaciales*. ¿Cómo vas...

—Antes de ser vehículos espaciales eran R-36. Misiles balísticos intercontinentales. Los he devuelto a su antigua gloria.

—Los R-36 llevaban armas nucleares. No satélites, Safronov.

Georgi hizo una larga pausa.

—Eso es correcto. Debería haber sido más preciso en mis palabras. He vuelto dos de estos ejemplares a su antigua gloria. El tercer cohete no tiene una ojiva, pero es un misil cinético potente de todos modos.

—¿Qué estás diciendo?

—Estoy diciendo que tengo dos bombas nucleares de veinte kilotones, cargadas en las cabezas de los cohetes de dos de los tres vehículos de lanzamiento Dnepr-1 en mi poder. Los misiles están en sus silos de lanzamiento y yo estoy en el área de control de lanzamiento. Las armas, puedo llamarlas armas porque ya no son simples cohetes, se dirigen a centros urbanos de Rusia.

—Estas armas nucleares de las que hablas...

—Sí. Son las bombas desaparecidas de Pakistán. Mis combatientes muyahidines y yo las tomamos.

—Lo que sabemos de los paquistaníes es que las armas no pueden detonarse en su estado actual. Estás mintiendo. Si siquiera tienes las bombas, no puedes usarlas.

Safronov se esperaba esto. Los rusos eran tan desdeñosos de su pueblo después de todo. Se habría sorprendido si hubiera sido de otra forma.

—En cinco minutos voy a enviarte un correo electrónico a ti directamente y los subdirectores de tu agencia, es decir, hombres más inteligentes que tú. En el archivo podrás ver la secuencia de decodificación que utilizamos para convertir las bombas en ojivas viables. Compártelo con tus expertos nucleares. Ellos darán fe de su precisión. En el archivo también verás fotografías digitales de los fusibles de altímetro que robamos de la fábrica de armamentos del acantonamiento de Wah. Compártelas con tus expertos en municiones. Y en el archivo también verás varios planes de posibles trayectorias de los cohetes Dnepr, en caso de que no creas que puedo devolver las cargas útiles a la tierra donde yo quiera. Muéstrales eso a tus ingenieros de cohetes. Se pasarán el resto del día con sus calculadoras, pero lo verán.

Safronov no sabía si los rusos le creían. Esperaba más

preguntas, pero en vez, el director de la Agencia Espacial Federal Rusa simplemente dijo:

—¿Tus demandas?

—Quiero pruebas de que el héroe de la revolución daguestaní, Israpil Nabiyev, está vivo. Dame eso y liberaré a varios rehenes más. Cuando liberen al comandante Nabiyev y él sea entregado aquí, voy a liberar a todos los demás a excepción de un reducido equipo de técnicos. Cuando retiren todas las fuerzas rusas del Cáucaso, desconectaré uno de los Dnepr con cabeza nuclear. Y cuando yo, el Comandante Nabiyev y mis hombres hayamos abandonado de manera segura la zona, entregaré el control de la otra arma. Puedes dejar esta situación en la que te encuentras atrás en cuestión de pocos días.

—Tendré que discutir esto con...

—Puedes discutir esto con quien quieras. Pero recuerda esto. Tengo dieciséis presos extranjeros aquí. Seis son de los Estados Unidos, cinco son de Gran Bretaña y cinco son de Japón. Voy a comenzar a ejecutar a los prisioneros a menos que hable con Nabiyev mañana por la mañana antes de las nueve. Y voy a lanzar los misiles a menos que Rusia se retire del Cáucaso en setenta y dos horas. *Dobry den.*

Buenas tardes.

72

En la hermosa biblioteca en la casa de Paul Laska en Newport, Rhode Island, el viejo multimillonario colgó el auricular del teléfono en su escritorio y escuchó el suave tic-tac del reloj de péndulo de caoba de Bristol en el pasillo.

El tiempo se estaba acabando.

Habían pasado cinco días desde que Fabrice Bertrand-Morel le había informado que Clark había encontrado a Kovalenko y se había enterado de la participación de Laska en el expediente que fue pasado a la administración Kealty. En esos cinco días, Bertrand-Morel había llamado cada doce horas, contando la misma historia. El canoso espía no había hablado de sus contactos, no había revelado a quién le había hablado ni qué les había dicho. Cada vez, Laska añadía más preguntas para que el francés le preguntara al hombre, más cosas que, si se revelaran, podrían crear una especie de garantía para Laska en caso de que la noticia de su conspiración con los rusos llegara a las manos equivocadas.

Ya no se trataba de defender al Emir o de destruir a Jack Ryan, aunque Paul esperaba que eso sucediera, incluso ahora. No, en este momento el inmigrante checo estaba preocupado por su propia supervivencia. Las cosas no habían salido según el plan, el FBI había jodido el arresto de Clark, y FBM había jodido la captura de Clark, ya que él ya se había enterado del involucramiento de Laska y había pasado esa información a sus contactos.

Y ahora, Paul Laska decidió, era el momento de poner fin a este juego. Levantó el teléfono del receptor y marcó un número escrito en el cartapacio frente a él. Había tenido el número desde un principio y había dudado tener que usarlo alguna vez, pero ahora era inevitable.

Cuatro timbres y luego un teléfono móvil en Londres fue contestado.

—¿Sí?

—Buenas noches, Valentín. Es Paul.

—Hola, Paul. Mis fuentes me dicen que hay un problema.

—Tus fuentes incluyen a tu padre, supongo.

—Sí.

—Entonces sí, hay un problema. Tu padre habló con Clark.

—Clark no debería haber llegado hasta Moscú. Tu error, no el mío.

—Muy bien, Valentín. Voy a aceptar eso. Pero lidiemos con el mundo tal como es, no como nos gustaría que fuera.

Hubo una larga pausa.

—¿Por qué llamas?

—Tenemos a Clark, lo tenemos retenido en Moscú, tratando de averiguar exactamente qué tan expuestos estamos en todo esto.

—Eso suena prudente.

—Sí, bueno, los hombres que trabajan para nosotros no son interrogadores. Tienen puños, sí, pero pienso que tú debes tener cierta experiencia que sería muy útil.

—¿Crees que torturo gente?

—No sé si lo haces o no, aunque me imagino que está en tu ADN. Mucha gente habló después de estar unas horas en un sótano con tu padre.

—Lo siento, Paul, pero mi organización necesita limitar su exposición en esta empresa. Tu bando ha perdido. La situación que se está desarrollando en Kazajstán está monopolizando las preocupaciones de todos en mi país en estos momentos. El entusiasmo por destruir a Jack Ryan ha pasado.

Laska echaba chispas.

—No puedes simplemente salirte de esto, Valentín. La operación no está completa.

—Para nosotros lo está, Paul.

—No seas tonto. Estás tan involucrado como yo. Clark dio tu nombre a su contacto.

—Mi nombre es, por desgracia, un asunto de registro en la CIA. Él puede decir lo que quiera.

Laska ya no podía ocultar su furia.

—Tal vez, pero si hago una llamada telefónica a *The Guardian*, serás el agente ruso más reconocible en Gran Bretaña.

—¿Estás amenazando con revelar mi identidad como agente del SVR?

Laska no lo dudó.

—Tú como SVR y tu padre como KGB. Estoy seguro de que todavía hay algunas personas enojadas en los estados satélites a los que les encantaría saber quién fue el responsable de la muerte de sus seres queridos.

—Está jugando un juego peligroso, Sr. Laska. Estoy dispuesto a olvidar esta conversación. Pero no me pongas a prueba. Mis recursos son...

—¡Nada en comparación a mis recursos! Quiero que tomes la custodia de Clark, que averigües para quién está trabajando, cuál es su conexión actual con Ryan y luego lo hagas desaparecer para que no pueda hablar de lo que se ha enterado en el último mes.

—¿O qué?

—O hago algunas llamadas telefónicas en los Estados Unidos y en Europa, revelando lo que has estado haciendo.

—Ese es un pobre alardeo. No puedes revelar tu participación. Has violado leyes en tu país. Yo no he violado ninguna ley en el mío.

—En los últimos cuarenta años, he roto leyes que no te

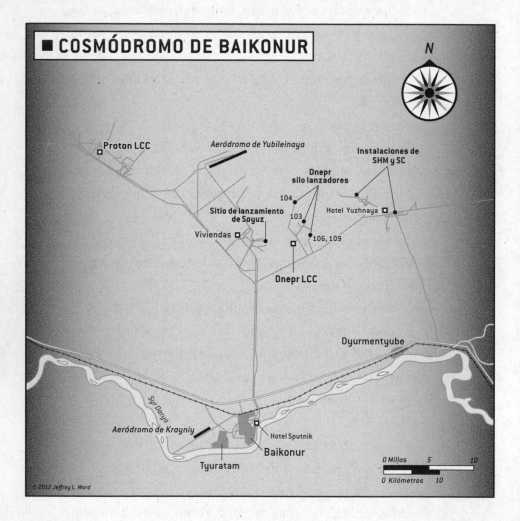

■ COSMÓDROMO DE BAIKONUR

N

Proton LCC

Aeródromo de Yubileinaya

Instalaciones de
SHM y SC

Dnepr
silo lanzadores

104

103

Sitio de lanzamiento
de Soyuz

Hotel Yuzhnaya

Viviendas

106, 109

Dnepr LCC

Dyurmentyube

Syr Darya

Aeródromo de Krayniy

Hotel Sputnik

Baikonur

Tyuratam

0 Millas   5   10

0 Kilómetros   10

© 2012 Jeffrey L. Ward

puedes imaginar, mi joven amigo. Y sin embargo sigo aquí. Voy a sobrevivir a esto. Tú no lo harás.

Kovalenko no respondió.

—Hazlo hablar. Corta todos los cabos sueltos. Arregla esto y todos podremos seguir adelante —dijo Laska.

Kovalenko empezó a decir algo, accediendo a regañadientes a examinar el asunto personalmente, pero dejando en claro que no iba a comprometerse con ninguna medida en particular.

Pero Laska colgó el teléfono. El anciano sabía que Valentín Kovalenko seguiría las órdenes.

Georgi sabía desde el principio que el Grupo Alfa del FSB trataría de retomar el control de las instalaciones. Su fértil mente lo habría adivinado aunque no hubiera sido testigo de un simulacro de redada del FSB para retomar el control de las instalaciones de Soyuz de una organización terrorista tan sólo tres años antes.

No tenía motivos para estar involucrado en la operación Soyuz, pero había estado en Baikonur en ese momento por otros asuntos y había sido invitado por los funcionarios de las instalaciones para presenciar el ejercicio. Lo había visto todo con incrédula fascinación: los helicópteros y el movimiento terrestre de las fuerzas camufladas, las granadas de contusión y el rapeleo desde la azotea del edificio.

Había hablado con algunos ingenieros de Soyuz después

del ejercicio y había aprendido más sobre el plan de contingencia de Rusia en la improbable eventualidad de que terroristas alguna vez tomaran control del complejo.

Safronov también sabía que existía la posibilidad de que Moscú simplemente decidiera combatir fuego con fuego y bombardeara con armas nucleares el cosmódromo entero para salvar Moscú. Afortunadamente para su plan, el sitio de lanzamiento de Dnepr en Baikonur era el sitio de lanzamiento original de los R-36 y, por lo tanto, había sido construido para resistir un ataque nuclear. Los sitios 104, 103 y 109 contenían silos endurecidos desde los que se lanzaban los misiles y las instalaciones de control de lanzamiento habían sido construidas con gruesos muros de hormigón armado y puertas de acero a prueba de explosiones.

A las seis de la tarde del primer día, ocho horas después de que las instalaciones fueran tomadas por los terroristas daguestaníes, un par de helicópteros Mi-17 rusos del Grupo Alfa del FSB aterrizaron en el extremos más alejado de las instalaciones de cohetes Protón, a veinticinco kilómetros del CCL Dnepr. Veinticuatro agentes, tres equipos de ocho, salieron de ellos, cada uno cargado con sesenta libras de equipo y vestidos de camuflaje blanco de invierno.

A los pocos minutos se dirigían hacia el este.

. . .

Poco después de las ocho de la noche, un avión de transporte Antonov An-124 aterrizó en el aeródromo de Yubileinaya al noroeste de las instalaciones Dnepr en Baikonur. El An-124 era el avión de carga más grande en el mundo y el ejército ruso necesitaba cada centímetro del espacio de la cabina y la bodega de carga para los noventa y seis soldados de asalto Spetsnaz y todo su equipo, incluyendo cuatro vehículos de asalto.

Cuatro helicópteros Mi-17 más llegaron una hora más tarde, junto con un avión de reabastecimiento de combustible.

Los veinticuatro hombres en camuflaje blanco habían estado atravesando las estepas Baikonur durante toda la noche, primero en pesados vehículos de cuatro ruedas entregados por los kazajos, pero a medida que se fueron acercando dejaron atrás los vehículos y marcharon a través de la pradera cubierta de nieve en la oscuridad.

A las dos de la mañana, estaban en posición esperando un código de ataque de su líder.

Safronov había pasado una tarde muy ocupada dándoles órdenes a sus hombres armados, así como a los ingenieros de control de lanzamiento. Después de cargar los dispositivos nucleares en las cabezas de los cohetes, había soltado al resto del equipo de procesamiento. Esta decisión, y su decisión de traer a los rehenes extranjeros al CCL, le permitió consolidar a sus hombres.

Tenía cuatro hombres de Shariat Jamaat en el búnker que estaba en el cruce de caminos, cuatro en el silo 109, diez en cada uno de los silos 103 y 104 y quince en el CCL. Ordenó a sus hombres dormir por turnos, pero sabía que incluso los que dormían lo hacían con un ojo abierto.

Esperaba que el ataque fuera en medio de la noche, pero no sabía si sería esta noche o la siguiente. Sabía que, antes de que sucediera el ataque, sería contactado por los rusos con el fin de distraer su atención en ese momento crítico.

Por eso, cuando fue despertado por un timbre y una luz intermitente en el tablero de control de comunicaciones al que estaba conectado su auricular, su corazón empezó a latir con fuerza. Estaba sentado en el suelo contra la pared con su AK en su regazo y se puso de pie de un salto.

Antes de responder a la llamada agarró su radio. Transmitió a todos sus hermanos daguestaníes:

—¡Ya vienen! ¡Estén listos!

Y luego les gritó a todos los prisioneros en la sala de control de lanzamiento, la mayoría de los cuales estaba durmiendo en el suelo.

—¡Todo el mundo a sus puestos! ¡Quiero el 109 listo para lanzamiento en cinco minutos o empezaré a disparar! ¡Telemetría a bordo activada! ¡Sistemas de separación armados! ¡Piro del VL armada!

—¡Sí, señor! —respondieron varios de los directores de control de lanzamiento mientras ejecutaban los comandos con las manos temblorosas.

Hombres semidormidos en ropas arrugadas se apresura-

ron a sentarse en sus asientos mientras hombres armados daguestaníes agitaban sus rifles hacia ellos.

Mientras sucedía esto, Georgi Safronov tomó el auricular y lo colocó en su oreja. Con una voz soñolienta difícil de
falsear con la adrenalina corriendo por su torrente sanguíneo,
dijo:

—¿Sí? ¿Qué pasa?

Los veinticuatro hombres que habían pasado las últimas
ocho horas saltando sobre tierra atacaron el CCL por tres
frentes, correspondientes a la entrada principal, la entrada
trasera y una plataforma de carga de equipos.

Cada puerta de entrada estaba protegida por tres rebeldes daguestaníes y habían sido advertidos por su líder de que
se produciría el ataque. Los hombres en la puerta de entrada
empezaron a disparar hacia la noche tan pronto como llegó la
llamada, un error que los benefició en gran medida, ya que
les dio a los hombres del Grupo Alfa, aún en el borde más
distante del estacionamiento cubierto de nieve, la falsa impresión de que habían sido vistos. Los ocho hombres se refu-
giaron detrás de los autos y dispararon hacia la puerta abierta,
inmovilizando eficazmente las fuerzas.

El segundo equipo ruso irrumpió por la entrada trasera,
lanzando granadas de aturdimiento por la puerta antes de
entrar, pero se encontraron frente a un pasillo largo y estrecho de muros de hormigón armado. En el otro extremo del

corredor tres terroristas, totalmente desafectados por las explosiones, dispararon sus AK a los hombres con el camuflaje blanco. A pesar de que gran parte del fuego automático venía de los hombres de Jamaat Shariat que estaban disparando desde una esquina sin visibilidad, las balas rebeldes golpearon contra las paredes, el suelo e incluso el techo. Los rebotes pulverizaron a la fuerza atacante.

Dos hombres fueron heridos en cuestión de segundos, dos más cayeron cuando trataban de sacar a sus compañeros del pasillo. Los cuatro hombres del Grupo Alfa restantes retrocedieron fuera del edificio y comenzaron a lanzar granadas de mano por el pasillo.

Para entonces, sin embargo, los tres terroristas se habían retirado por una puerta interior de hierro, tras la cual esperaron fuera de peligro mientras las granadas explotaban.

Esta entrada se había convertido en un callejón sin salida para ambas partes, al igual que la puerta principal.

Los hombres Alfa en la plataforma de carga tuvieron mejor suerte. Se las arreglaron para eliminar a los tres daguestaníes perdiendo a sólo uno de los suyos. Entraron al vestíbulo del piso de abajo, pero ahí activaron una trampa explosiva que había sido instalada en la puerta. El proyectil de una RPG había sido modificado y convertido en un dispositivo explosivo improvisado, otra lección de la red Haqqani, y la devastación que provocó mató a tres rusos e hirió a tres más.

· · ·

Uno de los helicópteros Mi-17 del aeródromo de Yubilei-naya llegó sobre el techo del CCL y hombres bajaron rápidamente por cuerdas hasta el concreto. Luego se dirigieron bien agrupados a la puerta. Ésta también había sido modificada para explotar, pero los rusos anticiparon esto y se mantuvieron protegidos de la puerta después de la inserción.

Pero si bien el dispositivo explosivo improvisado no mató a los hombres en el techo, los retardó y le dio a los hombres en el primer y segundo piso tiempo para responder al sonido del helicóptero arriba en el techo.

El hueco de la escalera que daba a la salida hacia el techo se convirtió en una tercera zona de estancamiento en el CCL. Cuatro hombres de Jamaat Shariat estaban bien cubiertos en el descanso del segundo piso detrás de una puerta de hierro y una pared a prueba de explosiones, y los ocho hombres del Grupo Alfa tenían el techo por encima. Las granadas rebotaron por las escaleras sólo para explotar en el descanso sin causar daños y las balas de AK cortaron el aire a través del hueco de la escalera sólo para perder a sus objetivos acurrucados alrededor de los lados del marco de la puerta.

Un minuto después de que comenzara el asalto, helicópteros rusos atacaron los tres silos de lanzamiento. Los sitios 103 y 104 tenían diez defensores cada uno y todos estaban bien repartidos y bajo una buena cubierta dura. El sitio 109 sólo tenía cuatro hombres custodiándolo y también fue el primero en ser alcanzado por los helicópteros. El Mi-17 disparó ametralladoras de 12,7 milímetros, barriendo el lugar, pero el fuego no fue eficaz debido a que el tirador no tenía óptica térmica que le hubiera permitido seleccionar fácilmente a sus objetivos en el congelado lugar.

El helicóptero en el sitio 109 descendió justo sobre el nivel del suelo y veinte agentes bajaron rápidamente por cuerdas hasta la plataforma de concreto. Estos asesinos bien entrenados tuvieron mejor suerte encontrando y atacando al enemigo alrededor del sitio que el Mi-17.

El sitio 109 fue despejado en menos de un minuto, ya que sólo había cuatro muyahidines de Jamaat Shariat allí. Mientras el ruido de los disparos continuaba en los otros sitios, cada uno a cerca de una milla de distancia por las estepas, los hombres del Grupo Alfa en el sitio 109 corrieron hacia el silo, frenéticos por llevar a cabo la siguiente fase de su misión a tiempo.

Los soldados no podían desactivar el arma nuclear; ni siquiera serían capaces de llegar a ella en el interior de la cabeza del cohete sin perder un tiempo considerable. Pero se les había enseñado cómo desconectar el Dnepr desde aquí en el sitio de lanzamiento, cortar su cordón umbilical con el CCL, por así decirlo, por lo que avanzaron hacia él a un ritmo vertiginoso.

Los hombres usaron las luces en sus cascos y sus rifles al asomarse a las profundidades del silo, la única parte visible del cohete de 110 pies de largo era un gran carenado verde de forma cónica con las letras CKVE blancas. Por debajo de esto estaba la cabeza del cohete y por debajo de ella, las tres etapas del cohete. Los hombres usaron sus luces para identificar una tapa de hierro macizo a unos pocos pies del silo abierto; parecía una tapa de alcantarilla gigante. Abrieron la escotilla y dos de los hombres comenzaron a descender por una escalera metálica, apresurándose hacia el nivel de equipamiento de apoyo, una pasarela a sólo una docena de pies de profundidad donde encontrarían una segunda escalera que los llevaría hasta otro nivel más abajo. Ahí tendrían acceso al vehículo de lanzamiento de tres etapas mismo y desactivarían el enlace de comunicación que conectaba al vehículo de lanzamiento con el control en tierra.

Mientras corrían a través de la pasarela y comenzaban a bajar la segunda escalera, los dos hombres sabían que tenían poco tiempo.

E stamos listos?» —Safronov gritó a los dos hombres en «¿ el tablero de control de lanzamiento.

Cuando ellos no respondieron, les volvió a gritar:

—¿Estamos listos?

El hombre pelirrojo a la izquierda se limitó a asentir con sequedad. El rubio a la derecha, dijo, en voz baja:

—Sí, Georgi. Secuencia de lanzamiento completa.

—¡Lanzar el 109!

Las dos llaves de lanzamiento ya estaban en sus cerraduras.

—¡Georgi, por favor! ¡No puedo! Por favor, no...

Safronov sacó su Makarov y le disparó al hombre rubio dos veces en la espalda. Cayó al suelo retorciéndose de dolor y gritando sumido en pánico.

Georgi se volvió hacia el ingeniero de lanzamiento sentado al lado del moribundo.

—¿Puedes hacerlo o tengo que hacerlo yo mismo?

El hombre ruso se acercó al tablero de control, puso su mano sobre una de las llaves en la parte superior de éste y luego cerró los ojos.

Hizo girar la llave. Luego, mirando la pistola en su cara, rápidamente giró la segunda llave.

Por encima de él, Georgi Safronov dijo:

—Espadas en rejas de arado y ahora espadas de nuevo.

Safronov pulsó el botón.

En el sitio 109, los dos agentes del Grupo Alfa encargados de desconectar el enlace de comunicación acababan de salir de la escalera y corrieron por el pequeño pasillo hacia la base del Dnepr-1, desesperados por desconectar el VL antes de que el loco en el control de lanzamiento lanzara el cohete a la estratosfera.

No lo lograron.

Un fuerte chasquido metálico debajo de sus pies en la pasarela fue lo último que registraron sus cerebros.

Un generador de presión por debajo del cohete contenía una carga de polvo negro sostenida a presión y esta se encendió por debajo de sus pies, creando una masa de gases que se expandió de inmediato, disparando el cohete de 110 pies de altura fuera del silo como el corcho de una pistola de juguete. Los dos hombres fueron incinerados en un abrir y cerrar de ojos mientras el misil era expulsado fuera del silo y los calientes gases en expansión eran expulsados a través del túnel hacia pequeños conductos de escape.

El cohete se elevó rápidamente, pero redujo su velocidad en tanto los gases que lo propulsaban hacia afuera se disipaban. Con la parte inferior de la etapa más baja del vehículo de lanzamiento a sólo sesenta pies sobre el silo de lanzamiento congelado, la enorme nave quedó colgando en el aire durante un momento.

Los ocho agentes de las Spetsnaz estaban debajo de él, mirando la parte inferior del cohete espacial que estaba a punto de despegar justo sobre sus cabezas.

«Der'mo» —Mierda— dijo entre dientes uno de los hombres.

Con un *pop* como el corcho de una botella de champán, explosivos empujaron la tapa protectora de la parte inferior de la primera etapa, exponiendo el sistema de escape del cohete.

Luego se encendió la primera etapa, quemando la tierra y a todos los que estaban más abajo sobre ella con el combustible para cohetes en llamas.

Los ocho hombres murieron con dos segundos de diferencia entre uno y otro.

El helicóptero Mi-17 había estado volando suspendido a

cien pies. El piloto jaló fuertemente los controles, salvando su vida y la de su tripulación, pero el helicóptero mismo estaba demasiado bajo para esa maniobra. Se estrelló en la nieve, un accidente posible de sobrevivir, aunque el copiloto se rompió los dos brazos y los hombres en la parte trasera sufrieron diversas lesiones.

El cohete Dnepr-1 se elevó en el cielo nocturno, moviéndose más rápido a cada segundo, con humo y vapor y llamas detrás de él en la plataforma de lanzamiento y en el aire. Un chirrido llenó el aire y una vibración descomunal sacudió la tierra varias millas a la redonda.

La máquina de 260 toneladas alcanzó una velocidad de 560 millas por hora en menos de treinta segundos.

Mientras se elevaba, todas las fuerzas rusas abandonaron su ataque en el cosmódromo de Baikonur.

73

Safronov había programado la telemetría de vuelo él mismo a partir de datos procedentes del grupo de trabajo que había montado hacía unos meses. El grupo no tenía idea de que estaba trabajando en un ataque nuclear, su entendimiento era que estaban investigando de nuevo el plan de enviar botes de rescate y ayuda de emergencia a través del lanzamiento de cohetes. El VL tenía instrucciones cargadas en su software a bordo que controlaban el cabeceo y el viraje y el tiempo de combustión, todo para dirigirlo hacia su destino.

Era lo máximo en armas «dispara y olvida».

La primera etapa del vehículo de lanzamiento se separó y cayó de vuelta a la Tierra, aterrizando en el centro de Kazajstán sólo ocho minutos después del lanzamiento.

Moscú estaba siguiendo la trayectoria y todos los entendidos se dieron cuenta en pocos minutos de que su ex misil R-36 estaba en curso hacia la propia ciudad de Moscú.

Pero no había forma de escapar. Ni salir de la ciudad. El arma impactaría en menos de quince minutos.

Muy por encima de Rusia central, el vuelo propulsado por la segunda etapa finalizó y después de que la segunda etapa se separó, se estrelló en una carretera rural cerca del pueblo de Shatsk en el río Shacha. A continuación, la tercera etapa se volteó en pleno vuelo y comenzó a viajar hacia atrás, y en pocos minutos el carenado fue arrojado de vuelta a la tierra. Pronto los cohetes de la tercera etapa se extinguieron y un escudo protector se liberó y cayó. Esto liberó la cabeza del cohete de la plataforma superior donde estaba el contenedor de carga útil, y esta pieza, un cilindro de color verde con un contenedor de carga útil sujetando el dispositivo, comenzó a regresar a la tierra, un objeto de diez pies por diez pies de más de dos toneladas de peso.

La carga útil cayó en un arco, la atmósfera más pesada afectó la trayectoria de alguna manera, pero Georgi y sus científicos habían resuelto un gran número de variables, y el dispositivo se abrió paso a través de la fricción a velocidad terminal.

Los hombres y mujeres en Moscú que sabían del lanzamiento abrazaron a sus hijos o rezaron o lloraron o esperaron o maldijeron todo lo daguestaní. Sabían que no había nada más que pudieran hacer.

A las 3:29 a.m., mientras la gran mayoría de la enorme ciudad cubierta de hielo dormía, un bajo estallido hizo eco a través del distrito sureste de Moscú. Los residentes cercanos fueron sacudidos de sus camas un segundo más tarde cuando estalló una explosión mayor, las ventanas de los edificios volaron en pedazos y una ruidosa vibración rodó por toda la ciudad como un pequeño terremoto.

Los que estaban en el centro de la ciudad podían ver la luz hacia el sur. Se elevaba en el aire como un amanecer en la madrugada, reflejándose en los cristales de hielo en los tejados de la metrópoli.

En el centro de crisis del Kremlin podían ver el fuego que se elevaba, un infierno salvaje a pocas millas de distancia. Los hombres gritaron y lloraron mientras se preparaban para lo que estaba por venir.

Pero no pasó nada.

Tomó unos minutos tener certeza, pero finalmente tuvieron informes de la zona del impacto. Algo había caído del cielo en la Refinería Gazprom Neft de Moscú, una instalación de 200.000 barriles al día al sureste del centro de la ciudad.

Habían impactado los tanques de destilación al vacío de gas y petróleo y creado una enorme explosión que mató a más de una docena de personas en la refinería de forma instantánea, y más murieron durante el incendio que le siguió.

Pero estaba claro que *no* era un artefacto nuclear.

Clark se despertó con el sonido de una explosión baja en la distancia. Tenía un calambre en el cuello por dormir sentado. Que sus adoloridas articulaciones cervicales eran la sensación más molesta del momento decía mucho. Después de varios días de «trato duro», habría pensado que le dolería más la...

Oh, sí. Allí estaba. El dolor en la mandíbula y la nariz y el latido sordo en la cabeza. Le tomó un minuto a la mente asumir los ataques a los nervios, pero su mente estaba procesando todo muy bien ahora y sus receptores de dolor estaban trabajando el doble.

Después del estallido no oyó nada desde el exterior. Pensó que tal vez un transformador eléctrico había hecho cortocircuito en alguna parte, pero no podía estar seguro.

Escupió más sangre y uno de sus molares se aflojó. Se había mordido el interior de la mejilla en algún momento también y su boca estaba hinchada por ambos lados.

Estaba cada vez más cansado de esto.

La puerta se abrió de nuevo. Alzó la vista para ver cuál de los franceses venía a charlar, pero no reconoció a los dos hombres que entraron.

No, a los *cuatro* hombres, ya que dos más entraron por la puerta entonces.

Moviéndose con rapidez y con una eficacia inquietante los cuatro jóvenes cortaron las ataduras de Clark y le ordenaron ponerse de pie en ruso.

Clark se paró sobre sus piernas temblorosas.

Otros dos hombres aparecieron en la puerta. Llevaban

pistolas Varjag en la mano derecha, las que mantenían bajas pero amenazantes. Vestían ropa de civil, pero sus gruesas chaquetas oscuras y pantalones cargo los hacían ver, para un ojo entrenado como el de Clark, como si fueran parte de una especie de unidad especial de militares, policías o agentes de inteligencia.

—Ven con nosotros —dijo uno de ellos y lo escoltaron a través de una gran casa, pasando a los detectives franceses y lo metieron en una furgoneta.

Clark pensó que tal vez debería haber estado feliz. Pero simplemente no le olía a una operación de rescate.

No, esto tenía la sensación de ser algo más parecido a un caso de «salir de las llamas para caer en las brasas».

Le vendaron los ojos y condujeron durante una hora. Nadie le habló a Clark, ni los hombres de la camioneta se hablaron mutuamente.

Cuando se detuvieron, lo hicieron bajar del vehículo, aún por su propia voluntad. El aire estaba gélido y sintió espesos copos de nieve sobre su barba y labios.

Lo metieron en otro edificio, este con olor y sensación de ser una bodega, y lo sentaron en una silla. Una vez más, sus manos y piernas fueron atadas. Le quitaron la venda de los ojos y entrecerró los ojos por un momento al encontrase con una luz brillante, hasta que finalmente los abrió.

Tres hombres estaban parados delante de él, en las sombras, fuera de la luz encima de él. Dos vestían jeans y chaqueta de buzo, llevaban la cabeza rapada y sus anchos y planos rostros eslavos eran fríos e insensibles.

El tercer hombre llevaba pantalones planchados y una chaqueta de esquí negra que le parecía a Clark que podría haber costado varios cientos de dólares.

Había una mesa al lado, justo fuera de la luz directa, que contenía un montón de herramientas, instrumentos quirúrgicos de acero inoxidable, cinta, alambre y otros artículos que John no podía distinguir.

El pavor invadió al americano y su estómago se tensó.

Esto no iba a ser como jugar a ser la bolsa de boxeo para un grupo de detectives franceses. No, esto parecía que estaba a punto de ponerse muy feo.

Clark también escuchó ruidos más lejos en la bodega. Sonaban como guardias armados, por el ocasional arrastre de pies y el traqueteo de fusiles en sus correas.

El hombre con la chaqueta de esquí dio un paso adelante, hacia la luz. Hablaba excelente inglés.

—Mi padre dice que usted me está buscando.

—Valentín —dijo John sorprendido.

De lo poco que sabía sobre el joven, no lo tomaba por ser el tipo de persona que hace visitas a domicilio a lo que, según todos los indicios, parecía ser un centro de tortura.

—Dije que quería hablar con usted —Clark miró la mesa y a los hombres de mandíbula cuadrada—. Esto no es exactamente lo que tenía en mente.

El ruso de treinta y cinco años se encogió de hombros.

—Tanto usted como yo estamos aquí por la fuerza, Sr. Clark. Si yo tuviera alguna opción estaría en otro lugar, pero usted le está causando problemas a mi gobierno y me han seleccionado para reunirme con usted para resolver el problema. El Kremlin me ha dado rienda suelta a tratar con usted.

—Suena como un trabajo para su padre.

Valentín sonrió sin alegría.

—Este no es su trabajo, ni su problema. Necesito saber todo acerca de su actual empleador. Necesito saber con quién habló en Moscú. Encontramos el teléfono al que llamó, pero había sido arrojado en un vertedero, por lo que no obtuvimos nada.

Clark dejó escapar un oculto suspiro de alivio.

Valentín continuó:

—La información que necesito de usted puede ser extraída de muchas maneras. Muchas maneras humanas. Pero el tiempo es corto, así que si se resiste, tendremos que buscar otras vías. ¿Maneras menos humanas, podría decirse?

Clark le tomó el pulso al joven de inmediato. Kovalenko se sentía incómodo en este papel. Probablemente habría estado en su elemento creando un escándalo político para el presidente entrante de los Estados Unidos filtrando información de Laska, pero parado aquí junto a estos tipos duros en una congelada bodega de Moscú, a punto de cortar a un prisionero para hacerlo hablar... este no era su mundo.

Clark no podía revelar la existencia del Campus a los rusos. Podría haberse mantenido firme por un tiempo indefinido con los franceses, al menos hasta morir a causa de los golpes, pero los rusos tenían otros medios. Supuestamente poseían una droga, conocida como SP-117, que estaba por encima de otros sueros de la verdad.

Clark no sabía nada de la droga más allá de lo que había leído en las fuentes de información abiertas. Rusia como amenaza había estado fuera del radar del ex agente de la CIA durante un tiempo.

Pero ¿por qué no estaba aquí la droga? ¿Por qué había tan sólo instrumentos de tortura e individuos de aspecto rudo presentes? ¿Dónde estaba el centro de atención médica, los médicos, los psicólogos del FSB que normalmente hacían este tipo de cosas?

Clark entendió.

John miró a Valentín.

—Lo entiendo. Estás trabajando para Paul Laska. Tengo la sensación de que él tiene algo sobre ti, personal o profesional, no sé, que te hace hacer esto.

Valentín negó con la cabeza, pero le preguntó:

—¿Por qué sugiere esto?

—Debido a que este no es tu mundo. El que estés aquí en persona me dice que no pudiste obtener el apoyo del FSB. Tú eres del SVR, inteligencia extranjera. El FSB tiene interrogadores aquí en Moscó que podrían hacer esto, pero ¿dónde está el FSB? ¿Por qué me has traído a una maldita bodega? ¿No tienen una instalación del gobierno para este tipo de trabajo? No, Valentín, tu propio pellejo está en juego, por lo que estás rompiendo las reglas. Te has conseguido un par de tipos ex Spetsnaz, ¿estoy en lo correcto? Pero ellos no saben cómo hacer un interrogatorio adecuadamente. Ellos me romperán la cabeza antes de poder hablar.

Valentín no estaba acostumbrado a que alguien fuera más listo que él, Clark podía ver eso en sus ojos.

—Ha estado en esto desde antes de que yo naciera, viejo. Es un dinosaurio como mi padre. Pero a diferencia de mi padre, todavía conserva un poco de chispa en usted. Siento tener que decir que seré yo quien extinga esa chispa. Ahora mismo.

Clark no dijo nada. El chico no tenía el respaldo del Estado para lo que iba a hacer, pero no por ello estaba menos motivado para hacerlo.

Esto no es bueno.

—¿Para quién trabaja, Sr. Clark?

—Vete a la mierda, hijo.

La cara de Kovalenko pareció palidecer un poco. Miró a Clark como si no se sintiera bien.

—Muy bien. Usted me está obligando a hacer esto. ¿Empezamos?

Le dijo un par de palabras ininteligibles a sus dos hombres y se acercaron a los instrumentos sobre la mesa. Si bien la idea de ver doctores en batas blancas en un interrogatorio era desconcertante para Clark, el concepto de enormes hombres en ropa deportiva aplicando instrumentos quirúrgicos en su cuerpo era mucho más que horroroso.

—Sr. Clark —dijo Kovalenko—, soy licenciado en Economía y Ciencias Políticas. Estudié en Oxford. Tengo una esposa y una niña hermosa. Lo que está a punto de suceder no tiene nada que ver conmigo, con mi mundo. Francamente, la sola idea de lo que estoy a punto de hacer me da ganas de vomitar.

Hizo una pausa y sonrió un poco.

—Me gustaría tener a mi padre aquí para esto. Él sabría exactamente cómo incrementar el dolor. Pero voy a probar mis propios métodos. No voy a empezar con algo benigno, puedo ver que los hombres de Fabrice Bertrand-Morel Investigaciones ya han fracasado con esa táctica. No... esta noche vamos a empezar por devastar su cuerpo. Después de esto va a estar fuera de sí de dolor y angustia, pero podrá ver lo increíblemente preparado que estoy para infligirle el máximo daño y no va a querer conocer la segunda fase de mi interrogatorio.

¿Qué carajo?, pensó Clark. Este chico no sigue las reglas del juego. Los hombres se pararon detrás de Clark, con cuchillos en sus manos. Uno agarró al estadounidense por la cabeza y el otro se apoderó de su mano derecha.

Valentín Kovalenko se arrodilló frente a John, lo miró de cerca a los ojos y dijo:

—He leído su expediente varias veces. Sé que usted es diestro y que esa mano pistolera suya le ha servido bien desde esa tonta pequeña guerra de su país en Vietnam. Dígame a quién contactó en Moscú, dígame para quién trabaja o le voy a pedir a mi socio aquí que el corte la mano derecha. Es así de simple.

Clark hizo una mueca mientras el hombre a su derecha tocaba la piel en su muñeca con un gran cuchillo carnicero. El corazón de John latía con fuerza contra su caja torácica.

—Sé que estás tratando de limpiar este desastre que hizo Laska, Valentín —dijo Clark—. Ayúdame a acabar con Laska y no tendrás que preocuparte más por él.

—Última oportunidad para su mano —dijo el ruso, y John vio que el corazón del propio joven latía con fuerza. La pálida piel blanca de su cara estaba cubierta con un brillo de sudor fresco.

—Los dos somos profesionales. No quieres hacer esto.

—*Usted* no quiere hacerme hacerlo.

Clark comenzó a tomar respiros cortos y rápidos. Era inevitable lo que iba a suceder. Tenía que controlar la reacción de su corazón.

Valentín vio a Clark resignado a su destino. Una vena palpitaba en el centro de la frente del ruso. Kovalenko se dio vuelta.

El cuchillo se levantó de la muñeca de Clark. Flotó en el aire a un pie por encima de ella.

—Esto es repugnante —dijo Kovalenko—. Por favor, señor Clark. No me haga ver esto.

Clark no tenía una respuesta humorística para esto. Cada nervio de su cuerpo estaba al borde del colapso, todos los músculos apretados para la inminente caída del cuchillo sobre su muñeca.

Kovalenko volvió la mirada hacia el americano.

—¿En serio? ¿De verdad permitirá que su cuerpo sea desfigurado, que su maldita mano sea amputada, sólo para mantener la información que tiene en secreto? ¿Está usted *así* de malditamente comprometido con alguna tonta causa?

¿Está usted *así* de comprometido con sus amos? ¿Qué tipo de autómata es? ¿Qué tipo de robot se permite a sí mismo ser cortado en pedazos por un estúpido sentido de valor?

Clark cerró los ojos firmemente. Se preparó tanto como fue posible para lo inevitable.

Después de treinta segundos, Clark abrió los ojos. Valentín lo miraba con incredulidad.

—Ya no se hacen hombres como usted, señor Clark.

Clark no dijo nada.

Kovalenko suspiró.

—No. No puedo hacerlo. No tengo el estómago para ver que le corten la mano y quede tirada en el suelo.

Clark estaba sorprendido. Comenzó a relajarse, sólo un poco. Pero Valentín se volvió hacia él, mirando al hombre con la gran herramienta afilada.

—Deja eso.

El hombre que estaba junto a Clark suspiró. ¿Un poco decepcionado, tal vez? Dejó el cuchillo.

Kovalenko entonces dijo:

—Toma el martillo. Rómpele todos los huesos de la mano. Uno a la vez.

El hombre de las Spetsnaz rápidamente tomó un martillo quirúrgico de acero inoxidable que estaba en la mesa junto a los instrumentos de corte. Sin advertencia alguna golpeó el martillo contra la mano tendida de John, rompiendo su dedo índice. La golpeó una segunda y luego una tercera vez, mientras Clark gritaba en agonía.

Kovalenko se dio vuelta, se metió los dedos en los oídos y se acercó a la pared del fondo de la bodega.

El cuarto dedo se rompió justo por encima de la articulación y el dedo meñique se quebró en tres partes.

Un vicioso último golpe en la parte posterior de la mano de Clark amenazó con enviarlo a un estado de shock.

Clark apretó los dientes; sus ojos estaban cerrados y las lágrimas le goteaban por los lados. Su cara era de un tono carmesí oscuro. Tomó cortas bocanadas de aire, reposiciones rápidas de oxígeno, para evitar entrar en shock.

John Clark continuó gritando, golpeando su cabeza hacia atrás con fuerza contra el estómago del hombre detrás de él.

—¡Hijo de puta! —gritó.

Un minuto después, Kovalenko volvió a donde estaba. Clark apenas podía ver al joven a través de las lágrimas y el sudor en sus ojos y la deficiente capacidad de enfoque de sus pupilas dilatadas.

Valentín hizo una mueca mientras miraba la mano destrozada. Ya estaba hinchada, negra y azul, y dos de los dedos estaban torcidos perversamente.

—¡Cubran eso! —le gritó a uno de sus hombres. Una toalla fue lanzada sobre la extremidad dañada.

Kovalenko se había tapado los oídos durante la peor parte de los gritos de agonía, pero se puso a gritar, como si estuviera enojado con el hombre en la silla por obligarlo a hacer lo que estaba haciendo:

—¡Es un tonto, viejo! ¡Su sentido del honor no le traerá

nada más que dolor aquí! ¡Tengo todo el tiempo del mundo para usted!

Incluso a través de su agonía, John Clark pudo ver que Valentín Kovalenko estaba al borde de las náuseas.

—¡Hable, viejo loco! ¡Hable!

Clark no habló. No habló entonces, ni en la próxima hora. Kovalenko estaba más y más frustrado a medida que corrían los minutos. Había ordenado que sostuvieran la cabeza de Clark sumergida en un cubo de agua y había hecho que sus hombres golpearan las costillas del americano, rompiéndole un hueso y dejándolo tan moreteado que casi no podía respirar.

John hizo todo lo posible por desvincularse de lo que estaba pasando en su cuerpo. Pensó en su familia, en sus padres, muertos desde hacía mucho tiempo. Pensó en sus amigos y colegas. Pensó en su nueva casa de campo en Maryland y esperó que, a pesar de que nunca volvería a verlos, sus nietos crecieran amando el lugar.

Clark perdió el conocimiento dos horas después de que comenzó la tortura.

74

La luz que indicaba una llamada entrante desde el centro de crisis había estado parpadeando desde hacía más de diez minutos.

Safronov veía las noticias de Moscú en uno de los monitores principales, los otros hombres en el centro de control de lanzamiento, participantes involuntarios, estaban sentados mirando con embelesada atención.

Georgi había esperado un espectáculo más grande. Sabía que el sitio de lanzamiento 109 contenía el Dnepr cargado con el satélite y no una de las armas nucleares, pero había sido dirigido a los contenedores centrales de almacenamiento de combustible en la Refinería de Petróleo de Moscú, lo que debería haber creado una explosión y un incendio mucho más grandes. Sin embargo, la carga útil había fallado en la posición de su objetivo sólo en un cuarto de kilómetro y Safronov sintió que había dejado claro su punto.

Después de ver las noticias unos segundos más, finalmente levantó el auricular del panel de control, se lo puso y aceptó la llamada.

—*Da.*

—Usted está hablando con el presidente Rychcov.

Safronov respondió con una voz alegre.

—Buenos días. Puede que no me recuerde, pero nos conocimos en el Bolshoi el año pasado. ¿Cómo está el clima en Moscú?

Hubo una larga pausa antes de la respuesta del presidente, pronunciada secamente, pero con un leve tono de ansiedad.

—Su ataque no era necesario. Estamos conscientes de que tienen la capacidad técnica para hacer lo que ha amenazado con hacer. Sabemos que usted tiene las armas nucleares.

—Ese era un castigo por su ataque a esta instalación. Si atacan de nuevo... bueno, presidente, no tengo más misiles cinéticos. Los otros dos Dnepr a mi disposición tienen cabezas nucleares.

—No tiene que probar nada. Tan sólo tenemos que negociar, usted en una posición de poder, y yo... en una posición de debilidad.

Safronov gritó por el auricular:

—¡Esto no es una negociación! ¡Yo he pedido algo! ¡No he entrado en negociaciones! ¿Cuándo se me permitirá hablar con el comandante Nabiyev?

El presidente de Rusia respondió con cansancio.

—He permitido eso. Nosotros lo llamaremos de vuelta un poco más tarde esta mañana y usted podrá hablar con el prisionero. Mientras tanto, he ordenado que todas las fuerzas de seguridad se retiren.

—Muy bien. Estamos preparados para otra batalla con sus hombres y no creo que usted esté dispuesto a perder cinco millones de moscovitas.

Esta no era la manera en que Ed Kealty había planeado pasar el tiempo que le quedaba de su mandato, pero a las nueve de la noche en Washington, D.C., él y los miembros de su gabinete se reunieron en la Oficina Oval.

Scott Kilborn, Director de la CIA, estaba allí, junto con Alden, el Subdirector. Wes McMullen, el joven Jefe de Gabinete de Kealty, estaba presente, al igual que el Secretario de Defensa, el Secretario de Estado, el Director de Inteligencia Nacional, el Jefe del Estado Mayor Conjunto y el Asesor de Seguridad Nacional.

Kilborn dio un informe detallado sobre la situación en Kazajstán, incluyendo lo que la CIA sabía del intento de las Fuerzas Especiales rusas de retomar control de las instalaciones de lanzamiento Dnepr. A continuación, la NSA informó al Presidente sobre el lanzamiento en Baikonur y el incendio en la refinería de petróleo de Moscú.

Mientras estaban todos reunidos, el presidente Rychcov llamó, Kealty habló con él a través de un traductor durante unos diez minutos, mientras Wes McMullen escuchaba, tomando notas. La llamada fue amistosa, pero Kealty explicó que tendría que discutir ciertas cosas con sus asesores antes de comprometerse a los pedidos de Rychcov.

Cuando colgó el teléfono, su actitud amable se evaporó.

—¡Maldito Rychcov nos está pidiendo que le enviemos al Equipo 6 SEAL o la Fuerza Delta! ¿Quién demonios se cree que es, solicitando unidades militares específicas?

Wes McMullen se sentó junto a su teléfono con su bloc de notas en el regazo.

—Señor, creo que él simplemente sabe cuáles son nuestros activos anti-terroristas de primer nivel. No hay nada malicioso en su solicitud.

El Presidente dijo:

—Él quiere cobertura política en el caso de que todo esto termine mal. Quiere decirle a su pueblo que confiaba en los Estados Unidos y que Ed Kealty le prometió un final feliz, pero que fallamos.

Los hombres en la sala eran gente de Kealty, por ahora de todos modos, pero se dieron cuenta de que su presidente estaba buscando una manera de salir de esta. Un par de ellos reconoció que él siempre había sido así.

Scott Kilborn dijo:

—Sr. Presidente. Con todo respeto, estoy en desacuerdo. Él quiere evitar que dos bombas de veinte kilotones destruyan Moscú o San Petersburgo. Eso podría matar...

Kilborn miró al presidente del Estado Mayor Conjunto.

—¿Qué dicen sus expertos?

—Cada arma matará a más de un millón en la explosión inicial y la lluvia radiactiva. Otros dos millones o más en una semana por las quemaduras y la interrupción en la infraestructura y la red eléctrica. Dios sabe cuántos más después de eso. Siete a diez millones de muertes son probables.

Kealty gruñó, se inclinó hacia adelante en su escritorio y puso la cabeza entre sus manos.

—¿Opciones?

—Creo que debemos enviarlos —dijo el Secretario de Estado—. Podemos dar luz verde o luz roja para cualquier acción posteriormente.

Kealty negó con la cabeza.

—No quiero que se comprometan a nada. No quiero que entren en ese nido de avispas y luego tengan que actuar de inmediato. Los rusos no pudieron llevarlo a cabo y ellos tenían práctica previa ahí. ¿Quién dice que podemos hacerlo mejor? Denme algo más. ¡Vamos, gente!

Alden dijo:

—Asesores.

—¿Asesores? ¿Qué quieres decir?

—Si enviamos un par de personas del JSOC[36] allá como asesores de las Spetsnaz, podemos ofrecer ayuda, secretamente, pero no utilizar a nuestros hombres en el ataque.

Todos pudieron ver de inmediato que a Kealty le encantó la idea.

---

36 Mando Conjunto de Operaciones Especiales, por sus siglas en inglés (Joint Special Operations Command).

El jefe, un general del Ejército con experiencia en operaciones especiales en los Rangers, dijo:

—Sr. Presidente. Este es un evento muy fluido. Si no tenemos operadores JSOC allá listos para actuar de un momento a otro, bueno, mejor sería no enviar a nadie en absoluto.

Kealty se quedó sentado en su escritorio, pensándolo. Miró hacia el Secretario de Defensa.

¿Hay alguna posibilidad de que lancen un misil contra nosotros?

El Secretario de Defensa levantó las manos.

—No nos están amenazando. Los problemas de los militantes daguestaníes son con Rusia. No veo a los Estados Unidos como un objetivo.

Kealty asintió y luego golpeó el escritorio.

—¡No! ¡No voy a salir de la Oficina Oval con esto, esta mierda, como mi legado!

Kealty se puso de pie.

—Díganle al Presidente Rychcov que vamos a enviar asesores. ¡Eso es todo!

—Recuerde, señor, hay seis estadounidenses en las instalaciones —dijo Wes McMullen.

—De cuya seguridad hago a Rychcov personalmente responsable. Díganle a nuestros asesores que cualquier misión en la que ayuden debe encontrar la manera de rescatar a nuestros ciudadanos con vida.

—Señor, con el debido respeto... —dijo el Secretario de Defensa.

Pero Kealty se puso de pie y se dirigió hacia la puerta.

—Buenas noches, señoras y señores.

Melanie llamó a Jack a la una y media de la tarde.

—Hola. Realmente lo siento, pero está de locos aquí hoy, ¿podemos dejar la cena de esta noche para otro día?

—Está bien. O si quieres, podría llevarte un poco de comida china más tarde. No tenemos que salir. Me encantaría verte.

—Eso suena genial, pero no sé cuándo o si siquiera voy a salir de aquí esta noche. Te lo puedes imaginar. Hay mucho pasando en estos días.

—Sí. Me lo imagino. Muy bien, no aflojes, ¿de acuerdo?

—Está bien. Gracias, Jack.

Melanie colgó el teléfono. Odiaba cancelar sus planes con Ryan, pero habría más trabajo que hacer de lo que posiblemente podría hacer esta tarde de todos modos. La información que había que revisar sobre los viajes de Rehan en...

Sonó el teléfono en su escritorio.

—¿Melanie Kraft?

Noventa segundos más tarde, Melanie se asomó a la oficina de Mary Pat.

—Tengo que salir corriendo por un segundo. Tal vez media hora. ¿Quieres que te traiga alguna cosa?

Foley se limitó a sacudir la cabeza. Empezó a decir algo, pero sonó su teléfono.

Kraft caminó a la parada de autobús delante de su edificio y tomó el siguiente autobús hacia Tysons Corner, pero se bajó en la parada de Old Meadow. Caminó sola por el Parque Comunitario de Scott's Run y se dirigió a unos bancos con vista a un panorama cubierto de nieve y hielo. Árboles desnudos se mecían en un viento gélido y se ajustó el abrigo alrededor del cuerpo.

Se sentó.

El primer hombre se acercó un minuto más tarde. Era grande y negro, llevaba un impermeable largo gris encima de un traje oscuro, pero estaba abierto como si el hombre fuera inmune al frío.

Era un hombre de seguridad y la miró por encima y luego habló en un micrófono en la manga de su camisa.

Detrás de ella, en el estacionamiento, oyó llegar un auto, pero no se dio vuelta. Se quedó mirando los árboles mecerse.

El hombre de seguridad se dio la vuelta, caminó por el sendero y se quedó allí, mirando el camino.

El Subdirector de la CIA Charles Sumner Alden apareció por detrás y se sentó a su lado. No hizo contacto visual. En vez, miró hacia adelante a un campo de béisbol cubierto de nieve.

—Me estoy devanando los sesos, señorita Kraft, tratando de pensar la manera en que podría haber sido más claro en las instrucciones que le di. Y simplemente no puedo pensar en ninguna. Estaba seguro de que nos habíamos entendido. ¿Pero hoy le dice a Junior que no tiene tiempo para reunirse con él esta noche? Confíe en mí, señorita. Usted *tiene* tiempo.

Melanie apretó los dientes.

—¿En serio, señor? ¿Puso un micrófono en el teléfono de un analista de la NCTC? ¿Tan desesperado está?

—Sí. Francamente, lo estamos.

—¿Acerca de qué?

—Acerca de Jack hijo.

Melanie suspiró vapor frío.

Alden cambió un poco la voz, menos zalamero y más paternal.

—Pensé que había sido claro respecto de lo que necesitaba.

—He hecho lo que me ha pedido.

—Le he pedido resultados. Cene con él esta noche. Averigüe lo que sabe acerca de Clark, sobre la relación de su padre con Clark.

—Sí, señor —dijo.

Ahora Alden fue aún más paternal que antes.

—Usted quería ayudarnos. ¿Ha cambiado algo?

—Por supuesto que no. Usted me dijo que había oído que Clark trabajaba con Ryan. Usted quería encontrara pruebas del trabajo de Jack en Hendley Asociados.

—¿Y? —preguntó él.

—Y usted es el Subdirector de la CIA. Por supuesto que es mi trabajo seguir órdenes.

—Jack hijo es más cercano a Clark de lo que dice. Eso lo sabemos. Tenemos tipos en la Agencia que pueden vincular a Clark y a Chávez a Hendley Asociados, el empleador de su novio. Y si Clark y Chávez trabajan en Hendley, puede estar segura de que hay mucho más pasando allí que arbitraje y comercio. Quiero saber lo que Jack sabe y quiero saberlo ahora.

—Sí, señor —dijo Melanie de nuevo.

—Mire. Usted tiene un futuro brillante. Puede ser que yo deje mi puesto pronto, pero en la CIA no importan los nombramientos políticos. Importan las tropas. Los hombres y mujeres de carrera en la Agencia saben lo que usted está haciendo y aprecian su duro trabajo. No podemos permitir acciones criminales en nombre de la seguridad nacional. Ya lo sabe. Así que cave más profundo.

Hizo una pausa.

—No lo haga por mí. Hágalo por ellos.

Luego suspiró.

—Hágalo por su país.

Melanie asintió distante.

Alden se levantó, se volteó y miró a la analista de veinticinco años.

—Jack quiere verla esta noche. Haga que suceda.

Luego se fue caminando por la nieve y su hombre de seguridad se movió con él hacia el estacionamiento.

Melanie caminó de vuelta a la parada de autobús y sacó su teléfono del bolso. Marcó el número de Jack.

—¿Aló?

—Hola, Jack.

—Hola.

—Mira, perdona por lo de antes. Sólo estoy estresada en el trabajo.

—Créeme, lo entiendo.

—Para decirte la verdad, necesito salir de aquí por un momento. ¿Qué tal si pasas por mi casa esta noche? Voy a preparar algo para cenar, podemos pasar un rato juntos y ver una película.

La pausa fue larga y sólo se interrumpió cuando Ryan se aclaró la garganta.

—¿Pasa algo?

—No. Ojalá pudiera, Melanie, pero surgió algo.

—¿En los últimos treinta minutos?

—Sí. Tengo que salir de la ciudad. De hecho voy camino al aeropuerto en estos momentos.

—Al aeropuerto —repitió, incrédula.

—Sí, sólo un corto viaje a Suiza. Mi jefe quiere que me reúna con algunos banqueros, llevarlos a cenar, hacer que me cuenten sus secretos, supongo. No debería ser más que un par de días.

Melanie no respondió.

—Lo siento. Una cena y una película suena muy bien. ¿Podemos hacerlo cuando regrese?

—Por supuesto, Jack —dijo.

· · ·

Melanie se bajó del autobús diez minutos más tarde y se dirigió de nuevo al centro de operaciones. Tan pronto como salió del ascensor vio a Mary Pat en su escritorio, dejándole una nota. Mary Pat la vio acercarse y le indicó que fuera a su oficina.

Melanie estaba nerviosa. ¿Sabía ella acerca de su reunión con Alden? ¿Sabía que el subdirector de la CIA la estaba utilizando para espiar al amigo de Mary Pat, Jack Ryan hijo, para averiguar cuál era su asociación profesional con John Clark?

—¿Qué pasa? —le preguntó a la señora Foley.

—Hubo un gran acontecimiento mientras estabas fuera.

—¿En serio?

Melanie tragó nerviosamente.

—Un agente de la CIA en Lahore ha identificado positivamente a Riaz Rehan. Llegó al aeropuerto con su equipo de seguridad y su segundo al mando.

Melanie pensó en los rápidos planes de viaje de Ryan.

—¿En serio? ¿Cuándo sucedió esto?

—En la última hora —dijo Foley.

En un instante, Melanie lo supo. No sabía cómo se enteró, porque estaba segura de que no era de la CIA. Pero de alguna manera Ryan había sido avisado y, por alguna razón, Jack Ryan hijo estaba camino a Lahore.

75

El centro de mando temporal en campo para todas las fuerzas de seguridad rusas para la situación en Baikonur había sido organizado en el Hotel Sputnik en la ciudad de Baikonur, bien al sur del cosmódromo. Aquí, el personal militar y de inteligencia ruso, los funcionarios de la Agencia Espacial Federal, los directivos de Baikonur y otros habían establecido campamentos en el exterior en tiendas de campaña con calefacción y remolques, y en el interior de las habitaciones, el restaurante y las salas de conferencias. Incluso la discoteca Luna en el vestíbulo principal había sido tomada por un equipo de expertos nucleares del ejército traídos de las Fuerzas Estratégicas de Cohetes.

A las cuatro de la tarde hora local el general Lars Gummesson entró en la sala de conferencias, liderando a dos hombres más jóvenes. Los trajes de combate de los tres eran genéricos, sin ningún tipo de indicativo o insignia. Se sentaron en una mesa larga al otro lado de los políticos, diplomáticos y jefes militares rusos.

Gummesson era el líder de Rainbow, una fuerza internacional secreta de paramilitares antiterroristas, elegidos entre las mejores unidades militares de primer nivel en la tierra. Él y sus hombres habían sido solicitados por los gobiernos de Rusia y de Kazajstán una hora después del fracaso de los comandos Alfa, y él había regresado al centro de mando para entregar su informe sobre la situación y anunciar que Rainbow estaba listo para intervenir.

—Señores. Los líderes de mi equipo y yo hemos pasado las últimas cuatro horas revisando un plan de operación para retomar el control del centro de lanzamiento Dnepr y los dos silos de lanzamiento. Tomando en cuenta las lecciones aprendidas por la misión del ejército ruso de anoche, así como nuestras propias capacidades actuales, lamento decir que, aunque estamos seguros de que si reunimos todos nuestros esfuerzos en el CCL tenemos un ochenta por ciento de posibilidades de éxito de recuperar el edificio y rescatar a la mayoría de los rehenes, *es* un búnker fortificado y el Sr. Safronov está afianzado ahí, es muy hábil y está muy motivado. Por lo tanto, siento que hay una probabilidad del cincuenta por ciento de que él y los hombres allí tengan tiempo para lanzar un vehículo y del veinte por ciento de que serán capaces de lanzar ambos.

El embajador de Rusia en Kazajstán miró al general Gummesson durante un buen rato. En inglés con un fuerte acento, dijo:

—Entonces. ¿Eso es todo? Todos sus hombres armados y usted dicen que las posibilidades son cincuenta-cincuenta de que Moscú sea destruida?

—Me temo que sí. Nuestros fondos de entrenamiento han sido reducidos en el último año y pico, y los hombres que rotan en servicio con nosotros no han tenido la experiencia coordinada que Rainbow solía ofrecer, en la época que éramos llamados con mayor frecuencia. Me temo que nuestra preparación ha sufrido las consecuencias.

—¿Esta no es simplemente una aversión al riesgo por su parte, general Gummesson?

El oficial del ejército sueco no se mostró molesto por la implicación.

—Hemos analizado la situación y es sombría. No tenemos idea de cuántos hombres Safronov ha mantenido con él. La información obtenida de las entrevistas con los hombres del centro de procesamiento que fueron dejados en libertad ayer por la mañana sugiere que podrían ser más de cincuenta. Es de suponer que algunos murieron en el ataque de las Spetsnaz de anoche, pero no tenemos forma de saber cuántos quedan. No voy a enviar a mis hombres a lo desconocido de esta manera, no importa qué esté en juego. Mi equipo y yo volveremos a Gran Bretaña inmediatamente. Señores, buenas tardes y buena suerte.

Gummesson se levantó, se dio media vuelta para irse, pero un coronel de las Spetsnaz en el extremo de la mesa se puso de pie rápidamente.

—Disculpe, general Gummesson.

El acento de este hombre era aún más marcado que el del embajador.

—¿Me permite pedirle que permanezca aquí, en Baikonur? ¿Al menos por unas horas?

—¿Con qué propósito, coronel?

—Hablaré con usted al respecto en privado.

—Muy bien.

A Clark se le había dado tiempo a solas para «pensar». Su mano destrozada estaba bajo una toalla sucia, pero el dolor del daño en los tejidos blandos y la hinchazón, y de los huesos rotos en la mano y las costillas que se movían cada vez que John trataba de encontrar una posición más cómoda, era pura y absoluta agonía.

El sudor corría por la cara y el cuello de John, incluso en el frío de frigorífico de la bodega, su camisa estaba empapada por la transpiración y esto le dio escalofríos.

Su mente se había adormecido, pero su cuerpo no. Quería aliviarse del dolor, pero más que eso quería aliviarse de la preocupación de que este chico estúpido pudiera romper su voluntad si la barbarie continuaba.

Clark sabía que podría haber mentido, podría haber inventado relaciones falsas, contado una historia complicada que tomaría varios días confirmar. Pero le preocupaba que cualquier confusión de su parte pudiera ser detectada con una rápida comprobación de los hechos o un poco de trabajo preliminar por parte de la gente de Kovalenko. Y si lo pillaban mintiendo, si retrasaba el proceso durante demasiado tiempo, entonces tal vez Valentín regresaría con algo de SP-117, el suero de la verdad que, según algunos informes, estaba a años luz del poco confiable pentotal de sodio utilizado en el pasado.

No, se dijo Clark, por mucha que fuera la miseria en que se encontraba en este momento, soportaría los golpes con la esperanza de que sus brutales torturadores fueran demasiado lejos y lo mataran.

Mejor eso a que jodieran con su mente y lo convirtieran en la destrucción del Campus y el presidente Jack Ryan.

—El tiempo es corto, ¡todos de vuelta a trabajar! —gritó Kovalenko cuando reapareció en la luz que colgaba sobre la cabeza de Clark.

Valentín se acercó más y le sonrió, revitalizado, al parecer, por el olor de su aliento, por un café fuerte y un cigarrillo ruso.

—¿Cómo se siente?

—Estoy bien. ¿Cómo estas *tú*? —dijo Clark con sequedad.

—¿Algún deseo de hablar y detener el dolor? Tenemos un medicamento maravilloso que le podemos dar para hacer que desaparezca. Y lo dejaremos en un hospital local. ¿No sería agradable?

—Valentín —dijo Clark—, hagas lo que hagas conmigo, mi gente se enterará. Y lo que sea que me hagas a mí, te harán a ti. Ten eso en cuenta.

Kovalenko se limitó a mirar fijo al americano.

—Sólo dígame quiénes son y no tendré que hacer nada más.

Clark miró hacia otro lado.

Kovalenko asintió con la cabeza.

—Le juro que deseo que mi padre estuviera aquí ahora. Las viejas formas eran mejores para esto, estoy seguro. De todas formas, John, ya ha perdido una mano, pero yo recién estoy empezando. Va a salir de aquí convertido en un viejo lisiado. Estoy a punto de destruirlo.

Esperó a que John le preguntara cómo, pero John no lo hizo.

—Voy a hacer que mis amigos aquí le metan un bisturí en los ojos, uno a la vez.

Clark miró a Kovalenko.

—Y mi gente hará lo mismo contigo. ¿Estás preparado para eso?

—¿*Quién* es su gente? ¿*Quién*?

John no dijo nada.

Un enorme eslavo agarró la cabeza de John desde atrás y la inmovilizó. Los ojos de Clark se aguaron, lágrimas rodaron por su rostro y parpadeó rápidamente.

—¡Vete a la mierda! —gritó a través de su mandíbula sujetada con fuerza por una mano carnosa y la llave de cabeza que le estaban aplicando se hizo más firme.

El otro matón de las Spetsnaz se puso delante de John. Un bisturí de acero inoxidable en su mano brillaba bajo la luz que colgaba desde arriba. Valentín dio un paso atrás y se dio vuelta para no ver.

—Señor Clark. Esta... en estos momentos... es su última oportunidad.

Clark pudo deducir por la resignación en la voz del joven que no daría marcha atrás.

—¡Vete a la mierda! —fue todo lo que salió de la boca del americano. Respiró hondo y contuvo el aire.

Kovalenko se encogió de hombros de manera muy dramática. Mirando hacia la pared, dijo:

—*Votki emu v glaz.*

Clark entendió. Mételo en su ojo.

A través del efecto ojo de pez del agua en sus ojos, Clark vio el bisturí acercarse a su rostro mientras el hombre se arrodillaba delante de él. Más allá de eso, vio a Kovalenko alejarse. Pensó que el ruso simplemente no tenía estómago para lo que iba a suceder, pero luego John se dio cuenta de que Valentín estaba reaccionando a un ruido fuera.

Los sonidos de un helicóptero hicieron eco a través de la bodega. El golpeteo llegó rápido y frenético, como si la aeronave estuviera cayendo desde el cielo. Aterrizó en el exterior; Clark pudo ver las luces brillando a través de las paredes, creando unas sombras perversas que se movían hacia adelante y hacia atrás sobre todos. El hombre con el bisturí se levantó rápidamente y se dio la vuelta. Por encima del ruido increíble, ruido que le dijo a John que había más de un helicóptero

—el otro probablemente estaba flotando a pocos pies encima del techo de hojalata—, Valentín Kovalenko les gritó órdenes a sus hombres de seguridad alrededor del perímetro. Clark alcanzó a ver al *rezident* asistente del SVR en el barrido de las luces. Parecía un animal acorralado, sumido en pánico.

El helicóptero por encima de ellos comenzó a girar lentamente.

Ahora se escucharon voces gritando, dando órdenes y gritando amenazas. John metió la cabeza en su cuello, no había nada más que pudiera hacer atado a la silla, pero sintió que tenía que hacer algo. Su mano herida le dolía insoportablemente, por lo que la nueva actividad en el edificio le dio algo en qué pensar por lo menos.

Luces láser rojas aparecieron como luciérnagas apuntando a través de las superficies de los pisos, la mesa, los hombres que estaban alrededor y el propio John Clark. En el aire frío y polvoriento John podía ver las delgadas líneas de los láseres rojos como agujas barriendo todo. Entonces se vio bañado en una luz blanca y cerró los ojos firmemente.

Cuando los abrió se dio cuenta de que las lámparas que colgaban dos pisos por encima de él en el techo de la bodega habían sido encendidas y la gran sala estaba llena de luz.

Valentín Kovalenko era la figura más pequeña en el edificio. Frente a él, enfrentándolo, había hombres armados con metralletas HK MP5 vestidos de negro.

Eran tropas de las Spetsnaz y estaban lideradas por un hombre vestido de civil. Kovalenko y sus hombres —John ahora podía ver que eran ocho en total— levantaron sus manos.

¿Quién demonios era este nuevo payaso? Clark se preguntó. Salir de las llamas para caer en las brasas, pero ¿y *ahora* qué? ¿Podría ponerse peor?

Valentín y su equipo fueron sacados de la bodega con sólo unos cuantos comentarios rudos de los hombre en ropa de calle, que luego salieron con varios, pero no todos, los paramilitares. El helicóptero despegó un minuto después.

El helicóptero que había estado volando en círculos por encima se alejó.

Detrás de los soldados de las Spetsnaz que permanecieron en la sala un hombre delgado de cincuenta y tantos años apareció en el frío sótano. El hombre tenía el pelo corto, estrechos anteojos de montura metálica y ojos brillantes e inteligentes en su arrugada cara. Se veía como si corriera cinco millas antes del desayuno cada mañana.

John Clark sintió que estaba ante su propia imagen en un espejo, pero con un traje ruso.

Excepto que no era un espejo. Clark conocía al hombre delante de él.

El hombre se paró frente al estadounidense y le ordenó a uno de los hombres que cortara las amarras de Clark. Mientras lo hacían el hombre más viejo dijo:

—Sr. Clark. Mi nombre es Stanislav Biryukov. Soy...

—Usted es el director del FSB.

—Lo soy, sí.

—¿Entonces, esto sólo se trata de un cambio de guardia? —preguntó Clark.

El hombre del FSB sacudió la cabeza enfáticamente.

—*Nyet*. No, por supuesto que no. Yo no estoy aquí para continuar con esta locura.

Clark se limitó a mirarlo.

Biryukov dijo:

—Mi país tiene un grave problema y nos encontramos en la necesidad de recurrir a su experiencia. Al mismo tiempo, nos damos cuenta de que usted está aquí, justo aquí, en Rusia, y usted mismo parece estar en problemas. Es el destino lo que nos reúne hoy, John Clark. Espero que los dos podamos llegar a un acuerdo rápido y mutuamente beneficioso.

Clark se limpió el sudor de la frente con el dorso de la mano.

—Continúe hablando.

—Ha habido un incidente terrorista en Kazajstán en nuestras instalaciones de lanzamiento espacial de Baikonur.

Clark no tenía idea de lo que estaba pasando más allá de su campo de visión.

—¿Un acto terrorista?

—Sí. Una cosa terrible. Dos cohetes con cabeza de bombas nucleares están en manos de terroristas del Cáucaso y tienen la mano de obra y el conocimiento para lanzar los cohetes. Hemos pedido la ayuda de su antigua organización. No estoy hablando de la CIA, estoy hablando de Rainbow. Desgraciadamente, los hombres liderando Rainbow en este momento no se encuentran preparados para la magnitud de este problema.

—Llame a la Casa Blanca.

Biryukov se encogió de hombros.

—Lo hicimos. Edward Kealty envió a cuatro hombres con computadoras portátiles para salvarnos. Están en el Kremlin. Ni siquiera fueron a Kazajstán.

—Entonces, ¿ustedes qué están haciendo aquí?

—Rainbow está apostado allí ahora mismo. Cuarenta hombres.

Clark simplemente repitió:

—¿Ustedes qué están haciendo aquí?

—Le he pedido a mi presidente que le solicite a Rainbow que lo dejen tomar el mando temporal de la organización para la operación en Baikonur. Las fuerzas rusas Spetsnaz lo ayudarán en cualquier forma que usted desee. La Fuerza Aérea también. De hecho, usted tendrá el ejército ruso entero a su disposición.

Hizo una pausa y luego dijo:

—Necesitamos actuar antes de mañana por la noche.

—¿Me está pidiendo *a mí* que lo ayude?

Stanislav Biryukov meneó la cabeza lentamente.

—Le estoy suplicando, señor Clark.

Clark levantó una ceja mientras miraba al jefe del FSB.

—Si usted está apelando a mi amor por todas las cosas rusas con el fin de detener el ataque a Moscú, pues, lo siento, compañero, pero me pilló en un mal día. Mi primera inclinación es a apoyar al hombre con el dedo en el botón allá, en Kazajstán.

—Entiendo, a la luz de las actuales circunstancias. Pero también sé que va a hacer esto. Usted querrá salvar millones de vidas. Eso es todo lo que requiere para aceptar este papel, pero he sido autorizado por el presidente Rychcov para ofrecerle lo que quiera. Lo que sea.

John Clark se quedó mirando al ruso.

—En este momento me vendría bien una maldita bolsa de hielo.

Biryukov actuó como si recién se hubiera dado cuenta de la mano hinchada y quebrada. Llamó a los hombres detrás de él y pronto un sargento de las Spetsnaz se acercó con un equipo médico y comenzó a desenvolver la toalla. Puso bolsas de gel frío en las terribles heridas y de a poco volvió a poner los dos dedos torcidos en su lugar. Luego comenzó a envolver la mano completa y las bolsas de hielo con vendajes de compresión.

Mientras hacía esto, Clark habló a través de una mueca de dolor.

—Aquí están mis demandas. Su gente hablará con la prensa acerca de cómo Kovalenko conspiró con Paul Laska para derribar el gobierno de Ryan con mentiras acerca de mí. El gobierno ruso se distanciará por completo de las denuncias y entregará las pruebas que tiene de Laska y sus asociados.

—Por supuesto. Kovalenko ha traído la vergüenza sobre todos nosotros.

Los dos hombres se miraron en silencio por un momento antes de que Clark dijera:

—No me voy a fiar de sus garantías. Hay un tipo en *The Washington Post*. Bob Holtzman. Es un tipo duro pero justo. Puede hacer que su embajador se reúna con él, o lo puede llamar usted mismo. Pero esto tiene que suceder antes de que yo haga cualquier cosa para ayudarlo con esa situación que tiene en el puerto espacial.

Stanislav Biryukov asintió.

—Voy a llamar a la oficina del presidente Rychcov y veré que suceda hoy día.

Luego miró a su alrededor, los implementos de tortura sobre la mesa.

—Entre usted y yo, entre dos viejos que han visto mucho más que muchos de los jóvenes que han llegado a los altos rangos hoy... me gustaría pedirle disculpas por lo que el SVR ha hecho. Esto no fue una operación del FSB en lo absoluto. Espero que le diga eso a su nuevo presidente personalmente.

Clark respondió a la solicitud con una pregunta:

—¿Qué pasará con Valentín Kovalenko?

Biryukov se encogió de hombros.

—Moscú es un lugar peligroso, incluso para un líder del SVR. Su operación, su operación clandestina, debo decir, ha sido una vergüenza para mi país. Hará enojar a gente importante cuando se sepa lo que ha hecho. ¿Quién dice que no puede sufrir un accidente?

—No estoy pidiendo que mate a Kovalenko en mi nombre. Estoy sugiriendo que va a estar en problemas cuando se entere de que he sido liberado por el FSB.

Biryukov sonrió. Clark podía ver que el hombre no estaba en lo más mínimo preocupado por Valentín Kovalenko.

—Señor Clark. Alguien tiene que asumir la responsabilidad de Rusia en este desgraciado asunto.

John se encogió de hombros. No iba a preocuparse por

salvarle el culo a Kovalenko en este momento. Había personas inocentes allá afuera que realmente merecían su ayuda.

John Clark y Biryukov Stanislav se subieron a un helicóptero cinco minutos después. Comandos fuertemente armados ayudaron a John a caminar y el médico le aplicó compresas frías y vendajes de compresión alrededor de sus costillas rotas. A medida que el helicóptero se elevaba hacia el cielo nocturno el americano se inclinó hacia el jefe del FSB.

—Necesito el avión más rápido a Baikonur y un teléfono satelital. Tengo que llamar a un antiguo colega de Rainbow y traerlo aquí. Si usted puede acelerar su proceso de visado y pasaporte, sería muy útil.

—Simplemente dígale a su hombre que se ponga en camino a Baikonur. Me pondré en contacto personalmente con el jefe de la autoridad aduanera de Kazajstán. No habrá retrasos para entrarlo al país, se lo prometo. Usted y yo nos reuniremos con él allí. Para cuando aterricemos, Rychcov ya habrá negociado su autoridad para liderar Rainbow, una vez más.

76

Chávez, Ryan, y Caruso se reunieron con Mohammed al Darkur poco después de aterrizar en el aeropuerto internacional de Allama Iqbal, en Lahore, la capital del estado de Punjab. Los estadounidenses se alegraron de ver que el mayor de la ISI se había recuperado casi por completo de la herida en el hombro, aunque era evidente por sus movimientos rígidos que todavía tenía algunos problemas.

—¿Cómo está Sam? —le preguntó Mohammed a Chávez mientras todos se subían a una furgoneta de la ISI.

—Va a estar bien. La infección está mejorando, las heridas se están curando, él dice que está recuperado en un cien por ciento y listo para la acción, pero nuestros jefes no quisieron ni oír hablar de que viniera a Pakistán por el momento.

—No es un buen momento para que nadie venga a Pakistán. Especialmente a Lahore.

—¿Cuál es la situación?

La furgoneta se dirigió hacia la salida del aeropuerto. Además del conductor, Mohammed traía a otro hombre en la parte delantera, quien les pasó pistolas Beretta de 9 milímetros cargadas a los estadounidenses mientras hablaban.

—Está empeorando a cada hora que pasa. Hay cerca de diez millones de personas aquí y cualquiera que puede salir de la ciudad está haciendo precisamente eso. Estamos a sólo diez kilómetros de la frontera y el público espera una segura invasión de la India. Ya hay informes de artillería cruzando en ambas direcciones.

—La FDP ha movido armamento a la ciudad, lo podrán ver por ustedes mismos. Se están instalando controles policiales y militares ahora mismo en medio de rumores de que hay agentes extranjeros en la ciudad, pero no tendremos ningún problema para pasar.

—¿Qué hay de cierto sobre esos rumores acerca de los espías indios?

—Tal vez son ciertos. La India está agitada. Comprensiblemente, en este caso. Misceláneos de Inteligencia Conjunta ha fomentado una verdadera crisis internacional y no sé si podremos retroceder del borde del abismo.

Caruso le preguntó:

—¿Su gobierno va a caer, sobre todo ahora, después de que las bombas aparecieron en las manos de terroristas daguestaníes?

—La respuesta corta, Dominic, es sí. Tal vez no suceda hoy o esta semana, pero sin duda muy pronto. Nuestro primer ministro no era fuerte, para empezar. Asumo que el Ejército lo depondrá, según dirán, para «salvar Pakistán».

—¿Dónde está Rehan ahora? —preguntó Chávez.

—Está en un apartamento en la parte vieja de Lahore conocida como la Ciudad Amurallada, cerca de la Mezquita Sunehri. No tiene una gran cantidad de hombres con él. Creemos que sólo está con su asistente, el coronel Saddiq Khan, y un par de guardias.

—¿Alguna idea de lo que se trae entre manos?

—Ninguna, a menos que sea reunirse con terroristas de Lashkar. Este es un bastión de LeT y él los ha estado utilizando en operaciones en la frontera. Pero, honestamente, Lahore parece ser el último lugar para que Rehan esté en estos momentos. La ciudad no es un bastión fundamentalista como Quetta o Karachi o Peshawar. Tengo un par de hombres cerca de su apartamento, así que si sale por la razón que sea podemos tratar de seguirlo.

Al Darkur llevó a los estadounidenses a un apartamento cercano. Se acababan de instalar cuando sonó el teléfono móvil de Chávez.

—Aquí Ding —dijo.

—Hola.

Era John Clark.

—¡John! ¿Estás bien?

—Sobreviviendo. ¿Recuerdas que cuando dijiste que si te necesitaba vendrías corriendo?

—Demonios, sí.

—Entonces sube tu culo a un avión, pronto.

Chávez miró a través de la habitación a los dos agentes más jóvenes. Tendría que dejarlos por su cuenta, pero no había manera de que no fuera a ayudar a Clark.

—¿A dónde me dirijo?

—Al escenario principal.

Mierda, pensó Chávez. Sólo dijo:

—¿El cosmódromo?

—Me temo que sí.

John Clark se había cambiado de ropa a un uniforme de camuflaje ruso y un pesado abrigo para cuando bajó del helicóptero en el estacionamiento del hotel Sputnik. Los vendajes en su mano y en su cabeza eran de un grado profesional, Biryukov se había encargado de que un cirujano ortopédico volara con ellos desde Moscú para curar las heridas del estadounidense.

Le dolían una bestialidad. John estaba bastante seguro de que su mano le molestaría por el resto de su vida, incluso después de Dios sabe cuántas cirugías que requeriría para poner los huesos de nuevo en su lugar, pero esa era una preocupación para otro día.

La nieve caía pesadamente durante su llegada. Eran las ocho de la mañana hora local y a Clark le pareció que el Sputnik era un caos. Diferentes organizaciones de hombres, uniformados y vestidos de civil, se habían apostado en pequeños reinos, tanto afuera como adentro, y no parecía haber nadie a cargo.

Mientras John caminaba desde el helicóptero hasta el hotel cada persona en su camino se detuvo y lo miró. Algunos sabían que era el ex comandante de Rainbow y que estaba aquí para tomar el control de la situación. Otros sabían que era John Clark, el fugitivo internacional buscado por los Estados Unidos por múltiples asesinatos. Muchos simplemente notaron la presencia del hombre, que caminaba con determinación y autoridad.

Pero todo el mundo vio la cara moreteada, la mandíbula de color morado oscuro y los ojos en tinta, y una mano derecha envuelta en un vendaje blanco nuevo.

Stanislav Biryukov estaba a su lado y los seguían una docena de hombre más del FSB y el Grupo Alfa mientras entraban al hotel y marchaban a través del vestíbulo. En el pasillo que conducía a la sala de conferencias principal, oficiales militares, diplomáticos y científicos espaciales por igual se hicieron a un lado para dejar pasar la procesión.

Biryukov no tocó la puerta antes de entrar al centro de mando. Había hablado con el presidente Rychcov momentos antes de aterrizar en Yubileinaya y, en lo que a Biryukov respectaba, tenía toda la autoridad que necesitaba para hacer lo que se la antojara aquí.

El centro de mando había sido notificado de la llegada del estadounidense y el director del FSB, por lo que las personas que estaban trabajando allí estaban sentadas y listas para una conversación. Se les pidió a Clark y a Biryukov que se sentaran a la mesa, pero los dos hombres permanecieron de pie.

El director de la agencia de inteligencia rusa fue el primero en hablar.

—He hablado con el presidente directamente. Él ha tenido conversaciones con los comandantes de la OTAN con respecto a Rainbow.

El embajador de Rusia en Kazajstán asintió.

—Yo mismo he hablado con el presidente, Stanislav Dmitrievich. Permítanme asegurarles, y déjeme decirle al señor Clark, que entendemos la situación y estamos a su disposición.

—Como también lo estoy yo —el general Lars Gummesson entró en la habitación.

Clark había conocido a Gummesson cuando él era coronel de las Fuerzas Especiales de Suecia, pero no conocía al hombre, aparte del hecho de que él era el actual jefe de Rainbow. Esperaba cierta fricción del oficial, era lo lógico para alguien que había tenido que renunciar a su mando, pero el alto sueco saludó a Clark con elegancia, aunque mirando con curiosidad el rostro golpeado y la mano herida del hombre de más edad. Se recuperó y dijo:

—He hablado con los dirigentes de la OTAN y me han explicado que usted estará al mando de Rainbow para esta operación.

Clark asintió.

—Si usted no tiene objeciones.

—En absoluto, señor. Yo sirvo a las órdenes de mi gobierno y del liderazgo de la OTAN. Ellos han tomado la decisión de reemplazarme. Su reputación lo precede y espero aprender mucho en las próximas veinticuatro horas. Antes, cuando Rainbow era efectivamente utilizado en acción directa, es decir, en la época que usted estaba a cargo, estoy seguro de que aprendió muchas cosas que le serán útiles en las próximas horas. Espero participar de la acción esta noche en la manera en que me pueda usar.

Gummesson terminó con:

—Sr. Clark, hasta que esta crisis haya terminado, Rainbow es suyo.

Clark asintió con la cabeza, no tan feliz por asumir esta responsabilidad como el general sueco parecía pensar que estaba. Pero no tenía tiempo para preocuparse por su propia circunstancia. Comenzó a trabajar en la operación de inmediato.

—Necesito planos del centro de control de lanzamiento y los silos de los misiles.

—Los tendrá de inmediato.

—Necesitaré enviar unidades de reconocimiento para obtener una impresión exacta de las zonas de destino.

—Lo esperábamos. Antes del amanecer introdujimos dos equipos de dos hombres cada uno a menos de mil yardas de las tres localidades. Tenemos comunicaciones fiables y video en tiempo real.

—Excelente. ¿Cuántos hombres de Jamaat Shariat hay en cada sitio?

—Desde el lanzamiento del 109, han consolidado sus hombres. Parece haber alrededor de ocho a diez enemigos en torno a cada silo de lanzamiento. Hay cuatro más en un búnker cerca del camino de acceso que conduce a la zona Dnepr. No tenemos idea de cuántos hay en el centro de control de lanzamiento. Desde la distancia hemos visto a un hombre en el techo, pero eso no sirve de nada. La instalación es esencialmente un bunker y no podemos meter nuestros ojos ahí adentro. Si atacamos, vamos a tener que atacar a ciegas.

—¿Por qué no podemos usar misiles de superficie a aire para eliminar los cohetes si son lanzados?

Gummesson negó con la cabeza.

—Eso es posible cuando todavía están muy bajos, pero no somos capaces de mover el equipo lo suficientemente cerca como para destruirlos antes de que se estén moviendo demasiado rápido para los SAM[37]. Los misiles disparados desde aviones no pueden llegar a ellos tampoco.

Clark asintió.

—Supuse que no sería fácil. Muy bien. Necesitamos nuestro propio centro de operaciones. ¿Dónde está el resto de los hombres?

—Tenemos una gran tienda de campaña fuera para CCC.

Comunicación, comando y control sería el centro de operaciones de Rainbow.

---

37 Misiles de superficie a aire, por sus siglas en inglés (Surface to Air Missiles).

— Hay otra tienda para el equipo y una tercera donde se alojan los hombres.

Clark asintió.

—Vamos allá ahora.

Clark y Gummesson hablaban mientras caminaban con Biryukov y varios oficiales del Grupo Alfa hacia el estacionamiento. Habían llegado al vestíbulo del Sputnik cuando Domingo Chávez entró por la puerta principal. Ding vestía una camisa de algodón marrón y jeans, ni abrigo ni sombrero, a pesar de que estaba más que gélido.

Chávez observó a su suegro desde el otro lado del vestíbulo y se acercó a él. Mientras se acercaba, su sonrisa se desvaneció. Le dio al hombre mayor un abrazo suave y cuando se apartó la cara de Ding mostraba una furia desenfrenada.

—¡Por Dios, John! ¿Qué demonios te hicieron?

—Estoy bien.

—¡La mierda que lo estás!

Chávez miró alrededor a Biryukov y los otros rusos, pero siguió hablándole a John.

—¿Qué te parece si les decimos a estos rusos que se jodan, nos vamos a casa, nos buscamos un sofá y un televisor, y luego nos sentamos a ver Moscú arder hasta el maldito suelo?

Uno de los enormes hombres rusos de las Spetsnaz, que

hablaba inglés, obviamente, se movió hacia Chávez, pero el mexicano-americano de menor tamaño se enfrentó a él.

—Ándate a la mierda.

Clark se vio a sí mismo teniendo que hacer de pacificador.

—Ding. Está bien. Estos tipos no me hicieron esto. Fue un desgraciado del SVR y su gente.

Chávez no dio marcha atrás del gran eslavo parado frente él, pero finalmente asintió a medias.

—Muy bien, entonces. ¿Qué carajo? Vamos a salvarles el culo, supongo.

77

Mohammed al Darkur llamó a la puerta del apartamento de Ryan y Dominic a las nueve de la mañana. Los estadounidenses estaban levantados y tomando café, y le sirvieron una taza al mayor pakistaní mientras hablaba.

—Ha habido avances durante la noche. Proyectiles indios cayeron sobre la aldea de Wahga, justo al este de Lahore, matando a treinta civiles. La FDP devolvió el fuego hacia la India. No sabemos del daño causado allí. Otro bombardeo, a sólo unas millas más al norte, dañó una mezquita.

Ryan ladeó la cabeza.

—Qué extraño que Rehan, el tipo que está orquestando todo el conflicto, justo esté en la zona.

El mayor dijo:

—No podemos descartar su participación en estos actos. Fuerzas paquistaníes rebeldes podrían estar disparando contra su propio país con el fin de intensificar la respuesta de Pakistán.

—¿Cuál es el plan de hoy? —preguntó Caruso.

—Si Rehan deja su apartamento, lo seguimos. Si alguien va al apartamento de Rehan, lo seguimos.

—Bastante simple —dijo Dom.

Georgi Safronov estaba sentado solo en la cafetería del tercer piso del CCL terminando su desayuno: café, un tazón de sopa de papas reconstituida de la cafetería y un cigarrillo. Estaba cansado, pero sabía que iba a recuperar su energía. Había pasado la mayor parte de la mañana haciendo entrevistas telefónicas con las emisoras de noticias desde Al Jazeera hasta Radio Habana, difundiendo la difícil situación de la gente de Daguestán. Era un trabajo necesario, tenía que sacar el mayor provecho posible de este evento para ayudar a su causa, pero nunca había trabajado tan duro en su vida como lo había hecho en los últimos meses.

Mientras fumaba veía la televisión en la pared. Pasaban una nota en el noticioso que mostraba fuerzas rusas blindadas moviéndose hacia el norte, cerca del Mar Caspio en el norte de Daguestán. El comentarista decía que fuentes del gobierno ruso habían negado que eso tuviera algo que ver con la situación en el cosmódromo, pero Safronov sabía que, al igual que gran parte de la televisión rusa, era una mentira descarada.

Varios de sus hombres habían visto la televisión en una oficina de la planta baja y se precipitaron a la cafetería para abrazar a su líder. Las lágrimas brotaron de sus ojos en tanto la emoción de sus hombres trajo su propio orgullo nacionalista al frente de su conciencia. Había querido esto toda su vida, mucho antes de saber qué era ese sentimiento dentro de él, el sentido de propósito, de poder sin explotar.

La necesidad de pertenecer a algo más grande.

Hoy era el día más grande en la vida de Georgi Safronov.

Llegó una transmisión por la radio que a Magomed Daguestani —el *nom de guerre* de Georgi— se lo necesitaba en la sala de control de lanzamiento para una llamada. Supuso que era su esperada conversación con el comandante Nabiyev y se apresuró a salir de la cafetería. Estaba ansioso de hablar con el prisionero y de hacer los arreglos para su llegada. Tomó la escalera trasera hasta el segundo piso, luego entró en el CCL a través de la entrada sur de la escalera. Se puso el auricular y tomó la llamada.

Era el centro de crisis del Kremlin. Vladimir Gamov, el director de la Agencia Espacial Federal Rusa, estaba en la línea. Georgi pensó que la relación de su propia familia con Gamov era la única razón por la que el viejo era el que se comunicaba con él, como si eso hiciera alguna diferencia.

—¿Georgi?

—Gamov, he pedido ser llamado por otro nombre.

—Lo siento, Magomed Daguestani, es que yo te he conocido como Georgi desde 1970.

—En aquel entonces ambos estábamos siendo engañados. ¿Me vas a conectar con Nabiyev?

—Sí, lo voy a poner en la llamada en un momento. Primero quería informarte del estado de los movimientos de tropas en el Cáucaso. Quiero ser claro. Hemos comenzado pero hay más de quince mil soldados en Daguestán solamente. El doble en Chechenia y aún más en Ingusetia. Muchos de ellos están de licencia, muchos están en patrulla o en ejercicios de varios días y lejos de sus bases. Simplemente no podemos movilizarlos en un día. Los estamos empujando hacia el norte en la medida que podamos. Estamos sacando gente por vía aérea desde el aeropuerto y la base aérea, pero no vamos a tener a todo el mundo fuera para la fecha límite. Si nos das un día y una noche más, verás nuestro compromiso total.

Safronov no se comprometió a nada.

—Voy a consultar con mis propias fuentes para asegurarme de que esto no es un truco. Si realmente estás moviendo unidades hacia el norte, entonces consideraré la posibilidad de ampliar el plazo por un día. No prometo nada, Gamov. Ahora, déjame hablar con el comandante Nabiyev.

Georgi fue comunicado y pronto se encontró hablando con el joven líder del ala militar de sus tropas. Nabiyev le informó a Safronov que sus captores le habían dicho que sería llevado a Baikonur esa noche.

Georgi lloró de alegría.

. . .

Clark, Chávez, Gummesson y los planificadores de Rainbow pasaron todo el día en su tienda de campaña calefaccionada en el estacionamiento del Hotel Sputnik, revisando esquemas, mapas, fotografías y otros materiales que los ayudarían a prepararse para un ataque al cosmódromo.

Para el mediodía, a Clark se le habían ocurrido algunas ideas que los Spetsnaz no habían pensado para el ataque, y para las tres Chávez y Clark tenían un plan de ataque que maravilló a los oficiales de Rainbow, hombres que habían sido forzados a una mentalidad de aversión al riesgo en el último año y medio. Se tomaron un breve descanso y luego los diferentes equipos de asalto se separaron para hacer planificación de unidad, mientras que Clark y Chávez informaban a los pilotos de la Fuerza Aérea de Rusia.

A las siete de la tarde Chávez se acostó en una cama para descansar noventa minutos. Estaba cansado, pero estaba entusiasmado por la noche que tenían por delante.

A Georgi Safronov se le había dicho que Israpil Nabiyev llegaría en un helicóptero de transporte de la Fuerza Aérea de Rusia a alrededor de las 10:30 p.m. Después de consultar con algunos de los treinta y cuatro rebeldes restantes, el empresario espacial y terrorista daguestaní le dijo a Gamov cómo se haría la transferencia. Sus disposiciones fueron específicas para asegurarse de que no hubiera trucos por parte de los rusos. Quería que el helicóptero que traía al comandante Nabiyev aterrizara al otro lado de la plaza de estacionamientos en el CCL y que Nabiyev caminara solo los setenta metros hasta la entrada principal. Durante todo el tiempo estaría bajo brillantes luces montadas en el techo del CCL. Habría hombres armados en el techo, así como en la entrada principal del CCL para asegurarse de que nadie más saliera del helicóptero.

Gamov escribió todo y consultó con el centro de crisis, que accedió a todas las peticiones de Safronov. Lo que sí, tuvieron una condición. Le exigieron que dejara ir a todos los prisioneros extranjeros del CCL al mismo tiempo que Nabiyev saliera del helicóptero.

Safronov olió una trampa.

—Director, por favor, sin trucos. Necesitaré alimentación simultánea de video desde el interior del helicóptero conectada a nosotros aquí en el centro de control de lanzamiento. También requiero comunicación de radio directa con el comandante Nabiyev para el viaje desde el aeropuerto hasta el CCL. Si usted llena el helicóptero con sus tropas, yo lo sabré.

Gamov volvió a dejar la llamada para consultar con los demás, pero cuando regresó accedió a que se podría establecer un enlace de audio/video con Nabiyev al interior del helicóptero en el camino desde el aeropuerto para que Safronov y su gente en el CCL pudieran ver que el comandante militar de Daguestán estaba en el helicóptero con sólo unos pocos miembros de la tripulación y mínima seguridad para custodiarlo.

Georgi se mostró satisfecho y puso fin a la llamada para notificar a sus hombres del acuerdo.

Las calles de Lahore todavía eran un caos a las nueve de la noche. Jack y Dominic estaban solos en ese momento, sentados en un restaurante de comida rápida a un cuarto de milla de donde Rehan y su comitiva habían entrado en una mezquita. Al Darkur había enviado a uno de sus hombres a la mezquita para vigilar al general y el mismo al Darkur había ido a una comisaría cercana a requisar chalecos antibalas y rifles. También había contactado a un amigo en una unidad del SSG ubicada cerca de allí, pidiéndole al capitán que le enviara hombres para que lo ayudaran en una operación de inteligencia en la ciudad, pero el SSG había recibido inexplicablemente órdenes de permanecer en su base.

Ryan y Dom vieron las noticias en un televisor en el mostrador del restaurante. Esperaban noticias de los eventos en Kazajstán, pero en Lahore, Pakistán, por el momento por lo menos, todas las noticias eran locales.

Acababan de terminar su pollo frito y bebían sus Coca-Colas cuando una explosión sacudió la calle. Los cristales de las ventanas se estremecieron, pero no se rompieron.

Los dos estadounidenses salieron corriendo del restau-

rante para ver lo que había sucedido, pero justo cuando llegaban a la acera, otra explosión, esta vez más cerca, casi los tiró
al suelo.

Asumieron que habían explotado un par de bombas,
pero luego oyeron un ruido infernal como el sonido de papel
rasgado difundido a través de un amplificador. El ruido terminó con otra explosión, esta vez aún más cerca que las dos
primeras.

—¡Eso es entrante, primo! —dijo Dominic, y ambos hombres se unieron a la multitud en la acera corriendo en la otra
dirección.

Otro ruido como de tela rasgándose y otra explosión,
esta a una cuadra hacia el este, hizo que gran parte de la multitud fuera hacia el sur.

Jack y Dom pararon de correr. Ryan dijo:

—Entremos. No hay mucho más que podamos hacer.

Corrieron hacia al interior del edificio de un banco y se
alejaron de las ventanas. Hubo otra media docena de explosiones, algunas apenas audibles en la distancia. Los sonidos de
las sirenas llenaron el aire y luego el estallido distante de
armas automáticas.

—Qué mierda. ¿Empezó la guerra? —preguntó Dom,
pero Jack pensó que lo más probable era que las fuerzas paquistaníes en la ciudad estuvieran nerviosas.

—Como dijo al Darkur, podrían ser las fuerzas de la
FDP aliadas a Rehan blandiendo sus propias armas bajo las
órdenes de su líder.

Dom negó con la cabeza.

—Malditos barbas.

Fuera del banco, vehículos blindados de la FDP pasaban a toda velocidad y los vehículos civiles salían rápidamente de su camino.

Sonó el teléfono de Jack y contestó.

Era al Darkur.

—¡Rehan está en movimiento!

Rehan finalmente dejó su apartamento cerca de la Mezquita Sunehri a las nueve de la noche, durante el apogeo de la hora pico en la congestionada ciudad. Además de los usuales pasajeros, la prisa por salir de la ciudad continuaba, obstruyendo las calles que se llenaron rápidamente con tropas y vehículos blindados de la Fuerza de Defensa de Pakistán.

Ryan, Caruso, al Darkur y dos de los subordinados del mayor al principio tuvieron problemas para seguir al general y su séquito, pero cuando Rehan y su pequeño equipo se detuvieron en un estacionamiento en la calle Canal Bank, donde se encontraron con tres vehículos llenos de jóvenes barbudos vestidos de civil, a la furgoneta que los seguía le fue más fácil mantenerlo vigilado.

—Debe haber una docena de tipos en esos vehículos —dijo Ryan—, más Rehan y su equipo son dieciséis.

El mayor asintió.

—Y estos nuevos hombres no parecen ser de la ISI o la FDP. Son LeT, podría jurarlo.

—Mohammed, si tenemos que luchar contra dieciséis villanos, no me vendría mal un poco más de armas de fuego —dijo Ryan.

—Yo me encargaré de eso, no se preocupe.

Y con eso el mayor tomó su teléfono móvil.

78

Clark y Chávez estaban parados afuera de un avión de transporte de la Fuerza Aérea Antonov An-72 estacionado en la pista de aterrizaje en el aeropuerto de Krayniy cerca de la ciudad de Baikonur, a veinticinco millas al sur de la instalación Dnepr en el Cosmódromo y a cuarenta millas al sur del aeropuerto de Yubileinaya. Los motores del Antonov rugían, incluso estando parado.

También estacionados allí en la pista había cuatro helicópteros Mi-17, un pequeño helicóptero Mi-8 y un helicóptero Mi-26 gigantesco. Un mar de hombres y mujeres se movían alrededor de las máquinas, echándoles combustible y cargándolos bajo las luces artificiales de unidades de energía auxiliares y focos portátiles.

Una ligera nevada soplaba alrededor de los dos únicos estadounidenses en el campo de aviación.

—¿Ya llegó Nabiyev? —le preguntó Ding a John.

—Sí, está en Yubileinaya. Va a ser transportado a las 22:30.

—Bien.

Chávez estaba vestido de Nomex negro de pies a cabeza. Llevaba un casco en la cabeza de donde colgaba una máscara de oxígeno. En su pecho, una pistola ametralladora HK UMP calibre 40 colgaba sobre el equipo de pecho lleno de cargadores. Incluso con el silenciador en el cañón de la metralleta esta era apenas más ancha que los hombros de Ding con la culata doblada cerrada.

Domingo Chávez estaba equipado tal como lo había estado durante muchos años antes en Rainbow, aunque no usó su viejo indicativo. El hombre liderando su antiguo equipo estaba aquí y activo en esta misión, por lo que su señal de llamada Rainbow Dos no estaba disponible. En su lugar los hombres de comunicaciones de Rainbow le entregaron el apodo de Romeo Dos. Alguien bromeó diciendo que la designación de R se debía al hecho de que Domingo estaba retirado, pero a él no le importó. Los hombres de los equipos Rainbow podían llamarlo Domingo Chávez y no le hubiera importado. Tenía tantas otras cosas de qué preocuparse.

—¿Necesitas ayuda para ponerte el paracaídas? —preguntó Clark.

—No de ti, zurdo —dijo Ding.

Los dos hombres sonrieron secamente. El intento de humor negro se quedó corto. Chávez dijo:

—El jefe de carga a bordo me ayudará a alistarme.

Dudó un momento y luego dijo:

—Has hecho un muy buen trabajo en esta operación, John. Pero aún así... vamos a perder muchos hombres.

Clark asintió y miró los helicópteros llenándose de hombres de Rainbow.

—Me temo que tienes razón. Todo recae en la velocidad, la sorpresa y la violencia de la acción.

—Y toda la suerte que podamos conseguir en el camino.

John asintió de nuevo y luego se acercó a estrecharle la mano a su yerno. Se detuvo a medio camino, reconociendo que los vendajes harían imposible un apretón de manos normal, por lo que se cambió a la izquierda.

Ding preguntó:

—¿Qué tanto te duele?

Clark se encogió de hombros.

—La fractura de las costillas enmascara la fractura en la mano. La mano rota enmascara las costillas rotas.

—¿Estás fantástico, entonces?

—Nunca he estado mejor.

Los dos hombres se abrazaron afectuosamente.

—Nos vemos cuando esto se acabe, Domingo.

—Por supuesto, John.

Un minuto más tarde, Chávez estaba en el An-72 y cinco minutos más tarde, Clark estaba a bordo de uno de los Mi-17.

· · ·

Al Darkur, Ryan y Caruso siguieron a Rehan y su séquito de hombres de la ISI y agentes de LeT hasta la principal estación de trenes de Lahore. La ciudad estaba en un estado de alerta, lo que debía haber significado puestos de control organizados, toques de queda y cosas así, pero Lahore era una ciudad de diez millones de habitantes y prácticamente todos ellos estaban seguros de que esa noche sería el comienzo de una guerra de disparos en su ciudad, por lo que había más caos que orden en las calles.

Ryan y Dominic viajaba en la parte trasera de la furgoneta Volvo con el mayor. Al Darkur les había pasado chalecos antibalas de la policía y grandes rifles G3 a todos en la camioneta, y él llevaba el mismo equipo.

Había incendios ardiendo alrededor de la ciudad como consecuencia del bombardeo más temprano, pero no se habían producido más bombardeos. La ciudadanía en pánico causaría más víctimas, Jack estaba seguro, ya que había visto decenas de accidentes automovilísticos y peleas y empujones en la estación de trenes.

Rehan y su convoy de cuatro vehículos entraron a las calles dentro de los terrenos de la estación, pero entonces el auto de más atrás se detuvo de repente, bloqueando la ruta de tráfico. Los otros autos aceleraron hacia delante y las multitudes en la calle salieron a toda prisa de su camino.

—¡Mierda! —dijo Ryan.

Le preocupaba que perdieran al hombre. Había media docena de vehículos detrás del auto estacionado y sólo podían ver la parte superior de los vehículos del convoy mientras doblaban hacia el este, permaneciendo dentro de los terrenos de la estación de trenes.

—Estamos vestidos como policías. Vamos a desmontar, pero recuerden que debemos actuar como policías —dijo al Darkur.

Y con eso, Mohammed al Darkur y sus dos hombres salieron de la Volvo, seguidos por los estadounidenses. Dejaron el auto ahí en la carretera, con una cacofonía de bocinas sonando con ira detrás de él.

Corrieron entre los autos, se abrieron paso a la acera y se echaron a correr detrás del convoy que estaba de nuevo atascado en el espeso tráfico peatonal alrededor de la estación de trenes.

Rehan y sus hombres lograron pasar a través del tumulto en la calle y luego giraron y se dirigieron por un camino de acceso ferroviario que cruzaba las quince vías de la estación hacia un grupo grande de bodegas de techo metálico en el lado norte. Esto quedaba a un cuarto de milla de distancia de la estación y de todo el tráfico de pasajeros.

Con al Darkur y sus dos hombres a la delantera y los dos estadounidenses detrás, los cinco hombres a pie corrieron a través de un paso público de cruce de vías sobre la calle de los empleados. Debajo de ellos, los cuatro vehículos se metieron entre varios enlaces de vagones oxidados estacionados solos al otro lado de los terrenos de la estación. Los carros no tenían motores, simplemente estaban allí delante de un edificio de almacenamiento junto a las vías.

Los cinco hombres en el paso se detuvieron y observaron a los dieciséis hombres salir de los vehículos y caminar hacia la bodega.

Los sonidos de otro ataque de artillería sobre la ciudad llegaron desde lejos, del sur.

Ryan estaba jadeando por la carrera, pero dijo:

—Tenemos que salir del espacio abierto y encontrar un mejor punto de observación para vigilar ese edificio.

Al Darkur los lideró el resto del camino hasta el otro lado del paso, donde tomaron la segunda planta de una pequeña pensión.

Mientras al Darkur le asignaba a sus dos oficiales custodiar las escaleras, Caruso, Ryan y el mayor entraron en la gran habitación que daba a la estación de trenes. Ryan sacó los binoculares infrarrojos de su mochila y escaneó la zona. Formas fantasmales se movían entre los vagones estacionados, caminando o corriendo hacia y desde los caminos, trepando vallas para acercarse más a las vías activas.

Eran civiles, gente desesperada por salir de la ciudad.

Miró hacia la bodega a través de su óptica y vio el resplandor de un hombre en una ventana del piso superior. El hombre simplemente estaba parado allí, mirando hacia afuera. Para Ryan, la forma parecía la de un centinela.

Otro resplandor blanco apareció en la ventana de la esquina opuesta del edificio un minuto después.

Le pasó los binoculares a su primo.

Al Darkur tomó un rifle con mira telescópica y observó él mismo. También vio el espacio entre su posición y la nueva ubicación de Rehan.

—¿Qué son, ciento cincuenta yardas de distancia?

—Más bien doscientas —dijo Dominic.

—Me gustaría acercarme más —dijo Ryan—, pero tendríamos que cruzar una gran cantidad de terreno abierto, pasar sobre unos cinco pares de vías y luego trepar esa valla ciclónica en el otro lado.

—Puedo tratar de traer más hombres aquí, pero no será pronto —respondió al Darkur.

Lo que daría por saber cuál es el plan de ese hijo de puta —dijo Dom.

Chávez saltó solo de la rampa trasera del Antonov An-72 a veinticuatro mil pies de altura. Tiró del cordón de apertura a pocos segundos de salir del avión y un minuto después estaba revisando el GPS y el altímetro en su muñeca.

Los vientos de inmediato se convirtieron en un problema; luchó para mantener el rumbo y se dio cuenta de que estaba teniendo problemas para purgar la altitud lo suficientemente rápido. L3 operación necesitaba que estuviera sobre el objetivo justo cuando el helicóptero Mi-8 aterrizara frente al CCL, lo que significaba que tenía que calcular el tiempo muy bien. Como iba, tenía previsto estar bajo el paracaídas poco más de veintidós minutos.

Miró hacia abajo —en algún lugar ahí abajo estaba su objetivo— pero no podía ver nada a su alrededor a excepción de una oscuridad espesa e impenetrable.

Había ejecutado docenas de estos saltos a gran altura y de gran apertura en sus días en Rainbow, pero los hombres actualmente asignados a Rainbow, aunque eran paracaidistas competentes, no tenían suficiente experiencia en este tipo de saltos de noche hasta donde Clark y Chávez sabían. De todos modos saltarían en paracaídas sobre el objetivo en estos vientos arremolinados. Su papel en esta operación no era fácil, pero la misión de Clark necesitaba que alguien aterrizara en el techo del CCL silenciosamente, lo que significaba un tipo diferente de salto.

Había otra razón por la que Chávez decidió saltar solo. El equipo de francotiradores/vigilantes observando el movimiento en el CCL había reportado movimiento en el techo del edificio —centinelas vigilando el cielo en búsqueda de paracaídas.

Con el mal tiempo, Clark y Chávez estaban apostando a que un hombre podría lograrlo sin ser detectado, por lo menos hasta que estuviera en posición para atacar a los objetivos en el techo. Sin embargo, la probabilidad de éxito de un salto encubierto sobre el objetivo se reducía con cada paracaídas adicional en el aire.

Así que Ding voló su paracaídas de alto desempeño a través de la nieve solo.

. . .

El canal de video que mostraba a Nabiyev en la parte trasera del Mi-8 entró en funcionamiento cuando un miembro de la tripulación abordó el helicóptero en el aeropuerto, poco antes del despegue. Nabiyev podía hablar directamente con Safronov en la sala de control de lanzamiento, aunque el video y el audio tenían comprensiblemente un poco de interferencia. Aún así, la cámara cumplió su función. Escaneó alrededor del helicóptero para mostrar sólo cuatro hombres a bordo aparte de Israpil, a quien se le habían sacado las esposas y había sido vestido con un pesado abrigo y un sombrero. Georgi le pidió que mirara por la ventana y confirmara cuando pudiera ver las luces del CCL y el prisionero daguestaní se puso en posición para hacer eso.

El equipo de reconocimiento de francotiradores de Rainbow que había estado vigilando el CCL durante todo el día se había trasladado desde una distancia de mil yardas a sólo cuatrocientas al amparo de la noche. Ahora estaban ubicados en lo más profundo de la hierba con los ojos en la parte posterior del CCL. Observaban el edificio a través de sus miras telescópicas. La luz intermitente y la nieve hacían que la vista a través de sus cristales fuera confusa, pero el observador notó un par de largas sombras moviéndose contra una unidad de escape de calor de acero en el lado norte del techo.

Después de rastrear el movimiento durante mucho tiempo, vio la cabeza de un hombre salir a la luz tan sólo unos segundos antes de moverse por debajo de su línea de visión. El observador confirmó esto con su francotirador y luego pulsó el botón de enviar en su radio.

—Romeo Dos, es Charlie Dos, cambio.

—Romeo Dos, adelante.

—Ten en cuenta, hay dos centinelas en el techo.

Novecientos cincuenta pies por encima del techo del CCL, Ding Chávez quería responderle al vigilante con acento alemán que no veía una mierda. Sólo el GPS en su brazo lo estaba dirigiendo hacia su objetivo. Estaba allí en alguna parte y se ocuparía de los imbéciles en el techo cuando llegara allí. A menos que...

—Charlie Dos, Romeo Dos. Yo no voy a ver a los tipos hasta que aterrice sobre ellos. ¿Está usted en condiciones de atacar?

En el suelo, el francotirador negó con la cabeza y el vigilante respondió en su nombre:

—No en este momento, Romeo, pero estamos tratando de conseguir un objetivo.

—Entendido.

Chávez sintió la UMP en su pecho. Estaba allí, en posición, justo encima de su chaleco antibalas. Tendría que utilizarla tan pronto como sus pies tocaran el techo.

Si es que sus pies tocaban el techo. Si no daba con el techo, si algún error de cálculo lo llevaba fuera de curso o si alguna ráfaga baja lo empujaba fuera en el último segundo, entonces la misión completa estaría en serio peligro.

Y si una ráfaga llegaba en el momento equivocado, empujando a Ding hacia el estacionamiento del este, donde las grandes palas del rotor del Mi-8 estaban girando, Chávez no tendría ninguna posibilidad.

Revisó su altímetro y su GPS y luego tiró de sus mandos, ajustando la cubierta de su paracaídas de alto desempeño por encima de él para girar ligeramente hacia el sur.

A las 10:30 en punto, el Mi-8 se acercó al CCL. Safronov seguía mirando el enlace de comunicación por video con el helicóptero y Nabiyev vio el gran edificio con aspecto de bunker con grandes y luminosas luces en el techo. Le quitó la cámara al camarógrafo y la puso contra la ventana para que Safronov pudiera ver. Georgi le dijo a Israpil que se reuniría con él en el interior de la puerta principal en cuestión de minutos y luego salió corriendo del centro de control de lanzamiento con varios de sus hombres. Bajaron las escaleras, cruzaron el oscuro vestíbulo y abrieron las puertas de hierro a prueba de explosiones.

Cuatro hombres de Jamaat Shariat armados tomaron posiciones en la puerta abierta, pero Georgi se quedó a un lado; sólo miró alrededor, no fuera que alguien al acecho en la nieve tratara de dispararle.

Detrás de ellos, los prisioneros extranjeros fueron llevados por dos guardias al vestíbulo y se los hizo acurrucarse contra la pared.

El helicóptero ruso aterrizó en el otro extremo del estacionamiento, a setenta yardas de las puertas a prueba de explosiones del CCL, directamente en el centro de las luces que alumbraban desde el techo.

Safronov se asomó por la puerta hacia los remolinos de nieve iluminada por las luces. Llamó por radio a sus hombres en el techo y les dijo que estuvieran listos para cualquier cosa, y que no se les olvidara vigilar la parte posterior del edificio.

La pequeña puerta lateral del helicóptero se abrió y apareció un hombre barbudo vestido con un abrigo y un sombrero. Se cubrió los ojos de la luz y lentamente comenzó a caminar sobre la nieve endurecida en el estacionamiento.

Georgi ya estaba pensando en qué le diría al comandante militar de Jamaat Shariat. Tendría que asegurarse de que al hombre no le habían lavado el cerebro, a pesar de que no había notado ninguna evidencia de ello en sus conversaciones anteriores.

Chávez vio al helicóptero aterrizar, luego volvió su atención a la azotea del CCL, doscientos pies por debajo de sus botas. Lograría su descenso, gracias a Dios, aunque iba a aterrizar más rápido y más duro de lo que quería. Mientras descendía con un pronunciado viraje hacia el sur vio a uno... dos centinelas apostados allí.

Ciento cincuenta pies por debajo.

Justo en ese momento la puerta de acceso al techo se abrió debajo de él, iluminando aun más la azotea. Un tercer terrorista entró por la puerta.

Mierda, pensó Chávez. Tres enemigos, cada uno en un punto distinto desde su lugar de aterrizaje. Tendría que eliminarlos en una sucesión rápida, algo casi imposible en un aterrizaje brusco, con iluminación irregular y con un arma que ni siquiera podía tomar hasta que no se separara del paracaídas antes de que lo empujara por la orilla del techo.

Cien pies.

Justo en ese momento, los auriculares de Ding se activaron.

—Romeo Dos, Charlie Dos. Tengo un objetivo a la vista en el noroeste del techo. Atacaré a su orden.

—Elimínalo.

—Repetir el último comando.

Malditos alemanes.

—Ataca.

—Copiado, atacando.

Chávez dirigió su atención lejos del hombre en la porción noroeste del techo. Eso ya no era su responsabilidad. Si el tirador fallaba, bueno, entonces Ding estaría jodido, pero no podía pensar en eso ahora.

Veinte pies.

Chávez disminuyó la velocidad de su paracaídas controladamente y aterrizó con una corta carrera. Siguió corriendo, tiró del anillo de desconexión de su paracaídas y sintió cómo se liberaba de su cuerpo. Agarró su HK silenciada y giró hacia el hombre en la puerta de acceso. El terrorista ya había levantado su Kalashnikov en dirección a Ding. Chávez se echó al suelo del techo, rodó sobre su hombro izquierdo y cayó sobre sus rodillas.

Disparó una ráfaga de tres balas, hiriendo al barbudo terrorista en la garganta. El AK giró por el aire y el enemigo cayó hacia atrás hacia la puerta.

Los disparos silenciados, aunque ciertamente no eran silenciosos, no se escucharían con el sonido de los rotores del Mi-8.

Ding ya había desviado su atención hacia la derecha. Mientras sus ojos giraban, vio la imagen fuera de foco a distancia de un centinela en la esquina noroeste levantando su arma, y luego el lado izquierdo de la cabeza del centinela explotó y el hombre cayó al suelo donde estaba parado.

Chávez se concentró entonces en el hombre en la parte este del techo, a tan sólo unos veinticinco pies de donde el estadounidense estaba arrodillado. El terrorista había levantado su arma, a pesar de que estaba mirando a Ding directamente a los ojos. Mientras el daguestaní luchaba por ajustar su punto de mira a este nuevo objetivo que acababa de caer del cielo nocturno, gritó de miedo.

Domingo Chávez, Romeo Dos, disparó dos veces hacia

el hombre poniéndole dos balas calibre 45 en la frente. El hombre retrocedió unos pasos mientras caía.

Ding se puso de pie, se relajó un poco ahora que la última amenaza había sido eliminada y buscó un cargador nuevo para su UMP. Mientras lo hacía observó al centinela tropezándose, esperando a que cayera sobre el techo de cemento frío.

Pero el cuerpo del hombre muerto tenía otros planes. Su impulso lo siguió empujando hacia atrás y Chávez se dio cuenta en un instante de horror que el cuerpo caería por el techo hacia abajo. Caería desplomado justo frente a la puerta de abajo, directo en las luces que iluminaban al hombre que caminaba desde el helicóptero.

—¡Mierda! —Chávez corrió a través del techo, desesperado por atrapar al centinela antes de que cayera y revelara toda la operación justo en su momento más vulnerable.

Ding soltó su HK, se lanzó de un salto y en el aire se extendió lo más que pudo para agarrar el uniforme del muerto.

El hombre armado de Jamaat Shariat cayó hacia atrás sobre el borde del techo.

79

⬦

Israpil Nabiyev bajó del helicóptero y quedó de pie bajo la luz. Delante de él estaba el enorme edificio en la nieve. El líder de Jamaat Shariat de treinta y dos años entrecerró los ojos y dio un paso adelante en la nieve dura, y luego otro, cada paso lo acercaba más a la libertad que había añorado durante los muchos largos meses en que había estado prisionero.

La culata de un rifle golpeó a Nabiyev en la parte posterior de la cabeza, tirándolo sobre la nieve. El golpe lo aturdió, pero se levantó sobre sus rodillas, trató de ponerse de pie y caminar de nuevo, pero dos de los guardias del helicóptero lo agarraron por detrás y aseguraron sus muñecas con esposas metálicas. Lo voltearon y lo empujaron de vuelta adentro del helicóptero.

—Hoy no, Nabiyev —dijo uno de los hombres por encima del ruido de los motores de los helicópteros—. El CCL para el sistema Rokot se parece mucho al CCL para el sistema de Dnepr, ¿no?

Israpil Nabiyev no entendía lo que estaba sucediendo. No sabía que estaba quince millas al oeste de las instalaciones Dnepr y había sido engañado para pensar que estaba siendo entregado a Safronov y Shariat Jamaat. El helicóptero despegó de nuevo, se dio la vuelta suspendido en el aire y luego salió volando, lejos de las brillantes luces.

Georgi Safronov enfundó la Makarov y le indicó a los prisioneros que se dirigieran hacia el helicóptero de la Fuerza Aérea de Rusia que los estaba esperando. Los hombres y mujeres estadounidenses, británicos y japoneses, todos abrigados con pesados abrigos, pasaron en fila junto a él y salieron hacia la luz. Frente a ellos, el hombre de la barba se acercó, estaba a tan sólo treinta metros de distancia ahora. Georgi podía ver una sonrisa en el rostro del hombre y eso lo hizo sonreír.

Safronov notó que los prisioneros se movían más rápido que Nabiyev y le hizo un gesto a su compatriota para que apurara el ritmo. Georgi quería gritarle, pero el ruido del motor del helicóptero era demasiado fuerte, incluso aquí donde estaba.

Sacudió la mano hacia adelante una vez más, pero Nabiyev no siguió la indicación. No parecía herido —Georgi no podía entender qué estaba mal.

De repente, el hombre se detuvo en el estacionamiento. Simplemente se quedó allí, frente al edificio.

En un instante Safronov pasó de la euforia a la sospecha. Presentía el peligro. Sus ojos recorrieron el terreno del estacionamiento, el helicóptero que estaba detrás y los prisioneros corriendo hacia él.

No vio nada, pero él no sabía el peligro que acechaba en la oscuridad más allá de las luces. Dio un paso atrás en el pasillo, metiéndose detrás de la puerta.

Miró a Nabiyev y se dio cuenta de que el hombre había comenzado a avanzar de nuevo. Safronov aún sospechaba. Miró hacia la luz y miró la cara del hombre durante un largo rato.

No.

No era Israpil Nabiyev.

Georgi Safronov gritó de rabia mientras desenfundaba la Makarov y la mantenía baja tras su espalda.

La enguantada mano izquierda de Chávez agarró el poste de hierro que sostenía la luz. Los dedos le dolían y ardían, porque el cuerpo de Ding colgaba del edificio y su mano derecha sostenía los pantalones del terrorista muerto justo por encima del tobillo. Ciento cuarenta libras de peso muerto tiraban del hombro de Ding casi arrancándoselo.

Sabía que no podía empujarse a sí mismo de vuelta sobre el techo y continuar su misión sin soltar el cuerpo, pero no podía soltar el cuerpo sin exponer la misión.

No podía imaginar que la situación pudiera empeorar, pero cuando vio que el agente ruso del FSB disfrazado de Nabiyev se había detenido en seco para mirar el espectáculo veinte pies por encima de Safronov y sus hombres armados en la puerta principal, Chávez sacudió la cabeza una y otra vez, con la esperanza de conseguir que el hombre se pusiera de nuevo en marcha. El hombre comenzó a moverse de nuevo, por suerte, y Ding volvió a concentrarse en no dejar caer el cuerpo o soltar su mano del poste.

Justo en ese momento, por encima de él en el cielo nevado, vio el movimiento de varias formas.

Agentes Rainbow en sus paracaídas.

Y debajo de él, a veinte pies de distancia de la punta de sus botas que se balanceaban, oyó disparos.

Safronov ordenó a uno de sus hombres ir hasta donde estaba Nabiyev y revisar que no llevara explosivos. El hombre armado de Daguestán cumplió sin dudarlo, corrió hacia las luces y la nevada con su rifle en mano.

Avanzó diez pies antes de girar sobre las suelas de sus botas y caer muerto sobre el pavimento. Georgi había visto el fogonazo del disparo de un francotirador en la oscuridad al otro lado del helicóptero.

—¡Es una trampa! —gritó Georgi levantando la Makarov y disparándole al impostor de pie solo en el centro de la plaza de estacionamientos. Safronov vació el arma de sus siete balas en menos de dos segundos.

El hombre de la barba en la nieve también sacó una pistola, pero fue golpeado una y otra vez en el pecho, el estómago y las piernas por las balas calibre 380 de la Makarov, se tambaleó y cayó.

Georgi se apartó de la puerta. Empezó a correr hacia el CCL, con la pistola todavía en la mano.

Dos hombres armados que Safronov dejó en la puerta levantaron sus AK para acabar con el hombre que se retorcía afuera, pero justo cuando se preparaban para disparar, un cuerpo cayó sobre su línea de visión. Era uno de sus compañeros que estaban en el techo. Se estrelló contra los escalones delante de la puerta, justo en frente de ellos, desviando sus ojos de las miras de sus rifles en un momento crítico. Ambos hombres miraron el cuerpo rápidamente, luego volvieron a fijar las miras de sus armas en el impostor herido a veinticinco yardas de distancia.

La bala de un francotirador le dio a un hombre armado en la parte superior derecha del pecho, lanzándolo hacia atrás hacia el hall de entrada del CCL. Un cuarto de segundo después, otra bala disparada por un segundo francotirador le dio al otro hombre en el cuello, lanzándolo sobre su compañero.

Chávez se empujó a sí mismo de vuelta al suelo plano del techo y se arrodilló sobre sus rodilleras. No tenía tiempo para revisar si tenía alguna lesión, sólo para levantar su arma y correr hacia la escalera. Su plan original, ideado por él y Clark, era entrar a través de la chimenea de ventilación del búnker del CCL. Tenía cerca de cuarenta pulgadas de ancho y se podía acceder a ella desde el techo. Desde ahí podía descender directamente hasta una salida de ventilación en el CCL, salir en la sala del generador auxiliar y apagar el generador de energía de reserva para todo el edificio, deteniendo el lanzamiento.

Pero ese plan, como tantos planes en una carrera militar y de inteligencia tan larga como la de Ding Chávez, había fracasado antes de comenzar. Ahora sólo podía entrar al CCL por sí mismo, hacerse camino hacia abajo y esperar lo mejor.

Veinte agentes Rainbow se habían lanzado en paracaídas de un enorme helicóptero Mi-26 a una altura de cinco mil pies y su zona de descenso era el estacionamiento trasero del CCL. Su salto había sido programado para que Chávez tuviera la oportunidad de eliminar a los centinelas en la azotea del edificio, pero el lapso de tiempo era tan corto que no podían estar seguros de que tendría éxito. Por esta razón, cada uno llevaba su MP-7 en el pecho con sus silenciadores puestos y las armas listas para eliminar cualquier amenaza, incluso si tenían que luchar mientras aún descendían.

De los veinte paracaidistas que luchaban contra los vientos y la escasa visibilidad, dieciocho cayeron en la zona de descenso posterior, una hazaña respetable. Los otros dos tuvieron problemas con el equipo mientras descendían y terminaron lejos del CCL y fuera de la batalla.

Los dieciocho hombres Rainbow se dividieron en dos equipos y atacaron el muelle de carga lateral y la puerta de atrás, volando los dos pares de puertas de acero con cargas huecas. Dispararon granadas de humo por los pasillos y granadas de fragmentación más allá, matando e hiriendo a daguestaníes en ambos puntos de entrada.

Los ex rehenes entraron por la puerta lateral del helicóptero, pero luego fueron bajados de inmediato por la puerta en el lado opuesto. Estaban confundidos, algunos no querían salir de nuevo al exterior, le gritaron al piloto para que los sacaran de allí, pero los agentes de las Spetsnaz y de Rainbow los mantuvieron en movimiento, a veces por la fuerza. Pasaron corriendo junto a soldados que habían salido en fila de la puerta lateral de más atrás del helicóptero al aterrizar y que ahora se habían puesto en posición de disparo decúbito prono en la oscuridad del borde más alejado de la plaza de estacionamientos.

A los civiles se los dirigió con suaves linternas rojas para que corrieran hacia las estepas nevadas y mientras corrían otros hombres corrían con ellos, pasándoles pesados chalecos antibalas. Los soldados los ayudaron a ponérselos mientras continuaban hacia el paisaje desolado.

A unas cien yardas de la parte trasera del helicóptero había una pequeña depresión en el suelo. Aquí, se les dijo a los civiles que se recostaran en la nieve y mantuvieran sus cabeza bajas. Unos cuantos hombres de las Spetsnaz con rifles los custodiaron allí y, mientras el tiroteo aumentaba en el CCL, siguieron ordenándoles que se mantuvieran muy juntos entre sí y permanecieran lo más quietos posible.

Safronov había logrado volver a la sala de control. Oyó explosiones y disparos en todo el nivel más bajo del CCL. Mantuvo dos hombres armados con él; a los otros los había enviado a aumentar la seguridad en el techo y hacia abajo a las tres entradas del edificio.

Ordenó a los dos hombres pararse en la parte delantera de la sala, junto a los monitores, y apuntar sus armas contra el personal. Él se movía entre las mesas para poder ver el trabajo que los hombres estaban haciendo. Los veinte ingenieros y técnicos rusos lo miraban.

—¡Iniciar la secuencia para lanzamiento inmediato!

—¿Qué silo?

—¡Ambos silos!

No había sistema para enviar dos Dneprs simultáneamente, por lo que todo se tendría que hacer manualmente. Tenían el enlace de lanzamiento del 104 listo, por lo que

Georgi ordenó que ese silo se desplegara primero. Luego le ordenó a un segundo equipo de hombres que finalizara la preparación de lanzamiento en el segundo silo, para poder enviar el misil hacia el cielo muy cerca detrás del primero.

Apuntó con su Makarov al director asistente de lanzamiento, el ingeniero de más alto rango en la habitación.

—¡Uno-cero-cuatro sale de su silo en sesenta segundos o Maxim muere!

Nadie discutió con él. Aquellos que no tenían nada que hacer estaban sentados ahí, con pánico de que les dispararan por haberse agotado su utilidad. Aquellos con funciones de último segundo para preparar el lanzamiento trabajaban con furia, armando el generador de presión energética y revisando que las lecturas fueran correctas en cada una de las tres etapas de combustible del VL. Georgi y su pistola estaban justo detrás de ellos durante toda la secuencia y todos los ingenieros de lanzamiento sabían que Safronov podría haber estado sentado en cualquiera de sus lugares haciendo su trabajo. Nadie se atrevió a intentar hacer nada para impedir el lanzamiento.

Georgi vería cualquier truco.

—¿Cuánto falta? —gritó Safronov mientras corría al panel de control con las dos llaves de lanzamiento. Giró una, luego puso su mano izquierda sobre la otra.

—¡Veinticinco segundos más! —gritó el director asistente de lanzamiento, casi hiperventilado del pánico.

Una gran explosión resonó en el pasillo justo afuera. Por la radio uno de los daguestaníes dijo:

—¡Están en el edificio!

Georgi quitó la mano de la llave y tomó su *walkie-talkie* de su cinturón.

—Todo el mundo regrese a la sala de control. ¡Mantengan la resistencia en los pasillos y las escaleras traseras! ¡Sólo necesitamos mantenerlos atrás por unos momentos más!

80

Chávez iba por la mitad de la escalera trasera, girando en el descansillo, cuando la puerta del CCL se abrió por debajo de él. Dio un salto hacia atrás, para no ser visto. Podía oír disparos en los pisos inferiores del edificio y también estaba recibiendo las transmisiones de Rainbow en el equipo de comunicaciones en su oído. Dos de los tres equipos se encontraban en el pasillo, al otro lado del CCL estaban siendo mantenidos a raya por más de una docena de terroristas en posiciones fortificadas en la sala.

Ding sabía que el presidente de la compañía de cohetes rusa —no se había molestado en aprenderse el nombre del hijo de puta— podía lanzar los misiles con poca preparación.

Las órdenes operativas de Clark a todos los hombres de la misión fueron frías. A pesar de que habría una docena de participantes involuntarios en la sala de control de lanzamiento, Clark había insistido en que no eran inocentes. Chávez y el equipo Rainbow debían suponer que estos hombres podían lanzar los misiles que podrían matar a millones de personas —por la fuerza, tal vez, pero podían lanzarlos de todos modos.

Chávez sabía que todo dependía de él.

Por esa razón Ding había sido equipado con seis granadas de fragmentación, una carga inusual para una misión que involucraba rehenes. Estaba autorizado para matar a todo lo que se moviera en la sala de control de lanzamiento para asegurarse de que los cohetes Dnepr no dejaran los silos cinco millas hacia el este.

Pero en lugar de sacar una granada de fragmentación, rápidamente se quitó la metralleta, la colocó silenciosamente en las escaleras y se sacó su chaleco táctico, tomando sólo su aparato de radio del mismo y enganchándoselo en el cinturón. El sacarse el chaleco lo hizo más ligero, más rápido y, así lo esperaba, más silencioso. Sacó su pistola Glock 19 de su cadera derecha y rápidamente atornilló el largo silenciador en el cañón.

Llevaba municiones subsónicas Fiocchi de 9 milímetros especiales para su pistola; él y Clark las habían descubierto cuando habían entrenado en Rainbow y sabía que, cuando se disparaban a través de un buen silenciador, hacían que la Glock fuera lo más silenciosa que un arma de fuego pudiera ser.

Clark había insistido en que toda la operación dependía de la velocidad, la sorpresa y la violencia de la acción —Ding sabía que necesitaba el 100% de esos tres factores en los próximos sesenta segundos.

Levantó la Glock a la altura de los ojos y tomó un respiro tranquilizador.

Y luego pasó las piernas por encima de la barandilla, giró en ciento ochenta grados y se dejó caer por el aire hacia los hombres en la escalera más abajo.

«¡Quince segundos para el lanzamiento del 104!» —gritó Maxim.

A pesar de que Safronov estaba a sólo cinco pies de distancia, apenas podía oír con el tiroteo encarnizado en el pasillo.

Safronov se acercó a la llave de lanzamiento restante y puso su mano sobre ella. Mientras lo hacía, se volvió y miró sobre su hombro, a través de la docena de ingenieros rusos, las dos salidas a través de la habitación. A la derecha, dos hombres de Jamaat Shariat estaban parados dentro de la puerta de entrada a la escalera trasera; otros dos hombres estaban afuera en la escalera protegiendo el acceso desde el primer y tercer piso.

Y a su izquierda estaba la puerta hacia el pasillo. Dos hombres estaban apostados justo en el interior de la puerta y lo que quedaba de Jamaat Shariat estaba afuera, martirizándose en la lucha para darle a Safronov cada segundo que necesitaba para conseguir lanzar por lo menos una de las armas nucleares.

Georgi les gritó a sus cuatro hermanos en la habitación con él.

—¡*Allahu Akbar*!

Miró rápidamente a Maxim sentado debajo de él para la confirmación de que la tapa de presión había sido cargada para el lanzamiento. El ruso se limitó a asentir inexpresivamente mientras miraba su monitor.

Georgi oyó un gruñido y luego un grito, su cabeza giró hacia la escalera y vio a uno de sus dos hombres ahí caer hacia atrás, con un chorro de sangre saliendo de la parte posterior de su cabeza. El otro hombre ya estaba en el suelo.

Los dos hombres de Jamaat Shariat al otro lado de la sala vieron esto y ya habían girado sus armas hacia la amenaza.

Safronov giró la llave y luego se estiró para alcanzar el botón, con los ojos fijos en la puerta. De repente, un hombre en una túnica negra atravesó la puerta en una imagen borrosa, su larga pistola negra levantada y moviéndose hacia Georgi sin dudarlo. Georgi vio un destello de luz mientras comenzaba a presionar el botón para lanzar el Dnepr y sintió un tirón en el pecho. Y luego un segundo tirón en su bíceps derecho.

Su brazo voló hacia atrás, su dedo izquierdo soltó el botón de lanzamiento y cayó sobre la mesa. Rápidamente trató de alcanzar el botón de nuevo, pero Maxim, que seguía sentado en el panel de control, rápidamente levantó la mano y giró las dos llaves a la posición de desarme.

Georgi Safronov sintió la fuerza brotar de su cuerpo en un torrente; medio se inclinó, medio se sentó en la mesa junto al panel de control y vio al hombre de negro, el infiel, mientras se movía a lo largo de la pared corriendo en cuclillas, como una rata cazando comida en un callejón. Pero el hombre de negro disparaba su arma mientras se movía; estallaba y echaba humo, pero un zumbido en los oídos de Georgi ahogaba cualquier ruido.

El hombre de negro mató a los dos hombres de Jamaat Shariat que custodiaban la puerta del pasillo. Los mató como si fueran nada, ni hombres, ni hijos de Daguestán, ni valientes muyahidines.

Todos los ingenieros rusos en las mesas se tiraron al suelo.

Georgi era el único hombre de pie ahora y se dio cuenta de que aún estaba en pie, aún con vida, aún controlaba el destino de Moscú y aún podía destruir a millones de infieles y paralizar al gobierno que había esclavizado a su pueblo.

Con renovadas fuerzas Safronov utilizó su mano izquierda y la estiró para girar las llaves para volver a armar el silo.

Pero cuando ponía sus dedos en la primera llave, un movimiento delante de él le llamó la atención. Era Maxim, se estaba parando de su silla, estaba levantando el puño y luego golpeó a Georgi Safronov directo en la nariz, lanzándolo sobre la mesa y al suelo.

Domingo Chávez ayudó a los técnicos rusos a asegurar y hacer una barricada en la puerta entre el CCL y el pasillo, lo que ayudaría a mantener a todos los terroristas en el pasillo.

En ruso, Ding les gritó a los doce hombres allí:

—¿Quién ha servido en el ejército?

Todos menos dos levantaron la mano rápidamente.

—No en las fuerzas de cohetes —aclaró Ding—. ¿Quién es bueno con un AK?

Sólo dos mantuvieron sus manos arriba y Chávez les dio a cada uno un rifle y les ordenó que vigilaran la puerta.

Luego corrió hacia el hombre que había venido a matar; aún no sabía el nombre del hijo de puta. Vio a un enorme ruso sentado sobre el herido.

—¿Cuál es tu nombre?—le preguntó Ding en ruso.

—Maxim Ezhov.

—¿Y su nombre?

—Georgi Safronov —dijo el hombre—. Todavía está vivo.

Ding se encogió de hombros; él había tenido la intención de matarlo, pero no lo mataría ahora que no era una amenaza. Registró al hombre rápidamente, encontró una Makarov, algunos cargadores adicionales y un teléfono.

Un momento después, Chávez activó el auricular manos libres de su radio.

—Romeo Dos a Rainbow Seis. Llaves de lanzamiento aseguradas. Repito, llaves de lanzamiento aseguradas.

. . .

Los helicópteros Mi-17 se movieron bajo y rápido sobre el
paisaje llano. Una unidad de ocho agentes de Rainbow
tomó el silo de lanzamiento 103, junto con el equipo de fran-
cotiradores/reconocimiento que había estado en posición durante un día y medio. Cinco millas al sur, otra unidad de
ocho, de nuevo con fuego de cobertura proveniente de dos
hombres en el pasto cubierto de nieve, mató a las fuerzas de
Jamaat Shariat allí.

Una vez que Rainbow hubo asegurado los cohetes, expertos en municiones especialmente informados bajaron al
interior del silo y se subieron a la cubierta de los equipos para
acceder a la tercera etapa. Alumbraban su trabajo con linternas de cabeza mientras abrían una escotilla de acceso para
exponer la cabeza del cohete.

Un tercer helicóptero, un KA-52 Alligator de combate
del ejército ruso, voló a un kilómetro del búnker cerca del
desvío a las instalaciones Dnepr. Ahí había cuatro rebeldes
daguestaníes. Nadie les preguntó si querían rendirse. No, su
posición fue bombardeada y embestida con fuego automáticos hasta que los cuerpos de los cuatro hombres estaban tan
mezclados con los escombros que sólo los insectos, la carroña
y los perros salvajes que poblarían las estepas en la primavera
podrían recuperarlos.

Y un cuarto helicóptero, un Mi-17, aterrizó en el CCL.
John Clark se bajó de la aeronave y fue llevado al interior por
el coronel Gummesson.

—¿Bajas de Rainbow? —preguntó Clark.

—Tenemos cinco muertos, siete heridos.

Mierda, pensó Juan. *Son demasiados, maldita sea.*

Tomaron las escaleras del vestíbulo hacia el segundo piso, se movieron a través de la carnicería en el pasillo, donde catorce daguestaníes habían muerto en un vano intento por darle a su líder suficiente tiempo para lanzar las armas nucleares. Había cuerpos y partes de cuerpos y sangre y metal quemado por todas partes. Había sangrientos apósitos médicos en todos lados y Clark no podía caminar sin patear latón gastado o cargadores de rifle vacíos.

En el CCL se encontró con Chávez, sentado en una silla en la esquina. Se había lastimado el tobillo en un mal aterrizaje después de saltar sobre la barandilla de la escalera. Su adrenalina había aliviado el dolor durante esos pocos segundos críticos después del salto, pero ahora la articulación estaba hinchada y el dolor había aumentado. Sin embargo, él estaba de un humor decente. Los hombres se dieron la mano, mano izquierda con mano izquierda, y luego se abrazaron. Ding señaló con un gesto a un hombre en un uniforme de camuflaje en la esquina. Un médico irlandés de Raibow lo estaba examinando. Georgi Safronov estaba blanco y cubierto de sudor, pero estaba definitivamente vivo.

Clark y Chávez estaban de pie en la sala de control de lanzamiento, mientras los ingenieros, que hasta hace diez minutos habían sido rehenes aquí en esta habitación, apagaban y reiniciaban todos los sistemas. El médico irlandés seguía curando al terrorista herido, pero Clark no lo había ido a ver.

Llegó una llamada a través de los auriculares de Clark:

—Equipo Delta a Rainbow Seis.

—Aquí Rainbow Seis.

—Estamos en el sitio 104. Hemos abierto el contenedor de carga útil y accedido al dispositivo nuclear. Hemos retirado los fusibles e inutilizado el arma.

—Muy bien. ¿Bajas de sus hombres?

—Dos heridos, nada crítico. Ocho enemigos muertos.

—Entendido. Bien hecho.

Chávez miró a Clark; había oído el intercambio en su auricular también.

—Supongo que no estaba mintiendo.

—Supongo que no. Uno listo, queda uno.

Un minuto más tarde, llegó una segunda transmisión por la red.

—Equipo Zulu a Rainbow Seis.

Clark tomó la radio.

—Aquí Seis.

Un experto en municiones nucleares canadiense, dijo:

—Señor, hemos entrado en la cabeza del cohete y abierto el contenedor de carga útil.

—Entendido. ¿Cuánto tiempo hasta que el arma sea inutilizada?

Una pausa.

—Eh, señor. No *hay* ningún arma.

—¿Qué quieres decir? ¿Estás diciendo que no hay ningún dispositivo en el 106?

—Hay un dispositivo, pero definitivamente no es un arma nuclear. Hay una etiqueta en esto, déjeme limpiarlo para poder leerlo. Espere un... está bien, está en inglés. Por las marcas en este dispositivo, creo que lo que estoy mirando aquí es un motor del autobús escolar Wayne Industries S-1700 de 1984.

En la sala de control de lanzamiento, Clark giró hacia a Chávez, sus ojos se encontraron. Un momento de pánico.

Ding dijo lo obvio en un susurro sin aliento.

—No me jodas. Hemos perdido una bomba nuclear de veinte kilotones.

La cabeza de Clark giró hacia el hombre herido en el suelo. El médico de Rainbow todavía lo estaba atendiendo. El daguestaní tenía una herida de bala en el pecho que debía ser muy dolorosa, Clark podía decirlo por haber estado cerca de otras personas con ese tipo de lesiones. Tenía un segundo agujero en la parte superior del brazo. La respiración de Georgi era superficial y su rostro chorreaba sudor. Él sólo miraba al hombre mayor de pie junto a él.

El estadounidense puso su mano sobre el hombro del médico.

—Necesito un minuto.

—Lo siento, señor. Estoy a punto de sedarlo —dijo el irlandés mientras limpiaba el antebrazo de Safronov.

—No, sargento, no lo hará.

Tanto el médico como Safronov miraron a John Clark con los ojos muy abiertos.

El irlandés dijo:

—Es todo suyo, Rainbow Seis.

Y con eso se puso de pie y se alejó.

Entonces Clark se arrodilló junto a Georgi Safronov.

—¿Dónde está la bomba?

Georgi Safronov ladeó la cabeza. A través de sus cortos resuellos, dijo:

—¿Qué quiere decir?

Clark sacó la SIG que llevaba en su abrigo con la mano izquierda y les gritó a los hombres en la sala de control de lanzamiento:

—¡Voy a disparar!

A continuación, disparó cuatro tiros en el concreto debajo de las grandes pantallas en la pared, justo atrás del lugar donde Safronov estaba tirado. El herido se estremeció con nuevo miedo.

Pero Clark no le estaba disparando a Safronov. Estaba calentando la punta del cañón de su pistola casi al rojo vivo con la expulsión de gases explosivos.

Tomó el cañón caliente, agarró a Safronov por el brazo derecho y metió el cañón en la herida irregular de bala en su bíceps.

Safronov gritó como un loco.

—¡No hay tiempo para estupideces, Georgi! ¡Dos cohetes! ¡Una bomba nuclear! ¿Dónde mierda está la otra bomba?

Safronov finalmente dejó de gritar.

—¡No! Ambos Dnepr-1 estaban armados. ¿De qué está hablando?

—No somos idiotas, Georgi. Uno de ellos estaba armado con un maldito motor de autobús. ¿No habrás pensado que tendríamos a expertos en armamento aquí para...

Clark dejó de hablar. Podía verlo en el rostro manchado de sangre de Safronov. Una mirada de confusión. Luego, una mirada como si... ¿como qué? *Sí*. Como un hombre que acababa de darse cuenta de que había sido traicionado.

—¿Dónde está, hijo de puta? ¿Quién se la llevó?

Safronov no respondió, parecía lleno de ira, su rostro pálido salpicado de furia.

Pero no respondió.

—¡Voy a disparar! —gritó Clark de nuevo y apuntó con su pistola a la pared para convertirla de nuevo en un abrasador instrumento de tortura.

—Por favor, ¡no!

—¿Quién tiene la bomba?

81

Jack Ryan hijo miró a través de los binoculares térmicos hacia la bodega que estaba a unas ciento cincuenta yardas de distancia. Acababa de hablar por teléfono con Sam Granger, quien le había dicho que Clark y Chávez, junto con Rainbow, habían acabado con el incidente terrorista en el puerto espacial en Kazajstán. Le había transmitido esto a Mohammed y Dom, quienes estaban encantados. Ahora estaban concentrados en asegurarse de que lo que fuera que Rehan tenía planeado hacer aquí no sucediera.

«¿Cuál es tu plan, hijo de puta?», susurró en voz baja.

Su teléfono vibró en su bolsillo y lo agarró.

—Aquí Ryan.

—Es Clark.

—¡John! Acabo de enterarme por Granger. ¡Buen trabajo!

—Escúchame. Tienen problemas.

—Estamos bien. Hemos seguido a Rehan y sus hombres hasta una bodega en la estación central de trenes de Lahore. Ellos están allí ahora y estamos esperando a que lleguen más soldados del SSG para poder atacarlos.

—Jack. ¡Escucha! ¡Él tiene un arma nuclear!

Jack abrió la boca para hablar, pero no salió nada. Por último, en voz baja, dijo:

—Oh, mierda.

—Le cambió una bomba a Safronov. Debe tenerla con él ahora mismo.

—Crees que está a punto de... —Jack no podía ni decirlo.

—Muchacho, tienes que trabajar con ese supuesto. Cuando se entere de que el ataque de Baikonur fracasó, podría pensar que el gobierno paquistaní se mantendrá en el poder. Estará desesperado por comenzar una guerra más grande para que el Ejército pueda tomar el control. Si una bomba nuclear aplasta Lahore, Pakistán tomará represalias de inmediato con sus propias armas. Ambos países serán devastados. Rehan debe tener un lugar a donde ir a esperar mientras eso sucede.

Una vez más Ryan intentó hablar, pero no hubo palabras.

—Qué podemos... qué debemos... ninguno de nosotros sabe cómo desactivar una bomba, incluso si lográramos pasar más allá de los hombres de la ISI y de LeT que la tienen. ¿Qué diablos vamos a hacer?

—Muchacho, no hay tiempo para que ustedes salgan de

allí. *Tienen* que ir tras la bomba. Sólo logren tomar control del arma y nuestros expertos aquí los guiarán en cómo remover los detonadores.

Jack Ryan hijo sólo murmuró:

—Entendido. Luego te llamo.

Justo en ese momento, Ryan oyó el golpeteo bajo de los rotores de un helicóptero acercándose desde el oeste.

Caruso estaba a su lado.

—Sólo escuché la mitad de esa conversación, pero sonaba mal.

Jack asintió con la cabeza y luego llamó a al Darkur.

—Mohammed —dijo—. Necesitamos que el mejor experto en municiones nucleares que podamos encontrar en la zona venga aquí ahora mismo.

Al Darkur había oído suficiente de la conversación para entender lo que estaba pasando.

—Voy a llamar a Islamabad y hacer que mi oficina se ponga a trabajar en eso, pero no sé si tenemos tiempo.

Riaz Rehan estaba de pie detrás de los doctores Noon y Nishtar de la Comisión de Energía Atómica de Pakistán (CEAP). Los dos científicos se inclinaron sobre la bomba, que aún se encontraba en la caja de madera marcada «Manufactura Textil, Ltda.». Los hombres barbudos le hicieron los últimos ajustes al detonador. Habían eludido los fusibles y ahora con sólo pulsar un botón, un reloj de cuenta regresiva comenzaría a correr desde treinta minutos.

Cuando el reloj llegara a cero, la mitad norte de la ciudad de Lahore dejaría de existir.

Rehan había ideado el plan alternativo de la Operación Sacre algunos meses atrás. Desde el principio había sabido que sólo había dos maneras de asegurar que el gobierno de Pakistán cayera. Si un dispositivo nuclear pakistaní robado fuera detonado, en cualquier lugar de la tierra, no había dudas de que el primer ministro y su gabinete se verían forzados a dejar el poder en desgracia.

Y si estallaba una guerra de disparos con la India, no había duda de que el Ejército declararía la ley marcial, sacaría al primer ministro y su gabinete, y luego en silencio demandaría la paz.

El primer evento, que Safronov y sus militantes hicieran estallar una bomba, era, por supuesto, preferible, pero el segundo evento significaba la guerra, la guerra nuclear. Dejaría a Rehan y al Ejército en el poder, pero ante la posibilidad de gobernar sólo sobre cenizas nucleares.

Safronov había fracasado, por lo que la Operación Sacre ahora sólo era posible con la guerra. Detonar una bomba nuclear en Lahore en medio de la crisis actual daría comienzo a esta guerra. Era una lástima, pero Rehan sabía que Alá lo perdonaría. Aquellos buenos musulmanes que murieran aquí tendrían la muerte de un mártir, ya que habrían ayudado a crear el califato islámico.

Dicho esto, Rehan mismo no estaba pensando morir en un hongo nuclear. Miró su reloj mientras el golpeteo de los rotores del helicóptero cubría el cielo. Su Mi-8 estaba aquí para recogerlo a él y a sus hombres. Él, Saddiq Khan y los otros cuatro hombres de JIM que estaban con él se alejarían por vía aérea, volarían a toda velocidad hacia el norte y estarían a salvo de la explosión con tiempo suficiente. De ahí seguirían a Islamabad, donde las unidades del Ejército ya se estaban acumulando en las calles.

El general pensaba que era probable que un golpe militar estuviera en marcha para el amanecer de mañana.

El helicóptero aterrizó afuera y Rehan le ordenó a los médicos del CEAP que iniciaran la secuencia de detonación.

Era un honor para Nishtar y Noon ser quienes despejaran el camino para el califato.

Con sólo pulsar un botón, Noon dijo:

—Ya está hecho, general.

Los doce hombres de LeT sabían cuál era su rol también. Ellos se quedarían atrás para custodiar el arma y al hacerlo, serían *shahidín*. Mártires. Rehan abrazó a cada uno rápidamente con el carisma que había logrado que hombres como estos hicieran lo que se le antojaba por más de treinta años.

Los hombres de la ISI se dirigieron rápidamente hacia la puerta, con Rehan como núcleo de la comitiva. El golpeteo de los rotores justo afuera era casi ensordecedor mientras el Mi-8 aterrizaba en el estacionamiento. El coronel Khan abrió la puerta metálica y salió hacia la noche. Le hizo señas al resto del grupo para que avanzara, pero sus ojos se desviaron rápidamente a los gritos de alarma de uno de los operativos de Lashkar en la ventana del segundo piso. Se dio vuelta hacia los terrenos del ferrocarril frente a él y vio lo que había llamado la atención del guardia. Dos camionetas pickup verde oscuro con el logo de Ferrocarriles de Pakistán se desplazaban a toda velocidad por la carretera de acceso de las vías hacia a los helicópteros.

Khan se volteó hacia Rehan.

—Métase en el helicóptero. Voy a deshacerme de ellos.

Las camionetas se detuvieron a veinticinco yardas del helicóptero y a cincuenta yardas del muelle de carga frontal de la bodega. Se estacionaron al lado de un par de carros llenos de carbón que habían sido dejados estacionados en una estribación de vías en el borde de la carretera de acceso y varios hombres salieron de las camionetas. Khan no pudo ver cuántos eran, ya que sus luces brillantes le cegaban los ojos. Simplemente les hizo un gesto con la mano a los hombres, indicándoles que dieran media vuelta y se fueran, y sacó su credencial de la ISI y la sostuvo contra la luz.

Un hombre dio un paso delante de las luces y se acercó. Khan entrecerró los ojos, trató de hacer más nítida la figura. Se dio por vencido, sólo extendió la mano con sus credenciales de la ISI y le dijo al hombre que se diera la vuelta y olvidara lo que había visto aquí.

Nunca vio el rostro del hombre y nunca reconoció a Mohammed al Darkur y nunca vio la pistola en la mano del mayor.

Vio un destello, sintió la rasgadura en el pecho y supo

que le habían disparado. Cayó hacia atrás y, al caer, el segundo tiro de al Darkur le dio debajo de la barbilla y voló su cerebro en pedazos desde abajo.

Apenas al Darkur hubo asesinado al coronel Khan, Caruso y Ryan, que acababan de subirse al carro de carbón junto a las camionetas, abrieron fuego contra el parabrisas del helicóptero con sus fusiles G3.

Mientras disparaban contra el helicóptero, dos oficiales de Mohammed flanquearon hacia la derecha. Corrieron hasta la esquina de una pequeña estación de conmutación en el borde de las vías. Ahí abrieron fuego contra los hombres en las ventanas de la bodega.

El hombre de LeT armado rápidamente tuvo a los hombres de al Darkur en la mira y uno de los dos oficiales fue asesinado con una ráfaga de AK a través de sus piernas y pelvis. Pero el segundo oficial eliminó a los centinelas, y cuando al Darkur llegó a su posición y recogió el G3 de su compañero caído, suprimieron a los hombres que estaban disparando en la puerta de carga de la bodega.

El intenso tiroteo de Ryan y Caruso mató al piloto y al copiloto del helicóptero Mi-8 casi de inmediato. Sus balas —cada hombre disparó un cargador de treinta balas completo a través de la aeronave— también atravesaron la cabina, matando e hiriendo a varios de los guardias de la ISI que ya se habían subido. Rehan mismo estaba en la puerta del helicóp-

tero y los disparos, que apenas se oían por encima de los sonidos del motor y los rotores del Mi-8, lo hicieron tirarse
hacia la plaza de estacionamientos y luego rodar lejos del
helicóptero. Sus hombres respondieron a los disparos de los
hombres en el carro de carbón, cinco hombres de la ISI contra
dos atacantes, pero los oficiales de la ISI estaban armados sólo
con pistolas, y Jack y Dom los eliminaron uno a la vez.

Rehan se puso en pie, corrió detrás del helicóptero y por
un callejón hacia el oeste de la bodega. Un miembro sobreviviente de su personal de seguridad corrió detrás de él.

Caruso y Ryan saltaron fuera del contenedor de carbón.
Jack dijo:

—Tú y los demás vayan a la bodega. ¡Yo iré tras Rehan!

Los dos estadounidenses corrieron en direcciones opuestas.

82

Jack giró por tres callejones oscuros antes de ver al general y su guardaespaldas dándose a la fuga. Rehan estaba en buenas condiciones, se podía ver por la forma en que corría y en que tiraba a otros al suelo mientras lo hacía. Grupos esporádicos de civiles, cargados con posesiones familiares, corrían por todas partes en la estación de trenes, buscando transporte para salir de la ciudad en guerra. Rehan y su matón más joven pasaban junto a ellos o por encima de ellos.

Jack tiró el grande y pesado rifle para quedarse en vez con la pistola Beretta, y corrió a toda velocidad con ella, encontrando y luego perdiendo y luego volviendo a encontrar a Rehan alternadamente en un laberinto de dependencias y bodegas y carros de ferrocarril desconectados a través de las vías de la estación de trenes repletas de gente.

Jack giró de vuelta hacia el oeste; aparte de la luz de la

luna, estaba completamente a oscuras y corrió entre dos con-juntos de trenes de pasajeros estacionados e inactivos. No había avanzado más de cincuenta pies entre los trenes cuando sintió movimiento por delante. En la oscuridad, un hombre solo se asomó de entre dos coches.

Jack sabía lo que venía; se lanzó de cabeza al suelo y rodó sobre su hombro justo cuando el chasquido de un disparo llenó el aire. Ryan continuó rodando, paró y se puso de rodi-llas, y disparó de vuelta dos veces. Oyó un gruñido y un ruido sordo, y la figura oscura cayó al suelo.

Jack le disparó al hombre una tercera vez antes de avan-zar, con cautela, hacia donde estaba el cuerpo para revisarlo.

Sólo cuando se acercó lo suficiente para rodar al hombre sobre su espalda fue capaz de darse cuenta de que era el guar-daespaldas y no el general Rehan.

—Mierda —dijo Jack. Y luego siguió corriendo.

Ryan vio a Rehan en la distancia un momento después, luego lo perdió otra vez cuando un largo tren de pasajeros pasó avanzando pesadamente, pero cuando continuó vio al gran general moviéndose cien yardas más adelante, hacia la estación de trenes llena de gente.

Jack se detuvo, levantó la Beretta y apuntó a la figura distante en la oscuridad.

Con el dedo en el gatillo, se detuvo. Un disparo de cien yardas con una pistola era algo optimista, sobre todo cuando Jack estaba respirando agitadamente por la carrera. Y si fa-llaba enviaría una bala derecho hacia un edificio repleto de cientos de civiles.

Ryan bajó el arma y siguió corriendo mientras se acercaban trenes en ambas direcciones.

Dominic Caruso y el sobreviviente capitán de la ISI pa-
tearon hacia adentro la ventana tapiada en el lado sur
de la bodega. Las tablas se estrellaron contra el suelo y de
inmediato los dos hombres se lanzaron lejos del campo de
fuego. El capitán giró con su rifle y disparó varios tiros se-
miautomáticos hacia el interior del edificio, pero Dom se dio
por vencido con este punto de entrada y corrió alrededor de
la bodega, encontrando una puerta lateral en desuso. Empujó
con el hombro la puerta, que se rompió en las bisagras, y cayó
sobre un piso polvoriento.

Inmediatamente, estalló un fuerte tiroteo desde el centro de la bodega y se levantaron chispas y polvo alrededor de
Dom. Se puso de pie y se apresuró a salir de nuevo por la
puerta, pero no antes de que un fragmento de bala rebotara
en la pared y atravesara su nalga derecha.

Se tambaleó contra el concreto afuera, agarrándose la
herida.

—¡La puta!

Se puso de pie una vez más, lentamente, y luego miró a
su alrededor tratando de encontrar alguna otra manera de
entrar al edificio.

. . .

·   ·   ·

Mohammed al Darkur agarró un Kalashnikov que había soltado un militante de LeT muerto cerca de la puerta de entrada de la bodega. Con él le disparó un cargador completo en un grupo de hombres agazapados detrás de una gran grúa y un gran contenedor de madera cerca del centro de la habitación. Varios de sus disparos embistieron contra la caja y volaron astillas en todas direcciones.

Al Darkur dio vuelta al hombre muerto y tomó un cargador de su bolsillo y volvió a cargar el rifle, luego se volteó y comenzó a disparar de forma más selectiva. Pensó que era posible que la caja contuviera el dispositivo nuclear y no se sintió cómodo disparándole al artefacto con un rifle de asalto.

Había matado a dos de los terroristas de Lashkar, pero vio al menos tres más cerca de la caja. Ellos dispararon de vuelta hacia Mohammed, pero sólo esporádicamente, ya que estaban recibiendo disparos desde otras dos direcciones.

Al mayor le preocupaba que estuvieran en un tiroteo prolongado. No sabía cuánto tiempo tenía hasta que la bomba estallara, pero supuso que si estaba aquí agachado por mucho tiempo más, él y gran parte de la ciudad de Lahore iban a ser incinerados.

El general Riaz Rehan se subió a la primera plataforma ocupada de la Estación Central de Trenes de Lahore a la que llegó después de su larga carrera. Una multitud de pasajeros estaba abordando un tren expreso a Multan, en el sur de Pakistán. El general sacó sus credenciales de la ISI y se abrió paso entre las masas; mientras jadeaba para recuperar el aliento, gritó que estaba aquí en un asunto oficial y todo el mundo tenía que salir de su camino.

Sabía que tenía sólo veinte minutos para salir de la ciudad y lejos de la explosión. Necesitaba estar en este tren cuando se moviera, y cuando se moviera, tenía que asegurarse de que el conductor mantuviera el tren avanzando a través de Lahore sin detenerse en otras estaciones.

Quien fuera que lo había atacado, todavía estaba luchando con la célula de Lashkar-e-Taiba en la bodega; Rehan podía oír los persistentes disparos. Había visto sólo a un par de tiradores y se veían como si fueran de la policía local. Incluso si lograban vencer a la célula, estaba seguro de que ninguna banda de policías de la calle iba a desarmar su bomba.

Logró subirse al tren, todavía empujando y respirando con dificultad, y se abrió paso a través de la falange de pasajeros de pie en los pasillos. Tenía que llegar hasta el vagón de adelante, para agitar sus credenciales o su puño o su pistola en la cara del conductor para llevar al tren lejos de aquí.

El tren empezó a moverse, pero andaba muy lento; Rehan mismo se movía más rápido que las ruedas debajo de él mientras se acercaba al vagón delantero. Golpeó a un hombre que no quiso hacerse a un lado y empujó a su esposa de vuelta a su asiento cuando ella trató de agarrar su brazo.

En el vagón de pasajeros más cercano a la locomotora

EN LA MIRA

encontró un poco de espacio para correr, y luego se hizo camino hacia el vestíbulo con la puerta hacia el exterior y la puerta al vagón de al lado. Pasó la puerta abierta a su derecha y vio pasar la plataforma. Justo cuando miró, un joven blanco con un chaleco antibalas de la policía saltó hacia el vehículo en movimiento, golpeándose el hombro contra la pared del pequeño pasillo entre los vagones. Miró directo a Rehan y el general paquistaní agitó su pistola hacia el hombre, pero el hombre blanco agarró al general y lo tiró contra la pared.

La pistola cayó al suelo del vagón.

Rehan se recuperó rápidamente y luego se lanzó sobre su atacante, y los dos hombres golpearon sus cuerpos con fuerza contra las superficies en los pequeños confines del vestíbulo durante treinta segundos antes de caer hacia atrás a través de la puerta, en el vagón lleno de gente. Los civiles salieron a toda prisa de su camino de la mejor manera que pudieron. Muchos gritaban y algunos hombres increparon y empujaron al par que se estaba peleando hacia el vestíbulo.

Allí continuaron peleando. Ryan era más rápido, estaba en mejor estado físico y mejor entrenado en el combate cuerpo a cuerpo, pero Rehan tenía más fuerza bruta y el paquistaní usó eso, y los espacios reducidos, para hacer que su oponente no pudiera sacar ventaja.

Jack se dio cuenta de que no iba a ganar la lucha contra el hombre más grande en el corto plazo mientras estuviera aprisionado en el pequeño vestíbulo de lata entre los vagones, y no quería dejar el área, ya que sabía que sus compañeros estaban luchando hasta la muerte por tomar control del arma nuclear, así que hizo lo único que se le ocurrió. Con un grito para reunir todas sus fuerzas, envolvió sus brazos alrededor del gran general, pateó los pies sobre la pared del vestíbulo y empujó con todas sus fuerzas.

Rehan y Ryan se desplomaron juntos fuera del tren. Sus cuerpos se separaron cuando cayeron en el duro suelo y rodaron junto a la vía.

El mayor Mohammed al Darkur se había dado por vencido en la entrada principal de la bodega, el tiroteo era demasiado intenso. Se trasladó hacia el costado, donde encontró a su capitán de la ISI aún disparando sin parar a través de una ventana abierta. Se podía deducir por el sonido de los disparos que no quedaban más de tres o cuatro hombres detrás de la grúa, pero tenían buena cobertura.

Y luego la pared posterior de la bodega, detrás de los hombres de LeT armados, explotó hacia adentro. Madera, mortero y ladrillo volaron hacia la habitación detrás de un gran camión que continuó rodando por la pared hasta chocar contra la grúa y detenerse. Mientras al Darkur observaba desde la ventana abierta, vio a los militantes ponerse de pie y abrir fuego contra el vehículo, bañando el parabrisas de plomo encamisado.

Dominic apareció en la nueva apertura en la pared de atrás. Mohammed tuvo que detener sus disparos inmediatamente, ya que el estadounidense estaba directamente delante de él. El mayor levantó la mano para que su capitán dejara de disparar su propia arma.

Mientras observaban, Dominic disparó una y otra vez su rifle G3 de policía hacia los hombres. Eran cuatro, y se sacudieron y giraron y cayeron al suelo mientras él se movía junto a ellos en cuclillas, disparando su gran arma de fuego mientras se acercaba.

—¿Mohammed? —gritó Dominic después de la balacera.

—¡Estoy aquí! —respondió, y al Darkur y su capitán corrieron hacia la gran habitación abierta hasta donde estaba Dominic.

El estadounidense miró la larga caja de madera y luego hacia abajo a un militante herido que yacía junto a ella.

—Pregúntale si sabe cómo desactivar la bomba —dijo Caruso.

Mohammed lo hizo y el hombre respondió. Inmediatamente al Darkur le disparó al terrorista en la frente con su rifle. A modo de explicación, al Darkur se encogió de hombros.

—Dijo que no.

La porción de la vía en la que Ryan y Rehan se encontraban todavía estaba en los terrenos de la Estación Central de Ferrocarriles de Lahore y el suelo alrededor de ellos estaba lleno de los desechos que uno podría encontrar en cualquier terreno de ferrocarril urbano; había piedras, basura y pedazos de vías abandonadas esparcidos alrededor de los dos hombres mientras se ponían de pie después de su brusco aterrizaje del tren que pasaba junto a ellos. Jack Ryan se arrodilló para agarrar una gran roca, pero el general le dio una patada antes de que pudiera hacerlo. Ryan evitó el golpe y luego embistió a Rehan en el pecho con el hombro, tirándolo de nuevo al suelo. Mientras los dos hombres peleaban sobre la tierra, las piedras y la basura junto al tren en movimiento, el paquistaní se apoderó de un pequeño pedazo de hierro corrugado y lo agitó en la oscuridad, no dándole a la cara de Ryan por apenas unas pulgadas.

Jack dio unos pasos atrás, lejos de Rehan, se volteó en busca de algo para usar como arma, pero Rehan lo atacó por atrás. Los dos hombres se estrellaron de nuevo contra el suelo. Jack lanzó un gruñido en el impacto y su chaleco antibalas lo salvó de un frasco roto que lo habría cortado.

Rehan se puso de rodillas, Jack todavía estaba boca abajo debajo de él, y tomó un gran ladrillo de la basura a su alrededor. Lo levantó en el aire, encima de la cabeza de Ryan, y se preparó para aplastar su cráneo.

Jack se resistió con fuerza, lanzando al hombre más grande al suelo junto a él.

Ryan extendió la mano, listo para agarrar *cualquier cosa* para usarla como arma, y su mano derecha se envolvió alrededor de un pesado y oxidado clavo rielero. Tomó el clavo, se puso de rodillas y luego saltó una vez más hacia Rehan, quien estaba tratando de volver a ponerse de pie.

En el aire, Jack puso el clavo frente a su chaleco Kevlar,

presionando la cabeza del clavo rielero de hierro contra el rígido chaleco, y lo sostuvo allí con la mano mientras caía sobre su enemigo. Cayó sobre él con todo su peso.

Su cuerpo y su chaleco martillaron el oxidado clavo en el pecho del general Riaz Rehan.

Jack salió de encima del enorme hombre y se puso lentamente de pie.

Rehan se incorporó y miró el clavo de hierro enterrado en él con desconcierto en su rostro.

Débilmente, puso una mano sobre él. Trató de sacárselo, pero se dio cuenta de que no podía, por lo que su mano volvió a caer a su lado.

Ryan, con el rostro cubierto de suciedad y manchas de sangre de la pelea, dijo:

—Nigel Embling envía sus saludos.

—¿Americano? ¿Eres americano? —preguntó Rehan en inglés mientras seguía sentado allí.

—Sí.

La mirada de sorpresa de Rehan se mantuvo. Sin embargo, dijo:

—Lo que piensas que acabas de hacer... has fallado. En cuestión de minutos el califato reinará en Pakistán...

Rehan se tocó los labios con la mano y luego la miró; estaba cubierta de sangre. Entonces tosió un gruesa masa de sangre mientras el joven estadounidense seguía parado junto a él.

—Y vas a morir.

—Voy a vivir más que tú, imbécil —respondió Jack.

Rehan se encogió de hombros y luego se desplomó sobre su hombro derecho; sus párpados se mantuvieron abiertos, pero sus pupilas giraron hacia atrás en su cabeza.

Ryan oyó sirenas de la policía que parecían venir de la estación de trenes, a unos cientos de yardas más atrás. Dejó el cuerpo del general justo donde estaba y comenzó a correr a través de unos doce pares de vías ferroviarias hacia la bodega.

Ryan volvió corriendo a la bodega con la pistola levantada, pero la enfundó cuando vio a su primo y al Darkur mirando dentro de un cajón de embalaje de gran tamaño. Dom estaba hablando por su teléfono con una mano y alumbrando con una linterna con la otra.

Ryan captó la atención de al Darkur.

—Escucha. Alrededor de cincuenta policías estarán acá en unos minutos. ¿Puedes ir con tu hombre a hablar con ellos, para pedirles que nos den un minuto?

—Por supuesto.

Mohammed y su capitán abandonaron la bodega.

Jack se paró junto a Dom.

—¿Cuál es la situación?

Al decir esto, vio el reloj rojo de cuenta regresiva en el detonador cambiar de 7:50 a 7:49.

—Tomé una foto del dispositivo y se la envié a Clark. Tiene expertos ahí con él que le echarán un vistazo y luego nos dirán si estamos a punto de brillar en la oscuridad.

—No es gracioso.

—¿Quién está bromeando?

—¿Estás bien?

Ryan vio sangre en la parte posterior de los pantalones de Caruso.

—Creo que me dieron un tiro en el culo. ¿Qué pasó con Rehan?

—Muerto.

Los dos hombres asintieron con la cabeza. En ese momento, apareció el experto en municiones canadiense de Rainbow en el teléfono satelital y le dijo a Caruso cómo reprogramar el disparador del altímetro, lo que detendría la cuenta regresiva manual.

Dom terminó de hacerlo con dos minutos y cuatro segundos restantes. El reloj se detuvo y los dos hombres suspiraron de alivio y se dieron la mano.

Ryan ayudó a Caruso a sentarse en el suelo, Dom se apoyó en su cadera para evitar que la herida se ensuciara más de lo que ya estaba y Ryan se sentó junto a él.

Veinte minutos después la unidad del SSG de al Darkur había llegado junto con ingenieros del CEAP para inutilizar el arma.

Para entonces, Ryan y Caruso ya se habían ido.

EPÍLOGO

◆

Eran las cinco de la tarde en Baltimore y el presidente electo Jack Ryan apagó el televisor en su estudio. Había estado mirando las noticias del cosmódromo de Baikonur y había tenido dos llamadas en conferencia con sus colaboradores, miembros de su futuro gabinete, durante las cuales el asunto se había discutido largo y tendido.

Durante las conferencias también se había discutido el empeoramiento de la situación entre India y Pakistán. Se habían reportado contiendas a lo largo de la frontera, pero algunos informes sugerían que el bombardeo en Lahore y las áreas circundantes no había provenido de las fuerzas indias, sino de unidades de la FDP aliadas con agentes rebeldes de la ISI.

Ryan asumiría la presidencia en menos de un mes. Oficialmente, este era un problema de Ed Kealty, pero Ryan estaba escuchando chismes de la gente de Kealty —la mayoría estaba contactando al campo de Ryan con la esperanza de conseguir algún tipo de empleo en el área de D.C.— que decían que el Presidente saliente ya había apagado las luces en la Oficina Oval. Hablando en sentido figurado, por supuesto.

Su teléfono sonó y contestó sin pensar.

—¿Hola?

—Hola, papá.

—¿Dónde estás?

—En un avión, rumbo a casa.

—¿Desde dónde?

—Por eso te estoy llamando. Tengo una historia que contarte. Necesito tu ayuda con la crisis en Pakistán.

Ryan padre ladeó la cabeza.

—¿Cómo es eso?

Jack hijo pasó los siguientes veinte minutos contándole a su padre acerca de Rehan y la ISI y el robo de las armas nucleares, acerca de la red Haqqani y los militantes daguestaníes. Era una historia tremenda y el padre interrumpió al hijo sólo para preguntarle qué tipo de cifrado estaba usando su teléfono.

Jack hijo le explicó que estaba en el avión del Campus y que Hendley se había encargado de que todo el equipo fuera de última tecnología.

Cuando terminó, Ryan padre le preguntó a su hijo otra vez:

—¿Estás bien?

—Estoy bien, papá. Tengo algunos cortes y moretones. Dom recibió un balazo en el culo, pero va a estar bien.

—Dios mío.

—En serio, estaba bromeando al respecto veinte minutos después.

Jack padre se frotó las sienes por debajo de sus anteojos.

—Está bien.

—Mira, papá. Sé que tenemos que mantener el Campus lejos de ti, pero pensé que podrías hablar con los tipos allá en la India, persuadirlos para que retrocedan un poco. Creemos que el hombre a cargo de toda esta operación está muerto, por lo que se diluirá rápidamente si nadie hace nada estúpido.

—Me alegro de que me hayas llamado. Me voy a poner a trabajar en ello ahora mismo.

La llamada terminó unos minutos más tarde, pero el teléfono volvió a sonar de inmediato. Ryan padre pensó que era su hijo llamando de nuevo.

—¿Qué pasa, Jack?

—Uy, lo siento, señor Presidente. Es Bob Holtzman.

Ryan se enfureció.

—¿Cómo diablos conseguiste este número, Holtzman? Es una línea privada.

—John Clark me lo dio, señor. Acabo de hablar con él después de haber tenido una interesante reunión con un oficial de inteligencia ruso.

Ryan se calmó pero se mantuvo en guardia.

—¿Una reunión sobre qué?

—El señor Clark no quiso hablar con usted directamente. Pensó que podría ponerlo en una situación comprometedora. Por lo tanto, señor Presidente, estoy en la extraña posición de tener que explicarle algunas cosas. El Sr. Clark me dijo que usted no tenía conocimiento alguno acerca del complot de la inteligencia rusa y Paul Laska en su contra.

Si Jack Ryan padre había aprendido una cosa en sus muchos años trabajando con Arnie van Damm, era la siguiente: cuando estás hablando con un periodista, nunca *jamás* admitas que no sabes de lo que está hablando.

Sin embargo, Arnie no estaba ahí ahora mismo, y Jack dejó caer el velo de su confianza en sí mismo.

—¿De qué *demonios* estás hablando, Holtzman?

—Si tiene un minuto, creo que se lo puedo aclarar, señor.

Jack Ryan padre agarró un bloc de notas y un bolígrafo, y se inclinó hacia atrás en su silla.

—Siempre tengo tiempo para un respetado miembro de la prensa, Bob.

Una semana más tarde, Charles Alden colgó el teléfono en la oficina de su casa adosada en Georgetown justo después de las ocho de la mañana. Esta sería la primera de varias llamadas a Rhode Island, ya se había resignado a ese hecho. Había estado tratando de ponerse en contacto con Laska durante los últimos tres malditos días y el viejo hijo de puta no había respondido o devuelto sus llamadas.

Alden decidió acosar al hombre. Laska estaba en deuda con él por los riesgos que había tomado en los últimos meses.

El subdirector de la CIA salió enfurecido de su oficina y

se dirigió escaleras abajo a la cocina por otra taza de café. No se había molestado en ponerse un traje esta mañana, una rareza para un martes. En vez, vestido con su ropa de ejercicio, se sentaría a tomar café y a llamar al maldito Paul Laska hasta que el hijo de puta contestara su teléfono.

Un golpe a la puerta de entrada desvió a Alden de su ruta a la cocina.

Miró por la mirilla. Un par de tipos con impermeables estaban parados en su escalera de entrada. Detrás de ellos, un Chrysler del gobierno estaba estacionado en doble fila en la calle cubierta de nieve.

Dedujo que los hombres eran agentes de seguridad de la CIA. No se podía imaginar lo que querían.

Charles abrió la puerta.

Los hombres entraron rápidamente sin esperar una invitación.

—Señor Alden, soy el agente especial Caruthers y este es el agente especial Delacort del FBI. Voy a tener que pedirle que se de vuelta y se pare contra la pared, por favor.

—¿Qué...? ¿Qué demonios está pasando?

—Voy a explicarle todo dentro de poco. Para seguridad de ambos, por favor, párese frente a la pared, señor.

Alden se dio vuelta lentamente sobre sus piernas que de pronto se sintieron débiles y flojas. Le colocaron esposas en sus muñecas y luego los bolsillos de sus pantalones de ejercicio fueron profesionalmente registrados por Delacort. Caruthers estaba parado en la puerta de entrada, mirando la calle.

—¿Qué diablos crees que estás haciendo?

Alden fue llevado hacia la puerta de entrada de su casa y afuera, al frío.

—Usted está bajo arresto, Sr. Alden —dijo Caruthers mientras bajaban por las congeladas escaleras hacia la calle.

—¿Qué mierda? ¿Cuál es el cargo?

—Cuatro cargos de revelación no autorizada de información de defensa nacional y cuatro cargos de retención no autorizada de información de defensa nacional.

Alden hizo el cálculo en su cabeza rápidamente. Se enfrentaba a más de treinta años tras las rejas.

—¡Mentira! ¡Esta es una maldita mentira!

—Sí, señor —dijo Caruthers mientras ponía su mano sobre la cabeza de Alden y lo metía en la parte posterior del Chrysler. Delacort ya se había sentado al volante.

Charles Alden dijo:

—¡Ryan! ¡Esto es cosa de Ryan! Lo entiendo. La caza de brujas ha comenzado, ¿verdad?

—No sabría decirle, señor —dijo Caruthers, y el Chrysler se marchó hacia el centro.

Ese mismo día, Judith Cochrane salió de su hotel en Pueblo, Colorado, a las nueve y media de la mañana y emprendió su familiar ruta a ADX Florence.

Su cliente finalmente sería sacado de las Medidas Administrativas Especiales y trasladado a un centro mejor en la costa este; no le habían dicho a dónde aún por razones de seguridad, pero ella sabía que sería en algún lugar en el área de Washington D.C., por lo que estaría cerca de su casa.

Sin las MAEs, Saif Rahman Yasin podría sentarse en una habitación con ella, mientras trabajaban juntos en su caso, próximos, uno a cada lado de una mesa. A veces habría otros abogados presentes, y los guardias estarían siempre presentes, pero habría un poco de privacidad y Judith Cochrane no había pensado en otra cosa durante algún tiempo.

Lástima que las visitas conyugales no estarían permitidas. Judy sonrió ante el pensamiento.

Bueno, una chica puede soñar, ¿no?

El auto arrendado comenzó a hacer un ruido extraño que no había oído antes.

—Maldita sea —dijo, mientras se hacía más y más fuerte. Era un golpeteo y ella no sabía nada de autos, excepto dónde poner la gasolina.

A medida que aumentó y se hizo aún más fuerte, disminuyó la velocidad de su vehículo. Tenía toda la carretera para sí y no había nada excepto planicies a su alrededor y enormes montañas hacia el oeste. Decidió hacerse a un lado de la carretera, pero justo cuando empezaba a hacerlo, se sobresaltó por una enorme sombra que pasó su auto.

Entonces lo vio, un helicóptero grande y negro pasó justo sobre su cabeza, voló por el camino unas cien yardas más adelante y luego giró de lado, bloqueando su camino.

Detuvo el auto arrendado en la mitad de la carretera.

El helicóptero aterrizó y hombres armados saltaron fuera

de él, corrieron hacia donde estaba con sus armas apuntando hacia ella y, cuando estuvieron cerca, ella pudo escuchar sus gritos.

La sacaron de su auto, la voltearon y la empujaron sobre el capó. Abrieron sus piernas de una patada y la registraron.

—¿Qué quieren?

—Judith Cochrane. Usted está bajo arresto.

—¿Bajo qué maldito cargo?

—Espionaje, señorita Cochrane.

—¡Eso es ridículo! ¡Voy a arrastrar hasta el último de ustedes ante un juez mañana por la mañana y sus carreras de mierda se habrán acabado!

—Sí, señora.

Judith les gritó a los agentes y exigió sus números de placa, pero la ignoraron. La esposaron y ella los llamó fascistas y robots y bichos, y los llamó hijos de puta mientras la llevaban hacia el helicóptero y la ayudaban a abordar.

Ella seguía gritando cuando el helicóptero despegó, giró hacia el este y se alejó volando.

No lo sabría por algún tiempo, pero había sido vendida por Paul Laska en un intento por salvarse a sí mismo.

El Emir respiró aire fresco en sus pulmones por primera vez en meses. Estaba oscuro cuando fue llevado fuera de ADX Florence y subido en la parte trasera de una furgoneta de la Oficina de Prisiones, y la nieve le obstruía la vista todavía más.

Había estado esperando este día durante meses, desde que Judy Cochrane le había prometido que lo iba a sacar de su minúscula celda y trasladar a una prisión federal cerca de Washington. Una prisión donde él podría hacer ejercicio y ver la televisión y tener más libros y acceso a otros miembros de su defensa que lo ayudarían a luchar contra la administración de Ryan.

Mientras la furgoneta avanzaba a través de la entrada de un pequeño aeropuerto, el Emir hizo un esfuerzo por no sonreír. La siguiente etapa de su cautiverio sería la siguiente etapa en su intento por dañar a los infieles. Tendría su tiempo en la corte, Judy le había dicho, y tendría la oportunidad de decir lo que quisiera. Al principio había recibido instrucciones de no decir una palabra acerca de su captura, pero ahora Judy lo había animado a hablar lo más fuerte y lo más a menudo posible sobre las circunstancias de su secuestro a manos de los estadounidenses. A pesar de que había sido capturado en los Estados Unidos, tenía la intención de continuar su historia —se la había contado tantas veces a Judy que él mismo casi la creía— de que había sido secuestrado de una calle en Riad.

Judy le había creído; esa gorda idiota creería cualquier cosa.

La furgoneta se detuvo y los hombres del FBI lo ayudaron a salir hacia una cegadora tormenta de nieve. Lo llevaron hacia adelante y en cuestión de segundos Yasin pudo oler el combustible para reactores mientras se acercaba un avión de gran tamaño. Esperaba algún tipo de jet corporativo, pero en vez se trataba de una enorme aeronave de carga.

Comenzó a caminar por la rampa hacia arriba con hombres a ambos lados. En la parte superior de la rampa no había nieve, sólo varios hombres en posición firme.

Vestían uniformes de camuflaje.

Eran soldados. Militares estadounidenses.

El hombre del FBI le dio un golpecito a Yasin en el hombro.

—Que te diviertas en Guantánamo, imbécil.

¿Qué? Yasin trató de retroceder, pero los hombres lo retuvieron.

—¡No! Yo no iré. Tengo que ir a Washington para mi juicio. Esto es un error. ¿Dónde está Judith?

El hombre del FBI sonrió.

—En este momento está bajo custodia en Denver.

Le dieron otra oportunidad para que avanzara hacia adelante, pero cuando él se negó, cuatro jóvenes musculosos agarraron sus brazos y piernas. Fue levantado en el aire y llevado dentro de la aeronave. Segundos después la rampa se levantó y se cerró en la tormenta de nieve en Colorado, ahogando sus gritos de protesta.

Jack y Melanie disfrutaron de su cena, el vino y la conversación. No se habían visto en las últimas semanas y aunque su última despedida había sido algo incómoda, la química entre ellos parecía no haberse visto afectada.

Ryan se alegró de que Melanie no le hiciera demasiadas

preguntas acerca de los cortes en su cara. Él le dijo que estaba de vuelta en sus clases de artes marciales mixtas y un nuevo estudiante se había puesto un poco receloso durante el entrenamiento. Parecía que ella le había creído y la conversación se había desviado de su cara a las noticias sobre la próxima investidura de su padre y el casi desastre en Rusia y la guerra que se había evitado entre India y Pakistán.

Melanie le habló a Jack sobre Rehan. Había estado en las noticias hasta cierto punto y la analista de la CIA/NCTC fue cuidadosa de mantener los detalles dentro del ámbito de las fuentes de información abiertas. Ryan fingió que no sabía nada y mostró fascinación por el trabajo de ella, pero él mismo tuvo el cuidado de evitar transmitir algo que pudiera hacerla sospechar que sabía más de lo que estaba diciendo.

Luego ella dijo algo que lo hizo perder su mirada amable pero sólo ligeramente interesada.

—Es una lástima que dejaran escapar a su segundo al mando.

—¿Cómo es eso? —dijo Jack.

—Creo que ha estado en las noticias, en Pakistán, al menos. Sí, estoy segura de que lo leí hoy en *Dawn*, el periódico. Un coronel que trabajaba para él, Saddiq Khan. Sobrevivió y está a la fuga. Nunca se sabe en estas situaciones si eso es significativo o no.

Jack asintió con la cabeza y luego dijo:

—¿Qué tal un poco de postre?

Ordenaron postres y Jack se excusó para ir al baño. Cuando él desapareció de su vista, Melanie se puso rápidamente de pie y salió del restaurante; ya tenía su teléfono móvil en la oreja cuando la puerta se cerró detrás de ella.

Esperó un momento por una respuesta al otro lado de la línea, con los ojos fijos en el vestíbulo del restaurante, para detectar cualquier signo de que Jack iba de regreso a la mesa.

—Soy yo. Él estuvo allí, en Pakistán... Sí. No tengo la menor duda. Cuando le dije que Khan estaba vivo, parecía que lo hubieran noqueado. No, por supuesto que no es verdad, pero ahora él está en una cabina del baño, sin duda, llamando a alguien en estado de pánico, tratando de obtener una confirmación.

La joven escuchó sus instrucciones, acusó recibo y luego cortó la llamada y se precipitó hacia el interior para esperar que su cita regresara a la mesa.